La promesse de l'Ange

Frédéric Lenoir   Violette Cabesos

La promesse
de l'Ange

ROMAN

Albin Michel

« Il faut fouiller la terre pour accéder au ciel. »

1

L'EXTRAIT SYMPHONIQUE de Beethoven s'était tu dans un fracas de cuivres. Le crâne de Johanna résonnait de cette chute et elle dut tendre l'oreille pour percevoir les notes du morceau suivant. Furtivement, la mélodie prit possession de l'habitacle de l'auto et sa douceur triste saisit Johanna à la gorge. La complainte était lancinante et répétitive comme une mélopée, un refrain lent, simple, obsédant et fatal comme la vie.

La *Pavane pour une infante défunte* de Ravel, reconnut la jeune femme. Elle tourna la tête vers la vitre de la voiture, afin que le conducteur ne discerne pas les larmes qui montaient de sa poitrine à chaque fois qu'elle se trouvait en présence de cet air.

Malgré le soleil de septembre, le paysage qui défilait prit une teinte mortelle. Le ressac de la musique noya les yeux de Johanna.

« Pierrot, mon frère, songea-t-elle, ce chant est le tien, celui de ton existence si brève, exempte de colère, pleine d'une tendresse où point déjà la tristesse... »

Tel Pierre, l'infante de Ravel ne se révoltait pas, elle se laissait emporter en rêve, au son de flûtes qui l'accueillaient en flammèches angéliques, de violons graves, de cordes nostalgiques. La conclusion du compositeur était déroutante : après un sursaut caressant, elle sonnait comme une acceptation, sans combat, et le souffle de la musique s'éteignait délicatement, presque paisiblement, laissant l'auditeur dans la perspective d'une reprise du refrain qui n'arrivait pas. C'était fini mais Johanna ne pouvait s'empêcher d'attendre, d'entendre les notes absentes tinter comme un espoir de résurrection.

Elle coupa la radio pour garrotter son émotion.

– Tiens, dit-elle d'une voix vibrante, on a passé la bifurcation pour Le Havre... On va donc vers Caen et la Basse-Normandie... J'espère que tu ne m'emmènes pas à Deauville, je n'ai aucune envie de côtoyer la foule du tout-Paris...

– Je sais, répliqua calmement François. Ne t'inquiète pas, on ne va pas à Deauville... Fais-moi confiance, tu ne seras pas déçue, un week-end mystérieux et romantique comme tu les aimes !

– Cabourg ? renchérit Johanna. Tu ne pousserais pas le vice jusqu'à m'entraîner dans ta maison de Cabourg ?

François rougit. Il se sentait suffisamment coupable de sa relation avec Johanna pour ne pas avoir l'audace de conduire la jeune femme dans sa résidence de Cabourg, qui appartenait à Marianne, son épouse. Johanna vit le malaise qu'avait provoqué sa remarque.

– Pardonne-moi, François, dit-elle, j'ai été maladroite, c'est parce que je n'éprouve aucune jalousie envers ta femme et tes enfants... mais je suis curieuse de tout ce qui te touche de près... tu viens de passer un mois de vacances avec eux et tu ne me racontes rien !

– Moi aussi je suis curieux de ce qui te touche de près, Johanna... et même de loin, répondit François qui ne tenait pas à discuter de sa famille. Mais contrairement à toi, moi je suis jaloux !

– Ah bon ? fit-elle, feignant la surprise.

– Oui ! Un autre homme occupe toutes tes pensées, toutes tes actions, en permanence.

Johanna fronça les sourcils

– Tu n'as pas pris de vacances cet été pour rester avec lui, reprit François. Enfin, avec lui... plutôt avec son fantôme, parce que lui, tu le cherches partout mais, pour l'instant il reste invisible...

Ayant compris de qui parlait François, Johanna éclata de rire et caressa la grande main de son ami.

– Tu parles d'un rival ! Tu es jaloux d'Hugues de Semur, père abbé de l'abbaye de Cluny, mort en 1109 ! Et je te rappelle quand même que c'est grâce à toi que ma vie est centrée sur lui !

– Oui, eh bien si j'avais su qu'il t'accaparerait autant... et puis, il est peut-être mort au XIIᵉ siècle, ton amoureux, mais sa carcasse blanchie te fascine plus que la mienne !

– Je tiens à préciser que je ne suis à Cluny que depuis deux ans, répondit Johanna, mais je ne faiblis pas, je suis sûre que la tombe est là et je la trouverai, dussé-je y consacrer mon existence entière... ce qui ne m'empêche pas d'apprécier aussi ta carrure...

– Quand même, toute ta vie à Cluny, dans ce trou, avec des morts ! Tu vas finir dans le même état que ton Hugues vénéré !

Johanna abandonna la main de François.

– Continue à te moquer ! Et si on finissait par mettre la main... la pelle dessus, à ce mausolée..., poursuivit-elle, le regard plus bleu. Tu te rends compte de l'impact, y compris pour toi ? Une tombe perdue depuis des centaines d'années, dont personne ne peut dire où elle se trouve, ni même si elle existe encore ? La tombe de l'abbé qui dirigeait le monastère au moment de son apogée, autant dire un roi ? Un Toutankhamon médiéval ! Tu imagines les trésors que doit receler sa sépulture... Sa découverte pourrait nous apprendre tellement de choses sur cette période...

– Ça y est, maintenant elle se prend pour Howard Carter dans la Vallée des Rois... et elle rêve à la gloire !

– Je m'en fiche totalement, de la gloire, comme Carter, répondit-elle d'un ton coupant. En plus, tu oublies que je suis assistante, pas directeur du chantier... donc ce n'est pas moi qui serai l'inventeur de la tombe, si jamais on la découvre un jour... et je m'en fiche, moi, tout ce que je veux, c'est fouiller, fouiller, et fouiller encore !

– C'est bien ce que je disais... Un jour, tu vas te métamorphoser en taupe !

Johanna devint pensive. Son métier d'archéologue n'était pas une seconde nature, il était sa nature même. Où qu'elle soit, elle ne pouvait s'empêcher d'écouter le message des pierres façonnées par l'homme. Et les pierres lui parlaient. Les lambeaux de mur, même enfouis, lui racontaient des histoires magiques qu'elle n'avait de cesse de chercher à ressusciter par-delà la terre qui les recouvrait d'oubli. François souffrait de son choix de vie, où la priorité n'était pas les relations affectives avec les vivants... mais bien l'amour pour les choses mortes.

– François..., dit-elle en lui embrassant les doigts. La taupe te promet de s'occuper de toi, au moins ce week-end... de te caresser avec un petit pinceau comme une pierre romane, et d'éviter les coups de pioche...

Il se pencha et tenta de l'embrasser, détournant les yeux de l'autoroute.

– Eh, attention ! s'écria-t-elle.

Il retrouva sa place en maugréant.

Johanna rit et regarda le paysage. Ils arrivaient aux alentours de Caen.

– Au fait, François, qu'as-tu inventé, pour ce week-end ?

– Je n'ai rien inventé, dit-il sèchement, car mentir à Marianne me répugne. Je lui ai expliqué que j'avais un futur chantier à voir, un dossier sensible et compliqué, que je devais rencontrer l'administrateur des Monuments historiques... et, nonobstant ta présence, c'est la vérité !

Johanna enleva ses petites lunettes et en mordilla l'une des branches avec une moue soupçonneuse.

– Monuments historiques... Qu'est-ce que tu racontes ?

Au même moment, François laissa Caen sur sa droite ainsi que l'autoroute, s'engagea sur une nationale en direction de Saint-Lô, ville qu'il délaissa également pour poursuivre vers le sud-ouest.

– Ce n'est donc pas la Normandie, conclut Johanna. La Bretagne ? Monuments historiques... Saint-Malo ?

François lui fit son plus beau sourire.

– Une surprise est une surprise ! Tu ne sauras rien avant qu'on soit arrivés !

– Bon, eh bien puisque c'est comme ça, je dors. Le mineur de fond qui n'a pas pris de vacances se repose... pour être en forme tout à l'heure !

– J'accélère !

Elle se renfrogna dans son siège en fermant les yeux. Elle se demandait quelle pouvait être leur destination. Elle était froissée du fait que François conjugue encore travail et plaisir, mais elle savait que cet arrangement avec sa culpabilité était le seul moyen pour qu'ils continuent à se voir. Soudain, elle se sentit très lasse... elle aurait peut-être dû partir en vacances après tout, de vraies vacances, il lui restait tellement de jours de congés à prendre ! Mais ses amis n'étaient pas disponibles et partir seule ne l'amusait pas... et puis la tombe qu'elle devinait, mais qui se dérobait à toutes ses investigations... si elle s'était trompée, si elle était ailleurs... ça y est, elle repensait encore à son travail ! Non, pas ce week-end, elle était avec lui, pas dans sa tranchée... Elle posa sa main sur la cuisse du conducteur et s'assoupit.

François dégageait une intelligence et une tendresse qui l'avaient fascinée dès leur première rencontre, deux ans auparavant, dans un trou boueux de Cluny. François était normalien, agrégé d'histoire, énarque, et sous-directeur de l'archéologie au ministère de la Culture.

Précédé de son pedigree, il était venu à Cluny pour inspecter un nouveau chantier de fouilles lancé et financé par son administration. Ce n'était pas son rôle. Le sien, qui suscitait convoitise et pressions, consistait notamment à prendre la décision, au nom du ministre et dans un bureau parisien, d'autoriser ou de refuser l'ouverture de chantiers archéologiques sur des sites d'intérêt national. Il appréciait pourtant les escapades au milieu des vieilles pierres et privilégiait le dialogue avec les hommes de terrain. Ce jour-là, il déambulait, seul, dans les pauvres vestiges du monastère bourguignon. Paul, le directeur du chantier, était absent et c'était Johanna qui avait bondi hors de la cavité, avec ses confrères, pour accueillir l'éminent représentant de l'Etat. Elle se souvint combien il l'avait impressionnée par sa haute stature, son costume impeccable et sa fonction officielle. Honteuse de ses habits crottés, timide, elle se tenait face à lui, ressemblant plus à un ouvrier du métro qu'à l'archéologue médiéviste qu'elle était. Mais il lui avait tendu une main ferme et douce, en la fixant de son regard d'ambre, franc et amène. Elle s'était détendue et, tandis qu'elle lui faisait les honneurs du chantier, ils avaient longuement parlé de sa passion absolue, du sel de sa vie : l'art roman, qui enthousiasmait également le haut fonctionnaire. Pourtant, François avait mis plus d'un an pour conquérir Johanna ; cette résistance était moins due à la jeune femme, qui avait immédiatement été attirée par lui, qu'à lui-même : malgré son charme, il n'était pas un séducteur, encore moins un prédateur, et il était terrorisé à l'idée de bouleverser sa situation matrimoniale. Il ne s'agissait pas de morale bourgeoise mais d'un amour profond et sincère pour sa femme, qu'il refusait de faire souffrir. Loin de décourager Johanna, cet attachement l'avait au contraire rassurée : à cette époque, elle se remettait mal d'une aventure mouvementée avec un autre archéologue et elle aspirait dorénavant à une relation apaisée avec un homme. Si partager cet homme avec une autre femme était le prix à payer pour un amour pacifié qui n'empiéterait pas sur le sens de sa vie : son travail, elle l'acceptait. Peu à peu, avec patience et tact, elle avait réussi à convaincre François que, malgré ses sentiments pour lui, jamais elle ne mettrait en danger son mariage : depuis dix mois, ils étaient amants, se voyant dans le plus grand secret. Johanna vivait harmonieusement les lois du triangle amoureux, l'intermittence de sa relation avec François lui permettant de continuer à se consacrer à ses fouilles, ce qui était le plus important.

Lorsqu'elle ouvrit les yeux, elle aperçut un panneau et soudain pâlit. Elle se hâta de chausser ses lunettes pour vérifier : c'était bien ça, elle n'avait pas rêvé...

– Ah, te revoilà ! s'exclama François. On y est presque ! Bien dormi ?

Johanna resta muette. Livide, elle s'efforçait de cacher son trouble, puis son angoisse.

– Alors, la sieste t'a coupé la langue ? demanda-t-il. Tu as vu les panneaux, tu as compris où nous allons, maintenant !

Johanna n'avait que trop bien compris. Les doigts crispés sur ses jambes, elle fixa un point imaginaire sur le pare-brise, incapable de prononcer un son.

– Ça ne va pas ? s'inquiéta François en se tournant vers elle. Tu es malade ? Comme tu es pâle ! Mais... parle-moi !

– Je... Ce n'est rien, se força-t-elle à articuler. Le... le mal des transports, sans doute, le train depuis Mâcon, puis la route... je n'aurais pas dû dormir... je me sens vaseuse...

François ouvrit la boîte à gants et tendit des pochettes rafraîchissantes à sa compagne.

– Tiens, mon cœur, passe-toi ça sur le visage, ça ira mieux... Heureusement, nous sommes arrivés, et une délicieuse chambre d'hôtel nous attend... Oh, regarde, regarde ! lui enjoignit-il avec enthousiasme.

Au détour d'un virage, dans le sillage du crépuscule, une silhouette incroyable se détacha d'un champ de fleurs violettes. La voiture longea l'enclos quelques kilomètres et la pyramide de pierre se rapprocha. François resta muet d'admiration, Johanna de peur. La terre se déroba soudain à la base du totem gigantesque et fit place à l'eau mouvante. Quelques secondes plus tard, l'auto s'engagea sur la digue.

– « Château de fées planté dans la mer..., récita le conducteur. Ombre grise dressée sur le ciel brumeux... Au soleil couchant, l'immensité des sables était rouge, toute la baie démesurée était rouge ; seule l'abbaye escarpée, poussée là-bas, loin de la terre comme un manoir fantastique, stupéfiante comme un palais de rêve, invrai-

semblablement étrange et belle, restait presque noire dans les pourpres du jour mourant ! » Maupassant, bien sûr... En cette grande
marée d'équinoxe, je te présente le *Mons Sancti Michaelis de Periculo
Maris*, le « Mont-Saint-Michel au péril de la mer » !

Une demi-heure plus tard, Johanna était assise au bord d'un lit
pour deux personnes. A genoux devant elle, François serrait ses hanches et picorait son cou. Elle bascula sur le dos. Le plafond était d'un
blanc sans surprise. Il déboutonna son chemisier et découvrit ses
seins. Elle réfugia ses mains sur le torse de François, sur cette peau
qui la troublait tant... un épiderme brun, mat et glabre... uni. Une
peau généreuse... un peu grasse et soyeuse, lustrée par un essaim de
caresses. Le blanc du plafond était si froid, si lisse ! Mais des images
s'y insinuaient peu à peu. Elle regarda François pour ne pas les voir,
s'agrippa à ses cheveux, à ses lèvres et respira ses épaules. Elle adorait
l'odeur de sa sueur... du sucre, du chaud... sa peau brune sentait le
pain perdu. Elle colla son visage dans le cou de François, vibra comme
un chat et respira un souvenir de goûter d'enfance. Son corps était
large et grand, savoureusement plantureux, mais ferme, moelleux et
enveloppant. Son corps à elle avait reconnu l'émotion familière et
irrésistible. Il l'appelait. Mais son regard fixait la voûte blanche, où
une silhouette humaine voguait. Une forme sombre, aux contours
vaporeux. Elle ferma les yeux quand il la pénétra. Il lui parlait mais
elle n'entendait pas. D'autres mots harcelaient sa tête, une phrase
creusait des sillons douloureux sur son front, sa nuque, son cou,
mêlant la jouissance de sa chair et la souffrance de son esprit. Le
plafond était envahi par des pierres obscures, un escalier montait dans
le néant. Ses yeux gravirent les marches et butèrent sur un profil noir
qui lentement se retourna... Le cri de François ressouda sa tête à son
corps. Le regard perdu, elle le vit rester encore en elle. Puis il se
détacha.

– Johanna..., dit François en reprenant son souffle. Johanna,
répéta-t-il en la serrant dans ses bras. Ça a été pour toi ? Je t'ai sentie
un peu loin... Ce n'était pas bien ?

– Mais si, mon François, répondit-elle en se blottissant contre lui.
Tu as rêvé, je te jure, tout va bien... ne me lâche pas, serre-moi fort..

Il s'exécuta avec une infinie tendresse, heureux d'être là avec elle.
Il se remémora leur rencontre, la première fois qu'il l'avait vue dans
ses godillots terreux, ses jeans délavés comme l'azur de ses yeux
cerclés de petites lunettes, le menton fier, le front haut couvert de

glaise, les charmantes taches de rousseur sur le nez, la chevelure brune, longue, attachée dans le dos et coiffée d'une casquette américaine. Apre, élitiste et un rien misogyne, le métier d'archéologue comptait très peu de femmes, et d'aussi jolies femmes qu'elle, aucune, s'était-il dit.

Sa surprise s'était transformée en ardente inclination quand, le regard en feu, Johanna avait parlé de l'art roman. Une thèse à vingt-huit ans sur Cluny III, le concours du CNRS dans la foulée, ce brin de fille de trente-trois ans, qui racontait avec tant d'émotion l'avènement de la voûte en berceau et de l'arc en plein cintre, avait quelque chose d'exceptionnel. Il émanait de la jeune femme une puissance passionnelle envers son art qui l'avait immédiatement fasciné. Ensuite, il avait eu peur, une peur panique d'être amoureux d'elle et des conséquences désastreuses que cela entraînerait sur sa famille, qui était son point d'ancrage dans l'existence, son sens, sa source d'énergie. Il avait lutté contre ses sentiments pour se protéger lui-même autant que pour sauvegarder Marianne, mais Johanna avait été la plus forte. Chaque fois qu'ils se croisaient, il était pris d'un tel désir – qu'il n'avait jamais éprouvé auparavant, même pour sa femme –, d'un si vif appétit – charnel et intellectuel – qu'il avait fini par jeter les armes. Il vivait mal les lois du triangle amoureux, mais la clandestinité de sa relation avec Johanna lui permettait de préserver sa famille, ce qui était le plus important.

Ils sortirent de l'hôtel, et François entraîna sa compagne dans une promenade apéritive le long des remparts de la guerre de Cent Ans. C'était pour elle un véritable chemin de ronde. Elle avait troqué ses pantalons serrés et chemisiers mous contre une robe en soie courte et des ballerines rouges mais, malgré la fluidité de sa toilette, l'anxiété lui comprimait le corps tel un corset de fer.

– Tu es magnifique..., susurra-t-il à la jeune femme. Aussi envoûtante que ce lieu... Au fait, je ne t'ai pas laissé le temps de me dire ce que tu pensais de ma surprise... Je suppose que tu dois connaître le Mont par cœur, mais cette fois, nous succomberons ensemble à son charme...

Johanna se força à respirer avant de répondre :

– Je... je vais te surprendre à mon tour mais, à vrai dire, je me suis très tôt focalisée sur Cluny et Vézelay, et comme le Mont-Saint-Michel n'était pas un monastère clunisien... je suis loin de le connaître par cœur...

François arbora une figure étonnée, puis ravie.

— C'est inouï que tu ne te sois jamais intéressée au Mont ! Et merveilleux... je vais pouvoir t'initier à sa mythologie ! Elle me fascine depuis l'enfance, je suis intarissable sur la question...

L'âme aux abois, Johanna observait les vagues grises qui rongeaient les contreforts de la digue, dévoraient les parkings, léchaient les tours de guet.

— La baie par exemple : les marées atteignaient une vitesse prodigieuse ! Un mètre par seconde et quinze mètres d'amplitude ! Je dis « atteignaient » parce qu'en l'an mil, c'était une île : pas de digue, et pas de polders qui l'ont en partie ensablée... Heureusement, ils vont nettoyer tout ça et détruire ce bras ridicule qui le relie au continent. Bientôt, si tout va bien, il faudra de nouveau marcher pour y arriver, comme tout bon pèlerin ! Foutu règne de la bagnole... On laissera sa charrette à moteur là-bas, tu vois, et on passera en navette ou à pied par une passerelle sur pilotis !

Johanna resta muette. François prit ce silence pour une docte désapprobation.

— Tu as raison, ma chérie, je suis un mauvais guide, je fais les choses à l'envers ! Il faut commencer par le commencement... et pour cela, il faut monter... monter les marches pour remonter le temps... Viens !

Très excité, il la prit par la main et l'entraîna dans les ruelles pavées et les étroits escaliers qui traversaient le village. De chaque côté, les enseignes de fer forgé des innombrables échoppes à touristes imitaient avec plus ou moins de bonheur celles qui les avaient précédées. Admirablement restaurées, les habitations du bourg portaient colombages et noms aussi évocateurs que « la maison des Artichauts », « logis Tiphaine », « du Guesclin » ou « maison de la Truie-qui-file ». A mesure qu'ils gravissaient les degrés de pierre, des jardinets, des arbres plus que centenaires les accueillaient, jusqu'au pinacle : imposante et majestueuse, la flèche d'or élancée vers le ciel, l'abbaye leur fit lever la tête et entrouvrir la bouche.

— Voilà ! proclama François en essayant de reprendre son souffle. Voilà où tout a commencé, il y a treize siècles ! N'entrons pas encore, tu veux bien ? Tout à l'heure plutôt, après le dîner... pour l'instant, suis-moi !

Ils poursuivirent leur ascension par d'autres escaliers et arrivèrent, essoufflés et les mollets douloureux, sur le parvis de l'abbatiale. Le panorama extraordinaire et vertigineux, délicieusement romantique, réunissait là de nombreux visiteurs, particulièrement des couples. L'eau couvrait maintenant les pieds du Mont raccordé à la terre par la digue funeste.

Les flots touchaient le ciel au bleu de plus en plus passé, strié de traînées roses. Johanna s'assit sur le parapet, troublée par le disque rouge du soleil finissant. François se racla la gorge et posa ses mains sur les épaules de la jeune femme en contemplant la mer.

– Il était une fois, aux confins d'un désert de sable et d'eau peuplé de brouillards et d'orages propices à l'épanouissement des légendes, un rocher de granite appelé le mont Tombe. Statue de pierre tendue vers le ciel, la montagne était la proie du chaos de la nature depuis qu'au VIIIe siècle, la forêt de Scissy, qui l'entourait et s'étendait jusqu'à Brocéliande, avait été engloutie par une tempête démoniaque... Depuis lors, deux fois par jour, à l'appel du soleil et de la lune, les flots marins se levaient et, à la vitesse d'un cheval au galop, encerclaient le rocher de leur colère d'écume, le retranchant du reste du monde.

Johanna sourit, semblant se détendre. Non seulement François était un bon historien, mais il possédait un talent de conteur qui la faisait rêver.

– A la lisière des nuées célestes et des rivages terrestres, continua son compagnon, entre ici-bas et au-delà, cette étrange « île des Morts » avait été choisie pour demeure par un divin archange : premier personnage du royaume de Dieu après le Christ, grand ordonnateur du passage dans l'autre monde, saint Michel était apparu en songe à l'évêque d'Avranches nommé Aubert, afin que celui-ci lui bâtisse un sanctuaire sur le mont Tombe. Trois fois le prélat avait vu l'Archange en rêve et, à la troisième apparition, il s'était résolu à exécuter l'ordre du héraut de Dieu.

– Quand cela ? demanda Johanna, happée par les mots de François.

– Toujours au VIIIe siècle, ma chérie ! Le 16 octobre de l'an 709, Aubert consacra l'oratoire dédié à saint Michel, temple bâti avec les pierres de la montagne, à flanc de rocher. Dès lors, malgré les dangers qui les guettaient – sables mouvants, marées, tempêtes, brigands –, les pèlerins affluèrent au sanctuaire gardé par douze chanoines bretons vivant de l'aumône des chrétiens, des poissons laissés par la mer sur les rives, des produits des terres et d'une source miraculeuse qu'avait fait jaillir saint Michel sur le rocher : la « fontaine Saint-Aubert », elle est toujours là, en bas, regarde !

Johanna se risqua à jeter un œil mais fut prise par le vertige et préféra contempler le lointain.

– Au IXe siècle, reprit François en déposant un baiser sur la chevelure de Johanna, le roi de France concéda le Mont aux Bretons. Mais la paix bretonne ne dura pas car, en ces temps troublés, un péril nouveau venant de la mer menaçait la région : les hordes barbares de Vikings arrivèrent par le nord sur leurs étranges drakkars et le roi de France dut abandonner à un pirate scandinave nommé Rollon un territoire qui devint...

– La Normandie ! s'exclama Johanna.

– Oui... tu connais la suite : en 933, les Vikings menèrent leurs troupes contre les Bretons et les battirent de façon spectaculaire... Le roi de France dut céder le Cotentin à Guillaume-Longue-Epée, fils de Rollon, et c'est ainsi que le Mont-Saint-Michel devint normand, au grand dépit des Bretons ! La frontière entre les deux territoires voisins et néanmoins ennemis – ennemis, et ce, pour des siècles ! – est sous tes yeux, enfin... à marée basse, c'est la rivière Couesnon qui coule aux pieds de cet insigne rocher, qui constitue toujours la ligne de démarcation entre Bretagne et Normandie... Pirates barbares et sanguinaires, les Vikings se convertirent au christianisme et se transformèrent en seigneurs normands. Les ducs accordèrent leurs largesses aux clercs du Mont-Saint-Michel, sous forme de dons en argent, en terres et en villages.

– Pourtant les chanoines installés au Mont depuis le VIIIe siècle étaient bretons, non ? demanda Johanna.

– Exact ! Du reste, le duc de Normandie Richard Ier, bien surnommé Richard sans Peur, ne tarda pas à concevoir des soupçons sur la loyauté de ces chanoines bretons, dont les mœurs plutôt « relâchées » – selon les légendes normandes – les rendaient plus enclins à partager des agapes avec les habitants du Mont qu'à combler saint Michel de leurs dévotions...

» C'est pourquoi, en 966, avec l'assentiment du pape, Richard chassa violemment les chanoines du Mont et confia le lieu sacré à douze moines bénédictins issus d'abbayes normandes.. Et c'est ainsi que commença la légende dorée du Mont-Saint-Michel, façonnée pendant des siècles par les bénédictins, qui n'eurent de cesse d'accroître la renommée de cet endroit, bâtissant cette immense abbaye, la plus riche de la région, lieu de culte et de pèlerinage majeur dans toute la chrétienté occidentale !

A ces mots, dans sa robe d'été à bretelles, et malgré ses cheveux qui lui tombaient sur les épaules, Johanna ne put contenir un frisson.

– Tu trembles ! s'inquiéta François. C'est parce que je parle des bénédictins sans faire référence à ton cher Hugues de Semur ni à Cluny ?

Johanna tourna la tête du côté opposé, le visage fermé, le regard égaré dans le soir tombant.

– Oh, pardon, je ne voulais pas te froisser ! murmura-t-il. Tiens, prends ça ! dit-il en l'enrobant avec sa veste. Cette petite robe est à croquer mais trop légère pour l'air marin ! Qu'as-tu ? Tu ne te sens pas bien ?

– Non, pas très... Ton récit était passionnant, mais je n'ai rien avalé depuis ce matin, je suis au bord du malaise... Allons dîner, répondit-elle.

Leur table les attendait sur une terrasse en retrait de la foule, avec une vue imprenable sur la baie couleur d'encre. Johanna se rendit aux lavabos puis vint s'avachir sur sa chaise. Elle était très pâle.

– On va se dépêcher de commander, annonça François. Tu me fais un malaise hypoglycémique... normal, dit-il en caressant sa cuisse nue. Tu n'as pas beaucoup de réserves !

Quelques instants plus tard, le bas du visage caché par un bouquet de langoustines surplombant un gigantesque plateau de fruits de mer à moitié vide, la jeune femme était concentrée sur la chair verte d'un tourteau et son commensal sur celle d'une huître de Cancale double 0.

– Tu me donnes encore un peu de vin, s'il te plaît ? le pria-t-elle.

– Volontiers. Dis-moi, Johanna..., commença-t-il. Ça fait presque deux ans, maintenant, qu'on se connaît, bientôt un an qu'on est ensemble, et je ne t'ai jamais vue dans un état pareil... Toi, si forte, si énergique, tu perds l'usage de la parole, tu blêmis, tu... tu es ailleurs quand nous faisons l'amour, tu n'arrives plus à marcher, tu bois plus que de coutume... tu n'es pas heureuse de me revoir ? Tu as quelque chose à me dire ? Si c'est le cas, je...

Johanna releva la tête et cessa de mâcher, le regardant droit dans les yeux.

– Il ne s'agit pas de toi, dit-elle.

– Pas de moi ? Mais de qui, alors ? s'enquit-il en rougissant. Ton travail ? Ou bien tu... tu as rencontré quelqu'un... d'autre ?

Elle ne put réprimer un sourire indulgent, qu'elle cacha dans son verre de sancerre. Angoissé, François attendait une explication. Elle le trouva touchant comme un chiot égaré.

– Oui, j'ai rencontré quelqu'un... il y a très longtemps, ici même, et cette rencontre a bouleversé ma vie.

François se mit à tousser, de soulagement autant que de confusion.

– Raconte-moi, dit-il en lui saisissant la main sur la nappe.

Johanna hésita, puis céda devant les yeux avides de son amant.

– C'est une histoire de fous... Je ne l'ai jamais confiée à personne..., commença-t-elle en rosissant. Mais soit... Il était une fois, j'avais sept ans... enfin, j'allais avoir sept ans le 15 août. Mes parents et moi étions en vacances d'été à Agon-Coutainville, dans le Cotentin, où on avait loué une charmante bicoque. Ça nous changeait de la Drôme et du mistral ! Bref... ma mère, en bonne bigote, demande à mon père d'aller à la messe au Mont-Saint-Michel pour le 15 août. Au cas où tu aurais oublié ton catéchisme, je te rappelle que, ce jour-là, c'est la fête de l'Assomption : la Vierge Marie monte au ciel. Ce jour-là est donc aussi mon anniversaire, et une date douloureuse pour mes parents et moi... car c'est aussi l'anniversaire de Pierre, mon frère jumeau, qui... qui est décédé de la mort subite du nourrisson, trois mois après notre naissance... Oui, je sais, je ne t'en avais jamais parlé. Mais je n'en parle jamais, je n'ai aucun souvenir de lui, forcément. Bref, nous voilà tous les trois au Mont-Saint-Michel. C'était la première fois qu'on venait ici et, comme les milliers de touristes qui y étaient aussi, on était très impressionnés par la beauté du site... Là-haut, dans l'abbatiale, malgré la foule, l'atmosphère était si étrange ! La grand-messe, la fraîcheur des murs, l'encens, le poids du passé, la ferveur des chants des pèlerins qui arrivaient par les grèves... comme si le temps s'était arrêté... tant et si bien qu'on n'avait aucune envie de rentrer à Coutainville..

– Oui, la magie des vieilles pierres, résuma François, étonné d'apprendre que Johanna avait eu un frère jumeau.

– Sûrement... Enfin, après la messe, pendant que ma mère s'isolait dans une petite chapelle du chœur pour prier en pensant à mon frère, mon père et moi sommes descendus dans le village à la recherche d'une chambre d'hôtel pas trop chère, où passer la nuit. Je me souviens même que papa m'a offert une énorme sucette rouge en forme de Saint-Michel... On a trouvé une chambre...

Elle se servit un peu de sancerre avant de poursuivre :

– J'ai eu beaucoup de mal à m'endormir... J'avais si chaud... Je suffoquais dans le duvet rose... J'ai fini par sombrer dans le sommeil... et j'ai vu...

Johanna regardait autour d'elle comme un animal effrayé.

– J'ai vu... un lieu de pierre étroit et plein de cordages, un clocher sans doute... un moine était immobile au bord de l'ouverture béante et sombre ; puis il tombait... Soudain, sa chute s'est arrêtée, dans un bruit sec d'os qui craquent. En bas, je me suis avancée vers le beffroi... le vent sifflait, il faisait noir, mais je pouvais entendre le clapotis des vagues... j'étais au bord d'une abbaye qui donnait sur la mer, peut-être celle du Mont-Saint-Michel, peut-être pas, ce n'était pas comme aujourd'hui... Mais ce que je sais, c'est que là-haut, face à moi... pendait le cadavre du malheureux moine, se balançant dans les airs comme une marionnette ; je ne voyais pas son visage, juste sa robe de bure maintenue par une longue corde, qui oscillait contre le clocher... Un pendu, oui, un pendu ! Je baissai les yeux d'horreur, et soudain j'étais ailleurs, dans un endroit inconnu, une chapelle sans lumière, avec des pierres apparentes. Des voûtes de pierres sombres.

» Un gros cierge brûlait sur un autel surmonté d'un arc... au-dessus, les marches d'un escalier sans fin... de dos, un moine vêtu de la même manière que le cadavre montait lentement... subitement, il s'est retourné vers moi !

Johanna ferma les paupières un instant. François était rivé à ses lèvres.

– Alors je me rendais compte qu'il était... qu'il n'avait pas de tête... un trou noir et vide dans le capuchon relevé de sa robe... il a levé les bras, a joint les mains en signe de prière et... et une voix grave, solennelle, caverneuse, a dit en articulant chaque syllabe comme une sentence de Jugement dernier : *Ad accedendum ad caelum, terram fodere opportet.* Les pierres de la chapelle renvoyaient l'écho de ces mots insolites...

François saisit le sens de la phrase, mais se retint d'intervenir. Johanna soupira. Un soupir libérateur.

– Au matin, il pleuvait. Les gouttes d'eau dessinaient des barreaux sur les vitres. La baie était opaque et brumeuse. Je n'ai rien dit. Papa a payé et nous sommes rentrés à Coutainville. Je me suis dépêchée de noter la phrase sur un coin de cahier, phonétiquement, sans la comprendre... Je ne connaissais pas cette langue. Je pensais que c'était celle des sorciers des rêves... Trois ans plus tard, mon père a obtenu sa mutation et on a déménagé en Seine-et-Marne, maman ne pouvait plus supporter la Drôme. Le mistral lui collait trop de migraines. Je me suis retrouvée en sixième dans un collège huppé de Fontainebleau. Il y avait des cours de latin. A sa musique, j'ai reconnu la langue du sorcier de mon cauchemar, la langue de la phrase mystérieuse, qu'on appelait « langue morte ». Alors, n'y tenant plus, après le cours, j'ai montré le cahier à mon prof, disant que j'avais entendu la locution latine à une messe, chez des moines... Il a souri devant mes fautes de transcription, il l'a chuchotée, ses yeux se sont éclairés, il a corrigé mes bévues sur la page, avant de dire que c'était « très beau et très vrai, une leçon de vie » et que je devrais poursuivre le latin. *Ad accedendum ad caelum, terram fodere opportet* : « Il faut fouiller la terre pour accéder au ciel »...

– Et tu es devenue archéologue..., murmura François.

– Oui..., répondit-elle doucement. Je sais... Ce n'est pas un hasard... Je passe ma vie à fouiller la terre, mais je n'ai jamais revu le moine décapité, et je n'étais jamais revenue au Mont-Saint-Michel... avant aujourd'hui.

Les larmes aux yeux, la gorge sèche, elle vida son verre d'un trait.

– Eh bien ! dit François, ému. Décidément, Johanna... tu m'étonneras toujours ! Moi qui pensais te faire une inoubliable surprise en t'amenant ici ! Tu es vraiment une personne singulière... que je comprends mieux ! Johanna, brillante médiéviste, spécialiste de l'art roman, archéologue, qui creuse la terre de Cluny...

– Et alors ? coupa la jeune femme, agressive.

– Et alors ? Tu poursuis un rêve d'enfant ! Ta vocation magnifique d'archéologue, ta passion dévorante et exclusive, résulte d'un songe, ma chérie, d'un cauchemar de gosse monté en épingle par ton imagination, et surtout par la culpabilité refoulée résultant de la mort de ton frère jumeau !

Le corps de Johanna se figea sur sa chaise. Son visage devint rouge de colère et sa voix incisive comme un rasoir.

– Epargne-moi ta psychanalyse de comptoir. Ne t'en déplaise, j'ai toujours eu la sensation que ce rêve exprimait quelque chose de réel, de si réel, que j'en ai encore des frissons, comme si j'avais assisté au drame d'un lointain passé... un drame si puissant qu'il fallait qu'il resurgisse, bien plus tard, dans les songes d'une petite fille. Mais qui sait... au long des siècles, d'autres ont peut-être fait ce rêve... Les pierres n'ont-elles pas une mémoire ?

2

NOIR, LOURD, OPAQUE, taillé d'une pièce dans le mur : à travers les fenêtres cintrées de briques plates, le ciel a la forme d'une robe de bure. Mortifié par les forces invisibles, le silence est calotté par le vent et les vagues, dont le fouet cinglant monte à l'assaut de la montagne. Les lames se brisent en contrebas mais, tout là-haut, l'écho de leurs tentatives d'abordage se joint au souffle puissant qui cravache l'église.

– *Michael archangele... gloriam predicamus in terris...*

D'une colonne de moines couleur de nuit s'élève la lueur chantée, vibrante comme la flamme des cierges qui brûlent sur l'autel.

– *Eius precibus adiuvemur in caelis...*

Sourde aux impétueuses rafales pénétrant par les ouvertures de la muraille, une seconde colonne de bénédictins, parallèle à la première, répond en harmonie. Pendant deux longues heures, debout au milieu des ténèbres, face au chœur, l'armée noire veille, psalmodie, opposant la langue de l'esprit au fracas des éléments terrestres, bouclier de prière relié au monde des anges célestes. L'oraison du prêtre hebdomadier marque la fin de l'office de vigiles. Deux par deux, les moines s'inclinent devant un petit vieillard au regard bleu qui bénit chacun de ses fils avant qu'ils ne quittent l'abbatiale, dans un mouvement lent et ordonné. A l'extérieur, les colonnes muettes remontent leur capuchon et se fondent dans l'obscurité véhémente. Les gifles de la bourrasque n'altèrent pas leur marche guidée par une lanterne vacillante. Des bâtiments de bois ou de pierre entourent l'église comme une ceinture protectrice en forme de fer à cheval. Les gardiens du temple pénètrent dans le dortoir, espace humide divisé en cellules par des tentures. Chaque serviteur de l'Archange se dirige vers sa paillasse, natte couverte d'une couverture de serge et d'un oreiller de foin, qui sera aussi son linceul, quand l'heure précieuse viendra.

Otant d'abord le couteau, puis la tablette en bois enduite de cire et le stylet qui pendent à leur taille, les moines retirent le scapulaire noir à capuche et se couchent dans leur robe.

En cette nuit de début d'automne, le froid n'est pas saisissant, pas encore. Pourtant, en ce lieu reculé du duché de Normandie, bien plus que la neige, plutôt rare, bien plus que le froid, auquel on s'habitue, c'est la mer que les hommes redoutent, la mer brutale qui isole la montagne de l'univers des vivants, s'allie au souffle du Malin pour rompre les bateaux ou les perdre dans les brumes insondables, pour prendre les pèlerins, les noyer dans ses bras ou les engloutir dans ses louvoyantes entrailles de sable... la mer dont les exhalaisons saumâtres rongent le cœur des clercs et des laïcs, les rendant enclins au pire des péchés, l'acédie, la désespérance. Tandis que les frères reprennent leur sommeil interrompu par vigiles, l'un d'eux reste en alerte : au milieu du dortoir, le *significator horarum*, sentinelle du temps qui passe, vient d'allumer la troisième chandelle de la nuit, la dernière. Lorsqu'elle sera morte, les ténèbres le seront aussi et villageois, manants, seigneurs pourront s'éveiller à la vie et retrouver leur place dans l'ordre du monde. L'ultime bougie brûle et se répand doucement dans le silence humain et la colère de la nature. Lorsqu'elle est à moitié consumée, le maître des heures se dirige vers une cloche dans un angle de la pièce et sonne. Alors, l'armée jaillit, revêt la coule et reprend sa marche vers l'abbatiale. Les colonnes se reforment et, aussitôt, le chant des laudes vient conjurer le vent. A mesure que résonnent psaumes et antiennes, le ciel se dilue et perd de sa noirceur mate. Un léger voile le teinte de gris, aussi furtivement que, sur l'autel, la flamme grignote le corps de la bougie. Les murs épais, moellons massifs aux joints de chaux et de sable de dune, se détachent de l'obscur et les deux rangées noires des murs. Le cérémonial des laudes se poursuit. Le *significator horarum* recueille le dernier souffle de la troisième chandelle : l'aurore est là, grise, sans astre, mais certaine. La lutte entre les deux forces est achevée et la mission des frères est accomplie. Le monde d'en bas encore sommeille, mais à la lisière du ciel et de la terre, ils ont veillé sur l'âme des dormeurs, perdue dans les douze heures de la nuit envahie de démons. Les moines regagnent le dortoir et s'assoupissent jusqu'à la première heure, celle où point le soleil victorieux, et tous, laïcs et religieux, se lèvent pour vivre à l'aune du pur symbole de la lumière divine. Dans les chaumières, les villageois émergent, nus, de l'unique lit familial et chacun se signe trois fois avant de dire une prière. Pendant qu'en haut les moines revêtent le scapulaire et attachent couteau, nécessaire d'écriture à leur ceinture, les paysans enfilent chemise, braies, blanquet, chaperon, chausses, robes et ceignent leur courroie.

Puis tous procèdent à la toilette des mains et du visage. En bas, on ingère bruyamment lard, soupe, pain accompagnés d'ail, de moutarde et de vin normand, quand les moines muets retournent à l'église célébrer l'office de prime, suivi de la messe du matin. Ils ne rompront le jeûne qu'à la moitié du jour, à la sixième heure, lorsque le soleil sera à son zénith.

A l'issue de la messe matutinale, l'un des clercs remonte la capuche noire sur ses traits fins d'homme de vingt-neuf ans. Il franchit d'un pas pressé la porte du monastère, puis la palissade de bois qu'a fait élever Richard Ier à l'arrivée des bénédictins. Fronçant ses sourcils bruns, il descend en foulées martiales vers le village, qui se limite à quelques masures aux murs de schiste, toit de roseaux et papier huilé en guise de vitres. Il jette un œil vers le soleil qui peu à peu dissipe les bancs de brume, accélère encore sa marche sur le sentier bourbeux. Scrutant la mer avec un nuage d'inquiétude, il répond distraitement au salut très bas que lui adressent les Montois occupés à porter l'eau de la fontaine, nourrir poules et oies ou à bêcher leur jardinet pentu où poussent les légumineuses, essentiellement fèves, choux et pois.

Frère Roman parvient enfin sur la rive, où l'attendent un petit bateau à voile et un pêcheur de la baie. Sitôt le moine embarqué, ils s'éloignent à la faveur du vent vers le grand large. Le regard de Roman se perd sur les vagues du même gris anthracite que ses yeux. Ses lèvres minces, son nez aquilin et son front haut lui confèrent un air grave, malgré sa jeunesse. La pâleur de sa peau, la finesse de ses longues mains d'intellectuel trahissent ses origines aristocratiques, courantes chez les prêtres de tous les monastères. A l'heure de l'office de tierce, le navire atteint Granville et se dirige vers l'ouest.

Roman s'agenouille au fond du canot et prie en silence, ainsi que le veut la règle de saint Benoît. Peu après, la terre est en vue... La terre, plutôt une succession de petites terres balayées par la bourrasque, dont certaines, noyées sous les vives eaux, n'existent qu'avec la marée descendante et les eaux mortes. Le bateau accoste sur l'île la plus grande. Roman fait un signe au pêcheur et s'éloigne sur le désert rocheux. Aucune habitation. Des plages de sable alternent avec des falaises abruptes et partout émergent des rochers gris et nus, semés au hasard par la main d'un géant, tels des cailloux sans chemin, rongés par l'haleine salée du ciel. Le vent est fort et Roman doit retenir son capuchon sur son crâne tonsuré. Il débouche sur un espace étrange, amphithéâtre romain dont le public serait un colosse antique : sur les marches énormes, des hommes ont aligné des mortaises en suivant le lit de la roche. Des coins en bois blanc, enfoncés à la masse puis imbibés d'eau, gonflent et font éclater le granite en lames que des tailleurs de pierre débitent à même la carrière. Dès qu'il aperçoit Roman, maître Jehan bondit hors de la fosse. Frère Roman accompagne le maître des compagnons tailleurs dans l'impressionnante excavation. A l'aide de parchemins, les esquisses tracées par Pierre de Nevers, moine de Cluny et maître d'œuvre de la nouvelle abbatiale, il examine la qualité de la matière et le gabarit des blocs.

Roman avait quatorze ans lorsqu'il rencontra le célèbre moine bourguignon, venu en Bavière pour ériger la cathédrale de Bamberg. Ami de son père, Siegfried de Marbourg, un grand seigneur local, Pierre de Nevers fut logé au château familial. Pendant trois ans, Roman, dont le nom de baptême était Jean, apprit à connaître le savant et se passionna pour son art, l'accompagnant sur le chantier, s'initiant à l'arithmétique, aux matériaux, fasciné par la naissance et la croissance, à peine posés sur le papier, de traits contenus dans le secret de la tête de Pierre de Nevers. Cependant, étant le second fils de la famille, celui que l'on confie à Dieu, Jean de Marbourg dut quitter ses proches et ses ambitions de bâtisseur pour effectuer son noviciat et ses études de théologie au monastère bénédictin de Cologne. Il avait alors dix-sept ans. Juste après l'ordination de Jean, qui avait pris en religion le nom de frère Roman, Pierre de Nevers écrivit à son père abbé : le moine proposait de prendre le jeune frère comme assistant et de lui enseigner son extraordinaire métier. Avec la bénédiction du révérend père Romuald, chef de l'ordre, Roman suivit son maître à travers l'Europe.

Ils se trouvaient sur un chantier italien lorsqu'en cette année 1017, l'abbé du Mont-Saint-Michel appela l'illustre maître d'œuvre pour lui confier la conception et la construction de la future abbaye. Le commanditaire, entouré de ses moines les plus érudits, fixa un cahier des charges ambitieux à Pierre de Nevers qui, cinq années durant, travailla à transcrire les formes et les symboles voulus par le maître d'ouvrage en concepts architecturaux. Premier collaborateur de Pierre de Nevers, Roman étudia beaucoup durant cette période, parachevant ainsi son apprentissage. Il fut secondé par frère Bernard, un moine d'âge mûr qui enluminait les manuscrits de l'abbaye. Les dessins terminés, Pierre de Nevers laissa son fidèle assistant au Mont afin qu'il supervise les travaux. Il prit la route de Cluny, son monastère d'origine, où allait enfin se terminer la construction de l'église Saint-Pierre-le-Vieil – débutée en 955 puis interrompue – que son grand ami Odilon, père abbé, lui avait confiée, et sur laquelle il travaillait depuis seize ans.

Au Mont, avant que ne débute l'ouvrage qui durera plusieurs décennies, Roman doit examiner de nombreux paramètres, notamment le granite des îles Chausey. Le tailleur de pierre est l'artisan le plus important du chantier et Roman doit pouvoir compter sur maître Jehan. Heureusement, ce dernier est un homme sûr, qui règne sur une loge de compagnons dont la renommée dépasse la Normandie et la Bretagne. Le maître sait parfaitement lire, écrire, s'exprimer en latin, donc comprendre les notes et les esquisses du maître d'œuvre. La pierre est d'excellente tenue, l'archipel en contient des réserves intarissables, contrairement au Mont, et la taille effectuée par l'équipe de maître Jehan sur quelques blocs correspond à ce que souhaitait Pierre de Nevers. L'obstacle principal reste le transport des pavés au Mont-Saint-Michel. Une fois encore, la mer inconstante mais herculéenne aidera les hommes, à condition de prendre garde à ses flux et à ses tempêtes. Aux vives eaux, des barges de bois achemineront les pierres taillées à Chausey vers la montagne de l'Archange. Tandis que frère Roman et maître Jehan mettent au point les détails, la hauteur du soleil indique la sixième heure. Les compagnons posent leurs outils et tirent couteaux, miches de pain noir, œufs, lard, quartiers de fromage et gourdes de vin de leur gibecière.

Fidèle à la Règle de Saint Benoît, qui interdit à un moine de manger hors du couvent lorsqu'il s'en absente une journée, frère Roman reste abstinent. Il quitte maître Jehan et ses tailleurs pour rejoindre le pêcheur qui doit le ramener sur une terre plus hospitalière, suivant la route que prendront les pierres. A l'heure de l'office de none, ils parviennent au petit port de Genêts. Ici, les eaux mortes s'effilochent en sentiers liquides et sinueux. Toute proche, entre les monts Dol et Tombelaine, se dresse la silhouette de la montagne sacrée, au sommet rond, aux pentes presque glabres, tel le mont Ararat où accosta l'arche de Noé.

« Une nouvelle Arche bientôt verra le jour, là-haut, et les pèlerins afflueront en vagues ferventes pour y être sauvés », songe frère Roman. L'hommage d'un vilain à pied, tirant un cheval par les rênes, détourne le regard du moine bâtisseur.

– Mon maître, dit le paysan en langage vulgaire, votre monture !

En 966, le duc Richard Iᵉʳ a confié aux bénédictins non seulement le Mont et les territoires environnants mais également les habitants de ces concessions, sur lesquels le père abbé détient une autorité spirituelle et temporelle. Du reste, ses vassaux ne se plaignent guère de leur seigneur ecclésiastique, qui leur permet de cultiver des terrains riches, d'élever moutons et porcs et d'assurer ainsi leur subsistance en même temps que l'opulence de l'abbaye. Frère Roman adresse un signe de tête au manant et enfourche le cheval qui galope vers la forêt. Excellent cavalier, il traverse prestement une clairière où des cochons voraces engloutissent glands et faînes.

A chaque fois qu'il galope dans ces bois, il se rappelle la forêt bavaroise, les chasses avec son père, à la menée ou à l'oiseau, faucon ou épervier, privilège des seigneurs. Il se rappelle Otton, le faucon qu'il a élevé, dressé et donné, non sans émotion, à son frère aîné quand il est entré au monastère. Les moines ne chassent pas, si ce n'est les démons. Quand il songe à sa vie passée, il ne ressent aucune nostalgie, aucun regret. Sa ferveur authentique grandit chaque jour, d'autant qu'il a trouvé le terrain d'expression de cette foi : l'architecture. Roman esquisse un sourire lorsqu'il aperçoit maître Roger, le charpentier de la future abbatiale. Ce solide gaillard de quarante-cinq ans, aux cheveux longs, aux traits tannés par le grand air, aux muscles épais, bien que non dépourvu d'esprit et d'instruction, provoque toujours chez le jeune moine un sentiment de franche amitié. En effet, maître Roger dispose d'une caractéristique des plus curieuses : il possède les mêmes yeux qu'Henri, le frère aîné de Roman, prince à l'allure raffinée quoique virile... des yeux immenses, d'un gris très rare, clair, avec des pointes de vert, qu'on jurerait dessinés par un grand peintre. Lorsque Roman regarde maître Roger dans les yeux, il croit un instant s'adresser à son frère, puis il s'avise de la barbe blonde et fournie du charpentier, de ses épaules trapues, de sa voix forte, et il s'amuse à imaginer qu'il s'agit d'une facétie d'Henri, qui lui apparaîtra l'instant d'après dans son costume de chevalier. Il n'est pas permis aux moines d'écrire à leurs proches ou de recevoir directement du courrier : en entrant dans la famille de Dieu, les frères rompent avec leur famille de sang. Aussi Roman n'a-t-il pas vu son frère ni le reste de son clan depuis douze ans. L'artisan est un lien avec son enfance et ce lien fortuit, que le charpentier ignore, apporte une pointe de joie dans le cœur du jeune frère.

– Bien le bonjour, frère Roman ! le salue maître Roger.

Autour du maître, des compagnons bûcherons abattent à la cognée chênes et châtaigniers – le chêne est robuste et le châtaignier éloigne la foudre – sur une partie de la forêt exploitée pour les besoins exclusifs du monastère. A l'écart, sous des auvents, sèchent indéfiniment des montagnes de troncs écorcés, coupés en hiver, à la lune descendante, équarris, qui ont été immergés une année pour les vider de leur sève et de leur sel, et ainsi éviter leur pourriture. Roman descend de cheval et attache sa monture à un arbre. Le visage plein d'aménité, il s'avance vers le charpentier.

– Je vous salue, maître Roger, dit-il en lui donnant l'accolade, les yeux rivés dans ceux de l'artisan. Comment vous portez-vous, vous et les vôtres ?

– Fort bien, si ce n'est ma petite Brigitte, la quatrième de mes filles, d'à peine dix ans... Depuis deux jours, elle est en proie à une humeur étrange, elle ne peut plus avaler la moindre cuiller de soupe, tout ressort par la bouche !

– Avez-vous requis le médecin ? demande Roman, visiblement peiné par cette nouvelle.

– Il est venu hier, juste avant complies..., répond maître Roger en se tordant les mains. Il a saigné la fillotte, mais elle a quand même rejeté la soupe, cette nuit, et ce matin ! Elle n'a plus de forces, elle dépérit...

L'artisan se tait soudain, mais ses yeux semblent vouloir ajouter quelque chose. Habitué au langage du silence, Roman attend, muet, et son regard exprime la confiance. Maître Roger poursuit :

– Je... Je ne sais que faire mais... mais ma femme dit que si ce soir la Brigitte est toujours malade, elle ira chercher la guérisseuse du village de Beauvoir...

Maître Roger s'interrompt à nouveau. Il guette la réaction de

Roman, moine érudit, donc censé voir d'un œil méfiant de chrétien et de savant les rebouteux et guérisseurs de tous acabits, que dans la région on appelle des « toucheurs ». Roman comprend la crainte de maître Roger et ne dit mot. Son regard reste doux et engageant.

– Je sais bien ce que vous pensez, se risque le charpentier. Certains disent qu'elle est en commerce avec le Malin, mais dans le village on la connaît, c'est une bonne chrétienne, et avec ses herbes elle a guéri le petit Andelme, le médecin ne lui donnait pas deux jours avant trépas, il avait la fièvre et elle l'a sauvé, et elle a aussi remis la jambe du vieux Herold qui ne pouvait plus marcher et...

A ce moment, Roman sait qu'il est temps d'intervenir.

– J'ai entendu parler des bienfaits de cette femme, comme tout le monde au monastère, dit-il en coupant maître Roger. Le Malin ne guérit pas les corps souffreteux... il s'empare des âmes. Si cette demoiselle soigne les chairs des malades sans que leur esprit ne soit frappé par des humeurs suspectes, pourquoi en effet ne pas la quérir au chevet de votre fille...

Apaisé par les paroles du religieux, maître Roger sourit.

– Toutefois, ajoute Roman, n'oubliez pas que la prière est le meilleur des remèdes, et Christ le plus grand des guérisseurs... Dès maintenant j'offre Brigitte à Notre Seigneur...

– Merci, frère Roman, puisse-t-Il vous entendre...

– Il entend toutes les prières, maître Roger, et Il dispose du destin des hommes...

Roman se tourne vers l'un des apprentis, qui pose sa doloire à long manche. Ce dernier laisse le moine examiner la poutre qu'il est en train de tailler. Tout l'après-midi, maître Roger et frère Roman sélectionnent les arbres pour la construction des barges à granite, et ceux qui seront dignes de vieillir des années sous les abris, avant de couronner l'Arche. Puis le prêtre reprend sa monture pour rentrer à l'abbaye avant la montée des eaux et le début de l'office de vêpres. Les cloches résonnent sur la montagne lorsqu'il la gravit. Il abandonne le cheval au frère lai responsable de l'écurie et se joint aux moines qui commencent à former les deux colonnes dans l'église, face à l'autel. La colonne de droite longe la muraille percée de fenêtres, mais celle de gauche borde deux grandes arcades de pierre qui semblent séparer l'église non du dehors mais d'un autre sanctuaire. En fait, à côté de l'oratoire où les frères louent le Seigneur, se dessine un second oratoire dont l'architecture est à l'image des deux rangées de moines : disposition parallèle et vêture identique... même nef carrée terminée par un petit chœur voûté en berceau où trône un autel analogue surmonté d'une tribune à escalier montant sous les voûtes de pierre.

Seul un détail distingue les sanctuaires jumeaux : l'autel brillant des cierges et des chants de l'office est dédié à la Sainte Trinité lorsque, par-delà les arcades, son double porte une statue de bois à l'effigie de Marie, tenant dans son giron l'Enfant Jésus : une Vierge noire aux yeux effilés, au visage foncé par la fumée des cierges et de l'encens, invoquée pour la protection des voyageurs et la fécondité des femmes.

– *De Angelis, fetivis diebus ad Vesperas...*

« Notre bon Richard de Normandie a raison, pense Roman. Ce sanctuaire double est une aberration... Quand je songe à son mariage avec la princesse Judith de Bretagne, aux nobles bretons et normands contraints de rester à l'extérieur de l'église, faute de place... »

– *Te Deus omnipotens rogamus... Hic est prepositus paradisi archangelus...*

« Ces maçonneries carolingiennes héritées des techniques romaines, faites par les chanoines, ces sauvages à cheveux longs vêtus de peaux de chèvre... Quelle barbarie ! »

– *Sancte Michael archangele defende nos in prelio...*

« Ces moellons noyés à bain de mortier, ces murs nus sans aucune recherche de rythme... »

– *Deus qui miro ordine...*

« Il eût mieux valu conserver l'oratoire de Saint-Aubert tel qu'il était, circulaire, sur le modèle de celui du mont Gargan, plutôt que de construire à sa place ce temple carré et gémellaire, du côté ouest, celui du couchant, de l'ombre, des ténèbres ! »

– *Deus cuius claritatis.*

« Gloire à toi, Seigneur, avec l'aide de ton divin Archange, ce temple indigne de toi ne sera bientôt plus et s'élancera vers toi... une nouvelle Jérusalem ! »

– *Amen.*

Quelques instants plus tard, Roman se lave les mains, rituel obligatoire avant chaque repas. Le père abbé, vicaire du Christ selon saint Benoît, lave les pieds de ses hôtes – un petit groupe de pèlerins – comme Jésus a lavé les pieds de ses apôtres. Au réfectoire, dans le silence et dans l'ordre, chacun attend près de son siège l'arrivée de l'abbé accompagné des pèlerins, qui s'installent à la table particulière du supérieur. En cette année 1022, l'abbaye ne dispose pas encore d'hôtellerie mais offre l'hospitalité aux gens de passage qui en font la demande. Comme chaque année, l'afflux toujours plus important pour la Saint-Michel, à la fin du mois, entraînera son lot de difficultés.

La plupart des pèlerins seront accueillis dans les villages voisins, moyennant quelques deniers, mais il faudra assurer le gîte et le couvert des plus indigents ou, au contraire, de ceux qui ont fait don à l'Ange d'une obole importante pour la construction de la nouvelle église.

L'abbé prononce la prière et, après le *De verbo Dei*, les frères s'assoient. Le lecteur commence à lire un passage de la Règle. Les servants désignés pour la semaine apportent le pain et le *pulmentum*, soupe de fèves sans viande. Après la soupe, arrive un plat de légumes cuits dans de l'huile de baleine et relevés d'ail. D'une inclination de tête, Roman remercie le frère qui le sert. Ignorant que la langue des signes des monastères aidera plus tard les muets, il imite le geste du cuisinier tournant une sauce pour obtenir de la moutarde sans parler. D'un autre signe, il demande une ration supplémentaire d'aliments. Saint Benoît, dans son souci permanent de *moderatio*, tenait à ce que ses moines reçoivent de la nourriture « aux faiblesses de tous et de chacun » et que chaque individu, au moment de la rupture du jeûne, dispose de quoi apaiser sa faim. Roman mange la moitié de la pitance, plat de harengs à partager avec un autre de ses frères. Prenant sa coupe à deux mains, il boit le vin de Gascogne que le cellérier fait venir de Bordeaux. Le vin local, le vin de Brion, infâme piquette détestée des religieux, reste dévolu aux paysans : au temps des vendanges, seules quelques grappes, crues et entières, pénètrent dans l'abbaye en guise de dessert. La vigne est la grande affaire des hommes de Dieu, et saint Benoît l'apprit à ses dépens : jugeant que l'intérêt de cette boisson était symbolique et donc limité à la célébration de la messe, il entendait proscrire sa consommation hors de l'église. Mais ses moines avaient une vision plus large des vertus de cette espèce eucharistique, qu'ils souhaitaient étendre jusqu'au réfectoire. Une intestine rébellion couva contre Benoît et, face à cette mutinerie, l'homme sage céda : dans sa règle, il fixa une quantité de vin à attribuer à chaque frère au cours du repas. Ainsi, le monachisme bénédictin, qui ne fléchit pas quand un prêtre du clergé séculier, jaloux du succès de l'ordre naissant, fit danser un cortège de filles nues sous les murs du monastère de Subiaco – Benoît sauva la chasteté de ses novices en les exilant au mont Cassin –, qui fut à peine ébranlé par les pillages des hordes de barbares, ne fut mis en danger que par une seule chose : l'amour des fils de saint Benoît pour le sang des vignes.

Ecoutant la lecture d'une oreille distraite, Roman se délecte du fromage, baptisé « angelot », inventé par un moine pour écouler les stocks de lait. Puis, il fait honneur aux splendides fruits d'automne et aux oublies, petites pâtisseries qui trônent sur la table. Enfin il retourne son verre vide, le recouvre d'un coin de nappe et attend que, d'un signe, l'abbé mette fin au souper. Il se lève avec ses frères, prononce une action de grâces, s'incline et se rend avec les moines à l'église, en procession, chantant au son des cloches. Ultime office du jour, complies marque la fin du verbe – il sera interdit de parler ensuite –, le retour de la haute mer contre le rocher, de la nuit et de la lutte des religieux contre les éléments ténébreux. Roman n'oublie pas de confier la petite Brigitte à l'Archange.

Tandis que le sacristain et le sous-chantre aspergent et encensent les autels jumeaux de l'église, puis s'en vont rejoindre leurs frères et leur grabat pour reposer jusqu'aux vigiles, Roman se dirige vers la cellule du père abbé. Collée à l'église, elle est un vestige de la vie au Mont avant l'incendie de 992, la seule cellule individuelle qui n'a pas brûlé. Le père s'approche d'un pas lent de vieillard et précède Roman dans la cabane en bois. L'aménagement est sommaire : une table, deux chaises et une paillasse aussi modeste que celle des autres moines. L'unique privilège du père abbé semble la cheminée, qu'il utilise rarement, même l'hiver.

Sa position dominante dans la hiérarchie monastique est indiquée par la présence d'une tapisserie accrochée au-dessus du bureau : elle représente saint Michel avec une épée dans la main droite, une balance dans la main gauche, en train de peser les âmes des humains ayant sombré dans leur sommeil ultime. Le motif reproduit une sculpture qui trône dans le premier sanctuaire européen dédié à saint Michel, consacré au Ve siècle en terre italienne, au mont Gargan. Le père abbé Hildebert est fils d'un noble chevalier de Rotoloi, dans le Cotentin. Il est entièrement dévoué au duc de Normandie et à la charge de père de l'abbaye qu'il exerce depuis treize ans. En l'an 1009, l'abbé Maynard II, atteint par l'âge et la maladie, demanda à son protecteur, Richard II, d'être suppléé dans ses fonctions. Sur la requête de la communauté monastique, du conseil des évêques et des nobles, le duc remit le bâton pastoral à Hildebert, alors prieur du monastère. Le vénérable moine était déjà, selon Richard, « à la fleur de l'âge juvénile mais remarquable par la finesse d'une intelligence vivace et grave par la maturité des mœurs ». Les moines étant d'accord avec ce jugement, ils tolérèrent l'intervention du prince et du clergé séculier dans le choix du nouvel abbé, contrairement à ce qu'avait prévu saint Benoît. Ils n'eurent qu'à s'en féliciter, au même titre que le duc, puisque Hildebert se révéla un abbé fort avisé, assurant une parfaite gestion des terres, des forêts et des hommes de l'abbaye. Il fit prospérer le monastère tout en étant aimé de ses fils qu'il traitait sévèrement, mais avec un souci de modération et d'équité très bénédictin. Quant à la construction de la grande abbatiale, décidée en 1017 par Richard II après son mariage avec Judith de Bretagne dans la très étroite église carolingienne, elle semble rajeunir Hildebert qui y consacre toutes les forces de son esprit. Ce projet est l'œuvre de sa vie. Il ne lui importe pas de savoir qu'il ne verra jamais de ses yeux la réalisation achevée, mais c'est lui qui aura pensé ce rayonnant hommage à l'Ange : le Mont-Saint-Michel, la plus prodigieuse abbaye de la chrétienté occidentale ! Hildebert a passé des années, des mois, des jours et des nuits en compagnie de Pierre de Nevers, à calculer la portée symbolique de chaque pierre. Aujourd'hui, avant que tout ne se mette en route pour d'autres années, bien plus longues, il tient à vérifier chaque détail, aussi minime soit-il. Une visite de Roman au tailleur de pierre et au charpentier ne constitue pas un détail de moindre importance. Il s'est rendu lui-même aux îles Chausey, mais il est curieux de l'avis de Roman sur le travail de maître Jehan.

Ce soir, face au jeune maître d'œuvre, Hildebert a le regard qui luit d'un éclat tellement ardent que, s'il n'était abbé, et s'il ne s'agissait de l'abbaye, on s'interrogerait sur la nature de cette flamme.

– Eh bien, mon fils, dit-il au jeune prêtre d'une voix douce, mais ferme. Qu'attendez-vous ? Parlez, je vous y autorise !

N'osant pas s'asseoir, Roman se dépêche de faire le récit de sa journée, étalant sur la table les épures de son maître, ôtant de sa ceinture sa tablette et son stylet, puis lisant les divers points qu'il y a consignés.

– Bien, bien..., acquiesce l'abbé. D'après vous, quand pourrons-nous commencer ?

– Les fondations de la crypte du chœur pourront débuter au printemps, comme prévu, mon père, une fois acheminés les appareils de levage et les différentes équipes de porteurs...

– Aura-t-on assez d'hommes, ou dois-je dépêcher des émissaires vers le Midi, afin de recruter des manouvriers supplémentaires ?

– N'ayez crainte, mon père, le rassure Roman. Les hommes sont en nombre suffisant.

– Bon. Et les bateaux, frère Roman ? Avez-vous prévu assez de barges pour le transport de la pierre ? Il serait catastrophique que le chantier soit interrompu, faute d'approvisionnement en granite !

– Soyez tranquillisé, mon père, répond humblement Roman. Nous avons choisi les arbres, qui sont à profusion, et maître Roger a débuté ce jour la construction des embarcations. Son équipe est nombreuse, efficace, et devrait avoir terminé les bateaux à mi-Carême. Toutefois, je m'assurerai régulièrement de leur état d'avancement ; si je juge que les bras manquent, il faudra requérir les paysans de nos terres pour les aider dans la forêt.

– S'il le faut, dit Hildebert d'un ton autoritaire, ils seront requis, et saisis par la joie de contribuer plus directement à l'édification de la demeure de l'Archange !

– Je n'en doute pas, père. A vrai dire, poursuit Roman, les hommes ne m'inquiètent guère, la pierre et le bois non plus, car ce sont là choses contrôlables par la vigoureuse main de l'homme... Ma crainte vient de la mer, qui peut détourner les bateaux chargés de granite et les engloutir à jamais dans son ventre...

– Mon fils, voilà cinq années que vous vivez parmi vos frères sur ce rocher, mais vous venez d'un pays de champs et de forêts, je l'avais presque oublié... Il est présomptueux et vain de chercher à maîtriser l'inmaîtrisable et sot d'en concevoir des craintes. Louons le Seigneur, Il est juste et bon avec Ses serviteurs. Il nous aidera, ainsi qu'Il l'a toujours fait, car Lui seul détient le pouvoir des forces de la nature...

– Oui, mon père, répond Roman en baissant la tête. Avec l'aide de Dieu et de son Ange, nous y parviendrons...

Hildebert entoure le jeune prêtre d'un regard rempli de tendresse et sourit. Il connaît la passion du frère pour son art, qu'il exerce d'ailleurs avec beaucoup d'intelligence. Certes, cette ardeur sert un but sacré, mais comme tout sentiment vif il doit être contenu, ainsi qu'il sied à un moine. La remarque de l'abbé n'avait d'autre dessein que de rappeler cette exigence à Roman, dont la passion confine à l'obsession depuis le départ de son maître. A cette pensée, le sourire de Hildebert brusquement se fige sur son visage ridé. Il se penche et extrait une lettre d'un tiroir de son bureau.

– Mon fils, j'ai encore une chose importante à vous dire, avant que vous n'alliez reposer. J'en informerai vos frères demain matin au chapitre, mais je tenais à vous en entretenir avant, et en privé, car elle vous concerne plus particulièrement. J'ai reçu tantôt cette missive du père abbé de Cluny, le bon Odilon... Il y a deux semaines, Pierre de Nevers a eu un accident sur le chantier de l'abbaye... il s'est brisé les os en chutant d'un échafaudage... Depuis, il se bat pour la vie avec le courage que nous lui connaissons, mais l'infirmier du monastère ne cache pas son tourment, vu son âge avancé...

Roman est bouleversé par cette nouvelle. Toutes ces années passées en compagnie du grand homme ont transformé Pierre de Nevers en une sorte de père, avec un statut qui n'est pas comparable à celui de l'abbé, berger spirituel. Pierre de Nevers est plus proche d'un père de sang. Si son maître venait à disparaître, Roman perdrait sa famille pour la deuxième fois.

– Dès demain, je confierai Pierre de Nevers à la prière de la communauté tout entière, ajoute Hildebert. Croyez, mon fils, que je suis aussi affligé que vous par ce triste événement...

Livide, Roman ramasse ses plans, salue Hildebert et se retire, dirigeant mécaniquement ses pas vers le dortoir. Il entre dans la salle commune. Ses frères sont allongés, immobiles et silencieux. Le *significator horarum* murmure des psaumes en regardant couler la première bougie. Roman a mieux à faire que dormir pour secourir Pierre de Nevers. Il attrape une lanterne, l'allume et sort dans les ténèbres. Le vent, le vent éternel a commencé son combat contre la montagne ; les flots ont entamé leur immuable ascension ; et sans cesse il faut lutter avec soi-même pour ne pas céder à l'acharnement des éléments. Roman contourne prudemment l'église carolingienne. A cette heure de la nuit, il est illicite d'y entrer. Cette interdiction ne résulte pas de la Règle, mais d'une coutume héritée des chanoines : on raconte que ceux qui ont pénétré dans l'église entre complies et vigiles ont été la proie d'apparitions angéliques ou démoniaques : tous en sont morts le jour venu... Devant Roman se dresse la chapelle Saint-Martin, en contrebas du sommet, sur le flanc sud du rocher. Le moine pousse la porte. Tout est noir à l'intérieur. Il lève la lampe sur les trois vaisseaux de la chapelle, avance dans la nef centrale percée de hautes fenêtres, bordée de deux nefs latérales, plus basses et voûtées en berceau. Les maçonneries de moellons extraits du rocher, grossières et archaïques, sont identiques à celles de l'église. La chapelle est aussi l'œuvre des temps carolingiens, mais, contrairement à l'église, qui sera détruite, elle sera conservée, malgré les futures transformations du site. Ce sanctuaire est en effet celui des défunts. Si Roman ne trouve ce soir aucune trace de présence humaine vivante, il se sait entouré de morts illustres, qui gisent sous les dalles du chœur : des seigneurs bretons morts au combat, l'évêque d'Avranches Norgod qui, en l'an 1007, par un miracle angélique, a vu le Mont dévoré par les flammes comme le mont Sinaï, a ensuite renoncé à la crosse et à la mitre pour finir ses jours comme humble moine bénédictin dévoué à l'Archange, et la princesse Judith de Bretagne, épouse de Richard II, morte peu après son mariage célébré dans l'église carolingienne. La volonté du noble normand de raser l'église des chanoines, conjuguée à celle de Hildebert d'édifier une abbaye grandiose, et leur dessein commun de préserver les sépultures de la chapelle Saint-Martin expliquent donc que celle-ci ait été choisie pour devenir l'une des cryptes de soutènement de la future abbatiale. Mais, ce soir, Roman ne se soucie pas de construction. Il pose sa lampe, allume les chandelles de l'autel et tombe à genoux devant la croix, implorant le Christ d'épargner Pierre de Nevers.

Soudain, un léger bruit, glissant et à peine audible, tel un frôlement d'étoffe, l'arrache à sa prière. Il se retourne, ne voit rien. Machinalement, ses yeux inspectent le chœur et brusquement s'agrandissent. Les dalles des tombes sont ornées de fleurs : des genêts fraîchement coupés, dont la couleur de soleil entre en écho avec la flamme des cierges. Roman se lève, contrarié, et saisit sa lanterne. Il balaie l'alentour avec la lampe, ouvre la bouche pour s'enquérir d'une présence, mais retient les paroles par respect pour la Règle. De nouveau, il se prosterne et adresse sa supplique au Seigneur. Il lui semble alors ouïr de nouveau le bruit suspect, dans un coin de l'une des nefs latérales.

« Cette résonance... On dirait le sillage d'un revenant... », pense-t-il.

Se peut-il que les esprits nocturnes aient déserté l'église et investi la chapelle Saint-Martin ? Tremblant, Roman se dresse. Brandissant la lampe comme une lance ou un bouclier, il s'empresse de rejoindre l'endroit d'où semble provenir le son inquiétant. Le halo jaunâtre de la bougie noie les traits de son visage. La couronne brune de ses cheveux tonsurés, ombre horizontale, contraste avec la pâleur de sa peau. Ses yeux, d'une teinte vespérale, cernés de grands cils délicats, sont fixes. Roman avance, blême, se préparant à une confrontation fantastique, remettant déjà son âme entre les mains de l'Ange. C'est alors qu'il aperçoit, derrière une colonne, une nuance plus sombre que le gris des pierres. Tremblant mais résolu, il tend le feu de la lanterne... et ouvre la bouche, incapable d'émettre un son, non par respect pour la Règle, mais de stupéfaction. La forme est muette, et l'observe. Des yeux d'un vert transparent, allongés en amande, au milieu d'une effigie à la pureté virginale, ceinte d'un voile, un cou blanc, fin, où l'on voit battre les veines comme si le mouvement de son cœur se répandait dans tout le corps...

Une robe, longue, évasée, d'une couleur impossible, celle de la forêt, des saisons, des bois et du temps. Le regard d'émeraude est bien vivant et d'infimes taches rousses, sur le nez et les joues, le piquent d'un éclat doré. Le sang, élixir d'existence, afflue vers le visage diaphane qui se pare d'une carnation rose. Face au mutisme du moine transformé en statue, les lèvres tremblent comme une feuille d'automne, un bref instant, et puis s'étirent, ses traits grandissent, s'ouvrent... elle sourit !

3

— Sɪ ʟᴇꜱ ᴘɪᴇʀʀᴇꜱ ont une mémoire ? répéta François en écartant une mèche du visage de Johanna. Oui, elles se rappellent les hommes que les hommes ont oubliés au cours du temps. Elles témoignent à ceux qui savent les entendre, historiens, archéologues, passionnés, comme toi... mais... tu vois, j'ai du mal à imaginer que, une nuit, les murailles de l'abbaye du Mont-Saint-Michel t'aient adressé un message onirique sur des événements étranges que personne ne mentionne dans aucun ouvrage... Je ne dis pas que ton histoire n'est pas réelle, elle est vraie, tu as raison, mais je pense qu'il s'agit plutôt d'un message de tes pierres à toi, de ta terre intime, ton inconscient, si tu préfères...

— Cela voudrait-il dire que ce j'ai vu raconterait symboliquement mon histoire personnelle et familiale, serait lié à moi et pas à des événements extérieurs ?

— A moins que tu sois la réincarnation d'un vieux moine du Mont-Saint-Michel, et je n'y crois pas une seconde, poursuivit-il en souriant, en gros ça pourrait être ça, oui...

Johanna baissa les yeux sur son verre vide, songeuse.

— Pour moi c'est juste un souvenir d'enfance, vivace et macabre, mais un souvenir...

— Si j'avais su, Johanna, je te jure que je t'aurais emmenée ailleurs, je m'en veux d'avoir réveillé ça...

— Oh non, François, ne culpabilise pas, je suis une grande fille maintenant ! En plus, ça m'a fait du bien de t'en parler... sérieusement... Je me sens soulagée d'un poids...

Il saisit sa tête à deux mains et déposa un baiser sur sa bouche.

– Merci de ta confiance. Dis-moi, puisque te voilà délestée d'un fardeau... tu dois avoir la place pour un petit dessert ?

Quelque temps plus tard, le couple gravissait à nouveau les marches de l'abbaye, pour assister au son et lumière qui s'y déroulait les nuits de haute saison. Sans être totalement détendue, Johanna était disposée à se laisser bercer par les mots des pierres du monastère. Ces mots avaient la force et la splendeur des siècles. La mousse grise en salpêtre, telles des gouttes de temps, grignotait les murailles. Au bord des vitraux, pigeons et mouettes accueillaient les visiteurs. La poésie surannée d'un jardinet gothique émut Johanna : huit petits carrés bordés de buis soigneusement taillés ceignaient des plants de fraises, de tomates vertes, quelques courges et de la rhubarbe mûre. Au centre du potager, un rosier mêlé d'aubépine semblait surgir des tréfonds du puits, pour venir s'enchevêtrer autour d'un crucifix rouillé. Ils entrèrent dans le ventre de l'abbaye et, fermant les yeux, elle reconnut la nature des pierres à leur odeur particulière : granite. Un imperceptible frisson dû au contraste entre la température du dehors et celle du dedans, puis elle rouvrit les paupières.

– François ! s'exclama-t-elle. C'est extraordinaire ! On se croirait... à Karnak, en Egypte ! L'austérité en plus...

Ils étaient cernés d'une forêt d'énormes piliers cylindriques, supportant des voûtes aussi somptueuses qu'oppressantes.

– Six mètres de circonférence, ma chérie ! La « crypte des gros piliers »...

– Gothique flamboyant ! ne put-elle s'empêcher de diagnostiquer.

– Juste, répondit François. Conçue au XVe siècle pour soutenir le chœur flamboyant de l'église abbatiale, qui est au-dessus, le chœur roman s'étant effondré en pleine guerre de Cent Ans...

– Dommage, soupira-t-elle. Oui, je me souviens du chœur gothique de l'église, mais je n'avais jamais vu cette crypte... c'est spectaculaire...

– Et tu n'as encore rien vu !

Ils parvinrent sur une esplanade où trônait une grande roue de bois, face à une ouverture sur le ciel étoilé.

– Ah, voilà le canasson ! s'écria joyeusement Johanna.

Ce qui s'appelait en réalité un « poulain » était un engin dont les moines se servaient pour monter la nourriture. Plusieurs hommes se mettaient dedans et faisaient tourner la roue en marchant, une corde s'enroulait et hissait le ravitaillement.

Ici, expliqua François, le granite de l'abbaye en construction a été acheminé grâce à des poulains identiques...

Au son d'une musique lugubre dispensée par d'invisibles haut-parleurs, ils empruntèrent des couloirs où des ombres chinoises jouaient sur les murs. L'intonation grave, François conta l'histoire pénitentiaire de l'abbaye : à la fin de la guerre de Cent Ans, le roi de France envoya au monastère ses adversaires politiques, qui y furent emprisonnés dans des conditions effroyables.

Pendant tout l'Ancien Régime, le Mont-Saint-Michel fut surnommé « la Bastille des mers », dont les moines étaient les geôliers... La Révolution perpétua cette « tradition » mais elle chassa les bénédictins et transforma l'abbaye en gigantesque prison d'Etat, qui abrita jusqu'à six cents détenus, dont Barbès, Blanqui... Ce qu'ils allaient voir maintenant datait pourtant du Moyen Age...

Au XIIe siècle, à l'apogée du monastère bénédictin, l'un des plus célèbres pères abbés du Mont, Robert de Thorigny, décida de réorganiser l'abbaye au faîte de sa puissance : en grand seigneur féodal, il se fit construire ses propres logements, une salle de tribunal où il exerça la justice sur ses moines et sur ses gens – ceux des terres du Mont, qui lui « appartenaient » – et pour punir les indisciplinés... il institua « les deux jumeaux »... Johanna et François entrèrent dans une petite pièce aux voûtes basses et au sol de terre. Deux dalles de verre transparent protégeaient d'étroites ouvertures qui s'enfonçaient dans le rocher. Ils se penchèrent et purent contempler l'horreur toujours flagrante des « jumeaux » : deux cachots, avec des chaînes intactes, tout au fond du trou.

– Brr... C'est monstrueux et fascinant à la fois..., constata la jeune femme en se serrant contre son ami. Je serais d'avis de changer d'air...

Ils visitèrent la « Merveille », chef-d'œuvre de l'art gothique constitué de plusieurs salles bâties au XIIIe siècle pour remplacer les bâtiments romans disparus lors d'un incendie historique, celui de 1204, allumé par les Bretons qui tentaient de reprendre le Mont à leurs ennemis naturels, les Normands. Ne parvenant pas à pénétrer dans la citadelle, ils avaient mis le feu au village, et le feu s'était propagé jusqu'à l'abbaye romane.

– Dis donc, remarqua Johanna au milieu de l'imposant réfectoire des moines où les murs crachaient des chants grégoriens, c'est étonnant ! L'agencement de l'espace est roman, mais la lumière est celle des cathédrales gothiques... C'est une très belle synthèse !

– Oui, confirma François. Cette abbaye est faite de désastres et de reconstructions surprenantes... et la Merveille est un bijou d'architecture...

Il l'emmena jusqu'au joyau des bâtiments constituant la Merveille : le cloître. Autour d'un grand jardin carré, courait une galerie à colonnes fines et élégantes, sculptées de motifs végétaux. La vue sur la mer, du côté nord, était d'un romantisme délicieux, dont ils profitèrent un long moment, collés l'un à l'autre, les yeux plongés dans la baie infinie, malgré la présence d'autres visiteurs. Après une brève escale dans l'église abbatiale où Johanna se rappela sa mère priant dans l'une des petites chapelles du chœur en ce 15 août fatidique, ils se dirigèrent vers les majestueuses salles communes de la Merveille : « la salle des chevaliers », qui servait en fait de scriptorium pour les moines, et « la salle des hôtes ». Dans cette dernière, où l'on fantasmait sur des bœufs entiers rôtissant dans les gigantesques cheminées, sur les prouesses des jongleurs et acrobates divertissant les pèlerins de marque comme les rois de France, les employés des Monuments nationaux accueillaient plus modestement leurs hôtes contemporains avec une tasse de tisane aux épices.

– Bien sûr, dit François, songeur, en soufflant sur le breuvage parfumé, il faut imaginer cette pièce avec des meubles, de riches tapisseries aux murs, les voûtes peintes en ocre et jaune, ornées de motifs géométriques, les vitraux rouges et bleus et le carrelage rouge et vert, décoré des armes du roi de France et de Blanche de Castille : des fleurs de lys et des châteaux castillans... comme d'habitude, le temps a effacé les couleurs du Moyen Age... Souvent je me dis que c'est dommage, tous ces gens d'aujourd'hui qui rêvent le passé médiéval tel qu'il est devenu, gris et nu, alors que c'était tout le contraire... Quand on leur explique que les églises étaient multicolores, ils nous regardent comme des demeurés !

– Diantre Dieu, mon beau prince, je constate avec plaisir que vos songes vous transportent aussi au Moyen Age !

– Oui, ma princesse, mais chez moi, les moines sont debout en prière dans l'église, pas pendus au clocher... et ils ont la tête bien vissée à leurs épaules !

Johanna le regarda d'un œil aussi noir qu'une robe de bure.

– Oh ça va..., dit-il en tentant de l'embrasser. Allez, pour me faire pardonner, je t'emmène dans le lieu le plus ensorcelant et le plus ancien de toute l'abbaye : la demeure de l'Ange, et après, je te montre ce qu'il reste des parties romanes !

Ils repartirent à travers des escaliers humides et musicaux. Johanna stoppa devant une étrange sculpture murale : en tenue de soldat romain, un saint Michel sans visage, les traits disparus, touchait d'un doigt rageur le front d'un prélat agenouillé devant lui.

– Saint Aubert ! s'écria François. L'évêque d'Avranches ! L'archange Michel est en colère parce qu'il n'a toujours pas exécuté son ordre de lui fonder un sanctuaire sur le Mont, alors il lui apparaît une troisième fois, le marquant au front pour que le prélat comprenne enfin... et Aubert a couru bâtir le sanctuaire ! Cet oratoire originel, on peut en voir un morceau aujourd'hui... On le doit à Yves-Marie Froidevaux, architecte en chef des Monuments historiques, qui, en 1960, a retrouvé un pan de mur de ce sanctuaire en restaurant la crypte qu'on va voir maintenant...

– Ah, vive les Monuments historiques ! clama-t-elle. Ton érudition michelienne est terrible, mon François, tu connais tout par cœur !

– Mes connaissances n'atteindront jamais les tiennes, répondit-il en rosissant, mais le compliment me touche... Que veux-tu, plus de quarante ans d'amour avec cette montagne, on a fini par se connaître un peu... Attention à la marche, nous y sommes !

La crypte souterraine restait sombre malgré les projecteurs et son granite blanchi par les travaux de restauration. Dès l'entrée, une étrange sensation, faite de mystère et de recueillement, saisissait à la gorge. Peut-être était-ce dû à l'absence de fenêtres, ou au caractère gémellaire de la chapelle obscure, qui, par une macabre association d'idées, pouvait faire songer aux précédents jumeaux : les cachots. Séparées par deux arcades de pierre, s'étendaient deux nefs carrées identiques, terminées chacune par le même petit chœur voûté en berceau où trônait un autel analogue, surmonté d'une tribune à escalier montant jusque sous la voûte de pierre.

– Notre-Dame-Sous-Terre, murmura François. Le nom est déjà merveilleux, et l'atmosphère magique, je ne sais pas pourquoi... L'âge sans doute, elle est carolingienne, bâtie autour de l'an 900, mais personne n'a pu la dater avec certitude... On ne sait toujours pas si elle est l'œuvre des chanoines bretons ou des premiers bénédictins normands, les historiens s'étripent là-dessus ! En plus, elle a été murée au XVIIIe siècle et pendant longtemps, on l'avait complètement perdue, oubliée... Là, regarde, ajouta-t-il en montrant de grossiers blocs de pierre derrière l'un des deux autels, c'est le mur cyclopéen de l'oratoire de Saint-Aubert !

Mais Johanna n'entendait rien. Aussi pâle que le granite des murs, elle scrutait les deux volées de marches jumelles et parallèles, qui grimpaient vers le néant. Soudain, des larmes insensées montèrent dans ses yeux et elle éclata en sanglots.

– Johanna ! s'exclama François. Que se passe-t-il ?

Elle l'observa intensément pendant que ses lèvres articulaient des mots inaudibles. François la saisit par les épaules.

– Ma chérie ! Qu'as-tu ?

– Là ! cria-t-elle en montrant l'un des escaliers, faisant se retourner les autres touristes. C'est là qu'il était, j'en suis absolument sûre ! C'est ici que je l'ai vu ! Ici ! Il montait et il m'a parlé ! J'avais raison, ce n'était pas qu'un rêve !

– De qui parles-tu ?

– Mais du moine ! Du moine décapité ! éructa-t-elle.

De retour dans la chambre d'hôtel, François s'employa à dissuader Johanna que son funeste songe d'enfant recelait un fondement historique lié au passé du Mont. Tétanisée par sa découverte, la jeune femme déambulait dans la pièce en se tordant les mains et en marmonnant :

– Je ne peux pas me tromper, je m'en souviens au détail près : c'était exactement ce décor, l'autel, les pierres, la voûte, la tribune à escalier ! Ça ne peut pas être ailleurs, c'était cette crypte que j'ai vue dans mon rêve, oui, c'était Notre-Dame-Sous-Terre !

François s'assit sur le lit et la fixa droit dans les yeux, comme pour l'empêcher de marcher de long en large.

– Bien sûr que c'était Notre-Dame-Sous-Terre, et on peut très facilement l'expliquer : quand tu as visité l'abbaye avec tes parents, l'après-midi de ce fameux 15 août, tu es forcément passée par cette crypte, elle t'a impressionnée, c'est naturel, elle marque tout le monde, même les adultes, et quelques heures plus tard, tu en as fait le théâtre de ton cauchemar !

Elle s'adossa à la fenêtre en serrant les poings.

– Non ! Tu te trompes ! Ce n'est pas ça du tout ! répondit-elle. Je ne l'avais jamais vue avant ce soir, sauf dans mon rêve, j'en suis absolument certaine ! On n'a pas visité l'abbaye avec mes parents, on a juste assisté à la messe dans la grande église... je n'aurais pas pu l'oublier, j'ai toujours eu une mémoire excellente, et j'avais sept ans, pas trois !

– Johanna..., dit-il en se levant et en s'approchant d'elle. La mémoire humaine est complexe et sélective, ajouta-t-il en essayant de la prendre dans ses bras. Tu dois admettre l'évidence, l'unique explication possible : pour des raisons qui t'appartiennent, tu as gommé cette visite de ta conscience, mais ton inconscient, lui, avait imprimé toutes les images de la crypte et les a restituées en rêve, avec cette macabre mise en scène...

Elle se détacha violemment.

– Je sais quand même ce que je dis, je ne suis ni folle ni stupide ! cria-t-elle. Et le pendu que j'ai vu avant, hein ? Qu'est-ce que tu en fais, du pendu, mort certainement assassiné ? D'ailleurs, c'est très facile, on va être fixés tout de suite, dit-elle en sortant son téléphone portable. J'appelle mes parents, on va leur demander si on a vu Notre-Dame-Sous-Terre ou pas ce jour-là, eux tu les croiras, et on va bien voir qui a raison...

François se précipita sur le portable et le lui arracha des mains, tandis que des coups résonnaient contre la cloison de la chambre.

– Johanna, ça ne va pas ! dit-il un ton plus bas. Il est une heure et demie du matin ! On est déjà en train de réveiller tout l'hôtel, en plus tu veux déranger tes parents au milieu de la nuit !

Aussitôt ses nerfs l'abandonnèrent et une marée de larmes la prit d'assaut. Tout son être était débordé par un chagrin de petite fille, par une peur d'enfant que son âme d'adulte ne parvenait pas à comprendre. Debout au centre de la chambre, son grand corps spasmodique déversait les torrents d'une douleur longtemps endiguée. En silence, François la rejoignit et lui offrit ses bras où elle se cloîtra, son cou où elle cacha son visage. Il laissa le temps capturer ses sanglots, se contentant de baiser ses cheveux noirs.

– Je... Pardon..., finit-elle par murmurer. Je n'en peux plus... Je ne comprends pas ce qui se passe...

– Demain ! répondit-il. Demain, Johanna... Tu vas t'allonger, essayer de dormir et demain tu verras... D'accord ?

Elle obtempéra, à bout de mots. Il l'aida à se déshabiller et passa de l'eau sur ses paupières. Elle se scella à son corps réconfortant, en position fœtale, et céda à la chaleur du lit.

– *Michael archangele... gloriam predicamus in terris...*
Les sons montent dans un ciel de ténèbres. La lune faible s'accro-

che à une main blême qui pousse un moine du haut d'un rocher. Le moine crie et disparaît dans la mer obscure.

– ... *eius precibus adiuvemur in caelis...*

Le moine émerge et se débat violemment dans les flots impétueux.

– A l'aide ! Au nom du Tout-Puissant, à moi !

Il appelle au secours tandis que l'eau de la baie lui lèche le visage. L'immensité liquide le cerne. Derrière lui, le rocher est conquis par la mer haute. Tels les pétales d'une fleur noire, les pans de l'habit bénédictin s'ouvrent dans les vagues.

– *Te Deus omnipotens rogamus... Hic est prepositus paradisi archangelus...*

Le chant latin sort des vitraux romans de l'abbaye plantée à la cime du rocher. Les murs épais psalmodient vigiles, résonnent de répons fervents, mais restent sourds à la plainte du moine, qui hurle à la base de la montagne.

– Mes frères, je vous en conjure ! Entendez-moi ! Je me noie !

Le moine se défend, seul contre la nature, mais plus il agite les bras, plus il crache, plus il est happé par les flots en colère. De toutes ses forces, il se bat. Son visage est vieux et désespéré, rougi par la lutte, figé dans l'effort avant que de l'être dans la mort. Les vagues le prennent et le relâchent, dans un jeu cruel.

– *Sancte Michael archangele defende nos in prelio...*

Le moine tente de joindre sa voix hachée au chant solennel. Sa face blanche ruisselle de larmes salées. Ses yeux roulent de gauche à droite, puis se figent vers le ciel. L'océan sombre s'amuse avec sa tête, qui oscille dans les flots avant d'être mangée par l'eau, puis crachée. Le moine se met à trembler. Sa bouche lâche un borborygme, mais l'eau s'insinue dans sa gorge.

– *Deus qui miro ordine...*

Epuisé, le moine gît dans la mer. Les paupières se ferment convulsivement. Puis une vague couvre son corps tel un linceul. Dans un ultime sursaut de vie, il se dresse pour respirer. Le front et le crâne tonsuré apparaissent, happant l'air et se débattant contre l'eau.

– *Deus cuius claritatis,* clament les murs de l'abbaye.

Alors les vagues montent à l'assaut du sommet du crâne, et l'eau en rut l'asperge d'écume avant de le couvrir comme un couvercle. Un ultime bouillon et c'est fini, les bulles s'éteignent. L'océan est vainqueur.

– *Amen,* concluent en chœur les murailles de l'église.

Le décor change brusquement. Intérieur des murs, comme dans un ventre de pierre. Séparées par les arcades, les deux nefs jumelles s'achèvent dans le même petit chœur voûté en berceau, avec son autel et sa tribune à escalier : Notre-Dame-Sous-Terre. Sur les marches, attend un moine, debout, tête baissée. Il la relève : la capuche est vide ! Le frère sans tête tend les bras vers le ciel souterrain, puis vers le sol, disant d'une voix de tombe : *Ad accedendum ad caelum, terram fodere opportet.*

Johanna s'éveilla d'un coup, comme si elle avait reçu un choc sur la tête. Assise au milieu du lit, elle haletait et transpirait, le regard éteint. Prise de panique, elle s'éjecta des draps et se précipita, nue, sur la fenêtre. Elle tira les rideaux et la baie du Mont-Saint-Michel lui sauta au visage : un soleil éclatant azurait le ciel et la mer d'un bleu clair et uni, sans nuage, sans vague. La marée était basse et des langues de sable luisaient comme des serpentins de fête. Au loin, dans les prés rendus à la terre, paissaient quelques moutons. Tout proches, les toits des maisons voisines tendaient leurs ardoises ancestrales vers le matin neuf. La nature rayonnait d'une quiétude rassurante, mais ce tableau ne réjouit pas l'esprit de la jeune femme, aux prises avec les images angoissantes. L'orientation de la chambre ne lui permettait pas de voir l'abbaye... les murs du monastère étaient tout de même présents, en elle. Elle fit volte-face, se souvint de François et de la scène de la veille, lorsqu'elle s'aperçut qu'elle était seule dans la pièce. Cette constatation la ramena au réel et au présent, dissipant les dernières brumes de son violent cauchemar.

— François ? appela-t-elle.

Une feuille de papier manuscrite était posée sur l'oreiller de son amant.

Mon amour,

Tu dors si bien que je n'ai pas le cœur de te réveiller. Je file à mon rendez-vous avec l'administrateur de l'abbaye, serai de retour vers midi.

Baisers.

F.

Elle attrapa sa montre : dix heures trente. Impossible de rester une heure et demie seule entre ces quatre murs. Impossible de passer une nouvelle nuit sous les murs de cette abbaye, qui étaient responsables de ses rêves. Partir d'ici, rentrer à Cluny ou à Paris, dans son appartement parisien, oui, sa caverne tranquille, chez elle ! François serait furieux. Tant pis !

Un quart d'heure plus tard, vêtue d'un jean et d'un tee-shirt, les cheveux mouillés, son sac de voyage prêt, Johanna s'échappa de la chambre, de l'hôtel, et trouva un refuge provisoire dans un café du village bondé de touristes et ouvert sur la rue, d'où elle pourrait guetter le retour de François sans voir le château monastique. La foule, le bruit, le va-et-vient, les langues étrangères, le petit déjeuner lui firent du bien. Elle tenta de se concentrer sur la lecture d'un journal qui traînait sur la table. En vain. Que c'était long ! Que pouvait bien tramer François avec les Monuments historiques ? Non, elle ne voulait pas le savoir, ne pas entendre parler de fouilles, du passé, de l'histoire du Mont. Ne plus voir d'images. Quitter cet endroit le plus rapidement possible, sans commentaires. Mais que dire à François pour qu'ils détalent tout de suite ? Elle réfléchit en se rongeant les ongles. Exceptionnellement, mentir ne la gênait pas, seule l'efficacité du mensonge comptait. C'était une question de survie mentale... Qu'on l'appelait d'urgence à Cluny ? Non : le boulot cette fois était un terrain miné : trop facile pour lui de vérifier... Que sa mère avait eu un accident ? Non : une superstition liée à la mort de son frère l'empêchait de jouer avec un tel argument... Isa ? Isabelle, sa meilleure amie, malade, la réclamait à Paris... Isa ne vendrait pas la mèche, oui mais il faudrait tout lui expliquer, à Isa, et Johanna s'y refusait : ne plus en parler, à quiconque ! Plus jamais ! Oublier et ne pas y revenir ! Et puis Isabelle n'était pas seule, François ne comprendrait pas que son mari l'abandonne... oh et puis zut, à la fin ! Elle décida d'assumer : elle voulait partir et c'était tout. S'il n'acceptait pas, eh bien elle le laisserait là, sur son maudit rocher, et elle rentrerait seule, en train. Voilà. Lorsqu'elle l'aperçut au bout de la ruelle, à midi moins le quart, elle était galvanisée tel un boxeur avant un exploit. Lui arrivait tranquillement, de sa démarche élégante, un dossier sous le bras, un demi-sourire aux lèvres, les yeux cachés derrière des lunettes de soleil. Au bord de la terrasse, Johanna se leva et lui fit signe. Sa mine s'éclaira encore plus, puis son sourire se figea quand il vit le visage fermé et le regard électrique de sa compagne. Il l'embrassa rapidement en retirant ses verres noirs et s'assit face à elle. La veille au soir, elle l'avait bouleversé, mais aujourd'hui, il avait espéré qu'elle serait de nouveau comme il la connaissait : drôle, pétillante, sensuelle...

– Bonjour ma chérie ! Alors, comment ça va ce matin ? Tu as bien dormi ? demanda-t-il, déjà certain de la réponse.

– François, je ne resterai pas une seconde de plus ici. J'ai décidé de rentrer à Paris, immédiatement, avec ou sans toi.

– Que se passe-t-il ? s'enquit-il d'un ton las.

– Rien, rassure-toi ! répondit-elle ironiquement. Il ne se passe absolument rien, sinon que je veux rentrer chez moi.

– Et puis quoi encore ? s'exclama-t-il en la retenant par le bras. On ne s'est pas vus pendant un mois et tu vas me planter ici pour aller faire je ne sais quoi à Paris ?

– François, soupira-t-elle, je suis épuisée, je n'ai pas la force de me disputer avec toi... Soit on rentre ensemble, soit séparément, mais je n'ai aucune envie d'ergoter pendant des heures... Je suis désolée d'agir ainsi, crois-moi, tu m'en veux, à juste titre, mais cela n'a rien à voir avec toi et je ne peux pas faire autrement...

Il garda le silence quelques instants, pensif.

– J'ai une idée..., finit-il par avancer en souriant, voyant que sa compagne resterait inflexible. Si on finissait le week-end ailleurs, tous les deux ? Que dirais-tu d'une soirée romantique à Saint-Malo ou à Honfleur, et d'une balade en bateau, demain ?

– Navrée, François, avoua-t-elle, sincèrement désolée de ne pouvoir lui faire plaisir, mais même à Honfleur ou partout ailleurs, je serais d'une piètre compagnie ce soir... Tout ce dont j'ai besoin, c'est d'une soirée seule chez moi, absolument seule...

A midi et quart, ils quittaient le Mont-Saint-Michel dans l'auto de François. Johanna ne se retourna pas pour apercevoir le féerique paysage. Le trajet se déroula dans un silence de tombeau. François était vexé, mal à l'aise, Johanna réfléchissait. Au milieu de l'après-midi de ce samedi plein de soleil, sur le boulevard de Port-Royal, la voiture bifurqua dans la rue Henri-Barbusse, à quelques pas du jardin du Luxembourg, et s'arrêta devant un vieil immeuble. Il éteignit le moteur et détacha sa ceinture de sécurité.

– Tu ne veux pas que je monte un moment avec toi ? murmura-t-il. Pour qu'on parle ? jugea-t-il bon de préciser.

– Non, François, dit-elle doucement. J'aimerais mieux pas... Merci d'avoir été là. Ne t'inquiète pas, ça va aller, maintenant...

En effet, son visage semblait respirer à nouveau, ses traits se détendaient un peu.

– Johanna ! dit-il en la prenant dans ses bras. Si tu ne te sens pas bien, appelle-moi et je viendrai tout de suite !

– Tu es un ange, François... mais ça va, je te promets...

Il regarda les yeux de la jeune femme. Ce bleu céleste... Il y remarqua un éclair infime, fixe. Il comprit.

– C'est... la peur ! s'exclama-t-il. La peur face à la mort !

Elle tressaillit et détourna le regard. Elle empoigna son sac et ouvrit la portière.

– Quelle mort, François ? De quoi parles-tu ? Allons, ne t'y mets pas aussi, sinon je pars directement à Sainte-Anne, moi ! Bon, j'y vais maintenant, je t'appelle tantôt.

Elle claqua la portière et lui adressa un signe d'adieu. A travers la vitre granuleuse de la porte d'entrée, il distingua sa silhouette noire qui montait l'escalier.

Johanna ferma la porte à double tour et tira les rideaux du salon. Le soleil lui faisait mal. Dans sa petite chambre, elle clôtura à demi les volets, laissant passer un rayon de lumière vertical. Elle s'agenouilla devant une vieille cantine en fer à la couleur indéfinissable, qui faisait office de table de chevet. Elle débarrassa la malle de la lampe et des nombreux livres, journaux et publications d'archéologie qui y étaient anarchiquement empilés. Puis elle l'ouvrit. Elle en retira des lettres, des boîtes pleines de photos d'adolescence où elle était une grande fille maigre et dégingandée, une collection complète d'un magazine d'histoire, quelques cadeaux d'anciens soupirants, la blague à tabac de son grand-père dont elle avait hérité, des pierres sculptées, de vieilles lunettes de vue, un exemplaire illustré des *Contes de la Table Ronde*, des fleurs séchées, un nécessaire de graphologie, et enfin un petit cahier à la couverture d'un bleu jaunâtre, où étaient écrits son nom, son prénom, et « cours élémentaire deuxième année ».

Sur la première page était transcrite la phrase latine rapportée de son rêve comme un morceau de musique, de mémoire auditive, la version corrigée en dessous et enfin la traduction qu'elle avait ajoutée trois ans plus tard, en noir, au bas de la page, comme à distance respectueuse de la langue originelle. Cela faisait des années qu'elle n'avait pas touché le cahier et la locution rencontrait maintenant son regard de grande personne. Johanna se dit que ces sept mots avaient suffi à éveiller son imaginaire d'enfant, orienter ses désirs adolescents et entretenir sa quête adulte. Sept mots pour féconder une vie. Sa vie. Qui était cet homme sans visage, qui les avait semés ?

Ad accedendum ad caelum, terram fodere opportet.

4

LA FEMME reste face à Roman. Elle éteint son sourire et se tait. Ecartant sa peur première, le moine la regarde, et se tait. Soudain, il lui semble que cette femme est la saison d'automne. Avec trouble et plaisir mêlés, la respiration de Roman capte une suave odeur de feuilles mourantes, de baies mûres, de terre grasse et d'herbues sous la pluie. La dame voilée soutient les yeux du religieux un long moment, et le moine plonge dans les prunelles de la bucolique enchanteresse. Elles sont claires, tels l'aube ou la fin d'un jour. Roman sent un inexplicable picotement sur son front et ses joues. Une chaleur foudroyante entre dans son corps au moment où il aperçoit une longue mèche des cheveux de la femme, qui s'est échappée du voile. Subitement, elle lève ses doigts gantés pour cacher la mèche, baisse son regard vert et s'enfuit.

Roman est seul dans la chapelle Saint-Martin, avec les trépassés. Lentement, il se retourne et marche vers l'autel, sa lanterne à la main. Qui est cette femme ? Une villageoise, peut-être... Non, il l'aurait déjà aperçue dans le bourg ou au monastère, et il est certain de ne pas la connaître. De plus, une âme du lieu ne s'aventurerait jamais ici après complies... Une étrangère ? Elle ne faisait pas partie du groupe de pèlerins ayant partagé leur souper... Une brebis perdue, en quête d'un refuge pour la nuit... mais sa mise n'était pas celle d'une vagabonde parcourant les campagnes, sa tournure et son aplomb ressemblaient à ceux de la fille d'un grand seigneur ! L'unique certitude réside dans le fait qu'elle n'était pas fantôme, mais être mortel. En s'approchant du chœur, la lumière jaune de la lampe touche à nouveau celle des genêts ornant les tombes.

« C'est donc cela..., pense-t-il. Cette jouvencelle est sans doute venue offrir ces fleurs aux défunts, et se recueillir devant le Seigneur... J'ai interrompu son oraison et l'ai sans doute effrayée, autant qu'elle m'a effrayé ! Pourtant, quelle singulière heure pour prier ! »

Ce disant, il se remémore le sens de sa présence dans cet endroit sacré : prier, prier pour le salut de Pierre de Nevers, sans attendre le réveil de ses frères. Songeant à son maître, à son accident sur le chantier de Cluny, il s'agenouille pieusement, expulsant de son esprit le trouble né de la rencontre mystérieuse.

Le matin suivant, après l'office de prime, les trente prêtres, novices et frères lais se réunissent dans l'un des bâtiments conventuels qui bordent l'église, garni de bancs et d'un siège central. L'abbé Hildebert se place dans le fauteuil, un ouvrage magnifiquement relié dans les mains. Ce jour, 7 septembre, est dédié à sainte Regina, vierge et martyre d'Autun. La séance du chapitre débute, comme à l'accoutumée, par la lecture d'un passage du *Miroir de la perfection*, la règle de Benoît de Nursie, écrite au VIᵉ siècle.

– *Constituenda est ergo nobis Dominici scola servitii : in qua institutione nihil asperum, nihil grave nos constituros speramus,* dit avec conviction le père abbé plongé dans le manuscrit richement enluminé. *Sed et si quid paululum restrictius, dictante aequitatis ratione, propter emendationem vitiorum vel conservationem caritatis processerit, non ilico pavore perterritus, refugias viam salutis, quae non est nisi angusto initio incipienda. Processu vero conversationis et fidei, dilatato corde, inenarrabili dilectionis dulcedine curritur via mandatorum Dei, ut ab ipsius numquam magisterio discidentes, in eius doctrina usque ad mortem in monasterio perseverantes, passionibus Christi per patientam participemur, ut et regno eius mereamur esse consortes. Amen.*

– *Amen,* répondent en chœur les moines.

– La sainte règle de notre père Benoît est un guide sur le chemin du Seigneur que nous avons choisi, un flambeau sur la voie de l'accomplissement de l'Homme dans l'amour de Dieu, commente l'abbé. Cependant, ainsi que nous le rappelle notre fondateur dans ce passage de la Règle, le Très-Haut n'attend pas de nous que nous soyons ses esclaves, écrasés sous le joug de l'ascèse et de la mortification. Nous ne sommes pas les serfs de Dieu, mais ses fidèles serviteurs, nourris de son amour, modèles exemplaires de son amour pour les hommes de cette terre ; aussi, n'oubliez pas, mes fils, que si la vie monastique exige rigueur et obéissance, elle ne doit pas être exempte de *moderatio*, c'est-à-dire de douceur et de mansuétude vis-à-vis de soi-même.

Silence. L'abbé enveloppe les frères d'un regard doux et paternel.

– Mes fils, dit-il avec une intonation correspondant à ce regard. Saint Benoît nous a toujours invités à célébrer l'office en présence des anges et à vivre avec eux, car ils rapportent à Dieu toutes nos actions. Nous sommes entourés de leur amour, en ce lieu plus qu'en tout autre, élu par le vainqueur des forces de l'Enfer. Fidèles à l'œuvre d'Aubert, nous nous devons de lui bâtir un piédestal à la hauteur de sa puissance, un piédestal digne du prévôt du Paradis, que nul n'osera plus comparer à celui du mont Gargan ! Aujourd'hui, je veux vous annoncer que le chantier débutera à la nouvelle année, après les festivités pascales. Souvenons-nous du Livre de l'Apocalypse de saint Jean : « L'un des sept anges me transporta en esprit sur une montagne de grande hauteur et me montra la cité sainte, Jérusalem, qui descendait du ciel, de chez Dieu, avec en elle la gloire de Dieu. » Jérusalem dessinait un carré, de longueur et de hauteur égales... Rappelons-nous aussi le Livre des Rois, décrivant le temple de Salomon, bâti sur trois niveaux, dont le dernier renfermait l'Arche d'Alliance, demeure de Dieu... Imaginons enfin l'arche de Noé, que le Livre de la Genèse dit d'une longueur de trois cents coudées, d'une largeur de cinquante coudées, et comportant « trois étages de compartiments »...

D'un geste à la théâtralité de saltimbanque, Hildebert sort de sa coule des dessins de Pierre de Nevers, qu'il montre aux moines ébahis. A cet instant, frère Roman ressent une grande fierté devant l'œuvre de son maître, mais aussi une sourde inquiétude face à l'ampleur du chantier et de ses propres responsabilités, en l'absence du maître... qui peut-être ne reviendra jamais au Mont.

– Voyez, mes fils, reprend le père abbé en passant ses doigts sur le parchemin. La longueur de l'édifice sera égale à la hauteur du rocher : ainsi, l'église sera un carré parfait, de quatre côtés égaux, fidèle au nombre sacré de la Jérusalem céleste et au monde parfait créé par la sagesse divine : les quatre vents, les quatre Evangélistes, les quatre horizons, les quatre fleuves du Paradis, les quatre éléments . L'ensemble sera bâti sur trois niveaux organisés en paliers ascendants : le narthex de notre église sera le Porche du temple de Salomon, la nef et le transept seront le Saint, où se réuniront les fidèles, et le chœur le Saint des Saints... Les pèlerins monteront du couchant vers le levant, des ténèbres vers la lumière, ils monteront toujours jusqu'au but ultime : l'autel de saint Michel Archange... Le vaisseau central de notre église sera aux proportions exactes que Dieu a dictées à Noé... Quant aux nouveaux bâtiments conventuels, qui seront élevés sur le flanc nord, le long de la nef de l'église, ils consacreront avant la fin des temps l'ultime alliance de Dieu et des hommes, une nouvelle arche de Noé ! Le niveau inférieur de l'Arche était celui des animaux : mes fils, nous bâtirons donc en bas une aumônerie pour accueillir les troupeaux qui viendront de toutes parts pour être sauvés... Le niveau intermédiaire de l'Arche était celui de la nourriture : nous y ferons notre réfectoire et l'entrepôt des pitances terrestres ; l'étage supérieur était réservé à la famille de Noé : ce sera donc notre dortoir...

– Père, intervient frère Drocus, tout cela comble notre cœur... Mais la disparition de l'église actuelle ne va-t-elle pas perturber les offices ?

– Mon fils, la vieille église ne sera détruite que dans plusieurs années, lorsque nous édifierons la nef de la grande abbatiale ! Alors, nous prierons dans le saint des saints, ou dans les chapelles du transept, qui seront achevés... mais jusqu'à ce que le chœur soit construit, les offices se poursuivront dans l'église actuelle. Ces travaux sont un grand bouleversement pour votre âme, des décennies s'écouleront avant que ne s'élève la nouvelle église et la plupart d'entre nous auront rejoint le Seigneur bien avant qu'elle ne soit terminée... mais elle sera née de notre amour de Dieu, et elle témoignera de cet amour pour les siècles des siècles !

Les frères se taisent, touchés par les paroles de l'abbé. Hildebert songe au chantier et son visage devient plus grave. Il attend que le moment de grâce soit passé et dit à ses fils qu'il est aussi, hélas, porteur d'une mauvaise nouvelle. Puis il annonce l'accident de l'auteur des esquisses et confie Pierre de Nevers à l'ardente prière de la communauté. Les moines se tournent vers Roman, le regard rempli de compassion et d'espérance. Leur frère a l'âme serrée. Mais la vie matérielle reprend ses droits : le chapitre se poursuit par un exposé des comptes de l'abbaye, que présente le moine cellérier chargé du ravitaillement, de la gestion des terres, des bois, de la perception des péages et des taxes. Les affaires sont florissantes, la disette semble loin.

– Les huîtres sont nombreuses et grasses cette année, particulièrement celles des domaines de Cancale, explique l'intendant à la mine réjouie. La dîme reçue par l'abbé pour la pêche des fruits de mer est donc importante.

Dans l'esprit des moines, chaque denier se transforme en pierre pour la future église et, ce matin, les huîtres se changent en arcs de granite...

Après un nouveau silence, l'abbé dissipe les rêves grandioses de ses fils en inaugurant la dernière partie de la réunion : le chapitre des coulpes.

– Nunc..., dit l'abbé d'une voix autoritaire. *Si aliquid sit loquendum, dicite.*

Cette formule consacrée est le prélude à la confession publique des fautes, c'est-à-dire des manquements à la Règle. Aux mots prononcés par l'abbé, un jeune moine prêtre, frère Guillaume, se lève et se prosterne à plat ventre aux pieds de son père.

– *Quae est causa, frater* ? lui demande l'abbé.

Guillaume se redresse et se met à genoux.

– *Mea culpa, domine...* Père, en cachette, j'ai bu un bol de bouillon de poule, à la cuisine... Je demande pardon à Dieu et à mes frères, poursuit le moine avant de s'allonger à nouveau, face contre terre, bras en croix, attendant la pénitence.

A cet instant, le vieil abbé pense à la Règle, qui proscrit la viande, mais surtout à ses vils prédécesseurs sur le rocher, les chanoines bretons, connus pour leurs festins avec les habitants du village, ripailles qui ne se limitaient pas à un bol de bouillon...

– Relevez-vous, mon fils, lui enjoint l'abbé, et inclinez la tête. Vous jeûnerez deux jours et une nuit, en priant pour le pardon de Dieu et de vos frères.

La révélation de la faute individuelle permet le pardon collectif, pardon toujours offert. La vie religieuse en communauté implique une fusion d'âmes pures, âmes qui doivent être lavées de tout péché avant l'office de complies, avant le coucher du soleil et le réveil du monde des ombres. Guillaume regagne sa place. En ce haut Moyen Age, âge d'or du monachisme bénédictin où la Règle est encore appliquée à la lettre, les frères ne mangent pas de viande, qui attise les passions et la luxure. Seuls les moines malades et ceux ayant subi la saignée peuvent consommer un bouillon carné, à condition que la viande ne provienne pas d'un quadrupède. La poule étant heureusement un animal à deux pattes, la sanction de Guillaume en est plus légère...

Aucun autre candidat à la confession publique ne se présentant ce jour-là, l'abbé lève la séance et tous quittent la salle du chapitre pour assister à la messe du matin.

Sur le chemin approche frère Bernard, que Pierre de Nevers et Hildebert ont choisi parmi les frères du monastère pour seconder Roman. Sans un mot, il pose ses doigts tachés d'encre rouge sur l'épaule du jeune homme, y exerçant une brève pression, avant d'entrer dans l'église.

Deux semaines ont passé. Aucune nouvelle de Cluny n'est encore parvenue jusqu'à la montagne normande. Hildebert n'a pas permis à Roman de se rendre au chevet de son maître : un tel voyage est long, périlleux, et le prudent abbé n'a pas voulu risquer d'y perdre le légataire du docte bourguignon, le détenteur de la science du grand bâtisseur. Roman fait face à la pénible attente en priant et en jetant toutes ses forces dans son travail. Son corps s'est amaigri, mais son esprit sollicité n'en a conçu que plus d'acuité, d'autant plus qu'il exempte Bernard de toute aide, renvoyant l'assistant désœuvré à son *scriptorium*. Un matin, peu avant la Saint-Michel, lors de l'une de ses visites forestières à maître Roger et son équipe de charpentiers, Roman remarque la joie dans les yeux de l'artisan, une joie simple et forte qui sied au bonhomme.

– La félicité est dans vos yeux comme le soleil, maître Roger, lui dit-il. Une heureuse nouvelle ?

– Ah, frère Roman, c'est la flamme de la gratitude ! répond-il en essuyant la sueur de son front. La gratitude envers le Très-Haut qui, dans son infinie bonté, a épargné ma petite Brigitte et... gratitude envers sa servante sur terre, qui l'a guérie !

– Je me réjouis avec vous que Brigitte ait recouvré la santé, mon ami ! Dites-moi, cette « servante de Dieu », comme vous l'appelez, est-elle la guérisseuse du village de Beauvoir dont nous avions parlé ?

Maître Roger baisse son beau regard vert-de-gris, regrettant de n'avoir pas modéré son enthousiasme envers la rebouteuse devant un homme de Dieu.

– Tout juste, c'est elle..., dit-il plus bas. Pardonnez-moi, frère Roman, mais sa médecine a fait de telles prouesses sur la fillotte, et sans jamais la saigner, que nous autres pêcheurs ignares y avons vu miracle !

Roman sourit. Décidément, il estime cet homme, qui a la sagesse innée d'aimer du même amour Dieu, ses saints, et sa progéniture charnelle.

– Nous sommes tous des pêcheurs et des ignorants face au Tout-Puissant, répond le moine. Il se peut qu'Il ait choisi la main pure et blanche d'une vierge pour servir l'un de Ses desseins, vous m'aviez dit qu'elle était très pieuse...

A ces mots, un ardent souvenir et une idée étrange naissent dans la tête de Roman.

– D'ailleurs, poursuit-il, à quoi ressemble-t-elle ? Je crois ne l'avoir jamais vue au monastère !

Ne voyant dans la question aucune malice, maître Roger s'empresse de satisfaire du mieux qu'il peut la curiosité du religieux.

– C'est que... Elle est très belle et pure, en effet ! Quand elle arrive, avec ses sacs d'herbes et de fleurs, toujours à pied – elle dit qu'un cheval ou une ânesse ne feraient que l'embarrasser dans les marécages – on dirait une princesse de la forêt ! Ou une fée des temps anciens... Sa mère est morte en mettant au monde son jeune frère, un pauvre hère qui n'a jamais pu prononcer ni entendre un traître mot, et son père s'est éteint d'une fièvre subite de la vieillesse, il y a peu... La petite est restée seule avec son frère, dont l'état, en grandissant, est toujours le même, et on dit que Dieu lui a confié le don de soigner les gens pour la consoler de ne pouvoir guérir son propre sang...

Roman est songeur. La description physique est très imprécise, mais cette sensation de créature magique enfantée par la forêt, d'aristocrate sylvestre... Se pourrait-il que ce soit « elle » ?

Le soir même, au réfectoire, Roman croit remarquer, à la table de l'abbé, un frère qu'il n'a jamais vu. A complies, le moine inconnu assiste à l'office, puis disparaît.

Alors qu'à la nuit tombante Roman se hâte vers la chapelle Saint-Martin, mû par un désir secret, il est retenu par le père abbé, qui le prie doucement de le suivre dans sa cellule. Devant la tenture de saint Michel jaugeant les âmes, le visage du vieillard est empreint d'une pesanteur inhabituelle, qui inquiète Roman. Il est d'abord surpris d'apercevoir l'énigmatique frère dans la cabane de Hildebert, mais bientôt tout devient clair.

– Mon fils, lui dit l'abbé d'une voix solennelle, je vous présente frère Jotsald, que le père Odilon nous a dépêché de Cluny...

Jotsald se lève et vient serrer les épaules de Roman. Roman aperçoit la tenture, où saint Michel pèse les actions des hommes décédés et conduit leur âme jusqu'au Paradis, ou l'envoie en Enfer.

– Mon infortuné frère, dit le moine de Cluny, je suis le messager d'une bien triste nouvelle...

Prosterné devant l'autel de la chapelle Saint-Martin, à quelques pas des genêts séchés, Roman laisse ruisseler sa souffrance d'orphelin. Les larmes descendent sur ses joues creuses, délicatement, sans violence. Curieuse journée que ce jour où un père lui apprend la guérison d'une petite fille inconnue et un inconnu le trépas d'un père... La vie avec le soleil, la mort la nuit venue... La mort d'un homme fané comme ces fleurs, à l'existence pleine, contre la vie d'une fillette à éclore.

« Tout cela est juste..., se dit le moine en sanglotant. L'ordre du cosmos, l'ordre de Dieu... Mon maître se repose enfin, depuis sept jours, dans la terre bénie de Cluny, celle-là même où il avait pris l'habit... il repose dans le chœur, là où sommeillent les saints ! Saint Michel Archange, peseur des péchés et conducteur du souffle des hommes vers le Très-Haut, prenez soin de Pierre de Nevers, mon père... Vainqueur du Diable, Ange du Jugement dernier, gardien des portes du Paradis, accompagnez cette âme bonne vers le Royaume céleste et défendez-la des démons qui voudront la saisir sur la route... Père très cher, je prie pour votre passage dans l'Autre Monde, l'Autre Monde... »

Soudain, un bruit interrompt la prière de Roman. Le regard brillant, le clerc se dresse. Cela venait de là-bas, dans son dos... Sans prendre le temps de saisir une lampe, il se précipite au fond de la nef, dans la pénombre. Il bute contre un banc et, frottant son genou douloureux, aperçoit deux petits cercles jaunes et phosphorescents. Un miaulement et le chat sauvage s'enfuit. Roman fait le tour des piliers, tâtonnant contre la pierre, mais son espoir s'échappe à la vitesse du félin : il est seul dans la chapelle. Les genêts achèvent de flétrir sur les dalles mortuaires, cadavres végétaux secs et durs comme des os.

La Saint-Michel de septembre a vu affluer des vagues ininterrompues de pèlerins sur le rocher. Tous, même les plus pauvres, ont donné une obole pour la construction de la grande basilique. Tous sont venus quémander une faveur à l'Ange, ou le remercier d'un miracle. Maître Roger a payé une messe privée en l'honneur de l'Archange : à la demande de l'artisan, Roman a officié dans la chapelle Saint-Martin pour la famille du charpentier.

Disant la messe, il n'a pu détacher ses yeux de la petite Brigitte, aux grands cheveux blonds comme son père, aux yeux bruns comme sa mère, une femme pieuse et courageuse, fière de ses dix enfants, et du onzième qui ne va pas tarder à venir. Roman attendait cette célébration avec une impatience diffuse, souhaitant, sans se l'avouer, la présence au grand jour d'un être qui ne s'est pas montré. La Saint-Michel de septembre, dédiée au saint patron de la montagne, est donc passée, et les moines préparent déjà la Saint-Michel d'octobre, la fête de la dédicace, qui célèbre la fondation du sanctuaire de Saint-Aubert sur le rocher : la naissance de la montagne sacrée. A cette occasion, les rues du bourg sont envahies de colporteurs, bateleurs et acrobates ambulants, de voleurs aussi et parfois de dangereux brigands. Comme chaque année, le duc de Normandie, protecteur de l'abbaye et mécène, assistera en personne à la grande procession, en compagnie de sa mère, la duchesse Gonor, de ses chevaliers et de sa cour. Puis Richard II ira se recueillir sur la tombe de la princesse Judith de Bretagne, son épouse, dans la chapelle Saint-Martin. Cette année 1022 n'est pourtant pas comme les autres : un lustre particulier habillera la grand-messe dans l'église carolingienne : l'éclat de la fin d'une époque et le début d'un renouveau grandiose. Un signe divin l'a d'ailleurs annoncé : peu après le mariage du duc Richard et de la princesse Judith, survenait un événement étrange dans la cellule de l'abbé Hildebert, construite, comme l'église, par les chanoines bretons... Une nuit, avant vigiles, des coups inexplicables frappèrent le plafond de la cabane. Au-dessus de la tapisserie de l'Archange, une main inhumaine cogna contre le bois, comme si un esprit immortel était enfermé dans le toit... L'abbé se réveilla, requit le prieur et le cellérier, un homme jeune et trapu à l'abondante force physique : ce dernier prit une échelle, monta et écarta sans effort quelques lattes... trouvant un coffret de cuir coincé entre le plafond et le toit. Le contenu du coffre éclaira un mystère jusque-là insoluble : à l'intérieur, reposaient les restes de saint Aubert, qui avaient disparu avec les chanoines, en 966, à l'arrivée des bénédictins... Un bras, le bras droit, et surtout le crâne, reconnaissable entre tous au trou qu'il portait au front : la marque du doigt de l'Ange à sa troisième apparition, et un parchemin attestant l'authenticité de ces ossements. Le récit de la découverte miraculeuse du trésor, caché par les méprisables chanoines et dérobé si longtemps à la prière des fidèles, fit rapidement le tour de la Normandie et de la Bretagne ennemie...

En bon chrétien et indéfectible tuteur, Richard y vit la volonté de saint Michel lui-même et il prit la décision, qu'il réservait jusqu'alors, de la construction de la grande abbatiale : il fit don à Hildebert de nouvelles terres, de moulins, de sommes importantes pour l'édification de la basilique, et des îles Chausey, les indispensables réserves à granite. Quant aux reliques si opportunément réapparues, elles furent placées dans une châsse d'argent doré enrichie de cristal et pierreries, et constituèrent dès lors le joyau du trésor de l'abbaye, garantie pour ses gardiens, non seulement des subventions de Richard, mais d'un flot constant de pèlerins.

A quelques jours de cette Saint-Michel d'octobre, fête de Saint-Aubert, où le reliquaire sera solennellement montré aux fidèles comme le signe de la puissance de l'Ange, le monastère entier bouillonne de passion mystique. Beaucoup de pèlerins sont déjà arrivés, que les villageois et les frères accueillent. Tous les moines prêtres sont requis pour célébrer les messes, dont certaines vont aux fidèles morts sur la route, victimes de la mer, des sables mouvants ou des fripouilles. « Avant d'aller au Mont, fais bien ton testament », dit un proverbe normand. Un seul prêtre est exempté des messes privées : frère Roman, qui va et vient librement, loin des contraintes du cloître. Désormais maître d'œuvre, il se sent aussi écrasé par l'envergure de sa charge que par l'honneur de succéder à Pierre de Nevers. Jamais il n'a dirigé la construction de la moindre chapelle, du plus modeste oratoire, et soudain... édifier seul la nouvelle Jérusalem ! Son maître disait, en montrant ses croquis, qu'ils seraient le point culminant de toute sa vie, d'une exceptionnelle longévité, soixante années... en fait, ses dessins sont son testament, dont Roman est l'unique héritier. Et Roman a peur. Malgré le crédit que Hildebert lui prête, il croit sentir une inquiétude, légitime à ses yeux, poindre chez certains de ses frères. Alors, sans relâche, il organise le chantier, recrute la manutention et les artisans, contrôle la taille des pierres des îles Chausey, stocke les premiers blocs et se rend fréquemment dans la forêt sur les parcelles réservées à maître Roger. Fidèle à sa réputation et à la confiance que Roman lui accorde, ce dernier a abattu un nombre considérable de chênes. Si le bois des charpentes de la future église ne sera prêt que dans plusieurs années, les barges à granite prennent forme dans les clairières : les craintes du nouveau maître d'œuvre s'apaisent un peu... Prenant plaisir à galoper dans la forêt, Roman presse sa monture pour en référer à Hildebert.

En cet automne pluvieux, il note que le ciel a la même couleur que les yeux du charpentier et de son frère : un beau gris teinté de vert. Le moine y voit l'empreinte de Pierre de Nevers, qui l'encourage, du haut de sa nouvelle demeure. Alors que, freinant son cheval, il s'enfonce dans une futaie où les branches hautes et serrées empêchent les faméliques rayons du soleil d'éclairer le sentier, il lui semble percevoir des cris humains. Il stoppe sa monture et écoute : oui, il ne s'est pas trompé, des vociférations là-bas, des voix d'hommes et de femmes, mêlées... Il bifurque et se dirige vers ce qui ressemble à un appel à l'aide. Il se rapproche au pas, guidé par les plaintes. Soudain, en bordure d'un marais salé, piétinant dans la boue gluante, se distingue une famille de pèlerins, les parents et cinq enfants, dont un nourrisson que la femme tient dans ses bras en criant. Quatre hommes barbus et corpulents, munis de gourdins et de coutelas, menacent, hurlent, dépouillent les fidèles terrorisés de leur nourriture et de leurs deniers. Sans réfléchir au nombre de gredins, Roman brandit le pauvre bâton qui lui sert de cravache et s'élance au secours des victimes.

– Au nom du Tout-Puissant ! s'exclame-t-il à quelque distance. Veuillez laisser ces gens !

– Eh ! Le moine ! l'interpelle l'un des brigands. On te prend ton gagne-pain, hein ? Viens donc le récupérer, si tu l'oses !

– Bande de vauriens ! tonitrue Roman du haut de sa monture. Impies ! Païens ! C'est le pain sacré du Seigneur, que vous volez... pas le mien ! Craignez le Très-Haut, craignez pour votre âme, redoutez les divines représailles ! ajoute-t-il en essayant de leur donner des coups de bâton.

– Bah, le Seigneur peut bien partager ! répond un pillard à barbe noire en esquivant les coups. Représailles ? Alors que c'est tout pour lui et rien pour nous, et qu'il suffit de se servir ? Il nous pardonnera bien... Holà, mes frères, dit-il en saisissant les rênes du cheval de Roman, le tour de cet escamoteur a assez duré, faites-le taire !

Aussitôt, face aux pèlerins impuissants, les trois lascars désarçonnent Roman. Pendant que le barbu s'empare de son cheval, ils le rouent de coups de trique. Dos contre terre, le moine entrevoit encore un bout de ciel, ce ciel gris comme un heureux présage, avant que le chef de la bande ne fonde sur lui avec son couteau à viande. Une douleur atroce dans les côtes, dans le ventre, les yeux noirs du scélérat au-dessus de lui et tout retourne au néant dans la couleur de ce regard.

Le feu de l'Enfer est rouge. Il brille d'or et de bronze, et les flammes s'enroulent comme une mer d'airain. Les vagues brûlent, tournent en boucle de ceinture, suintent en coulées de lave. Un feuillage de jade, en fleurs de tilleul, pousse sur une statue d'albâtre. Un petit oiseau saigne sur la statue en battant des ailes. Il chante.

– Frère Roman ? M'entendez-vous ? Me voyez-vous ?

Il entend. Il voit. Il voit les boucles de feu sortir de la statue aux yeux de gemme et il entend l'oisillon au printemps.

– Ne bougez pas, surtout... Ne cherchez pas à parler...

Un sentiment de fraîcheur sur le front, les yeux, le cou Un linge passe, apaisant les flammes. La créature est là, vierge du Diable, avec des flambeaux roux qui volent autour de sa tête, ses yeux d'un vert transparent, allongés en amande, au milieu d'un visage pur, piqué d'un éclat doré sur le nez et les joues, les lèvres qui s'ouvrent et sourient... Le cou blanc, fin, où l'on voit battre les veines comme si le mouvement de son cœur se répandait dans tout le corps... Roman a un sursaut. Et il la reconnaît.

– V... Vous ? parvient-il à murmurer.

– La mémoire vous revient, c'est très bien ! dit-elle dans un sourire radieux. Mais mieux vaut ne pas discourir, pour l'instant... N'ayez crainte, le Seigneur vous a accordé la vie, et vous vivrez ! Mon nom est Moïra... Nous nous sommes déjà vus, je crois... Un vilain, alerté par les pèlerins, vous a trouvé voilà cinq jours, après votre acte de bravoure... Craignant que vous ne trépassiez sur la route du monastère envahie par la mer, il vous a mis sur sa charrette et transporté ici, sur les terres planes du village de Beauvoir... Vous perdiez tout votre sang, les yeux fermés comme ceux d'un mort... J'ai pansé vos blessures, la fièvre s'était emparée de votre esprit... Vos frères sont venus, ils étaient quatre... Frère Hosmund, votre infirmier, a dit qu'on ne pouvait vous transporter tant que Dieu n'aurait pas choisi entre vie et trépas... Il me connaît, frère Hosmund, et, sous le regard de Christ, vous a confié à moi... Chaque jour, après none, il vient voir votre état, en compagnie d'un moine nommé Bernard, qui tremble pour vous... Hier, ils étaient avec deux autres moines, dont un vieil homme, au regard bleu comme le ciel, qui paraissait très inquiet...

– Hil...

– Chut ! l'interrompt-elle en posant ses longs doigts sur sa bouche crispée. Vous verrez vos frères tantôt, sans doute ; en attendant, je vais continuer à vous soigner...

Elle se lève et lui tourne le dos, s'affairant près de l'énorme cheminée où fume un chaudron. Sa longue chevelure rousse ne tombe pas sur ses épaules, mais s'écarte librement de sa tête en auréoles entrelacées. Son surcot a la simplicité des vêtures de paysannes, mais la toile pourpre a la finesse des robes des grandes dames. Elle porte une riche ceinture, non pas de cuir, mais de métal orfévré. Pourtant, l'intérieur de la maison est celui des paysans de la région : des murs de schiste, un sol de terre jonché de glaïeuls des moissons, de verveine et de menthe... Un bac à lessive, quelques meubles et partout des pots à remèdes. La toucheuse... la guérisseuse de Beauvoir... Moïra... Roman sourit à l'idée qu'après l'avoir prise pour un revenant, il a confondu la jeune femme avec un ange de l'Enfer... alors qu'elle l'a apparemment ramené des flammes de la terre ! Il a mal, très mal au côté, sa tête est trouble, d'une lourdeur pénible. Une sueur brûlante lui dégouline dans les yeux et, pourtant, son corps est froid comme celui d'un cadavre. Il tente de bouger une jambe mais ne parvient pas à la soulever. Cinq jours et cinq nuits... Il se souvient de sa visite à maître Roger, des brigands, pense alors à l'abbé Hildebert, qui s'est déplacé en personne, à la Saint-Michel d'octobre déjà terminée, aux travaux, à sa besogne, au retard... Il regarde Moïra, qui pile des simples dans un mortier. Il regarde les sacs de fleurs, de racines qui débordent sur une grande table de bois ; il regarde la jeune femme, il se rappelle leur première rencontre, dans la chapelle Saint-Martin... il n'avait jamais vu ses cheveux car, ce soir-là, elle les tenait serrés sous un voile. Il se souvient de la mèche rebelle qui l'avait tant ému. Ce visage, il l'aurait reconnu au milieu d'une foule, sa mémoire ne l'avait pas effacé... Ces yeux, ce cou, ces lèvres, cette chevelure étonnante qu'elle ne lui cache plus, le feu... Il a très chaud, sent un frémissement étrange dans son corps brisé. Il pense aux genêts jaunes de la chapelle Saint-Martin, et la douleur physique se fait moins piquante. Elle s'approche et, lui soulevant la tête, lui fait boire un vin bouillant, qui a un goût amer.

– N'ayez crainte, dit-elle d'une voix douce, mais je dois changer les linges...

D'un geste, elle abat la couverture aux pieds du moine.

Pour accéder aux blessures, la robe de bure a été coupée, du bas jusqu'à la cuisse et sur la poitrine, dévoilant un effrayant spectacle : la jambe droite de Roman est bleue, enfermée dans une attelle en bois. La gauche est couverte de plaques de sang séché. Le côté gauche du ventre est enveloppé de compresses de lin couleur de pourriture. Les bras sont bandés et ses mains, ses pauvres mains, gisent sur la natte, jaunes et gonflées. Inertes. A la vue de ce corps qu'il ne connaît pas, Roman est pris d'un haut-le-cœur. Il jette un regard désespéré à son infirmière et ne peut réprimer des larmes, qu'il ravale devant elle, dans un formidable effort.

– Je sais, frère Roman, dit-elle en le caressant des yeux. Mais la fièvre qui vous a habité est en train de vous quitter. Les petites plaies, les bosses et les bleus ne sont rien. La jambe est cassée ; le couteau est passé près du cœur, mais, grâce à Dieu, il ne l'a pas touché. L'entaille est assez profonde, néanmoins le temps et mes herbes effaceront tout... avec l'aide de la Sainte Mère, bien entendu... Sa volonté est faite, vous vivez... Ce qu'il faut éviter, c'est la chair putride. Fermez vos paupières maintenant, mieux vaut que vous ne regardiez pas.

Il fait comme elle l'a demandé. Curieux personnage, qui lui raconte la vérité sur son état et exige ensuite qu'il ne voie pas... Les yeux clos, Roman a soudain peur du noir comme un freluquet, peur de partir à nouveau et, cette fois, de ne pas revenir... Cependant, il se force à garder les paupières fermées et à respirer. Il sent : il sent la toile de son côté qu'on retire doucement, les entrailles infectées de ce corps étrange, puis un linge neuf et tiède... Il sent son odeur à elle, quand ses cheveux nus frôlent le nez de Roman... Elle retire les bandages des bras, en pose d'autres, la douleur, il respire... il ne se souvient pas de la peau de sa mère, mère de quatre garçons... il se rappelle la senteur de ses nourrices, les seules femmes l'ayant jamais touché, mais ce n'était pas l'odeur présente, l'odeur de Moïra : un parfum de feuilles d'automne, peut-être, de terre en feu, de pluie salée... Elle exhale la forêt, elle ressemble à un arbre.

– Voilà, annonce-t-elle en remontant la couverture de laine. Vous pouvez ouvrir les yeux... J'ai fini... pour l'instant !

Il ouvre et sa terreur d'enfant se dissipe. Elle est là et elle est belle. Pour lui, sa beauté n'est pas celle d'un être humain, elle reflète une essence sacrée : l'essence de la Vierge Marie.

En silence, Roman remercie le Seigneur de l'avoir épargné, et il loue cet ange divin que le Très-Haut lui a envoyé.

Ainsi qu'elle l'avait annoncé, des moines viennent visiter Roman après none. Moïra s'arme d'un sac à cueillette et d'un couteau, laissant son patient avec Hosmund, le frère lai chargé de l'infirmerie du monastère, et frère Almodius, le sous-prieur. Petit et replet, Hosmund éclaire son visage rubicond d'un sourire jovial. Comme les autres moines, Hosmund porte robe de bure et tonsure mais, comme tous les frères lais, il est barbu, signe de son analphabétisme : les poils restent un symbole de l'inculture, de la barbarie même, au vu des longs cheveux et des grandes moustaches des Vikings. Entré au monastère à un âge avancé, il n'est pas obligé d'assister à tous les offices et le chœur de l'église lui reste interdit, puisqu'il n'est pas prêtre... mais il fait partie de la communauté. Il partage son existence entre la prière, le respect de la Règle et le dévouement à des tâches manuelles. Il permet ainsi à ses frères instruits, donc soigneusement rasés, de se consacrer à la copie et l'enluminure de manuscrits anciens, qui font la renommée de l'abbaye. Hosmund, descendant de l'envahisseur viking, était le chef des écuyers d'un noble de Caen. Le jour de ses vingt ans, un violent coup de sabot lui a fendu les entrailles. Sur son lit de souffrances, il a prié le conducteur des âmes d'épargner la sienne, promettant d'offrir le reste de sa vie à l'Archange s'il ne trépassait pas. Remis sur pied, Hosmund a respecté son vœu et, quelques mois plus tard, a frappé à la porte de l'abbaye de saint Michel, où l'abbé l'a accueilli. Considérant désormais les chevaux avec un amour méfiant, Hosmund a préféré apprendre l'art des plantes plutôt que de servir à l'écurie du monastère. Douze années durant, il a entraîné ses yeux et sa mémoire avec le vieux moine infirmier.

Ce dernier étant décédé deux années auparavant, il dirige seul l'infirmerie, pansant les moines, les pèlerins, et parfois les gens du village.

– Frère Roman, louange au Tout-Puissant, te voilà revenu parmi nous ! s'exclame-t-il en levant les bras au ciel. L'Archange a exaucé nos prières ! Notre père a été très abattu par la nouvelle de ton agression... tu as été très brave... s'en prendre à un moine..., dit-il en serrant les dents et les poings. Ces brutes impies non seulement dépouillent les fidèles, mais ils désirent tuer les serviteurs du Seigneur ! Quel pays de misère... Hier, ajoute-t-il plus calmement, Hildebert est venu lui-même te donner l'onction des malades. Tu étais loin de notre monde... Il t'a oint de l'huile sainte en demandant pardon de tes péchés et a chargé un prêtre de m'accompagner chaque jour, pour te confesser si jamais tu t'éveillais...

– Peux-tu parler, frère Roman ? demande Almodius en s'approchant. La femme dit que non, mais tu dois faire un effort et remettre tes péchés à Dieu, pour partir en paix s'Il t'appelle !

Grand et maigre, du même âge que Roman, Almodius paraît pourtant plus vieux. Des yeux noirs, en taches d'encre, brillent au milieu d'une peau glabre, sèche et jaunâtre comme les parchemins qu'il copie avec tant d'amour. Confié très tôt au monastère par ses parents, de riches et nobles Normands, l'enfant oblat a concentré toutes ses forces dans la ferveur religieuse et son intelligence dans l'étude. Son univers serait désormais la clôture du monastère, pour la vie, et il a résolu d'y tenir une place importante. Doué, ardent et opiniâtre, d'oblat il est passé novice puis a été ordonné prêtre, en même temps qu'il devenait le meilleur copiste de l'abbaye. Hildebert l'a récemment choisi pour seconder le prieur.

– Oui... Je... je dois... te confier mes fautes, articule Roman avec peine.

Frère Hosmund fronce les sourcils.

Il sait que le corps de Roman voudrait qu'il ne s'épuise pas à parler, mais son âme, elle, exige la confession : la fièvre peut de nouveau saisir et emporter le moine, l'âme errante du poids de ses péchés... Comme l'avait fait Bernard quelque temps auparavant lorsque l'abbé avait annoncé l'accident de Pierre de Nevers, Hosmund pose une main réconfortante sur l'épaule de Roman. Puis il sort rejoindre Moïra pour s'enquérir de son point de vue sur l'évolution du malade.

La jeune femme est à deux pas, flattant les chevaux des moines. Almodius reste seul avec Roman.

Lorsque frère Hosmund et Moïra pénètrent à nouveau dans la masure de la guérisseuse, Roman est inanimé. A genoux sur le sol couvert de fleurs, Almodius prie à son côté.

– Que s'est-il passé ? s'enflamme Moïra en se précipitant vers le lit.

Almodius se relève et, d'un regard, stoppe l'avancée de la jeune femme.

– Il s'agit juste d'une pâmoison, répond-il en la toisant. Son corps est épuisé, mais son âme est libre et purifiée. Si le Très-Haut en a décidé ainsi, Il peut le prendre maintenant... Guidé par l'Archange, mon frère ira rejoindre le royaume des cieux...

Moïra comprend que Roman s'est confessé et que, trop faible, il s'est évanoui, risquant de ne jamais reprendre connaissance. Elle n'ose répondre à l'homme de Dieu, debout au chevet de son frère, tel un gardien des portes de Paradis. Elle observe les yeux du sous-prieur : ils sont fixes, secs et déterminés.

– Nous allons vous laisser maintenant, intervient Hosmund. Vêpres approche et les eaux vont monter... Continuez à prendre soin de lui, nous, nous allons prier... Nous reviendrons demain... Je suis sûr qu'il ira mieux... Soyez remerciée de votre abnégation et du secours que vous lui apportez.

Les moines disparus, Moïra s'assied au bord du lit et pose sa main sur le front de Roman. Pas de fièvre. Mais Dieu seul sait où vogue son esprit. Elle attise le feu de la cheminée, s'affaire un long moment avec ses mortiers et ses chaudrons, et revient près de lui. Elle ôte la verveine séchée de la plaie purulente de son ventre et la remplace par de la verveine fraîche qu'elle a bouillie. Sur les fractures de la jambe, elle applique un cataplasme chaud de feuilles vertes de mauve, cuites dans un pot neuf avec cinq fois leur poids de racines de plantain. Elle enduit les petites plaies et les bosses d'une pâte malodorante, faite de bulbes de lys broyés dans de la graisse de porc. Enfin, elle enveloppe sa poitrine de lierre terrestre, pose de la sauge sur son front, lui ouvre la bouche et place des feuilles de basilic sous la langue. Elle le regarde quelques instants ; il semble dormir paisiblement. Alors elle se lève et va cuire la soupe du soir pour son frère et elle.

Lorsque Roman revient à lui, la nuit s'apprête à ensevelir la terre, comme la mer l'a déjà engloutie. Il cligne des paupières et distingue la flamme jaune d'un cierge. Une seconde, il croit être dans le chœur de l'église ou de la chapelle Saint-Martin, où deux frères parent l'autel pour une cérémonie. Mais l'autel est une table de bois autour de laquelle un garçon immense et Moïra trient des plantes à la lueur de l'âtre et d'une chandelle de suif. Roman sourit de sa confusion Il sent un goût étrange dans sa bouche et une douleur aiguë lui arrache un gémissement.

– Frère Roman ! l'accueille Moïra en se levant. Vous êtes éveillé, je m'en réjouis, j'ai eu si peur !

Roman tente de lui répondre mais le son est noyé dans un souffle affligé.

– Ah non, non, je vous en conjure, taisez-vous ! dit-elle d'une voix autoritaire. Les mots sont mauvais pour votre corps, vous ne devez pas tenter de parler mais concentrer toutes vos forces sur le dedans, pour que vos plaies guérissent... Comprenez-vous ? demande-t-elle plus doucement, à un souffle de ses lèvres.

Roman hoche la tête, tandis que Moïra fait signe au jeune garçon d'approcher. Il est d'une beauté inquiétante : de taille inhabituelle, il arbore la même chevelure en auréole que sa sœur, d'un blond roux, plus longue et plus tombante, un front haut, de grands yeux d'un vert de lac de montagne, une peau fine légèrement hâlée, où pointe la naissance d'une moustache et d'une barbe claires. Ses mains sont longues comme celles d'un copiste et fortes comme celles d'un che-valier.

– C'est Brewen, mon petit frère. Il a treize ans. Il vous a souvent veillé pendant que je reposais... Il est comme vous : il ne parle pas, mais il comprend tout. Il n'entend pas, mais il lit les paroles sur les lèvres et les pensées dans les cœurs. N'ayez crainte : j'ai mis du basilic sous votre langue ; c'est une plante froide, elle va enlever le feu de votre bouche et vous pourrez parler à nouveau.

Répondant au regard interrogateur de Roman, elle lui explique les vertus médicinales des végétaux à mesure que, secondée par Brewen, elle lui change ses cataplasmes.

Comme la plupart des moines, Roman a des notions latines de botanique mais, bien qu'elle nomme les fleurs en langue vulgaire, Moïra a des connaissances qui dépassent largement les siennes, peut-être même celles de frère Hosmund, qui cultive les simples dans le jardin du monastère. Toutefois, la théorie médicale que lui présente apparemment sans malice la jeune femme diffère tellement de celle de l'Eglise que le moine regrette de n'avoir pas la force de la contre-dire.

– Point n'est besoin de singer les médecins et de saigner les corps pour les libérer des humeurs mauvaises..., affirme-t-elle en lui retirant le pansement de verveine. Ils ont raison sur un point : l'harmonie de l'organisme est celle du cosmos, constitué des quatre éléments divins, feu, terre, air et eau, en différentes proportions ; une disparité entre ces quatre éléments entraîne la maladie. Mais enlever le sang comme ils le font risque aussi de laisser échapper un élément non malade, dont l'absence fera obstacle à la guérison. Dieu est présent en chaque homme, en chaque animal et en chaque chose, rocher, arbre, rivière, et aussi dans les plantes, qui possèdent une âme et contiennent ensemble le bien et le mal. Elles emportent avec elles le mal de l'homme et rétablissent l'équilibre entre les quatre éléments si l'homme respecte leur propre harmonie, en les utilisant de manière propice et pondérée... sinon, elles peuvent le précipiter dans l'abîme. Ainsi, la racine de l'arum bouillie dans du vin pur et plongée dans le métal chauffé dans ce vin enlève la fièvre démoniaque, mais la fleur et la tige de l'arum sont un violent poison qui causent un effondre-ment mortel...

L'idée que les animaux et les plantes puissent avoir une âme au même titre que l'homme arrache des éclairs aux yeux du moine et des borborygmes à sa bouche impuissante... Quel blasphème que de croire cela ! Et quelle impudence que de l'avouer à un religieux ! Il se demande d'où Moïra peut tirer une telle superstition, animisme indigne d'une bonne chrétienne.

– Je comprends votre regard, répond-elle, vous vous demandez qui m'a appris toute cette science, à moi qui suis femme ? C'est mon père. Il était un grand guérisseur, un immense savant... Son père lui avait enseigné durant vingt ans... Père destinait naturellement son savoir à un fils, mais mère peinait à enfanter... elle eut deux enfants mort-nés, puis, enfin une descendance saine, mais une fille, moi, et finalement Brewen, six années plus tard... Mère est morte en le mettant au monde, c'était un mauvais présage... mon père adorait ma mère, il désirait la suivre dans l'autre monde, mais se l'est défendu tant qu'il n'aurait pas transmis sa science à son fils. Quand il s'est rendu compte que Brewen, âgé de trois ans, était définitivement sourd et muet, il a failli mourir de chagrin et de honte... il a refusé de prendre femme pour avoir un autre fils. Il m'a appris à moi, pendant dix années... Je sais même lire et écrire ! Et puis, l'hiver dernier, une brusque fièvre l'a emporté, à laquelle je n'ai pu remédier, comme il n'a jamais pu soigner mon frère... Je crois qu'il ne voulait pas guérir, tel Brewen qui ne souhaite pas entendre les paroles des mortels... il préfère celles des fées et des esprits de la forêt...

S'il le pouvait, Roman se mettrait à hurler. Il est ému de la tragédie familiale et du triste courage de Moïra, mais quelle naïveté dangereuse ! Que lui a donc enseigné feu son père ? Ce paganisme impie ? Des fées... ! Une pécheresse inconsciente, voilà ce qu'elle est, comment a-t-il pu se la représenter en image de Marie, en princesse bucolique vierge et pure ? Sa beauté sans doute... celle du Démon ! Certes, elle a une existence difficile, elle sait les plantes et elle aide son prochain en secourant les malades, mais elle se trompe sur le monde, il doit lui parler, prêcher, sauver son âme, la ramener à la raison de Dieu ! Pour l'instant, la seule chose dont il est capable, c'est d'ouvrir en grand la bouche, sans parvenir à en faire sortir un son.

– C'est très juste, frère Roman, en déduit-elle, il ne faut point oublier de nourrir son corps, saint Benoît lui-même l'a écrit. Vous avez faim, c'est bon signe... vous guérirez plus vite si vous mangez et si vous buvez mon vin bouilli avec des remèdes. J'ai de la soupe de pois, sans lard, et un beau pigeon. Vous avez droit à la viande, puisque vous êtes souffrant, et l'animal n'est pas un quadrupède... vous pouvez donc l'avaler sans enfreindre la Règle !

Affichant un sourire rusé, elle se lève pour chauffer le souper du moine. Celui-ci est abasourdi. Elle connaît la règle de saint Benoît, elle connaît le latin ! Et ce sourire, ce regard plein de sous-entendus... Cette femme est sans doute plus maligne qu'il ne l'a cru... Mais pourquoi lui assène-t-elle ses croyances sacrilèges ? En effet, si elle est lettrée, elle ne peut souscrire à ces billevesées ! Est-ce moquerie, jeu pervers ? Roman ne peut imaginer Moïra dévoyée et malfaisante... Pendant qu'elle le nourrit à la main, tel un oiseau, il scrute ses yeux, ses traits, à la recherche de son dessein secret.

A présent, la jeune femme semble rompue à la règle du silence tout autant que les moines. Elle sourit gentiment, ne dit mot et ne laisse rien paraître de ses pensées. Seul son mystère irradie Roman, lui faisant oublier la douleur de ses blessures. Ce soir-là, couvert d'herbes aux fortes exhalaisons, il sombre dans un sommeil étrange, peuplé d'animaux fantastiques à tête d'homme, après qu'elle a placé du basilic sous sa langue, telle une hostie.

Deux jours et deux nuits durant, Roman ne parvient pas à parler. Il observe Moïra et Brewen, avec un mélange de curiosité et de gratitude. Les deux jeunes gens prodiguent tous leurs soins au moine. Moïra poursuit son monologue sur ses onguents et breuvages, comme le ferait un médecin, citant les noms en latin, suivis des prescriptions. Hosmund, Bernard et Almodius le visitent chaque jour et l'informent que le duc Richard vient de faire don au monastère de l'abbaye de Saint-Pair, jadis dévastée par les Vikings. Dès que Roman sera transportable, ils le ramèneront au Mont, où Hosmund s'occupera de lui. Bien que son hôtesse ait la courtoisie de s'éclipser durant les visites de ses frères, Roman sent chez le sous-prieur une subtile défiance vis-à-vis de la guérisseuse. Est-ce simplement dû à l'indécence de la situation – une femme laïque passant ses jours et ses nuits avec un moine, dans une cabane isolée – ou a-t-elle eu l'égarement périlleux de lui confier ses superstitions ? A observer quotidiennement l'attitude de la jeune femme, il sent d'instinct qu'elle n'entretient aucun commerce avec le Malin. Il penche donc pour de l'inconscience puérile... puis il en doute, en même temps qu'il le craint... Il se surprend à avoir peur pour elle. Roman conçoit aussi des inquiétudes pour son futur chantier : pour l'instant, Bernard se démène seul avec l'aide de maître Jehan et de maître Roger, qui l'ont visité la veille et ont tenté de le rassurer... mais s'il restait à jamais dans cet état ? S'il ne recouvrait jamais l'usage de ses jambes, ou de la parole ? Tout dévoué qu'il soit, Bernard ne connaît pas les arcanes de la science des bâtisseurs, qui ne figurent pas sur les parchemins de Pierre de Nevers, mais que le maître d'œuvre a enseignées oralement à Roman pendant huit longues années... Les mains et la langue pétrifiées, Roman ne peut écrire ni expliquer le moindre mystère à son assistant ! Seule lui reste la prière... Alors, enfermé en lui-même, il prie jour et nuit, non pour lui, mais pour la construction de la nouvelle basilique.

Il demande à l'Archange de lui venir en aide, en l'emportant vite si son heure est venue, ou en le guérissant pour qu'il puisse accomplir son devoir terrestre, en mémoire de son maître. A l'aube du troisième jour de silence forcé, les mots peuvent enfin sortir de sa gorge. Roman remercie saint Michel en criant, Moïra la Sainte Mère en pleurant. La Toussaint approche.

– Moïra..., gémit-il. J'entends les cloches de Beauvoir... C'est vigiles ou bien laudes ? Je ne sais plus le temps...

– C'est prime, frère Roman ! Le soleil est levé. Je vais réveiller Brewen, mais d'abord, tenez, buvez ! répond-elle en lui tendant un vin chaud bouilli avec du miel et de la scolopendre.

– Merci..., dit-il en aspirant le breuvage. Vous êtes très bonne. Vous devez être bien lasse, avec un malade à demeure, qui non seulement requiert toute votre sollicitude, mais encore vous prive de repos en occupant votre lit...

– Vous ne me privez de rien, frère Roman, puisque telle est ma mission héréditaire : soulager les souffrances des corps... comme les religieux soulagent celles de l'âme. Quant à mon repos, un coffre rempli de foin fait bien l'affaire, de toute façon je dors peu...

Ce disant, elle prépare le feu, et place pain, vin et lard du déjeuner au centre de la table, pendant que crépitent les flammes sous le chaudron de soupe. Aujourd'hui, elle porte la même robe que le soir de leur étrange rencontre, dans la chapelle Saint-Martin, une robe à reflets d'automne.

– Il est vrai qu'à l'heure où tous sommeillent, répond Roman, vous, vous hantez les abbayes pour effrayer les pauvres moines !

Elle se met à rire en coupant le pain. Un rire d'enfant, clair et espiègle.

– Je n'avais pas l'intention de vous faire peur, vous savez ! J'étais venue au Mont voir la petite Brigitte, la fille du charpentier, et j'en ai profité pour me recueillir sur des tombes chères à mon cœur... Mais je suis arrivée trop tard à la chapelle, complies sonnait... Je suis tout de même entrée... et quand je vous ai entendu, je me suis cachée. D'ailleurs, pourquoi hantez-vous les chapelles après complies, pour effrayer les pauvres jeunes filles ?

Roman rit à son tour, avant d'esquisser un sourire morne.

– Pour la même raison que vous, pour prier... Je priais pour mon maître, qui venait d'avoir un accident... il est mort quelques jours ensuite, à Cluny.

– Votre maître ? répète Moïra en levant la tête, une vive lueur dans le regard.

– Oui... Pierre de Nevers, le plus grand bâtisseur de toute la chrétienté... c'est la mémoire de Judith que vous chérissez ? demande-t-il après un silence.

Moïra pose le couteau et tourne son visage vers le moine, le regardant droit dans les yeux.

– La princesse Judith, oui, et Conan d'Armorique... Nous sommes du même peuple. Père les a connus tous deux, et je me souviens de Judith, venue le consulter avant ses noces avec Richard le Normand. Comme elle était belle... Père lui avait prédit, pourtant, que cette alliance serait néfaste, il avait vu qu'elle n'y survivrait pas longtemps. Mais elle s'est sacrifiée pour que la paix règne enfin entre Normands et Bretons...

Roman sait qu'elle l'invite à percer son secret. Elle a choisi l'instant. Elle le provoque du regard. Dos à l'âtre, immobile, elle l'attend.

– Ah... parce que votre père faisait aussi des oracles ? se risque-t-il avec ironie. Mais dites-moi... C'était un saint, un prophète ! Avec les fées de votre frère et vos esprits de la forêt, il aurait pu fonder une nouvelle Eglise !

Moïra encaisse les paroles du moine. Elle s'approche doucement. Ses yeux ne contiennent pas de menace, mais une infinie tristesse. Pour la première fois, elle s'assoit sur le lit, sa main toute proche de celle de Roman. On dirait qu'elle tremble.

– Mais cette Eglise existait déjà ! dit-elle enfin, d'une voix grave. Elle existait bien avant la vôtre, elle fut saccagée par l'envahisseur romain puis détruite par les missionnaires chrétiens !

– Comment ! s'insurge le moine. Comment pouvez-vous regretter des cultes barbares et impies, comment mettre en cause la civilisation du Christ !

– Mais je suis chrétienne, frère Roman ! clame-t-elle. Je suis chrétienne ! Vos semblables ne nous ont pas laissé le choix... Le Christ ou la mort ! La « civilisation », comme vous dites, on nous l'a assénée par la force il y a plusieurs siècles, saccageant nos lieux de culte, éliminant les druides, mes aïeux, qui refusaient de se convertir ! Je suis comme vous, je vénère Dieu, le Christ, et Marie, et les anges, mais je me souviens aussi des dieux de cette terre, et je les honore comme mes ancêtres, droite et fière !

Roman est bouche bée. Les Celtes, les druides... il n'en connaît pas grand-chose, si ce n'est qu'ils étaient des sortes de prêtres en blanc, pratiquant les sacrifices humains et lisant l'avenir dans les entrailles des hommes que les guerriers avaient vaincus. Telle est donc l'énigme de Moïra... elle reste fidèle à des superstitions primitives.

Mais comment peut-elle concevoir orgueil d'avoir des aïeux aussi cruels et sauvages ? Et jusqu'à quel point perpétue-t-elle leurs rituels sanglants ? Soudain, la proximité avec cette créature le terrifie et le meurtrit bien plus que ses blessures.

– Vous êtes baptisée, Moïra ? demande-t-il.

Elle lui répond par un signe de tête affirmatif.

– Vous faites donc partie du royaume de Dieu, sur terre et dans les cieux. Dieu vous aime d'un amour infini... Mais il n'y a qu'un seul Dieu : vous ne pouvez l'aimer et entretenir des relations coupables avec des idoles, sous prétexte qu'elles furent celles de vos ancêtres... De plus, il ne vous a pas échappé que je suis un serviteur du Seigneur, et ce que vous me dites est très grave...

– Je sais parfaitement à qui je parle, frère Roman. Je m'adresse à vous seul.

– Mesurez-vous les conséquences d'une telle confession ? renchérit-il.

– Oui. Mon frère et moi, vous nous verrez tels que nous sommes et nous ne nous cacherons pas devant vous. Nous ne sommes ni de dangereux magiciens, ni de parfaits chrétiens... Nous n'oublions pas nos racines, mais nous craignons Dieu et nous méfions des hommes. Nous savons que vous ne nous trahirez pas, contrairement à d'autres de vos frères...

Roman est d'abord rassuré par ces paroles : le crime de Moïra doit être circonscrit à l'idolâtrie de vieilles images... Elle n'est pas une sorcière, une meurtrière qui offre les viscères humains ou animaux à des dieux païens. Toutefois, elle trahit le Seigneur, et elle demande à un moine d'être le complice de ce crime contre la foi. Roman sent une subite irritation monter en lui, une colère renforcée par les derniers mots de Moïra à l'encontre de sa communauté.

– Quelle outrecuidance ! s'exclame-t-il en rougissant. Vous commettez le péché d'hérésie aux pieds de la montagne où le chef de la milice céleste a vaincu les forces du mal, et moi, qui suis au service de l'Archange, je devrais me taire ?

Moïra baisse les yeux. Ce n'est pas ainsi qu'elle ralliera frère Roman. Elle doit procéder autrement.

– Frère Roman, dit-elle d'une voix blanche, en insistant sur le mot « frère ». Racontez-moi l'histoire du Mont et le combat de saint Michel contre le dragon.

– Vous vous moquez ? demande-t-il, de plus en plus ulcéré.

– Point du tout. Je vous en donne ma parole, frère Roman.

Soit... il ne voit pas d'équivoque dans le fait d'évoquer les fondations spirituelles de la montagne. Au contraire, il comprend que Moïra, dans un habile parallèle, désire peut-être se repentir en l'écoutant et fonder, en elle-même, la source d'une vraie spiritualité chrétienne... Qui, mieux qu'un bénédictin, peut la ramener dans le droit chemin ?

– L'Apocalypse de Jean révèle, commence-t-il, que Satan s'était transformé en dragon redoutable. Au VIIIᵉ siècle, sorti des eaux de la mer, ce monstre terrorisait la région. L'Archange guerrier, saint Michel, fut appelé pour se battre contre ce démon. La bataille débuta sur le mont Dol breton, la montagne voisine du Mont-Saint-Michel qu'on appelait alors le mont Tombe. Les hordes maléfiques bataillaient farouchement et saint Michel, dans son armure divine, tendait son glaive et leur donnait de l'épée, de sa grande épée si fine et acérée... La guerre dans le ciel dura plusieurs jours et le dénouement eut lieu sur le mont Tombe, où le dragon s'était réfugié... Saint Michel leva son épée et coupa la tête de la bête... L'évêque d'Avranches, Aubert, fut témoin de ce combat et par trois fois, en songe, reçut l'ordre de saint Michel de lui construire un lieu de dévotion là où il avait terrassé le Malin... Ce lieu consacré devint le Mont-Saint-Michel...

– Il était une fois, répond curieusement Moïra, bien avant le VIIIᵉ siècle, bien avant même la naissance du Christ, un dragon maléfique qui sortait de la mer et venait dans le pays tous les sept ans, faisait périr tous les gens tant qu'on ne lui offrait pas une jeune vierge ligotée à dévorer. Cette année-là, le dragon de feu avait exigé qu'on lui donnât à manger la propre fille du roi. Ligotée au pied du mont Dol de Bretagne, cette dernière attendait que la bête vînt l'avaler... Le dragon surgit des eaux et tendit sa gueule dégoûtante vers la jeune fille. Mais un jeune et beau gardien de troupeau, qui portait une ceinture magique et une longue épée dérobée à un géant, s'interposa et, trois jours durant, combattit le monstre. Le troisième jour de bataille acharnée, le pastoureau poursuivit le dragon jusqu'au mont Tombe où la bête s'était réfugiée. Là, il donna un ordre à sa ceinture magique, qui bondit sur le démon et lui serra le cou si fort que le jeune homme put brandir haut son épée et l'abattre, décapitant le dragon. Il libéra la fille du roi, l'épousa, et la noce dura trois jours et trois nuits...

Roman et Moïra se fixent intensément.

– Les deux histoires sont également belles, finit par dire la jeune femme. La légende de mon peuple et la légende des chrétiens... toutes deux servent le même dessein : la victoire de l'amour sur les forces démoniaques... Il faut juste se souvenir qu'avant saint Michel ce rocher n'était pas rien, mon peuple n'était pas rien, et que les chrétiens se sont inspirés de lui. Aujourd'hui, nos âmes sont converties, le combat est terminé, et les deux histoires devraient pouvoir être racontées sans adversité...

– C'est vouloir faire cohabiter saint Michel avec le dragon ! lance Roman dans un éclair, furieux d'avoir été trompé.

Ce matin-là, débute une sournoise confrontation entre Roman et Moïra. Ils s'observent comme deux ennemis, dans un silence lourd que hante Brewen, tel un spectre du passé. Les seuls moments de trêve sont ceux où le moine reprend sa place de malade et la jeune femme celle de médecin.

– C'est tout ce qu'il reste de la puissance jadis infinie de mes aïeux druides et de mon père, lui explique-t-elle avec amertume, en ôtant les pansements végétaux. L'art des plantes... et de surcroît exercé par une femme !

– C'est tout ce qu'il reste, scande Roman, mais ce qu'il reste est tout. Panser les plaies des enfants et des étrangers est tout. Car c'est un acte évangélique... un acte d'amour inspiré par Dieu.

Elle suspend son geste puis reprend son travail, les joues et le front rouges. Ce jour-là, lorsque Hosmund, Bernard et Almodius entrent dans la chaumière, Roman hésite mais, tout en s'en blâmant, ne laisse rien transpirer du secret de la jeune Celte. Quelque chose l'en empêche... Quelque chose de trop brûlant dans le regard de l'infirmier, ou de trop glacé dans celui du sous-prieur... sans parler de la détresse et de l'angoisse qui se dégagent de toute la personne de Bernard : l'enlumineur de manuscrits semble porter comme une croix les voûtes et les charpentes de l'église sur ses frêles épaules. Roman se tait peut-être aussi par orgueil, l'orgueil né de la tâche qu'il s'est fixée : convertir Moïra par la raison, la catéchiser par l'intelligence plutôt que par la contrainte. Son esprit est fin et coriace mais il lui prouvera par la logique qu'elle a tort. Cette pensée l'absorbe tellement qu'il écoute d'une oreille distraite les pâles nouvelles de la préparation de son chantier. Le jour de la fête de la Toussaint, il convie Moïra à prier avec lui et lui raconte la vie édifiante des martyrs chrétiens. La jeune femme semble fascinée par les exploits mystiques de ces héros de foi et de vertu.

– La Toussaint est la fête des élus de Dieu, dit-il, de ceux qui ont su gagner le Royaume et mériter la gloire éternelle. L'abbé de Cluny, le bon Odilon, dans sa grande sagacité, vient de faire ajouter au calendrier une nouvelle fête, afin de rétablir la juste harmonie avec ce jour de la Toussaint : en effet, il faut aussi penser à ceux qui ne sont pas des saints mais à qui Dieu, dans son infinie miséricorde, offre la possibilité de gagner le ciel... Demain aura lieu cette fête : la fête des Défunts. Grâce à nos prières, nous, les vivants, pouvons intercéder auprès du Très-Haut et aider les trépassés dont l'âme, souillée de péchés, n'a pu être présentée au Seigneur.

– Mon peuple n'a jamais connu Cluny ni le bon Odilon, répond-elle, mais demain est aussi pour nous le jour des morts, depuis la nuit des temps... C'est la fête de Samain, où les défunts sont honorés, où le temps est aboli, où les dieux et les héros de l'autre monde se mêlent aux vivants. C'est aussi la fin de la saison claire et le début de l'hiver, la saison sombre, durant laquelle les guerriers doivent cesser les hostilités...

Elle sourit. Roman se sent fatigué. Cette femme est redoutable. La paix qu'elle demande est pourtant impossible.

– Montrez-moi vos vieilles idoles, finit-il par demander en souriant aussi. Je veux voir l'apparence de vos péchés !

– Je ne le peux, frère Roman, répond-elle, affable. Nous ne faisons pas de nos dieux des statues. Ils vivent librement dans notre cœur, dans notre imagination, et dans le Sid, l'autre monde. Mais ils pénètrent constamment le monde terrestre, pas seulement le jour de Samain ! Souvent ils visitent les humains en se transformant en animaux et créatures de la forêt : les fées sont des cygnes, la déesse mère un corbeau..

Dès lors, Roman saisit pourquoi Moïra fait si souvent référence à la Sainte Mère : dans son esprit, Marie s'est superposée à sa déesse mère, comme le jour des défunts prend la place de Samain. Les chrétiens ont eu la perspicacité de ne pas faire totalement table rase des croyances celtes, mais d'en évangéliser les grands symboles, ce qui explique la rapide implantation du Christ dans ce pays... Moïra est une exception car sa famille s'est acharnée, en secret, à conserver sa culture. Toutefois, elle n'est qu'une semi-exception : en effet, l'absence de représentation des dieux païens, la destruction totale des anciens sanctuaires ainsi que des druides, seuls habilités à officier lors des cérémonies, réjouit Roman : qu'est-ce qu'une religion sans rituel, sans sacerdoce ? Justement plus une religion, mais une pensée réduite à des bribes dénuées de fondement, à des souvenirs lointains, à des histoires de bonne femme insensées quoique charmantes. Roman songe à l'intérêt subit de Moïra quand il lui parlait de la vie des saints, et il comprend : la raison ne ralliera pas la jeune femme. L'unique manière de convaincre Moïra est de déraciner la nostalgie qui agit sur elle comme un envoûtement, de substituer à cette poésie impie la poésie du Livre sacré... Allongé dans le lit, il se dit qu'il doit lui montrer toute la richesse, la beauté, la mystique et la profondeur des versets de la foi, pour qu'elle enterre ses croyances blasphématoires... Le cœur, il doit la conquérir à Dieu par le cœur.

5

ALLONGÉE sur le divan de sa psychanalyste, Johanna soupira.

– C'est... C'est comme un mal de cœur, dit-elle en mettant une main contre sa poitrine, une nausée perpétuelle qui ne quitte pas mon corps depuis le dernier rêve... Cela ne va jamais jusqu'au vomissement, mais c'est très gênant, cette sensation constante de malaise, de corps qui vacille à l'intérieur, de cœur qui voudrait s'échapper par ma bouche et n'y parvient pas...

– Bien ! On va s'arrêter là pour aujourd'hui.

Johanna s'assit au bord du sofa, le regard perdu.

– Et au niveau du sommeil, ça va mieux ? s'enquit la thérapeute.

– Je... A vrai dire, je continue à prendre des cachets pour dormir, avoua-t-elle. J'ai trop peur que les rêves reviennent. Au moins, les somnifères m'assomment tout de suite et m'empêchent de faire des cauchemars.

– Mm... C'est certain qu'il faudra du temps avant que vous ne retrouviez un sommeil normal. Mais vous devriez peut-être commencer à réduire les doses, sinon vous ne pourrez plus vous en passer. Mettez un cahier près de votre lit et, si vous rêvez, notez tout immédiatement, et on en parle ensemble. D'accord ?

– D'accord, répondit la jeune femme en pensant à son cahier de petite fille. A samedi, ajouta-t-elle en se levant.

– Vous savez, reprit la psychanalyste, je crois qu'une deuxième séance hebdomadaire vous ferait avancer plus vite... Vous ne voulez pas venir mardi ou mercredi ?

– C'est impossible... la semaine, je suis à Cluny, et je ne peux monter sur Paris avant le vendredi...

– Bon. Alors tant pis. A samedi prochain, bon courage !

Midi. Midi comme tous les samedis quand elle sortait de chez sa psy, « l'archéologue de mon inconscient », comme elle aimait l'appeler. Aujourd'hui, il tombait quelques gouttes. Elle remonta le col de son imper beige. Rue Saint-Louis-en-l'Ile, elle stoppa devant la vitrine d'une échoppe de modiste, face à un chapeau en ciré noir.

« Pff... Ridicule, pensa-t-elle. Je ferais mieux de m'acheter un parapluie. »

Elle n'en fit rien et traversa la Seine en se laissant mouiller la tête par l'averse d'octobre. Elle songea à prendre le bus mais abdiqua en voyant la foule épaisse et serrée qui défendait l'abri contre les intrus. Aucune envie de descendre dans le métro. Elle attraperait un bon rhume, elle aurait ainsi une bonne raison de rester couchée tout le week-end. Rue Henri-Barbusse, une petite joie, celle de sentir son refuge tout proche, puis de nouveau l'appréhension des escaliers. Allez, il fallait bien monter. Quatrième étage. Enfin. Elle referma la porte de son appartement avec un intense soulagement. C'était la première fois qu'elle appréciait autant sa maison. Celle-ci n'avait rien d'exceptionnel : un deux pièces parisien banal, avec une cuisine pour nains, un parquet grinçant, des rosaces en stuc et une décoration basique, qu'elle n'avait jamais pris le temps de fignoler... mais c'était sa caverne, où personne ne venait la déranger. Elle s'effondra sur le canapé et essuya ses longs cheveux dégoulinants au peignoir de bain qui traînait sur les coussins. Elle but une gorgée de verveine froide dans la tasse qu'elle avait laissée la veille au soir sur la table basse et s'avisa que son répondeur clignotait. Elle s'extirpa péniblement du siège et appuya sur le bouton, déjà lasse de la voix des autres.

– Bip. Salut, c'est Philippe ! Tu es partie tellement vite du chantier hier soir que je n'ai pas eu le temps de t'en dire plus sur la fête pour les quarante-cinq ans de Paul... Bon, de toute façon on a tout concocté en secret avec sa copine. Il ne s'y attend pas du tout, ça va être hilarant ! Et t'inquiète pas pour le cadeau, on dira que tu as participé avec nous. Donc, tu arrêtes de te cloîtrer chez toi comme une moniale et tu viens ce soir ! On se retrouve tous au troquet en bas de chez Corinne, à huit heures. Sois pas en retard ! Je te rappelle l'adresse : métro Blanche, 16, rue...

D'un geste, Johanna passa au message suivant.

– Ma puce, c'est moi, susurra la voix de François. Je t'ai aussi laissé un message sur ton portable. Donc, c'est compliqué, là, je ne vais pas pouvoir me libérer ce week-end. Mais je te promets de faire tout mon possible pour passer à Cluny cette semaine, je pense jeudi, comme ça on pourra remonter ensemble vendredi soir. Je suis désolé, mon amour... Tu me manques terriblement... Je t'embrasse fort, très fort... Je te rappelle... Bip.

— Bon alors, Jo, qu'est-ce que tu trafiques, là ? C'est Isa. Ça fait trois messages que je te laisse sur ton portable et tu rappelles pas ! Alors soit tu es avec François, soit tu es malade... J'espère que c'est pas la solution 2... Donc, cette fois tu me rappelles, hein ? Sinon j'appelle les pompiers ! Allez, salut. Bip.

Johanna sourit, saisit le téléphone et composa un numéro.

— Oui, Isa, c'est moi. Non non, j'étais chez ma psy. Ah oui, je l'ai éteint hier soir en me couchant et j'ai oublié de le rallumer ce matin. Oui, ça va ! Non, pas ce week-end, il est coincé avec sa femme et ses gosses... Sous la pluie ? Bon... Si la météo l'a dit, alors... A treize heures au Luxembourg, sur notre banc. OK, à demain. Moi aussi, Isa, tchao.

Le dimanche matin, il ne pleuvait plus, et le ciel avait la couleur hivernale du ciel de Paris : un blanc sale et opaque. Blottie dans son imperméable, Johanna regardait les bateaux que les mômes poussaient dans le bassin du jardin à l'aide d'un bâton. Isabelle arriva comme d'habitude en retard et, comme d'habitude, exhiba une justification domestique.

— Bonjour, ma grande, dit-elle en l'embrassant. Excuse-moi, mais il y a eu un drame ce matin : Jules avait perdu son nounours fétiche, j'ai fouillé sa chambre pendant une heure, et puis finalement c'était Tara qui l'avait planqué dans le lave-vaisselle pour se venger de son frère qui lui avait dit que sa poupée était moche... Dis donc, tu n'as pas bonne mine, toi...

Johanna se força à sourire. Journaliste dans un mensuel féminin, Isabelle était une vieille amie du lycée de Fontainebleau qui était devenue une amie de vie, même si son existence était fort différente. Plutôt petite, les cheveux blonds et courts, les yeux noisette, toujours élégante malgré les rondeurs héritées de ses deux grossesses, Isa bénéficiait d'un ancrage dans la réalité du quotidien qui agaçait Johanna autant qu'il lui rendait service.

— Viens, lui dit Isa. On va déjeuner. Un petit ballon de rouge ne te fera pas de mal et puis il faut que je te parle.

– Alors, demanda Johanna une fois qu'elles furent attablées, que t'arrive-t-il, tu as des ennuis ?

– Ma chère Johanna, lui répondit Isa. Une fois de plus, je crois que tu n'es pas bien connectée... Pardon d'être brutale mais c'est toi qui vas mal, au cas où tu n'aurais pas remarqué. Je ne sais pas où tu vas, là, mais tu as une tête de fantôme de série Z, et ça fait des semaines que ça dure... L'analyse ne t'aide pas ?

– Si mais..., articula-t-elle, les yeux emplis de larmes.

– Oh, ma chérie..., s'apitoya son amie. Je comprends, c'est une mauvaise passe, ça nous arrive à toutes, tu sais, souviens-toi dans quel état j'étais après avoir accouché de Jules ! Tu es à l'âge délicat pour une femme « célibataire », François n'est pas souvent là pour t'épauler... Ecoute, reprit-elle après une seconde d'interruption, je viens d'avoir une idée de dingue ! Voilà : ce mercredi, le canard m'envoie une semaine en Italie, faire un grand papier sur les richesses touristiques de la Pouille. Tu n'as qu'à m'accompagner ! Tu sais, parfois, il faut savoir fuir les problèmes pour mieux se les coltiner après, sous un autre angle...

– La « Pouille » ?

– La *Puglia*, le talon de la botte ! Il y fait encore beau à cette époque, il paraît qu'on y mange très bien, que c'est à demi sauvage... Et pense aux magnifiques Italiens ! Tu n'as que ton billet d'avion à payer, et ça va pas chercher loin... pour le reste, je m'arrange avec le journal ! Allez, Jo, en plus ça fait des lustres que tu n'as pas pris de vacances... ça peut être géantissime de tester ensemble les hôtels et les restaurants ! Allez, me laisse pas seule avec tous ces beaux Ritals... Pense à l'honneur de mon cher époux !

– Isa, mercredi c'est dans trois jours, je ne peux pas ! Mon chantier ! On est en pleines vacances de la Toussaint, les autres ont pris des congés... Et François ? Il voulait passer me voir jeudi, à Cluny...

– Dis donc, se fâcha gentiment Isabelle en allumant une cigarette. Il t'a demandé ton avis, ton François, avant de partir un mois à Cabourg, cet été ? Et ton chantier, ton chantier... Excuse-moi, mais c'est Paul qui en est le chef, pas toi, même si tu es une assistante indispensable ! Toi aussi tu as droit à des congés, que diable ! Et les trente-cinq heures ? Tes squelettes peuvent bien t'attendre une semaine, non ?

Le commandant de bord annonça que l'avion amorçait sa descente sur Brindisi et que la température au sol était de vingt-deux degrés. Isabelle ferma les guides et la carte qu'elle avait compulsés pendant le voyage en prenant des notes, Johanna cessa de penser à François. Elle culpabilisait d'avoir refusé de le voir avant son départ et de ce qu'elle lui avait fait subir depuis leur fameux week-end au Mont-Saint-Michel. Mais elle n'en concevait aucun regret profond. C'était comme si sa force de vie et sa volonté étaient anéanties. Elle se laissait porter par le cours des choses, sans chercher à influer dessus. Elle s'accrochait encore à son métier, plus par habitude que par réelle conviction, persuadée qu'elle ne trouverait jamais la tombe d'Hugues de Semur. Elle avait fini par céder à l'insistance d'Isabelle, fatiguée par avance de s'opposer à elle. François pouvait lui annoncer qu'il la quittait maintenant, elle ne se battrait pas. La jeune femme avait la sensation étrange d'avoir nagé à contre-courant de son existence... Aujourd'hui, à trente-trois ans, son souffle était mort et ses muscles usés comme ceux d'un vieillard. Elle était entrée en psychanalyse comme on accepte une béquille, consciente que la thérapie ne la remettrait jamais debout, mais l'aiderait à ne pas tomber tout de suite. C'était une question de temps, et les nombreux médicaments qu'elle avalait matin et soir renforçaient encore cette impression de flottement, de lent mais inéluctable glissement vers un néant contre lequel il était vain de résister, comme il était inutile de le précipiter.

– On va louer une voiture et prendre la route qui borde l'Adriatique jusqu'à Lecce, Otrante et Santa Marina di Leuca, à la pointe du talon, annonça Isabelle. Après, on remontera de l'autre côté, le long de la mer Ionienne, vers le nord...

– D'accord, c'est toi qui conduis, répondit Johanna.

Trois jours plus tard, les taches de rousseur de Johanna s'étaient multipliées sur son nez et ses joues sous l'effet du soleil, et son regard pétillait. C'était parfois dû aux vins de la contrée, qui titraient quatorze degrés, souvent au dépaysement enchanteur des villes baroques, de la mer turquoise, de la terre rouge, des champs de blé dur piqués de coquelicots et des étendues d'oliviers centenaires, aux troncs secs et noueux comme les bras d'un vieux contorsionniste.

Isabelle n'avait pas menti sur les trésors gastronomiques de la région et, pour un prix dérisoire, les deux gourmandes faisaient une cure de pâtes en forme d'oreille, de salades de poulpe tièdes, de gambas fraîches, d'agneau rôti et de glaces crémeuses qui auraient fait pâlir les plus snobs restaurants italiens de Paris. Les rares touristes avaient déserté depuis longtemps et, à quelques jours de la Toussaint, elles s'extasiaient, seules, sur les petites routes de la vallée des trulli, ces bicoques insolites au toit conique en pierre sèche, qui ressemblaient aux maisons d'elfes sylvestres dont la forêt, remplacée par des ceps de vigne, aurait disparu.

– C'est fou ! s'exclama Johanna. On dirait des maisons de schtroumpfs ! Qu'est-ce que c'est, ce signe peint sur le toit ?

– On ne sait pas exactement..., répondit Isabelle en klaxonnant aux abords d'un virage. Ça correspond aux astres, je crois... J'ai lu quelque part qu'elles étaient habitées depuis le XIIᵉ siècle, tu te rends compte ?

La fantasmagorie de ces pierres, assemblées par l'homme selon un impénétrable mystère, intriguait l'âme de Johanna.

– Attends, le mieux reste à venir ! la prévint Isabelle. On va à Alberobello, la ville des schtroumpfs... que des trulli partout !

Effectivement, une fois passé les faubourgs industrieux de la bourgade, vestiges d'une splendeur régionale devenue misère, apparut un village entier de maisons blanchies à la chaux, au toit en cône de pierre.

– Eh bien..., dit Isa en claquant la portière de la voiture. Je ne regrette pas ce périple... Ça change de Florence et de Venise !

Johanna ne put s'empêcher de penser que François ne l'avait jamais emmenée à Venise, puis elle balaya sa doléance de jeune fille romantique.

– Jo, mets-toi là s'il te plaît, contre le trullo à la vigne vierge, je vais te prendre en photo ! lui ordonna la journaliste.

Quand elle n'était pas au volant de l'auto, Isa prenait sans arrêt des photos, autant pour les besoins de son reportage que pour épater son mari et ses enfants. Elle exigeait que Johanna ou des autochtones posent, ce qui irritait la jeune femme, pour qui la beauté intrinsèque des vieux murs n'avait nullement besoin du sourire publicitaire d'un humain de passage.

– Ah non, Isa, j'en ai assez ! explosa l'archéologue. La prochaine fois, tu partiras avec un top model de ton canard, comme ça tu feras les pages mode... moi, c'est pas mon truc !

– OK, t'énerve pas ! Bon, pour une fois, c'est moi qui pose, et toi tu fais la photo. Ça marche ?

– Ça roule, passe-moi l'engin !

Isa se rapprocha du mur blanc. Son ensemble vert pomme, issu des ateliers d'un jeune créateur, était assorti à la couleur de la vigne vierge qui courait au bord du toit rond.

– Parfait ! s'écria Johanna, l'œil dans le viseur. Très joli ! Attends, zoom avant, voilà...

Johanna baissa l'appareil et dévoila un visage figé dans une expression d'étonnement suprême.

– C'est fait ? demanda Isa. Qu'est-ce que tu as ? On dirait que tu as vu les sept nains !

Sans répondre, Johanna s'avança vers la construction et vira à gauche de son amie, bouche bée et tête en l'air. Le nom de la rue était gravé en lettres d'or sur une plaque de marbre. Johanna ne pouvait détacher ses yeux de l'écriteau. Isabelle se rapprocha et lut l'inscription : *via Monte San Michele*.

– Ça alors..., dit-elle, ébahie. Mais que vient faire ici le Mont-Saint-Michel ?

Elles l'apprirent en interrogeant une boutiquière. Il ne s'agissait pas de la montagne normande, quoique les Normands eussent gouverné un moment la Pouille, mais d'une référence à un haut lieu local, le mont Gargan, où saint Michel était apparu. Le lieu sacré s'élevait à une centaine de kilomètres, au Monte Sant'Angelo.

– Ce n'est pas possible..., murmura Johanna. Cet endroit damné a un jumeau, à l'autre bout de l'Europe, dans un coin complètement perdu, et il faut que je tombe dessus !

Aussitôt, elle maudit le destin, ou la fortuite coïncidence. La situation aurait fait rire François, mais elle, elle insulta d'un bloc son inconscient, sa conscience, le hasard, la malchance, le journal d'Isabelle, et son amie elle-même qui, si elle avait pu, se serait transformée en pomme verte pour finir en compote, tellement elle s'en voulait d'avoir été le fruit de la tentation qui faisait surgir de Johanna ses vieux démons. Elles quittèrent Alberobello et filèrent à Ostuni, village merveilleux édifié sur une colline. Isabelle espérait que le charme oriental des pierres d'Ostuni conjurerait celui qui de nouveau avait pris possession de son amie.

Contrairement à Alberobello, hameau de plaine construit par des lutins agriculteurs, Ostuni ressemblait à une ville marocaine perchée sur les hauteurs, blanche casbah accrochée au ciel telle une Essaouira altière et catholique. Isabelle et Johanna abandonnèrent l'auto sur une place de la ville neuve, en bas du promontoire, et montèrent à pied dans la cité médiévale. L'ascension était douce, les venelles larges et leur labyrinthe paisible : bordées des blocs carrés des habitations blanches, les ruelles exhalaient une odeur de ragoût et de légumes frits, s'échappant des fenêtres fleuries et des petites trattorias ouvertes sur le pavé. Johanna scrutait les plaques des rues, mais ne trouva nulle trace de l'Archange. Seule une madone de plâtre peint, logée dans une niche murale, lui envoya un regard affligé de derrière son grillage. Au sommet du vieux village, il n'y avait point d'abbaye, mais une splendide cathédrale au fronton vénitien, à la rosace ciselée comme un soleil gothique. Au faîte du mont, les deux amies contemplèrent le panorama : un océan d'oliviers formait une baie de bronze aux paillettes argentées, d'où émergeaient des seins en pierres baroques. Sous la musique badine du vent, les vagues végétales ondoyaient comme un ventre oriental. Au bout de la terre et du ciel gisait un désert bleu, sombre et inerte : la mer avait l'air morte.

— C'est somptueux, hein Jo ? osa Isabelle. Ostuni la blanche, la ville aux trois collines... Une petite Rome, quoi, mais dans un autre genre ! Ça doit être terrible en été, avec les touristes et la canicule ! Mais ça vaut la peine que j'en parle dans mon papier... Ce soir on va là-bas, dit-elle en pointant un doigt dans le vide, dans une ancienne métairie rénovée en hôtel design !

Peu à peu, la fraîcheur enveloppait la ville, tandis que le ciel tournait au bleu passé comme la mer. Johanna ne répondit pas mais ne put contenir un frisson.

— Tu trembles ! s'écria Isabelle. Tu as froid ?

— Un peu, articula-t-elle, le regard perdu dans le lointain. Et j'ai très faim. Tu ne veux pas qu'on aille dîner ? Tu as réservé quelque chose ?

— Non, je pensais qu'on dénicherait un resto au petit bonheur pour mon article. Viens, ce ne sont pas les auberges qui manquent et, en cette saison, on n'aura pas besoin de se battre pour avoir une place ! Tiens, prends ça, ajouta Isa en sortant un blouson de sa besace.

Johanna enfila la veste de cuir et suivit son amie. Le soleil déclinait et, malgré les lanternes éclairant les façades crayeuses, Johanna ne voyait rien que ses godillots de toile qui peinaient à descendre les marches.

— Ne t'inquiète pas, tenta de la rassurer Isabelle en lui prenant le bras, on va se trouver un beau resto, se taper la cloche et demain le soleil se lèvera !

– Isa, je t'adore, mais si les angoisses existentielles se réglaient à coups de fourchette, on serait tous béats, heureux... et obèses !

– Peut-être, dit-elle en essayant de paraître sérieuse, et alors les canards comme le mien cesseraient d'exhiber ces filles taillées dans un grain de riz, et les grosses épanouies feraient un malheur ! Moi je dis : *fat power* ! Nous vaincrons, car nous sommes les plus optimistes...

Johanna se prit à amorcer un grand sourire. Isabelle avait stoppé devant une enseigne qui semblait exciter au plus haut point sa curiosité de militante.

– Regarde un peu ça, Jo ! s'exclama-t-elle. *La taverna della gelosia* : « La taverne de la jalousie »... génial comme nom, je te parie une assiette de poulpe que l'aubergiste est une belle femme bien dans son corps !

– Et pleine d'esprit..., ajouta Johanna. Décidément, nous sommes de drôles d'amies... toutes deux fascinées par les écriteaux italiens, mais pas les mêmes.

– Que veux-tu... Toi, tu es obsédée par une montagne sainte des bords de la Manche, moi par les monticules de saindoux qui trônent sur mes hanches... Chacune sa croix !

Cette fois, Johanna éclata de rire et se cramponna à Isa avec tendresse en descendant l'escalier raide qui conduisait au restaurant. Deux petites terrasses, féeriques sous les lampions, s'ouvraient à la nuit naissante. Isabelle avait vu juste quant au sexe du propriétaire de l'établissement, et la patronne leur proposa une table à l'intérieur, dans une cave voûtée aux pierres apparentes, qui ressemblait à une grotte rustique devenue raffinée grâce à la décoration soigneuse d'une femme de goût.

– C'est très joli mais si ça ne te dérange pas, je préférerais rester dehors, murmura Johanna à son amie. J'ai peur d'être claustrophobe, là-dedans.

– Tu n'aimes plus les pierres du Moyen Age ? demanda Isa, surprise.

– Si tu n'as pas peur d'avoir froid, en ce moment je me sens mieux à l'air libre...

– Entendu, ma grande, je comprends. Pas de souci, j'ai encore un pull dans mon sac.

Elles s'installèrent sous les branches protectrices d'un poivrier géant, au tronc ridé et aux feuilles exhalant une délicate odeur de baies roses. Aussitôt, Isabelle entama une conversation animée avec la restauratrice, en italien et en anglais parsemés de français. Quand cette dernière les laissa seules avec le menu, la journaliste griffonna sur un carnet puis alluma une cigarette à une bougie de la table.

— Elle ne veut pas me dire pourquoi sa taverne s'appelle taverne de la jalousie, expliqua-t-elle à Johanna, vie privée, en tout cas sa spécialité est la cuisine médiévale à base de viande ; elle a retrouvé des recettes d'époque qu'elle met à la sauce d'aujourd'hui... C'est une très bonne idée, tu ne trouves pas ?

— Mm..., bredouilla l'archéologue en examinant la carte avec une moue dédaigneuse. J'espère que la viande n'est pas d'époque ! Bon, pas de poulpe, tant pis... Je vais me rabattre sur une pizza, c'est sans risque...

Isa ne releva pas. Elle savait que Johanna n'était pas grossière au point de faire durer sa mauvaise humeur au-delà de deux verres de vin à quatorze degrés ; aussi, elle commanda tout de suite le meilleur rouge de la région. Johanna n'aurait pu dire si son aigreur résultait de la sensation que le Mont-Saint-Michel la poursuivait partout, jusque dans le contenu médiéval de son assiette, ou bien de la colère qu'elle sentait monter envers François : dans cet endroit romantique, plus propice à l'harmonie à deux qu'à la jalousie, elle réalisait que jamais son compagnon ne lui avait consacré une semaine de vacances. Il aurait adoré ce village du Moyen Age, ces loupiotes poétiques, ce personnage pittoresque qui faisait revivre la cuisine d'un autre temps... son temps, leur temps de prédilection. A la lumière des chandelles, ils auraient longuement parlé de sa découverte de l'existence du mont Gargan, en passionnés et en spécialistes. Au lieu d'être ici avec elle, de la regarder, d'effleurer sa peau, il était à des centaines de kilomètres et elle, elle s'énervait en tête à tête avec sa meilleure amie, qui s'échinait à lui faire oublier sa déprime. Elle eut envie d'emprunter le portable d'Isabelle, qui avait un abonnement international, et d'appeler François.

— Tu es vraiment sûre que cela ne te gêne pas de partager les antipasti avec moi ? lui demanda Isa. C'est pour deux !

— Non, non, c'est très bien.

— Et ensuite, je veux absolument tester ce « ragoût de lapin à la mode médiévale »... Et toi, ma chérie, je te commande une pizza ? Quel parfum ?

– Non non, répondit Johanna en terminant son deuxième verre de vin. Finalement, j'ai changé d'avis, c'est idiot de prendre une pizza... Un lapin, comme toi !

Quelques instants plus tard, les deux femmes sauçaient ce qu'il restait du ragoût aux épices et au vinaigre.

– Passe-moi une cigarette, réclama Johanna. Je voudrais te demander quelque chose.

Elle toussa, car elle ne fumait jamais, et exposa sa requête.

– Isa, je voudrais qu'on aille voir ce mont Gargan. C'est complètement fou, c'est comme si... plus je fuyais, plus tout ça cherchait à me prendre par surprise, à me frapper dans le dos. Et j'ai horreur des attaques par-derrière... autant que de toutes ces coïncidences. Je n'ai pas peur, je suis avec toi, et je veux en avoir le cœur net... voir ce qu'il y a là-bas, s'il est différent du mont normand, comment est l'abbaye, le style, l'histoire...

– On peut acheter un bouquin, sans y aller !

– Non. C'est juste à côté, je ne me pardonnerais jamais d'avoir été si près sans avoir eu le courage d'y mettre les pieds, en sachant qu'il existe... S'il te plaît, ça nous prendra une journée à peine, et il y aura peut-être des choses intéressantes pour ton papier !

Le surlendemain, un dimanche matin, la petite auto gravissait une route en lacets du mont Gargan. Vaste massif forestier, excroissance de terre plongeant dans l'Adriatique, le Gargano était une réserve naturelle, une grande montagne verdoyante bordée de stations balnéaires et parsemée de villages pentus, dont le Monte Sant'Angelo qui abritait le sanctuaire dédié à saint Michel.

– Tu es témoin, le paysage n'a rien à voir avec la Normandie, clama joyeusement Isabelle. Pas de plaine, pas d'île isolée dans la mer, pas de marées, pas de moutons de pré salé, pas plus que de vaches !

– Oui... Apparemment, ce serait plutôt un village isolé dans la montagne. C'est étrange, le peu de rapport entre les deux.

– C'est tant mieux !

Le contraste était plus fort encore à l'entrée de l'agglomération : le panneau indiquait bien Monte Sant'Angelo, mais en fait de vieilles pierres, ce furent des barres d'immeubles à la modernité sordide qui accueillirent Isabelle et Johanna. L'archéologue douta : elles s'étaient certainement trompées de « Mont-Saint-Ange »... puis, au loin, elles aperçurent le vieux village, bâti à la cime de la montagne, comme une blanche médina aux allures d'Ostuni. Elles furent rassurées, et Isa continua sa route. Johanna fut saisie d'une intense excitation : un clocher carré émergeait de la mer de maisons, mais il ne ressemblait en rien à la flèche gothique et élancée du mont français. Etait-il attaché à une monumentale abbaye, avec une crypte souterraine aux chœurs jumeaux ? Il fallait s'approcher pour savoir. Ses membres picotaient, elle transpirait bien que l'air des hauteurs soit frais. Enfin, elles furent au sommet, et Isa arrêta la voiture le long d'un trottoir. Johanna sortit comme un diable et chercha des yeux le monastère. Le clocher était là, solitaire, sans cathédrale... une tour, un campanile. Des ruelles étroites et pavées, des boutiques de souvenirs bigots, des trattorias pour touristes... mais pas d'abbaye.

– *Scusi*, dit-elle à une commerçante en noir, penchée sur un lot de vierges en plastique transparent. *San Michele santuario, per favore ?*

Son accent ne devait pas être convaincant, car la femme ne dit mot, se contentant de lui montrer du doigt un édifice banal, à proximité duquel Isa finissait de faire un créneau. Dubitative, Johanna s'approcha. Face au campanile, un large parvis conduisait à un bâtiment de calcaire, à la façade apparemment récente, XIXe peut-être.

Percée de deux arcades en ogive, jumelles, avec deux portes, la paroi blanche était surmontée d'un fronton triangulaire orné de frises. Au-dessus des deux arcades identiques, entre deux petites rosaces, une niche abritait une statue de plâtre : la statue de saint Michel décapitant le dragon, réplique exacte de la sculpture d'or couronnant la flèche du clocher normand.

– Ah ! C'est ici ! dit Isabelle dans son dos. Il faut le savoir, c'est pas spectaculaire !

– Lis ! lui enjoignit Johanna, le regard captivé par l'épigraphe de la porte de droite. *Terribilis est locus iste hic domus dei est et porta coeli* : « Ce lieu est terrible, car il est la demeure de Dieu et la porte du ciel »...

– Et alors ? C'est normal pour une église ! Allez, maintenant qu'on est là et qu'apparemment il n'y a pas de moines, viens, on va voir le lieu terrifiant

Elles passèrent la porte. Une échoppe de bondieuseries sur leur droite, et un grand escalier descendant on ne sait où. Pas de guichet avec tickets d'entrée.

– Tu es déformée par ton boulot, Johanna, expliqua Isa. N'oublie pas que nous sommes en Italie : ici, l'Etat et les Monuments nationaux ne sont pas tout-puissants sur les églises, c'est le Vatican qui gère son patrimoine historique... On n'entre donc pas dans un musée mais dans un lieu de culte, où shorts et bras nus sont bannis...

Johanna enfila sa veste de daim. Elles s'engagèrent sur les marches. Aussitôt, l'âme de Johanna fut saisie par l'odeur caractéristique du calcaire ancestral, les fresques médiévales à moitié effacées, une immense croix, les grandes arcades gothiques et les voûtes en ogive au-dessus de sa tête. Une sensation de mystère, de temps qui s'arrête, lui coupa la parole. Elles descendirent les cinq volées de marches interrompues par quatre paliers avec la certitude de pénétrer dans les entrailles de la terre et de l'être humain. L'escalier n'en finissait pas... qu'y avait-il au bout de ce monde à demi obscur ? Sur les murs, Johanna reconnut les traces d'anciennes sépultures. L'escalier se termina enfin : elles aperçurent une lumière passant par un portail encadré de colonnes torses et surmonté d'une fresque presque disparue, où l'on devinait la silhouette d'un taureau. Sous la fresque, une plaque de marbre entourée d'une riche bordure était soutenue par deux anges. Johanna traduisit l'inscription latine à voix haute.

– « Ici est la crypte de saint Michel Archange, murmura-t-elle, très renommée dans le monde entier, où il a daigné apparaître aux hommes. O pèlerin, en te prosternant à terre, vénère ces pierres parce que le lieu où tu te trouves est un lieu saint. »

Elles passèrent le portail. La lumière crue du soleil pénétrant librement dans l'atrium les surprit et leur fit cligner les paupières. Des sarcophages de marbre et des statues de saints bordaient le patio. Face à elles, un remarquable portail roman encadrait une lourde porte de bronze, ouverte sur un lieu sombre : la demeure de l'Ange. En proie à une violente curiosité, Johanna devança son amie et, le cœur frappé de coups de marteau, entra la première. Jamais son imagination d'amoureuse des pierres n'aurait pu deviner ce qu'elle vit alors. Elle fit quelques pas et s'arrêta, captive de l'atmosphère qui se dégageait de la basilique. Elle se tenait au centre d'une grotte : une caverne naturelle, constituée d'énormes blocs de calcaire sans âge, où l'ombre jouait dans les anfractuosités du rocher, soutenait une cathédrale humaine, un plafond gothique de voûtes en croisées d'ogive. Face à Johanna, au fond de la cathédrale, était creusée une abside d'un jaune solaire, un temple baroque collé à la roche qui lui rappela la Jordanie et Pétra... Oui, une Pétra souterraine. Alliance de la terre et des hommes, cette église étrange n'était qu'un prélude.

Sitôt que le regard de Johanna se fut habitué aux ténèbres de la nef, son attention fut attirée sur la droite, vers le chœur : sous une voûte de roches irrégulières, entourée de chaires et derrière un autel, un point lumineux étincelait. Dans une grande urne d'argent et de cristal de Bohême, en appui sur la masse du rocher, brillait la statue de saint Michel Archange, sculptée dans un marbre blanc d'une pureté extrême...

Ensorcelée, Johanna s'approcha et contempla le chef des armées célestes, ailé d'or, vêtu d'une armure courte de légionnaire romain et d'un manteau militaire, armé d'une longue épée horizontale, dans l'attitude d'un guerrier tranchant la tête d'un démon à face de singe, à cuisses de bouc, griffes de lion et queue de serpent. Ce saint Michel avait une expression qu'elle n'avait jamais admirée ailleurs : son visage était celui d'un adolescent qui souriait... une chevelure bouclée entourait sa tête, son regard avait l'innocence cristalline d'un regard d'enfant.

– C'est absolument extraordinaire..., commenta Isabelle en rejoignant Johanna.

– Oui, Isa, chuchota Johanna, dont l'émotion transparaissait dans la voix. Je ne m'attendais pas du tout à ça... C'est étourdissant.

Elles s'attardèrent sur les détails du lieu, les autels, les sculptures, la petite chapelle contenant les reliques de papes martyrs des premiers siècles. Les os noirs richement enchâssés impressionnèrent Isabelle. Johanna le fut par d'admirables sculptures et bas-reliefs médiévaux : une Vierge de Constantinople du XIIe siècle, un saint Michel qu'elle estima du VIIIe ou IXe siècle, représenté avec une balance, en train de peser les âmes des pécheurs décédés. Au centre d'un petit réduit creusé dans la roche et protégé par une vitre, était posée une charmante sculpture d'un saint Michel Renaissance, à qui les visiteurs jetaient des pièces par la fente de la glace.

– Un puits aux souhaits ! s'exclama joyeusement Johanna. Pour une fois, je vais faire un vœu !

Elle s'exécuta, sous l'œil amusé de son amie. Isa était ravie, conquise elle aussi par la beauté mystique de l'endroit et heureuse de sentir Johanna gaie et sereine. Un brouhaha les ramena au centre de la grotte.

Une foule s'était massée sur les bancs entourant le chœur, jusque dans la nef où des femmes et des hommes attendaient, debout, la messe dominicale. Un prêtre se tenait devant l'urne contenant la statue de saint Michel. Lorsque l'office débuta, elles restèrent un moment dans un coin de l'église, dos au rocher, touchées par la ferveur qui se dégageait de l'assistance, exclusivement italienne. Puis, par pudeur et respect de cette piété réelle, elles s'éclipsèrent de la caverne. Elles remontèrent le grand escalier en silence. En haut, Johanna trouva un guide du sanctuaire rédigé en français, et c'est seulement sur le parvis, sous le ciel, qu'elles s'autorisèrent à parler.

– Ça va ? demanda Isabelle à Johanna.

– Très bien, figure-toi, répondit-elle. Je ne regrette pas mon initiative ! Je me sens libérée... mais je ne comprends pas pourquoi ce lieu n'est pas plus connu en France ; pour moi, ça vaut largement la chapelle Sixtine... Tu ne veux pas qu'on se pose quelque part, il me tarde d'étudier ce bouquin pour en savoir plus...

– Bien sûr, ma grande ! On n'a qu'à aller déjeuner, c'est l'heure ! répondit-elle en se léchant les babines.

Le village aussi valait leur escapade impromptue : il abritait une forteresse médiévale digne des chevaliers de la Table Ronde, qui avait jadis appartenu aux Normands, un baptistère du XIe siècle appelé « Saint-Jean-de-tombe », des églises du haut Moyen Age et des jardins de coquelicots. Il n'y avait définitivement aucun monastère, et il n'y en avait jamais eu. Un quartier attira particulièrement leurs pas : le quartier Junno, partie la plus ancienne du bourg, fait de maisons blanchies à la chaux, aux balcons de fer forgé offrant une splendide vue sur la mer, construites le long de ruelles étroites et sinueuses.

– C'est fou... le sanctuaire date du Ve siècle ! s'écria Johanna, la bouche pleine d'agneau de montagne, la spécialité locale. Il est antérieur au Mont-Saint-Michel français ! C'est donc l'inverse de ce que je croyais : le mont Gargan est le modèle et c'est la caverne originelle du mont normand, la grotte de Saint-Aubert, qui est son jumeau historique...

– Jumeau, jumeau... Tu m'excuseras, mais je ne leur trouve pas grand-chose en commun, pour des frères ! répondit Isa en rongeant l'os de sa côtelette. Ce ne sont pas des monozygotes, ces deux-là.

– Si..., répondit Johanna en pâlissant. Il y a des différences importantes, mais ils ont la même matrice légendaire : la triple apparition. En l'an 490, saint Michel est apparu en rêve à un évêque local, lui demandant de consacrer la grotte qu'il avait choisie, sur la montagne, et qui était auparavant un lieu de culte païen... L'évêque n'en fit rien. En 492, l'Ange apparut une deuxième fois à l'évêque Laurent, prélat de la ville de Siponto, qui l'avait appelé à l'aide car sa ville était assiégée par l'ennemi. Le chef des armées célestes assura la victoire des Sipontins .. En 493, pour le remercier, l'évêque décida d'obéir enfin à l'Archange et de consacrer sa grotte. Saint Michel apparut alors une troisième fois, lui disant qu'il était trop tard, il l'avait déjà fait lui-même... L'évêque se rendit à la caverne, escorté du clergé et du peuple. Il y trouva un autel de pierre déjà érigé, recouvert du manteau rouge vermeil de l'Ange guerrier, et, gravée dans le rocher, l'empreinte du pied de saint Michel. L'évêque officia pour la première fois dans le sanctuaire : c'était le 29 septembre, qui devint la Saint-Michel dans le monde entier.

– C'est intéressant. Cet agneau est vraiment remarquable...

– Tu as raison ! dit Johanna, le regard brillant. Comme l'agneau du Mont-Saint-Michel, et c'est logique au regard de la symbolique ! Saint Michel aime les régions viticoles (le sang du Christ) et productrices de viande d'agneau (l'Agneau de Dieu), les montagnes en bord de mer (la Jérusalem céleste), le chiffre trois (la Sainte Trinité) et les évêques !

– Et alors ? Pourquoi est-il « prélatophile », à ton avis ? demanda Isa en souriant.

– Je ne sais pas, moi ! répondit Johanna en s'amusant de sa démonstration loufoque, qui aurait fait hurler ses anciens professeurs. Peut-être parce qu'il faut bien qu'il ait un vice, tout saint qu'il soit !

– Tu parles d'un vice, aimer les évêques ! En plus, ils lui rendent mal son attachement, ils ne l'écoutent jamais !

– C'est juste, Isa... Alors que Jeanne d'Arc, à qui il est apparu quand elle était bergère, elle, l'a écouté tout de suite... Dans la légende du Mont-Saint-Michel français, l'Ange a carrément enfoncé son doigt dans le crâne d'Aubert, pour que le prélat aille enfin lui bâtir sa grotte sur la montagne et cesse de se prendre pour un dingue... Comme quoi, malgré la passion des anges, les hommes restent des hommes !

La fin du déjeuner fut joviale, émaillée de thèses cocasses, qui finirent en confidences scabreuses sur leurs compagnons respectifs. Elles poursuivirent leur conversation en flânant, arpentant le vieux village et les terrasses des cafés. Isabelle prenait beaucoup de photos, notait des impressions, des adresses de troquets, voulant réparer l'injustice faite au Monte Sant'Angelo par certains guides touristiques français, qui ne disaient mot du lieu ni de ses attraits. En fin d'après-midi, elles croisèrent des vieillards endimanchés, à l'élégance virile et surannée, qui allaient boire l'apéritif en jouant aux cartes. Isa regarda sa montre et Johanna lui lança un œil enjôleur.

– Isa ? Quel est le programme de ce soir ?

– Trani, une ville avec un ravissant port de pêche, sur la route de Bari. On ne va pas tarder à y aller d'ailleurs, j'ai dit à l'hôtel qu'on serait là vers huit heures...

– Isa... je... Sans vouloir être désagréable, je commence à fatiguer de tous ces kilomètres... J'aimerais bien qu'on se pose un peu. Tu ne veux pas qu'on passe la nuit ici et qu'on reparte seulement demain matin ? J'ai repéré un petit hôtel, en face du sanctuaire, ça peut être utile pour ton article, une adresse d'hôtel ici... Allez, pour te remercier de m'avoir emmenée, je te l'offre et, ce soir, je te paie le resto !

Isabelle rejeta lentement la fumée de sa cigarette et fronça les sourcils.

– Dis donc, Jo... Je suis blonde, mais tu vois, c'est pas naturel ! Pourquoi t'avoues pas simplement que tu ne veux pas quitter ton saint Michel, maintenant que tu sais qu'il n'y a jamais eu de moines ici, donc qu'aucun fantôme de bénédictin italien ne viendra te tirer les cheveux pendant ton sommeil ?

L'hôtel Michael était modeste. Il y était interdit de fumer, surtout dans les chambres, ce qui agaça Isabelle. Le manque d'affabilité de la jeune femme qui les reçut l'énerva encore plus, mais elle se radoucit en apprenant qu'elles étaient les seules clientes et qu'elles pouvaient donc disposer de la plus belle chambre, la « matrimoniale », qui jouissait d'une vue exceptionnelle sur les toits du village et sur la mer. Debout sur le balcon de la chambre, les deux jeunes femmes admirèrent le panorama : face à elles et sur leur droite, s'étalaient les nids blancs aux tuiles rouges, que semblaient défendre une multitude d'hirondelles volant en musique. Sur leur gauche, les arcs romans du vieux baptistère, le bâtiment le plus proche, se détachaient dans le ciel comme un astre familier. Au loin, la grande bleue impassible suçait le pied vert de la montagne. En dessous, une petite place entourée d'églises au portail baroque était animée par le jeu bruyant de quelques gosses. Apercevant les jeunes autochtones, Isabelle campa sur le balcon pour prendre des photos en fumant, tandis que Johanna retourna explorer la caverne sainte avant la fermeture du sanctuaire. Ce soir-là, la passionnée de vieilles pierres se sentit revivre, mais ce n'était pas l'archéologue qui renaissait : c'était une petite fille délivrée d'une peur primitive : celle de mourir en dormant. Ce soir-là, après les agapes habituelles et une promenade digestive dans les ruelles, Johanna s'allongea près de son amie et ne prit pas de somnifère.

Le lendemain matin, quand le réveil de voyage sonna, Isabelle s'éveilla d'un coup. Elle s'éjecta des draps et tira les rideaux de velours rose : un soleil éclatant azurait le ciel et la mer lointaine d'un bleu clair et uni, sans nuage, sans vague. Face à l'eau, luisaient les roches et les champs de vigne. La lumière blanchissait les maisons de la montagne, qui tendaient leurs tuiles ancestrales vers le matin neuf. Isa ouvrit la fenêtre, se réjouit de ce jour éclatant et fit volte-face pour réveiller Johanna, lorsqu'elle s'aperçut qu'elle était seule dans la pièce.

– Jo ? Tu es dans la salle de bains ? demanda-t-elle. Puis, n'obtenant pas de réponse : Où est-elle passée ? A la messe, peut-être..., dit-elle en pouffant.

Pas de mot, mais les bagages de son amie qui traînaient dans un coin. Isa en déduisit que Johanna ne devait pas être loin, et elle prit possession de la salle d'eau. Quelques instants plus tard, vêtue d'un tailleur pantalon rouge et d'un petit pull marin, soigneusement coiffée et maquillée, elle grimpa l'escalier conduisant à la salle commune de l'hôtel, laissant derrière elle un sillage musqué. Dans un angle de la véranda construite sous les toits, un gros bonhomme actionnait une machine à espresso en râlant. Assise face à la baie vitrée, Johanna prenait un petit déjeuner solitaire. Près d'elle, étaient posés un stylo et un petit cahier d'écolier bleuâtre.

– Bonjour, ma chérie ! lui dit Isabelle en lui faisant une bise. Ça fait longtemps que tu es là ? Je ne t'ai pas entendue te lever !

– Bonjour, Isa, répondit-elle en retournant discrètement le cahier. Je me suis réveillée un peu avant l'aube, mais je me suis éclipsée doucement pour ne pas te déranger...

– Tu as vu le soleil se lever d'ici ? demanda-t-elle en indiquant la vitre. Ça a dû être splendide !

– Oui... absolument magnifique, répondit Johanna en plongeant le nez dans sa tasse.

Isabelle s'assit à côté d'elle, commanda un café noir et observa son amie. Elle avait l'air bizarre : peu loquace, la mine fripée, le regard happé par la baie, elle effleurait son front de ses doigts sans bijoux. Elle avait dû passer ses vêtements dans le noir, sans faire sa toilette. Elle portait ses éternels pantalons de grosse toile foncée, ses inséparables chaussures montantes et plates, un classique pull de laine gris, ouvert en V sur un tee-shirt blanc. Elle était mince mais pas trop, et l'on devinait des atours fermes et généreux sous l'accoutrement androgyne. Isabelle aurait donné n'importe quoi pour avoir ce corps-là, pas encore marqué par la condition de mère débordée par la vie ordinaire. Si elle avait la chance d'être faite comme ça, elle tâcherait de le rester, mangerait bio, fréquenterait piscines et salles de gym, pas comme Jo qui s'empiffrait de n'importe quoi en se disant réfractaire au sport. Si elle avait la taille de son amie, elle mettrait de longues robes moulantes, des décolletés, des vestes cintrées, des jupes courtes, de hauts talons, et ne cacherait pas sa beauté sous ces fripes flasques et monotones.

Pour une fois, Johanna n'avait pas attaché ses cheveux et la belle masse brune tombait sur ses épaules en ondulant un peu. Sans ses lunettes, elle ressemblait moins à une intellectuelle et on remarquait mieux ses yeux superbes, en amande, d'un bleu clair cerclé de gris. Si seulement elle faisait l'effort de se maquiller, elle immobiliserait tous les hommes d'un regard ! La bouche était naturellement bien dessinée, son galbe n'avait nul besoin de silicone, mais un peu de rouge à lèvres l'aurait rendue moins pâle... Elle n'avait pas un job stressant, elle ne fumait pas, n'abusait pas du thé et du café, ses dents étaient donc blanches sans l'aide ruineuse d'un dentiste... Quant à la peau, elle était fine, mouchetée de ces taches de rousseur irrégulières qui contrastaient tellement avec la noirceur des cheveux et des sourcils à peine épilés. Absolument charmant, ça lui donnait l'air jeune et polisson. Elle devrait faire attention aux rides, on en distinguait quelques-unes sur le rebord externe des yeux, en forme d'étoile.

Les premières craquelures du temps... Johanna devait s'en soucier autant que de sa première poupée, mais quand même, ce n'était pas parce qu'elle était archéologue qu'elle devait ressembler à un vieux mur ! Isa se promit de lui parler de la nouvelle génération de crèmes et de lui rapporter du journal quelques échantillons, si ses collègues de la rédaction n'avaient pas tout emporté. Apparemment, le moment présent n'était pas propice à un babillage cosmétique : Johanna ne faisait aucun cas de la présence de son amie et semblait entièrement absorbée par la contemplation du ciel, déchiré d'un ballet d'hirondelles persifleuses.

– Tu n'as pas bien dormi ? tenta Isabelle.

– Je n'ai pas dormi longtemps, répondit Johanna au bout d'un moment de silence, mais ça m'a suffi.

– Bon... Tu veux retourner à la grotte avant de partir à Trani ?

– Non, ce n'est pas nécessaire. J'ai vu ce que je devais voir. Je vais juste aller me laver avant qu'on quitte la chambre. Isa, je peux t'emprunter ton pull bleu sans manches, tu sais, celui qui est si doux ?

– Le top en cachemire... Bien sûr, répondit Isa, surprise. Il risque d'être un peu grand pour toi, mais bon... prends-le, il est sur la chaise...

Johanna remercia, attrapa cahier et stylo, puis planta là son amie médusée.

Le petit port de Trani sentait bon le sel et le poisson. A quelques mètres des bateaux de pêche, sur une terrasse fleurie, Johanna se concentrait sur une assiette de fruits de mer et sa commensale sur une dorade grillée. Le bleu céleste du tricot mettait en valeur la couleur de ses yeux, et sa coupe sans manches l'élégance de ses bras.

– Tu es sûre que tu ne veux pas un peu de vin ? lui demanda Isa en levant la cruche de blanc.

– Non, merci, aujourd'hui j'ai envie d'eau.

– T'es pas malade au moins ? s'enquit Isa. Je te trouve étrange, depuis ce matin... Tu as l'air ailleurs ! Y a quelque chose qui ne va pas ?

Johanna releva la tête et avala son huître, regardant son amie droit dans les yeux. Puis elle cessa de manger, hésita un long moment, scruta la mer et finit par se lancer :

– Je vais te raconter, Isa... Cette nuit, j'ai fait un rêve.

– Un rêve ? Un rêve comment ? s'enquit Isa, inquiète. Un rêve normal ou ton fameux cauchemar en latin et en robe de bure ?

– Au début, tout est noir, reprit Johanna en guise de réponse. Puis une ombre saute dans une pièce illuminée. En fait, la silhouette humaine était cachée dans le plafond d'une maison et là, a bondi sur un sol de terre. Autour, tout est en bois : le plafond donc, où se voit le trou de son passage, et les murs. Il y a une cheminée, une table avec des parchemins, des bougies allumées, une petite jarre de vin et un gobelet d'étain. Dans un coin, une paillasse sur laquelle dort un type inconnu : un blond aux cheveux longs, moustachu et barbu, dépassant à peine d'une couverture de laine grossière. Au-dessus de sa tête, une splendide tenture représentant saint Michel avec une balance, en train de peser les âmes...

– Tiens donc, ça me dit quelque chose, ça..., l'interrompit Isabelle.

– Très juste ! La sculpture du VIIIe ou du IXe siècle qu'on a vue hier dans la grotte, répondit Johanna avec exaltation. La même, motif identique, mais brodée en tapisserie... Donc, l'ombre s'approche du dormeur, je l'entends respirer, puis avance une main vers lui. Et cette main, je la distingue clairement, c'est une main d'homme !

– Mais..., bredouilla Isabelle. Et le reste de son corps ? Qui est-ce ?

– J'en sais rien... Je ne le discerne pas. Je vois seulement les mains... Bref, avec sa main droite et virile, il saisit le bras du blond, le soulève et le lâche. Le bras retombe, inerte, sur la couche, et l'homme ne se réveille pas. La forme prend la cruche de vin et la jette par terre... ça fait une tache rouge, ça sent la piquette, et l'autre ne bouge toujours pas.

Elle s'arrêta, respira profondément avant de poursuivre.

– Alors il prend une chandelle... et met le feu à la couverture. Elle brûle, elle fume, et l'homme en dessous, les yeux fermés, n'esquisse pas un cri, ne fait pas un mouvement pour s'enfuir. Le feu monte, atteint la barbe, la peau, ça sent le cochon grillé, c'est affreux... les flammes attaquent déjà la tapisserie : la balance crame, bientôt saint Michel... en dessous, la paillasse est vive comme une torche. Une torche humaine... Soudain, je me retrouve dans la crypte Notre-Dame-Sous-Terre. C'est obscur, mais je vois les pierres souterraines et les autels jumeaux avec des cierges... sur l'un des autels, je distingue même une Vierge noire... Il est là-haut sur les marches, à droite, il m'attend comme un curé attend ses ouailles pour prêcher... le moine décapité, toujours le même... dans son habit bénédictin. Il est face à moi, les bras le long du corps sans tête, et il dit de sa voix de poitrine : *Ad accedendum ad caelum, terram fodere opportet...* « Il faut fouiller la terre pour accéder au ciel. » Je suis face à l'autel, je tends mes bras vers lui, mes mains, il lève les siennes au ciel et répète plus fort *ad accedendum ad caelum, terram fodere opportet.* Je suis pétrifiée par l'effroi, il m'observe de ses yeux qui n'existent plus et je suis complètement nue... Tout d'un coup, il vole avec son corps sans ailes, il fond sur moi comme un oiseau noir, il tend sa main, il me montre du doigt ! Il n'est qu'à quelques millimètres de moi, flottant dans les airs, et subitement il me touche le front en martelant encore sa sentence, en détachant les syllabes d'un ton impatient : *ad accedendum ad caelum, terram fodere opportet* ! Son index va entrer dans ma tête comme une vrille, ça brûle, ça fait mal... et je me suis réveillée.

Isabelle resta quelques secondes silencieuse, pendant que Johanna se tâtait le front glabre en buvant un verre d'eau gazeuse.

– Eh bien, finit par articuler Isa, je ne suis pas une spécialiste du décorticage des messages oniriques, mais il y a de la matière ! Faudrait que tu appelles ta madame Freud, elle sera ravie... Il y a de quoi alimenter un an de séances.

– Au contraire, Isa, elle va pas être ravie du tout, parce que, dès notre retour, je vais lui annoncer que j'arrête de la voir.

– Quoi ? s'exclama Isa.

– Oh, je sais ce que tu vas dire, s'écria Johanna, je l'ai déjà entendu, j'entends François le dire, et ma psy l'insinuer, l'air de rien ! Hier, je t'ai parlé de la troisième apparition de saint Michel perçant le crâne de l'évêque et comme par hasard, cette nuit, mon moine sans tête rapplique une troisième fois et me touche le front... d'accord ! Hier, dans la grotte, on voit une sculpture médiévale de l'Archange psychostase et...

– Psycho quoi ? l'interrompit Isa.

– Psychostase : « qui pèse les esprits », les péchés, les âmes des corps décédés, et dans mon rêve, je me retrouve face à une tenture de l'ange avec sa balance, dans la même posture, avec le même dessin, j'en conviens, la coïncidence n'a rien de fortuit ! Cette nuit, je suis témoin d'une mort tragique face à laquelle je suis impuissante, et je me sens pourtant coupable lorsque le moine sans tête me montre du doigt. De même, je ne suis pour rien dans le décès de mon frère, mais, depuis toujours, inconsciemment, je crois que j'en suis responsable. Au fond, je n'accepte pas d'être vivante alors que lui est parti. Je refuse donc d'être mère, de donner la vie. OK, je sais tout ça, je l'ai sorti en analyse, t'as complètement raison... mais ce n'est pas ça qui est important !

A dessein, Isabelle se tut, laissant venir le vent sur la logorrhée de son amie. Johanna plantait ses pupilles bleues dans le regard sombre d'Isabelle et c'était douloureux. Ses mains tordaient compulsivement sa serviette comme pour nouer ses doigts ensemble. Sa bouche serrée ressemblait au fil d'un rasoir. Isabelle savait que son amie était au bord de son gouffre intime. La situation requérait habileté et prudence.

– Je ne vois pas en quoi j'aurais raison, dit enfin Isa d'une voix ferme, parce que moi je n'interprète pas, je n'ai absolument rien dit, ni rien pensé à part « psychotatruc ».

Les yeux de Johanna s'écarquillèrent. Ses doigts se figèrent sur le tissu blanc.

– Et alors ? Qu'est-ce qui est si important ? demanda Isa.

Johanna approcha son visage et prit les mains d'Isabelle dans les siennes.

– Mais... le ciel ! Je me suis focalisée sur la terre et j'ai oublié le ciel, alors que l'issue est là ! Le ciel ! C'est pour ça qu'il est revenu cette nuit et qu'il a insisté, je n'avais pas compris, ça m'est apparu d'un coup, ce matin, sur la terrasse, quand le soleil s'est levé là-haut !

– Jo, je ne te suis pas du tout, je...

– Je ne suis pas folle, Isa, rassure-toi, au contraire, pour la première fois j'y vois clair : ce rêve est une parabole de ma névrose. C'est certain, la psy m'a aidée à comprendre laquelle et il fallait que je le sache pour arrêter de tout confondre, et enfin comprendre... qu'il y a autre chose dont je ne suis pas la source... Tu m'entends : autre chose, que je ressentais vaguement sans l'identifier avant ce matin... mais maintenant, je le sais, il y a une histoire qui n'est pas la mienne. Elle fait écho en moi à cause de la perte de mon frère, mais elle ne m'appartient pas. La source est une histoire réelle située dans un passé qui n'est pas le mien... Quelqu'un commet effectivement des meurtres, mais ce n'est pas moi. Le moine sans tête ne me juge pas, contrairement à ce que j'ai cru, mais m'invite à me mettre à nu et à fouiller ailleurs qu'en moi-même... dans une terra incognita qui recèle la clef de mes rêves, une énigme du passé... Bref, Isa, je m'étais trompée, c'est un ordre de chercher dans une autre terre qu'il m'a donné par trois fois, et non une condamnation de la mienne !

Isabelle était dépassée par les explications de Johanna, sibyllines et irrationnelles, selon ses propres critères. Elle espérait qu'il s'agissait d'une excentricité passagère et que la santé mentale de son amie n'était pas en danger. Pour l'heure, elle jugea préférable de ne pas la contrarier.

– Admettons, dit-elle, sceptique, en détachant ses mains. Si tu as envie de voir ça ainsi... Que comptes-tu faire ? Partir en Patagonie avec une pioche ?

– Peut-être, répondit-elle en souriant. Le moine sans tête insiste auprès de moi car il sait que j'irai jusqu'au bout et que je comprendrai. J'ai les connaissances nécessaires et aussi l'âme qu'il faut, si je me laisse guider par elle... Bref, j'arrête de fourrager dans mon nombril, je cesse de prendre tous ces cachets et je vais chercher la clef de mes songes là où elle se trouve, c'est-à-dire dans le terreau fertile de l'Histoire, dans le passé et les légendes du Mont-Saint-Michel. Dorénavant je ne sens plus une once de peur, car je sais qu'il ne me veut pas de mal et qu'il m'aidera dans mes rêves... Dès que j'aurai un moment de liberté, je vais explorer les bibliothèques, retrouver la source réelle du mythe, fouiller dans les bouquins et creuser les archives de cette fichue montagne !

En ce 1er novembre, il pleuvait sur Paris, comme souvent à Paris et comme toujours à la Toussaint. Elle était rentrée la veille, mais n'avait pu voir François, qui avait accompagné Marianne à Cabourg pour l'immuable dépôt de chrysanthèmes sur le caveau familial. Il avait prétexté une réunion au ministère le lendemain matin, 2 novembre, jour de la fête des morts, et voulait se précipiter rue Henri-Barbusse mais Johanna l'en avait empêché, préférant le rejoindre au dîner dans un restaurant de son choix. Il avait judicieusement pensé que la jeune femme serait lasse du poulpe et du vin blanc et l'avait conviée dans un chic restaurant à viande de Saint-Germain-des-Prés, renommé pour son bœuf japonais nourri à la bière et quotidiennement massé par des geishas. En attendant de le toucher, il ne se lassait pas de goûter des yeux le corps de Johanna, sanglé dans une robe de velours rouge sang, tandis qu'elle dévorait un énorme pavé de rumsteck sauce poivre et portait à ses lèvres peintes un photophore de pomerol.

– Ces vacances t'ont vraiment fait du bien, tu es resplendissante ! constata-t-il.

– C'est vrai, répondit-elle modestement. J'aurais du mal à te renvoyer le compliment, tu as l'air plein de soucis...

– Tu trouves que j'ai grossi ?

– A priori non, répondit-elle, mais je n'ai pas une balance dans l'œil... suis pas « kilostase » !

– C'est vrai que ces derniers jours ont été très stressants, renchérit-il en feignant de ne pas remarquer l'ironie de sa compagne. J'ai une grosse tuile au boulot et...

– Ah bon ? le coupa-t-elle, intéressée. Raconte !

François était embarrassé. Il but une gorgée de bordeaux, mais son teint sevré de soleil resta pâle.

– Ne m'en veux pas, mais je préfère pas.

Elle le fixa de ses grands yeux fardés de sombre, ce qui accentuait la clarté de son regard.

– Ce n'est pas ce que tu crois ! se défendit-il aussitôt. Je ne te fais aucune cachotterie, ce n'est pas un secret d'ailleurs, mais ça concerne une question que j'ai choisi d'éviter avec toi... depuis notre week-end surprise de septembre, ajouta-t-il en lui rendant son regard, persuadé que ces mots avorteraient l'épineux sujet.

Elle posa calmement ses couverts de chaque côté de son assiette, essuya les coins de sa bouche luisante de gras et caressa la main où brillait l'alliance d'or.

– Tu te méprends, cher François. Tu oublies que je suis en analyse, mentit-elle, j'ai changé. Je ne comprends pas tout mais je peux entendre maintenant, et ce sujet n'est plus tabou. Au contraire. Dis-moi ce qui te chiffonne, je te promets qu'il n'y aura ni larmes, ni insultes en latin, ni meurtre, finit-elle dans un clin d'œil.

Il tergiversa. Il se revit en ce samedi après-midi de septembre, errant seul au volant dans les rues de Paris, n'osant pas rentrer chez lui, à la fois furieux contre Johanna et inquiet pour elle. Il se souvint de leurs conversations stériles, de sa culpabilité, du repli de Johanna, de la difficulté qu'il avait à l'approcher... Il avait cru qu'elle allait le quitter mais non, c'était plus perfide : elle s'était dérobée. Depuis lors, il se débattait dans une eau remplie de pièges, sans savoir s'il valait mieux abandonner la piscine ou apprendre la nage indienne. Ce soir pourtant, il retrouvait avec délices la femme qui l'attirait, vive et pleine d'humour, avec une nouveauté irrésistible : une allure sexy qui depuis tout à l'heure le rendait très émotif. Ses yeux ambrés s'attardèrent sur le chignon d'où s'échappaient des boucles noires, sur le cou nu qu'il aurait bien dévoré à la place de son filet de bœuf, sur l'aube des seins gonflée par le tissu vermeil, sans songer à ces jambes satinées d'une teinte de sable brillant, qu'il effleurait sous la table, en espérant qu'elles étaient gainées de bas et non de collants... Il aspira une bouffée de Guerlain, *Shalimar* oui, ça aussi c'était nouveau. Grisé par les vapeurs orientales de la fragrance, il se jeta dans le vide :

— Dans quinze jours devait débuter un chantier très important au Mont-Saint-Michel, à côté du poulain, là où se trouvaient le cimetière et l'ossuaire romans de l'abbaye, détruits à la Révolution. Ce n'est qu'une hypothèse, mais on pense qu'avant l'édification de l'abbatiale romane et la transformation du lieu en cimetière, s'élevait à cet endroit un monument plus ancien, une chapelle disparue, la chapelle Saint-Martin, carolingienne, à vocation funéraire... Lors de travaux, on a retrouvé des ossements pré-romans. Donc, on a décidé d'aller voir et de creuser pendant un an, en « programmé » bien sûr, pour essayer de retrouver, sinon les fondations de la chapelle, du moins ses sépultures. Ça fait des mois que je planche sur le dossier, j'ai négocié avec l'administrateur du Mont qu'est pas un type facile, la Caisse des monuments historiques, le cabinet du ministre, l'AFAN a débloqué les fonds, le CNRA a donné un avis favorable, j'ai obtenu la meilleure équipe, on a pondu l'arrêté d'autorisation, j'ai signé, bref, tout était bouclé pour qu'on commence le 15 novembre, à l'époque où il y a le moins de touristes... Or, la semaine dernière, le directeur du chantier, Roger Calfon, m'a annoncé que sa femme était atteinte d'un cancer, et il a demandé une disponibilité de six mois pour prendre soin d'elle. Tu le sais, dans ce cas la dispo est de droit, et je me retrouve donc sans archéologue compétent pour prendre la tête du chantier... La catastrophe, quoi ! Roger est irremplaçable vu son aura et son expérience, le spécialiste français des fouilles médiévales, trente ans de travaux dont vingt sur le site de Saint-Denis, ça s'improvise pas, et je ne peux pas me permettre d'envoyer un bleu au Mont-Saint-Michel ! L'assistant de Roger est en disgrâce rue de Valois à cause de son article où il a tapé sur la DAPA, je ne peux donc pas le nommer à la place de Calfon ; ça fait donc une semaine que j'essaie de débaucher un assistant d'un autre chantier, pour le nommer directeur provisoire, six mois, en attendant que Roger revienne... mais les bons spécialistes de sépultures de ce genre, ça ne court pas les rues !

Ce soir-là, Johanna bénit le destin qui la poursuivait, le hasard qui définitivement n'existait pas, et même Isabelle qui l'avait encouragée à acheter cette robe rouge à Bari, ainsi qu'une paire de jarretelles.

– François..., le professionnel des carcasses médiévales introuvables, assistant sur un chantier, donc facilement débauchable pour l'envoyer au Mont... c'est moi ! s'exclama-t-elle, en donnant un rendez-vous secret au trépassé qui occupait son cœur et son esprit.

6

LA CHAPELLE SAINT-MARTIN est noire, noire comme les super-stitions qui pèsent sur l'âme de Moïra, noire comme le froc bénédictin derrière lequel Roman se cache. Murés sous le chœur, les morts celtes et bretons attendent la confrontation. Roman entre le premier, avec la sensation de pénétrer dans un caveau. L'humidité glacée lui ronge les os et, en même temps, sa poitrine est submergée de vagues de chaleur.

De la manche, il essuie sur son front quelques gouttes de sueur. Peut-être est-il de nouveau en proie à la fièvre. En boitant, il gagne l'autel, se signe et allume trois cierges. Puis il pose son corps trem-blant sur un banc de pierre. Il clôt un instant les yeux pour calmer sa respiration, mais il s'entend respirer plus fort. Lorsqu'il ouvre les paupières, il sent d'autres yeux, qui s'enfoncent dans son dos... ils atteignent son cœur qui accélère encore. Subitement, sa peau suinte, la robe de bure colle, râpe, brûle comme un champ d'orties. Un essaim d'abeilles vole dans sa tête, ses jambes sont des pattes de libellule, chétives et instables. Ses doigts palpitent telles des ailes d'insecte, dans un battement frénétique et incontrôlable. Gauche-ment, il se lève, expire, et plaque ses mains le long des cuisses. Alors, il réalise qu'il a perdu les phrases longtemps récitées dans sa solitude et que sa gorge est serrée par une corde invisible. Laborieusement, il avale sa salive, inspire. Il faut se retourner. D'instinct, il retient son souffle et fait volte-face en rougissant.

Elle a ôté sa guimpe en laine et son voile avant d'entrer. Elle a longuement coiffé ses cheveux, tressés en nattes flottantes piquées de fleurs des champs. Elle porte un long manteau fermé sur les seins par un bijou d'or ciselé. Elle a passé deux nuits à broder les gants d'étoffe qui affinent ses mains. Elle a pris un bain en chantant des airs qu'elle est seule à connaître, puis s'est frictionnée de plantes parfumées. Elle a rosi ses pommettes et ses lèvres avec quelques pétales, brossé ses cils dorés.

La lettre était brève, mais explicite : une entrevue secrète, sur le lieu de leur première rencontre, au début de la nuit... elle n'avait pas lutté, laissant aller son allégresse, tant elle savait leur lien avant même qu'il ne se tisse, goûtant le miel des subtils préparatifs. Deux mois qu'il était parti, et que, chaque soir, elle attendait un signe. Peu avant Noël, le cellérier de l'abbaye lui avait apporté des légumes des terres du monastère, des œufs, des poissons et trois amphores de vin, de la part de l'abbé, en remerciement pour son hospitalité. Le moine lui avait dit que Roman se remettait grâce aux soins de Hosmund, mais qu'il était encore allongé, très faible. C'était le seul signe qu'elle avait reçu de là-haut. Là-haut... si proche et si lointain : il habite un temple dans le ciel, elle une masure sur la terre, et une mer les sépare. Une fois, il y a peu, elle a voulu demander de ses nouvelles lorsqu'elle a été requise au Mont, chez des villageois dont l'unique enfant s'était blessé sur les rochers. Mais quand elle est parvenue dans la maison décorée de houx, le garçon râlait, le corps déchiqueté, enveloppé de souffrances malgré l'onction d'un prêtre. Recueillant son dernier souffle, elle n'a pas eu le cœur de parler de Roman aux parents dont le cœur mourait à l'instant. Elle n'a pas voulu interpréter le décès de l'enfant comme un mauvais augure et s'en est retournée à Beauvoir, pour attendre encore. Elle s'est refusé à solliciter la divination des runes, préférant scruter l'eau des yeux de son frère, ce lac paisible et caressant qui lui disait d'espérer toujours. Ce matin-là, il pleuvait, et Brewen avait de l'orage dans les yeux. Des nuages noirs voilaient le vert du lac. Elle avait longtemps caressé ses beaux cheveux blonds, l'âme frissonnante. Peu après la messe matutinale, Hosmund était arrivé, à pied. Des sacs à cueillette reliés par une corde tombaient de chaque côté de sa poitrine, des couteaux pendaient à sa ceinture. Brewen s'enfuit en le voyant. Le frère lai souriait dans sa barbe brune ruisselante de pluie. Elle lui offrit un banc près de l'âtre, une cruche de vin du monastère, et il rit. Il dit que Roman boitait encore mais qu'il était guéri. Elle avait du mal à parler tant l'émotion la comprimait, mais elle répondit que c'était grâce à lui, qui l'avait bien soigné. Alors il s'était levé, fier comme l'Archange Gabriel, et avait sorti un parchemin roulé de la poche de son scapulaire. Le rouge au front, il avait annoncé que c'était grâce à Dieu et à l'une de ses servantes fidèles nommée Moïra que son frère Roman tenait à remercier sur ce papier. De ses grosses mains aux ongles terreux, il avait délicatement posé la lettre sur la table, avait salué la jeune femme et s'en était retourné là-haut. Elle avait encore attendu avant de la prendre. Elle avait peur. Il était là, enfin, mais ce pouvait être la fin de l'espoir, l'adieu définitif... Hosmund ne savait pas lire, elle l'avait vu à sa déférence craintive devant le parchemin. Elle prit la lettre et la serra contre son sein secoué de tristesse et d'abandon, persuadée qu'elle allait perdre Roman. Enfin, résignée à l'avoir perdu, elle ouvrit.

Elle s'était parée pendant deux jours pour oublier les doutes de toutes ces nuits sans lui.

Elle reste là, sans bouger, muette et immobile comme la première fois, quand il l'avait crue fantôme. Mais un esprit n'a pas ce corps-là, ni ce regard... une étoile douce. Au bout de son gant, le voile scintille des gouttes de pluie dont elle a protégé son visage blanc et roux.

Il n'ose rien, de peur de tout briser. Ils restent face à face, pendus aux yeux de l'autre et au silence qui joue leur chant d'amour.

— Je... Je me réjouis de vous voir, Moïra, laisse-t-il enfin tomber. Depuis que je suis de retour, vous avez accompagné bien de mes pensées...

— Vous n'avez jamais quitté les miennes, avoue-t-elle dans un soupir. Je suis heureuse que vous alliez bien, et que vous ayez bravé la Règle pour me retrouver...

Elle baisse les yeux, regarde les mains de Roman, ses belles mains. Quand va-t-il les ouvrir ?

— Il faut que nous nous revoyions, dit-il. Souvent. Et en secret. Personne ne doit savoir !

Moïra sent les larmes monter, des larmes de joie. Elle lutte pour ne pas se précipiter dans ses bras.

— Personne ne saura, répond-elle en maîtrisant sa voix et son impulsion. Seul Brewen, il a toujours su, mais ne peut nous trahir !

Il tend sa main. Elle exulte. Fébrilement, elle lui donne la sienne, elle sent sa chaleur sous son gant. Il l'entraîne vers le banc de pierre. Leurs robes se frôlent. Ils s'assoient.

— Je suis parti si vite..., poursuit-il en gardant sa main dans la sienne.

Vous m'avez sauvé... mais quelque chose est inachevé... cela m'est apparu, d'un coup, comme une révélation... je devais vous revoir...

Elle se raidit de désir...

– ... pour davantage vous enseigner la religion chrétienne.

Le cœur de la jeune femme s'arrête. Se moque-t-il ? Est-ce jeu pervers ? En contre-jour de la lueur des cierges, elle distingue mal son visage, mais suffisamment pour n'y détecter aucun sourire. La couronne de la tonsure apparaît comme un mur sombre, érigé sur sa peau lisse... un rempart. La forteresse est dans sa tête. Soit. Mais qu'avait-elle imaginé ? Qu'un homme vivant depuis son adolescence dans le cloître sévère d'un monastère renierait brusquement ses engagements pour une femme, une créature que les religieux craignent et méprisent, bien que cette femme ait pansé ses blessures et lui ait ouvert son âme ? Elle a été insensée et stupide ! Elle serre ses lèvres pour ne pas sangloter. Sotte ! Il ne sait même pas qu'elle l'aime ! Comment peut-il l'ignorer, cela transparaît dans tous ses gestes ! Soudain, elle réalise que l'unique chose qu'ils doivent avoir en commun est le fait d'être nés d'une mère. Certainement la seule femme que le moine a dû approcher... Brewen est sourd et muet, mais c'est Moïra qui n'entend ni ne parle... Etourdie par sa flamme, elle n'a pas un instant songé à Roman, tout en ne pensant qu'à lui. Il l'aime pourtant, elle en a maintenant la certitude. Mais il doit être terrorisé par cet amour inconnu. Elle doit être patiente, l'apprivoiser peu à peu, vaincre sa peur, le sauver de lui-même et le guider vers elle.

– Je vous écouterai avec joie, frère Roman, répond-elle après un silence et un effort surhumain.

A son tour, Roman se tait quelques secondes, figé comme un magicien avant un effet de manche.

Depuis son retour au Mont, au début de l'Avent, Roman a souvent songé à la jeune femme. Plusieurs fois, elle lui était apparue en rêve, dans sa robe sylvestre, peuplant ses nuits d'un feu étrange. Au matin, il s'éveillait honteux et coupable, n'en disant rien à quiconque. Puis, il s'était persuadé que ses visions oniriques ne venaient pas d'un recoin sinistre de son âme d'homme, mais étaient inspirées par Dieu lui-même : Moïra ne voyait pas Sa lumière ! Roman s'était réfugié parmi les cœurs purs de ses frères, avant d'avoir conduit celui de la jeune Celte vers le Seigneur : il avait donc résolu de lui apporter la divine lueur. En dissimulant à sa conscience la source réelle d'une telle stratégie, Roman décida de retrouver Moïra en cachette de ses frères, de la convertir en secret, et de s'en ouvrir ensuite au père abbé et à lui seul. Encore trop faible pour monter à cheval, il ne pouvait se rendre discrètement à la cabane de Beauvoir. Il fallait donc que Moïra vienne à lui. Le lieu de leurs rencontres clandestines lui apparut naturellement : la chapelle Saint-Martin. L'heure fut aussi d'une implacable évidence : le soir, après complies. Ne lui restait qu'à convoquer la jeune femme, au moyen d'une lettre portée par un messager, un complice involontaire et analphabète, libre des contraintes du cloître : frère Hosmund, l'infirmier.

Roman, qui n'a connu des femmes que les yeux froids de sa mère, les bras interchangeables des nourrices puis le saint amour de la Vierge, ne saisit pas l'origine de la liesse qui prend possession de son corps et de son esprit lorsqu'il revoit Moïra, cette nuit-là : une chaleur diffuse dans le ventre, un picotement sur la peau, le souffle qui s'accélère, un oiseau qui chante dans sa tête...

– Moïra, demande-t-il, connaissez-vous l'histoire de nos ancêtres Adam et Eve ?

Moïra n'en sait que peu de chose, si ce n'est qu'ils étaient homme et femme, et surtout amants. Elle se dit que Roman choisit fort à propos ses histoires religieuses.

– J'en ai ouï dire, répond-elle, à la messe...

– La Bible nous dit que le Dieu unique créa la terre, la mer, le ciel, le firmament du ciel, les luminaires – l'astre du jour et l'astre de la nuit – puis les plantes, les animaux dans la mer, ceux de la terre... et enfin il créa le premier couple humain. Contrairement aux plantes et aux animaux, il créa l'homme et la femme à son image et à sa ressemblance.

– Quelle image, l'interrompt la jeune femme, puisque Dieu n'a point de visage ?

– L'image intérieure, l'âme ! C'est pourquoi l'Homme seul possède une âme spirituelle, et ni les plantes ni les animaux, dit-il en souriant. Cette âme a trois qualités : intelligence, amour et domination. L'intelligence permet à l'Homme de lire le monde qui l'entoure et, par la connaissance des créatures, de remonter jusqu'à son créateur. La deuxième qualité, l'amour, est la volonté tendue vers le bien jusqu'au bien suprême qui est Dieu. Quant à la domination, elle ne s'étend qu'aux créatures, c'est pourquoi Dieu enjoint à l'Homme de nommer les plantes, les animaux... par ce verbe, l'Homme maîtrise toute la création...

– Et c'est parce que l'Homme pense, aime, domine, qu'il ressemble à Dieu, et pas les autres êtres ? demande Moïra.

– C'est parce que l'Homme pense, aime, domine la nature, qu'il est à l'image de Dieu ; la ressemblance est autre chose : c'est la hiérarchie entre ces trois qualités... A l'origine, la domination est au service de l'intelligence et l'intelligence au service du plus important : l'amour.

– Je ne pensais pas que la Bible disait tant de choses sur l'amour ! s'écrie-t-elle, le regard brillant.

– Le texte de la Genèse dit seulement que Dieu a créé l'Homme à son image et à sa ressemblance, ajoute-t-il savamment. Ce sont les docteurs de l'Eglise, Cassien, Jérôme, Grégoire et Augustin qui, inspirés par l'esprit de Dieu, ont su comprendre le sens profond de l'Ecriture pour en extraire toute la saveur. Ce sont eux qui nous ont enseigné le sens profond du texte sacré, notamment les trois qualités données par Dieu à l'Homme et leur hiérarchie.

Moïra laisse errer ses yeux sur le sol, et songe à Conan, Geoffroy, Ethelred, princes valeureux, héroïques et sanguinaires qui reposent sous les dalles.

– Frère Roman, dit-elle d'un air malicieux, contrairement à ce qu'avait prévu Dieu, je crois que le monde des hommes n'est pas gouverné par l'amour... même chez les chrétiens !

– Moïra, les hommes ne sont plus gouvernés par l'amour par la faute de l'Homme lui-même : le couple originel vivait dans un paradis terrestre en harmonie avec le monde. Mais un jour, Satan, sous la forme du serpent, les invita à transgresser le seul ordre que Dieu leur avait donné : ne pas manger le fruit de l'arbre de la connaissance du bien et du mal. Pensant qu'ils allaient devenir des dieux, Eve et Adam mangèrent le fruit et furent chassés du Paradis. Depuis ce jour du péché originel, la descendance d'Adam et Eve a inversé la hiérarchie des trois qualités, plaçant l'amour et l'intelligence au service de la domination : l'Homme est donc mû par sa volonté de puissance, et non plus par l'amour. Ainsi, l'Homme reste à l'image de Dieu mais perd sa ressemblance avec le Créateur...

– Sauf les moines ! s'exclame la jeune femme.

– Non, même pas les moines ! répond Roman en riant avec chaleur. Car les moines sont aussi issus d'Adam et Eve ! Nous sommes aussi de pauvres pécheurs, nous ne ressemblons pas à Dieu. Nous le servons et par la prière, dans son amour et celui des anges, nous intercédons pour qu'il pardonne à l'Homme d'être un pécheur... Mais jamais la foi la plus pure ni la plus fervente d'un homme ne rachètera le péché originel... Seul un homme qui était fils de Dieu est né à sa ressemblance, a souffert et est mort pour racheter nos fautes... Mais de Christ je vous entretiendrai plus tard.

– Oui, parlez-moi plutôt des fautes des hommes, c'est une chose que j'entends mieux... bien que le péché n'existe pas dans la religion de mes ancêtres !

Roman ne prend pas garde à l'ironie de Moïra. Il savait que sa tâche serait rude, mais patience et persévérance font partie de ses vertus. Il reprend donc son récit.

– Voyez-vous, dit-il d'une voix calme, chaque homme ressent dans son âme la nostalgie du jardin d'Eden, mais ce paradis est perdu : Yahvé posta des anges devant le jardin pour en interdire l'entrée... Cela signifie que tout homme qui cherche le bonheur uniquement dans les biens terrestres s'égare ; l'homme est maintenant en exil sur la terre et il doit cheminer vers le royaume véritable qui est au ciel. Seul Dieu peut combler les désirs de son cœur. C'est pourquoi toutes les tentatives humaines pour ressembler à Dieu par la puissance ne sont qu'orgueil et vanité : seul l'amour peut nous rapprocher de lui, et un être que nous connaissons bien, ici, lui ressemble : l'Archange Michel, car, en hébreu, Michel signifie « qui est comme Dieu ». Oui, saint Michel est le reflet parfait de l'image divine...

Roman se tait, le regard perdu au loin. Sa tête se remplit d'esquisses, d'arcades de granite, et des voûtes d'une abbaye grandiose qui n'existe encore que sur les parchemins de son imaginaire.

– Vous rêvez, frère Roman ! dit Moïra. Quels sont donc les désirs de votre cœur ?

Roman descend de ses nuages en berceaux. Par les fenêtres hautes, il écoute un instant la pluie tomber dans le noir du dehors, et se tourne vers Moïra. Elle le fixe intensément, avec une pointe de provocation. Ses beaux yeux verts brillent comme la pomme de la tentation. Roman se persuade que cette lueur venimeuse est celle de l'ignorance, qu'il ne doit pas éteindre par la violence, comme l'ont fait ses prédécesseurs. Elle abolit toute trace de défi et l'observe avec une douceur infinie. Il ose se perdre dans ce regard et y embrasse la profondeur de son intelligence, la clarté de son âme. Il a dès lors la certitude que si les pensées de Moïra sont corrompues par ses croyances impies, son âme est restée pure.

Oui, il l'a toujours su, l'âme de cette femme est belle, belle comme ce visage tout près de lui, ces yeux brillants, cette peau si fine et si pâle, cette bouche à la couleur de pétale... Roman frémit. Il réprime un subit désir de la serrer dans ses bras, mais son regard l'étreint déjà. Moïra boit ses yeux et, d'un geste calme et gracieux, tend vers lui une main nue. Il ne l'a pas vue ôter son gant. Elle approche lentement ses doigts blancs et les pose sur ceux de Roman. Le contact des épidermes saisit le moine comme un coup de tonnerre. Une foudre intérieure s'empare de son cœur, le bouleverse et l'éclaire : l'union de leurs mains est celle de leurs âmes. A cet instant, il lui apparaît que leurs deux âmes se reconnaissent comme sœurs d'entre toutes : des âmes jumelles. Roman rougit et retire sa main.

– Pour... pour punir les hommes d'avoir dans le cœur tant de méchanceté, reprend-il, la voix chancelante, et se repentant de les avoir créés, Yahvé voulut effacer de la terre les hommes et les créatures animales qui les nourrissaient. Il envoya le déluge pour détruire toute cette chair pervertie... mais un homme, juste et intègre, trouva grâce à ses yeux : Noé, âgé de six cents ans. Avant de détruire tout ce qui vivait sous le ciel, Yahvé ordonna à Noé de construire une arche en bois de roseaux enduite de bitume, de trois cents coudées de longueur, cinquante coudées de largeur, trente coudées de hauteur, avec trois étages de compartiments... pour qu'y trouvent refuge Noé et sa famille, et un couple de chaque espèce animale.

Moïra voit que c'est son âme qui parle quand il parle de l'arche.

– Quand tous furent dans l'arche, poursuit-il, les animaux en bas, la nourriture à l'étage intermédiaire et les hommes en haut, Yahvé envoya les eaux sur la terre. La pluie tomba pendant quarante jours et quarante nuits, inondant tout, élevant l'arche au-dessus de la terre. Les eaux recouvrirent les montagnes et tout ce qui était chair périt. Au bout de quarante jours et quarante nuits, les écluses du ciel se refermèrent. L'arche s'arrêta sur le mont Ararat. Après la décrue des eaux, les habitants de l'arche sortirent pour repeupler le monde. Noé construisit un autel à Yahvé sur le mont Ararat. Et Yahvé promit de ne plus maudire ni détruire la chair de la terre. Il établit une alliance avec Noé et ses descendants pour que tant que durera la terre, semailles et moisson, froidure et chaleur, été et hiver, jour et nuit ne cessent plus. C'est la première alliance de Dieu et des hommes... et c'est pour manifester cette première promesse que la nef centrale de notre future église, sur notre Mont, sera aux proportions exactes de l'arche de Noé...

Moïra est au faîte de la curiosité. Elle interroge le moine du regard, et Roman ne peut réprimer une bouffée de ravissement à susciter ainsi l'intérêt de la jolie femme.

– ... et comme l'arche de Noé a été le salut pour l'espèce humaine, poursuit-il, notre abbaye sera le lieu où l'homme viendra chercher sa rédemption.

Les désirs de son cœur sont ceux d'un bâtisseur. Son amour le plus profond est un amour pour la pierre. Lorsqu'il parle de « son » abbaye, ses yeux couleur de soir sont inondés d'une aube lunaire.

– La Bible dit que, malgré le déluge et l'arche, ajoute-t-il, le désir de puissance et de domination n'était pas éteint chez l'homme... ensuite, il a voulu construire une tour pour atteindre le ciel.

– ... D'autres veulent construire une église pour atteindre le ciel.

– Moïra ! s'exclame Roman. Nous, nous bâtissons une basilique pour louer Dieu, la tour de Babel fut édifiée pour que l'homme dérobe la puissance de Dieu !

Soudain, en écho aux mots de Roman, la voix d'une cloche résonne au loin. Le moine est pris de panique.

– Vigiles ! annonce-t-il. C'est vigiles qui sonnent déjà ! Vous devez partir, nous allons être découverts, je dois aller à l'église ! Vite, cachez-vous, et dès que vous entendrez les chants de l'office, vous pourrez sortir et vous en aller...

– Ne craignez rien, frère Roman, tente-t-elle de le rassurer, personne ne me verra. Allez, et ne vous souciez point de moi. J'ai beaucoup appris cette nuit, et il me tarde de vous entendre à nouveau...

– ... dans cinq nuits, après complies ! lâche Roman en se retournant.

Elle veut serrer ses mains mais il s'échappe, boitant vers la porte de façon pathétique. Cette fois, c'est lui qui s'enfuit de la chapelle Saint-Martin. Calmement, elle se cache derrière un pilier et attend les psaumes que le vent, malgré la pluie, va porter de l'église carolingienne dressée un peu plus loin.

– *Michael archangele... gloriam predicamus in terris...*

– *... eius precibus adiuvemur in caelis...*

Cette nuit-là, Moïra écoute la prière des moines. Cette nuit-là, entre vigiles et laudes, Roman peine à dormir. Sa jambe et son ventre sont douloureux. La meurtrissure n'est qu'un souvenir, mais la chair se rappelle la souffrance, régulière et lancinante comme les battements d'un cœur. Sous les ténèbres, sa chair bat peu à peu au rythme de ce cœur dont l'ardeur se répand dans tout son corps.

« Sur le sommet du rocher, je bâtirai mon église, le grand axe d'Orient en Occident, celui du transept entre Nord et Midi, et sur la pointe même du roc à la croisée des deux nefs jaillira, telle ma prière vers le ciel, le clocher devant dominer le monastère, l'île, la mer. Tout sera difficulté, mais nous avons l'éternité devant nous et par Montjoie saint Michel notre merci sera d'avoir tout surmonté », écrit Hildebert à l'abbé Odilon de Cluny, assis sous la tenture de l'Archange, près de la cheminée où brûle un grand feu.

Ces jours derniers, afin que l'abbé ne soit pas importuné par les futurs travaux, on a déplacé sa cabane sur le versant nord de la montagne, le côté sombre, désert et escarpé, planté de bois noirs où le vent froid et salé use le sang et ronge les viscères. En bas jaillit l'unique source d'eau douce de l'île, la fontaine Saint-Aubert, réputée guérir les maladies fébriles. Mais le filet d'eau qu'a fait jaillir l'Archange n'est pas suffisant pour éteindre la chaux qui servira à la confection du mortier liant les pierres ; la fontaine sacrée ne pourra non plus apaiser la soif de l'armée de travailleurs qui fourmillera sur la montagne. Sur les parois du Mont, Roman fait donc ériger des citernes en bois pour recueillir les eaux de pluie de ce pays où la pluie ne manque pas. Indifférent aux gerbes de vent saumâtre, appuyé sur un bâton qui lui sert à la fois de canne, de pige à unités de mesure et de menace pour les indolents, il commande un détachement de paysans qui portent les réservoirs. Le cabanon de Hildebert est en bois, fragile et précaire, soumis au feu et à l'envahisseur. Hildebert et Roman rêvent sa destruction et son remplacement définitif par les salles de granite de la grande abbatiale. La pierre seule est un défi aux agresseurs humains et à l'assaillant infini : le temps. La pierre seule brave les siècles dans une image d'éternité. Désormais, tout doit être en pierre : les bâtiments conventuels, les murs, les arcs, les piliers, et surtout les voûtes du chœur de l'église : il faut poser des tonnes de granite sur la tête des frères car le ciel est immortel.

Certes, une telle architecture réclame des prouesses techniques inédites mais Pierre de Nevers a pensé à tout, même au système d'arcs de décharge et de cryptes de soutènement, qui permettra à Roman de maîtriser les forces et les poussées des blocs. Dans quelques semaines, à la mi-Carême, les barges de maître Roger commenceront à acheminer les pierres sur l'île, où maître Jehan et ses compagnons les façonneront une à une, pour leur donner la forme adaptée à leur place dans l'édifice. Ils y apposeront leur signature, la marque du tâcheron, signe de reconnaissance entre loges et facture incontestable pour le paiement de leur travail par le maître d'ouvrage. Aux Rameaux, Roman préparera sur le sol chaque élément de bâtiment : dans les mains compas, équerre, pige et surtout corde à douze nœuds, dans la tête le théorème de Pythagore et le nombre d'or, il tracera sur la terre le maillage des fondations, qui seront ensuite délimitées par des piquets. Pendant la semaine peineuse arriveront les morteliers, couvreurs, forgerons, fresquistes, verriers, parlier maîtrisant les dialectes parlés sur le chantier, puis la piétaille des manœuvres, hommes de peine, porteurs de pierres ou d'eau. Enfin, à Pâques, Hildebert donnera le signe du commencement. A Pâques, après Carême et son cortège de privations, de jeûnes et de souffrances purificatrices, quand tous recevront la joie de Christ ressuscité d'entre les morts, quand le printemps reviendra, alors débutera la vie éternelle du palais de l'Ange.

En attendant, le peuple conjure déjà les quarante jours et quarante nuits du futur Carême en chantant, dansant et faisant gras. La période de ripaille est peu propice à la conversion des âmes ; pourtant, ce soir, Roman a rendez-vous avec Moïra. Depuis ce matin, il est victime d'une bizarre excitation, une sorte d'appréhension teintée de joie qu'il met sur le compte du chantier qui est presque là. Il entre dans la chapelle Saint-Martin avec un boitement résolu et ferme. Aussitôt, sa lanterne attrape une ombre qui, en s'approchant, devient rouge comme un buisson ardent : les cheveux lâches et touffus, les joues enfiévrées, le manteau pourpre. Roman devient aussi rouge que la capeline. Dans sa poitrine, son cœur semble exploser. Il s'efforce de n'en rien montrer et lui sourit. Dans le halo du flambeau, le visage de Roman a beaucoup de délicatesse, les angles de sa maigreur se noient dans la lumière chaude, son regard est plus clair.

– Bonsoir, Moïra. Etes-vous prête à poursuivre notre entretien ? demande-t-il sans autre forme de préambule.

– La leçon continue, mon tendre prédicateur ? ironise-t-elle en s'asseyant sur leur déjà coutumier banc de granite. Ce que je préfère, c'est quand vous parlez d'alliance, et de pierres...

Il allume un cierge avec la lanterne, éteint la lampe et s'assoit près d'elle. Un moment, il écoute le silence de la chapelle, le tambourinement des cloches dans son cœur, puis il raconte.

– La première alliance a été instituée avec Noé, vous vous souvenez ! commence-t-il. Cette alliance était une promesse de paix entre Dieu et les hommes. La deuxième alliance, celle de la postérité, Dieu va la conclure avec un descendant de Noé nommé Abraham... Un jour, Yahvé apparut à Abraham et lui donna l'ordre de quitter sa terre natale pour une terre lointaine. L'homme obéit, abandonna le culte des idoles et quitta son pays. Sa femme Sarah était âgée, comme lui, et surtout stérile. Mais le Tout-Puissant dit à Abraham : « Lève les yeux au ciel et dénombre les étoiles si tu peux les dénombrer » et il lui fit une promesse : « Telle sera ta postérité »... Sarah enfanta un fils, Isaac, dont la femme enfanta un fils : Jacob. De Jacob naquirent douze fils qui devinrent les douze tribus d'Israël, le peuple allié avec Dieu, dont le signe de l'alliance avec Yahvé est la circoncision des mâles âgés de huit jours, de génération en génération.

Roman regrette aussitôt cette précision physique, car il craint qu'elle ne lui demande ce qu'est la circoncision... Après tout, il répéterait le texte de la Genèse, qu'il connaît par cœur comme tout le Livre saint, et qui est très explicite sur ce point. Mais il préférerait éviter de parler de ce sujet avec elle... Il poursuit rapidement :

– Après plusieurs siècles, le peuple d'Israël s'était multiplié, mais il fut réduit en esclavage par l'Egypte. Durement opprimé, il supplia son Dieu, le Dieu unique et véritable, de le délivrer du joug des Egyptiens. Dieu entendit la prière de son peuple et envoya Moïse pour le faire sortir du pays d'Egypte. L'armée de Pharaon fut engloutie par la mer Rouge, tandis que le peuple juif put traverser à pied sec, Yahvé ayant écarté les eaux pour lui faire un passage...

Moïra roule de grands yeux. Elle semble fascinée par l'histoire du peuple hébreu, qu'elle connaît mal, comme la plupart des laïcs de l'époque, car la Bible n'est accessible qu'aux clercs. Alors Roman reprend, moins vite, le récit de l'Exode, qui heureusement ne parle pas de prépuce.

La description des plaies d'Egypte arrache à la jeune femme des cris de stupeur, d'horreur et d'admiration. Elle imagine l'eau des marécages normands changée en sang, ses voisins paysans couverts d'ulcères, les insectes dévorants, la grêle, les ténèbres couvrant le Cotentin, et baisse la tête lorsqu'il conte la mort de tous les premiers-nés... L'histoire de ce peuple pourrait être la sienne. Elle boit les mots du fabuleux conteur, qui exaltent des qualités premières recherchées par les Celtes : les pouvoirs surnaturels et l'art de la guerre. Lors de l'épopée de la sortie d'Egypte, prise par l'émotion, elle saisit le bras de Roman. Elle ouvre la bouche lorsqu'il déclame le chant de la victoire, le psaume d'action de grâces entonné par Moïse, son peuple et Myriam la prophétesse, qui danse et joue du tambourin :

– « Je chante pour Yahvé car il s'est couvert de gloire, il a jeté à la mer cheval et cavalier.

Yah est ma force et mon chant, à lui je dois mon salut.

Il est mon Dieu, je le célèbre, le Dieu de mon père, et je l'exalte.

Yahvé est un guerrier, son nom est Yahvé. »

– Yahvé n'est pas le Dieu de mes pères, s'exclame-t-elle, mais Yahvé est un grand enchanteur et un redoutable guerrier !

Troublé par le contact physique avec la jeune femme, Roman se lève. La cire du cierge coule sur sa robe.

– Pourtant, continue-t-il en frottant la tache d'un revers de manche, dès la sortie d'Egypte, le peuple d'Israël récrimina bien vite contre Yahvé et contre Moïse : il préférait l'esclavage, l'oppression sans surprise à cette marche incertaine dans le désert, vers une terre inconnue... Alors Dieu fit avec les hommes une troisième alliance, une promesse particulière au peuple juif : Yahvé appela Moïse sur le mont Sinaï et lui dit : « Si vous, les Israélites, vous écoutez ma voix et gardez mon alliance, je vous tiendrai pour mon bien propre parmi tous les peuples, car toute la terre est à moi. Je vous tiendrai pour un royaume de prêtres, une nation sainte. » Par cette troisième promesse, Dieu faisait du peuple juif le peuple élu... Mais pendant que Moïse recevait sur le Sinaï les tables de la Loi, écrites de la main même de Dieu, le peuple se pervertissait et construisait un veau d'or, pour se prosterner devant lui. Fou de colère, Moïse brisa les tables de pierre. Dieu renouvela pourtant son alliance, écrivit la Loi sur d'autres tables de pierre mais il éprouva le cœur de son peuple pendant quarante ans, à travers une longue marche dans le désert. Quand enfin il le conduisit dans la Terre promise, où ruisselaient le lait et le miel, Moïse mourut et Dieu livra cette terre à son successeur Josué...

Roman marque une pause.

– Moïra, aujourd'hui je te promets la terre, dit-il en la tutoyant pour la première fois. Cette histoire est l'histoire du peuple juif. Elle est aussi l'histoire de toute l'humanité... Elle est également l'histoire de chaque homme, et ton histoire personnelle : écoute-moi...

Il se rassoit, place les mains sur les épaules de Moïra, et rapproche son visage.

– Comme Abraham, tu dois quitter ton pays, chuchote-t-il, car ton pays est mort. Renonce au passé qui pourrit en toi tel un cadavre, infectant tes chairs vives, abandonne tes vieilles croyances qui te maintiennent en esclavage... et cesse d'être nostalgique de cet esclavage ! Dieu sait que les vieilles habitudes, même si elles sont mauvaises, sont plus confortables... mais tu dois oser l'aventure de la foi, tu en as la force et le courage ! Le Seigneur t'a envoyé un guide pour t'accompagner dans le désert... Purifie ton cœur, je suis là, je marche avec toi, tout près de toi, je te montre le chemin jusqu'à Son royaume...

Elle observe ses lèvres qui bougent comme un oiseau... cette bouche qui lui a dit « tu »... Quelques notes sonnent juste. Elle est prisonnière d'un temps disparu. Gardienne de l'agonie. Mais croire à son chant, le chanter avec lui ! Ce serait renier l'amour de son peuple... pour un homme qui de l'amour ne voit que celui de son Dieu et n'aime que Dieu. Pourtant, il lui tient les épaules et elle sent qu'il tremble. Il paraît si proche en cet instant, si familier ! Elle scrute ses yeux gris, pénétrants, elle recueille la chaleur de ses mains sur son corps, des ondes douces qui traversent l'étoffe de sa robe et inondent sa poitrine. Brusquement, elle se colle à lui, le serre de toutes ses forces et respire son cou. L'odeur de sa peau est celle des embruns et du vent. Elle a dans les bras une tempête.

Cette nuit-là, quand sonnent vigiles, ils se détachent sans un mot, comme ils s'étaient retrouvés. Longtemps leur torse est resté soudé l'un à l'autre, la tête de Moïra sur la gorge de Roman. Ils se sont respirés sans bouger, sans rien dire que leur souffle ensemble. La cloche a résonné comme un glas et elle a desserré ses bras. Il est parti lentement, elle s'est plaquée derrière une colonne et la pierre était glacée.

Avant de rejoindre l'armée noire, les anges de la terre qui vivent en regardant le ciel, il s'est retourné et lui a fixé un nouveau rendez-vous, la nuit du deuxième dimanche de Carême.

Le jeûne est une peine pour les pauvres gens. Il débute le mercredi des Cendres. A l'église, le prêtre dessine sur leur front la croix de poussière de leur condition d'homme. Certains de leur fin dernière, ils vont se nourrir de harengs et de pois, de baleine séchée et de prière. Les moines, eux, ont débuté la pénitence dès les calendes de septembre : ils n'ont plus fait qu'un repas par jour, le *prandium* ou dîner, après l'office de none, supprimant le souper jusqu'au Carême. En revanche, pendant ces quarante jours et quarante nuits, ce repas unique a lieu sous forme de souper, ou *cena*, après vêpres. Les frères restent donc à jeun de minuit, où ils se lèvent pour vigiles, jusqu'à vêpres, à la fin de la journée, tout en se consacrant à leurs travaux habituels, à la lecture, obligatoire durant cette période, et parfois à des mortifications supplémentaires. L'épreuve est édifiante et épuisante, même pour un moine. Pour un convalescent comme Roman, de surcroît responsable de travaux aussi importants, elle est un martyre. Harassé dès vigiles, il traîne son corps comme un poids mort, luttant pour que cette inertie morbide ne contamine pas son esprit. Pourtant, le jeûne n'en est pas la cause. Il s'agit d'un remords moral et d'un désir organique qui ont pris possession de lui et joutent l'un contre l'autre, en l'anéantissant : sa tête est coupable de l'étreinte avec Moïra, mais son corps est plein d'une tentation, d'un appétit inconnu qui ne le laisse pas en paix. Pourquoi ne l'a-t-il pas repoussée ? Il a respiré son âme, semblable à celle d'une fleur fragile et odorante... Son âme ? Fadaise ! Il s'est laissé toucher par sa peau, par son souffle, par sa chair offerte ! Cette femme n'est pas mauvaise, simplement égarée, et il est son berger... Pâtre, lui ? Porcher, oui, souillé de la fange puante des bêtes ! L'haleine de cette femme est celle de l'ordure ! Une impie qui veut le détourner de son chemin... ses bras étaient si doux, si loin de ceux des nourrices, cette pensée le fait frémir... Débauché, corrompu, traître à Dieu ! Roman mobilise toutes ses forces contre cette émotion, proche de la maladie, qui ne doit pas infecter sa raison. Sans cesse il doit la combattre pour l'extirper de ce corps vil qui s'en repaît à toute heure du jour et surtout de la nuit. Sa tête a nommé cette diabolique passion « luxure », et il lui oppose le pouvoir purificateur de la passion du Christ.

Ce Carême de l'an 1023 porte la marque de ce combat singulier : pour la première fois, frère Roman le vit comme une componction et une source de rédemption individuelles : sa chair abjecte doit être châtiée et souvent, malgré la douce désapprobation de Hosmund, il refuse l'unique repas journalier pour ne pas suspendre son oraison.

En ce deuxième dimanche de Carême, Roman a les joues creuses, et son corps amaigri, flottant dans sa bure, est soutenu en permanence par sa canne. La peau jaunie de son visage est ravinée et séchée à l'image de celle de frère Almodius, mais le moine porte ses stigmates physiques comme l'étendard de sa victoire spirituelle sur l'impur : son regard gris brille comme une épée, sa bouche semble figée dans un rictus guerrier. Il lui tarde de se confronter ce soir à Moïra, certain que cette fois il lui extirpera un désir de conversion. Mais, après complies, Hildebert le convoque dans sa cabane pour lui demander de négocier encore le prix de la main-d'œuvre. Blasé de cette question récurrente qu'il croyait réglée, agacé d'être mis en retard à la chapelle Saint-Martin, Roman écoute Hildebert et imagine le père abbé à la place du saint Michel psychostase de la tapisserie, ses pièces d'or sur un plateau de la balance, les travailleurs de force sur l'autre. Malgré leur taille et leurs muscles, les manouvriers sont bien légers face au poids de l'argent d'un père abbé et d'un duc de Normandie... Soudain Moïra, qui était cachée derrière Hildebert-saint Michel, renverse le contenu de la balance d'un coup de pied furieux, laissant entrevoir une cuisse nue de sa jupe relevée jusqu'à la taille... elle dédaigne les deniers et s'enfuit en riant et en tenant par la main un porteur de pierre au regard bleu comme le ciel.

– Frère Roman ? l'interpelle sèchement l'abbé.

– Pardonnez-moi, mon père, répond Roman en regardant l'abbé, je... j'étais distrait, la fatigue sans doute, néanmoins j'ai bien compris vos préoccupations et dès demain j'en ferai part à...

– J'aurais dû vous exempter de Carême, cette année, mon fils, le coupe l'abbé en fronçant les sourcils. Votre corps est encore fragile, ce chantier use vos maigres forces, ces privations sont pour vous destructrices...

– Point du tout, mon père ! s'exclame Roman, les yeux exorbités.

– Dans sa grande sagesse, saint Benoît assimilait certains martyrs volontaires à d'orgueilleux exaltés plus emplis de péché que le plus pécheur des païens... à partir d'aujourd'hui, je vous dispense de Carême... Vous romprez le jeûne le matin et le soir, cela me semble plus prudent..., dit-il d'un ton paternel. J'ai besoin d'un maître d'œuvre lucide et solide, ajoute-t-il fermement, non d'un vieillard à tête de revenant ! Maintenant, allez dormir.

– Je... Je ferai selon votre volonté, père, répond Roman en baissant le front.

Il sort de la cellule de l'abbé et rase les murailles jusqu'à la chapelle Saint-Martin. Ce soir est soir de grande marée et les bourrasques sont plus violentes que de coutume. De plus, il fait froid. Légèrement courbé sur son bâton de bois, il stoppe un instant. Adossé à la porte de la chapelle, il écoute la mer noire tenter de prendre de force l'auguste montagne dans un accouplement démoniaque. Une colère monte comme les vagues. Il a commis une faute en frottant son corps au corps de cette femme, mais pourquoi l'abbé le prive-t-il de l'expiation ? Il a commis une faute en ne se confiant pas à ses frères au chapitre des coulpes, protégeant cette créature à qui il continue de rêver, mais il remet sans cesse ses péchés au Seigneur... Pourquoi Hildebert lui interdit-il la voie de la rédemption ? Pourquoi nourrir cette chair coupable et le distinguer de ses frères du cloître, abstinents ? Pour son esprit fébrile, le traiter ainsi équivaut à le montrer du doigt sans lui laisser une possibilité de se racheter. Les bourrasques irritent ses yeux comme un acide et le pénètrent, lui insufflant leur fureur. Il doit convertir la jeune Celte. Maintenant, c'est aussi son salut à lui qui en dépend. Rageusement, il pousse la porte avec sa canne. Apparemment personne, à part les ténèbres. Une odeur fraîche combat le vieil encens des pierres, dans le chœur... Roman allume les cierges et distingue, sur l'autel, un fagot de grandes fleurs. Il prend le bouquet et le jette sur les tombes bretonnes.

– Tu sembles fort contrarié, dit-elle derrière lui.

Il se retourne, les yeux et la bouche figés par l'agressivité. Elle pousse un petit cri en le voyant.

– Roman ! s'écrie-t-elle. Tu es souffrant ! Tu n'as que la peau sur les os !

– Je me porte à merveille, répond-il. Et si ma chair impure disparaît, ce n'est que justice !

– Je ne comprends pas. Pourquoi maltraiter ainsi ton corps, qu'a-t-il fait pour mériter tel châtiment ?

– Vous devriez le savoir, puisque vous en êtes la cause, lâche Roman avec un regard noir. Nos intimités charnelles...

À son tour, elle est attrapée par la colère. Le vouvoiement la révolte autant que ses mots de fanatique et son regard de dément. Elle a envie de fuir l'inepte offense, mais la vision de ce corps décharné et de ce visage moribond la bouleverse... Il lutte encore contre la vérité de leur amour, se flagellant lui-même, avec quelle force et quel acharnement ! Sa violence se transforme en tristesse. Non, elle ne peut l'abandonner à ses égarements, dût-elle payer le tribut de son conflit intérieur. En premier lieu, il faut calmer le courroux de Roman. Elle relève doucement le menton.

– Frère Roman, murmure-t-elle en s'asseyant sur le banc de pierre où il s'est laissé choir, douce face au désarroi du moine, pardonnez mon audace de l'autre soir... Malgré tous vos efforts, voyez, je suis encore une piètre chrétienne. Mais je crois que je devine vos tourments.

Roman soupire, à bout de lui-même.

– Au commencement, articule-t-il avec peine, le regard absent, la voix éteinte, les chrétiens étaient des martyrs malgré eux, pourchassés par les Romains... des martyrs témoins que Dieu s'élevait au-dessus de l'empereur de Rome. Mais quand Constantin s'est converti, le christianisme n'a plus été banni, devenant au contraire prépondérant. Alors les martyrs le sont volontairement devenus : en Egypte, ils sont partis au désert pour témoigner que Dieu était supérieur à tout. Ces anachorètes entièrement consacrés à Dieu lui ont promis pauvreté et chasteté, pour prouver au monde qu'on ne pouvait vivre que de Lui. Lorsque ces ermites se sont regroupés en communautés sont nés les moines... Saint Benoît, dans sa Règle organisant notre vie, a tempéré les mortifications que s'infligeaient les Pères du Désert... mais un bénédictin, contrairement aux prêtres du bas clergé séculier qui se marient, ne le peut, car il fait vœu de chasteté... vois-tu, dit-il en se tournant vers Moïra, un moine vit hors du monde des hommes, car il oriente tous ces désirs et son énergie vers Dieu... Nous sommes aujourd'hui les témoins devant les hommes que le plus important est Dieu.

Roman prend un temps de silence.

– Si je me laisse envahir par toi, poursuit-il en fixant la jeune femme, si mon cœur, mon corps et mon esprit tendent vers toi, ne serait-ce qu'un instant, alors je ne suis plus digne d'être moine car je ne serai plus entièrement dévoué à Dieu...

– Mais... mais tu es avant tout bâtisseur ! oppose-t-elle. Tu es obsédé par les pierres de ton chantier !

– Ce sont les pierres d'une église, Moïra. C'est une œuvre consacrée à Dieu. Je fais là mon devoir de moine...

Elle se tait, aussi amère que pleine de commisération. De nouveau la saisit la tentation de la fuite définitive et de l'abandon : elle ne peut lutter contre un rival tel que Lui ! Qu'a-t-elle fait en attachant son cœur à celui d'un moine, qui ressemble à la pierre sèche et froide d'une église ! Mais les regrets sont impuissants à rompre leur lien singulier, qui se fortifie même dans l'absence... Ses yeux considèrent la robe de bure sombre, lourde et rêche, qui enveloppe son corps comme un linceul de plomb : voici l'ennemi... Il l'a dit, les vicaires se marient ! Comment troquer ce froc contre une soutane ? Elle tourne la tête vers les voûtes de granite. Espoir stérile, un curé de paroisse ne bâtit pas sa cathédrale ! Elle sait depuis longtemps que, pour Roman, l'architecture sacrée n'est pas un devoir de moine mais une vocation d'homme, une passion vitale qui certes l'unit à Dieu, mais surtout à lui-même... c'est cet absolu soleil qui a irradié Moïra et façonné son amour pour lui. Non... elle ne veut pas faucher cette angélique lumière pour glaner un néant humain, une ombre sans mystère... Si elle part maintenant, si elle s'efface de la réalité, elle aura les regrets de la séparation physique, mais point le remords d'avoir rompu un charme magique... qui vivra en elle, comme une grâce éternelle. Elle le regarde encore, fixe dans sa mémoire les yeux de crépuscule et se lève.

Il sait d'emblée qu'elle renonce. Il sait que ce n'est pas par respect pour sa condition de religieux, ni par crainte de se battre contre Dieu, mais par amour pour lui. Sans un mot, elle le laisse sur son banc et lui tourne le dos. Non, elle n'est pas la créature dont il s'est persuadé, il l'a su dès le premier instant, ici même, et il a tout tenté pour l'oublier. Lentement, elle s'éloigne. Qu'a-t-il fait ? Il observe ses mains, tremblantes d'inanition ou d'émotion, puis le bâton à mesures qui soutient son corps détruit. A trente ans, l'âge où la plupart des hommes de son temps meurent, il se laisse dépérir... Après avoir été sauvé, il brave la sainte volonté et se laisse prendre par la désespérance, par la furie du mépris. Hildebert avait raison. Elle marche déjà dans la nef. La porte de la chapelle est à quelques pas. Il s'est renié, envoûté par ses démons cachés, qu'il pensait – à tort – vaincus. Il en a même négligé le chantier de l'abbaye.

Elle part, celle qui lui a redonné la vie, elle l'abandonne pour qu'il vive en paix avec lui-même, qu'il se consacre entièrement à l'œuvre pour laquelle il est né, et que tout soit accompli comme il était écrit. Elle s'efface, elle va ouvrir la porte sur la nuit et retourner à sa nuit.

– Moïra ! hurle-t-il. Attends !

Elle se retourne. Il est debout dans le chœur, sans canne.

– Tu sais, dit-il moins fort, quand je te parle de la foi et du Livre, je suis aussi fidèle à mon devoir de moine... Nous n'avons pas terminé, il reste la fin, le temple de Salomon, l'avènement du Sauveur qui rachète toutes les fautes, la dernière promesse, et la fin, oui, la fin du monde terrestre...

Brusquement, il chancelle et s'accroche aux pierres du banc. Elle revient en courant et l'aide à s'asseoir.

– J'écoute la fin de ton histoire à une condition, frère Roman, souffle-t-elle à quelques centimètres de son visage, d'une voix vacillante comme le corps du moine. C'est la dernière fois que nous nous voyons, constate-t-elle, la gorge serrée, nous le savons tous deux, et je veux que tu me fasses un serment : celui de ne jamais céder à la mortification égoïste du désespoir, celui de lutter toujours pour ce qui t'anime, les saintes pierres... et surtout de ne pas honnir l'amour des vivants, ajoute-t-elle en sanglotant, parce qu'ils ne sont pas Dieu, ni bloc de granite pour Dieu ! Ils le savent bien, dit-elle en se forçant à sourire, mais ils ne sont pas méprisables pour autant. Ne les aime pas si tu ne le peux, mais réclame leur aide quand tu en auras besoin... car ils sont là pour toi, en secret, et ils te veulent du bien...

Il lutte pour ne pas céder aussi aux larmes. Les yeux sur la flamme des cierges de l'autel, il lui prend la main.

– Je te le promets, Moïra.

– Bien. Alors je t'écoute, conclut-elle en s'asseyant et en serrant sa main dans la sienne. Parle, parle-moi de l'ultime alliance de Dieu et des hommes, raconte-moi la fin du monde, puisqu'il faut la dire.

– La fin est sur terre mais la vie éternelle est dans le ciel.

– Et où est l'espoir ?

– Entre les deux, Moïra. L'espérance est entre la terre et le ciel, dans le cœur humain, incarné dans un palais de pierre formidable qui existera bientôt... un château d'amour parfait, une passerelle entre les hommes, un pont entre les vivants et les morts.

Elle tourne la tête et le regarde en face.

– Emmène-moi dans ton palais... et dis-moi l'amour parfait.

Roman se racle la gorge pour la libérer de son émotion, et il raconte :

– Ce palais s'appellera la Jérusalem nouvelle... Jérusalem : « la montagne de Dieu ». Dans l'histoire, il y en a deux : au début, il y eut la Jérusalem terrestre, la cité du roi David, le temple érigé par son fils, le roi Salomon, la maison de Yahvé construite sur la terre d'Israël et détruite par Nabuchodonosor, roi de Babylone. A la fin des temps, quand tous les vivants seront morts, les morts seront vivants dans la Jérusalem céleste. L'abbatiale que nous allons bâtir sera entre les deux, elle ressemblera à la Jérusalem terrestre et à la Jérusalem céleste, comme un symbole les unissant dans l'ordre naturel du monde : elle se souviendra du début et annoncera la fin... elle sera entre la terre et le ciel... elle sera espoir car elle incarnera la promesse de la vie éternelle...

– Que toi et tes frères aimiez Dieu plus que tout, au point de lui édifier la plus belle des demeures, je le sais, dit-elle. Mais pourquoi la dédier à un ange, qui est comme Dieu mais qui n'est pas Dieu ?

– Parce que saint Michel est le chemin entre les hommes et Dieu ! Cette basilique sera la nouvelle cité du Très-Haut, qui descendra vers les hommes, mais les hommes doivent pouvoir monter vers Lui ! Tu sais, les hommes aiment Dieu, mais Dieu aime encore plus les hommes, il les aime plus que tout, Moïra... La relation à Dieu est celle d'époux à épouse, dans un amour parfait... Lorsque Yahvé a créé l'homme, Il a annoncé aux anges qui l'entouraient, dont le premier était Lucifer, « le porteur de lumière », que l'homme était certes imparfait, mais qu'il était sa créature préférée. Pétri d'orgueil et de jalousie, Lucifer s'insurgea. Il se détourna de Dieu, entraînant avec lui les anges déchus. Dès lors, il n'eut de cesse que de prouver à Dieu qu'il avait eu tort de créer un tel être... Pénétrant le côté obscur de l'imparfaite créature, il tenta toujours de la pousser à son autodestruction, dit Roman en pensant à lui-même. Il n'y aura de plus belle victoire pour Satan que de prouver à Dieu que l'homme est si pervers qu'il s'extermine lui-même ! Alors, pour protéger l'homme, Dieu fit deux choses : d'abord, il dota chaque être humain d'un ange gardien pour lutter contre le diable tapi en lui, poursuit-il en pensant à Moïra.

» Puis il fit venir près de lui saint Michel, qui devint le premier des anges à la place de Lucifer : il lui confia la mission de défendre l'humanité contre l'ange des ténèbres, dès que le maître des anges déchus ou son armée de démons s'en prendraient directement à elle. C'est ainsi que l'Archange affronta le dragon, qui était l'une des nombreuses incarnations de Lucifer... Il le terrassa mais ne le tua point, car Lucifer est immortel et que la vie du chrétien – et de saint

Michel – ont pour but de le combattre sans cesse. Indéfectible chef de l'armée céleste, saint Michel aide l'homme contre les forces du mal durant toute sa vie, et jusque dans la mort, en le conduisant au Paradis et en luttant pour que son âme purifiée des péchés ne soit pas volée en route par les incubes...

– Oui, constate froidement Moïra, ses exploits constants depuis la nuit des temps méritent donc une église...

– Son dévouement et son débonnaire amour pour d'éternels pécheurs, corrige Roman, doivent être remerciés par l'amour des hommes, qui pourront le prier, le gratifier et demander son intercession auprès du Tout-Puissant dans un palais digne de lui. Il faut que tu comprennes que, comme chez un homme et une femme... amoureux, dit-il en hésitant, l'amour entre le divin et l'humain n'est pas unilatéral mais réciproque !

– Pourtant, dans un couple, on n'est jamais certain que l'autre nous aime..., objecte gravement Moïra.

– Peut-être parce que les marques d'amour qu'il donne sont différentes de celles que l'on attend..., répond Roman après un silence.

» Dieu a donné aux hommes une irréfutable preuve d'amour, la plus belle qui soit : il a fait don aux hommes de son fils. Jésus, qui signifie "le sauveur", est venu dire aux hommes qu'ils étaient follement aimés de Dieu... La première action apostolique de Jésus, lorsqu'il eut trente ans, fut de se rendre à un repas de noces. Or il advint que le vin manqua. Jésus prit de l'eau et la transforma en vin qu'il offrit aux convives du mariage : par cet acte, le premier des miracles qu'il accomplit, il dit que Dieu veut réjouir, par son amour, le cœur des hommes... tel le vin qui réchauffe le corps, tel un époux son épouse...

– Et Jésus meurt pour les hommes...

– « Il n'y a pas de plus grand amour que de donner sa vie pour ceux qu'on aime », avait-il dit lui-même. Il meurt, mais son amour a sauvé le monde : tel un nouveau Moïse, il a délivré son peuple, qui est l'humanité tout entière. Comme Dieu l'avait promis à Noé, Jésus fils de Dieu a scellé l'ultime alliance : il est le nouvel Adam, l'homme parfait qui unit dans un même corps divinité et humanité, qui rachète la faute originelle d'Adam et Eve et réconcilie définitivement Dieu et les hommes. Il reviendra à la fin des temps pour juger les vivants et les morts.

– La fin des temps..., répète-t-elle d'un ton lugubre. Je ne sais s'il faut espérer la fin du monde, même pour retrouver l'Amour...

– Il ne faut pas avoir peur, Moïra, dit-il en lui souriant, car ce sera une joie, une délivrance, nous ne souffrirons plus... ce ne sera pas une fin, mais un début. Ecoute l'Apocalypse de Jean : « Puis je vis un ciel nouveau, une terre nouvelle, car le premier ciel et la première terre ont disparu, et de mer, il n'y en a plus. Et je vis la Cité sainte, Jérusalem nouvelle, qui descendait du ciel, de chez Dieu ; elle s'était faite belle, comme une jeune mariée parée pour son époux. J'entendis alors une voix clamer du trône : "Voici la demeure de Dieu avec les hommes. Il aura sa demeure avec eux ; ils seront son peuple, et lui, Dieu-avec-eux, sera leur Dieu. Il essuiera toute larme de leurs yeux : de mort, il n'y en aura plus ; de pleur, de cri et de peine, il n'y en aura plus, car l'ancien monde s'en est allé." »

– C'est très beau, Roman... elle sera belle, ta Jérusalem, cité de Dieu et cité des hommes... ta vie terrestre pour bâtir le ciel... c'est une belle vie !

Roman est intimement touché. Son regard brille d'un feu sacré.

– Je..., murmure-t-il. Je vais te montrer ! dit-il en sortant un parchemin de sa coule et en le dépliant sur les genoux de la jeune femme. Il faut que tu la voies ! Regarde la montagne de Dieu ! Regarde notre Jérusalem !

Les croquis noirs de Pierre de Nevers s'étalent sur les cuisses de Moïra. Elle contemple le mystère de Roman comme un soleil fabuleux et inaccessible, un luminaire fait de carrés et de triangles juxtaposés.

– Roman, je ne sais pas lire cela..., bredouille-t-elle. Il n'y a pas de mots...

Roman se lève et le souffle de son corps revenu à la vie fait tomber les esquisses sur le sol de la chapelle.

– Je vais te raconter, oui, c'est mieux, écoute-moi, Moïra ! Viens !

Il ramasse le parchemin, saisit sa canne, marche jusqu'au chœur et pose les dessins sur l'autel, là où gisait le bouquet de fleurs.

– Tu vois, dit-il en pointant une forme sur le document avec son bâton, là est le rocher. Ce fut le problème principal, étant donné que son sommet n'est pas plat, et l'intérêt principal, vu qu'il est très haut, et que la demeure de l'Archange doit être le plus élevée possible dans le ciel... Mon maître et l'abbé Hildebert ont eu l'idée de génie divin de poser le centre de l'église en équilibre sur la pointe du rocher, et de l'entourer d'un ensemble de cryptes, qui, en rattrapant son niveau, servent de soubassement au chœur et aux bras du transept. Le tout formera une colossale élévation vers le ciel, une succession de volumes ascendants, même pour les bâtiments conventuels qui ne s'étaleront pas mais seront en étages. La vue d'ensemble est une pyramide, un gigantesque triangle, car le nombre trois est sacré : c'est celui de la Sainte Trinité, des trois vertus théologales, de l'esprit divin... Mais regarde plutôt l'abbatiale : là, tu vois, c'est l'entrée, précédée du narthex, devant la terrasse... un premier escalier conduit à la nef, qui aura sept travées surhaussées – le sept, 4 + 3, étant le chiffre du corps augmenté de l'âme, des sept tons de la musique, des sept planètes dans le ciel, des sept jours de la création – avec un vaisseau central charpenté et flanqué de voûtes sur les bas-côtés... puis le transept, lui-même surélevé, enfin le chœur, dont l'abside est ceinte d'un déambulatoire surélevé par rapport au transept... une montée des pèlerins vers le Très-Haut, vers la lumière du Christ, d'ouest en est !

Debout à la gauche de Roman, Moïra est stupéfaite. Une question semble lui brûler les lèvres.

– Roman ! finit-elle par l'interrompre. Dis-moi : ces cryptes... elles seront souterraines ?

– Naturellement ! s'exclame Roman. Il y en aura quatre, comme les quatre éléments, les quatre fleuves du Paradis, les quatre saisons, les quatre vertus cardinales et les quatre Evangélistes... Elles soutiendront l'église et seront elles-mêmes de petites églises ! Il y en aura une sous la nef, une sous chaque bras du transept, et une sous le chœur, la plus belle... là, explique-t-il en pointant son bâton : le chantier va d'ailleurs débuter par la crypte du chœur, pour qu'y soient déposées les reliques d'Aubert. Elle gardera le corps sacré de notre fondateur et portera le chœur, saint des saints contenant l'autel de saint Michel... Il y aura trois travées terminées par une abside à cinq pans, car le pentagone est le symbole de la création augmenté de l'unité divine, c'est le chiffre de l'homme (les cinq sens) et de Dieu fait homme (les cinq plaies du Christ)...

– ... mais les reliques sont dans l'église actuelle ! le coupe-t-elle à nouveau, le regard inquiet.

– Je le sais, Moïra, répond-il en souriant. Mais vois-tu, notre église va être détruite... elle est petite, laide, symbole d'un temps révolu.

– Certes, celui des chanoines bretons ! précise-t-elle avec une pointe d'amertume. C'était donc vrai..., constate-t-elle, soudain très pâle.

– Oui ! répond-il sans violence. Le symbole de pécheurs qui ont mal servi Dieu et le premier des anges sera effacé... mais l'endroit où nous sommes, édifié lui aussi par les chanoines, sera conservé et transformé en crypte de soutien de la nef... les tombeaux de ton peuple, chéris de ton cœur et de ta mémoire, seront épargnés. Ne sois pas triste...

Moïra n'est cependant pas attristée, ni soulagée par ce que vient de dire le maître d'œuvre. Elle semble terrorisée. D'une voix aussi blanche que son visage, elle ose encore objecter :

– Mais l'église des chanoines a été bâtie à la place de la grotte d'Aubert !

– La grotte d'Aubert incarne la naissance de la montagne sacrée, mais en même temps elle a été construite en imitant la grotte italienne du mont Gargan. Or notre cité doit être singulière, unique, créée pour saisir les hommes d'une force et d'une beauté jusque-là inconnues... Quand nous aurons achevé le chœur et le transept, l'église qui enferme les murs du sanctuaire primitif sera rasée, avoue Roman, pour que l'on puisse bâtir une œuvre nouvelle, et soutenir la nef en construction, en posant des piliers à partir du rocher...

– Non !

Le cri est sorti de la bouche de Moïra comme de la nuit des temps. Interdit, Roman observe ses traits livides et ses yeux figés par l'épouvante.

– Que t'arrive-t-il ? demande-t-il, étonné et inquiet. On dirait que tu as vu Lucifer en personne ! tente-t-il de plaisanter.

– Il ne faut pas creuser sous l'église ! hurle-t-elle. Il ne faut pas, sous aucun prétexte, aucun !

– Moïra, calme-toi, on va nous entendre ! Pourquoi ne pas creuser sous l'église ? Qu'est-ce qui te prend ? Explique-toi !

Elle met ses mains sur sa bouche. Ses yeux sont ceux d'une démente. Son front se plisse de douleur. Roman s'approche doucement et, avec des gestes d'une grande tendresse, il la force à s'asseoir.

– C'est la fin des temps ! La fin des temps est déjà là..., ânonne la jeune femme.

– Je t'en supplie, Moïra, je t'en supplie... Je ne comprends rien à ce que tu dis... parle-moi !

– Je ne peux pas, je ne dois pas... par amour pour moi, ne fouille pas la terre de l'église, ne fouille pas ! Promets-moi !

– Pourquoi ? En quoi cette église te concerne-t-elle ?

Elle le regarde et elle fond en larmes.

– L'église n'a aucune importance ! C'est... c'est...

– Quoi donc ? demande-t-il en s'asseyant à côté de la jeune femme.

– Roman, répond-elle en reprenant son calme, je vais te confier un immense secret... je dois te le révéler. Puisses-tu ne jamais le trahir, ne jamais me trahir !

Roman est muet de stupeur. L'attitude de Moïra est une énigme vertigineuse. Il cherche dans les yeux de la jeune femme un début de réponse et y lit une sombre angoisse. Quel est donc ce secret qui la rend aussi différente de la femme qu'il croit connaître ? Lui-même est troublé par le désarroi de Moïra. Il s'accroche à son regard qui le fixe avec l'intensité du désespoir. Puis, résolu à recevoir ce mystère si bouleversant parce qu'il émane d'elle, il se penche doucement vers Moïra, tel un confesseur. Son regard rassurant lui promet qu'il ne dévoilera pas sa révélation. Apaisée par son silence, elle reprend confiance et se met à parler.

Roman reste interdit près d'elle, étreint par le poids de ce qu'elle vient de lui dévoiler. Blême, les yeux effarés, il se lève en s'appuyant sur sa canne.

– Roman... ne dis rien maintenant, murmure Moïra en lui touchant timidement le bras. Je sais que tu ne diras rien, je sais que ce que je te demande est très grave, et que, si tu y consens, il te faudra bouleverser les esquisses de ton abbaye... mais je t'implore d'y bien méditer, pense à la paix qui règne aujourd'hui sur le rocher... et donne-moi ta réponse, je t'attendrai ici, la nuit du...

– Non ! l'interrompt-il avec véhémence. Non, Moïra, répète-t-il plus doucement, surpris par sa violence. Tu ne dois plus venir au Mont... C'est moi qui irai à toi, quand ma décision sera prise...

La peur. C'est une peur nouvelle et brutale qui a guidé la réaction du moine. La puissance des entrailles de cette terre est réelle... Tout ce que lui a divulgué Moïra a pris, en cette seconde, une signification différente.

– Bien, dit-elle, tremblante. Comme tu voudras.

Elle se relève. Il regarde la croix de l'autel, la fumée des cierges

lui pique les yeux. Il peine à respirer d'un souffle régulier. Il suffoque.
Elle lui prend le bras, il se laisse faire. Elle le guide vers la sortie,
comme une seconde canne. Elle regarde son destin droit devant elle,
elle scrute l'avenir de son histoire que détient, seul, cet homme qui
frôle son flanc. Moïra entrouvre la porte de la chapelle Saint-Martin.
Une rafale de vent s'engouffre dans ses cheveux. Tout est noir, soumis au claquement de l'air et de l'eau qui s'acharnent une fois encore
contre la montagne, dans leur passion guerrière. Là-haut, elle devine
la silhouette de l'église, et elle sent la chaleur du corps de Roman.
D'un geste désespéré, elle se tourne vers lui et l'étreint.

– Roman, Roman ! Roman, je veux te dire... Quoi que tu décides,
mon amour pour toi ne faiblira pas !

Roman la serre contre lui, timidement d'abord, un peu effrayé,
puis avec plus d'assurance. La canne tombe sur le sol quand il
l'entoure de ses deux bras. Il a la sensation que son âme s'emplit
d'une tiédeur douce, d'une tendresse nouvelle, qui chasse la violence
de son angoisse et l'oppression du dilemme. Ne pas laisser fuir cet
instant... Il attrape au vol une mèche rousse battue par la bourrasque,
réfugie son visage dans le parfum salé de l'abondante chevelure. Que
ce moment soit l'éternité... que les mots se brisent comme les vagues
sur la montagne, que le vent qui les assaille assourdisse leur dissemblance, que la pluie noie la mémoire et l'emporte dans son torrent
de boue !

– Roman... Notre amour nous rend immortels, dit-elle.

Il se dégage et l'observe, intrigué par sa remarque, mais la nuit
l'empêche de distinguer l'expression de ses traits. Elle se retourne et,
sans autre forme d'au revoir, elle s'enfuit. Il reste seul avec le vent,
avec le bruit assommant des éléments furieux. Puis il boite vers le
dortoir.

Tandis que Roman clopine dans le noir, une forme longiligne se
détache de l'angle d'un contrefort extérieur de la chapelle.

Une lanterne éteinte à la main, elle longe le sanctuaire et se dirige
vers le *scriptorium*. La lumière bleue de la lune indique la grosse
serrure. Une clef tourne avec difficulté. La silhouette entre et referme
la porte à double tour. A l'intérieur, elle allume une bougie. La
flamme distingue les traits ravinés de l'homme, la peau jaunâtre
comme un vieux parchemin, les yeux noirs, d'où coulent des larmes

qui creusent plus encore son visage émacié. Il traverse la grande pièce à larges fenêtres, vide d'humains mais remplie de pensées grecques et latines, qui tapissent les murs et trônent sur les tables à côté de plumes et d'encriers aux couleurs vives, et d'une monumentale cheminée. Au fond de la salle, le moine ouvre une porte et pénètre dans un minuscule bureau, où attendent d'être contrôlés les derniers travaux des copistes. Il pose la chandelle sur le pupitre. Almodius tombe à genoux et en sanglots silencieux. La bure sombre est déformée de spasmes. De grandes mains fines tachées d'encre soutiennent la tête en larmes. Enfin, un son s'échappe du pauvre corps, une plainte de bête qu'on égorge. Le moine s'effondre, à plat ventre, sur le sol du bureau. Il gémit, il prononce des paroles inintelligibles. Il s'agenouille à nouveau, tend la main et sort d'une cavité camouflée une discipline, martinet à lanières de cuir piquées de boules de plomb. La robe du sous-prieur s'abat sur sa ceinture. La blancheur et la maigreur de son dos jaillissent comme une famélique lumière.

– Seigneur tout-puissant, viens-moi en aide ! adjure-t-il, la voix cassée.

Les yeux clos, Almodius brandit la discipline et se fouette violemment le dos, en murmurant une prière. Les boules de métal fendent la peau nue en petits sillons grenat, fines lignes de sang du bas des hanches jusqu'aux épaules. Almodius inspire, s'accorde une trêve et se donne à nouveau la discipline, dans un mouvement régulier et ininterrompu. Un frisson de douleur monte dans les omoplates, ses lèvres sont serrées, des perles rouges gouttent sur les plis de la bure. Son dos n'est bientôt qu'une plaie à vif, d'un beau carmin brillant. Courbé sur lui-même, il geint de souffrance contenue. Il expire enfin d'un mot longtemps retenu, d'une rage qu'il crache dans un chuchotement. A mesure que sous le fer suinte le sang, le susurrement devient cri :

– Moïra... Moïra... Moïra, Moïraaaaaaaaaa !

7

— TIENS, JO, saucisson beurre cornichons ! dit une main tendant un sandwich dans le trou.

— Il fait pas chaud aujourd'hui, ajouta Paul, agenouillé au bord de l'énorme ravin, tu vas attraper la mort !

Johanna sourit à son directeur de chantier. Sa doudoune en plumes d'oie était tachée de boue, ainsi que ses longs cheveux. A la brosse douce, elle dégageait une pierre du carré de terre qui lui était dévolu par les ficelles, piquets et numéros qui quadrillaient la tranchée au sol d'inégale hauteur.

Paul sourit à son tour. L'éminent professeur à l'université de Lyon était très attaché à son assistante, seule femme du chantier depuis deux ans, même si, parfois, il ne comprenait pas son comportement. Il voyait d'un mauvais œil la relation de la jeune archéologue avec François, qui pour lui était un mandarin vissé à son pouvoir. Tous commentaient cette liaison dans le dos de Johanna, malgré la discrétion des deux amants. Face à elle, Paul et les autres feignaient de l'ignorer, puisque jamais elle ne parlait de sa vie privée.

Souvent, Johanna rêvait que son travail n'était pas un travail de groupe et qu'un jour elle fouillerait en solitaire, où et comme bon lui semblerait, s'épargnant la promiscuité des humains au profit d'une intimité totale avec les pierres. Pourtant, elle estimait beaucoup Paul, un grand amoureux de Cluny, qui avait fait partie de son jury de thèse . « *1928-1950 : les fouilles de l'architecte américain Kenneth John Conant sur le site de Cluny III : percée architecturale et ébauche archéologique* », huit cents pages où elle avait montré que, malgré son apport inestimable à la connaissance de Cluny, la plus vaste abbaye médiévale disparue, le célèbre chercheur avait négligé certaines pistes archéologiques, qui restaient à explorer. Lorsque, trois ans plus tard, Paul fut mandaté pour mener une grande campagne de fouilles à divers endroits du site, il trouva passionnant de se faire assister par l'auteur de cette thèse, qui commençait à s'ennuyer dans son laboratoire du CNRS. A l'époque, le quadragénaire se débattait avec sa procédure de divorce et il lui aurait plu que la reconnaissance professionnelle de Johanna envers lui se transformât en un sentiment plus personnel. Mais l'attirante archéologue ne semblait s'intéresser qu'à son travail et Paul, timide, n'osa jamais lui avouer son penchant pour elle. Ensemble, ils avaient fait des centaines de relevés pierre à pierre, sondé le cloître du XVIIIe siècle où reposaient le cloître médiéval et les restes de Cluny II, ainsi qu'ils appelaient dans leur jargon l'église Saint-Pierre-le-Vieil, la deuxième abbaye, trois fois plus grande que la première, achevée au XIe siècle et rasée au XIIe pour permettre à l'abbé Hugues de Semur de construire la troisième abbaye, Cluny III, la *Maior ecclesia*, la plus grande église de toute la chrétienté médiévale, qu'on mit vingt-cinq ans à démolir après la Révolution.

Depuis six mois, à défaut d'aller l'un vers l'autre, l'amour de Paul et Johanna se dirigeait dans la même direction : le mythique tombeau d'Hugues de Semur, sixième abbé de Cluny, maître d'ouvrage de la grande église Cluny III, ayant dirigé l'abbaye pendant soixante ans, de 1049 à 1109, et décédé à l'âge vénérable de quatre-vingt-cinq ans. Dans sa thèse, Johanna avait rappelé que les moines de Cluny étaient, au Moyen Age, les spécialistes de la commémoration des morts. Inventeurs de la fête des trépassés, le 2 novembre, ils créèrent pour les défunts une liturgie très riche, qui fit également leur richesse matérielle. Nombreux étaient ceux, laïcs et religieux, pauvres et surtout fortunés, qui, moyennant une donation, se firent inhumer dans la terre de Cluny, gage de leur salut. Aujourd'hui, l'abbaye n'était plus et malgré les sépultures découvertes, ses entrailles gardaient toujours la majorité des tombes, dont celle d'Hugues, qui était posée dans le chœur de Cluny III, et fut décrite par des textes anciens comme le joyau de l'art funéraire clunisien. En 1928, l'Américain Conant en exhuma des fragments, mais ne poussa pas ses fouilles plus avant. Or, il y a quelques années, le prédécesseur de Paul découvrit par hasard un morceau de frise et de corniche du mausolée, dans un mur éloigné du site de l'église et datant du XIXe siècle. Certains spécialistes en avaient conclu que le monument avait été détruit avec l'abbaye, et que, comme l'église, ses pierres avaient trouvé un autre usage. D'autres, dont Johanna et Paul, voulaient croire encore et reprendre les travaux inachevés de Conant.

Dès l'arrivée de Johanna, Paul et elle montèrent ensemble un dossier de demande de fouilles à l'emplacement où se trouvait le chœur de Cluny III. Toutefois le site du saint des saints de la *maior ecclesia* ne faisait plus partie du domaine de l'abbaye géré par les Monuments historiques, puisqu'il était devenu... une écurie. Des Haras nationaux, certes, avec étalons, juments et poulains de pure race subventionnés par l'Etat, mais des haras sous tutelle du ministère de l'Agriculture, département qui traditionnellement n'avait pas pour mission les études en archéologie médiévale.

– Et à quoi réfléchis-tu, chère assistante ? demanda Paul.

Il était petit, rond, portait de grosses lunettes et quelques cheveux blonds poussaient comme un diadème autour de la tonsure de son crâne chauve.

– Je commence à douter qu'on le trouve, dit-elle en détournant les yeux, honteuse de cet aveu. Six mois qu'on est là, et rien ! Regarde, Paul ! Encore un caillou sans intérêt ! C'est pas possible... si on s'était trompés ? S'il avait été détruit au XIXᵉ ?

Les tractations entre le ministère de la Culture représenté par François et le ministère de l'Agriculture avaient duré plus d'un an : dérisoire à l'échelle du temps clunisien, mais usant pour des contemporains.

Enfin, un jeudi de novembre, François avait obtenu l'accord de l'Agriculture, à l'arraché : huit mois de fouilles dans le jardin des haras, l'année suivante, de juin à janvier, voilà, ça y était, et l'euphorie avait balayé ses derniers scrupules d'homme marié : ce soir-là, l'émoi qu'ils ressentaient l'un envers l'autre depuis un an se concrétisa enfin.

– Comment peux-tu douter ? demanda Paul. Tu sais qu'il est réel et qu'il est là, tu as passé tes années de thèse à le prouver ! Il nous faut être patients et travailler plus, on le trouvera, j'en suis sûr !

– Paul, on n'a plus que deux mois devant nous pour mettre la main dessus ! Enfin, réfléchis ! On a calculé qu'il mesurait au moins deux mètres cinquante sans le socle ! Ça passe pas inaperçu, un monument pareil ! Et bientôt, on va atteindre la nappe phréatique ! Non, je... je pense qu'on a peut-être mal choisi l'aire de fouilles...

– Comment ça ? s'écria Paul, tout rouge. L'abside était bien ici, dans ce jardin, sous cette pelouse, ça se voit grâce au bras du transept qui reste, tout le monde le sait, même les plus ignares... tu délires, Johanna !

– Ne m'agresse pas, Paul ! gronda-t-elle. Ce que je veux dire, c'est qu'ils ont pu le déplacer dans la chapelle axiale, ou dans une rayonnante, derrière le déambulatoire, là ! dit-elle en montrant un point imaginaire devant elle. Et là, on creuse pas !

Paul soupira avant de s'asseoir sur la glaise.

-- T'as raison, là, on creuse pas... On est bien sots, d'ailleurs, car il suffirait de louer un bulldozer et de raser l'immeuble de bureaux des haras... Remarque, en volant de la dynamite dans la carrière d'à côté, ça irait plus vite... et puis, tant qu'on y est, on pourrait aussi plastiquer les écuries !

– Barbare ! Pas les chevaux !

Elle sourit, s'assit à côté de lui en posant une main sur l'épaule charnue de Paul.

– Excuse-moi, dit-elle, j'exagère... comme toujours !

Il posa sa grosse patte sur la main de la jeune femme.

– Allez, la rassura-t-il, c'est rien, Jo. Tu es plus amoureuse que moi, c'est tout... de saint Hugues, je veux dire. T'en fais pas ! C'est pas très scientifique, mais j'ai toujours eu du nez en la matière, à défaut d'en avoir ailleurs, et là je sens quelque chose d'important... ici, pas sous le bureau du directeur des Haras. Fais-moi confiance, il est là, quelque part, on va le trouver, tous les deux, et on parlera jusqu'à... jusqu'à Louxor !

Paul avait fini par la laisser seule avec ses états d'âme et son sandwich. Comme d'habitude, il reviendrait une heure plus tard avec un café brûlant et le reste de la troupe. Elle s'était extirpée de la cavité pour manger en se dégourdissant les jambes, ankylosées par la posture à genoux dans son trou. Parfois, elle allait offrir un morceau de son casse-croûte à Firmament, un étalon nerveux, à la robe noire luisante et douce comme un tissu de soie. Les chevaux l'attiraient, l'apaisaient. Ils avaient l'air si fragiles sur leurs pattes fines et, pourtant, ils étaient si puissants ! De vrais athlètes.

En sortant de l'écurie, elle se trouva nez à nez avec François.

– C'est toi ! Ah, que je suis contente !

Ils s'éclipsèrent dans les miséreux restes de Cluny III, loin du chantier de fouilles. François aimait tenter de recréer fictivement la grande abbatiale, même si la tâche était impossible. Dans ce qui était l'avant-nef et dont seul subsistait un bout de portail, il porta son regard au loin en serrant Johanna dans son long manteau de cachemire.

– Je n'arrive jamais à imaginer qu'elle allait jusqu'aux arbres, là-bas..., dit-il. C'est prodigieux.

– Eh oui... Cent quatre-vingt-sept mètres de long... avec une nef de trente mètres de haut. Seule Saint-Pierre de Rome l'a égalée sur ce point, mais cinq siècles plus tard, expliqua Johanna. François, je serai plus tranquille dans notre petite chapelle, là nous sommes à découvert, j'ai peur qu'ils nous voient en sortant du resto...

– Ah bon ? Tu es drôle, aujourd'hui... D'habitude, c'est moi qui cultive ce genre de crainte, avoua-t-il. Maintenant c'est toi qui angoisses d'être vue avec moi ?

Elle ne savait pas pourquoi elle avait réagi ainsi. Elle n'avait rien à cacher, et n'avait pas honte de François, au contraire... Se pouvait-il qu'elle eût honte d'elle-même ? Il était vrai que, depuis leur dîner à Saint-Germain-des-Prés, à son retour d'Italie, elle n'avait cessé de le harceler pour être nommée au Mont-Saint-Michel, usant de tous les arguments en sa possession, dont certains étaient imparables... Elle ne l'avait pas vu depuis une semaine et, au lieu de se réjouir de sa visite impromptue, elle lui faisait un cours sur les dimensions clunisiennes.

– Après tout, on gèle ici, en plein courant d'air, dit François. Tu as raison, allons dans notre petit sanctuaire !

Les amants cachés ont aussi des habitudes, même s'ils les trouvent romantiques. Johanna et François aimaient se donner rendez-vous dans une chapelle gothique du XVe siècle, nichée dans l'unique vestige en élévation de Cluny III : le bras sud du grand transept. Les hivers bourguignons étaient rudes mais Jean de Bourbon, un père abbé du XVe siècle, ne souhaitait pas souffrir du froid comme ses fils. Aussi, jouxtant la chapelle glacée où officiaient ses moines frigorifiés, il fit ériger une discrète antichambre qui lui était réservée, où une grande cheminée lui chauffait le dos pendant la messe.

Un soir, Johanna y avait allumé un grand feu, ouvert une bouteille de meursault et ils avaient fait l'amour là. François avait apprécié l'excitant sacrilège. Plus tard, Johanna lui avait dit que leur outrage était minime face à ceux des moines eux-mêmes : elle raconta que, dès le XIIIe siècle, les frères de Cluny fréquentaient les tavernes, les tripots, les prostituées et qu'au XVIIIe, ils se poudraient le nez. Bien qu'athée, elle se demandait si l'acharnement des Mâconnais à tout démolir, vingt-cinq années durant, n'était pas une punition divine dont le bras armé était des autochtones révoltés de cette décadence séculaire.

– Il doit être un peu chaud mais tant pis ! dit François, adossé à la cheminée de pierre, en sortant une bouteille de champagne et deux verres de sa mallette.

– Nous avons quelque chose à fêter ? interrogea Johanna, surprise.

– Mais oui, répondit-il en la prenant dans ses bras. Notre anniversaire ! Cela fait un an que nous sommes... ensemble ! D'habitude, ce sont les hommes qui oublient ce genre de chose... mais pas moi !

– Oh, François, je suis très touchée..., dit-elle en baissant la tête sur sa doudoune terreuse. C'est adorable !

Ils s'embrassèrent. Elle fondait comme un sucre face à l'attention délicate et inattendue. Cet homme était si tendre, elle n'en avait pas assez conscience. Parfois, elle se disait qu'elle était folle d'avoir la tête et le cœur remplis de morts du passé, de pierres sèches et d'os poussiéreux alors que le présent lui offrait un être vivant et aimant... Ne pouvait-elle cesser de chercher l'impossible, d'aspirer à un ciel qui n'existait pas, alors que la vie lui offrait un tel cadeau ? N'était-elle pas aveugle et ingrate envers l'existence ? Ne devait-elle pas s'affranchir de ses rêves pour vivre libre et heureuse ?

– Et puis il y a autre chose qu'on doit fêter, que je ne voulais pas te dire tout à l'heure, ajouta François en relâchant son étreinte et en faisant sauter le bouchon du champagne. Tu te souviens il y a un an ? Notre histoire a commencé grâce à Hugues de Semur, et l'arrêté d'autorisation de fouilles... Eh bien, un an plus tard, quasiment jour pour jour, regarde, mon amour !

Très ému, il sortit un papier de sa poche intérieure. Johanna s'arrêta de respirer.

– Regarde ! répéta-t-il. Aujourd'hui, notre histoire continue sous les auspices de l'Archange saint Michel... voilà ta nomination au Mont !

Grise pyramide au sommet d'or, jaillissant d'un désert d'eau. Château fort à dentelle, aux entrailles de roc. Baiser permanent au ciel, fugace caresse à la terre... C'est un monstre à l'assaut de l'infini, un monstre du beau et de l'impossible, qui embrasse les dieux et baisse les yeux sur l'homme, en arrondissant ses flancs que broute la mer. Il est le mythe, le désir éternel, la chair du mystère... le sexe de l'Ange.

Johanna le contemplait sans pouvoir détourner son regard. Faite de calcaire, Cluny était blanche, d'un blanc cassé de vierge dévoyée. Lui était gris, gris comme une armure de chevalier. Différentes nuances d'anthracite, en facettes brillantes, faisaient écho aux nuages et aux flots sans se fondre en eux : victoire du granite sur la nature et le temps. Arrogant face aux éléments, mi-homme mi-dieu, il émanait de lui une force virile captivante. Que cachait cette cuirasse guerrière, cette toute-puissance en érection ?

– Si elle a existé, la chapelle Saint-Martin devait être ici, expliqua Christian Brard, l'administrateur des Monuments historiques, debout près du poulain. Un vieux manuscrit raconte qu'en l'an 992, le comte d'Armorique Conan Ier, mort à la bataille de Conquereuil, a été enterré au Mont, dans une « chapelle Saint-Martin » : on en a donc déduit que c'était cette chapelle, et qu'elle avait une vocation funéraire.. On a retrouvé divers squelettes, mais pas Conan ; on pense que l'un d'entre eux peut être celui de Geoffroy, duc de Bretagne et fils de Conan, les autres sont des moines, plus récents... période romane, quand la chapelle Saint-Martin fut détruite et remplacée par un cimetière, ou quand l'abbé Robert de Thorigny y édifia un ossuaire... A la Révolution, cimetière et ossuaire furent anéantis mais il reste toujours des ossements ! En fait, on aimerait mettre la main sur le tombeau de Judith de Bretagne, l'épouse de Richard II, duc de Normandie, celui qui a chassé les chanoines, offert le Mont aux bénédictins et financé le chantier de la grande abbatiale romane... Si on m'avait dit il y a deux mois qu'à la place de Roger Calfon, j'aurais une femme pour chercher Judith, je ne l'aurais pas cru.

C'était un grand bonhomme proche de la soixantaine, sec comme un os, aux épaules tombantes, aux lèvres fines, à petites lunettes d'écaille et au perçant regard noisette. Il avait résolu le problème de la calvitie en se rasant le crâne, ce qui, dans ces murs, lui donnait un air de bagnard intellectuel. Johanna s'attendait à plus d'hostilité de sa part : jusqu'à présent, il avait été pressé mais courtois. Cette remarque était la première qu'il lui lançait depuis qu'elle s'était présentée à lui, une demi-heure auparavant.

– N'y voyez aucun signe du ciel, surtout, répondit Johanna avec un sourire. Et rassurez-vous, je ne suis là que pour six mois, le temps que monsieur Calfon s'occupe de sa femme, avant de se consacrer à Judith...

L'ironie inhabituelle de la jeune femme provenait d'un sentiment violent qui s'était emparé d'elle depuis son arrivée au Mont : la peur, la peur d'une petite fille face à un rêve qui devenait réel, la peur d'une adulte face à une tâche dont elle ne se sentait pas à la hauteur. Tout s'était conjugué : la phobie de revoir le moine décapité et l'angoisse de ne jamais le retrouver ; la crainte de diriger des fouilles où l'on ne trouverait rien et l'anxiété de découvrir de passionnantes sépultures.

– Et... dites-moi, monsieur Brard... Pourquoi cette chapelle Saint-Martin a-t-elle été détruite lors de la construction de l'abbaye romane ? demanda-t-elle pour changer de sujet.

– On ne sait pas..., avoua-t-il en la dévisageant derrière ses lunettes. Ce dont on a acquis la certitude, bien que les plans de l'abbaye romane aient disparu, c'est qu'au départ, c'est l'église carolingienne qui devait être rasée, et cette chapelle conservée... Finalement, c'est l'inverse qui s'est produit, on a détruit Saint-Martin, et on a gardé l'église, transformée en crypte de soutènement de la nef romane et baptisée Notre-Dame-Sous-Terre... Il y a bien une crypte de soutien d'un bras du transept qui s'appelle crypte Saint-Martin, mais rien à voir avec cette chapelle, son nom est peut-être un hommage au lieu démoli. Bah, caprice de maître d'œuvre ou de père abbé, vous savez, de tels changements en cours de chantier étaient fréquents au Moyen Age !

– Oui, je sais, dit-elle en passant ses mains sur les maçonneries du mur, songeuse à l'évocation de Notre-Dame-Sous-Terre.

– La meilleure chose que vous puissiez faire est de vous plonger dans l'histoire de l'abbaye, vous trouverez tout ce qu'il vous faut dans la bibliothèque de mon bureau, je la mets à votre disposition, répliqua-t-il, mielleux. Ecoutez, ajouta-t-il en regardant sa montre, ce soir j'ai une conférence à Rennes et je n'ai pas fini de préparer mon intervention... Si je puis vous prier de repasser dans mon bureau pour signer votre PV d'installation, il faut aussi que je vous remette les clefs de l'abbaye, et c'est mon assistante qui vous montrera votre logement de fonction. Avec tout ça, le début du chantier a pris du retard, le matériel et l'équipe n'arriveront que dans une semaine... Quand comptez-vous commencer ?

Le contrat était clair : il acceptait Johanna mais il guettait chaque faux pas.

– Immédiatement ! répondit-elle.

C'était une grande maison située sous les contreforts de l'abbaye, derrière le musée historique où reposait désormais Geoffroy, fils de Conan, avec une vue imprenable sur le cimetière des villageois : Johanna était cernée de sépultures, jour et nuit. La bâtisse médiévale aux volets blancs, possédait une petite cour carrée et une tourelle ronde d'où l'on surveillait la baie pendant la guerre de Cent Ans. Au sommet de l'échauguette, elle s'agenouilla au bord de la meurtrière. Elle se sentait bien... l'impression de dominer un peu la situation et d'être en sécurité dans une tour de guet. Au soir tombant, elle rejoignit sa chambre pour préparer son quartier général Elle traîna le lit de fer au centre de la pièce pour avoir une vision circulaire. Elle plaça un fauteuil de velours et le petit bureau contre la fenêtre surplombant le cimetière.

Un aller-retour à Paris serait encore nécessaire pour qu'elle apporte ses affaires et soit complètement opérationnelle, mais elle pouvait déjà passer sa première nuit au Mont-Saint-Michel. Oui, sa première nuit comme directrice de chantier, sa première nuit aussi proche de Notre-Dame-Sous-Terre et du personnage qui la hantait. Elle frissonna. L'humidité était pire que le froid : à Cluny, l'hiver était glacial mais franc ; ici, il était d'une fourberie sournoise. L'air semblait doux, alors qu'il se glissait sous les vêtements comme un serpent mouillé, mordant lentement la peau, par petites bouchées insidieuses et acides, corrodant les muscles, gelant les os, désagrégeant l'énergie. Johanna froissa quelques pages d'un journal traînant dans une caisse, les jeta dans la cheminée, craqua une allumette et déposa des bûches sur le papier. Elle obtint une âcre fumée grise qui la saisit au cœur.

Quelques instants plus tard, le vent nocturne entrait par les fenêtres ouvertes, dissipant la fumée, faisant trembler la flamme des bougies que Johanna avait allumées dans toute la chambre, négligeant l'halogène design qui détonnait dans cette atmosphère du passé. Assise au milieu du lit, enveloppée dans sa doudoune noire maculée de terre, avalant de temps à autre une gorgée de calvados et des biscuits trouvés dans la cuisine, elle était plongée dans un gros livre, ouvert à côté d'une dizaine d'autres ouvrages et d'un carnet de notes éparpillés sur la couverture. Le déroulement du chantier de l'abbatiale romane restait un mystère, et le nom du maître d'œuvre n'avait pas traversé les âges.

« Quel chef-d'œuvre d'architecture et de mystique, pensait-elle en regardant des dessins. Tout a un sens... aucune place pour le hasard... Quelle pureté, quelle harmonie ! Des décennies de chantier, et aucune trace de l'histoire des travaux... Pourquoi n'a-t-on pas détruit la vieille église, Notre-Dame-Sous-Terre ? Se peut-il que ce soit à cause du moine décapité ? Tout est légende, légende de combat contre la mort et les forces du mal : la naissance de la montagne, l'arrivée des bénédictins, les constructions gigantesques, la lutte perpétuelle entre Normands et Bretons, la guerre de Cent Ans... incroyable, la guerre de Cent Ans au Mont, se dit-elle en levant les yeux sur les murs qui l'entouraient et qui dataient de cette période. Toute la Normandie était aux mains des Anglais, y compris l'île de Tombelaine, à côté, toute sauf le Mont, qui a résisté et n'est jamais tombé ! Son siège dura trente ans... C'est au début de celui-ci qu'en plein office, le chœur roman de l'abbaye s'est effondré sur les moines..., lut-elle.

» Le chœur, qu'on a rebâti en gothique, trente ans après... La montagne était défendue par des chevaliers du roi de France et par les moines, qui n'ont jamais cédé à l'envahisseur malgré la trahison de leur père abbé, Robert Jolivet, passé aux Anglais, qui par la suite a voté la mort de Jeanne d'Arc. Tout cela est incroyable, soupira-t-elle en levant les yeux au ciel. A l'image de son Archange, le Mont est bien plus qu'une église : il est le symbole du conflit guerrier, individuel et collectif... de la lutte patriote, voire nationaliste, ajouta le livre qu'elle reprit en rajustant ses lunettes. Après la défaite de 1870, c'est la IIIᵉ République, laïque et anticléricale, qui l'a sauvé, fermant les prisons, restaurant l'abbatiale, car elle y voyait une cocarde : l'emblème de la résistance à l'occupant, et pas une cathédrale... »

Une allégorie de la bataille contre les ennemis intérieurs et extérieurs : voilà ce qu'était la forteresse sacrée. Johanna ne savait pas quels démons l'attendaient, au-dehors et en elle-même, mais elle sentait que le lieu lui transmettait sa puissance offensive. Tout irait bien... Il fallait exploiter le peu de temps qu'elle avait avant l'arrivée des autres et le début des fouilles, il fallait profiter de la distance affichée par l'administrateur à son égard, pour partir en quête de l'homme mystérieux qui l'avait poussée à venir ici. Demain matin, elle irait à Avranches consulter les manuscrits anciens de l'abbaye : il était possible qu'elle y trouve mention du moine décapité ou de meurtres survenus dans le monastère. Auparavant, elle se rendrait seule à Notre-Dame-Sous-Terre. A moins qu'il ne la visite cette nuit... il ne lui ferait pas de mal, elle en était sûre... elle ne ressentait aucune peur. Le moine décapité était comme le Mont : au-delà du temps, il s'érigeait, droit et sombre, indestructible, plein de secrets, il lui parlait comme un paladin valeureux qui guerroie contre une force invisible... Johanna se leva et ferma les fenêtres, mais pas les volets blancs. Elle voulait être éveillée par la première lumière, l'aube du nouveau jour. Elle se dévêtit, posa les livres sur les tomettes rouges, tous sauf un, qu'elle garda ouvert près de sa tête, à la page du serment que firent, en 1469, après la guerre de Cent Ans, les chevaliers de l'ordre de Saint-Michel :

« *A l'honneur et révérence de Monseigneur saint Michel, premier chevalier, qui, pour la querelle de Dieu, victorieusement batailla contre l'ancien ennemi de l'humain lignage et le trébucha du ciel, et qui son lieu et oratoire, appelé le Mont-Saint-Michel, a toujours heureusement gardé, préservé et défendu sans être subjugué ni mis ès mains des anciens ennemis de notre royaume.* »

La crypte souterraine était étonnamment claire. Le soleil, si l'on pouvait appeler ainsi le disque blafard qui l'avait réveillée, l'avait apaisée d'une nuit de haute lutte : en cotte de mailles, épée à la main, elle avait ferraillé contre des Anglais ailés, cornus, barbus et à longue queue, qui prenaient l'aspect de Paul, François, Isabelle, son chef de labo au CNRS, Hugues de Semur, un ex-amant, Judith de Bretagne, sa mère ou même un bébé : feu son frère Pierrot. Dans un coin, l'observait sans bouger une statue de commandeur aux traits de Christian Brard, et derrière lui se dressait la silhouette rougeoyante du Mont-Saint-Michel écrasant le dernier clocher de Cluny. Elle avait brusquement ouvert les yeux quand elle s'était vue enfermée dans un cachot, fers aux pieds, dans l'attente d'un bûcher qui brûlait au milieu du cimetière du village, sous le regard vide de squelettes en robe de bure déchiquetée qui ânonnaient en latin des phrases de sa thèse. Tous ses familiers étaient venus, tous excepté celui qu'elle attendait. En nage dans son lit, elle avait laissé un message sur le portable de François, pour lui dire qu'elle serait à Paris en fin d'après-midi. Longtemps son regard était resté figé sur le trousseau de clefs de l'abbaye, posé sur la cheminée : un cercle de fer rouillé portant de nombreux et lourds sésames, que les fonctionnaires des Monuments historiques portaient attachés à la ceinture, ce qui les faisait ressembler à des gardiens de prison. Curieusement, elle s'était sentie lasse de ses éternels godillots, jeans, cols roulés mous et de son anorak boudiné qui cachaient sa féminité. Ce matin, pour visiter Notre-Dame-Sous-Terre, elle avait envie d'élégance. Heureusement, pensant que l'administrateur l'inviterait à dîner, elle avait prévu une robe de laine noire, des ballerines, un court manteau de tweed et un sautoir de perles en bakélite grise. Sa salle de bains était rudimentaire et froide mais elle ne serait pas obligée de la partager avec le reste de l'équipe, qui disposait de trois autres salles d'eau à l'étage inférieur : cette pensée la mit en joie.

Cinq personnes arriveraient dans six jours : l'assistant attitré de Roger Calfon, contre lequel François l'avait mise en garde, trois autres hommes et… une jeune femme. L'estomac de Johanna se nouait moins à la perspective de ne plus être l'unique représentante du sexe féminin dans la tranchée ; encore fallait-il que sa nouvelle collaboratrice ne voie pas en elle une rivale. Elle avait encore six jours pour se préparer à commander des fouilles intéressantes et surtout des êtres humains compliqués, se disait-elle en posant un peu de rouge sur ses lèvres. Elle ne trouva pas la moindre trace de café dans la cuisine : c'était à elle de faire les premières courses, elle était le chef, après tout. Ensuite, il faudrait établir un système de corvées à tour de rôle, en prenant soin que la jeune femme n'écope pas de toutes les besognes domestiques, comme cela s'était produit à Cluny pour Johanna, au début, il y a deux ans. Cluny… pauvre Paul ! Quand elle était venue dans sa chambre pour lui annoncer sa nomination provisoire au Mont, le lendemain matin de la visite de François, il était resté interdit, assis sur son lit, muet et pâle comme un mort. Et puis il avait explosé d'une fureur qu'elle n'aurait jamais soupçonnée chez lui : il l'avait traitée d'arriviste sans scrupules, d'ingrate, de gourgandine, avant de sortir en claquant la porte, rouge de colère. Le soir, elle avait supplié Paul de l'accompagner dans un bistrot enfumé, et, à grands renforts de vodka, Paul avait pardonné la désertion de son assistante, à condition que l'archéologue lui revienne, une fois sa mission au Mont terminée. Cette nuit-là, seule dans son lit, avec la pièce qui tournait tout autour, Johanna avait réalisé que, désormais, il n'y avait place dans sa vie que pour un homme : cet homme n'avait pas de nom, pas de tête, pas d'existence réelle, mais il était plus présent en elle qu'aucun autre. Il était avec elle depuis toujours, dans son esprit, son corps et son âme, il l'avait façonnée comme un père, il se montrait dans ses moments les plus intimes comme un amant, il lui indiquait le chemin, tout en la laissant libre, comme un frère. Et il avait besoin d'elle, elle en était convaincue.

On aurait dit qu'elle le voyait pour la première fois. Débarrassée de l'angoisse et de l'incertitude, Johanna levait les yeux au double ciel de pierre, en forme d'escalier. Elle souriait. Elle aurait voulu embrasser les autels jumeaux de ses bras, caresser le granite des piliers, s'imprégner tout entière de l'odeur de ce lieu qui était le sien. Il n'était pas là mais elle le sentait, là-haut, si près !

– Voilà, je suis venue ! murmura-t-elle. Je ne sais pas qui tu es, sauf que tu es ici, à Notre-Dame-Sous-Terre... Je ne sais pas ce que tu attends de moi... ou peut-être est-ce moi qui attends quelque chose de toi... Nous sommes liés, par-delà le temporel, ça je le sais, nous sommes liés par une attente réciproque, une espérance, une quête... les pierres m'ont transmis ta force, ton courage, ta passion... C'est toi que je cherchais en fouillant la terre à la recherche d'ossements sans âme, toi qui n'es qu'un corps morcelé... morcelé, comme moi...

Soudain un jeune homme inconnu fit irruption dans la crypte et se planta face à Johanna.

– Ah, vous êtes là ! Vous êtes matinale, mais moi aussi ! Kelenn ! Guillaume Kelenn, Montois et guide conférencier, pour vous servir, enchanté, mademoiselle ! dit-il en avançant la main.

Surprise par cette apparition, Johanna eut un mouvement de recul avant de se ressaisir et d'empoigner la main du guide.

– Enchantée aussi, répondit-elle d'un ton grave, J...

– Johanna, oui, quel beau prénom ! Le féminin de Jean, l'auteur de l'Apocalypse, l'inspirateur de l'abbaye romane !

– Si vous voulez, dit-elle sèchement, mécontente d'être importunée dans ce moment intime, espérant qu'il n'avait pas entendu ce qu'elle disait.

Il devait avoir le même âge que la jeune femme. Il ne manquait pas de charme, avec son caban bien coupé, ses longues boucles blondes tirant sur le roux, attachées en catogan, sa fine moustache et ses grands yeux verts piqués de brun, si ce n'était un nez en bec d'aigle et un cou particulièrement long, qui évoquaient un vautour déguisé en dandy.

– Pardonnez cette intrusion, je ne voulais pas vous déranger, juste me présenter à notre nouvelle archéologue, une spécialiste de l'art roman à ce qu'on m'a dit, et voir si je pouvais vous être utile... entre spécialistes ! Je me proposais de vous faire visiter mon château avant l'ouverture au public et partager tous ses petits secrets..., ajouta-t-il en adressant un clin d'œil à Johanna.

– « Votre » château ? s'enquit Johanna, que ce type agaçait déjà.

– Façon de parler, bien sûr ! Vous voyez, je suis né ici, au village, comme toute ma famille depuis le IX⁰ siècle, ce qui n'est pas courant, et je fais visiter l'abbaye depuis plus de dix ans, donc... j'ai un peu tendance à la considérer comme ma maison, c'est normal, non ?

– Sans doute. J'apprécie votre démarche, mais ce sera pour une autre fois : je dois aller à la bibliothèque d'Avranches et puis rentrer à Paris chercher mes affaires. Navrée.

– Ah, comme c'est dommage ! J'aurais pu vous raconter tellement de choses qu'on ne trouve pas dans les livres ni dans les archives... vous montrer son âme... Tenez, par exemple, savez-vous qu'elle est ici, l'avez-vous sentie ?

Il l'agaçait mais, là, il commençait à l'intéresser.

– Oui, chuchota-t-elle, je... c'est-à-dire, je ne sais pas, l'atmosphère est si particulière à Notre-Dame-Sous-Terre...

– Parce qu'elle est la source ! répondit-il en s'animant. Cette crypte était une église construite par les Bretons, à l'emplacement du sanctuaire d'Aubert dont on voit un bout de mur, là, mais avant cela, avant, c'était un temple celte !

– Oui, j'ai lu cela..., dit-elle, déçue. Aubert a bâti sur un ancien tertre mégalithique, rasé par les premiers missionnaires...

– Mais tout est là ! conclut-il en levant les bras en l'air, le regard habité. Vous croyez que mes ancêtres, les Celtes, choisissaient l'endroit de leurs sanctuaires au hasard ?

– Je pensais que vous étiez montois de génération en génération, objecta Johanna, l'œil mauvais.

– Montois, justement, donc breton ! s'écria-t-il avec véhémence. Les scélérats normands nous ont volé le Mont en 933, mais nous y étions déjà, et nous étions celtes !

Johanna soupira. Ce genre de querelle millénaire l'ennuyait.

– Je croyais que le Mont était chrétien depuis le VI⁰ siècle ! rappela-t-elle.

– Chrétien, certes, mais peuplé de Celtes ! Je vous parle d'un peuple, pas de religion... d'un peuple à part, avec une histoire, des racines, des traits physiques, des coutumes communes ! Du reste, Aubert venait de l'Avranchin qui, jusqu'en 933, appartenait à la Bretagne, et ses chanoines servaient l'Archange, mais ils étaient celtes... Il a fallu que les bénédictins normands envahissent le Mont et les chassent, en 966 !

– Quand même, depuis le temps, vous êtes normand !

– Vous m'insultez ! lança-t-il d'un ton pathétique, relevant le menton comme un chevalier bafoué. Ma famille se dit normande, mais moi je refuse, je ne veux pas être assimilé à ces sauvages déguisés en lettrés hypocrites qui se sont emparés de notre terre et ont tenté de ruiner notre culture !

Johanna eut envie de rire. Elle se retint au prix d'un grand effort, se disant que l'énergumène pouvait peut-être lui apprendre quelque chose sur son moine sans tête.

– Ils ont aussi fait des choses phénoménales, les Normands, dit-elle doucement, il n'y a qu'à regarder autour de nous !

– Je veux bien vous accorder cela, souffla-t-il en se calmant un peu. Je l'explique tous les jours aux touristes : en fait, ils ont magnifiquement développé un site magique qui ne leur appartenait pas.

– Magique ? Comme Notre-Dame-Sous-Terre ? demanda-t-elle un peu bêtement, espérant qu'il s'attarderait davantage sur l'histoire de la crypte.

– Cette crypte n'est pas une simple chapelle ! dit-il enfin. Ils ont complètement rasé le sanctuaire celte qui existait antérieurement, mais on sent encore son âme ! D'ailleurs, tous les temples celtes possédaient deux parties absolument identiques, avec deux autels tauroboliques jumeaux... Comme Aubert, en 708, a imité le modèle circulaire de la grotte du mont Gargan en construisant une caverne ronde, ses chanoines, au Xe siècle, ont reproduit le principe d'architecture celte en bâtissant cette église à double chœur et double nef, vous comprenez ? C'était une forme d'hommage à leurs aïeux, tout chrétiens qu'ils étaient ! Eux n'oubliaient pas leur peuple, malgré leur changement de religion...

A ce moment, l'érudition de Guillaume captiva Johanna. Elle lui fit signe de continuer. Il s'exécuta sans se faire prier.

– Les druides célébraient leurs morts et soignaient les vivants ici : nous sommes exactement au point de convergence d'importants courants telluriques, prouvés par la sacro-sainte science ! Oui, la puissance surnaturelle de la terre est ici... **Les** druides y honoraient le dieu Ogmios, ou Ogme, qui est l'opposé du dieu Dagda, vénéré sur le mont Dol, à côté : Dagda est le dieu de la lumière, Ogme, le dieu des ténèbres : le chef des morts, le dieu de la guerre, de la magie, le conducteur de l'âme des trépassés dans l'autre monde... cela ne vous rappelle pas quelqu'un d'autre ?

– Psychopompe... le conducteur et le protecteur de l'âme des morts sur le chemin du ciel... Saint Michel, évidemment..., répondit Johanna, éberluée.

– Eh oui ! Saint Michel ! Ce n'est pas une coïncidence ! s'exclama Guillaume, rose de satisfaction. Cela a un sens : les chrétiens n'ont fait que reprendre et développer nos traditions à la sauce de leurs mythes, tellement bien, avec tant d'emphase et de force que nous, nous en avons oublié la source, notre culture ! Je pourrais vous donner bien d'autres exemples : le combat de saint Michel contre le dragon, qui n'est qu'une variation de l'une de nos légendes, « le pastoureau et le monstre », la fête des morts et Samain, et tenez, le crâne de saint Aubert, que les fidèles vénéraient à Notre-Dame-Sous-Terre, et que vous feriez bien mieux d'aller voir à Avranches, à l'église Saint-Gervais, dans sa châsse d'or, au lieu d'aller vous enfermer dans une bibliothèque normande !

– Un crâne ? A Notre-Dame-Sous-Terre ? Aubert ? répéta-t-elle en blêmissant.

Guillaume s'avança vers elle, se colla à son épaule et, face à l'escalier qu'avait gravi le moine sans tête, chuchota dans le cou de la jeune femme :

– Vous voyez ces marches, devant nous, au-dessus de l'autel dédié à la Trinité, qui rejoignent la porte de bois, sous la voûte du plafond ? l'interrogea-t-il.

Clouée au sol de pierre, Johanna retenait sa respiration. L'escalier et la porte étaient identiques à ceux trônant au-dessus du deuxième autel, parallèle, l'autel de la Vierge.

– Eh bien, répondit-il sans attendre la réponse, ces marches se poursuivent par-delà la porte, montent jusqu'à la nef de la grande église... Pareil à côté. Aujourd'hui, les deux passages sont condamnés, mais, au Moyen Age, on s'en servait pour présenter aux fidèles prosternés dans la crypte le coffre contenant les reliques d'Aubert, le fondateur, qui reposait dans le chœur de l'abbatiale. Ce coffret renfermait un bras et une tête, appartenant soi-disant à Aubert, que les chanoines avaient cachés à l'arrivée des bénédictins et que ces derniers, comme par hasard, ont découverts alors qu'ils manquaient d'argent pour financer les travaux de la grande abbatiale romane... Ce crâne possède une particularité des plus étonnantes : si l'on se réfère à la légende, il est censé porter, au milieu du front, la marque du doigt de l'Archange à sa troisième apparition, une angélique perforation... Eh bien, voyez-vous, ce n'est pas le crâne d'Aubert, le trou du crâne n'est pas au front mais sur le pariétal droit, presque au sommet de la tête, allez vous en rendre compte vous-même, à Avranches, à l'église Saint-Gervais, qui le présente encore comme une vraie relique d'Aubert ! Et savez-vous pourquoi le trou est sur le côté et non au front ? Parce qu'il s'agit d'un crâne celte, certainement néolithique ou des premiers temps de l'ère chrétienne, portant la marque, non pas d'une quelconque apparition, mais d'un rite sacré de trépanation que les druides pratiquaient sur leurs morts !

8

REMPLI D'ANGOISSE ET DE DOUTE, Roman lève les yeux vers le double ciel de pierre en forme d'escalier. Il prie. Il voudrait abattre les autels jumeaux de ses mains, casser le granite des piliers, brûler le lieu sacré et anéantir cette odeur qu'il sent, si près...

– Divin Archange, invoque-t-il. Guide-moi... Quel chemin dois-je prendre ? Dois-je garder ce terrible secret ? Je... je pourrais, matériellement, modifier les dessins de mon maître, ne pas détruire cette église d'où je m'adresse à toi, que je devais transformer en forêt de piliers, partant du rocher, pour porter la nef de la grande abbatiale, qui s'élèvera juste au-dessus de moi... c'est la chapelle Saint-Martin, à flanc de montagne, qui devait servir de contrebutement extérieur aux murs de la nef... L'unique solution serait de raser la chapelle et d'utiliser cette église intacte comme crypte de soutènement de la nef, une crypte souterraine, sombre... Bien sûr, il faudrait renforcer ces maçonneries, dit Roman en regardant autour de lui, doubler le mur sud, épaissir le pilier central, ajouter une extension à l'ouest de l'église, pour qu'elle supporte sans s'écrouler les travées de la nef... tout cela ne demande pas de creuser la terre... mais de convaincre Hildebert ! Je pourrais peut-être le persuader grâce à la grotte d'Aubert, qui s'élevait à cet emplacement et dont on détruirait l'esprit sacré en même temps que ces murs... dois-je le faire ? Dois-je conserver cette église ? Mon maître, Pierre de Nevers, ne l'avait pas souhaité ! Mon maître, mon cher père, comme vous me manquez...

Roman ferme les yeux. Il sent les parchemins de Pierre de Nevers peser, dans sa coule, contre sa poitrine ; il lui semble que les croquis lui brûlent la peau, pénètrent son sang, se gravent dans son cœur. Il se dresse brusquement, cramoisi.

Debout dans l'église, il scrute la statue de la Vierge noire comme si elle était une personne humaine, ou un monstre surgi des ténèbres, contre lequel il doit se battre seul, avec sa pige à unités de mesure en guise d'épée. Il laisse choir son bâton de maître d'œuvre, qui ne lui sert plus de canne depuis plusieurs jours. Puis il tombe à genoux, face à l'autel.

— Cher maître ! s'exclame-t-il, la tête entre les mains. Je suis incapable de vous trahir... Soyez en paix aux côtés du Seigneur, tout sera fait selon votre volonté... J'aime cette femme, oui, je l'aime d'un amour chaste, sans outrage de la chair... cet amour me tourmente, mais je ne puis lutter, sous peine de m'anéantir moi-même... Alors je l'accepte comme une offrande du ciel qui m'a mis à l'épreuve... je n'en aime pas moins Dieu et les anges, je l'aime comme une sœur perdue, que je dois réconcilier avec Dieu et les anges... Je l'englobe dans mon adoration du Tout-Puissant ! Je tente de lui apporter la paix... Aujourd'hui, guidée par les chaînes qui la maintiennent en esclavage, elle me demande un faux acte d'amour, qui me ferait, moi aussi, choir dans la servitude, en trompant la mémoire de mon maître... Non, je ne puis ! Sainte mère, murmure-t-il à la statue, aidez-moi, vous qui êtes femme, à annoncer à Moïra que sa cause est perdue... J'irai ce soir à Beauvoir... Donnez-moi la force de ne pas faiblir devant elle, à qui je vais ôter la raison de vivre... à qui je vais arracher le passé et l'avenir. Elle est orpheline de ses parents, ce soir elle sera orpheline de tout son peuple !

L'eau a la couleur de l'encre qu'utilisent les moines dans le *scriptorium*. Le petit étang, que borde un printemps de vertes enluminures, est pour Moïra un recueil d'histoire sainte : chaque matin elle vient y lire la légende bâtie par la main de son peuple au fil des siècles. Le marécage est sacré car, tel un livre, il est une porte : un passage vers un monde où le temps est vaincu, où habitent, dans des palais d'or et de cristal, des êtres immortels qui, parfois, viennent chercher les vivants pour les emmener, sur une barque de verre, vers la paix éternelle. Moïra scrute durant des heures la surface de l'eau sombre, attendant qu'un dieu lui fasse apparaître l'entrée de la société de joie et de délices où elle sait que son père demeure. Mais les héros restent cachés au fond du lac : jamais ils n'emmèneront dans le Sid celle qui est femme.

Comme sa mère, Moïra retournera à l'humanité dans un autre corps, et tout ce qu'elle peut souhaiter c'est qu'un jour, son âme se réincarne en homme et que ses exploits lui ouvrent la porte des dieux. Elle ne les voit pas mais elle les sent, tapis sous l'eau, qui la regardent. Parfois, ils lui envoient des signes : à la mort de son père, un chien, leur messager, est entré dans la cabane de Beauvoir et les a conduits ici, son frère et elle. Un corbeau planait au-dessus de l'étang : Morrigan, la déesse mère, la fée de la mort et de la fertilité, celle qui survole les champs de bataille pour choisir les futurs trépassés et s'accoupler avec les héros. Brewen et Moïra ont compris qu'elle avait choisi leur père, qu'elle l'avait accompagné dans le Sid et qu'il fallait faire une offrande aux esprits du marais, pour les remercier. Moïra s'était aussi demandé si la prophétesse du malheur ne venait pas également les mettre en garde contre un danger... Depuis sa dernière entrevue avec Roman, elle en est persuadée, d'autant que le corbeau est revenu, croassant au bord de la mare. Brewen lui a dit, par gestes, que si la camarde rôdait autour d'elle, c'était que Moïra était en grave péril, mais la jeune femme ne songe qu'au secret dévoilé à Roman. Ce matin, elle a teint ses sourcils en noir, rosi ses joues, noué ses cheveux en longues nattes qui roulent sur ses épaules comme des broderies. Elle est enveloppée d'un grand manteau de laine, rouge garance, la couleur du savoir, mais aussi celle de la guerre. Cette cape appartenait à son père. Jamais elle ne se serait permis de la porter, mais aujourd'hui tout est différent : Moïra doit être le symbole incarné des deux plus grandes qualités que possède son peuple, pour pouvoir s'adresser aux dieux et demander leur aide : elle doit représenter la connaissance et l'énergie combattante.

Debout sur la berge, les yeux sur le noir de l'étang, elle passe les mains derrière son cou et en décroche sa croix de baptême, un petit crucifix de bois qui pend à une cordelette. Elle tend le crucifix face à elle et, soudain, le jette à l'eau. Autrefois, ses ancêtres donnaient en offrande les épées recourbées de l'ennemi battu, ou le corps vivant et ligoté du rival, tandis que les vainqueurs de la bataille partaient à la chasse aux crânes, décapitant l'adversaire mort, attachant sa tête à l'encolure des chevaux, comme un trophée... Elle, elle voudrait embrasser la tête et le corps de son ennemi, qui sera peut-être son sauveur, s'il lâche son arme à lui, ce symbole chrétien que les dieux du Sid peuvent vaincre. Moïra exhibe de sa poche un minuscule objet que lui avait donné son père et qu'elle a sorti cette nuit de sa cachette.

C'est une croix d'or et d'os, qui résume toutes les connaissances cosmogoniques et métaphysiques des druides : une croix dont les quatre branches égales, en or, sont gravées de petits signes géométriques appartenant à l'écriture des druides et du dieu Ogme : les ogams. Ces symboles représentent les quatre éléments, l'eau en bas, le feu en haut, l'air à droite, la terre à gauche. Ces branches naissent de quatre cercles centraux : le plus petit est le cercle de Gweennwed, qui représente l'ascension de l'âme auprès des dieux ; le deuxième est le cercle d'Annouim, le cercle de l'abîme ; le troisième, le cercle d'Abred, figure la destinée également partagée entre le bien et le mal ; enfin, le cercle de Keugant, le plus grand, est celui d'où sortent les âmes, sous forme d'étincelles, pour entreprendre leur migration vers d'autres corps... Ces quatre cercles sont tracés sur un morceau d'os de forme circulaire enclavé à la croix : une amulette remontant aux sources de son peuple, à l'époque où les druides pratiquaient sur les crânes des guerriers décédés la trépanation rituelle, récupérant un opercule qui, porté par les combattants, leur donnait force et courage, tandis qu'on enterrait dans l'allégresse les morts au crâne perforé. Moïra embrasse la croix druidique et l'attache à son cou.

– Ogme ! s'écrie-t-elle en levant les bras au ciel et en observant l'eau. Dieu de la guerre, maître de l'éloquence, de l'écriture et de la magie, chef du royaume des morts, conducteur de l'âme des trépassés... ton domaine est en danger ! Ogme, vieillard à peau de lion, notre ennemi ne porte pas d'épée... c'est un guerrier du langage, il se bat par l'amour, et son champ de bataille est un château de pierre qui montera dans les cieux... en fouillant la terre du Mont ! Cette offrande que je t'ai faite, cette croix, elle est son arme... Ogme, ne le détruis pas car j'aime son amour... mais inspire-le, donne-lui les mots magiques qui l'empêcheront de creuser... Qu'il cesse de combattre... qu'il soit vaincu sans être notre ennemi !

Un souffle effleure l'écorce d'un arbre, à quelques pas derrière Moïra. Une abeille, qui célèbre bruyamment la renaissance de ses fleurs préférées, se fait balayer d'un revers de main. Un œil rond et noir épie la jeune femme avec avidité. Au son de sa prière à Ogme, le corps de bure se plaque contre le tronc et étouffe un cri.

Il s'est épris d'elle lorsqu'elle a soigné frère Roman, mais, ce matin, il la connaît vraiment... cette découverte l'accable, pas autant, toutefois, que celle de l'amour entre Roman et elle, surpris, l'autre nuit, sur le seuil de la chapelle Saint-Martin. Almodius, lui, a toujours ignoré les femmes.

Offert par ses parents à l'abbaye lorsqu'il avait trois ans – avec une dot conséquente – il n'avait naturellement aucun souvenir de sa mère, et sa famille tenait en un seul mot : le monastère. L'unique femme y ayant ses entrées – et des entrées discrètes au XIᵉ siècle – étant la Vierge, Almodius avait grandi, parfait, le cœur entièrement tourné vers sa vocation forcée, et entouré d'hommes. A l'âge de sa majorité, l'abbé lui avait demandé, ainsi qu'à tous les oblats, s'il souhaitait retourner dans son siècle. Mais, passionné par les livres et par la foi, Almodius avait choisi de rester à l'abbaye, comme novice, avant de prononcer ses vœux et de devenir moine. Les livres qu'il lisait puis copiait avec tant d'application lui révélèrent bien l'existence de Marie-Madeleine et de quelques martyres des débuts du christianisme, qui périrent dans l'arène, dévorées par les lions pour n'avoir pas renié leur foi en Jésus, mais leur puissance mystique lui échappa. Chez les ouailles féminines présentes à la messe, le maître du *scriptorium* ne voyait que matrices à enfants, se demandant même, comme d'autres en son temps, si Dieu avait pourvu ces créatures d'une âme. Lorsque Almodius avait vu pour la première fois Moïra, dans la cabane de Beauvoir, le choc avait été total : le mépris que portait son esprit aux femmes était resté identique, mais son corps, lui, avait été saisi d'une sensation fulgurante et inconnue... Une attirance physique violente, un instinct sauvage, un désir de possession qui était devenu une obsession. Le corps du sous-prieur semblait possédé du Malin, et la cause en était cette femme qu'il haïssait, par nature et par circonstance. Chaque passage au chevet du maître d'œuvre le soumettait au comble de la torture : écartelé entre ses pulsions sensuelles pour la jeune femme et ses devoirs moraux vis-à-vis du malade, il mobilisait toutes ses forces pour cacher son malsain penchant. Il aurait voulu arracher sur-le-champ son infortuné frère aux griffes de ce démon, comme il avait souhaité être à sa place, agonisant dans ce lit, à portée de bouche de Moïra. Oui, malgré les blessures de Roman, il avait envié son sort... dès que ce dernier avait donné le signe qu'il allait vivre, Almodius s'était empressé de le rapatrier au monastère, de l'éloigner de cette femelle, comme lui-même avait cru s'en éloigner aussi. Mais la diablesse ne l'avait pas laissé en paix : jour et nuit, elle le taraudait, lui insufflait un poison de feu qui paralysait sa volonté, excitait son imagination, s'emparait de sa chair comme une bête carnassière. A bout de forces, ne sachant comment se libérer de la geôlière de son corps, il avait commencé à l'espionner, en secret. Son rang de sous-prieur le libérant de la clôture de l'abbaye, il enfourchait un cheval dès que les contraintes de sa charge le lui permettaient, et il galopait vers Beauvoir où, tapi dans un fourré, tel un vulgaire brigand, il surveillait les allées et venues de la scélérate. C'était ainsi qu'il avait découvert la promenade quotidienne de Moïra à l'étang. Il espérait la voir s'y baigner, nue, mais jamais elle ne touchait cette eau : elle la regardait comme Narcisse face à son miroir, restant des heures à contempler sa démoniaque beauté. Seul son frère, le sourd-muet, avait un jour trempé ses mains dans l'onde close, faisant sortir de sa bouche des sons odieux, qui ressemblaient aux croassements d'un corbeau. C'était par hasard qu'Almodius avait été le témoin malheureux de la liaison entre Moïra et Roman : ce soir-là, en proie à des visions infernales, comme souvent depuis son plus jeune âge, il s'était éveillé avant vigiles et s'était levé pour fuir l'innocent sommeil de ses frères. La tempête soufflant dehors s'accordant à son état d'âme, il avait trouvé refuge dans le déchaînement de la nature, insensible à la fraîcheur nocturne, à la pluie, en harmonie avec la fureur de la mer et l'exaltation du vent. Puis, résolu à expier ses cauchemars, il allait confier ses fautes à Dieu et purifier sa chair du désir de cette femme, à l'aide de la discipline, ainsi qu'il le faisait dès que la tentation le faisait trop souffrir. Hildebert interdisait à ses fils d'avoir recours à la mortification : pour lui, comme pour la majorité des hommes de son temps, la Passion était avant tout un acte d'amour, non de torture, et les religieux s'infligeant volontairement des supplices étaient des orgueilleux enfiévrés, qui se glorifiaient d'une souffrance égoïste et inutile, plutôt que de servir Dieu par l'amour des hommes qui, eux, souffraient involontairement. Aussi Almodius avait-il aménagé une niche secrète dans son bureau de chef du *scriptorium*, où il cachait sa discipline. Il était obligé de longer la chapelle Saint-Martin pour rejoindre son repaire clandestin. Il avait d'abord cru à l'ombre d'un revenant, et avait juste eu le temps de se dissimuler derrière un contrefort de la chapelle. Il aurait préféré rencontrer un fantôme de l'abîme, le roi des anges déchus lui-même, plutôt que d'assister, atterré et impuissant, à cette scène infecte entre ceux qu'il a immédiatement crus amants.

Il a été naïf comme un novice : cette créature a gardé son frère des semaines entières en son sein, dans son antre, sans témoins... Un malade grabataire, quelle proie facile ! Le Démon ne s'encombre pas de scrupules, il s'empare de sa victime... Roman... comment a-t-elle fait pour le séduire ? C'est un aristocrate, comme lui, mais Roman n'est pas un oblat normand enfermé dans un monastère depuis ses trois ans : il est né loin d'ici, il a vu le monde avec son maître Pierre de Nevers, parcouru les vallées, les mers... peut-être même a-t-il rencontré des femmes ! Il a dû parler à Moïra d'autres terres et elle lui a offert la sienne, qui empeste le péché et la corruption ; la nuit, elle étale ses charmes sulfureux jusqu'au cœur de la montagne sacrée, jusqu'à la demeure du Très-Haut !

A plusieurs reprises, il a failli parler au chapitre des coulpes, devant toute la communauté, pour dénoncer Roman. Mais, à chaque fois, une voix intérieure l'en a empêché : l'incontinence d'un moine est une faute très lourde, que Roman paierait cher, mais que lui seul paierait : celle qui l'a dévoyé ne serait pas inquiétée... Or, c'est elle qui doit être punie, elle, la véritable coupable, Eve tendant la pomme à l'infortuné Adam, elle, la source de tous les maux de la terre, elle qui fornique avec Roman et ensorcelle Almodius... c'est elle qui doit être définitivement écartée de leur monde. Mû par un mystérieux instinct, le sous-prieur a donc resserré sa surveillance autour de Moïra et s'est mis à observer Roman. Il s'est ainsi aperçu qu'elle n'est pas retournée au Mont depuis ce soir funeste de Carême, et que, sauf si elle a trompé sa vigilance par quelque sortilège magique, elle n'a pas revu son amant depuis des semaines. D'ailleurs, preuve de la néfaste influence de cette femme, Roman, en l'absence de Moïra, semble recouvrer ses forces : il s'est peu à peu affranchi de son boitement de vieillard, il est moins blême, et il se concentre entièrement à sa sainte mission, le chantier de la grande abbatiale : il passe des jours et des nuits penché sur les croquis de son maître, un stylet à la main, certainement pour contrôler encore tous les calculs des charges et des poussées de la pierre. Sans elle, son frère est à nouveau sur le chemin de lumière, Almodius en est satisfait, et sa jalousie aussi.

Elle, en revanche, est ostensiblement tourmentée, envahie par les ténèbres qui l'habitent : son teint de courtisane a pris une pâleur de mort, son regard vert s'est assombri, et il paraît chercher la réponse à une question improbable dans les feuilles des arbres et la glaise du chemin qui la conduit à l'étang.

Ce matin-là, une fois apaisé le prime étonnement, le sous-prieur se sent baigné d'une joie féconde et irradiante, comme s'il était plongé dans un océan de félicité : son combat dépasse celui de la pureté contre la luxure ; sa lutte, inspirée par l'Ange lui-même, est celle des chrétiens contre le mal absolu : le paganisme, la fausse religion ! Cette femme est bien plus qu'une tentatrice de la chair, elle est l'incarnation de la vieille foi, elle est... le Malin lui-même ! Adossé à son chêne, Almodius regarde Moïra s'éloigner. Il sourit. Il remercie saint Michel de lui avoir dévoilé la vraie nature de cette femme et l'enjeu réel de la bataille que le sous-prieur va devoir mener. Une bataille providentielle, pour laquelle il est armé, et qui va une fois pour toutes le libérer de sa passion délétère pour Moïra. Soudain, il pense à son frère Roman : sait-il qui est sa maîtresse ? La flamme de la vengeance passe dans ses yeux. Non, c'est impossible... inconcevable de la part d'un bénédictin, le meilleur serviteur de Dieu, l'élite des hommes ! Son frère a été envoûté, Almodius doit le sauver... Cependant, Roman mérite une punition car il n'a pas su guerroyer contre l'esprit du mal, il s'est couché devant lui et a trahi, par sa faiblesse, l'habit qu'il porte. Il doit être sévèrement sanctionné, ce vil, ce couard, ce misérable qui construit une cathédrale en se vautrant dans la fange ! Non, décidément, il ne mérite pas sa pitié... Almodius a été lui aussi aveuglé par le charme du Diable, mais maintenant, maintenant... il en est délivré, il sent en lui la puissance belliqueuse et invincible de l'Archange, pas d'attendrissement pour les renégats ! Quant à elle, elle... Le sous-prieur court vers sa monture, l'enfourche et galope à bride abattue vers le Mont.

Rasséréné par le fait d'avoir enfin pris sa décision, Roman sort de l'église. Le spectacle inhabituel et tant désiré que lui offre la montagne lui coupe le souffle : de sa base jusqu'au sommet, le Mont grouille d'hommes qui s'affairent et s'empressent, telles des abeilles autour de la ruche. Sur la mer encore haute, glissent des dizaines de bateaux remplis de blocs de granite.

Sur les pentes, la pierre monte avec peine à travers le village, sur de gros chariots à roues basses tractés par des bœufs. D'autres fardiers transportent le bois des échafaudages. Près des citernes qui ont recueilli l'eau de pluie, se dressent des fours à chaux et fument des bacs bouillants où les morteliers, suant sous la chaleur, malaxent la chaux vive avec une grande tige en fer. Plus loin, des manœuvres mélangent la chaux éteinte et refroidie avec du sable et des poils de vache, avant que le mortier ne soit transporté à dos d'homme au sommet de la montagne. Là, au bout du rocher, à l'opposé de l'église carolingienne, du côté du levant, débute à flanc de roc la construction de la crypte du chœur. Pour parer à la déclivité de la montagne, l'équipe de maître Roger a édifié des terrasses en bois, portées par des piquets qui s'enfoncent dans la terre descendante. En haut de ces paliers, sur des tabourets à un pied ou sur un assemblage de madriers formant une table, les compagnons de maître Jehan taillent les pierres ; d'autres artisans sculptent les chapiteaux qui orneront les colonnes. Face à eux se dresse déjà une partie de mur, où s'élèvent, en même temps, des échafaudages supportés par des poutres logées dans des trous de boulin. Sur les petites plates-formes des chafauds, travaillent les maçons, contrôlant la verticalité du mur avec fil à plomb ou archipendule. D'imposants appareils de levage, chèvres, potences, louves, tiennent les pierres dans leurs mâchoires de fer, et les acheminent jusqu'en haut de la construction. Des hommes de peine sont en train d'installer le poulain, grande roue de bois qui permettra, grâce à la force des jambes humaines, de soulever des blocs pesant jusqu'à dix quintaux. Des cris fusent dans toutes les langues, le parlier court de part et d'autre pour traduire, des chants résonnent : ils ne sont pas latins, mais le ciel les entend, Roman en est persuadé. Il s'approche, le cœur plein d'ivresse. Il contemple son œuvre : oui, son œuvre, et celle de Pierre de Nevers...

La veille, lundi de Pâques, l'abbé Hildebert a officiellement lancé le chantier, et des larmes de joie faisaient briller son regard bleu. Jamais l'allégresse des festivités pascales n'a été si rayonnante que cette année... C'était comme si tous les anges s'étaient réunis en ce lieu, avec à leur tête, le premier d'entre eux : trois jours avant Pâques, les moines, seuls sur la montagne, ont célébré l'office nocturne, appelé « ténèbres », en éteignant l'un après l'autre tous les cierges de l'église. Puis, durant les trois nuits suivantes, ils ont chanté les lamentations de Jérémie.

Le jeudi saint, l'évêque d'Avranches est venu consacrer les saintes huiles et réconcilier les pénitents publics : aux gens du village et aux pèlerins se joignaient déjà quelques ouvriers du futur chantier. Le soir, les frères ont dépouillé les autels de leurs linges et de leurs ornements, et, avant de célébrer la messe, à l'heure de la Cène, Hildebert a lavé les pieds des hommes présents : à cette heure sacrée sont arrivés les porteurs de pierre, fatigués de leur longue marche depuis les confins du pays... L'abbé s'est agenouillé devant eux et a baigné leurs pieds souillés de terre. Le lendemain, alors que les moines, sur les berges de la montagne, hissaient sur leurs épaules l'énorme crucifix pour le porter jusqu'au sommet, figurant ainsi le chemin de croix de Jésus, a débarqué une troupe immense de manouvriers qui, dans quelques jours, porteront leur fardeau en suivant le même sentier. Dès lors, les frères ont été certains que le Tout-Puissant bénissait ce chantier par le regard des hommes qui, pleins de ferveur, observaient les bénédictins sur les pentes du roc sacré. Le moment le plus ardent s'est déroulé le samedi, lors de la veillée pascale : lorsque Hildebert est sorti de l'église remplie de ses moines et des villageois pour allumer et bénir le feu de Pâques, il a vu une foule humaine, qui l'attendait, à genoux, à l'extérieur de l'église. Ils étaient tous là, ceux qui allaient user leurs mains, leurs jambes, ceux qui allaient mourir pour bâtir la maison de l'Ange, et l'église ne pouvait les accueillir. Hildebert a allumé le brasier devant la porte du sanctuaire, et aussitôt le chant du Christ ressuscité s'est élevé de la multitude. *Exultet*, « qu'exulte la foule des anges », psalmodiaient-ils, et l'abbé a vu les anges qui étaient venus à lui. Alors, délaissant l'église, il s'est mêlé à tous et, un à un, il les a bénis, jusqu'au bout de la nuit.

– Holà, maître Roger, vous voulez déjà présider la mise en place des voûtes ! dit Roman au charpentier qui, les mains sur les hanches, supervise la montée laborieuse d'une carriole remplie de cintres en bois, qui serviront à édifier les voûtes en berceau ou les voûtes d'arêtes des bâtiments.

L'artisan se tourne vers Roman, le regard plein de soleil, et Roman y voit, comme à son habitude, la flamme facétieuse des yeux de son frère Henri.

– Ah, frère Roman, répond-il en riant, c'est qu'il me pressait de montrer à l'Archange le splendide travail de mes compagnons !

Dans l'esprit de maître Roger, l'Archange à cet instant revêt les traits du maître d'ouvrage, Hildebert, son messager ceux du maître d'œuvre, Roman, et la grâce du ciel doit avoir la forme ronde de deniers d'argent. Au moment où Roman s'apprête à répondre, il est interpellé par son assistant, frère Bernard, qui lui annonce que l'abbé le mande d'urgence dans sa cellule.

– Tiens, justement, dit-il au charpentier, je m'en vais de ce pas vanter les mérites de vos hommes au maître de ce chantier !

Roger lui adresse un clin d'œil et Roman s'éloigne, en espérant que le père abbé s'en tiendra au prix convenu et ne lui demandera pas de débattre encore avec les différentes loges, ce qui insupporte le maître d'œuvre, plus préoccupé par la hauteur des murs que par leur tarif. Roman longe les anciens bâtiments conventuels et la salle capitulaire. Il frappe à la porte de la cellule héritée des chanoines, qui sera détruite lorsque les bâtiments de pierre seront érigés.

– Entrez !

La voix de l'abbé est sèche. Roman pénètre dans la pièce. Hildebert est assis derrière son bureau, sous la tenture de l'Ange psychostase. Ses yeux, d'ordinaire clairs et amènes, expriment une dureté pleine de reproches.

– Père, vous m'avez requis...

Hildebert observe Roman et ne répond pas. Debout face à lui, le jeune moine attend, le regard baissé. Hildebert a les lèvres serrées, et le bleu de ses yeux est celui d'un glacier. Dans l'âtre, les flammes grignotent une bûche, mais Roman ne sent pas leur chaleur, juste leur crépitement vorace qui meuble le lourd silence.

– Avez-vous revu la guérisseuse de Beauvoir après votre retour chez nous, frère Roman ? demande enfin le père abbé, sur un ton présageant qu'il connaît déjà la réponse.

C'était donc cela... il était imprudent qu'elle vienne au Mont... un frère a dû les apercevoir... il faut confier la vérité sans artifice à l'abbé.

– Oui, mon père, avoue Roman en levant les yeux. Par trois fois, elle a répondu à mon appel et nous nous sommes retrouvés dans la chapelle Saint-Martin, entre complies et vigiles...

– Infamie ! l'interrompt Hildebert en tapant du poing sur le bureau. Vous, un homme de Dieu, un serviteur du premier des anges, un compagnon de Pierre de Nevers, désigné pour la mission la plus sainte... vous, le plus érudit de mes fils, en qui j'avais toute confiance, que le Seigneur choyait en son sein... J'avais peine à le croire, mais vous confessez votre luxure comme un ignare primitif méconnaissant le péché... vous !

– Mon père ! s'écrie Roman. J'ai commis un grave péché, mais point celui dont vous m'accusez ! Ma chair n'est point corrompue !

Hildebert se lève et s'approche de Roman. Son courroux semble se muer en une sombre gravité. Il scrute son fils comme si le moine lui était devenu étranger.

– Alors votre faute est bien pire ! dit l'abbé, à quelques centimètres du visage de Roman. Car c'est votre âme que vous avez offerte... et savez-vous à qui ? Savez-vous qui se cache derrière l'apparence inoffensive de cette femme ?

L'haleine aillée de l'abbé encercle Roman d'un moite effroi. Le jeune prêtre fixe l'Archange à la balance. Moïra est agenouillée sur l'un des plateaux et elle tombe dans le noir... Hildebert sait tout, elle est perdue. Qui ? Qui a vu l'hérésie assaillir cette femme ? Mutique, Roman est la proie d'un voile blanc qui passe devant ses yeux et l'aveugle d'un coup. Ses jambes ne lui appartiennent plus, elles se dérobent sous lui. Il choit aux pieds de l'abbé, débordé par un émoi incontrôlable.

– Père ! s'exclame-t-il, la face contre le sol, comme les repentis au chapitre des coulpes. Père... Moïra n'est pas celle que vous croyez ! Je suis responsable..., dit-il entre deux sanglots. J'ai voulu l'aider seul, par fierté et par orgueil, ou par amour... car je l'aime, père, c'est vrai, je l'aime d'un sentiment déchiré... déchiré entre le ciel et la terre, mais j'ai toujours choisi le ciel ! Il faut que vous compreniez, elle n'est pas un démon dangereux mais une esclave, et j'ai voulu la libérer ! Sa peau sent la forêt, ses cheveux sont des arbres, ses yeux... elle... il faut... la sauver, je veux la sauver..., murmure-t-il.

Stupéfait par le discours de Roman, le vieil homme laisse le chagrin du moine couler dans le silence. Il s'agenouille devant son fils et, d'un geste paternel, pose une main sur la nuque de Roman secouée par les pleurs.

– Maintenant, dites-moi tout, mon fils, ordonne-t-il doucement. Je vous écoute. Libérez-vous.

Roman relève un peu la tête. Les yeux sur la croix qui pend sur la poitrine du père, il se met à parler. Il raconte les conversations avec Moïra dans la cabane de Beauvoir, il narre comment elle lui a sauvé la vie, pourquoi il a résolu de la revoir, ses égarements, son attachement, les rencontres nocturnes dans la chapelle Saint-Martin, les croyances de Moïra, les efforts du religieux pour la ramener à la lumière, la tentation de la chair, son combat intérieur...

– Mais jamais elle ne m'a détourné de ma vocation ni de mon œuvre, père ! Jamais..., conclut-il en songeant au secret qu'elle lui a raconté, qu'il n'a pas encore évoqué. Sa faute est de ne pas voir la vérité, la mienne est d'avoir voulu la lui montrer...

– Dévoiler la parole de Christ dans le plus grand des secrets, la nuit, comme s'il s'agissait d'un verbe impie ! Voilà une belle mission, en effet ! dit Hildebert en se relevant avec difficulté.

– Mais j'ai réussi, mon père ! objecte Roman. Je crois que j'ai ouvert son âme à la parole divine, j'ai touché son cœur, même si elle ne le dit point !

Hildebert s'approche du feu. Les flammes rouges éclairent son visage fatigué. Il se tourne vers Roman, illuminé d'un sarcastique sourire.

– Son cœur ne le dit point, en effet, mon fils, et ses actes mêmes dispensent un message fort différent, dont notre sous-prieur a été le témoin !

L'abbé relate alors la scène de l'étang et la prière de Moïra au dieu païen Ogme, telles qu'elles lui ont été rapportées par le maître du *scriptorium*. Agenouillé contre la table de bois, Roman est bouleversé : ainsi, elle n'a pas entendu le message du Christ, elle n'a pas compris la colère de Moïse face au Veau d'or, elle n'a pas vu la Nouvelle Jérusalem... Sitôt loin des yeux et de la bouche de Roman, elle est retournée à ses scories du passé ! Le moine sent une amertume immense prendre possession de son cœur. Lorsqu'il jette un regard à la balance de l'Archange, c'est lui qu'il voit maintenant tomber du haut de ses candides illusions. La déception et le ressentiment mordent son âme comme un scorpion venimeux, et il boit ce poison jusqu'à la lie.

– Vous avez échoué, mon fils, renchérit l'abbé qui semble lire dans ses pensées, car vous avez uni dans un même désir celui, condamnable, de la chair, à celui, légitime, de sauver l'âme de cette pécheresse... vous avez confondu le bon grain et l'ivraie, mêlé le bien et le mal... Vous avez apaisé votre conscience en interposant la Bible entre cette femme et vous, alors que votre unique souhait était de posséder son corps... la preuve intangible est que vous avez agi dans le plus noir des secrets, et non dans la lumière divine ! Les desseins qui s'accomplissent dans l'obscurité appartiennent à l'obscur...

Le vieillard se dresse devant la cheminée, dos au feu crépitant, tel un vainqueur des flammes de l'enfer. Roman sait que ses paroles sont justes : si ses intentions étaient vraiment aussi louables qu'il l'a cru, il aurait parlé de Moïra à l'abbé ; la tempérance et l'expérience du vieil homme ne l'auraient point mise en danger... Ce que Roman redoutait sans le savoir, ce n'était pas de dévoiler Moïra au père, mais bien de se dévoiler lui-même, car s'il s'était fourvoyé sur ses aspirations véritables, Hildebert n'aurait pas été dupe de la ruse de sa pensée. Il désire charnellement cette femme, malgré tout, et il l'a toujours désirée. Oui, cela est vrai, et pourtant, Roman sent que cela n'est pas tout : il a pu dépasser cette tentation sensuelle, maîtriser son corps, et le désir n'est pas mort ; c'est donc que sa nature est différente, et ne se limite pas à la concupiscence. Maintenant que Hildebert sait les croyances profondes de Moïra et le lien qui unit cette femme à Roman, le jeune moine devrait pouvoir lui confier le secret de Moïra, le secret du Mont...

– Père..., commence-t-il, pour se délester de ce fardeau.

Puis sa bouche se fige. Quelque chose le retient, quelque chose d'infiniment puissant, qui lui serre la gorge et lui presse les lèvres comme un bâillon.

– Y a-t-il encore des fautes que vous n'avez pas confessées ? demande Hildebert en fronçant ses sourcils blancs.

Il doit parler, en finir, purifier son âme. Il regarde le sol de terre battue, il y cherche les mots libérateurs. Mais la terre du Mont est muette comme un tombeau. Elle a été récemment retournée, pour accueillir la cabane de l'abbé qu'on a changée d'emplacement. Et la terre n'a rien livré, elle s'est tue. Roman prend quelques grains sombres : fins, agglutinés entre eux par l'humidité. La glèbe de Moïra, il la tient dans sa main, et il n'a qu'un geste à faire, un mot à ne pas dire, pour qu'elle file entre ses doigts et retourne à son secret. La jeune Celte l'a induit en erreur en lui laissant croire qu'elle était réceptive à son fervent message, mais elle ne mentait pas quand elle lui disait son amour ; lui s'est trompé sur son amour pour elle... Il s'est laissé croire qu'il était le dévouement d'un berger pour une bête perdue, alors qu'il s'agissait bien de l'amour d'un homme pour une femme... Moïra a toujours su qu'il mentait, et elle l'a accepté. A quelle vérité doit-il être fidèle, à présent ?

– J'attends, Roman !

L'injonction de l'abbé fait sursauter Roman. Il lâche la terre, qui se répand sur sa bure. Il lui faut du temps pour réfléchir, pour prier...

En cet instant, il est incapable de trahir Moïra, comme il ne peut trahir Pierre de Nevers.

– Père, pardonnez mon désarroi..., dit-il en regardant Hildebert de biais. Je vous ai confié toutes mes fautes... et je sais qu'elles sont très lourdes... je mérite le châtiment, j'y suis prêt. Seulement, je me tourmente pour elle ! Mon amour pour cette femme, aussi coupable qu'il soit, se teinte de compassion et...

– Dans la pénitence même est la compassion, mon fils, répond Hildebert d'un ton plus doux. Vous comparaîtrez devant la communauté réunie et tous nous déciderons de votre sort. Votre position particulière de maître d'œuvre exige de vous des qualités spirituelles exemplaires qui vous ont manqué... Le paradoxe est que cette position même fait de vous un élément indispensable à l'abbaye, et va donc nous contraindre à une pondération qui ne sied pas à la situation... mais soit, nous avons besoin de vous pour la construction de la demeure de l'Archange... en revanche, la montagne sainte n'a nul besoin de la résurgence de cultes païens sur ses terres ! Je veux voir au plus vite cette « Moïra »... après, je déciderai. Je vous interdis formellement de sortir de la clôture du monastère et de chercher à entrer en relation, quelle qu'elle soit, avec cette femme. Allez là où est votre place, sur le chantier, je vous ferai appeler quand je la recevrai.

Roman quitte la cabane de Hildebert, hébété, et se met à errer sur son chantier. Le tumulte des hommes et des matériaux, qui un instant plus tôt ressemblait à une ode religieuse, l'assaille comme un désordre incontrôlable.

A la sixième heure, tandis que les ouvriers s'assoient sur les pentes du Mont, et les moines dans le réfectoire pour se restaurer, il aperçoit une charrette à deux chevaux, qui grimpe sur la montagne avec un étrange chargement : devant trônent Almodius et un palefrenier laïc de l'abbaye, à l'arrière deux solides gaillards, des gens du village d'ordinaire commis à la cuisine des moines, qui encadrent Moïra, assise, droite, comme une prisonnière. Les nerfs de Roman ne peuvent supporter cette image. Il se détourne et se hâte vers la cellule de Hildebert.

L'abbé est de nouveau assis derrière son bureau, sous la tenture de l'Archange jaugeant les âmes, et son regard est celui d'un juge : sévère, non fermé, rempli de commisération et de bonté, mais implacable devant les fautes. Debout derrière le père abbé, se dresse frère Robert, le prieur de l'abbaye. Face à Hildebert, Moïra a les yeux

rivés sur la tapisserie avec, de chaque côté d'elle, Roman et Almodius.
A la gauche d'Almodius, au bord de la cheminée, un frère du *scrip-*
torium est attablé devant un petit pupitre, où sont posés tablettes de
cire et stylet. Roman n'a pas encore croisé le regard de Moïra ; il l'a
soigneusement évité. Y lire grief, frayeur, affliction, passion ou appel
au secours l'aurait effondré. Son sentiment d'impuissance et de
culpabilité est tel qu'il a la sensation de ne plus s'appartenir : c'est
comme si son esprit s'était détaché de son corps, de ce corps toujours
délictueux, et observait la scène d'en haut, tel un fantôme en visite
dans le monde des vivants. Le son du craquement des bûches, dans
l'âtre rouge, lui parvient de très loin, en écho. Il se force à maintenir
les yeux sur les mains de l'abbé, ses mains noueuses, ridées, qui
portent l'anneau d'or frappé de ses armoiries, et qui sont jointes,
immobiles sur la table, en position d'attente. Soudain, les doigts
s'animent. Le scribe se précipite sur son stylet.

— Ma fille, veuillez nous dire votre nom de baptême, celui de vos
parents et vos moyens de subsistance, demande Hildebert.

Moïra regarde le père abbé droit dans les yeux. Malgré l'âge avancé
de Hildebert, elle y discerne une perspicacité, une intelligence teintée
d'une si rare humanité – héritée sans doute de sa longue fréquentation
des anges – qu'elle a un peu moins peur. Lorsque Almodius a frappé à
la porte de sa maison, assisté des muscles menaçants de son escorte,
elle a vu une haine si grande dans le regard du sous-prieur que, inexplicablement, elle a craint pour Roman. Quand le maître du *scripto-*
rium venait au chevet de son frère alité, elle ressentait un malaise dif-
fus face à l'ambiguë froideur de cet homme, dont la bouche lui lançait
des piques acérées à chaque fois qu'il lui parlait, et les yeux des attou-
chements obscènes, lorsqu'il croyait qu'elle ne le voyait pas.

A l'égard de Roman, elle le trouvait aussi énigmatique : protecteur,
dévoué et plein de compassion, mais un jour, le malade étant inconscient, elle avait surpris Almodius avec la main sur la gorge de Roman,
comme s'il s'apprêtait à l'étrangler. Hosmund, le frère infirmier,
n'avait rien vu en entrant dans la pièce, Almodius s'étant aussitôt
relevé comme si de rien n'était, mais elle, elle était sûre de ce qu'elle
avait aperçu, même de façon fugitive...

Ce matin, peu avant la sixième heure, il a juste dit que le père abbé
voulait s'entretenir avec elle, mais il l'a dit comme s'il l'invitait au
supplice. Malgré les questions de Moïra, il n'a donné aucune explication. Elle vit sur les terres du monastère, elle appartient donc à

Hildebert, et un seigneur a tout pouvoir sur ses sujets. Brewen a bien tenté de s'interposer, mais, comme un seul homme, la garde rapprochée d'Almodius a montré ses dents noires de pourriture. Inutile... elle a fait signe à son frère que tout irait bien et est montée dans la carriole. Depuis, sa tête était assaillie de questions sans réponse et d'une inquiétude immense pour Roman, qui pouvait avoir eu un nouvel accident, être souffrant ou pire... elle avait songé, bien sûr, au fait que ce pouvait être elle qui soit en danger, mais comme elle ne pouvait imaginer un instant que Roman ait confié leur secret au père abbé, elle en revenait toujours à lui, en essayant d'occulter Almodius et ses sbires. La vue du chantier l'a ébahie, et effrayée : ont-ils détruit l'église ?... Non, elle est toujours là. Mais alors, pourquoi ? Elle a eu un coup au cœur en reconnaissant le dos de Roman, dans la cellule de l'abbé... et un absolu soulagement : il est vivant. Elle a fait un effort prodigieux pour ne pas le toucher, s'adresser à lui, le regarder, lui qui ostensiblement l'ignore. Alors que d'autres questions, plus pernicieuses, se faufilent dans son esprit troublé, c'est à elle que le beau vieillard aux yeux bleus demande des réponses.

– Je m'appelle Moïra, dit la jeune femme. C'est mon nom de baptême, qui signifie Marie. Je suis fille de Nolwen et de Killian, tous deux décédés. Je vis dans les bois de Beauvoir, avec mon petit frère Brewen, et j'exerce le même métier que mon père et le père de mon père depuis toujours. Comme vous le savez, je tente de soigner les corps malades, répond-elle, bravache, en jetant un coup d'œil furtif à Roman, placé à sa droite, qui garde une immobilité de statue. Je vis des quelques bêtes que j'élève, des légumes de mon jardin, et des fruits de la forêt.

– Comment soignez-vous les malades ? Quelle est la nature de votre médecine ? demande Hildebert.

– Frère Hosmund peut témoigner que ma médecine est identique à celle pratiquée par les moines, mon père, précise-t-elle avec une assurance respectueuse. J'utilise simples, arbres, matières issues d'animaux...

Elle se tourne encore vers son ancien patient, qui, cette fois, se met à rougir.

– Faites-vous aussi des prières, pour soigner ? s'enquiert l'abbé, feignant d'ignorer le changement de couleur de son maître d'œuvre.

A cet instant, Moïra, elle, blêmit. Un soupçon l'effleure.

– Je fais des prières, et pas seulement pour soigner, répond-elle, je prie la Sainte Mère, le Très-Haut, et surtout le premier de ses anges...

– Le premier de ses anges... hum... le premier de quel temps angélique, Moïra ?

D'abord, elle ne comprend pas la question de l'abbé. Hildebert est venu à Beauvoir peu après qu'elle a recueilli Roman, il sait sa manière de soigner, et il a devant lui la preuve qu'elle est une bonne guérisseuse ! Agacée, elle a envie d'interrompre cet interrogatoire grotesque, pour demander ce qu'elle fait là, et ce que l'abbé lui veut exactement. Mais elle pense à Roman, tétanisé près d'elle, et elle se reprend ; voyons... le temps angélique, qui diffère du temps humain... quel temps angélique ? C'est qu'il doit y en avoir plusieurs, s'il demande lequel... Le temps des anges, le premier ange près de Dieu, c'est et cela a toujours été saint Michel ! Soudain, elle se remémore l'étrange histoire de Lucifer, que Roman lui a racontée dans la chapelle Saint-Martin, et qui l'a impressionnée... Se peut-il que le subtil abbé lui demande de la sorte si elle prie le Diable ? Quelle ineptie ! Pourquoi invoquerait-elle un damné de l'Enfer que son père et sa mère ont toujours présenté comme un ennemi de Dieu et des hommes ?

– Le premier depuis le temps angélique où Lucifer, qui méprisait l'amour de Dieu pour les hommes, ces créatures si imparfaites, est tombé du ciel avec les anges déchus, répond enfin Moïra, fière de son instruction chrétienne. L'Archange qui habite ici même, mon père, et qui nous guide tous : saint Michel !

Hildebert s'autorise un sourire bienveillant, avant de poursuivre. Cette jeune femme est intéressante et ne manque pas d'à-propos.

– Bien, ma fille... et où donc le priez-vous, notre Archange ?

– Mais... dans l'église du village de Beauvoir, à la messe, lors des fêtes saintes, parfois chez moi...

– Ne venez-vous donc pas le prier en sa demeure, vous qui avez la chance d'habiter tout près, sur les terres de son monastère, et qui faites partie de ses ouailles ?

Moïra sent la malice de l'abbé et commence à discerner la raison de sa convocation. Un frère a dû l'apercevoir dans l'enceinte du monastère, lors de l'un de ses rendez-vous avec Roman, et l'aura raconté à l'abbé ; avec de la chance, le délateur n'aura pas vu Roman, et ce dernier n'est présent que parce qu'il la connaît... Les moines ont mis du temps pour l'identifier, voilà pourquoi se sont écoulées plusieurs semaines avant qu'on l'envoie chercher... trois exactement, les trois semaines durant lesquelles elle n'a pas vu Roman. Elle calcule que la chapelle Saint-Martin étant hors clôture, elle ne risque pas grand-chose pour y avoir pénétré la nuit, même si cela reste interdit. Stratégiquement, elle baisse les yeux.

– Mon père, je dois vous avouer... Je suis venue, oui, mais..., hésite-t-elle en se tordant les mains.

– Parlez, ma fille, allons, n'ayez pas peur, lui enjoint-il doucement. Quand êtes-vous venue ?

– Il y a quelques semaines, pendant Carême... J'ai eu subitement envie de me rapprocher de lui, de saint Michel, de le prier chez lui, je suis montée vers la chapelle Saint-Martin... mais c'était après complies...

– Que votre foi est donc vive et pressante, pour qu'elle vous taraude à ce point, et vous précipite dans les bras de notre Archange en pleine nuit, n'est-ce pas, frère Roman ? demande l'abbé en regardant le jeune moine pétrifié, redevenu blanc comme une sculpture d'albâtre.

L'affaire est plus grave qu'elle ne l'imaginait. On l'a vue avec Roman, peut-être même dans une posture équivoque, lors de leur étreinte sur le seuil de la chapelle, par exemple. Ils doivent tous croire qu'ils sont amants. Que faire, maintenant ? Nier ? Elle ne craint rien, mais lui ! Quel manquement à la règle bénédictine ! Comment faire pour éviter qu'il ne soit trop sévèrement puni ?

– Il n'y a rien de répréhensible entre frère Roman et moi, lâche-t-elle finalement.

– Ah, vous reconnaissez donc être venue le retrouver en secret, dans la chapelle Saint-Martin ?

Moïra ne sait que répondre, qui ne desservirait pas Roman. Elle se tait et baisse à nouveau les yeux, en signe d'impuissance.

– J'attends votre réponse !

– Mon père, nous n'avons rien fait de mal ! l'implore-t-elle. Par saint Michel et tous les anges de la création, il n'a fait que son devoir de moine !

– Mensonge ! hurle soudain Almodius, les yeux injectés de sang.

Moïra et Almodius s'observent comme deux chiens sauvages prêts à s'entredévorer.

– Allons, allons, du calme ! intervient l'abbé en se levant. Frère Almodius, vous parlerez lorsque je vous en prierai ; Moïra, vous dites que frère Roman honorait vos rendez-vous nocturnes par « devoir de moine » ? Pourquoi était-il votre obligé ? En quoi consistait sa dette envers vous et comment la payait-il ?

Almodius se renfrogne. Roman écarquille les yeux mais n'ose intervenir. Moïra est à nouveau décontenancée. Debout, Hildebert appuie ses mains sur la table et scrute la jeune femme avec impatience.

— Mais, mais... Ce n'est pas ce que j'ai voulu dire ! répond-elle. Frère Roman ne me devait rien, je n'ai jamais fait payer pour ma médecine, la souffrance des hommes ne se monnaye pas... parfois, on m'offre une poule, vous mon père, vous m'avez comblée de denrées de vos terres...

— Il ne s'agit pas de choses matérielles, l'interrompt l'abbé, mais donc bien d'un devoir spirituel, ainsi que vous l'avez admis ! Qu'avez-vous désiré que ce moine vous donne, si ce n'était son corps ? Peut-être son âme pure de serviteur de Dieu, c'est cela... son âme ?

Moïra secoue la tête de gauche à droite, le regard perdu. Un sanglot monte dans sa gorge ; elle l'étouffe en avalant sa salive, mais ne peut maîtriser des larmes d'incompréhension, qui voilent son regard vert d'eau. Elle dévisage le prieur, debout contre la tenture de saint Michel, qui lui montre une physionomie accusatrice. Ne pas regarder Roman, surtout, et encore moins Almodius...

— L'âme de Roman appartient à Dieu, et je n'en ai que faire ! finit-elle par hurler à l'abbé. Vous vous trompez sur moi, mon père ! ajoute-t-elle plus posément, mais en colère. Je n'adore pas Lucifer, et je ne dévore pas la chair ni l'âme de vos moines, je préfère mes oies ! Vous voulez savoir quelle nourriture il m'a tendue, sans que je demande rien ? interroge-t-elle en se tournant vers Roman, qui baisse la tête. Il m'a offert le mets nourricier de la parole de Dieu, à moi qui suis chrétienne, mais ignorante, il m'a ouvert le sens du message du Christ, à moi qui l'ânonnais sans le comprendre ! Voilà notre commerce, que vous jugez coupable et démoniaque !

Hildebert se rassoit, avec des gestes lents et sûrs.

— Mademoiselle, sachez que je n'ai rien jugé encore, répond-il avec sang-froid. Ainsi donc, vous prétendez que frère Roman, en pleine nuit et en secret, vous dispensait des leçons de foi chrétienne, c'est bien cela ?

— Appelez-le ainsi si vous le voulez...

— Ah, mais, c'est que les mots ont leur importance ! dit-il en souriant d'un air badin. Ils peuvent tout changer, vous savez... En l'occurrence, il s'agit de bien distinguer s'il s'agissait d'instruction chrétienne complémentaire, ou bien... de christianisation !

Elle n'a pas vu venir l'attaque. Voilà l'arme qu'il fourbissait depuis un long moment, et qu'il lui plante dans le cœur avec un franc sourire. Le vieil homme sait absolument tout : Moïra ne doit pas céder à la panique.

– Christianisation ? Mon père, je vous l'ai déjà dit, je suis chrétienne ! objecte-t-elle dans un ultime recours.

– Je crois que je vais moi aussi avoir besoin des leçons particulières de frère Roman, ajoute-t-il. Car j'ignorais que notre sainte hagiographie s'était enrichie d'un certain Ogme !

Sous le choc, elle se paralyse. Roman ferme les yeux. Almodius jubile en silence, l'œil brillant. Le greffe attend, stylet en l'air. Hildebert refuse de jouir de son avantage : il se lève et s'approche de Moïra.

– Allons, ma fille, trêve de circonvolutions verbales ! Je vais encore vous poser une question, la dernière... votre réponse sera capitale. Réfléchissez bien, il est vain de mentir, notre sous-prieur ici présent vous a vue, au bord de l'étang... Reconnaissez-vous prier des dieux païens ?

Almodius ! C'était donc lui, l'espion, le délateur, le fourbe ! Roman ne l'a pas trahie ! Cette pensée la remplit tout entière, un instant. Que répondre ? Il l'a vue à l'étang... L'a-t-il entendue invoquer Ogme pour la préservation du secret de la montagne ? Elle doit protéger le secret du Mont... Roman n'a rien dit, elle en est certaine, mais se peut-il qu'Almodius les ait espionnés dans la chapelle Saint-Martin, et qu'il l'ait écoutée confier cette histoire à Roman ? Comment en être sûre ?

Elle réalise que le seul moyen est d'avouer ses croyances : Hildebert sait de toute façon, et elle ne parviendra jamais à le convaincre du contraire, ce vieil homme est par trop redoutable... Si elle ne nie pas et que l'interrogatoire s'arrête là, c'est qu'il ignore ce qu'elle a confessé à Roman. Mais s'il poursuit ses questions, alors...

– Mon père... Je prie saint Michel et parfois je prie... Ogme, son ancêtre. C'est vrai, dit-elle en se recroquevillant dans son dernier retranchement, je suis chrétienne mais je reste aussi fidèle aux dieux anciens de mon peuple. Frère Roman l'a découvert le premier, et il a tenté de me faire oublier mes vieilles croyances en me montrant la beauté et la force de la Bible, qui apparemment ne tolère pas de concurrence. Il a usé toutes ses forces, sa raison, son cœur pur de moine pour convertir le mien, ajoute-t-elle en pleurant. Il m'a raconté des histoires prodigieuses, des combats héroïques, récité des paroles si justes, si pleines d'intelligence et d'amour, il m'a dévoilé mon erreur, sans m'en accuser... j'ai ouvert mon âme au message du Christ, mais je n'ai pu effacer le souvenir des messagers célestes de mes aïeux... et j'ai continué à honorer ce souvenir... Voilà la vérité, mon père, tous mes péchés je les ai dits, à présent, faites de moi ce que vous voudrez...

Le silence reprend lourdement sa place. Moïra tremble. La vérité, c'est maintenant qu'elle va apparaître, dans les mots de l'abbé. C'est maintenant qu'il va parler du secret, ou se taire à jamais. Elle sent que Roman tremble aussi, à son côté. Hildebert a croisé les mains devant lui. Il est calme. Le prieur, Almodius, le scribe s'effacent de l'esprit de Moïra. Seuls existent l'abbé, Roman, et elle. Seulement eux trois...

– Il n'y a qu'un seul Dieu, Moïra, finit par dire l'abbé, d'une voix étonnamment douce. Vous ne pouvez unir dans la prière la lumière et l'ombre, la révélation du Christ et l'adoration du Veau d'or... Ce que vous devez révérer du passé, c'est le souvenir des êtres humains, l'affection de vos parents, le sein de votre mère, les bras de votre père, et pas ces esprits mortifères gorgés du sang des sacrifices, qui vous entraînent sur le chemin des ténèbres !

Moïra relève la tête. Elle enrobe Hildebert d'un regard reconnaissant. Sa main droite se colle à son manteau, pour ne pas étreindre les doigts de Roman, serrer la robe de celui dont elle a enfin la preuve de son attachement, de son loyalisme et de sa confiance : Roman s'est tu, Almodius n'a rien entendu et Roman a préservé leur secret, leur lien, plus puissant que sa déférence à son père et à ses frères.

Il l'aime vraiment, du même amour qu'elle l'aime : celui d'un être humain pour un autre être humain. Là réside la force de Moïra, qui maintenant la rend invincible, quoi que l'abbé décide. Le passé et le présent sont soudés dans son cœur, l'avenir n'a plus d'importance.

– Vous m'entendez, Moïra, reprend l'abbé, vous devez renier Ogme et les dieux de vos ancêtres. A jamais.

Moïra semble s'éveiller d'une torpeur sucrée. Renier ? Abandonner le passé au moment où il prend tout son sens !

– Je ne le peux, mon père, répond-elle.

– Comment osez-vous ? rétorque l'abbé. Vous avouez sans ambages un péché de la plus extrême gravité, puis vous me dites sur le même ton que vous souhaitez persévérer dans ce péché ! Etes-vous consciente de ce que vous avancez ? Vous confiez à des moines que vous vénérez le Démon et que votre désir est de continuer à vénérer le Démon ! Pensez-vous que je vais accepter cela ? Vous vivez sur mes terres, ma fille, des terres sacrées, choisies par l'Archange, croyez-vous que je puisse tolérer d'en abandonner une parcelle à Satan ? Abjurez, Moïra, immédiatement, abjurez, vous n'avez pas d'autre choix !

– Je sais que dans votre grande clémence, mon père, vous m'offrez le pardon, à cette condition, dit-elle d'une voix blanche, et je vous remercie de cette magnanimité. Malheureusement je ne puis recevoir ce pardon, car je ne puis renier le sang qui coule en moi, quelle que soit sa nature... Je vous appartiens, faites de moi ce que vous jugerez bon, je suis entre vos mains, et entièrement soumise à votre volonté.

Ces paroles font bondir l'abbé hors de son fauteuil, et s'avancer vers elle en lui tendant un doigt accusateur.

– Ma volonté ? Ma volonté ! Elle est toute-puissante, en effet, à la mesure de votre crime ! Savez-vous que je peux vous livrer au bras séculier, qui hait plus que moi encore ce que vous représentez ? Richard vous soumettra à la question, et c'est autre chose que cette aimable conversation ! N'avez-vous jamais entendu parler des mani-chéens, qui prétendaient prier un dieu de lumière et un dieu des ténèbres, adorant ensemble le bien et le mal ? On les a brûlés, oui, brûlés vifs sur le bûcher ! C'est à cela que vous vous exposez en refusant de renier le diable qui est en vous, à cela !

Moïra baisse la tête. Son regard vide rencontre le sol de la cellule, la terre du Mont. Les chaînes qui l'attachent à cette terre sont plus soli-des que celles dont la menace l'abbé. Le pur pouvoir du lien qui l'unit à Roman est plus fort que la survie de son corps. Cet amour ne s'est jamais concrétisé par la fusion de leur chair, elle songe soudain que c'est ce qui fait sa vigueur intense, et ce qui scellera son éternité : la fusion de leur esprit, de leur âme. Le corps n'est rien, il retournera au néant, mais son âme ira dans un autre corps, indéfiniment. Les enve-loppes de peau se succéderont dans le temps, comme elles se sont déjà succédé depuis la naissance du monde... Restera l'âme, migrante mais éternelle, en harmonie avec l'univers des siens, et riche d'un nouvel absolu : l'amour de cet homme. Moïra pense à la souffrance qu'on peut infliger à un corps, et que Hildebert semble lui promettre : il lui faudra ne pas y céder, ne pas tacher son âme des tourments physiques... une once de peur la rattrape, puis elle se ressaisit. Sa décision est irrévocable. Son seul désir est de communier une dernière fois avec l'esprit de Roman. Elle l'observe intensément. Il fixe toujours un point, devant lui, puis un souffle de vie l'anime, il tressaille, il va se tourner vers elle, il faut qu'il la regarde, une dernière fois...

– N'escomptez pas un quelconque secours de frère Roman, tranche soudain l'abbé, un éclair métallique dans les yeux – et Roman reprend aussitôt sa position initiale. Il ne peut rien pour vous ! Votre sort dépend de moi, et surtout de vous, ajoute-t-il moins durement. Je vous le demande une dernière fois, Moïra : reniez-vous vos croyances impies ?

Que cela cesse ! Moïra n'en peut plus, et Roman semble au bord du malaise : une sueur mauvaise coule sur ses tempes, et on dirait qu'il va tomber. D'un geste définitif, Moïra fait non de la tête, s'attendant à ce que les foudres violentes de l'abbé l'assaillent. Mais la réponse est tout autre.

– Moïra, en ce mardi pascal, devant témoins, annonce-t-il comme une sentence, vous avez reconnu votre péché... Moi, Hildebert, troisième abbé bénédictin du Mont-Saint-Michel, je me souviens que Jésus est mort pour racheter les péchés des hommes, et qu'il est ressuscité... je vous laisse quatre jours et cinq nuits pour prier et réfléchir au mystère de la foi. Dimanche, premier dimanche après Pâques, je viendrai moi-même, au lever du jour, recueillir votre abjuration. Si vous refusez de la prononcer, alors vos biens seront confisqués, vous serez excommuniés et chassés à jamais de mes terres, vous et votre frère, avec interdiction perpétuelle d'y revenir pour vous et votre descendance. J'ai dit. A présent, hors de ma vue, retournez à vos bois sombres et votre demeure maudite, je prierai pour que le Seigneur vous vienne en aide. Allez !

Moïra reste un moment interdite, tant elle est surprise par le verdict. Elle regarde autour d'elle comme une bête enfermée, à qui on ouvre brusquement la geôle. Almodius fulmine, luttant de toutes ses forces pour ne pas protester, pour ne pas se précipiter sur elle et l'attaquer à la gorge. Roman pleure en silence. Hildebert, de dos, marche lentement vers son bureau et choit dans son fauteuil, soutenu par le prieur. L'abbé a l'air épuisé. Elle rencontre son regard céleste, happé ailleurs, étonné qu'elle soit encore là. Alors, après une œillade furtive à Roman, elle se détourne, ouvre la porte et s'enfuit en courant vers la forêt de Beauvoir, comme si elle était poursuivie par un monstre fantastique.

Moïra,

Si maître Roger a consenti à t'apporter cette lettre, c'est qu'il ignore tout de l'émoi qui agite le monastère depuis hier, malgré un boule-versement qui se propage comme une épidémie et qui contaminera bientôt toutes nos terres. Je crains pour toi, Moïra, je crains la mes-quine colère des petites gens sans instruction, je crains la flamme ven-geresse des villageois pour ceux qui ne leur ressemblent pas, je crains qu'ils oublient les souffrances dont tu les as soulagés et qu'ils conjurent leur effroi en te faisant souffrir à ton tour. Roger ne sait rien encore, donc il se souvient que tu as guéri sa fille Brigitte, demain peut-être ne verra-t-il en toi que suppôt du Démon. Pourtant, tu as vu, Moïra, tu as entendu l'acuité de l'intelligence et la bonté du cœur de notre cher abbé, si prompt au pardon des fautes, aussi lourdes soient-elles.

Comprends-tu que je lui ai confié les miennes sans réticence, comme tu fus aussi prompte à le faire ? La lumière divine est entrée en cet homme, qui n'est que miséricorde. Il t'attend, il a renoncé à un voyage important pour rester près de toi... Il sait que tu ne t'enfuiras pas, il prie jour et nuit pour toi, pour ton salut, pour ton âme : il t'aime comme Dieu t'aime, et il veut te garder en son sein : ne rejette pas sa générosité et sa bienveillance si peu communes pour un aussi grand seigneur, reçois-le dimanche tel le Christ qui l'habite, ouvre-lui ta maison, laisse-le te purifier de tes péchés, tu n'as qu'un mot à dire et je t'en supplie, Moïra, dis-le !

Je t'écris dans le secret d'une chandelle et de frère Hosmund, à l'infirmerie de fortune où j'ai trouvé refuge hier. Mon corps m'a de nouveau abandonné et tu ne peux rien pour lui, personne ne le peut. Je te parle de l'amour de Hildebert, du Tout-Puissant, alors que tout mon être hurle un autre amour, relégué au rang de soupçon ou de concupiscence. Pourtant, j'ai pris conscience, aussi violemment qu'un coup de poignard, que je t'aimais sans ombre, sans tache, sans autre désir à satisfaire que celui de savoir que tu existes, et que tu es près de moi. Nous sommes déjà dans un au-delà, celui du corps, nous avons dépassé les exigences de la chair, rendus étrangers, par la force des choses et de leurs contraintes, à leurs satisfactions éphémè-res et à leurs déchirements... Tu m'as aimé gisant, à demi mort, fiévreux et perdant mon sang... Je t'aimerai chrétienne et même païenne clandestine, qu'importe, si tu es là !

Nous trouverons toujours un moyen de nous voir, et de nous entendre. Mais comment le pourrons-nous, si tu es bannie ? Le ciel nous a fait une offrande, celle de notre rencontre : oui, Moïra, aujourd'hui je bénis le brigand et sa lame d'écorcheur, demain je tendrais ma poitrine vers lui, si son couteau m'amenait jusqu'à toi ! Je repense sans cesse à ces jours à Beauvoir, dans ta maison : comme ils me semblent doux, hors du temps, détachés des contingences du monde qui nous assaillent maintenant ! J'ai oublié toutes les souffrances que mon corps y a endurées : il me souvient de ta voix la première fois que je l'ai ouïe, de ton regard d'amour, de tes mains blêmes, de ton évanescente présence à mes côtés, celle d'un ange... hier, Moïra, hier la largesse du ciel a été plus grande encore : après m'avoir permis de rester en vie, il t'a accordé la même faveur, et je ne doute pas qu'il ait ainsi approuvé notre amour. Et toi, tu aurais le cœur de tout briser, au moment où tout s'ouvre devant nous ? Pourquoi ? Pour une terre de laquelle tu seras chassée si tu lui restes fidèle ? Pour sauver un culte qui s'éteindra avec toi ? L'ennemi de notre vivant amour est là, c'est une religion morte, un temps défunt, une pauvre dépouille que l'âme a quittée depuis des siècles ! Rassure-toi, je n'ai soufflé mot à quiconque de ton secret... mais je n'ai pas eu l'ardeur de bouleverser les esquisses de mon maître, qui sont son testament. Ce qui t'empêche de vivre disparaîtra... dans plusieurs décennies.

Je t'en prie, Moïra, ne t'exile pas toi-même hors de l'existence que le ciel nous promet, préserve notre amour qui importe plus que tout, et nous bâtirons une terre nouvelle, qui ne renfermera pas de cadavres, mais les racines des arbres !

Ne m'abandonne pas à mes pierres, Moïra... sans toi, elles sont froides et muettes, comme mon âme. Sans toi, je suis prisonnier d'une forteresse sombre, et mon cœur est un cachot. Je t'implore à genoux ! Donne-nous la paix, ma bien-aimée, donne-nous la paix !

A bientôt, mon ange terrestre, à bientôt promets-le-moi...

Roman.

Détruis cette lettre sitôt que tu l'auras lue, par prudence.

Brewen est immobile près de l'âtre fumant. Dehors, il fait nuit. Moïra respire le manuscrit, les yeux fermés. Ses boucles rousses caressent le parchemin, dans un long baiser. Elle tressaille de sanglots muets. Elle relève la tête : son visage est tristesse, une tristesse sans larmes ; puis, un espoir l'éclaire, frêle, pâle, plus flamboyant peu à peu, et finalement incandescent comme le luminaire du jour. Enfin, l'enchantement de l'amour dévoilé, partagé, déclaré ! Une ombre passe sur ses traits qui se raidissent, et se relâchent dans un sourire. Elle écoute son désir... oser croire en Roman, en elle, en eux, renier le passé... tout est changé, puisqu'il avoue son attachement ! Ils se verront, en secret d'autrui, mais dans la pleine vérité de leur cœur... Moïra hésite, l'âme déchirée. Son doigt effleure les mots de Roman, sa belle écriture droite sur le vélin tanné par les moines. Soudain, des coups martèlent brutalement la porte de la cabane. Moïra regarde son frère et s'empresse de placer la lettre sur la flamme d'une bougie. Le feu a éclairé cette lettre, maintenant il l'anéantit. Les coups résonnent plus fort. L'inespéré billet n'est plus que cendres. Moïra se dirige vers la porte.

– Tout ceci est prodigieux ! s'exclame Roland d'Aubigny, évêque d'Avranches, devant le chantier de la crypte du chœur. Cher Hildebert, quel bouleversement, en seulement une semaine ! Jeudi dernier, la montagne était nue, lorsque je suis venu consacrer les saintes huiles, aujourd'hui elle est belle, elle fourmille, elle bâtit, elle s'élève vers le ciel !

– Oui, monseigneur, répond l'abbé, le jeudi saint, l'habit de la montagne était notre modeste bure, celle de mes fils et de moi-même ; maintenant, et pour des décennies, elle se pare du courage simple et de la force pure de ces gens qui, loin d'être des ornements, vont consacrer leur vie à l'édification de la basilique...

Les deux hommes se jettent une œillade glacée. Enveloppé dans des fourrures d'ours malgré la douceur d'avril, Roland d'Aubigny déambule parmi les manœuvres suants à moitié dénudés, escorté de ses quatre vicaires et du père abbé. Son arrivée impromptue dans l'église, à la fin de la messe conventuelle, a surpris toute la communauté. Les eaux étaient hautes et il a dû s'asseoir dans une barque inconfortable. Mais le Mont n'est pas Cluny, et seule l'abbaye bourguignonne bénéficie du privilège de l'exemption, qui la libère du joug du clergé séculier et ne lui fait rendre des comptes qu'au pape. Au Mont, malgré les constantes réticences des abbés et des frères, l'évêque est chez lui et il peut accoster à n'importe quelle heure du jour ou de la nuit. Plus jeune que Hildebert, le maître du diocèse d'Avranches, et par là même successeur d'Aubert, voue à la montagne sacrée une passion lunatique : tantôt omniprésent sur l'île, tantôt dédaigneux et concentré sur les terres de son épiscopat, le quinquagénaire est un intime de Richard II, avec lequel il partage les attributs de la noblesse : habits somptueux, palais, banquets, parties de chasse, femmes. Plutôt bel homme, blond et gracile, Roland d'Aubigny toise Hildebert de son regard châtaigne.

– Cette promenade m'a donné soif, cher abbé, dit-il en essuyant la moiteur de son front d'un revers de manche fourrée, et toute cette poussière me brûle le gosier, consentiriez-vous à m'offrir un peu de ce vin de Beaune que votre cellérier fait venir de Cluny ?

– Vous êtes ici dans votre maison, cher Roland, et ma cave est la vôtre, répond sèchement Hildebert, contrarié de devoir partager un pichet de son vin favori avec cet ivrogne mondain. Allons dans ma cellule, nous y serons plus tranquilles, et vous pourrez vous réchauffer près de la cheminée...

– A propos, je ne vois nulle trace de votre maître d'œuvre, cet élève paraît-il très doué de feu Pierre de Nevers, que je pleure chaque matin dans mes prières ?

– Frère Roman est souffrant, il repose à l'infirmerie... l'humidité de notre climat réveille parfois la blessure qu'il a contractée en s'élevant contre un vil détrousseur de pèlerins...

– Ah ! Il me souvient de cette action héroïque ! répond l'évêque en levant les bras au ciel. Mais les faits remontent à la fête de la Dédicace, et je croyais qu'ayant bénéficié des soins les plus habiles votre moine était guéri...

Hildebert fait mine de ne pas saisir l'allusion ; il continue d'avancer vers sa cabane, sans ciller. Au loin il aperçoit frère Bernard, l'assistant de Roman, qui supervise avec maître Jehan la montée de blocs de pierre gigantesques.

– Frère Roman possède un esprit et une âme façonnés dans le granite le plus solide qui soit, et il se montre un maître d'œuvre remarquable... Mais son corps a été harassé par sa bataille contre trépas ; l'estafilade est du côté du cœur... de temps à autre, ses forces mollissent mais, après quelques jours de repos, il se remet et travaille plus énergiquement encore...

– Le cœur semble en effet plus faible chez certains humains que chez d'autres, remarque Roland d'Aubigny. Je vous en prie, cher Hildebert, après vous !

L'abbé précède l'évêque dans sa cellule. Il ordonne au frère lai qui attise le feu d'apporter une cruche de son bourgogne rouge et deux gobelets. Le prélat ignore que le grand ami de Hildebert, l'abbé Odilon, vient de lui envoyer quelques tonneaux d'un vin blanc délicieux, que ses moines de Cluny élèvent en Auxerrois, sur des vignes plantées par les Romains... Décidément, Roland n'est pas venu pour sa cave, cette pensée est réjouissante, mais l'abbé doute, malgré les dires de l'évêque, qu'il se soit déplacé pour admirer le chantier... Les propos équivoques du prélat laissent deviner autre chose, et ne présagent rien de bon. Ils poussent l'abbé à provoquer une pacifique confrontation.

– Prenez place, monseigneur ! dit Hildebert en désignant un siège face au bureau où il s'installe. Maintenant que nous voilà dans la familiarité de cette antique cellule, et dans la chaleur de ce feu, dites-moi... êtes-vous satisfait de votre visite chez nous ?

– Je suis comblé par ce que je viens de contempler, absolument comblé ! Cependant... pour être pleinement satisfait, il faudrait que ma mission fût absolument accomplie... Or, il me reste à vous narrer une curieuse anecdote, oh, rien de cérémonieux, une simple information que je ne pouvais vous délivrer parmi toutes ces indiscrètes oreilles.

– Je vous écoute, monseigneur, et puis vous assurer qu'ici, les seules oreilles sont les miennes... et l'esprit, celui de l'Archange, répond-il en levant une main vers la tapisserie.

A cet instant, frappe le frère lai qui apporte le vin. Il sert les deux dignitaires et se retire. L'évêque goûte l'élixir, félicite l'abbé d'avoir un ami aussi précieux qu'Odilon, et se racle la gorge.

– C'est un fait qui est survenu hier, mercredi, à la nuit..., commence-t-il. Il me concerne au premier chef, mais j'ai estimé convenable de vous en avertir.

Roland s'interrompt pour regarder l'abbé, qui est atteint par une inquiétude, un sombre pressentiment. L'évêque, lui, se délecte de son effet d'annonce et avale une gorgée de vin.

– Figurez-vous, reprend-il d'un ton faussement détaché, que j'ai découvert une hérétique... dans mon diocèse... et, pour être plus précis, sur vos terres !

Hildebert se fige comme un cadavre.

– Les soldats de Richard l'ont arrêtée hier soir, poursuit l'évêque avec une satisfaction non feinte. Elle est enfermée, sous bonne garde, dans l'une de ses prisons, à Avranches, non loin du diocèse. Je ne l'ai point encore interrogée, il m'a paru naturel de vous en entretenir au préalable... Il s'agit d'une guérisseuse du nom de Moïra.

L'abbé semble reprendre vie. Il se dresse brusquement, renversant son gobelet d'étain d'un revers de main. Le liquide vermeil coule sur la table.

– Vous n'aviez pas le droit ! s'écrie-t-il. Moïra vit à Beauvoir, sur mon domaine, elle m'appartient !

– Ah, vous connaissez cette créature ?

– Quelqu'un a parlé, j'exige que vous me disiez qui ! J'ai jugé cette femme il y a deux jours, elle a jusqu'à dimanche pour abjurer sa foi impie, sous peine d'être excommuniée et chassée de mes terres !

– Et de venir se réfugier sur les miennes ? Belle sentence, père abbé ! répond Roland dont les yeux renvoient la foudre de Hildebert. Vous ne pouvez blâmer l'un de vos fils d'avoir fait preuve d'une hauteur de vues tout à fait appropriée dans cette affaire de la plus extrême gravité, qui dépasse les frontières de votre domaine.

– Qui ? répète l'abbé, droit derrière le bureau. Allez-vous me dire qui s'est permis un tel acte ?

– Frère Almodius, votre sous-prieur, s'est déplacé mardi pour quérir mon avis sur cette affaire. Il a judicieusement pensé que je devais être informé de l'hérésie de cette femme, hérésie qui est un crime de lèse-majesté, dirigé contre tous les chrétiens, et non seulement contre votre monastère, vous ne l'ignorez point... A ce titre, vous auriez dû m'en aviser. Je ne vous en tiens pas grief, puisque votre sous-prieur l'a fait pour vous...

– Almodius n'a aucun pouvoir pour agir en mon nom ! Ce félon sera sévèrement puni.

– Allons allons, cher abbé, répond l'évêque en versant du vin dans les gobelets, je crois que vous vous égarez. Certes, Almodius a manqué à son devoir d'obéissance, mais cela était motivé par une raison supérieure, et impérieuse... Le crime n'est point en votre fils, mais uniquement dans l'âme damnée de cette païenne. C'est elle qui doit être châtiée, de manière exemplaire !

– Qu'allez-vous faire d'elle ? demande Hildebert d'un ton las.

– Ce que vous n'avez point fait ! Sonder son âme et en mesurer la pourriture !

– Par la force ! dit l'abbé en s'animant à nouveau. Effectivement, cela, je ne l'ai pas fait, car la torture est indigne de l'homme de Dieu que je prétends être, et de l'Eglise que je sers ! Auriez-vous oublié le principe édicté par le pape Grégoire, selon lequel il n'appartient pas à l'Eglise de verser le sang ?

— Verser le sang, non... Mais en tant qu'évêque, je suis le successeur des apôtres, et c'est à moi qu'il appartient d'évaluer le danger de cette femme, par les moyens que je jugerai appropriés, et de me prononcer sur elle, au nom de l'Eglise ! Je ne la châtierai pas moi-même, bien sûr... Je laisse ce soin, ainsi qu'il convient, au duc Richard. C'est à lui de faire régner la paix ici-bas, et d'assister l'Eglise dans sa lutte contre le Démon, par la force s'il le faut.

— Richard n'est pas un bourreau ! objecte l'abbé.

— Mais non. Notre prince est un bon prince, épris de justice... et un fervent chrétien. Dès qu'il a reçu mon messager, il m'a immédiatement envoyé l'un de ses détachements armés, pour appréhender la préten-due guérisseuse et en prendre grand soin... Rares sont les princes, heureusement, qui sous-estiment le gravissime péril engendré par l'hérésie. Cela me rappelle qu'il y a six années, l'année même du mariage de Richard avec Judith, puis du décès de Judith, l'année où furent retrouvées les reliques d'Aubert dans ce plafond, dit-il en levant la tête, l'année où le duc prit la décision de construire la grande abba-tiale et où vous fîtes venir l'honorable Pierre de Nevers, le roi de France Robert II, bien surnommé « le Pieux », fit périr par le feu les chanoines adeptes du manichéisme... La Normandie n'est point la France, mais j'imagine que notre bon Richard a dû penser à ce précédent, lorsqu'il a appris que la terre bénie du Mont, qu'il chérit tant, et dont il finance la future abbaye, recelait en son sein une telle engeance !

L'attaque est perfide, mais juste. Avec beaucoup de pragmatisme, Hildebert évalue la situation : Moïra est désormais aux mains de l'évêque et du prince : pour l'instant, il ne peut rien pour elle. Par le fol acharnement de la jeune femme à ne pas abjurer, l'autre jour, dans sa cellule, et par l'inqualifiable faute de son sous-prieur, l'affaire est maintenant d'un autre ordre : elle est devenue politique, enjeu de pouvoir entre trois hommes : Richard, Roland et lui. L'autorité de l'abbé a été sévèrement mise en cause et Hildebert songe que, peut-être, le chantier de l'abbatiale est menacé... Non, Richard ne peut mettre en danger ce projet grandiose qui fera sa gloire ! Tout de même, l'abbé doit au plus vite solliciter un entretien avec son suzerain et tenter de restaurer son influence, en évitant le pire à Moïra. Pour l'heure, il doit batailler contre l'adroit prélat, qui a tenu en échec tous ses arguments. Mais l'abbé dispose encore d'une arme, celle qu'il manie avec le plus de dextérité : le Verbe sacré.

– Loin de moi le dessein de prêcher face à un homme si instruit que vous des choses divines, commence-t-il en versant du vin, mais en partageant avec vous cette sainte boisson je songe au dernier repas du Christ et à ses paroles lorsqu'il fut arrêté... Pierre sortit son épée pour le défendre, et Jésus dit : « Rengaine ton épée »... Si la vie du Seigneur lui-même ne justifie pas de répandre le sang, alors c'est que nulle vie ne le peut. Notre épée, à nous servants du Christ, est la parole, Sa parole... C'est par les mots et non par les armes que nous devons convertir !

– Le Christ a également dit : « Je ne suis pas venu apporter la paix mais le glaive », signifiant en cela que l'épée de la vérité est préférable à la paix de l'erreur et du mensonge !

Les deux hommes se jaugent du regard.

– Je constate que nos visions divergent, même lorsqu'il s'agit des saintes Ecritures. Faisons donc appel au pape, qui tranchera ! lance Hildebert comme un couperet.

– Je suis le représentant du pape ! répond l'évêque qui se dresse sur son siège. Il me semble que vous avez tendance à confondre le Mont avec Cluny, ajoute-t-il d'une voix mielleuse en se rasseyant. Serait-ce une conséquence involontaire du bon vin d'Odilon ?

– Odilon est un saint homme, réplique sèchement l'abbé, qui, comme Benoît et tous les membres de notre ordre, réfute la violence pour lutter contre l'hérésie. Le mal ne peut être vaincu que par le témoignage de la prière, de la foi et de l'amour. Evidemment, il faut avoir le courage de rompre avec les illusoires enchantements du monde terrestre, ajoute-t-il en regardant avec mépris la fourrure de l'évêque, pour ressentir la puissance de cette foi et de cet amour céleste !

– Je comprends que vous estimiez édifiante la compagnie des anges, cet idéal vous honore, de même que tous les gens de votre ordre. Mais j'ignorais que votre cher Archange Michel eût pourfendu le dragon avec des mots fervents !

– Saint Michel est un ange qui se bat à l'épée contre un autre ange, répond Hildebert, excédé de la condescendance de l'évêque. Lucifer savait son erreur, il a péché en pleine conscience, et le combat se déroulait entre égaux ; cette femme, au contraire, a péché par igno-rance et non par orgueil !

– Par ignorance ? Pourtant, j'ai ouï dire qu'elle avait été profondément instruite par l'un de vos fils, avec un dévouement des plus intenses, au mépris de son court sommeil de moine !

– La vie, le sommeil et les activités de mes moines sont de mon exclusive compétence.

– Comme bon vous semblera... Je ne veux point empiéter sur votre charge, cher abbé. J'ai la mienne, et je la trouve suffisamment lourde : je m'en vais interroger ce démon. Je vous salue.

Sans autre civilité, l'évêque se lève et sort de la cellule, pour rejoindre ses vicaires qui patientent dehors. Hildebert demeure seul, abasourdi par la tournure des événements. Puis il sent s'abattre sur lui un cataclysme ressemblant à ceux qui frappent parfois la montagne : une furie naturelle comme il n'en a jamais connu auparavant, une véhémence, une impétuosité rageuse qui lui font peur tant elles sont étrangères à son caractère et à sa vocation. Le vieillard est submergé, incapable d'endiguer la monstrueuse colère. D'un bond de jeune homme, il se lève et se précipite hors de la cabane, tandis que retentit la cloche annonçant la sixième heure. Il déboule dans le réfectoire où l'attendent, debout, ses moines affamés. La place de frère Robert, le prieur, est vide : la veille, Hildebert l'a envoyé à une importante réunion de dignitaires bénédictins en Anjou, où lui-même a renoncé à se rendre pour pouvoir recueillir en personne l'abjuration dominicale de Moïra. Derrière son écuelle vide, Roman lève la tête pour voir entrer l'abbé. Le jeune moine a un teint de cendre, de la couleur de ses yeux, mais ce matin, lorsque maître Roger est venu à l'infirmerie l'assurer qu'il avait bien remis la lettre, il s'est levé et a repris ses fonctions, ne voulant plus se cacher à la face de ses frères et des gens du chantier, comme il a cessé de se dérober à Moïra et à lui-même. L'abbé le foudroie du regard : Roman sent la douleur du châtiment lui brûler l'échine... mais Hildebert passe et s'avance vers le sous-prieur.

– Almodius ! crache l'abbé. Suivez-moi promptement dans ma cellule ! Vous autres, mangez ! ordonne-t-il aux moines éberlués.

Il se détourne et sort théâtralement du réfectoire, talonné par le chef du *scriptorium*. Il fait entrer Almodius chez lui, et referme bruyamment la porte. Le souffle du battant fait tressaillir le moine, dont les oreilles rougissent. L'abbé s'installe à son bureau et pétrifie du regard le fils indigne.

– Mon père, je..., commence Almodius.

– Taisez-vous ! l'interrompt Hildebert avec des trémolos de colère dans la voix. Aucun mot de vous n'entachera la sainteté de ce lieu ! Vous que l'abbé Maynard a accueilli enfant, dont nous avons nourri le corps et l'esprit, forgé l'âme, que j'ai élevé au rang de sous-prieur, à qui j'ai confié la clef de cette abbaye en lui offrant celle du *scriptorium*, toute la mémoire des chrétiens et le savoir de notre communauté... vous nous avez tous trahis, vous êtes un misérable !

– Mon père, répond tout bas Almodius, effrayé par l'emportement inédit de l'abbé, je reconnais avoir agi au mépris de ce que vous aviez ordonné... J'ai été guidé par la foi que votre prédécesseur et vous avez insufflée en moi depuis mon plus jeune âge, cette foi même qui est plus forte que tout, et qui sert la sainteté de ce lieu dont j'ai senti l'intégrité menacée.

– Je suis le garant de l'intégrité de cette montagne ! bouillonne l'abbé. Par votre acte, c'est vous qui la mettez en péril face à l'évêque et au prince ! « L'obéissance qu'on rend aux supérieurs, on l'adresse à Dieu », a écrit Benoît. En désobéissant de la sorte, c'est le Seigneur lui-même que vous bafouez ! Vous avez tout renié : votre famille de sang qui vous a confié à Dieu, vos frères du monastère, votre père spirituel, et la famille des anges !

– Mon péché n'est rien à côté de celui de mon frère Roman qui s'est laissé conquérir par la volupté du Malin, rétorque le sous-prieur en relevant la tête avec un air de défi. J'ai désobéi, c'est vrai, mais pour sauver l'âme de notre abbaye, infectée par cette femelle infernale et par votre bon cœur de vieillard !

A ces mots, Hildebert manque s'étouffer de rage. Le teint rouge pivoine, il se met à tousser violemment et doit calmer sa respiration avant de pouvoir répondre :

– Cela fait quelque temps déjà – et l'abbé s'arrête pour expectorer dans un mouchoir – que je concevais quelque inquiétude à votre égard... Votre regard se faisait de moins en moins humble... La nuit, vos absences du dortoir, et le jour, vos sorties de l'enceinte du cloître, sans but avoué... Un subit éloignement de nos dispositions temporelles, que je ne pensais pas être une rupture aussi grande avec nos convictions profondes... Aujourd'hui, je vois, et j'entends. Ce cœur vieux, que vous me reprochez, reçoit l'arrogance, l'ingratitude de votre bouche, et la passion mortelle de votre cœur, qui vous ronge entièrement... Oui, je comprends votre haine pour votre frère

Roman, pour cette femme, pour notre clémence vis-à-vis des pécheurs qui pèchent par naïveté et impuissance face au monde, et non par vanité. Voilà ce que la foi a fait de vous, conclut-il dans un souffle. Almodius, je vous démets sur-le-champ de toutes vos fonctions, je vais réunir immédiatement la communauté en conseil, pour la procédure d'exclusion. Lorsque Robert reviendra d'Anjou, je désignerai un nouveau sous-prieur, et choisirai un autre frère pour le *scriptorium*... Vous nous avez quittés déjà, je ne fais qu'entériner votre choix ; j'espère seulement que vous n'êtes pas totalement perdu et que vous pourrez faire le chemin à rebours.

Hildebert se prend la tête dans les mains, brisé comme un père que le fils préféré viendrait assassiner.

– Vous ne comprenez décidément pas ! s'exclame subitement Almodius en s'approchant de l'abbé. Vous préférez pardonner au faible et à l'infidèle, et me blâmer, moi, de n'avoir pas succombé ! Votre justice arbitraire n'est destinée qu'aux infirmes, et je ne regrette en rien de l'avoir dénoncée à l'évêque qui, lui, saura éradiquer le mal ! vocifère-t-il, les poings serrés, à un souffle de Hildebert, qui respire de plus en plus bruyamment. Votre prétendue clémence n'est que lâcheté, et votre foi l'alibi de cette lâcheté ! Je...

Le moine s'immobilise face au visage du père : brusquement livide, le patriarche écarquille les yeux et ouvre la bouche d'où ne sort aucun son. Un filet d'écume blanche coule des commissures de ses lèvres. Hildebert porte la main à son cœur et, dans un râle, s'écroule violemment sur la table. Almodius est stupéfait. Il reste interdit quelques instants, ne sachant que faire, puis, lentement, il se rapproche, redresse timidement l'abbé : Hildebert est blanc et raide comme un cadavre. Almodius se penche. Une infime expiration semble sortir de la bouche. Le jeune moine écarte la main figée du père et pose ses doigts à l'endroit du cœur : on dirait qu'il bat encore, très faiblement, et de manière irrégulière. Hildebert n'est pas mort... Almodius sort en courant de la cabane.

Quelques instants plus tard, Hildebert est allongé sur son grabat, muet, le corps statufié, les yeux hagards. Le brasier de la cheminée remplit la pièce d'ombres rousses. Frère Hosmund est courbé sur le gisant et tente à grand-peine de lui faire avaler une potion.

Almodius prie, agenouillé près de la couche. A l'extérieur de la cabane, tous les frères du monastère, prêtres et laïcs, sont accourus aux premiers coups de crécelle, et chantent, à mi-voix, le *Credo in unum Deum*. Hosmund se relève, croise le regard sombre d'Almodius. Ce dernier l'interroge des yeux.

– Je ne sais, frère Almodius, répond le frère lai. Il est enfermé en lui-même, étranger au monde... ses muscles et sa langue sont figés. C'est son cœur, il paraît las de battre. Pas de fièvre, mais une intense fatigue intérieure... l'âge, les tracas du chantier, les récents événements..., dit-il en baissant la tête. Le courroux est toujours néfaste à l'âme. Il faut prier pour lui, je me charge du reste, avec l'aide du Seigneur.

– Et la mienne, frère Hosmund, dit Almodius d'un ton ferme. En l'absence de frère Robert, je prends en main l'abbaye... et les soins de notre père, jusqu'à ce qu'il se rétablisse.

– Bien, frère Almodius. Je vais à l'infirmerie préparer les onguents et bouillir les simples. Une saignée, peut-être, le libérera de ses humeurs mauvaises. Oh, mon père, dit-il, le gros visage barbu soudain baigné de larmes, notre cher père... ne croyez-vous pas qu'il faille partir chercher le prieur et quérir l'évêque pour l'onction ?

Almodius pose une main solide sur l'épaule de l'infirmier qui sanglote.

– Allons, mon frère, notre affliction à tous est infinie, mais elle n'aidera point notre père. Prier, nous devons tous prier l'Archange afin qu'il secoure son âme ! Frère Robert sera bientôt de retour pour joindre son oraison à la nôtre, il est inutile de précipiter le temps. En revanche, il me paraît effectivement plus sage de quérir l'évêque pour l'onction du malade. Je vais envoyer frère Guillaume vers Avranches. Notre père doit reposer dans la quiétude et la sérénité, je vais également veiller à ce que les frères ne le perturbent pas. Vous et moi nous relaierons à son chevet, pendant que nos frères adresseront au Seigneur l'ardente prière. Je compte sur vous, frère Hosmund.

Almodius se retourne et aperçoit les figures interrogatrices et inquiètes des moines, par l'unique fenêtre de la cabane. Il sort pour les informer de l'état du malade et leur dispenser ses ordres. Tandis qu'il parle sur un ton de demi-deuil, il croise le regard de Roman, dur comme une pierre, qui semble le défier dans un réquisitoire sans parole. Mais le maître d'œuvre se tait et se joint à ses frères qui marchent vers l'église pour implorer saint Michel de leurs larmes pures et de leur prière flamboyante.

Ce soir-là, un grand calme s'empare de la montagne, un calme qui n'est pas la paix mais l'attente soumise de la décision suprême. Le ciel lui-même retient ses déferlantes vespérales : les nuages gris s'effacent, le soleil craintif s'estompe peu à peu et la nuit mate s'insinue sans en avoir l'air, légère et délicate comme le pétale d'un calice lunaire. La mer est venue, dans une chanson douce, flatter la terre, balbutier au roc un murmure glissant. Là-haut, tout est en suspens... Le chantier immobile semble abandonné, et les potences érigées bercent des pendus imaginaires. Pas d'étoiles dans le noir. Pas de lumière dans l'église que la nuit dépeuple d'humains et envahit d'esprits. Seules brillent les fenêtres cintrées de la chapelle Saint-Martin, dans un halo jaune.

Le lendemain, vendredi, Roland d'Aubigny arrive au grand galop, à marée basse. L'abbé est toujours entre la vie et la mort, muet et figé, en sursis entre les deux mondes. Almodius ne l'a pas quitté un instant, prononçant les trois oraisons que récite d'habitude le prieur aux malades dont l'état est désespéré, disant le *Confiteor* pour Hildebert qui ne peut pas parler, lui administrant lui-même les soins, pendant que Hosmund s'est joint à ses frères qui ont prié toute la nuit dans la chapelle. Peu après l'aube rouge, en sortant du sanctuaire dont les pierres lui parlaient de Moïra, Roman a tenté de voir Hildebert mais le sous-prieur l'en a empêché, fermant la porte de la cellule au nez du maître d'œuvre. Roman n'a pas insisté, ne voulant pas provoquer un nouveau conflit, et s'en est allé sur son chantier où arrivaient les rares manouvriers qui n'avaient pas dormi sur place. L'âme de Roman oscille entre Hildebert et Moïra, les deux êtres aimés au sort inconnu, qui peut basculer à tout moment, et pour lesquels il ne peut que prier. Roman supplie le Très-Haut sans amertume, avec ardeur et espérance, certain que le ciel leur viendra en aide. Cette nuit, debout dans la chapelle Saint-Martin, tout son être s'est tourné vers l'Archange, dans un amour neuf qu'il n'a jamais ressenti auparavant : un amour sans inquiétude, sans affliction, sans repentir, entièrement tourné vers l'avenir, qu'il place avec confiance dans la bouche du premier des anges, dont il a senti le souffle le caresser... Oui, au plus profond des ténèbres nocturnes, l'invisible l'a enveloppé de son haleine bleutée.

Apercevant l'évêque et son équipage, Roman est saisi d'un fol espoir, qui lui rappelle le moment mystique de la dernière nuit. Il se place sur le chemin du prélat et attend.

Mais Roland d'Aubigny passe devant lui sans s'arrêter, sans même le voir, et il pénètre dans la cellule de Hildebert. Frère Hosmund en est aussitôt congédié. Almodius et Roland restent seuls avec l'abbé, pour oindre ses yeux, ses oreilles, son nez, ses lèvres, ses mains, ses pieds et ses reins, voies d'accès aux péchés, et racheter ses fautes, qui ont fait irruption par les cinq sens, en lavant un crucifix à l'eau et au vin, figurant ainsi les cinq plaies du Christ qui effacent les péchés des hommes. Pendant ce temps, Roman interroge son ami Hosmund, qui ne lui apprend rien de nouveau sur l'état du patient. Il faut attendre encore, et prier.

Samedi. Deuxième nuit d'oraison. Cette fois, l'effluve bleu avait une odeur étrange, forte, écœurante, celle des plumes d'un oiseau dévorées par le feu. Roman en aurait volontiers parlé à Hildebert. Mais le père abbé est toujours inconscient, a dit Hosmund, sévèrement gardé par Almodius le cerbère, a pensé Roman. Hier, rien n'a filtré des paroles échangées entre l'évêque et le sous-prieur, après que le prélat a donné les derniers sacrements à l'abbé. Rien sur Moïra. Mais une voix, qui a la suavité de l'exhalaison céleste, ordonne à Roman de garder foi en elle, en lui, en leur protecteur ailé qui veille. Dans le secret d'une requête silencieuse à saint Michel, il a même pardonné à Almodius son infamie vis-à-vis de la jeune femme : la totale abnégation du sous-prieur à l'égard du vieil abbé malade n'est-elle pas le signe du remords et de sa volonté de rédemption ?

Au cours de la journée, la figure du père abbé s'est tendue dans un rictus ressemblant à un sourire, et il a ouvert les yeux, avant de sombrer à nouveau entre les deux mondes. On a envoyé un messager prévenir le duc Richard, tandis que Hosmund et Almodius ont étendu un cilice à terre, y ont tracé une croix de cendres, avant d'y déposer le corps statufié de Hildebert.

Troisième nuit dans la chapelle Saint-Martin, entre le samedi et le dimanche, entre la lumière et l'ombre, entre anges et démons. La vapeur céleste ne vient pas réconforter Roman. Il est pris d'un froid humide et glacé, entre les côtes, près du cœur, et peine à respirer. Aux premières lueurs du ciel dominical, Hildebert s'éveille de sa longue torpeur. Almodius relève la tête.

Sous la tenture de saint Michel, les deux hommes se regardent. Le sous-prieur, seul avec le moribond, le fixe sans un mot. L'abbé tente de bouger, d'articuler des mots, de rejeter la couverture de serge, comme s'il allait soudain se lever et accomplir une mission urgente. Ses veines se gonflent d'un sang épais qui semble coagulé par le gel. Le visage et le cou violacés, il halète, le regard sur le plafond de bois. D'un coup, son corps se résigne : il se soulève une dernière fois, dans une ultime révolte, puis le souffle cesse et Hildebert s'affaisse. Sa gorge lâche un spasme final, et tout retourne au silence.

9

ACCUEILLI par un brouhaha de cantine scolaire, Dimitri apporta sur la table les deux loups de mer qu'il venait de sortir de la cheminée en se brûlant les doigts.

– Encore du poisson ! s'exclama Sébastien. Ça commence à devenir lassant... On ne pourrait pas acheter de bons gros steaks, pour changer ?

– Pauvre chou, rétorqua Florence, qui est marri de déguster du bar de ligne de premier choix, pêché ici même ce matin. Tu n'as qu'à aller te consoler devant un hamburger au ketchup, si cela ne te plaît pas ! Et faire les courses la prochaine fois.

– Oh ça va, Flo, répondit Sébastien. Sois tranquille, c'est après-demain mon tour de corvée... Et j'irai au supermarché acheter de bonnes entrecôtes et des grosses saucisses, ça c'est certain !

Dimitri retourna chercher les pommes de terre cuites dans la braise. Il s'était donné beaucoup de mal pour convaincre l'un des rares marins pêcheurs subsistant au Mont de lui céder à un prix raisonnable les deux bêtes qui devaient partir au marché de Rungis pour alimenter un restaurant de la capitale. Dimitri, la trentaine, était un type maigre, timoré mais touchant, coquet et délicat, aux gestes féminins, et surtout distant, à cause des quolibets qu'il avait l'habitude d'entendre de la part de ses collègues masculins.

– En somme, Seb, résuma Patrick Fenoy, l'assistant de Johanna, tu es comme les ouvriers des chantiers médiévaux du Mont-Saint-Michel, qui exigeaient avant de venir de n'avoir pas à manger du bar, du saumon sauvage ou de l'esturgeon tous les jours...

– Il n'empêche que la viande, ça tient au corps, avec un climat pareil ! renchérit Sébastien. Moi j'arrive pas à m'y faire, à cette humidité, ça me glace ! Vous avez remarqué que nos draps sont toujours moites quand on y entre ? Et que le linge pue, même propre, quand toutefois il arrive à sécher, il renifle le varech, beurk !

– Imagine-toi plutôt les conditions d'existence des gens d'ici au Moyen Age, dont les maisons n'avaient pas de vitres, que de très petites ouvertures protégées par du mauvais papier encrassé par la suie des cheminées et des bougies... Il me souvient même qu'on devait chauffer constamment le *scriptorium*, contrairement à l'usage bénédictin qui limitait le chauffage à la cuisine et à l'infirmerie, non par souci de confort à l'égard des moines copistes, mais parce qu'il régnait dans cette salle une telle humidité que les précieux livres pourrissaient ! lui répondit Patrick.

Ça y était. Comme chaque soir depuis trois semaines que le chantier archéologique avait débuté, Patrick Fenoy leur faisait un cours d'histoire médiévale appliquée au Mont-Saint-Michel. Ç'eût été passionnant, si le quadragénaire avait mis plus d'humilité dans ses propos, et surtout dans les regards qu'il lançait à Johanna, des regards d'être supérieur obligé d'obéir aux ordres d'une femme plus jeune que lui, moins expérimentée, qui d'après lui ignorait tout du passé du Mont et avait été catapultée ici par des moyens peu avouables mais dont il n'était pas dupe. Il ne savait pas encore comment cela s'était passé et quels étaient les appuis de Johanna, mais il ne digérait pas d'avoir été dépossédé d'un poste qui lui revenait de droit par une petite dinde qui n'avait jamais travaillé avec le grand maître Roger Calfon.

Johanna fixa le visage anguleux et émacié de Patrick Fenoy ; elle toisa ses yeux noirs voilés par de petites lunettes, sa barbe naissante, examina ses cheveux bruns et plats, déjà clairsemés, son teint de cendre, ses doigts jaunis par les cigarettes qu'il roulait lui-même, et son pull gris troué par endroits. Elle n'était guère plus élégante, avec sa grosse veste de laine bouillie, mais elle en avait assez de ce personnage arrogant, méprisant et faraud. Globalement, les choses ne se passaient pas si mal : Dimitri était un ange asexué, Sébastien un éternel adolescent de trente ans, tel qu'elle en avait déjà connu à Cluny, Jacques, un gros homme discret complexé par son poids, mais redoutablement efficace sur le chantier, Florence, une petite femme gaie et sympathique, que Johanna aimait bien, même si elles n'étaient pas devenues intimes. Seul Patrick lui posait problème : elle ne pou-

vait faire confiance à la personne qui lui était la plus indispensable :
son assistant. Certes, elle comprenait son hostilité, mais, à la longue,
elle avait cru que son amertume s'apaiserait. Or non seulement il
avait la rancune tenace, mais Johanna était persuadée que celle-ci
augmentait de jour en jour. Un soir, elle l'avait surpris, par hasard,
alors qu'il téléphonait à son ancien directeur de chantier et objet de
dévotion : Roger Calfon. Le coup de fil n'avait rien d'anormal et
Johanna appelait Paul de temps à autre, pour avoir des nouvelles et
pour lui demander conseil. Mais, cachée dans la cuisine, elle avait
assisté à un pugilat sans adversaire : son assistant rapportait tous les
événements professionnels et extraprofessionnels de leur communauté, amplifiant les petites erreurs de Johanna, dénonçant ses hési-
tations comme des marques d'incompétence, l'attaquant même personnellement, pour finir par demander à Calfon de se renseigner sur
elle en haut lieu. Si jamais il apprenait la vérité... elle avait pâli, et
fini par hausser les épaules. Après tout, elle n'avait tué personne, que
diable ! Face aux autres et surtout face à Patrick, elle avait refoulé sa
colère mais, ce soir, son exaspération montait.

– A propos, dit Patrick, que penses-tu de notre découverte
d'aujourd'hui ?

– Je pense qu'elle est fascinante, répondit Johanna en avalant une
bouchée de bar, bien que très postérieure à la période qui nous
intéresse, et sans lien apparent avec notre objet de fouilles, la tombe
de Judith.

L'après-midi, ils avaient en effet exhumé un petit morceau de
pierre, les restes d'un arc brisé, probablement un vestige de la
construction de l'abbaye gothique.

– Je partage ta fascination pour l'arc brisé, renchérit-il d'un ton
mielleux, mais je serai moins catégorique que toi sur la période et
son absence de lien avec ce qui nous occupe : s'il fut systématiquement employé à l'époque gothique, n'oublions pas qu'il se généralisa
au XIIᵉ, et fut inventé dans les dernières années du XIᵉ, en plein art
roman, dont il constitue le sommet, l'aboutissement parfait, avant
son déclin. Imaginons un instant que sa présence au Mont soit antérieure... La chapelle Saint-Martin fut détruite pour construire la nef
et les bâtiments conventuels, entre 1060 et 1084, et on s'accorde à
dater la fin des travaux romans à 1084. Or si, par extraordinaire, à
cette époque l'architecte roman avait déjà découvert l'arc brisé ? Cela
remettrait tout en cause, et nous serions face à une trouvaille de tout

premier ordre, une révolution archéologique et architecturale, cela voudrait dire que l'arc brisé a été créé ici, au Mont !

Johanna baissa les yeux. Croyait-il vraiment à ce qu'il racontait ou la mettait-il à l'épreuve ? Il avait en tout cas réussi à piquer son orgueil au vif. Autour de la table, un silence inhabituel s'était installé, lourd et électrique, tandis qu'elle posait ses couverts de chaque côté de son assiette. Il allait voir...

– Je te répondrai en deux parties, cher Patrick, commença-t-elle avec un sourire narquois. Déformation de thésarde ! Premièrement, la théorie historique et son exemple pratique : chacun sait que l'arc brisé fut inventé en Orient au Xe siècle, en Syrie et en Arménie plus exactement, et qu'il fut ramené en Europe par les premiers croisés, autour de 1099, 1100. Le premier exemple connu de l'emploi de l'arc brisé se situe à Cluny – abbaye qui ne m'est pas totalement inconnue – lors de la construction de Cluny III, qui débuta fin XIe. Deuxièmement, l'application de cette théorie à l'abbaye du Mont-Saint-Michel : certes, l'abbatiale romane, avec arcs strictement romans, donc plein cintre, fut achevée en 1084, mais vous avez oublié qu'en 1103 le mur nord de la nef s'est effondré sur les bâtiments conventuels dont les voûtes – plein cintre – furent crevées... il fallut reconstruire... et c'est alors, autour de 1106, donc après Cluny, et après le retour des croisés, que l'on répara les bâtiments endommagés en employant pour la première fois au Mont l'arc brisé, notamment pour la salle de l'Aquilon. En conclusion, deux points également, si vous permettez : un, concernant notre découverte, je penche plutôt pour un vestige des constructions entreprises par l'abbé Robert de Thorigny, les arcades de l'ossuaire, la chapelle Saint-Étienne ou les bâtiments du sud, donc seconde moitié du XIIe, constructions en arc et berceau brisés. Deux, il n'en demeure pas moins que les maîtres d'œuvre qui ont bâti le Mont avaient du génie : celui de 1023, d'abord, qui a imaginé un système très sophistiqué de localisation des charges et de contrebutement des poussées, et bien d'autres, notamment celui du début du XIIe, qui a reconstruit les bâtiments conventuels effondrés en 1103 en y introduisant une invention normande véritable : la croisée d'ogives ! On dit, de manière poétique, que c'est un hommage au drakkar de leurs ancêtres vikings... et c'est vrai qu'en voyant une croisée d'ogives, comme celle qui subsiste dans la salle du Promenoir, on pense aux étranges bateaux de ces hommes venus du Nord.

Elle se tut, pensive. Elle surprit le regard admirateur de Jacques et la moue satisfaite de Florence. Mais l'assistant n'avait pas dit son dernier mot.

– Quelle que soit sa datation, reprit-il, il n'empêche que cet arc en tiers point est un symbole majeur et une avancée technologique considérable par rapport au plein cintre : on peut ouvrir des baies dans les églises et la lumière entre enfin ! Ensuite, on amoindrit les forces d'écartement et on rend plus efficace le report du poids sur les supports... Bref, l'arc brisé est le point culminant du roman, sa perfection absolue.

Johanna allait encore une fois le contredire car il touchait à un point très sensible : son inconditionnel amour pour le roman pur, le plein cintre.

– Navrée, Patrick, mais je ne partage pas ton opinion sur la symbolique. D'accord pour le progrès technique dû à l'arc brisé, mais pour ce qui est du reste, je crois au contraire que l'arc en tiers point consacre le déclin du roman et de la conception romane du monde, non son idéal. Je m'explique : par sa forme, le plein cintre, courbure parfaite à l'image de la voûte du ciel, qui laisse entrer peu de lumière de l'extérieur, oblige l'homme à descendre en lui-même, à se montrer humble, à se replier sur lui comme l'église romane est repliée sur elle-même, pour sonder ses tréfonds et s'élever ensuite au-dessus du monde terrestre, par nature imparfait, vers le royaume céleste qui est le seul but de la vie sur terre. En rompant le plein cintre en son centre, l'arc brisé fend en deux la voûte du ciel et élève l'arc dans l'espace, au-dessus de l'arc roman pur, en laissant entrer la lumière : c'est une rupture philosophique majeure, l'avènement de la dualité. Les arcs du ciel sont brisés et le monde profane, terrestre, temporel, pénètre l'église et l'homme : cela témoigne donc d'un changement radical de point de vue ! Un exemple historique : cette période est aussi celle du début du déclin de l'ordre monastique qui avait dirigé jusqu'alors le monde occidental : les bénédictins. Fin XIe, on n'observe plus la règle de saint Benoît à la lettre, les coutumes, la vie terrestre et temporelle prennent le pas sur le texte, et c'est ce qui provoque la scission, en 1098 : le départ de certains moines de l'abbaye bénédictine de Molesmes, qui veulent revenir à la pureté de la Règle originelle, à la pauvreté, au travail manuel, et s'en vont fonder Cîteaux...

Voilà comment elle avait conquis François. Ses paroles opérèrent aussi sur l'assemblée ce soir-là et les dîneurs restèrent pendus à ses lèvres. Patrick ne put toutefois s'empêcher de rompre le charme.

– Ce que tu dis est intéressant, fut-il obligé de reconnaître, mais on dirait que tu as la nostalgie du roman pur... En plus, il est réducteur, tu en conviendras, d'expliquer l'histoire par l'architecture, même si c'est poétique !

– Il serait schématique et réducteur, répondit-elle, d'oublier le symbole et l'influence de la religion. Au XIᵉ siècle, tout est symbole, tout fait sens, car nous sommes dans un siècle de foi : si l'on admet que le meilleur critère pour juger de l'art de cette période est celui de la foi, on se penche sur les théologiens du haut Moyen Age selon lesquels le premier attribut de Dieu est la simplicité. Pour les moines de ce temps-là, qui cherchaient à se rapprocher de Dieu, la simplicité est le but de la vie spirituelle : se purifier, quitter les passions, les contradictions humaines, les contraintes de la chair ; or qu'est l'art roman, sinon dépouillement et simplicité ? Le gothique traduit en revanche un souci esthétique et pratique, impliquant que la vie spirituelle n'est plus l'unique but de l'existence. Oui, ajouta-t-elle, songeuse, le gothique monte vers le soleil, il est érectile, conquérant et masculin, quand le roman, avec ses rondeurs, semble de nature féminine... Le roman descend vers la terre pour accéder au ciel...

– Je répète que je te trouve nostalgique, reprit Patrick, et de surcroît mystique ! C'est étrange, pour une archéologue du XXIᵉ siècle. Vu ce que l'on sait des moines de Cluny, je ne pense pas que ce soient leurs fantômes qui t'aient rendue mélancolique à l'égard des bénédictins du XIᵉ siècle et de leur plein cintre !

A ces mots, Johanna blêmit. Lui revinrent en écho ses dernières paroles : « Le roman descend vers la terre pour accéder au ciel », et celles de Patrick sur les fantômes. « Il faut fouiller la terre pour accéder au ciel », se dit-elle. Dans un brusque élan, elle se leva et sortit de la pièce, tandis que Patrick jouissait de l'avoir, croyait-il, vexée, et que Sébastien proposait un autre sujet pour alléger l'atmosphère :

– C'est bientôt Noël, vous faites quoi, vous autres, pour les fêtes ?

– Stupide fille, se disait-elle tout haut, en gravissant l'escalier conduisant à l'abbaye, son énorme trousseau de clefs à la main. Je savais tout, j'avais tout en moi, et je n'ai rien compris, jusqu'à ce que ce pédant me mette sur la voie ! C'est évident que le moine décapité a vécu, il m'a donné toutes les indications : Notre-Dame-Sous-Terre, église carolingienne construite au Xe siècle, et « il faut fouiller la terre pour accéder au ciel » : la vie sur terre n'existe que pour accéder au ciel, il faut descendre en soi pour accéder au ciel ! X[e]-XIe siècle, peut-être début XIIe, en tout cas période romane, ma période de prédilection, comme par hasard ! Il l'a fait exprès, ou je l'ai fait exprès... Ce sont les manuscrits de cette époque-là que je dois creuser, les manuscrits de l'époque romane, et il faut qu'il m'aide. Pourquoi n'est-il jamais revenu depuis que je suis ici ?

Tandis qu'elle soliloquait de la sorte, le regard sur ses chaussures, elle ne vit pas un individu qui faisait le chemin en sens inverse, tout aussi perdu dans ses pensées, et le nez dans le ciel étoilé. Ils se heurtèrent de front.

– Oh, désolée, je ne vous avais pas vu, j'étais distraite.

– Je crois que j'étais dans le même état... je vous ai fait mal ?

– Non, ça va. Excusez-moi, je suis pressée.

– Si vous voulez visiter l'abbaye, c'est raté. Elle ferme très tôt, l'hiver !

– Oh, moi je m'en fiche, j'ai la clef ! dit-elle en exhibant son trousseau, comme un môme agite son hochet.

– Vous êtes une nouvelle guide-conférencière ? Je ne vous connais pas.

Elle prit la peine d'examiner le type : grand, un peu trop maigre, la quarantaine, des cheveux noirs dont les boucles épaisses formaient une auréole autour de son crâne, des yeux apparemment verts mais il faisait trop sombre pour qu'elle en soit certaine, des sourcils bien dessinés, une peau olivâtre, des lèvres pâles qui esquissaient un sourire timide, un magnifique manteau de tweed : il était beau et il avait de l'allure. Elle jeta un coup d'œil à son éternelle doudoune barbouillée de boue et daigna lui répondre, en s'efforçant de prendre une voix de femme fatale et en le regardant droit dans les yeux.

– Moi non plus je ne vous connais pas.

– Ah, pardon ! Simon Le Meur, dit-il en lui tendant une main qu'il extirpa d'un gant de cuir, je suis antiquaire à Saint-Malo, et je viens ici pendant l'arrière-saison... Je suis arrivé ce matin !

– Je suis arrivée il y a un mois, répondit-elle en lui serrant la main, et je dirige un chantier de fouilles archéologiques dans l'abbaye.

– C'est vous qui remplacez Calfon ?

Elle l'observa avec étonnement et suspicion.

– Eh bien, dites-moi, vous êtes bien informé !

– Vous oubliez – sans doute à cause des touristes – que le Mont est un village, lui expliqua-t-il. Pour tout vous dire, je ne vis pas à l'hôtel mais j'ai une maison ici, et ça change tout. Je suis un vrai résident, je vote ici, je connais bien le maire, les habitants, et les personnalités locales... et j'aime tout savoir de ce qui se passe sur ce rocher ! Quoique, en fait, je trouve finalement que je ne sais rien, puisque je ne connais pas votre prénom...

– Johanna.

– Enchanté, Johanna, c'est un très beau prénom. Dites-moi, si nous allions poursuivre notre conversation dans un endroit plus abrité, ça souffle, ici !

– C'eût été avec plaisir, mais je dois aller vérifier quelque chose sur le chantier, mentit-elle. Une autre fois, volontiers.

– Mademoiselle, vous avez dû remarquer que l'hiver, et de surcroît les nuits d'hiver, le Mont est plutôt désert... C'est justement la raison de ma présence, c'est vrai, mais d'un autre côté, les occasions de causeries avec une jeune femme aussi charmante, qui vous percute de plein fouet avec un gros trousseau de clefs, sont rarissimes ! Personnellement, c'est la première fois que ça m'arrive, et j'aurais aimé fêter ça avec vous, en toute amitié, bien sûr. Ne vous inquiétez pas, je n'aurai pas le mauvais goût de vous attirer dans ma maison. Nous irions dans un lieu public, bien éclairé – comme ça je pourrais mieux voir vos yeux, parce que, ici, c'est pas terrible – et on boira tranquillement un verre, ou une camomille, si vous préférez... Ensuite, je vous libérerai et vous pourrez retourner à votre visite nocturne, et privée, de l'abbaye.

Elle sourit. Son esprit était trop possédé d'un homme pour se laisser divertir par un autre dans un galant badinage ; aussi se dit-elle qu'elle ne risquait rien à accepter l'invitation. En plus, qui sait, un autochtone – saisonnier mais apparemment très avisé des affaires du Mont – pouvait peut-être lui apprendre quelque chose qui la mettrait sur la piste du moine décapité.

– Je préfère un verre de calva, et je crois que vous êtes un bonimenteur, mais vous m'amusez... Allons-y !

Ils descendirent la rue principale calottée par le vent et prirent place dans l'un des rares bars-restaurants qui n'avait pas fermé ses portes pour la basse saison. En s'asseyant dans le café inondé de lumière jaune, elle rangea dans sa poche l'impressionnant trousseau de clefs, qui jusqu'à présent ne lui avait rien ouvert.

– Vous avez l'air bien songeuse, lui dit Simon Le Meur, c'est ma compagnie qui vous fait déjà tant d'effet ?

– Pas du tout, rassurez-vous !

– Vous êtes préoccupée par le chantier, sans doute. Racontez-moi, les fouilles archéologiques me passionnent ; normal, pour un antiquaire, me direz-vous, quand on sait que les premiers archéologues de l'histoire, à la Renaissance, s'appelaient des antiquaires !

Johanna le regarda attentivement. Ses yeux étaient bien verts, un étonnant vert pâle cerclé d'émeraude. De chaque côté de son visage, deux pattes bien taillées commençaient à grisonner et quelques lignes blanches tranchaient sur le noir profond de sa masse bouclée. C'était vraiment un bel homme, mais trop sûr de lui, et surtout trop curieux.

– Dans quelle branche êtes-vous ? demanda-t-elle sans transition. Quelle époque ?

– Je verse dans les objets de marine, chère mademoiselle, sextants, longues-vues et autres instruments de navigation, mobilier de bateau, livres de bord, figures de proue et même quelques vêtements et drapeaux... Toutes périodes, même si j'ai surtout du XIXᵉ et du début XXᵉ, et parfois des raretés hors de prix du XVIIᵉ ou du XVIIIᵉ. Je réalise mon chiffre d'affaires l'été et l'automne, après je ferme la boutique et j'émigre ici. Voilà. Et vous, quelle période ?

– Moyen Age, surtout la période romane.

– Ah, je vous comprends, c'est une époque fascinante ! L'âge d'or du monachisme bénédictin, la construction de la grande abbaye du Mont-Saint-Michel... le plein-cintre, le règne des anges, la quête de la perfection de l'âme pour qu'elle s'envole sur le chemin du ciel.

Elle resta muette mais l'observa avec intérêt. On leur apporta leurs verres de calvados.

– Alors, dit-il en levant son godet, à votre future découverte de la tombe de Judith de Bretagne et bravo pour le morceau d'arc brisé !

– A la vôtre... vous savez cela, aussi ? Vous m'époustouflez.

– Afin que vous ne me preniez pas pour un sorcier qui lit dans vos pensées, ajouta-t-il plus bas, lorsque vous m'avez heurté sur les marches je sortais d'un dîner chez Christian Brard. Il en a simplement parlé entre la poire et le fromage. Il était sceptique sur l'origine du bout de pierre, il penche pour un vestige des constructions de l'abbé Robert de Thorigny.

Johanna sourit intérieurement de sa petite victoire sur son assistant : l'administrateur des Monuments historiques partageait son point de vue !

— Brard est un ami à vous ? demanda-t-elle d'une voix plus amène.

— Un ami, pas vraiment... Un client, surtout ! Ce soir, je lui ai vendu un magnifique journal de bord d'une frégate anglaise de la fin du XVIIIᵉ, une pièce de musée. C'est un passionné de manuscrits anciens.

— Ah, j'ignorais. Nos relations sont strictement professionnelles.

— Je me doute qu'elles ne sont pas sensuelles puisque Brard est homosexuel.

Johanna faillit s'étouffer devant le manque de discrétion de Simon. Cet homme était la gazette du Mont ! Elle prendrait garde à ne rien lui confier sur elle, mais cette rencontre pouvait être providentielle s'il était aussi instruit du passé de la montagne ! Il fallait le faire parler sans rien lui dévoiler : elle commanda deux autres calvas.

— Ne vous méprenez pas, surtout, continuait-il en rougissant, si je me suis permis de vous dévoiler cela, c'est parce que Brard ne s'en cache pas. Je ne suis ni un concierge, ni un goujat.

— Non..., dit-elle sur un ton rassurant. Vous êtes simplement au courant de tout ce qui se passe ici... et ça m'intéresse beaucoup. Tout ce qui touche le Mont de près ou de loin me fascine. Comme tant d'autres, je suis tombée amoureuse de cette montagne.

— Et je suis certain que cet amour est réciproque..., répondit-il avec un éclair sombre dans le regard.

A cet instant, ce fut elle qui rougit. Ce personnage l'intriguait. Il semblait superficiel, persifleur et envahissant, puis l'instant d'après secret, profond et fuyant.

— Que savez-vous d'autre au sujet de Brard ? demanda-t-elle trop brusquement.

— Mais je suis soumis à la question ! s'insurgea-t-il.

Après un troisième verre d'alcool, il finit tout de même par lui raconter que l'administrateur des Monuments historiques était franc-maçon, mais Simon ignorait à quelle loge il appartenait. Comme tous les maçons, Brard vouait un amour inconditionnel aux lieux spirituels et mystiques, particulièrement au Mont. Il détestait la douzaine de moines et moniales des fraternités de Jérusalem qui s'était installée dans l'abbaye en 2001, après de longues négociations avec l'Etat, propriétaire du site. Si au moins ils avaient été bénédictins ! Mais les moines noirs, réapparus au Mont en 1966, pour le millénaire monastique, n'étaient plus assez nombreux pour tenir une abbaye aussi vaste, et aussi pleine de touristes : leur vocation contemplative, en retrait du monde terrestre, s'accordait mal avec ces nuées en short qui envahissaient les cryptes au milieu d'un office : les bénédictins avaient définitivement renoncé à leur montagne. Nées à la fin du XXᵉ siècle, les fraternités de Jérusalem, composées d'hommes et de femmes ayant pour vocation de mener une vie monastique au milieu du monde, célébraient maintenant la liturgie dans l'abbatiale et logeaient dans une partie de l'abbaye que l'on ne visitait pas. L'un des exploits dont se targuait l'administrateur était d'avoir réussi à empêcher la fermeture des portes de l'église aux touristes durant la grand-messe de midi, ce qui exaspérait les officiants et leurs fidèles. Bref, Brard faisait tout ce qui était en son pouvoir pour chasser ces religieux « modernes » des terres sacrées de ce qu'il considérait comme son domaine. Simon le surnommait même « l'abbé ». En privé, l'administrateur disait que puisque les moines noirs – les seuls à détenir des droits historiques sur le Mont – avaient volontairement abandonné leur sanctuaire, ce dernier devait s'ouvrir aux rituels laïcs – ceux de la franc-maçonnerie – qui renouaient avec la pureté symbolique et la beauté mystique de ce lieu. Le Mont avait été sauvé de la destruction par les laïcs, la IIIᵉ République en l'occurrence, c'était l'Etat républicain qui en prenait soin, le restaurait constamment, dépensait des sommes considérables pour connaître et faire connaître son passé, le Mont devait donc être un temple laïc.

Johanna écoutait les anecdotes de l'antiquaire, sans prendre parti, comme un policier écoute un informateur, même si elle comprenait la nostalgie de Christian Brard à l'égard des bénédictins, ravie d'apprendre tant de choses qui pourraient peut-être lui servir, à l'occasion. Elle songeait à prendre congé lorsqu'elle vit Guillaume Kelenn, qui descendait de la salle de restaurant située à l'étage, accompagné d'une jeune femme. Il sourit longuement à Johanna, commença à s'approcher, aperçut Simon et s'éloigna d'un pas rapide, le visage fermé.

– Ah, Guillaume, lui, ne semble pas être de vos clients ! dit-elle à Simon.

– Ce petit peigne-cul, qui se dit breton, prendrait une boussole pour un thermomètre !

– Peut-être, répondit-elle riant, mais il connaît lui aussi des tas de choses sur le Mont... des choses moins actuelles, mais magiques, que je n'aurais pas trouvées à la bibliothèque d'Avranches.

– Que vous a-t-il dit ?

– Il m'a parlé de Notre-Dame-Sous-Terre, répondit-elle en le provoquant du regard, des forces guérisseuses souterraines, du sanctuaire celte détruit, du crâne d'Aubert qui ne serait pas le crâne d'Aubert mais celui d'un Celte trépané...

– Encore ses histoires romanesques ! la coupa-t-il. Ce chérubin confond le celtisme avec un groupe de rock.

– Je vous trouve bien véhément...

Il se calma instantanément et prit les doigts de Johanna dans les siens. Elle n'osa pas ôter sa main.

– Voyez-vous, Johanna, je suis moi-même, comme mon nom l'indique, de père breton, malouin donc, et comme il ne l'indique pas, de mère espagnole, un autre peuple de navigateurs, au passé ô combien riche... et je dois dire que cette mise en scène contemporaine, fortement ésotérique, de nos mythes ancestraux m'agace profondément. On réinvente le présent, le passé, l'avenir en fonction de ce qui nous arrange, on se crée de nouvelles superstitions... La vie de nos ancêtres doit être une légende, alors qu'elle était lutte triviale contre la nécessité et n'avait rien de poétique. Du coup, sa propre vie devient un conte fabuleux, et on se prend pour un demi-dieu : usurpation ! Les contes sont inscrits dans les livres, et seulement là. Ce Kelenn, grand romantique, défend une soi-disant identité celte dont je le défie de m'expliquer en quoi elle consiste. Demain, il va nous annoncer qu'il descend de Merlin l'Enchanteur et il faudrait le croire.

– Non, il faudra juste le trouver ridicule, ce dont il doit avoir l'habitude, à mon avis. C'est un rêveur éveillé, et s'il réinvente son passé, c'est qu'il doit trouver le présent fade et inconsistant.

– Vous avez raison..., conclut-il en retirant sa main. Dites-moi, vous, en revanche, vous avez la tête sur les épaules !

Cette remarque mit Johanna mal à l'aise. Elle regarda discrètement sa montre : minuit et demi. Pas trop tard pour son moine sans tête. Il surprit son coup d'œil au cadran.

– Vous voulez monter à l'abbaye à cette heure ? demanda-t-il. Vous n'avez pas peur ?

– Peur de quoi ?

– Je ne sais pas. Les vieilles pierres, l'âme du lieu, les vieilles histoires, les fantômes peut-être...

– Je croyais que les légendes et les contes n'existaient que dans les livres ! répondit-elle, ironique.

Il paya leurs consommations et ils sortirent sur le pavé de la Grande-Rue. Une bruine, fine, pénétrante et froide, imbibait l'atmosphère balayée par le fracas des vagues à marée haute. Johanna sentit l'effet de l'alcool peser sur son crâne et ses jambes. Elle proposa de le raccompagner car elle avait besoin de marcher pour s'éclaircir l'esprit. Il habitait le long des remparts de la guerre de Cent Ans, au bord de la courtine entre la tour du Nord et la tour Boucle. Ils prirent donc le chemin de ronde puis un raide escalier, et longèrent le rocher soumis à la mer. Johanna n'aurait qu'à poursuivre jusqu'à la tour du Nord et atteindre les marches du Grand Degré qui conduisaient à l'abbaye.

– Les bénédictins se seraient fait pendre haut et court plutôt que de pénétrer dans l'église entre complies et vigiles..., dit-il d'une voix d'outre-tombe. On dit que, souvent, les moines entendaient les anges chanter dans l'église la nuit, et tous ceux qui ont tenté de les voir en sont morts le jour venu. Bien entendu, c'est la culpabilité d'avoir brisé un tabou qui les a tués et non la main vengeresse d'une force céleste, mais je trouve l'idée de laisser l'invisible à l'invisible belle et pleine d'humilité. Je crois que même nos frères et sœurs des fraternités de Jérusalem respectent cette interdiction... le jour pour les hommes, la nuit pour les anges.

– Allons, Simon, dit-elle en lui prenant le bras, ne vous inquiétez pas, je respecterai la tradition. Mon chantier n'est pas dans l'église, et je ne suis pas du genre à aller prier en pleine nuit, ni le jour, d'ailleurs. Dites-moi, ajouta-t-elle d'un ton qu'elle voulait désinvolte, ce tabou concernait seulement la grande église construite à partir de 1023, ou bien aussi l'ancienne église carolingienne devenue Notre-Dame-Sous-Terre ?

Elle sentit qu'il hésitait.

– Je ne suis pas sûr, avoua-t-il, mais il me semble que cette coutume existait déjà pour la vieille église bâtie par les chanoines. Je crois que c'était pire pour ce sanctuaire... car là, c'étaient les démons qu'on entendait hurler, la nuit !

— Cela ne m'étonne pas, c'est logique par rapport à la vision du monde de l'homme médiéval, rétorqua Johanna, mais ça me glace le sang quand même, ce que vous dites... à moins que ce ne soit cette pluie !

— Nous sommes dans un lieu qui appartient encore à la logique médiévale, dit-il d'une voix douce, où le temps a le goût de cette période, et c'est ce que nous venons tous y chercher : une bribe d'éternité. Je suis un cartésien du XXIᵉ siècle, qui ne croit ni aux anges ni aux démons, mais au Mont, je... je ne saurais l'expliquer, c'est... si vivace, si palpable... Alors je respecte le temps et les coutumes du lieu, différentes des nôtres, pour ne pas briser le charme et laisser la magie opérer. Bref, Johanna, la nuit appartient aux puissances de la nuit ; la nuit, les humains ont autre chose à faire, dormir, danser, et caetera.

Elle le regarda en souriant : ses mots sur le Mont l'avaient touchée. Oui, quoi qu'il s'en défende, cet homme était sensible aux contes de la vie, il entendait les légendes qui n'étaient pas imprimées dans des livres, et que racontaient les pierres. A Notre-Dame-Sous-Terre chantait l'Enfer... Il se souviendrait peut-être d'autres choses sur ces murs, mais pas ce soir... Si elle l'interrogeait encore sur la vieille église, elle risquait de trop se dévoiler. Elle jugea donc opportun de changer de sujet. Elle pensa à Sébastien.

— A propos de réjouissances, lança-t-elle, vous restez au Mont pour les fêtes de fin d'année ?

— Absolument ! En vieux célibataire, je place un fauteuil râpé devant la cheminée, j'écoute une symphonie de Mahler en dégustant mes huîtres, je me noie dans une bouteille de blanc, et puis je vais voir la mer en titubant.

— Quel programme ! dit-elle en riant.

— Ça vous tente ?

— J'aime beaucoup Mahler et le vin blanc, mais je ne pense pas que je serai au Mont pour les fêtes. J'ai d'autres projets. Mais si jamais je change d'avis...

— En tout cas, n'hésitez pas, ce sera avec grand plaisir. Voilà, on est arrivés !

La façade de sa maison était typique des vieilles demeures du Mont : en granite, avec des fenêtres à petits carreaux, les volets et la porte peints en rouge sombre, et un vieux porte-lanterne rouillé. Il y avait un jardinet en contrebas, qu'enjambait un escalier bordé de rampes en fer forgé où s'entrelaçaient des rosiers et une glycine en hibernation. Il lui proposa timidement d'entrer, ce qu'elle refusa. Alors, ne sachant trop comment s'y prendre, il griffonna son numéro de téléphone sur un papier, le lui tendit gauchement, lui serra la main de façon virile et pénétra chez lui en lui adressant un signe d'adieu. Elle resta seule sous le crachin et reprit sa route vers l'abbaye, pensive. Quel personnage ! Difficile à cerner, plus enclin à divulguer les secrets des autres que les siens. Et elle, pourquoi lui avait-elle parlé des fêtes de fin d'année ? Elle ne le connaissait pas et n'allait pas sacrifier François pour lui. A moins que ce soit François qui l'abandonne... il n'était pas certain qu'il parvienne à se libérer. L'année dernière, il ne lui avait annoncé sa présence au réveillon que le 31 décembre à dix-neuf heures ! Jusqu'à ce qu'il soit là, enfin, elle s'était attendue à une annulation de dernière minute et avait cru passer la Saint-Sylvestre seule. Ce n'était pas la solitude qui l'effrayait, mais la Saint-Sylvestre. Elle voyait toujours arriver avec angoisse cette période fatidique où elle avait la sensation d'être en deuil, alors que tous se réjouissaient.

Cette année, comme François lui paraissait loin ! Loin, il l'était, bien plus que lorsqu'elle vivait à Cluny. Ils se téléphonaient souvent, mais elle n'était pas retournée à Paris depuis trois semaines et il n'avait pu venir jusqu'en Normandie. Pourtant, elle ne se languissait pas de lui. Le week-end, le reste de l'équipe s'échappait et elle restait seule avec la montagne. Les touristes étaient plus nombreux le samedi et le dimanche mais ils ne la gênaient pas, tant elle était soudée à ses rêves. Elle avait essayé de revoir la chambre où elle avait dormi, enfant, où elle avait vu son moine décapité pour la première fois. Mais la maison était toujours fermée, ne servant qu'en haute saison à loger quelques visiteurs au prix fort. Elle avait ignoré l'autre chambre, celle de la deuxième apparition, convaincue qu'elle n'y trouverait rien. Elle passait de longues heures à Notre-Dame-Sous-Terre, immobile sur un banc de pierre, le regard rivé aux marches, jusqu'à ce que ses yeux, épuisés, soient eux aussi douloureux de l'absence. Car le reste de son corps n'était pas vide de l'absence : il était tourmenté par ce manque qui la remplissait jusqu'à l'obsession. La souffrance était le signe de sa présence diffuse, partout en elle, sauf dans ses yeux qui s'obstinaient à ne pas le voir.

Son regard l'avait cherché partout dans l'abbaye, dans la pléthore de livres sur l'histoire du Mont, dans les manuscrits du monastère, mais il ne l'avait perçu nulle part. Seule sa mémoire fixait l'image indispensable à la réalité de son existence. Johanna savait que si un jour, ou une nuit, il réapparaissait une quatrième fois, avec son cortège de défunts et sa sentence latine, il l'entraînerait peut-être sur le sentier de la folie. Pourtant, cela semblait ne pas avoir d'importance.

Essoufflée, elle montait toujours le Grand Degré et parvint aux tours rondes du Châtelet, l'entrée de l'abbaye. Elle escalada les marches abruptes de l'escalier qui se nommait « le gouffre », sortit le trousseau et ouvrit la monumentale porte de bois. Elle respirait difficilement. Elle se rendit compte que la bruine avait trempé son anorak et ses cheveux attachés dans le dos. Elle pensa à l'interdiction, aux croyances relatées par Simon et un froid soudain la saisit, sans qu'elle sût si la cause en était la peur ou la pluie. Tout était noir là-haut, au-delà des marches du grand vestibule. Comme tous les archéologues, elle avait toujours une lampe électrique dans sa poche. Elle la toucha pour se rassurer ; la torche était bien là. Christian Brard n'avait pas jugé nécessaire de lui confier les clefs du transformateur qui commandait l'éclairage de l'abbaye. De toute façon, sa visite devait être clandestine ; elle ne voulait expliquer à personne ce qu'elle allait faire à Notre-Dame-Sous-Terre en pleine nuit ! Elle gravit encore deux marches et promena le faisceau de la lampe sur les pierres obscures. Ses lunettes étaient voilées par la buée et elle ne distingua qu'une nébuleuse bleutée. Au moment où elle cherchait un mouchoir pour essuyer ses verres, elle sentit une haleine tiède sur son front, un soupir moite et silencieux comme un baiser invisible, une respiration. Elle remit ses lorgnons, scruta autour d'elle, effrayée. Rien, personne, hormis le vent. Le vent ? Soudain très pâle, elle referma la porte, remit les clefs et la torche dans sa poche, dévala les marches et s'enfuit le long d'un chemin de ronde qui bordait les hautes murailles gothiques. Parvenue à hauteur du Musée historique, elle descendit rapidement jusqu'à sa maison. Elle parvint en haletant jusque dans la salle à manger, où Florence lisait devant le feu.

– Bonsoir ! dit Flo à voix basse, tu en fais une tête !

– Il y a encore du calva dans le placard, ou du cognac ? Non, j'ai assez bu comme ça, constata-t-elle en se frottant le front. Je vais me coucher, bonne nuit Florence.

– Attends ! Ton amie Isabelle a appelé, elle n'arrive pas à te joindre sur ton portable, et puis aussi Paul, de ton ancien chantier, à Cluny.

Il avait l'air bizarre, il n'a rien voulu me dire, sauf que tu devais le rappeler le plus vite possible, cette nuit même...

Florence observait Johanna, qui semblait aussi égarée que son ancien directeur de chantier, tout à l'heure, au téléphone. Décidément, les responsabilités, ça vous rendait dingue !

– Merci, Flo. Je m'en occuperai demain. Je monte. Bonne nuit !

Il était une heure vingt du matin. Lorsqu'elle pénétra dans sa chambre, son portable, qu'elle avait oublié sur un petit guéridon, vibrait en se promenant sur la console. Le signal de la messagerie. Elle se débarrassa de sa doudoune trempée, la posa sur un radiateur et se força à reprendre pied dans le réel. Un message d'Isa, qui s'inquiétait pour elle, comme d'habitude, et lui proposait une soirée entre amis pour la Saint-Sylvestre, avec des gens du journal. Hors de question. Puis François. Comme d'habitude, il ne saurait qu'au dernier moment s'il serait libre pour le réveillon, mais il l'embrassait, elle lui manquait, et bla et bla. Il allait la lâcher le 31, elle le pressentait. Enfin, Paul. Ce n'était pas son habitude, à lui, de l'appeler ainsi. Leurs relations étaient courtoises, mais naturellement plus distantes qu'à Cluny. Le message était laconique : il répétait ce qu'il avait dit à Florence, cependant Johanna sentit une émotion contenue. une urgence extrême qui laissait présager que quelque chose de grave était arrivé. Inquiète, elle lui téléphona immédiatement.

– Enfin, c'est toi ! hurla-t-il au bout du fil. Ecoute : c'est impensable, extraordinaire, fabuleux ! Une découverte sensationnelle ! Grands dieux, je peux bien l'avouer, maintenant : j'y croyais plus... Une tombe, Jo, une tombe ! Ne panique pas, ce n'est pas Hugues de Semur... c'est presque mieux, car totalement inattendu ! Il a été inhumé en 1022, tu te rends compte ? 1022 ! C'est un seigneur local, moine bénédictin et maître d'œuvre de Cluny II, enfin l'un des maîtres d'œuvre, je pense que c'est lui qui a terminé l'église... il a dû être enterré avec l'abbé Odilon dans le chœur de Cluny II, puis transféré dans le chœur de Cluny III. Il s'appelle Pierre de Nevers. L'état de conservation est ahurissant ! Et ce n'est pas tout : dans le caveau, on a trouvé un manuscrit, daté de l'an 1063... une lettre, adressée à notre Hugues de Semur, en latin, que j'ai commencé à déchiffrer. Et là, c'est totalement fou, inimaginable, tu ne vas pas en croire tes yeux, Johanna... Il faut absolument que tu rappliques ici, je veux te laisser la surprise, et je te jure que tu ne vas pas être déçue. Dors quelques heures, saute dans ta voiture et viens !

10

LORSQU'IL APPREND la nouvelle, Roman est atterré. Frère Robert, l'ancien prieur, partage la consternation du maître d'œuvre.

– Elle a été jugée à Rouen, ajoute Robert, par un tribunal ecclésiastique présidé par Roland d'Aubigny, donc aux ordres du duc Richard. Nos frères Romuald, Martin, Anthelme et Drocus faisaient partie des juges. Tu dois garder espoir, mon frère, c'est une femme d'esprit, elle sait qu'il est illusoire de s'entêter ! Elle abjurera avant que d'être torturée... et elle sera sauvée !

– A quel supplice l'ont-ils condamnée ? demande Roman d'une voix blanche.

– C'est que..., répond le moine en baissant les yeux et en pâlissant. Ils lui ont ôté ses vêtements pour voir si sa chair portait le sceau du diable, et.. ils ont trouvé, pendant à son cou, un morceau d'os humain, provenant d'un crâne, enchâssé dans une croix d'or, une croix druidique... figurant les quatre éléments du cosmos.

Un pressentiment d'horreur s'empare du maître d'œuvre. Il tente de fixer le regard fuyant de frère Robert, qui balaie la terre du Mont, puis s'échappe vers le ciel bleu.

– Eh bien ? intervient Roman en saisissant son frère par les épaules. Parle, Robert, je t'en conjure !

– Je ne sais qui a eu cette idée infâme, Roman..., finit par articuler l'ancien prieur, mais voici le jugement : puisque Moïra arborait les quatre éléments, elle sera suppliciée par les quatre éléments... jusqu'à ce qu'elle renie la croix celte et la foi de ses ancêtres. La sentence sera exécutée ici, sur la montagne sainte, par l'air le premier jour, l'eau le deuxième, la terre le troisième, et... si elle n'a toujours pas abjuré... le feu, le quatrième jour, jusqu'à ce que mort s'ensuive... ce dernier jour doit être celui de la grande fête de l'Ascension.

L'Ascension, qui a lieu quarante jours après Pâques, et célèbre la montée du Christ au ciel...

Seul dans la chapelle Saint-Martin, Roman est agenouillé devant les tombes, accablé par ce qu'il vient d'entendre et par le poids du temps qui vient de s'écouler, durant lequel il a assisté, impuissant, à la fin d'un monde. L'allégresse du début du chantier de la grande abbatiale, qui jusqu'alors remplissait toute son âme, a disparu dans la souffrance due à l'arrestation de Moïra, dans le sentiment de révolte causé par la trahison d'Almodius qui a livré la jeune Celte à l'évêque et au prince, puis dans le choc du décès de l'abbé. Seul un religieux de même rang pouvant donner les soins mortuaires au trépassé, l'abbé de Redon est venu laver le corps de Hildebert, dans l'infirmerie de Hosmund, sur la pierre des morts. On a joint ses mains sous la cuculle qu'on a cousue et on a rabattu le capuchon sur son visage, avant d'encenser sa bure noire qui est devenue son suaire et de l'asperger d'eau bénite. L'abbé de Redon et frère Hosmund l'ont transporté dans le sanctuaire des défunts : la chapelle Saint-Martin. Ils ont étendu le cadavre et allumé deux candélabres : l'un à sa tête, près de la croix, l'un à ses pieds. Puis ses trente fils se sont placés en cercle autour de Hildebert et l'ont veillé, ne le laissant jamais seul, priant saint Michel pour qu'il l'accompagne et le protège sur le périlleux chemin qui conduit au Tout-Puissant. Frère Robert, le prieur de retour d'Anjou, a inscrit la date de la mort du père à l'obituaire montois, et frère Guillaume est parti pour transmettre la nouvelle du décès dans toutes les maisons et les monastères amis, recueillant les condoléances et les louanges au défunt sur un long parchemin roulé. Il ne reviendra que dans plusieurs mois, avec le rouleau des morts. Sous les litanies, les psaumes et le souffle du vent, les frères ont enseveli leur père près de l'église, à même la terre, près des tombes de l'abbé Maynard Ier et son neveu l'abbé Maynard II. Puis ils ont marqué l'emplacement d'une croix de pierre, pour que la bière soit déplacée dans la crypte du chœur de la grande abbaye, lorsque la chapelle reliquaire sera terminée. C'est le duc Richard qui l'a ordonné : il lui a paru légitime que les religieux et les fidèles, lorsqu'ils iront dans la crypte vénérer les reliques d'Aubert, le fondateur de la montagne, joignent à leur amour celui de Hildebert, le fondateur de la nouvelle abbatiale. Roman doit donc se presser de bâtir la crypte du chœur, puis le chœur lui-même.

C'est sa mission et son salut sur terre. Comme Hildebert, Roland d'Aubigny et Richard II ne l'ont épargné qu'en vertu de sa position de maître d'œuvre. L'équité et la probité auraient voulu qu'il soit lui aussi accusé et condamné au procès de Moïra, pour complicité d'hérésie, mais son nom a été volontairement passé sous silence. Le tribunal du monastère, le chapitre des coulpes, l'a même dispensé de pénitence corporelle, eu égard à son faible état de santé, ne lui infligeant qu'une légère peine spirituelle, consistant en prières supplémentaires. Alors, à chaque fois que Roman prie, il songe à la justice du ciel, qui inexorablement viendra, et qui sera terrible. Après avoir perdu son père de sang et Pierre de Nevers, il est de nouveau orphelin, mais il n'a pu, cette fois, laisser sourdre sa douleur. D'ailleurs, personne au Mont ne l'a pu, car, sitôt Hildebert inhumé, s'est engagée la lutte pour le pouvoir. Ainsi que le stipule la charte octroyée par Richard Ier aux bénédictins de l'an 966, ce sont les moines qui élisent l'abbé en leur sein. Souvent leur choix se porte sur le prieur. En l'occurrence frère Robert est originaire de Saint-Brieuc et apparenté au duc Alain III de Bretagne, adversaire du duc de Normandie. Robert a été formé par Hildebert et est resté fidèle à celui qui a régné quatorze ans sur le rocher. Mais le fils de Richard Ier est, lui, moins attaché aux principes édictés par son père : Richard II et son conseil des évêques ont désigné comme père abbé Thierry de Jumièges, neveu du duc, et chantre à l'abbaye éponyme. La communauté montoise s'est indignée de ce népotisme et a élu Robert. Alors le duc a menacé de cesser de financer le chantier de l'abbaye. Robert lui-même a demandé aux moines d'élire le protégé de Richard, car la construction de la maison de l'Ange était leur devoir divin, commandé par saint Michel et par Hildebert, et cette tâche devait dépasser les différends temporels relatifs à leur gouvernement. Il a fallu se plier à la volonté suprême, qui mandait vers eux un père normand, et se réjouir de sa parenté avec leur suzerain, gage d'appui du duc dans la construction de leur grande abbatiale... Les frères se sont inclinés, et Richard a remis le bâton pastoral à Thierry de Jumièges. Robert a renoncé à sa charge de prieur avant que d'en être démis par le nouvel abbé, qui a imposé Almodius à cette fonction.

Les moines ont entériné ce choix, se persuadant que le maître du *scriptorium* saurait être garant de l'intégrité de l'abbaye face à l'abbé

Thierry. La querelle des investitures était close, le chantier se pour-suivait, ils pouvaient reprendre le cours de leur existence de prière. Tous les frères pensaient cela, tous sauf Roman, qui, lui, ne songeait qu'à Moïra, dont il ignorait le sort.

Aujourd'hui, frère Robert vient de le lui apprendre, et ses paroles anéantissent l'entendement de Roman à l'égard des choses terres-tres. Le regard du maître d'œuvre erre sur la sépulture de la prin-cesse Judith. La vraie justice n'est pas de ce monde, mais se peut-il que l'univers des hommes soit aussi vil et ignominieux ? Moïra va-t-elle lui échapper à jamais, au moment où il découvre la réalité de son amour pour elle et le vital besoin de sa présence ? Son absence lui devient intolérable : il regarde les murs et l'autel de la chapelle Saint-Martin. Ses yeux discernent les genêts jaunes qu'elle avait offerts, il revoit la jeune femme assise sur le banc de pierre, qui l'écoute raconter la Bible... elle est là, dans sa longue robe teintée par l'automne, les cheveux en nattes enflammées, les lèvres ouvertes, elle est penchée vers lui, et elle rit ! Il s'incline pour respirer son souffle, qui a la saveur bleue des nuées... le visage de Moïra se déforme de douleur, et elle disparaît. Roman est seul avec son souvenir, le cœur et le corps vides. Les pierres grises de la chapelle sont le miroir de son impuissance. Moïra reviendra bientôt vers la montagne de Roman, pour souffrir dans sa chair le martyre de sa mémoire trop vive, et il ne pourra rien ! Seulement la voir de loin, soumise à ses bourreaux en fourrure d'hermine, prier le ciel qui ne l'a pas exaucé et communier en esprit avec elle pour qu'elle écoute les meurtrissures de son corps, de ce temps qui la réfute et qu'elle abjure enfin, qu'elle abjure ! C'est à ce prix que s'évanouira l'absence...

Elle emprunte le même chemin que les moines avec la croix le vendredi saint et que les porteurs de pierre chaque jour, par le flanc nord du rocher. Le troisième matin avant la fête de l'Ascension, aux eaux basses, une charrette gravit lentement la montagne, qui résonne d'une foule venue en masse assister au spectacle promis par les crieurs jusqu'aux confins de la Bretagne ennemie.

Elle se tient debout dans la carriole, attachée aux mains et aux pieds, vêtue d'un bliaud sale, à teinte de granite. Son regard vert est égaré au loin, voilé par les mèches de ses longs cheveux emmêlés.

Ses yeux semblent chercher la mer dérobée. Dans son dos, se dresse l'île de Tombelaine. De chaque côté de la rue de terre bordée de potagers et de vergers, les auberges et les maisons des villageois se sont désemplies pour accroître le flot humain qui monte avec elle, l'assaillant de haine, d'injures et de crachats écumants. Certains demeurent muets comme son frère Brewen : maître Roger et sa famille, les moines de l'abbaye, le petit Andelme, le vieux Herold, et des patients qu'elle a guéris. D'autres, au contraire, tenaillés par la terreur d'avoir été sauvés par le Diable, crient plus fort. Elle cherche en vain Roman dans l'assemblée tonitruante. Les chevaux s'arrêtent sur la place, entre le cimetière des villageois et la petite église paroissiale dédiée à saint Pierre.

Entourés de soldats en armes, quatre hommes l'attendent : Enguérand d'Eglantier, le représentant du duc Richard, Roland d'Aubigny, évêque d'Avranches, le père abbé Thierry et frère Almodius, le prieur. A la vue de ce dernier, les traits de Moïra se crispent. Elle lève la tête vers l'abbaye, là-haut. Elle distingue d'abord la cellule de bois du père abbé, les bâtiments conventuels, puis les murs de la chapelle Saint-Martin, qui se perdent dans une brume inhabituelle pour la fin mai. Le ciel est crayeux comme un ciel d'hiver, assombrissant par contraste la couleur des pierres du bâtiment dont la base noire se détache des vapeurs. Elle se souvient de l'intérieur de la chapelle, des sépultures bretonnes, et près de la tombe de Judith, sur un banc, elle imagine une silhouette chère.

– Moïra, fille de Nolwen et de Killian, demeurant dans la forêt du village de Beauvoir, fief de l'abbaye du Mont-Saint-Michel..., prononce haut et fort l'évêque après avoir levé la main pour faire silence. Découverte en train de t'adonner à des rites païens, tu avouas ton crime, mais refusas de renier tes croyances impies. Jugée à Rouen, en la Saint-Pacôme de cet an de grâce 1023, tu as été reconnue coupable du péché mortel d'hérésie, et condamnée à subir le supplice, en ce lieu saint, jusqu'à l'abjuration de ta foi démoniaque... Avant que ne débute le premier châtiment, je vais donc te poser la question : consens-tu à abjurer la fausse religion de tes ancêtres pour épouser publiquement la seule vraie foi ?

Le visage de Moïra est aussi pâle que le brouillard noyant la chapelle Saint-Martin. Ses taches rousses se fondent dans sa peau transparente. Dans un silence menaçant, elle fixe la croix orfévrée qui pend sur la poitrine de l'abbé Thierry. Le public savoure le sursis précédant le spectaculaire plaisir.

– Bien ! tranche l'évêque. Puisque tu persistes dans l'erreur, je te remets au comte Enguérand d'Eglantier, mandaté par notre suzerain Richard le Bon, pour qu'il exécute la sentence de Dieu ! Tu peux à tout moment interrompre le châtiment et te rallier au Tout-Puissant...

Les derniers mots du prélat sont couverts par les hurlements de l'assistance. Un soldat saisit les rênes du cheval tirant la charrette, d'autres se placent autour, et l'escorte reprend le sentier qui mène au sommet de la montagne, précédée des quatre dignitaires et suivie par la foule. Le ciel effiloché s'approche peu à peu, au rythme lent et chaotique de la carriole, qui se dirige plein est. L'équipage s'arrête devant une étrange scène : au bout du rocher, sous la pente inclinée, un sol plan et des murs percés d'arcs semblent accrochés au Mont par la magie d'appareils de bois à pattes d'insecte. Le chantier étant désert, on pourrait croire que c'est la montagne qui, dans une insolite excroissance, a enfanté un sanctuaire de granite. Sous la voûte incertaine formée par la brume, des cintres en bois sont en partie recouverts par des voussoirs de pierre, acheminés par de grandes échelles vides. Soudain rempli d'espoir, le regard de Moïra scrute le fond noir de l'inachevée crypte du chœur ; elle devine des colonnes, mais point d'homme, point de bure. Un soldat la détache et lui fait signe de descendre. Les clameurs de la populace l'assourdissent. Cette fois, c'est son frère qu'elle cherche des yeux. Le regard de Brewen la transperce bientôt, de sa tête qui dépasse de la foule, vu la taille impressionnante du jeune homme de treize ans. Il ne pleure pas, il est grand et raide comme un pilier de pierre. On la pousse vers le chantier. C'est alors qu'elle aperçoit une cage de fer posée sur la terre. Ce n'est pas une cage à oiseaux, plutôt de celles qu'utilisent les montreurs de bêtes féroces aux champs de foire et aux fêtes de village. Elle comprend aussitôt et pénètre à genoux dans sa nouvelle prison. Si Moïra n'est pas aussi grande que Brewen, même assise elle ne peut se tenir droite dans la geôle d'acier : son dos et sa tête sont courbés vers le sol. Enguérand d'Eglantier ferme à clef la petite porte à barreaux et se tourne vers ses guerriers.

L'un d'eux arrime la cage à une longue poutre du chantier de Roman, tandis que les autres la font glisser, horizontalement, vers l'abîme. A une extrémité de la charpente, la geôle de fer bascule dans les airs. Alors, les soldats calent l'autre extrémité à d'énormes blocs de granite, aidés par des manœuvres du chantier. Suspendue dans le ciel, pliée en deux, Moïra a un haut-le-cœur. Les gens hurlent. Certains se précipitent sur la tangue pour voir la suppliciée d'en bas, soumise au vent et à ses colères qui ne vont pas tarder à monter, avec la marée. Moïra tente de bouger mais chaque mouvement transforme la cage en balance folle qui oscille à droite, à gauche, dans un grincement de métal rouillé. Sa position la condamne à observer le sable, quarante toises en dessous, ce qui accroît son vertige. De temps à autre elle ferme les yeux pour oublier le vide, mais la nausée l'attrape et elle doit rouvrir les paupières, pour ne pas céder à son dégoût. Elle s'agrippe aux barreaux de la grille. Il faut tenir, ne pas fléchir d'un pouce, pour le souvenir de son peuple et pour l'avenir de son amour pour Roman. Elle songe à la lettre brûlée, la belle lettre de Roman... Croit-il vraiment à l'issue qu'il lui a promise si elle abjure ? Leur amour n'est pas de ce monde, la paix n'est pas de ce monde ! Sur terre, ils sont condamnés au secret, à la fuite, au reniement d'eux-mêmes, à la trahison ! Oui... sa décision est juste : entre ciel et terre, elle a choisi le ciel. Ce ciel qui est maintenant son calvaire, sa souffrance, sera demain la délivrance, la liberté de leur amour, et son éternité. Au prix d'un pénible effort, Moïra aplatit son corps sur ses jambes et vrille le torse : dans le vacillement odieux de sa prison, elle parvient à détacher les yeux des grèves et à contempler un fragment d'éther blanc, arachnéen et laiteux comme le baiser d'un ange. Aux cris des hommes succèdent ceux des mouettes, des canards et des goélands. Au fil de la journée, l'air léger s'emplit de dangers, tandis que la chair de Moïra, moulue de courbatures, de crampes, de solitude, de faim et surtout de soif, se transforme en douleur continue. Seul son esprit lutte, chevillé à celui de Roman, comme ses mains rougies restent scellées aux barres de fer du clapier. La mer vient, insidieusement d'abord, en langues argentées qui glissent en de vivants marécages, puis elle déploie sa force brutale : surgies de nulle part, ou bien du cœur de l'Enfer, les vagues dévorent la terre en un savant désordre, avant de s'unir les unes aux autres dans un élan prodigieux.

D'en haut, le tableau serait magnifique, si l'eau n'avait pour compagnon le terrifiant aquilon, le souffle venu du nord, qui glace et déstabilise avec une démoniaque constance la pauvre cage. Dans ses bras, Moïra est ballottée comme une plume insignifiante, poussière contrainte de subir la rage du maître des vents. Un effroi émétique harponne sa tête et son corps. Les yeux exorbités, voûtée, haletante, transie, elle susurre une prière à la face des airs furieux.

– Ogme ! Saint Michel ! murmure-t-elle dans un spasme, la voix brisée. Ame de cette montagne, qui as vaincu les abîmes du Mal, je t'en conjure, emmène-moi loin de cet azur... Libère-moi des chaînes qui m'attachent à ce roc ! Je t'en supplie, épargne à Roman l'épreuve de mes supplices et celle de la vaine espérance... Esprit puissant, qui as toujours veillé sur ma vie, prends soin de ma mort... Mon existence n'est plus qu'un cachot impur et elle le demeurera, même si j'abjure ! Tu le sais, toi qui sais tout... Je ne veux rien renier de la terre, il ne me reste donc que le ciel ! Demande au vent de fracasser cette cage contre les rochers... déchire ce corps que je quitte de ma pleine volonté, et capture mon âme... pour la conduire hors du temps, dans un autre corps, dans un autre monde, où je pourrai aimer Roman !

Moïra ne peut réprimer ses sanglots, mais ce n'est pas sur son sort qu'elle pleure, ni sur la douleur qui lui broie les os. Ses larmes sont des larmes d'espoir. L'aquilon souffle plus fort avec le soir, avec la pluie, et Moïra s'en réjouit, car la remuante berceuse semble lui annoncer son trépas sur les pierres du Mont. Le vent lui parle à travers sa véhémence, mais il refuse de la tuer. La nuit, peut-être, daignera l'exaucer. La brume de l'église descend vers elle, l'enveloppe dans un linceul humide, un corbeau l'effleure de son aile, et puis l'abordent les ténèbres.

– Moïra, je te repose la question : consens-tu à abjurer la fausse religion de tes ancêtres, pour épouser publiquement la seule vraie foi ?

Avant-veille de l'Ascension. A l'aube, les soldats ont ramené la cage sur la terre ferme. Moïra était évanouie, ruisselante de pluie, mais vivante. L'envoyé de Richard a ordonné de la sortir du cachot et de la ligoter à la poutre, au sol, en attendant qu'elle revienne à elle. Son corps était tuméfié, ses mains collées aux barreaux, pourpres comme son visage. Dans un craquement de squelette, ils l'ont extirpée et l'ont attachée à nouveau.

Le peuple a attendu, l'esprit obscurci des agapes qui se sont terminées tard dans la soirée, mais comblé que la sorcière soit encore en vie, afin d'assister au deuxième supplice et à un autre jour de fête. A l'heure où les ouvriers du chantier rompent d'ordinaire le jeûne de la nuit, assis à côté de leurs outils, les villageois et les nombreux visiteurs font de même, installés par terre, à proximité de l'hérétique toujours inconsciente. L'abbé Thierry a fait dresser une table en plein air pour ses hôtes de marque, l'évêque et l'émissaire du prince. Tandis qu'il célèbre l'office de prime, Moïra ouvre les yeux. Roland d'Aubigny et Enguérand d'Eglantier sont installés derrière un civet d'huîtres de Cancale, un pâté d'esturgeon, des cygnes rôtis au verjus, des fromages du monastère et des cruches du vin envoyé par Odilon à Hildebert. Ignorant ses chaînes, elle esquisse un bond vers le festin, achoppé dans un cri rauque.

– A la bonne heure ! s'exclame l'évêque en la voyant retomber sur le sol. Nous allions nous impatienter, Moïra ! Tu dois avoir faim, et soif... Il ne tient qu'à toi de partager notre déjeuner. Tu n'as qu'un mot à dire, et tout cela tu pourras dévorer...

Comme elle reste muette, il se redresse, et l'assistance aussi. Deux soldats détachent la jeune femme et la maintiennent debout. Alors le prélat lève la main pour faire taire la foule, il s'avance et pose la question solennelle. Elle a envie de lui cracher au visage, mais l'évêque est trop loin et sa bouche est aussi sèche qu'un vieux parchemin. De l'eau... elle donnerait beaucoup pour avoir un peu d'eau... mais elle ne troquera pas la mémoire des siens contre quelques gorgées. Cette douleur dans les côtes et dans les jambes... Pourquoi l'aquilon a-t-il refusé de l'écraser sur les récifs ? Pourquoi la nuit ne l'a-t-elle pas emportée et l'a fait sombrer dans ce sommeil profond qui a anéanti sa détermination à mourir ? Maintenant qu'elle est à nouveau lucide, elle reprend son combat silencieux contre ses bourreaux. Elle regarde le prélat avec répugnance. Il est debout, elle est à terre, mais cette terre est la sienne, et elle lui insuffle sa puissance. Le vent lui offre l'écho des psaumes que chantent les moines dans l'église, les moines, dont Roman... et le cantique lui donne du courage. Elle toise la table du banquet matinal et détourne la tête avec arrogance. Cette provocation déclenche l'ire de Roland d'Aubigny.

– A ta guise ! vocifère-t-il. Puisque notre vin ne te semble pas assez bon, je te propose un breuvage qui, lui, étanchera ta soif, et pour longtemps !

Le comte fait un geste et les soldats traînent Moïra sur le chemin du village. Le soleil, levé depuis deux heures à peine, paraît vouloir assister au spectacle : sous une voûte à la transparence aquatique, il étire ses rayons vers le Mont, assèche la fange collante du sentier, éclaire la baie de bleu, et réchauffe les os gourds de Moïra. Elle ne peut guère marcher, et les gardes la tirent par les épaules. Tête baissée, elle souhaite que le supplice soit rapide, atroce et définitif, tant elle désire en finir. Elle sait qu'elle ne reverra pas Roman, du moins pas dans ce monde-ci, donc pourquoi résister ? L'unique crainte qu'elle concevait encore à son égard s'est évanouie lors du procès : à aucun moment le nom du maître d'œuvre n'a été prononcé... Roman est donc libre, vivant, et il gardera leur secret. Il bâtira sa Jérusalem et il mourra vieux, en paix avec lui-même et avec Dieu. Alors, peut-être, si l'âme de Moïra est toujours dans l'autre monde, il la reconnaîtra, et ils s'aimeront sans fin, dans le royaume des trépassés ou sur terre, dans un autre corps...

Le cortège parvient à la base de la montagne que lèche la mer en train de fuir. Des barges à granite, vides, et des barques de pêcheurs amarrées à la rive clapotent sur les flots moribonds. En face, l'île de Tombelaine regarde l'onde partir aussi rapidement qu'elle est née. Moïra rêve que sa vie est une vague. On a érigé un poteau dans la baie, près de la fontaine d'Aubert, et on l'y attache comme une figure de proue. Moïra songe que son ultime souvenir de Roman est son dos sombre frémissant de sanglots, dans la cellule de Hildebert, le bon vieillard au regard comme la mer, décédé le matin où il devait recueillir son abjuration, à Beauvoir. Un sourire nostalgique détend ses traits, son regard s'égare dans les limbes. Perdue dans des pensées embrumées par le manque de nourriture, étrangère aux clameurs de la foule, Moïra semble ne pas réaliser qu'elle est maintenant prisonnière de l'eau et que, ce soir, la marée va monter. A cet instant, apparaît ce qu'elle croit être un gros ange noir et barbu, une baudruche à la main, accompagné d'autres robes qui flottent dans la houle et s'approchent d'elle au pas de course. Frère Hosmund est aussitôt intercepté par les soldats du duc.

— Monseigneur, prince ! dit-il à l'évêque et au comte sur un ton de prière en tendant une gourde en cuir. Un peu de vin coupé d'eau, permettez que le Seigneur la soulage de la soif, non de ses péchés !

— Le Seigneur l'a condamnée, répond sèchement le prélat, et sa sentence doit être exécutée telle qu'Il l'a souhaitée, sans soulagement d'aucune sorte, frère lai ! D'ailleurs, ajoute-t-il en montrant ironiquement la fontaine d'Aubert, elle dispose d'une réserve d'eau pure, qu'elle pourra contempler tout son saoul avant que d'être abreuvée par la mer !

Hosmund, Drocus, Robert et Bernard sont interloqués par la rudesse de l'évêque. Face au regard des moines, Roland d'Aubigny tente de se justifier.

– Comprenez-moi, mes frères, explique-t-il, elle persiste à renier Notre Seigneur, et elle y met une insolence qui constitue un crime supplémentaire à l'égard du Très-Haut et de la communauté des chrétiens tout entière ! Elle jette son mépris de la foi à la face même de l'Archange, dans sa maison, et vous, ses dévoués serviteurs, vous venez étancher sa soif ! Je doute que votre abbé vous l'ait ordonné.

– Notre père Thierry ne l'a pas exigé, en effet, rétorque Robert, l'ancien prieur, en envoyant un regard sardonique au prélat. Ainsi que vous le dites, nous sommes des serviteurs du Seigneur : c'est donc le Christ et la parole des Evangiles qui motivent notre démarche.

– Mais l'hérétique est inconnue de Jésus ! clame l'évêque, rougi par le courroux. La scélérate n'est point dans la demeure du Christ, et elle reste indigne de sa miséricorde, tant qu'elle n'en aura pas franchi le seuil.

– Bien, répond Robert en s'inclinant légèrement. Alors, nous allons prier pour elle... et pour que le Christ l'accueille dans sa maison.

– Priez pour le salut de son âme, elle en a grand besoin ! conclut l'évêque.

Les moines se détournent avec calme et s'éloignent en fendant la foule qui s'écarte devant eux.

– Roman !

Frère Bernard, l'assistant du maître d'œuvre, se fige un instant et reprend son chemin Elle a vu les dos sombres et n'a pas étouffé le cri de son cœur. Plaquée contre l'épieu par la corde qui enserre son corps jusqu'aux épaules, elle se tord le cou pour les regarder disparaître vers le rocher, à l'opposé de la route des vagues.

Pour la première fois depuis son arrestation, ses yeux se remplissent de chagrin. L'évêque s'approche et lui parle en chuchotant, pour que le comte et la populace n'entendent pas.

– Roman n'a que faire de toi ! Sache que, même si tu abjures, tu ne le retrouveras pas. Jamais ! Le seul amour qu'il ait jamais éprouvé est celui de Dieu et des pierres qu'il fait pousser sur cette montagne, pour la gloire de Dieu. Toi, il t'a extraite de sa mémoire. Il est libre et souverain de ses mouvements, tu sais, il aurait pu venir à toi depuis longtemps, au tribunal même, et il ne l'a point souhaité ! Oui, seul compte pour lui le chantier. Ne songe donc pas à renier tes crimes pour être à nouveau libre de l'atteindre... car lui, il t'a déjà reniée, en public, et ta salive de catin ne le touchera plus jamais, tu entends, jamais !

L'eau coule sur les joues de Moïra. Elle ferme les yeux, se concentre et envoie un crachat formidable sur le front du prélat.

– Que la justice divine soit faite ! hurle l'évêque au peuple, en s'essuyant le visage. Que l'océan créé par Dieu accomplisse son œuvre !

L'assistance lui répond par un vacarme assourdissant. Enguérand d'Eglantier commande à ses hommes de maintenir la foule à distance de la suppliciée, et les deux sommités se retirent pour assister à la messe dans l'église carolingienne.

Moïra regrette sa cage suspendue, qui au moins l'isolait de cette assemblée, vociférante d'injures entre deux rasades de vin ou d'hydromel, et à laquelle se joignent pèlerins, bateleurs, marchands et acrobates arrivant, à pied, de derrière Tombelaine. La journée est longue comme les serpents liquides et sinueux qui s'évaporent au soleil. L'astre sèche le bliaud de Moïra trempé de pluie nocturne et rend la soif insupportable. La mer est morte, mais le vent terrestre a gardé son sel, qui ronge sa peau plus encore que le chanvre de la corde. Elle est un rocher qui lentement s'érode. Elle n'a plus la force de maintenir sa tête. Ses cheveux saumâtres tombent en paquets informes sur ses seins et cachent son visage gris caillasse. Son esprit commence à divaguer. Elle imagine Roman dans l'église, qui monte les marches au-dessus des autels jumeaux, des blocs de granite dans les bras, et se retourne pour les présenter à la vénération des fidèles. Puis il est près d'elle, elle s'est changée en pierre, et il la sculpte pour la métamorphoser en pilier, afin qu'elle porte la voûte de la crypte du chœur.

Soudain, un bruit l'éveille : sous le soleil affaibli par la promesse de la lune, l'assistance laisse éclater sa joie à la vue de l'eau, là-bas, qui s'approche en récompense de la longue attente. Moïra aussi est heureuse. Enfin, les vagues... Le spectacle qu'elle a contemplé de haut, la veille, va aujourd'hui l'engloutir. Exposée plein nord, elle entend l'aquilon qui, au loin, se joint aux lames naissantes, pour la transpercer. Bientôt, telle une épée, le souffle se lève, il pourfend ses oreilles, plaque sa tête et son corps en arrière, tend sa chair amollie et tâte son corps de sa pointe aiguë. Le public exhorte la mer timide, applaudit les serpents qui enflent et se changent en dragons, dont la gueule coule en flammes liquides dans un mugissement d'outre-tombe. La foule et les soldats ont peur, ils reculent à mesure que se rapprochent les monstres écumants. Moïra, elle, est un écueil aride se languissant de l'étreinte de l'humide. L'eau est son amie, elle lui a parlé si souvent, à l'étang, au milieu des tempêtes, sur la mer.. L'eau console de toutes les souillures, ses abysses renferment la demeure des dieux, et elle porte les bateaux de cristal qui conduisent à l'autre monde. L'eau va la prendre et l'emmener dans le pays mystérieux de la source des hommes. Moïra prie l'eau, mère de la vie, de caresser ses joues, de baigner ses cheveux, de cajoler ses yeux, de baiser sa bouche et de submerger son cœur.

Marée basse. Raoul, le capitaine du régiment, peine à trancher la corde cachetée à la peau par l'onde salée. Les jambes et les bras saignent de l'empreinte de ce cordon, le visage est gonflé et violacé par la température des flots qui refluent avec la croissance du jour. Tout son être n'est qu'un prodigieux grelottement de la tête aux pieds, un frisson dont Raoul ne saurait dire s'il est gage de vie ou annonciateur de mort. Des syllabes incompréhensibles, une toux grasse et des déjections liquides s'échappent de ses lèvres bleues. On dirait qu'elle adresse des reproches véhéments à sa mère. Elle a certainement perdu la raison. Raoul et un autre soldat la déposent dans la charrette, sous le regard des badauds. Puis la carriole reprend son inexorable chemin vers le village, avec le crachin envoyé par le ciel. Des tentes ont été dressées un peu partout, pour loger l'afflux de curieux qui font pros-pérer le commerce montois. A côté de la place et de l'église paroissiale, au milieu du cimetière des laïcs, les hommes de Raoul achèvent de creuser un trou. Moïra est trop hors d'elle-même, le corps usé et l'esprit brisé, pour tressaillir devant la fosse.

Sa lucidité semble l'avoir quittée et, soutenue par Raoul, elle brin-quebale la tête de droite et de gauche comme une démente, indif-férente à la mine radieuse des maîtres de cérémonie. Seul Almodius, près de l'abbé Thierry, fronce les sourcils et, l'espace d'un instant, son regard d'encre paraît délayé d'affliction. Roland d'Aubigny se départit de son ironie. Pour la troisième fois, il pose la question rituelle :

– Moïra, en cette veille de l'Ascension, je te repose la question : consens-tu à abjurer la fausse religion de tes ancêtres pour épouser publiquement la seule vraie foi ?

Moïra pose des yeux vides sur l'évêque, et part d'un éclat de rire insensé.

– Voilà l'empreinte du Malin ! en déduit l'évêque. Vous voyez, monsieur le comte, monsieur l'abbé, vous entendez, il se montre en plein jour, les supplices divins ont arraché son masque ! Le voilà : Lucifer, qui vient défier saint Michel sur sa terre, et qui se joue de nous ! Démon surgi des entrailles de l'Enfer, dit-il en s'adressant à Moïra, retourne à l'Enfer !

A ces mots, Raoul et son aide traînent Moïra jusqu'au trou, et la font descendre en la pendant par les bras. La tranchée n'est pas profonde, mais elle est étroite et obscure. Son corps inerte chute. Les quatre dignitaires se penchent pour contempler leur œuvre : Moïra reste immobile comme un cadavre, en position fœtale, les yeux clos, les cheveux collants d'eau salée répandus sur le sol. Très vite, la bruine sournoise transforme la terre en boue, en tourbe visqueuse qui s'agglutine au corps de la jeune femme telle une amante. Un léger choc sur une jambe la sort de sa léthargie. Mécontent de l'absence de spectacle, le public lui lance des cailloux, des galets et des bouses de cheval afin de la réveiller. Moïra roule des yeux effarés dans sa prison de glaise. La foule est contenue à grand-peine par la garde du duc. Animal sauvage enterré, elle décide de cesser à jamais d'émettre des sons humains, en souhaitant que ce jamais soit de courte durée. Prise de fièvre et d'hallucinations, elle reste prostrée dans la tombe, assise contre une paroi, suant, fixant le mur de terre, les mains enfoncées dans le sol mou qu'elle pétrit comme une chair vivante. Elle clôt les paupières et respire pour s'abstraire de la puanteur du monde. Elle adresse une supplique silencieuse au terreau de ses ancêtres :

« Terre de cette montagne, qui as enfanté les dieux, les Celtes et les anges... Le vent et la mer se battent depuis toujours pour te posséder ; aujourd'hui ce sont les hommes qui s'arrachent ton pouvoir... Le vent et la mer n'ont pas voulu me séparer de toi, à qui j'appartiens depuis l'aube des astres. J'ai confié ton secret à un homme qui est tien, et qui l'ignore... mais je sais que tu l'as choisi pour célébrer ton union avec le ciel. Il ne te trahira pas. Il est une créature du ciel, mais son amour pour toi est bien plus fort qu'il l'imagine. Il t'ensemence avec des pierres bénies par l'azur, qui te rendront invincible ! Terre de roc, ma tâche est accomplie : je t'ai incarnée, je l'ai aimé et j'ai obtenu son amour... Ce fut un amour céleste, à son image, avec la passion et la vigueur qui te ressemblent... Aujourd'hui, l'air et l'eau m'ont laissée en vie, pour que je retourne à toi. Toi seule, terre bénie, peux m'arracher à ce corps. Je t'en supplie, ne laisse pas le feu dévorer mon âme ! Ne prive pas mon âme de la vie perpétuelle... »

De la musique. Les villageois et les pèlerins, la tête ceinte de chapeaux de fleurs, font la ronde en chantant autour de la tranchée, au son de flûtiaux et d'une viole. La carole est gaie, elle s'étend dans tout le cimetière, jusque sur la place, et la pluie cesse de tomber. Bientôt, on récoltera les fruits de la terre, bénis en de longues processions... Moïra sourit à la glèbe fertile, certaine que son corps en sera cette nuit la fumure.

– Moïra ! Moïra, réveille-toi, je t'en prie ! Crois-tu que...

Hosmund fait un signe de dénégation à Roman. Il approche sa torche mais non, elle est encore en vie, il entend le souffle irrégulier de sa respiration. La nuit est tombée, une nuit sans lune. L'obscurité est totale, ce qui sied à Roman, qui a clandestinement accompagné Hosmund. Ce dernier a été chargé par Almodius d'apporter vin et nourriture à celle qui va mourir demain. Le dernier repas du condamné, et, pour Moïra, le premier depuis trois jours et deux nuits. Raoul a profité de la visite des moines pour emmener sa troupe boire une chopine à l'auberge d'en face. A quelques heures du trépas, peut-être que l'hérétique voudra se confesser, sait-on jamais, avec ces créatures-là ? La fosse est d'un noir opaque. Le halo de la torche distingue cependant une silhouette plus claire, qui bouge faiblement au fond du trou, comme un ver écrasé.

– Moïra ! répète Roman d'une voix sourde.

Elle se lève, s'appuie au mur de terre, chancelle, se dresse à nouveau, et la lanterne de Hosmund illumine l'horreur : ses cheveux n'ont plus de couleur, plus de boucles, sa chevelure ressemble à la fourrure d'un rat mort. La peau du visage est grise, maculée de boue, boursouflée, les yeux luisants de fièvre. A genoux au bord de la cavité, Roman plaque sa main contre sa bouche pour ne pas hurler.

– C'est... c'est toi ? ose-t-elle à peine demander.

– Oui, ma mie, c'est moi, Roman ! répond-il avec difficulté.

– Eloigne cette torche de moi et éclaire ton visage ! ordonne-t-elle.

Roman abat la capuche qui le cache, avale ses sanglots, sa colère, ses remords et son désespoir, pour lui montrer la figure d'amour qu'elle souhaite voir. Elle ne dit rien mais tend ses mains, jusqu'à presque effleurer celles de Roman, qui se penche.

– Moïra, reprend Roman, je t'en conjure à genoux... abjure à l'instant même, abjure, fais-le pour moi si tu ne le veux point pour toi !

Elle garde un long silence et finit par répondre d'une voix décharnée :

– Je suis plus loin que tu le penses, Roman, j'ai dépassé ce dilemme depuis longtemps... Je suis enfermée sous la terre, mais déjà hors du monde terrestre... Mon corps s'éteint, mais je ne souffre pas, car pour que notre amour demeure, je dois mourir... je veux mourir, par amour pour cette montagne, et pour toi... Si tu veux m'aider, prie pour que je parte cette nuit, et que mon âme atteigne le ciel...

– Moïra, que dis-tu ? répond Roman en éclatant en sanglots. La barbarie de ces félons t'a ôté la raison ! Tu ne peux abdiquer face à eux et te résoudre à me quitter ! Je ne te laisserai pas disparaître ! Abjure, mon amour, abjure à l'instant, et nous nous aimerons librement ! Moïra... j'ai réfléchi, si tu renies ta foi, je renierai ce froc, le monastère, le Mont et nous partirons ensemble, loin d'ici, à Bamberg ! Nous n'aurons aucun souci pour vivre, je suis un hobereau, nous vivrons des fruits de mes terres ! Appelle, Moïra, appelle la garde, il faut réveiller l'évêque, abjure maintenant et fuyons à jamais !

– Cher Roman... le fruit de ta terre est la Jérusalem céleste, et c'est ici qu'elle doit s'élever ! Crois-tu que la souffrance physique a corrompu mon cœur au point que je veuille te sacrifier à un éphémère et incertain bonheur ? Roman, les tiens ont été engendrés par le ciel, et mon peuple par la terre... Nous sommes les élus de l'esprit qui gouverne ce rocher, moi pour garder son passé, toi pour enfanter son avenir... Mes ancêtres ont été la chair de ce roc, je fus le mortier de tes pierres ; je t'ai transmis le secret de la montagne, le lien entre tous les temps... ma mission est achevée, je dois rejoindre mon peuple défunt. Je te laisse, toi et tes frères, avec l'âme du Mont, pour que vous érigiez sa gloire perpétuelle !

– Que dis-tu ? Ton esprit s'est égaré, tu ne peux me laisser seul, tu ne peux préférer la torture et la mort à une vie avec moi !

– Nous nous chérirons un jour, mon amour, mais pas dans ce temps, où nous étions destinés à aimer l'Ange de la montagne sacrée, et à lui être dévoués... Ecoute-moi, Roman, ce soir, le dernier de ma vie en ce lieu, en ce siècle, je te fais une promesse, dit-elle en tendant ses mains vers lui. Mon âme, scellée par ton amour, et qui en gardera à jamais la mémoire t'adresse ce serment : où que tu sois, qui que tu sois, je te reconnaîtrai ! Je traverserai les mers et les rivières de l'univers des vivants ou des trépassés, je violerai ton tombeau et je t'emmènerai avec moi vers le ciel, où nous nous aimerons en paix jusqu'à la fin des mondes...

Roman reste muet : il est assommé par ces propos qu'il n'attendait pas, et qui le dépassent. Un bruit d'armes et de baudriers couronne les paroles de Moïra.

– Les soldats ! constate Hosmund à mi-voix.

– Moïra ! Abjure ! Abjure ! supplie encore Roman dans un souffle rauque.

Moïra se tait. Le frère lai saisit un panier, qu'il fait descendre dans le trou avec une corde. Roman replace le capuchon sur son visage décomposé.

– Holà mes frères ! les interpelle Raoul, un peu éméché. Encore avec la mécréante ? Vous partagez ses agapes, vous n'êtes pas assez nourris au monastère ? Allez plutôt à l'auberge, l'air y est plus gai !

Hosmund se relève péniblement à cause de son poids, foudroie du regard le blasphémateur et lui fait signe que complies a sonné, et qu'il lui est donc interdit de parler. Il pousse Roman devant lui et, d'un pas rapide, ils regagnent l'abbaye.

– Eh bien ! dit Raoul à un autre factionnaire. Déjà elle, en bas, qui est muette comme une tombe, ah ah ah ! Tu parles qu'ici le vin est bon marché, vu le climat et la teneur des conversations, il n'y a plus que ça pour se réchauffer ! Brrr..., frissonne-t-il en écoutant les vagues se jeter contre les rochers, je ne serai pas fâché de rentrer à Rouen quand tout cela sera fini, cet endroit finit par me glacer le sang !

– Pour sûr, mon capitaine !

Raoul s'approche de la tranchée et tend sa lanterne. La condamnée est à genoux, le visage caché dans les mains. La corbeille de nourriture gît à côté d'elle, intacte.

– Eh, ma douce ! Toujours là ? Tu sais que demain tu passes à la broche ?

Moïra lève la tête et le regarde en face. Ses yeux ne contiennent aucune inquiétude, aucune tristesse ; ils sont fixes et lumineux comme ceux d'un revenant, mais empreints d'une douceur et d'une bonté étonnantes. Le regard d'une sainte, d'une femme touchée par la grâce d'un amour immortel. De surprise, Raoul ouvre la bouche en se signant.

– Je... Vous voulez que je mande Monseigneur l'évêque, ou Monsieur le comte ? Vous avez quelque chose à dire ?

Sans détourner ses yeux, elle fait un signe de dénégation.

– Je vais prier pour vous, promet-il. Et vous, vous devriez manger un peu, boire, au moins... Croyez-moi, si votre corps est plein de vin, il résistera moins à la chaleur du feu et vous vous évanouirez plus vite... Buvez votre ration, dormez, je viendrai à la fin de la nuit vous porter de la boisson, pour que demain, au moment ultime, l'ivresse vous épargne certaines douleurs...

Raoul s'éloigne de quelques pas. Chacun de ses gestes est épié par une ombre longiligne cachée derrière un arbre du cimetière, la silhouette noire d'un homme. Il n'entend rien des paroles du capitaine, ses lèvres sont closes, empreintes du même silence que celles de sa sœur et de Roman.

Anéanti par les mots de Moïra, le maître d'œuvre, lui, est prosterné dans la chapelle Saint-Martin. Ses prières et ses larmes sont taries. Comme Brewen, il ne possède plus le verbe. Le verbe n'a montré que l'impotence de son amour. Pourtant, Roman et Brewen entendent des baisers funèbres. L'étreinte obscure leur chuchote que l'issue de la nuit sera le début de leurs ténèbres.

Depuis l'aurore, un grand feu fait écho au soleil éclatant sur la place du village, entre l'église paroissiale et le cimetière. La fournaise rouge grésille comme un feu de joie autour duquel une ronde joyeuse célébrera ce jeudi de l'Ascension. Rien n'indique le bûcher : pas de pilori fatal, et la base des flammes est cernée de pierres sèches disposées en carré. On s'attendrait à voir la carcasse d'un bœuf gisant à côté pour être grillée et distribuée au peuple affamé. Mais il n'y a point de viande ni de broche à proximité, seulement un engin de levage emprunté au chantier, une potence de bois munie d'un treuil et dont la corde se termine par un crochet destiné à soulever les poutres. Raoul ne semble faire aucun cas de cette machine incongrue et remue le brasier avec des gestes de parfait rôtisseur : il a troqué sa cotte de mailles et son épée contre un grand tablier et une pique en fer. Il passe une main nue sur son visage suant et impassible. Peu après la fin de la messe matutinale célébrée dans l'église carolingienne, arrive du sommet du Mont une solennelle procession : à sa tête, le duc Richard en personne est escorté de sa cour, de l'évêque d'Avranches, de Thierry et Almodius suivis de tous les frères du monastère, et d'une foule immense de laïcs en habits de fête. Achevant le cortège, des soldats portent un grand châssis d'acier. Bientôt, la place et le cimetière du village ne sont plus que masse grouillante. Toujours serein, le capitaine caresse le feu qui achève de se consumer. Une mer de braises écarlates fume devant lui. Face à leur public, Richard le Bon, Enguérand d'Eglantier, Roland d'Aubigny, Thierry de Jumièges et Almodius se placent derrière la tranchée de la suppliciée. L'aréopage affiche la physionomie qui sied à son rang et aux cérémonies liturgiques : félicité grave et majestueuse. La poitrine de l'abbé porte croix ciselée, ses mains la bague aux armoiries de la famille du duc de Normandie. Les yeux du prieur luisent d'une incandescence de pierre précieuse. L'évêque arbore mitre brillante et crosse d'or incrustée de rubis et d'émeraudes. En riche costume d'apparat, le maître incontesté de la montagne, Richard II, balaie le peuple d'un regard olympien et braque son auguste figure vers ses guerriers. Alors, une échelle est placée dans la fosse de Moïra et un soldat descend dans la cavité. Tous suspendent leur souffle dans un silence brutal. Raoul se tourne vers la tranchée d'où remonte l'homme, son gibier sur l'échine. Hors du trou, deux sbires saisissent Moïra par les épaules et l'exposent au prince, quand un troisième empoigne ses cheveux, la forçant à lever la tête vers le souverain. Le public n'aperçoit que le haut du corps de la condamnée, qui leur tourne le dos. Ses cheveux plaqués ont pris la couleur sombre de la terre, son bliaud une teinte indéfinissable entre boue et sang.

– Moïra, en ce jour sacré de l'Ascension, qui unit tous les hommes dans une liesse fervente, dit Roland d'Aubigny d'une voix emphatique, je vais te poser, pour l'ultime fois, la question que je t'ai déjà adressée par trois fois ces trois derniers jours, et à laquelle, par trois fois, tu n'as pas daigné répondre : Moïra, fille de Nolwen et de Killian, demeurant dans la forêt du village de Beauvoir, fief de l'abbaye du Mont-Saint-Michel, tu pratiquais le suspect métier de guérisseuse et, malgré ton baptême, tu entretenais commerce avec le Malin par la voie de rites païens... tu as subi trois supplices purificateurs, pour que ton âme soit rendue au Seigneur. Aujourd'hui, jour saint de l'accession du Christ au ciel, dis-moi si ton cœur est prêt à rallier la famille de Dieu !

Moïra répond une nouvelle fois par le silence.

– Puisque l'air, l'eau et la terre n'ont pas eu raison de ton âme souillée, je te condamne, au nom du Seigneur, à périr par le feu ! Que ton âme damnée n'atteigne jamais le ciel et rejoigne les Enfers auxquels elle appartient !

Le peuple explose de joie cathartique. L'engin du chantier est approché du tapis de braises.

Bras et jambes écartés, Moïra est arrimée au châssis d'acier par les poignets, les chevilles et la taille. Puis, sous les cris et les applaudissements frénétiques, quatre soldats la portent à Raoul, qui fixe le crochet de la potence à la corde enserrant le ventre de la jeune femme. Il passe derrière la machine et actionne la poulie : le grill improvisé est en place. Moïra est suspendue horizontalement, au-dessus des braises. La rôtissoire cruelle se balance en l'air, puis s'immobilise. Richard adresse un signe de tête à Raoul, qui fait légèrement descendre la condamnée. La foule est au comble de l'excitation : le spectacle surpasse tous ceux des derniers jours. Seuls les moines, aussi statiques que Moïra, gardent également son silence : ils se signent, et ils prient. Dans un coin, Brewen fixe d'un regard sec l'ultime supplice, l'ultime douleur du présent : désormais, sa vie ne sera que mémoire, car lui aussi est l'ultime, les dernières racines. Lorsque le grillage s'arrête à une demi-taille d'homme du lit de brandons, un grésillement de friture et une odeur de carne se répandent dans l'atmosphère brûlante. Roman perd contenance et pousse violemment les badauds éructant de satisfaction, pour gagner le premier rang.

Les cheveux de Moïra fondent comme une chandelle de suif, le dos de son bliaud se consume par plaques fumantes, dénudant sa peau qui rougit en cloques crépitantes, la corde de sa taille commence à se disloquer. Elle ne se débat pas, ses yeux et son visage sont fermés. Roman lâche un hurlement, couvert par ceux de la foule. Il s'élance vers le gibet de son chantier pour manœuvrer la poulie et remonter la charge, lorsque des bras puissants stoppent son mouvement et le ramènent en arrière.

– De grâce, ne fais pas cela, Roman ! lui dit Hosmund en le maintenant de force.

– Lâche-moi Hosmund ! crie-t-il. Lâche-moi !

– Par le Seigneur tout-puissant écoute-moi ! lui enjoint l'infirmier. Ecoute, reprend-il à mi-voix, en s'approchant de l'oreille de son frère et en lui serrant le bras pour l'empêcher de bouger. Roman, Moïra est morte, tu m'entends ! Elle ne ressent rien car elle est morte, elle l'était déjà lorsqu'on a allumé ce feu.

Roman observe Hosmund, les yeux figés comme une pierre.

– Juste après laudes, explique le frère lai, comme je me rendormais, Almodius est venu et m'a ordonné de le suivre. A l'extérieur, père Thierry conversait avec Monseigneur l'évêque, qui sortait du lit, et avec le capitaine des gardes, celui que nous avons vu hier soir, qui paraissait en proie à une grande agitation... Contrarié, l'abbé m'a dit que l'hérétique avait trépassé pendant la nuit, et que le capitaine venait de s'en apercevoir. Il m'a sommé d'accompagner l'officier jusqu'à la fosse pour constater le décès, et de n'en rien dire à personne... J'ai obéi. Almodius m'a escorté. Le capitaine nous a confié qu'il l'avait vue immédiatement après nous, et qu'elle était vivante. Etrange, d'après ses dires, comme habitée d'un esprit, mais vivante... elle est restée muette, mais il lui a promis de revenir la voir à la fin de la nuit. A la pointe du jour, lorsqu'il a penché sa torche dans le trou, elle était immobile. Il a cru qu'elle dormait, lui a parlé pour la réveiller mais elle n'a pas bougé. Au bout d'un moment, il s'est décidé à descendre et a constaté qu'elle ne respirait plus. Ses yeux étaient fermés, son corps encore tiède, sa peau bleuie, mais elle était bien morte... je l'ai vérifié moi-même, il n'y a aucun doute. La terre l'a exaucée, Roman, la terre l'a emportée vers les siens... Cette macabre mise en scène n'est destinée qu'à satisfaire le duc et à amuser le peuple.

Soulagé que la mort ait épargné à Moïra la torture du feu, et accablé qu'elle ait quitté ce monde, Roman pose à nouveau les yeux sur la démagogique mascarade : la chair de sa bien-aimée n'est plus qu'à quelques pouces des braises. L'émanation étouffante lui serre la gorge. A sa droite, un paysan clame que cela ressemble à l'odeur du cochon, quand on passe sa peau sous la flamme pour en brûler les poils, après l'avoir égorgé. Hosmund relâche le bras de son frère.

Le visage de Roman se creuse de sillons liquides. Soudain, des flammèches jaillissent des tisons et s'emparent de Moïra, qu'elles dévorent avec une sauvage avidité. Le corps de la défunte se transforme en torche. Le public n'est que jouissance. Roman tourne la tête et croise le regard de Brewen. Puis, il s'effondre sur le sol.

Le jour s'écoule en messes et rogations présidées par l'abbé. Sous le soleil, le feu a continué de brûler, attisé par Raoul et gardé par les sentinelles en armes, afin que personne ne puisse dérober un fragment du cadavre, à des fins de culte païen ou de magie noire. Rien ne doit subsister du corps maudit et l'incinération est le plus sûr moyen de le détruire maintenant, et pour toujours : la vie marginale de Moïra, ses crimes envers la foi et sa mort pénible la prédisposent à revenir hanter les vivants et à se venger des villageois en provoquant des épidémies, l'anéantissement des récoltes et diverses catastrophes. Nombreux sont les sorciers et guérisseurs condamnés à mort et inhumés sans précaution qui ont dévoré leur linceul, mâché leur corps dans leur cercueil, provoquant ainsi le décès des personnes qui les avaient proscrits. Mais cette nuit, les Montois auront le sommeil tranquille : les flammes exorcistes auront tout consumé, privant Moïra de sépulture et de vie future, conjurant à jamais sa potentialité de revenante.

Ce soir du jeudi de l'Ascension 1023, frère Hosmund prie à genoux sur le sol de l'infirmerie, lorsque l'abbé Thierry pénètre dans la pièce. Contrairement à Hildebert, Thierry de Jumièges est un homme jeune et corpulent.

— Comment se porte-t-il ? demande le père en s'avançant vers le grabat où gît Roman.

— N'approchez pas, père ! répond l'infirmier en se levant et en lui barrant le passage. C'est très grave... une fièvre foudroyante et mystérieuse, dont je crains qu'elle soit contagieuse ! Demeurez sur le seuil, ne vous mettez pas en péril...

Stupéfait, l'abbé recule et place un mouchoir sur son nez et sa bouche. Il observe le malade en proie à un délire spectaculaire : extrêmement pâle, le maître d'œuvre frissonne des pieds à la tête. Trempé de sueur et secoué de spasmes, il oscille la tête de droite et de gauche, les yeux exorbités, les mains tendues en l'air, poussant des petits cris rauques de carnassier ou des plaintes aiguës d'oiseau en cage.

– Par le Seigneur tout-puissant ! s'exclame l'abbé. Je n'ai jamais rien vu de pareil...

Il se tait un instant derrière son mouchoir, dévisage encore Roman, puis fixe la mine désarmée de son infirmier.

– C'est elle ! proclame-t-il, terrorisé. Elle est entrée en lui, elle vient le chercher pour l'emmener avec elle en Enfer ! L'hérétique a pactisé avec la géhenne, avant d'expirer dans son cachot souterrain... elle détient le corps et l'âme de son amant ! C'est effroyable, car elle ne se contentera pas de son compagnon de luxure : l'âme fidèle à Lucifer fera ensuite sa moisson d'âmes pures... Par saint Michel, elle nous envoie la contagion, pour glaner l'âme des serviteurs de l'Archange... Nous allons tous périr !

– Malheureusement mon père, répond le frère lai d'une voix tremblante d'effroi, il faut bien reconnaître que l'étrange fièvre de Roman est apparue ce matin, au moment même de l'embrasement des chairs de la condamnée... Regardant le bûcher, il est brusquement tombé et, transporté ici, il s'est éveillé dans cet état. Depuis lors, ma médecine et mes prières sont impuissantes à endiguer ce mal, qui échappe à mes connaissances et à mon expérience... peut-être faut-il quérir Monseigneur l'évêque, afin qu'il le libère de la présence maléfique ?

– L'évêque est parti avec Richard après none, répond le neveu du prince, dont le visage est presque aussi blême que celui du malade. Mon oncle l'a invité à une partie de chasse aux confins du duché...

– Frère Bernard était souvent requis pour des exorcismes, avant que de devenir son assistant, répond Hosmund en regardant Roman.

– Alors qu'il vienne ! ordonne l'abbé de son timbre de baryton. Restez avec lui, mon fils, je vais moi-même mander Bernard, il doit opérer sans délai !

A la nuit tombée, frère Bernard sort de l'infirmerie, épuisé. Ses yeux sont emplis de lumière.

– J'ai fait mon devoir, père, dit-il à l'abbé qui s'impatiente à l'extérieur, entouré des moines. Il semble maintenant sommeiller... mais je ne sais s'il vivra. Dès qu'il fut rendu à lui-même, j'ai obtenu sa confession. Une confession exemplaire, éclairée par le souffle des anges ! Il m'a remis les parchemins de Pierre de Nevers, son bâton de maître d'œuvre et des instructions qu'il faudra que je vous soumette, si jamais il se hâtait vers trépas... Mais cette nuit, il convient de prier pour qu'il ne soit pas repris par les ténèbres qui nous entourent et qui le convoitent... s'il revoit le soleil, il sera sauvé.

Tandis que Hosmund monte la garde auprès de Roman, l'abbé et les frères rejoignent la chapelle Saint-Martin pour veiller en priant. Ils chantent pour que le Démon renonce à Roman, et renonce à eux-mêmes. Oui, cette fois, ils prient aussi pour eux-mêmes, et ils implorent l'Archange de les protéger contre le dragon avide. Peu avant vigiles, l'abbé Thierry se dirige vers le dispensaire. Almodius l'accompagne, portant une lanterne presque inutile : la nuit est claire, remplie d'étoiles, sans pluie, sans rafales furieuses. Les éléments sont calmes. Cette nuit, seuls les hommes sont tourmentés. A quelques pas de l'infirmerie, des hurlements résonnent par-delà la cloison de bois. L'abbé frappe de grands coups sur la porte. Bientôt, Hosmund se montre. Thierry et Almodius font quelques pas en arrière.

– Ah, mon père, frère Almodius ! dit l'infirmier en levant les bras au ciel, affolé. C'est terrible, encore plus effroyable qu'avant l'exorcisme ! Il s'est éveillé il y a peu et son état est bien pire ! La fièvre est plus forte, il crache sans cesse, il brame comme une bête ! Je... j'ai été obligé de l'attacher ! Je n'ose vous dire d'entrer, mais regardez du seuil, et écoutez, écoutez !

Les deux supérieurs s'exécutent et assistent à une scène atroce. Ligoté à sa paillasse, Roman crie comme un animal, le menton et le cou souillés de salive, les yeux hagards, les traits crispés, l'esprit enferré dans des visions infernales.

– Il est perdu, constate froidement Almodius. Cela ne m'étonne guère, mais il met en danger le monastère...

– Vous avez raison, Almodius, répond l'abbé. Il nous faut agir promptement, sous peine de tous succomber à cette calamité... Hosmund, vous devez éloigner immédiatement cet incube de la demeure de l'Ange... Vous êtes robuste, vous le porterez sans mal jusqu'à une barque de la baie et vous ramerez jusqu'à terre.

– Mais..., proteste le frère lai accablé, qui tord ses grosses mains rouges. Ne pouvons-nous patienter jusqu'au lever du soleil ? Où irons-nous en pleine nuit ?

– La situation est d'une gravité qui ne souffre aucun délai, et l'hospice d'Avranches me semble un refuge approprié, suggère sèchement Almodius. Si vous cessez de parlementer et disparaissez incontinent, vous y serez au lever du jour ! Quelle est votre appréciation, mon père ? demande-t-il avec obséquiosité à l'abbé.

– Je partage votre sentiment, cher prieur. L'hospice d'Avranches, oui, c'est là que vous le conduirez, décrète l'abbé, vous lui dispenserez vos soins et Notre Seigneur décidera. Mon fils, mettez en garde les bonnes âmes de l'hospice et ne le ramenez pas avant que tout danger soit écarté ! D'ailleurs, vous avez été en contact avec lui en ces heures démoniaques... Votre bienveillance est grande, mais soyez également vigilant envers vous-même, quoi qu'il arrive, mon cher fils, respectez un temps d'isolement.

– Il en sera fait selon votre volonté, mon père, répond Hosmund en s'inclinant, n'ayant d'autre choix que d'obéir à l'abbé, même si cet ordre doit le condamner à mort. N'ayez crainte, je préviendrai l'hospice et, si je suis pris moi-même, ils me tiendront éloigné de la montagne, quelle que soit l'issue... Mon père, nous partons sur-le-champ !

– Almodius, dit l'abbé en se tournant vers le prieur, faites apporter quelque nourriture pour le voyage. Mon fils, prononce-t-il solennellement en se tournant vers l'infirmier mais en restant à distance raisonnable, je vous bénis, que l'Archange vous guide et défende votre vie ! Mon fils, n'oubliez pas, vous détenez ce soir l'avenir de notre abbaye !

Plus tard, sous la lune pleine et lumineuse, l'abbé, le prieur et les frères regardent s'éloigner le replet infirmier avec le frêle Roman en balluchon sur l'épaule, ligoté et bâillonné. Les moines sont soulagés de l'exil du dangereux dément. C'est le Diable en personne que le valeureux frère lai déloge de la communauté. Puisse le Seigneur le juger à l'aune de ce sacrifice, qu'il paiera peut-être de sa vie.

La gratitude des religieux envers Hosmund est d'ores et déjà infinie. Seul frère Bernard, l'assistant de Roman, reste pétri d'angoisse : il a échoué à ressusciter la raison de son maître et maintenant c'est lui qui porte, sous sa coule, les esquisses de la grande abbaye. Il songe à leurs précédents dépositaires : Pierre de Nevers, Hildebert, Roman, défunts ou sur le chemin de l'Enfer, et les croquis pèsent sur sa poitrine comme un bloc de pierre.

En cette fin du jeudi de l'Ascension de l'an 1023, à l'heure où les anges et les démons désertent l'église carolingienne, dans le petit bureau du maître du *scriptorium*, une forme noire, à genoux, abat la bure sur sa ceinture. Une discipline laboure le dos blanc du prieur. Bientôt, le sang suinte, et avec lui la plainte.

– Moïra... pourquoi es-tu venue quérir cette âme faible ?

Almodius frappe encore. D'anciennes cicatrices causées par son instrument de torture s'ouvrent dans d'atroces douleurs. Son dos est entaillé, labouré, déchiré comme son cœur.

– Moïra... Tout ce que j'ai fait, je l'ai fait pour toi... Moïra... Moïra, Moïraaaaaaaaaaaa !

– Mes fils, dit l'abbé aux moines réunis en chapitre extraordinaire, comme vous le savez, voilà deux nuits que notre brave frère Hosmund a quitté ce rocher, accomplissant pour nous, pour l'Ange, une mission sacrée. Un messager de l'hospice d'Avranches est venu ce matin. Mes fils, je dois vous annoncer le décès de notre maître d'œuvre. Consumé par la fièvre démoniaque qui s'était emparée de lui, il a passé sur les eaux vives de la baie avant même d'arriver dans la cité d'Avranches. Son vaillant gardien a enduit la dépouille d'huile sainte et l'a brûlée sur le chemin, afin que les flammes purificatrices détruisent la maladie, lavent son âme souillée, et qu'il ne revienne point nous poursuivre de sa rage surnaturelle. Mes fils, l'Archange et Hosmund nous ont sauvés ! Votre frère, fortement éprouvé, accomplit son temps d'isolement à l'hospice. Je vous demande de prier pour que la terrible contagion, qu'il nous a épargnée, ne l'ait point atteint. Voyez mes fils, comme la justice du ciel est prompte et redoutable ! Nous autres, pauvres mortels, avons cru devoir épargner frère Roman, parce qu'il bâtissait la demeure de l'Archange... Mais saint Michel n'a point toléré qu'une âme marquée au sceau de l'impur agisse en son nom. Il a condamné son indigne serviteur, comme le Seigneur avait condamné la femme impie. Et tous deux ont péri, tous deux se sont consumés du poids de leurs péchés. Craignez la justice divine, oui, craignez-la plus que tout ! Voyez le châtiment infligé à l'apostat qui a entretenu des liens coupables avec l'hérétique ! Souvenez-vous de ses souffrances, dont vous avez été les témoins ! Mes fils, nous allons prier pour la sauvegarde d'Hosmund, notre bienfaiteur, et pour le salut de l'âme de notre maître d'œuvre, afin qu'elle soit libérée de sa sinistre compagne... Rachetons ses fautes, mes fils, rachetons ses mortelles fautes par la pureté de notre âme et de nos actes... Obtenons qu'il soit pardonné !

– Mon père, l'interrompt frère Robert, l'ancien prieur, Hosmund est une âme sainte, mais il n'est pas prêtre. Il n'a pu présider à la cérémonie d'ensevelissement des cendres...

– Dans sa grande prévoyance, le Tout-Puissant a placé sur sa route un groupe de pèlerins de retour de notre montagne, cher fils, répond Thierry avec affabilité, des fidèles venus à nous pour la fête de l'Ascension, et qui s'en retournaient dans leur village avec leur curé de paroisse. Au matin, alors que le corps du possédé achevait de s'anéantir dans les flammes, le prêtre a assisté Hosmund. Inspiré par l'Archange – et édifié par les tourments de la païenne, auxquels il a assisté –, le bon curé a enseveli les restes dans un marécage. Il a procédé à l'inhumation après un parcours en boucle afin que Roman ne retrouve jamais le chemin du Mont, en prononçant les cédules d'absolution pour la paix de son âme... Vous n'avez plus rien à craindre, ni son retour ni son bannissement perpétuel !

Le silence se fait, un silence empreint d'apaisement.

– Maintenant, mes fils, reprend l'abbé, que le péril est vaincu et que la volonté de saint Michel a été accomplie, nous pouvons reprendre notre mission temporelle : l'édification de la grande basilique. Notre maître d'œuvre n'est plus, mais il nous a laissé son assistant... Frère Bernard a profité de l'enseignement de feu Pierre de Nevers et de feu Roman, alors que ce dernier n'était point corrompu... L'expérience et la ferveur de Bernard sont alliées au soutien de notre prince et à notre dévouement envers le maître spirituel de ce lieu. Dès demain, mes fils, les travaux vont se poursuivre dans la crypte du chœur, sous la férule de Bernard. Dans sa grande prudence, votre frère m'a fait part de la confession de Roman, qu'il a obtenue alors que les démons avaient, pour un moment, déserté l'âme de notre maître d'œuvre... et je vais vous révéler ces stupéfiants aveux, qui concernent toute la communauté.

Thierry se tait, aiguisant l'attention et la curiosité des moines. Hildebert savait parfois ménager ses effets, mais le nouvel abbé est un maître dans l'art du théâtre. Robert songe avec âpreté que Thierry doit s'inspirer des bouffons et escamoteurs frayant à la cour de Richard, plus que des saints mystères joués dans les cathédrales.

– Oui, reprend l'abbé, les démons s'étaient enfuis de Roman, chassés par l'eau bénite et les invocations de votre frère Bernard. Alors les anges se sont emparés de lui... L'esprit et le cœur illuminés par saint Michel, Roman a pris la voix de notre fondateur Aubert ! Bernard me l'a certifié, et il peut vous le certifier aussi : il a vu son maître en pleine extase, conduit par l'Esprit divin ! Ayant trouvé asile auprès du Seigneur, le saint évêque a commandé de modifier les croquis de la future abbaye. Le ciel s'est un instant ouvert à celui qui allait gagner les ténèbres, et le ciel, en la personne d'Aubert, lui a ordonné de ne pas détruire l'église qui abrite son sanctuaire... Le premier bâtisseur de la montagne a interdit de toucher à son oratoire, celui qu'il a construit de ses mains, sur ordre de l'Archange, à sa troisième apparition !

La stupéfaction puis une ferveur intense se lisent sur tous les visages.

– Mes fils, reprend l'abbé lui aussi transporté, nous savons ce qu'il en coûte de désobéir à l'injonction céleste... Nous entendons l'avertissement envoyé par l'Ange : l'Ange s'est adressé à Roman ! Malheureusement, notre frère s'est laissé reprendre par le mal et il en est mort... Puisse la grâce infinie de Dieu l'avoir sauvé des griffes de Lucifer, au dernier instant ! Nous qui servons les forces du Bien, nous respecterons la volonté de saint Michel et de notre fondateur : nous conserverons l'église des temps carolingiens, qui porte aussi, en ses murs, les vestiges de la grotte d'Aubert. Les reliques de ce saint homme seront offertes à la vénération des fidèles en ce lieu qu'il a choisi, l'église actuelle, que nous transformerons en crypte de soutènement de la nef de la nouvelle église. Par la main et la bouche de frère Roman, Aubert a tracé des dessins et donné des instructions très précises, pour que nous réalisions son vœu sacré. Hildebert reposera, comme prévu par Richard, dans la crypte du chœur, avec ses prédécesseurs. Ainsi qu'il l'a souhaité, Aubert sera dans l'ancienne église, bâtie à l'emplacement de son sanctuaire originel. Bernard, vous m'avez dit que cette modification impliquait la désaffection de la chapelle Saint-Martin : je saurai convaincre notre bon prince de cette nécessité matérielle. Lorsque débuteront les travaux de la nef, dans quelques décennies, l'église deviendra une crypte souterraine, obscure, propice au recueillement et à l'humilité voulus par Aubert... et c'est cette crypte sombre qui soutiendra la nef de l'abbatiale baignée d'angélique lumière. La crypte sous terre portera le ciel ! Mes fils, si le Seigneur nous prête vie assez longtemps, nous la verrons, cette crypte, mais dès aujourd'hui je vais baptiser cet édifice, en l'honneur de la statue de la Vierge noire qu'elle contient, et qui nous vient des temps immémoriaux de la destruction du paganisme et de la conversion de la montagne au Christ... car, aujourd'hui, le dragon de l'ancienne religion est définitivement vaincu ! Pour que nous nous rappelions l'ordre sacré de l'Archange et d'Aubert... je la baptise Notre-Dame-Sous-Terre !

11

IL AVAIT TRAVERSÉ les siècles, presque dix siècles, grâce à un tube en cuivre ressemblant à une longue-vue, hermétiquement scellé puis placé dans le caveau de pierre, qui l'avait protégé des rats, des vers, de la moisissure et des blessures de la terre. Muni de gants, Paul avait pris le temps de dérouler les feuillets du parchemin, précautionneusement, de peur qu'ils ne se brisent, de vérifier leur degré d'humidité, de les photographier en détail, puis de les insérer dans un album à chemises plastiquées. Il avait posé le recueil sur le bureau de sa chambre, à côté du cylindre en cuivre, d'un dictionnaire Gaffiot et d'un bloc de papier. Elle viendrait d'abord sur le chantier... Il avait calculé qu'il lui faudrait environ huit heures de trajet depuis le Mont. Paul espérait qu'elle avait dormi un peu avant de prendre la route. Lui n'avait pas fermé l'œil, même après la fête improvisée par l'équipe, tellement il était excité par sa découverte. Après le déjeuner, arrivèrent les représentants des Monuments historiques. Jamais pressés, comme hier matin, quand il s'était agi d'acheminer une grue pour dégager le sarcophage ! Enfin, la bonne nouvelle était que François n'avait pas encore fait le chemin depuis son ministère parisien. Mais Paul n'avait pas jugé bon de le prévenir. En effet, s'il apprenait que Johanna arrivait, il serait dans ses pattes deux heures après, et Paul désirait être seul avec son ancienne assistante au moment où elle lirait le manuscrit.

A quinze heures débarqua la presse locale et Paul se fit photographier avec le caveau, comme Howard Carter avec Toutankhamon. En revanche, il se refusa à toute déclaration, avouant que son travail commençait, et ne soufflant mot du parchemin. Enfin, à seize heures, elle débarqua en trombe sur le chantier, les vêtements froissés, la tête en désordre, les yeux cernés derrière ses lunettes, mais illuminés d'une passion qui émut Paul.

– Il a attendu neuf siècles et demi, il attendra cinq minutes de plus ! s'exclama Paul, une flûte de champagne à la main, au milieu de sa chambre. On trinque d'abord, et je te raconte tout par le menu !

Johanna céda, malgré l'impatience et la fatigue qui la taraudaient. Elle aussi avait dû attendre, attendre le matin pour prévenir l'équipe et laisser à son assistant des instructions pour les quelques jours de travail qui restaient avant les vacances de fin d'année. Elle aurait préféré partir immédiatement après son coup de fil à Cluny, mais ne pouvait se permettre un départ précipité dont Patrick Fenoy aurait profité pour lui créer des ennuis. Elle avait donc somnolé jusqu'à sept heures, l'esprit agité, et avait annoncé la découverte de la tombe au petit déjeuner. Sans s'expliquer pourquoi, elle n'avait soufflé mot du parchemin. Elle avait laissé son numéro de portable, confié à Florence une lettre pour Christian Brard, et donné rendez-vous à tous le 2 janvier en leur souhaitant de bonnes fêtes. En quittant le Mont, une sensation étrange l'avait envahie : sur la digue, l'observant dans le rétroviseur, il lui avait semblé que le rocher lui parlait. Il disait à Johanna que c'était lui qui lui avait préparé cette surprise et que celle-ci allait bouleverser son existence. Lorsqu'elle reviendrait à lui, Johanna serait différente, ses yeux sur lui seraient différents, son amour pour lui serait encore plus puissant. Immortel. Car désormais, corps et âme, Johanna lui appartenait. Possédée. Dans sa voiture, pendant huit heures, Johanna avait tout imaginé. Mais Paul, à dessein, n'en avait pas dit assez.

– C'est le plus beau cadeau de Noël que le destin ou le hasard m'aient jamais fait ! disait Paul, submergé d'émotion. Je me préparais à dire adieu à Hugues de Semur et à Cluny, tu sais. Depuis que tu es partie, c'était plus pareil... Je m'étais mis à douter. Bref, hier matin, comme d'habitude, je vais sur le chantier, sachant que mes jours ici sont comptés. Et je n'arrive pas à sauter dans le trou. Comment dire ? Une lassitude générale, le froid, l'épuisement physique, les autres... La terre me harassait, marre de la retourner sans cesse, j'avais l'impression d'y creuser ma propre tombe... Alors, j'ai pensé à toi, avoua-t-il en rosissant, et je suis allé rendre visite à Firmament, comme tu le faisais dans tes moments de découragement. Il était très nerveux, il piaffait dans son box en hennissant et en soufflant, j'étais pas rassuré ! Le garçon d'écurie m'a expliqué que les chevaux étaient très sensibles au temps et aux choses invisibles pour les hommes... ça m'a fait sourire mais quand même, j'étais intrigué. Qu'est-ce que ce bourrin pouvait sentir, qui m'était imperceptible ? Je me suis approché et, soudain, il s'est calmé. Il s'est laissé caresser les naseaux et l'encolure. C'était si chaud, si doux, ça m'a fait du bien. Je suis parti rasséréné par ce contact simple et magique... et je me suis remis au travail. Inexplicablement, j'ai laissé tomber mon carré pour aller fouiller dans un autre encore vierge – l'un des derniers à l'être encore – qui t'était destiné dans le découpage de départ. Je creusais sans conviction, en pensant que tu devais faire la même chose sur ta montagne, mais avec ardeur.

» Et puis, vers midi, poursuivit-il en faisant face à la fenêtre, le son caractéristique d'un objet dur. L'espoir immense, conjugué à la peur qu'une fois de plus ce ne soit rien d'intéressant. En même temps, une sensation inexplicable, l'instinct, l'expérience, je ne sais pas, en tout cas le pressentiment que je tenais enfin quelque chose d'important... mais que tu aurais dû trouver toi ! Lentement, j'ai brossé quelques centimètres... et j'ai vu apparaître un R gravé sur de la pierre d'ici, du calcaire des carrières. Mon cœur s'est arrêté, moi aussi ! Mais je savais déjà que ce ne pouvait être la sépulture de Hugues. J'ai essayé de me maîtriser, puis j'ai brossé à nouveau... mettant au jour le mot entier : PETRUS... Oui, "Pierre"... J'étais paralysé, subjugué, incapable d'aller plus loin. Je pensais à l'abbé Pierre le Vénérable. Puis, j'ai appelé les autres... ça n'a pas été facile car le tombeau avait glissé au cours du temps, il était orienté en biais, mais il était bien scellé et n'avait pas été violé. L'inscription latine sur le caveau était d'une simplicité toute romane : Pierre de Nevers, moine de Cluny, maître d'œuvre de l'église, décédé en l'an de grâce 1022, et les formules d'usage pour la paix de son âme. Quand j'ai vu la date, j'ai fait un bond ! 1022, l'abbatiat d'Odilon. Je savais que c'était cet architecte qui avait terminé Cluny II, qu'il en était mort – un accident sur le chantier –, mais je ne m'attendais pas à l'invention de sa tombe. Je te l'ai dit au téléphone, pour moi c'est grâce à Hugues qu'on a trouvé Pierre de Nevers, qui devait reposer dans le chœur de Cluny II, avec Odilon. C'est Hugues qui a dû les faire transférer tous les deux dans le saint des saints de Cluny III... à moins que ce ne soient Hugues V ou Bertrand Iᵉʳ, au XIIIᵉ, quand ils ont réorganisé l'agencement des tombes dans le chœur. Quoi qu'il en soit, tout cela veut dire qu'on avait raison sur l'emplacement du chœur de Cluny III, et cette découverte ouvre la voie à tellement d'autres, maintenant tout est permis, tu comprends, les recherches pour dénicher Hugues bien sûr, mais aussi Odilon, Bernon et Pierre le Vénérable !

– Tu as raison mais, premièrement, tu n'as pas encore l'autorisation pour ça, et deuxièmement il s'agit d'abord d'exploiter à fond cette découverte, dont il faut confirmer la datation par archéométrie.. , l'interrompit Johanna.

– Oui, certainement ! répondit-il en se versant un autre verre qu'il but immédiatement. Donc, on a attendu la grue et le conservateur toute la journée ! Enfin, on a pu la dégager, et l'ouvrir... Je craignais tellement d'être déçu ! Mais c'était au-delà de tout : il était là, enveloppé dans son froc de moine tout rongé... A son côté, reposait ce cylindre de cuivre. Ah, chère dépouille, beau squelette, fleur de mes rêves, tu es désormais mon meilleur ami !

Johanna n'en pouvait plus. Elle posa sa flûte de champagne, scruta ostensiblement le tube de cuivre, puis le recueil contenant le manuscrit.

– Encore une seconde, cher ange, lui dit-il, un peu éméché. J'y arrive, au clou du spectacle ! Car c'est moi qui l'ai lu le premier, moi seul l'ai lu d'ailleurs, j'ai défendu à quiconque d'y toucher. Je te l'ai gardé, pour que tu sois la deuxième personne à le parcourir, depuis presque mille ans ! Je l'ai bichonné pour toi, je l'ai veillé toute la nuit, maintenant je te l'offre ! Voilà, vas-y !

– Paul, dit-elle en saisissant ses mains. Je sais déjà que je ne pourrai jamais assez te remercier pour ça, et pour bien d'autres choses. Je t'aime infiniment, Paul, et je suis très émue de tout ce que tu as dit... Mais cette invention est la tienne ! Tu dois maintenant en recueillir les fruits : l'authentifier, cultiver tout ce qu'elle peut nous apprendre sur cette époque, et la publier à ton nom ! Pierre de Nevers t'a attendu plus de neuf siècles, il ne t'attendra pas cinq minutes de plus. Va le rejoindre, il a mille confidences à te faire... Moi, j'aimerais rester seule avec lui, dit-elle en désignant le manuscrit, avant de te le rendre. S'il te plaît, laisse-moi en tête à tête avec lui quelques instants.

Paul la regarda avec des yeux de chien battu, releva le menton avec défi et, sans un mot, s'éclipsa vers son chantier où reposait son nouveau compagnon d'étude. Johanna s'empressa de verrouiller la porte. L'émotion la faisait trembler. Lentement, elle s'assit derrière la table. Elle commença par examiner le cylindre en cuivre, qui avait protégé le parchemin de l'air, de la lumière et de l'eau, avant de le reposer sur un coin du bureau. Ses doigts s'approchèrent doucement du recueil. Elle ferma les yeux, respira profondément puis, enfin, l'ouvrit. C'était aussi un sépulcre qu'elle dégageait d'une terre mystérieuse et longtemps muette, une tombe qui s'entrouvrait d'elle-même à son regard. L'écriture était une promesse : les lettres à l'encre noire, ovales et serrées, de la minuscule caroline héritée de Charlemagne, révélaient la maîtrise des gens instruits, sans la graphie dessinée et complexe des moines copistes. Pour l'auteur, le fond de ce manuscrit importait plus que la forme : il s'agissait donc de l'écriture usuelle des chartes et documents de base, non de celle des textes saints. Pourtant, quelle beauté se dégageait de ces caractères presque millénaires, tracés sur la peau jaunie, grattés et corrigés ! Elle ne résista pas au désir de les toucher et, avec des gestes d'amoureuse, elle les libéra de leur carcan de plastique transparent.

Contrairement à l'usage médiéval pour les manuscrits courants, le parchemin était d'excellente qualité, de celle réservée à la copie des bibles : une belle peau de mouton, sans défaut, tannée dans les règles de l'art, par un atelier monastique de premier ordre. Lequel ? Cluny ou ailleurs ? Chaque atelier avait sa technique particulière de fabrication, mais Johanna n'était pas une experte en la matière. Une analyse par un spécialiste serait nécessaire. Quoi qu'il en soit, l'auteur avait pris garde à ce que ses écrits se conservent. Johanna ne put s'empêcher de caresser la peau lisse, douce comme un dos d'homme. Elle la porta à ses narines. Pour le romancier russe Boulgakov, les vieux parchemins exhalaient le chocolat. Or celui-là avait une odeur d'automne au bord de la mer, un parfum de feuilles mortes et de sel... non, pas la brise marine... plutôt l'effluve léger des larmes séchées. Johanna étala les neuf rouleaux devant elle. Elle reculait le moment de la lecture, le cœur déjà troublé par l'unique présence des pages. Il s'en dégageait un sentiment confus, une force qui avait dépassé les siècles, une sensation d'éternité, mêlée à une urgence tragique... Elle frotta ses lunettes à la manche de son pull, les chaussa à nouveau, posa un regard sur le dictionnaire latin, et plongea à la recherche du sens et de l'inconnu qui avait rédigé ces mots.

Abbaye de Cluny, Pâques de l'an de grâce 1063.
A l'abbé Hugues de Semur.

Mon père dans le Christ. Voici quarante années que je vis en ce lieu consacré à saint Pierre, prince des apôtres et détenteur de la clef du ciel. Quarante années où, comme le peuple juif dans le désert, mon âme et mon corps ont fait acte de contrition et de repentance. En ce très saint jour de la Résurrection du Sauveur, je ne partage point la liesse de mes frères car je vais vous quitter. Ce voyage impérieux que je dois entreprendre, au soir de ma vie, n'est pas celui que nous attendons tous avec espérance. L'heure précieuse est proche mais, avant d'abandonner la terre, j'ai une ultime mission à accomplir, et ce devoir exige que je m'enfuie loin de vous. Cette disparition n'est pas une escapade, mon père, même si vous l'allez croire. J'ai grand-honte de jeter le déshonneur sur notre maison par mon avanie, sur cette demeure sacrée qui m'a autrefois accueilli, c'est pourquoi je rédige pour vous cette confession. Je ne réclame point votre pardon, car je sais n'en être pas digne. Surtout, si vous lisez ces aveux, c'est que mon âme aura été jugée...

Je confie en effet ce manuscrit à frère Grégoire, qui m'a promis de vous le remettre à la nouvelle année si je ne suis pas de retour. Or seul trépas déjouera mon dessein de revenir me prosterner devant vous en invoquant votre miséricorde pour ce péché que je m'apprête à commettre... Connaissant la pureté et les légitimes exigences de votre cœur, je ne vous ai point confié le trouble dans lequel je suis plongé, car je sais que votre vénérable autorité et votre vive intelligence auraient infléchi ma décision. Je pars donc, avec affliction et conscience de ma vilenie, mais en vous ayant narré les causes véritables de cet outrage. Pour cela, moi qui suis un vieillard, je dois me souvenir de ma jeunesse, et rapporter fidèlement une histoire dont quarante années de prières n'ont pas guéri les blessures. Cette histoire, mon père, la voici.

Vous ne devez point ignorer que c'est votre prédécesseur, l'abbé Odilon, qui m'a admis dans ces murs en l'an de grâce 1023. Je n'ai pas caché à ce saint homme tout ce que je m'apprête à vous raconter et, dans sa grande bonté, il m'a tout de même ouvert les portes de ce monastère. Je me suis toujours demandé si Odilon, avant de prendre le chemin du ciel, vous avait confié le secret de mon arrivée à Cluny. Si ma mémoire de vieil homme ne se trompe pas, vous êtes entré à *Cluny vers l'an 1040, alors que vous aviez une quinzaine d'années, et Odilon, décelant vos vertus et mérites, vous nomma rapidement grand prieur. Peut-être vous a-t-il alors informé à mon sujet... Je n'ai jamais eu l'audace incongrue de vous en interroger, vu que vous étiez avec moi comme avec les autres frères : sévère, juste et grand. Aujourd'hui, cette question n'a plus d'importance. En cette lointaine année 1023, j'étais donc un homme de trente ans, et je portais l'habit bénédictin que je porte encore aujourd'hui. Lors de mon entrée dans le cloître, mes frères ont certainement cru que je venais de l'un des nombreux établissements ayant adopté les coutumes clunisiennes. J'avoue ma prime frayeur que l'un d'entre eux s'enquît de cela lors des instants où la parole était autorisée ! Les premiers jours, je me suis dérobé à leur vue durant ces moments où nous pouvions parler. Cependant, en accord avec saint Odilon, j'avais repris mon nom de baptême, et résolu de taire à mes frères une part de la vérité... Grâce à Dieu, je me suis vite adapté aux usages de la communauté, que j'ignorais pourtant, et rapidement je fus intégré aux quatre-vingts moines aussi harmonieusement que si j'avais été un oblat vivant en ce lieu depuis des décennies. Lorsqu'un prêtre ou un frère lai s'enquérait de mes origines, j'avouais que j'étais un aristocrate né en Bavière, et que je venais d'un monastère bénédictin de Cologne. Je cachais que je m'étais réfugié à Cluny pour fuir la Normandie, où se dresse une abbaye non clunisienne, dans laquelle je venais de passer plus de six années. Durant très longtemps, lorsqu'un frère de ce monastère normand faisait étape à Cluny, le bon Odilon m'autorisait à ne pas paraître au chœur ni au réfectoire, pour ne point risquer d'être reconnu...*

Cette abbaye normande, feu Odilon la connaissait bien... C'est un monastère juché sur une montagne, entre terre, ciel et mer, que les anciens appelaient le mont Tombe, et nous le Mont-Saint-Michel...

Johanna poussa un cri. Elle se leva et alla à la fenêtre pour juguler son émotion, comme Paul l'avait fait tout à l'heure. Paul, cher Paul ! Machinalement, elle regarda les vestiges de Cluny III qui se dressaient au loin, dans le jour qui mourait. Elle posa les yeux sur le sommet du clocher de l'eau bénite et vit apparaître la pointe noire du Mont, dans un ciel chargé de menaces... Elle revint à la table et alluma la lampe.

J'ai donc vécu presque sept années au Mont-Saint-Michel, de 1017 à 1023, comme assistant de Pierre de Nevers, mon maître que j'avais suivi jusqu'en Normandie, puis comme maître d'œuvre de la nouvelle abbaye.

Incroyable, phénoménal ! L'auteur de cette lettre était l'architecte de l'abbaye romane du Mont-Saint-Michel ! Johanna eut une furieuse envie de courir directement jusqu'au nom figurant à la dernière ligne du parchemin, nom qui s'était égaré dans les siècles... puis elle se dit que c'était une profanation. Un peu de patience ! Un peu de patience. Il avait attendu quarante ans pour se confier, les mots avaient mis presque mille ans pour parvenir jusqu'à elle, elle devait respecter le temps, la progression intime du narrateur... Du calme.

Les pierres étaient ma vie. Dieu, puis les pierres. Mon maître m'avait appris leur langage de chantier en chantier, dans toute l'Europe. Je vénérais Pierre de Nevers pour ce qu'il m'enseignait, et pour lui-même. C'était un homme pieux et généreux, humble moine face au Seigneur qu'il servait par la prière, mais surtout en érigeant des églises d'une force mystique telle que leurs pierres édifiaient l'âme des hommes. Je ne crains aucunement de le confesser aujourd'hui, c'est cet homme qui a ouvert mon cœur à la plus intense des ferveurs, en me transmettant son art. Avec lui je compris que le maître d'œuvre était avant tout un missionnaire, un évangélisateur à l'esprit visionnaire, qui bâtissait afin de révéler la foi aux hommes, la gloire de Dieu, maintenant et pour l'éternité, guidé par le Très-Haut.
Lorsque le père abbé du Mont, Hildebert, à l'époque, que vous n'avez pu connaître mais dont vous avez certainement entendu vanter l'infinie sagesse, fit quérir mon maître pour construire une nouvelle abbaye, nous prîmes tous deux le chemin de la Normandie, fiers et radieux de servir Notre Seigneur par ce projet grandiose. Si j'avais pu soupçonner que mon existence entière et tout ce à quoi je croyais seraient à ce point bouleversés par ce voyage ! Néanmoins, telle était ma destinée.
Nous parvînmes sur cette montagne étrange, battue par les éléments, isolée des mortels et si proche du ciel qu'elle fut choisie pour demeure par le premier des anges. De l'an 1017 à la funeste année 1022, mon maître et moi-même vécûmes parmi les anges,

entièrement tournés vers le labeur sacré commandité par le Très-Haut et son intermédiaire Hildebert. Je ne décrirai point les prouesses inventives que Pierre de Nevers déploya pour donner jour, sur le parchemin, à cette fabuleuse entreprise que jamais aucun homme n'avait osé imaginer... La Jérusalem céleste qui se dresse aujourd'hui sur le rocher normand, sans être totalement achevée, nous la devons à mon maître, qui fut inspiré par le Tout-Puissant.

C'est cette année-là que l'abbé Odilon rappela Pierre de Nevers à Cluny, pour terminer l'ouvrage dédicacé par l'abbé Maïeul, l'abbatiale Saint-Pierre-le-Vieil, de laquelle je vous écris... Durant les quarante années que j'ai passées parmi vous, il ne fut pas un jour où je n'aie touché avec affection ces pierres qui sont la vie et la tombe de mon cher maître. Elles sont sa dernière prière, son âme, son sang, elles constituent tout autant son caveau que celui qui trône dans le chœur, et chaque jour elles m'ont apporté réconfort et chaleur. Puisse le Seigneur m'accorder la faveur de terminer ma vie dans leur ombre ! Leur ombre protectrice et familière, c'est ce que je suis venu quémander à Odilon et à l'âme de mon maître il y a bien longtemps... mais si vous lisez cette lettre, c'est que je me trouve maintenant sous un autre ciel. Que Sa volonté soit faite.

Lorsque Pierre de Nevers quitta le Mont-Saint-Michel, à la fin du printemps 1022, lorsque, sans le savoir, mes yeux croisèrent les siens pour la dernière fois, il me remit ses épures et son bâton de maître d'œuvre, me confiant la lourde responsabilité des travaux jusqu'à son retour, qui n'arriva jamais. Néanmoins, à la fois inquiet et confiant, j'acceptai, secondé par frère Bernard, un moine du Mont que mon maître avait initié aux secrets des pierres. Le début du chantier avait été fixé pour Pâques. L'été passa comme un souffle. L'existence sur la montagne était rude, peuplée de démoniaques colères de la nature et d'apparitions, mais défendue par un puissant saint patron. Pourtant, notre âme ardente était souvent éprouvée, et je ne fus point épargné. L'épreuve que m'envoya le ciel fut à la mesure de la tâche qu'il m'avait confiée, et qui occupait alors toutes mes pensées.

L'esprit en suspens, Johanna écouta le silence nocturne, et reconnut la paix factice qui précède les grandes tempêtes.

Elle se nommait Moïra, Marie dans la langue de son peuple. Ses cheveux avaient la couleur et la vigueur du feu, ses yeux ressemblaient aux feuilles du printemps, sa peau avait la transparence blême des nuées, piquée de taches ensoleillées, et sa bouche était une mer changeante, vive, animée et dangereuse, ou bien calme et sereine l'instant d'après. Elle communiquait avec les arbres, les roches et les étangs, et tout son être embaumait la forêt sous une pluie salée. Elle était l'épreuve que le ciel m'avait choisie, l'ange terrestre, la joie née de siècles de malheur humain, que je devais sauver de l'ultime désastre. Pardon, père, ne vous méprenez point, je parle enfin après quarante ans de silence, de prière, de suppliques, ne soyez point victime de cette confusion qui a causé notre perte : j'étais moine, je suis toujours moine, en pleine possession de mes facultés malgré mon âge avancé, et jamais cet habit de vertu ne fut souillé par la rupture de mon vœu de chasteté. Vous devez me croire, jamais je n'ai commis ce péché, même si d'autres fautes entachent mon âme, fautes que j'ai expiées durant ces quarante années. Mais je me défends encore, moi qui suis coupable, alors que c'est elle seule que j'aurais dû secourir... car seule, elle l'était. Seule avec un jeune frère sourd-muet de treize ans, appelé Brewen, un étrange gaillard qui conversait avec les yeux, et dont elle n'avait pu soigner l'infirmité. Pourtant, jamais je n'avais vu pareils dons dans le soulagement des souffrances du corps : lettrée et fort instruite de l'art des simples, elle fut mon dévoué médecin des jours et des nuits durant, alors que j'avais été grièvement blessé par la lame d'un coupe-jarrets détrousseur de pèlerins.

Elle me soigna, alors que frère Almodius, sous-prieur et maître du scriptorium, m'avait confessé et offert les derniers sacrements, et que frère Hosmund, l'infirmier du monastère, n'aurait pu y parvenir avec ses remèdes. Elle me guérit, et je fus – pour son malheur et pour le mien – rapatrié au Mont, parmi mes frères. Elle m'aimait déjà alors, et je l'aimais déjà, mon cœur le savait, dans ses recoins enfouis, mais mon esprit l'ignorait.

Johanna leva la tête, retira ses lunettes et se frotta les yeux. Le maître d'œuvre de la grande abbaye... Elle s'était attendue à d'épiques tableaux du chantier, à une profusion de détails techniques, d'idées abstraites, de symboles religieux, non à une histoire d'amour avec une personne humaine ! Pourtant, elle n'était aucunement déçue ; l'auteur encore anonyme l'avait happée dans les méandres de son récit. La description de Moïra, la passion du moine l'avaient fortement ébranlée et, peu à peu, Johanna était prise d'une sensation bizarre, une attraction intime qu'elle semblait déjà connaître, sans pouvoir en identifier la source.

Toutefois, Moïra m'avait fait une confidence, qui fut notre tragédie : Moïra était celte, descendante d'une longue lignée de druides, ultime récipiendaire d'une partie de leur ancestral savoir. Malgré son baptême et sa vénération du Christ, de la Vierge et de saint Michel, elle continuait d'entretenir des cultes païens et d'être fidèle à la fausse religion de ses ancêtres. Certain que tel était le désir du Seigneur, je me mis en tête de revoir Moïra, seul et clandestinement, pour la convertir à Dieu. Là fut mon inqualifiable erreur, mon père... non pas d'avoir voulu la convertir – c'est là le devoir de tout chrétien – mais d'avoir cru que je le faisais pour servir Dieu. Ma mission sacrée sur terre, Il me l'avait déjà assignée, et c'était de lui bâtir la Jérusalem céleste ! Cette mission aurait dû me contenter, n'est-ce pas, mais il était trop tard déjà... Si j'avais pu à cette époque avoir la connaissance de moi-même que je possède aujourd'hui ! Trop tard... Il était trop tard depuis longtemps, car je ne me doutais point que mon amour des pierres était moribond, et s'était mué en un amour bien plus vif, bien plus périlleux, celui de cette femme.

Elle avait transformé mon cœur de maître d'œuvre en cœur d'homme, et je m'obstinais à le méconnaître, à lutter pour sauver une part de moi qui n'existait plus, qui avait disparu avec mon maître. J'aurais dû avouer mon dessein à Hildebert mais, aveuglé par ma vanité de jeune homme, je me suis tu. J'ai fait parvenir une lettre à Moïra, dans laquelle je la convoquais à la chapelle Saint-Martin, la nuit.

Par trois fois elle est venue, et par trois fois elle m'a vu combattre mes sentiments pour elle comme je combattais ses dragons. Elle savait cependant qu'elle m'avait vaincu et attendait le moment où je déposerais mes armes à ses pieds, aux pieds de notre indéniable amour. J'avais failli le faire mais je guerroyais encore. Elle, elle me voyait souffrir et à notre troisième entrevue, qui eut lieu le deuxième dimanche du Carême 1023, ce fut elle qui renonça, par amour pour moi. Elle voulut s'effacer, et me laisser à mes pierres. Au moment où j'allais la perdre, mes yeux enfin s'ouvrirent, et j'entendis mon cœur. Sans avoir pleinement conscience de la signification de mon acte, je lui dévoilai la passion qui m'avait animé jusqu'alors : je lui montrai les croquis de la grande abbaye, les esquisses de Pierre de Nevers.

Alors, sachant parfaitement ce qu'elle faisait, elle me confia le secret de la montagne, l'énigme de sa mission sacrée sur terre... que j'ai toujours gardés dans le mystère de mon cœur. Souffrez, mon père, que je continue à le faire aujourd'hui, en souvenir d'elle, car c'est tout ce qu'il me reste.

Ce soir-là, j'ai écouté l'âme de Moïra, sans toutefois la comprendre... Elle était loin déjà et j'avais besoin de temps pour parvenir jusqu'à elle. Que n'avais-je pourtant suffisamment attendu ! Ce délai supplémentaire nous fut fatal. A Pâques de l'an de grâce 1023, il y a jour pour jour quarante ans, débutèrent les travaux de la grande abbatiale. Le mardi pascal, je fus mandé par Hildebert, qui m'accusa d'entretenir des relations coupables avec une femme, et de surcroît, une hérétique. Frère Almodius nous avait vus ensemble, et pis encore, il avait surpris Moïra invoquant Ogme, une divinité païenne, au bord d'un étang. Le jour même, il convoqua la jeune femme, la confondit et exigea qu'elle abjure. Cette scène à laquelle j'assistai, muet de désarroi, reste gravée dans ma chair comme une cicatrice : Almodius avait divulgué son gravissime péché à Hildebert, mais c'était moi l'infidèle ! Elle m'avait sauvé la vie, elle sauvait ce qui était le sens de ma vie, sous mes yeux, et moi, en retour, je la reniais par mon silence. Elle alla jusqu'au bout, et elle refusa d'abjurer. L'abbé menaça de la chasser à jamais des terres du Mont mais, pour l'heure, il la renvoya, libre, à sa forêt, en la sommant de réfléchir, annonçant qu'il viendrait lui-même recueillir son abjuration à l'aube du dimanche suivant. Hélas, si j'avais été un peu plus avisé, je ne me serais pas réjoui de ce bienveillant verdict, je n'aurais plus songé à mon sacro-saint chantier, presque soulagé de ce que j'ai cru être l'issue imparable et favorable de notre histoire ! Si j'avais fait preuve de moins de faiblesse, je me serais immédiatement enfui du monastère, j'aurais couru vers elle, et je l'aurais emmenée avec moi loin de cette sinistre montagne, de force s'il l'avait fallu, oui, de force ! Au lieu de cela, je m'effondrai sur une paillasse de l'infirmerie, le corps malade...

Le lendemain, je fis parvenir une lettre à Moïra, dans laquelle je lui avouais enfin mon amour, je l'implorais d'accéder à l'ordre du bon abbé. Il fallait agir sans tarder, et moi j'ai écrit, la suppliant de renier sa foi impie, lui promettant des amours clandestines, des rendez-vous incertains, l'assurant de jours sans lendemain... inepties de valétudinaire ! Si j'étais tragiquement dépourvu du courage de l'action, d'autres en revanche, n'en étaient point dénués et, dès que

l'abbé eut relâché Moïra, mon frère Almodius, que la magnanimité
de Hildebert exaspérait, s'en fut dénoncer l'hérétique à l'évêque
d'Avranches, Roland d'Aubigny, un être présomptueux et falot. Ce
dernier fondit sur l'occasion qui lui était donnée de battre en brèche
le pouvoir de l'abbé et avertit sur-le-champ notre suzerain, Richard
le Bon. Moïra fut arrêtée par les soldats du prince et emprisonnée à
Avranches...

Johanna se sentit tressaillir. Elle se leva et se servit un verre de
champagne tiède pour se remonter. Cet homme était dévoré de tels
remords, quarante ans après, qu'elle en avait mal dans sa propre chair.
Elle était persuadée que la plupart des hommes, dans la situation de
ce clerc, n'auraient pas fait preuve de plus de bravoure, de plus
d'instinct ou de lucidité sur la réalité de leurs sentiments, mais cette
plaie amère et cruelle, qui avait sans cesse grandi, cette torture-là,
peu d'êtres se l'infligeaient. Toutes ces années dans le silence d'un
monastère n'avaient pas apaisé son amour pour cette femme,
n'avaient pas altéré ses souffrances, au contraire ! Elles avaient exa-
cerbé sa conscience du décalage qui existait entre Moïra et lui... Oui,
tout s'était passé comme si la jeune Celte avait toujours eu un temps
d'avance sur le moine, anticipant le malheur, avant de s'y résigner.
Oui, elle s'était comportée comme si tout avait été tracé depuis
longtemps, qu'elle le sût, et qu'elle eût à suivre l'éclat sombre de
son étoile, depuis le jour de sa naissance... Ce constat mit Johanna
mal à l'aise. En tout cas, elle était captivée par le récit, au plus profond
d'elle-même ; la passion de ce moine, oscillant entre les pierres froides
d'une abbaye et le cœur d'une femme, était fascinante, la réponse
de Moïra encore plus : tout concourait à sa perte mais elle continuait
de marcher sur son chemin, la tête haute, mue par un intime secret
que le moine n'avait pas voulu divulguer, et qui la rendait plus forte,
capable de résister à tout, même au pire... au pire, qui était arrivé,
c'était certain, Moïra l'attendait, car elle le savait sur sa route.
Johanna l'attendait aussi.

Alors, Hildebert fit irruption dans le réfectoire, à la recherche
d'Almodius. Jamais je n'avais vu mon père avec pareille figure. Oui,
lui si pondéré et sage, je le revois, en proie à une rage indescriptible,
qui l'incendiait de l'intérieur... Je ne l'ai point oublié, ce visage, car
c'est la dernière fois que j'ai vu Hildebert en vie.

D'après Almodius, notre père aurait eu un malaise au cours de leur entrevue dans sa cellule. Par la suite, ce fut Almodius lui-même qui organisa et dispensa les soins au malade, refusant souvent l'aide d'Hosmund. J'ai toujours conçu des soupçons. Rien n'a transpiré de la teneur de l'entretien qui avait provoqué la maladie de l'abbé, et Almodius nous a soigneusement tenus à l'écart de la cellule où reposait Hildebert. Il lui était facile de laisser Hosmund avec l'abbé, d'entrer dans l'infirmerie et de verser du poison dans les remèdes du frère lai ! Je n'ai naturellement aucune preuve de ce que j'avance, mais lorsque je vous aurai raconté, mon père, quelles turpitudes commit encore Almodius par la suite, vous comprendrez mes sérieux doutes.

Aucun livre ne mentionnait clairement que le fameux abbé Hildebert ait été assassiné. Johanna se souvint pourtant d'un ouvrage qu'elle avait parcouru, dont l'auteur avait émis cette hypothèse, sans pour autant la prouver ni en préciser les circonstances. Le nom d'Almodius n'était pas inconnu à l'archéologue, mais elle ne se rappela plus le contexte dans lequel elle l'avait rencontré. Il faudrait vérifier, mais elle était presque sûre que ce n'était pas à propos de Hildebert. Elle était certaine d'en apprendre plus grâce à ce manuscrit inconnu de tous que dans n'importe quel ouvrage d'histoire.

Deux jours et trois nuits, mes frères et moi fûmes en oraison dans la chapelle Saint-Martin. A l'aube, le dimanche, à l'heure exacte qu'avait choisie Hildebert pour recueillir l'abjuration de Moïra et la faire entrer dans la demeure de Dieu, à cette heure fatidique, il expira.

Dès lors, le monde que j'avais connu échappa à ma raison, tellement il changea, et tellement je fus égaré parmi les événements, qui provoquèrent en moi des sentiments violents et confus : avec Hildebert disparurent clémence et pondération ; le rocher fut la proie d'un déchaînement de convoitise, d'intrigues et de complots. Le duc Richard nous imposa un nouvel abbé, Thierry de Jumièges, qui n'était autre que son neveu ; Almodius fut nommé prieur et conserva sa charge de chef du scriptorium. Les félons prirent donc le pouvoir sur la montagne... Quant à Moïra, ils la jugèrent à Rouen. Le tribunal ecclésiastique, manœuvré par Richard et présidé par Roland d'Aubigny, prononça une sentence qui, encore aujourd'hui, m'inspire terreur, et colère !

Tiens..., se dit Johanna. Curieuse coïncidence : Jeanne d'Arc – à qui saint Michel était apparu, pour qu'elle prenne les armes – fut également jugée à Rouen, notamment par Robert Jolivet, ancien abbé du Mont, qui avait trahi ses fils, son roi et le rocher sacré pour se placer du côté de l'envahisseur anglais. Et elle fut brûlée comme hérétique dans cette bonne ville à une date proche de la fête de l'Ascension, le 31 mai 1431, près de l'église Saint-Michel, qui appartenait à l'abbaye montoise.

Je fus tenu à l'écart du procès : je n'appris qu'il avait eu lieu que lorsque le jugement eut été prononcé. Mon père, je n'avoue pas cela pour me disculper, au contraire. C'est elle qu'on a jugée, mais j'étais coupable. Coupable d'avoir été aveugle, coupable d'avoir laissé Almodius la livrer à l'évêque et au prince, et de n'avoir rien fait pour la sauver... C'est elle, ange aguerri, qui cette fois encore m'a protégé : jamais au cours de ses interrogatoires elle n'a prononcé mon nom ! Pour une autre raison, ses juges – dont quatre de mes frères du monastère – ne l'ont pas évoqué non plus. Eux pensaient aux pierres de l'abbaye, ils croyaient que les pierres étaient plus puissantes que mon amour pour Moïra ! Je devais continuer à diriger le chantier... Puisque mes frères, puisque les mortels ne m'ont pas jugé, mon père, Dieu et les pierres le feront. Même Almodius, entendu comme témoin, respecta la consigne et fit silence autour de mon nom. Il déversa son fiel sur Moïra... et peut-être est-ce lui qui eut cette idée abjecte, cette imagination démoniaque et cruelle, qui fit la sentence. En référence à la croix celte qu'elle portait au cou, Moïra serait suppliciée par les quatre éléments de la nature, jusqu'à ce qu'elle abjure, ou qu'elle trépasse. Le jugement serait exécuté au Mont, en public, pour la fête de l'Ascension.

Cher père, ma plume soudain se fige, comme mon sang, et je reste impuissant à vous décrire sans fièvre ce spectacle auquel j'assistai, de loin. Ces terribles images demeureront à jamais incrustées en moi, elles sont ma blessure immortelle, et je ne puis songer sans larmes au calvaire de Moïra, qui est depuis quarante années ma croix. L'air. Un jour et une nuit. Elle n'abjura pas et resta en vie. L'eau. Un jour et une nuit. Elle n'abjura pas, resta en vie et cria mon nom. La terre. Un jour et une nuit. Elle n'abjura pas et mourut. La terre l'avait tuée. Le jour célébrant l'Ascension de l'âme du Christ au ciel, on fit un grand feu sur la place du village. On cacha son décès au duc et au peuple, on agita sa dépouille comme une marionnette. Puis on ligota son cadavre à un châssis de fer, qu'on suspendit à l'aide d'une potence du chantier au-dessus d'un grand tapis de braises. Le feu. Un jour et une nuit elle se consuma dans les flammes.

Johanna s'éloigna un instant, afin que l'eau de ses yeux ne souille pas le manuscrit.

Vous comprendrez, mon père, qu'il m'était inconcevable de pour-suivre ma mission de maître d'œuvre. L'unique et sacré devoir qui désormais m'habitait, était de ne pas abandonner à la seconde mort celle que j'avais délaissée dans l'existence et que j'avais sacrifiée aux pierres de l'abbaye ; je devais me battre pour sauver l'âme de celle qui n'avait cessé de me sauver la vie. Tout naturellement, je songeai à cette maison, mon père, ce havre saint entièrement dédié au culte des morts, je pensai à l'abbé Odilon, l'ami de Hildebert, qu'on m'avait dit posséder la même grandeur d'esprit et de cœur que feu mon père, je revis le cher visage de Pierre de Nevers, j'imaginai son tombeau, que je savais édifié dans cette église, j'avoue enfin que je songeai au privilège de Cluny qui l'exemptait du pouvoir temporel, de tous les évêques et de tous les princes de la terre, et mon esprit fut illuminé par cette évidence : je devais quitter le Mont et demander asile à Cluny où, si Odilon et mon défunt maître m'accordaient leur protection, je pourrais investir le silence, expier mes péchés et surtout délivrer l'âme de mon aimée, pour qu'elle m'accueille au ciel le jour de mon trépas, promis que nous étions l'un à l'autre pour la vie éternelle...
Je fis aussitôt part de mon projet à Hosmund, qui émit une sage objection : Thierry de Jumièges et Almodius – ce dernier ayant un large ascendant sur le nouvel abbé – se méfiaient de moi, mais ne me permettraient jamais de quitter l'abbaye, à cause du chantier. Brusquement, j'eus la solution : faire croire à mes pairs que j'étais possédé par l'âme diabolique de Moïra, sous la forme d'une fièvre contagieuse et mortifère qui les tuerait tous s'ils me conservaient parmi eux... Il me fallut persuader Hosmund d'être le complice de cette tromperie, et ce ne fut pas chose aisée.
Je confesse l'imposture, mon père, pour laquelle j'ai souvent demandé pardon à Dieu, pour moi et pour Hosmund, mais en ces

circonstances, je ne trouvai d'autre issue que ce tour d'escamoteur. Avant vêpres, j'avalai donc la potion de simples que mon ami avait préparée et qui devait me donner la fièvre, une fièvre physique qui n'amoindrirait pas ma lucidité mentale, mais laisserait croire que j'étais saisi par une mystérieuse et puissante maladie. Hosmund était terrorisé, ce qui servit mon dessein. J'avais vu, au cours d'un voyage en Saxe avec mon maître, une âme authentiquement possédée du Diable, et je m'inspirai de ce souvenir. Le breuvage provoqua sueurs, pâleur, spasmes et frissons. J'y ajoutai cris perçants, tournure incohérente et battements désordonnés des membres...

Ainsi que je l'avais prévu, l'abbé vint s'enquérir de ma santé à la fin de la longue journée de cérémonies. Il se persuada lui-même que l'âme de la pécheresse me poursuivait de ses malsaines assiduités, et que bientôt elle tourmenterait ainsi tous les frères de l'abbaye. Hosmund n'eut qu'à lui souffler que seul l'exorcisme de frère Bernard pouvait nous sauver... Et mon assistant entra en scène. J'avoue, mon père, avoir profité de l'estime et de la déférence soumise qu'il me portait. Dès qu'il m'eut aspergé d'eau bénite et prononcé les formules expiatoires, je cessai de m'agiter. Puis je lui jouai un spectacle sacrilège qui me remplit de honte, et pour lequel je conçois aujourd'hui encore un infini repentir, mais qui obéissait à une motivation impérieuse. Sachez qu'il fallait absolument que je modifie sur un point les croquis de Pierre de Nevers, que je portais dans mon scapulaire. Ces ébauches prévoyaient que, lors des travaux de la nef de la nouvelle abbatiale, notre église, héritée des chanoines et du temps où le Mont appartenait à la Bretagne, bâtie à la place du premier sanctuaire d'Aubert, soit entièrement rasée. Or il fallait que soit conservée cette église. L'église, où nous priions tout le jour, et qui nous restait interdite la nuit, ce lieu saint où Richard le Bon avait épousé Judith de Bretagne, ce double sanctuaire devenu trop étroit, qui avait légitimé la décision de construction d'une grande abbaye, ne devait en aucun cas être détruit... Il était aisé de transformer cette église en crypte souterraine, qui porterait la nef de l'abbatiale, il était facile de corriger les esquisses en ce sens, il était en revanche délicat de faire accepter ce changement au nouveau maître d'ouvrage, sans lui en indiquer les causes.

C'est pourquoi j'ai conçu cette idée infamante de faire s'exprimer Aubert par ma bouche, Aubert le saint fondateur de la montagne, qui approuvait la construction de la grandiose abbatiale, mais défendait aux hommes de toucher à son oratoire transformé en église, où il commandait que soient vénérées ses reliques... Un possédé peut l'être d'un démon ou d'un ange, je fis donc croire à Bernard qu'il m'avait délivré de Moïra, et que c'étaient les forces du Bien qui parlaient à travers moi.

Inouï ! Tel était le fameux changement inexpliqué intervenu au cours du chantier ! L'acte de naissance de Notre-Dame-Sous-Terre, c'était lui, cet homme qui l'avait signé ! Mais pourquoi cette rocambolesque mise en scène ? Quelles étaient ses mystérieuses et impérieuses raisons ? Il fallait qu'il les dise, plus loin, plus loin...

Je ne conçois aucune fierté de cette rouerie, mon père, mais je confesse qu'elle a fonctionné au-delà de mes espérances... Je tendis à Bernard, non sans en éprouver une émotion intense et une grande nostalgie, les esquisses de Pierre de Nevers que je venais d'amender devant lui. Désormais, ma mission au Mont était finie... Mon esprit était libéré des pierres de l'abbaye. Mais mon corps et mon âme n'étaient point libres. Pour cela, je devais jouer l'ultime scène, le dernier acte Dès que Bernard sortit de l'infirmerie, avec les croquis de mon maître et le poids de l'ordre sacré d'Aubert, Hosmund m'assaillit de justifiés reproches. L'ami fidèle avait mal supporté que je trahisse ainsi non seulement la mémoire d'Aubert, mais également celle de Pierre de Nevers. Je dus donc lui mentir, à lui aussi, à celui sans lequel je serais mort depuis longtemps. A l'être le plus loyal qu'il m'ait été donné de rencontrer, je dus prétendre que c'était mon maître lui-même qui, pour des raisons matérielles, avait envisagé ce changement mais m'avait laissé la responsabilité de l'effectuer, ou non. Je l'abusai encore en disant que c'était le commencement des travaux qui m'avait amené à cette conclusion, mais que, trop préoccupé par les récents et tragiques événements, je n'avais point eu le courage de m'atteler à cette tâche, n'ayant pas envisagé que je dusse me contraindre à un départ aussi prompt. Hosmund me crut, ou le feignit... Néanmoins, j'étais sûr qu'il ne me trahirait point, et effectivement, il ne m'a jamais trahi.

Aucune justification technique ! Pas de raison touchant à l'architecture ! Mais quoi alors, quoi ?

Cependant, comme il m'était interdit de dévoiler à Hosmund les arguments qui m'avaient poussé à un tel blasphème, je ne puis vous les exposer aujourd'hui, père. En effet, les causes réelles de la modification des croquis doivent toujours demeurer cachées, à tous.

La nuit était tombée mais, par chance, elle était bien éclairée par l'astre des ténèbres et une floraison d'étoiles. Hosmund me fit alors boire une substance dont je n'oublierai jamais les effets. On dit que cette plante, la mandragore, qui a forme humaine et pousse sous le gibet des pendus, est employée par les sorciers et les esprits mauvais. Il l'avait mélangée à d'autres herbes magiques, la belladone et la jusquiame noire, et ce fut terrible. Tout mon être échappa à ma conscience, et fut la proie, réellement cette fois, d'apparitions démoniaques et insoutenables. J'étais dévoré vivant par des créatures fantastiques qui m'arrachaient les mains et les viscères. J'avais la sensation de saigner par toute ma peau, de me vider de ma substance, dans une lente et douloureuse agonie. Les monstres me mangeaient les yeux, les joues, la langue, ma tête était un moignon putride, mon corps une noire mare liquide...

Je me sentais disparaître, sans pouvoir mourir. Lorsque je revins à moi, au petit matin, au bord d'un champ de seigle, c'était la réalité : j'avais disparu mais je n'étais pas mort. Hosmund me regardait, hagard et épuisé. Il me sourit. J'étais sauvé. Il me décrivit mes hurlements terrifiants, les atroces roulements de mes yeux dilatés, et l'empressement de l'abbé et d'Almodius à me voir quitter le monastère pour l'hospice d'Avranches. J'avais escompté que le dévouement sans limites du prieur pour l'abbaye, conjugué – pardon, mon père – à une certaine lâcheté de l'abbé provoqueraient ce résultat. Je haïssais Almodius parce qu'il avait envoyé Moïra à une mort atroce en la livrant au pouvoir séculier, parce qu'il avait peut-être, d'une autre manière, provoqué le décès de Hildebert, mais je savais que tout cela, il l'avait fait au nom de la foi. Voyez-vous, la foi était pour lui une passion forcenée, un amour violent et jaloux, opiniâtre et presque sanguinaire, très loin de la douceur et de la modération défendues par Benoît et Hildebert, et cette foi s'incarnait dans son abbaye. Cela je l'ai compris plus tard, en ces murs. A l'époque, je le pressentais. L'abbaye était pour lui une femme, elle était sa mère, et son amante exclusive. Moïra représentait tout ce qu'il honnissait et moi, possédé du Démon, je mettais le monastère en grave péril, un danger qu'il ne pouvait tolérer, car je menaçais sa chair même... Cette nuit-là, s'il avait pu m'étrangler de ses mains pour sauver l'abbaye, je suis certain qu'il l'aurait fait ! Il se contenta d'exiger mon départ immédiat pour l'hospice.

Je bus un peu de vin pur pour recouvrer mes esprits, et grignotai un morceau de pain pendant que Hosmund récitait l'épilogue de la matoiserie, qu'il devrait jouer seul : parvenu à Avranches, il annoncerait mon trépas horrible, survenu dans la barque, alors que nous traversions la baie nocturne, aux vives eaux. Il avait porté ma défroque sur la terre ferme, et choisi de la brûler, pour abolir toute menace contagieuse de ma diabolique maladie. Au matin, il avait reçu l'assistance de pèlerins et d'un vicaire de retour du Mont, pour procéder à l'inhumation religieuse des restes, dans un marais, afin de conjurer les démons. Craignant d'avoir été souillé, le frère lai se mettrait à l'écart à l'hospice, et, ne sachant pas écrire, demanderait qu'on envoie un messager au Mont. Au terme de son isolement, il pourrait regagner définitivement le monastère. J'étreignis longuement mon frère, sa barbe me piquait. Nous pleurions tous deux, honteux de notre mensonge, heureux d'avoir réussi, accablés de devoir nous séparer, après tous les moments douloureux que nous avions partagés. Je lui proposai de m'accompagner à Cluny mais, avec un clin d'œil, il répondit qu'il avait mal dosé la mandragore et que mes propos étaient toujours insensés ! Le cœur serré, je me résolus donc à le quitter. J'ai souvent prié pour lui, pour que le Très-Haut lui pardonne d'avoir eu pitié de moi.

J'ai donc commencé ma longue marche vers Odilon, Pierre de Nevers et l'âme de ma bien-aimée.

Au terme de deux semaines de route, je suis parvenu dans cette abbaye, harassé, hésitant, doutant soudain qu'on m'offrît la miséricorde que je ne méritais point. Mais j'ai immédiatement reconnu Hildebert en Odilon et me suis confessé à lui, comme aujourd'hui je me confesse à vous. Il a dit que cette maison était celle des trépassés et des nécessiteux, et que j'étais les deux. Il a ajouté que le long chemin que je venais de parcourir, à pied, n'était rien en comparaison de celui qui m'attendait, et que je devrais faire à genoux. Il m'a défendu de jamais solliciter une charge de responsable au sein du monastère. J'ai promis, l'unique charge que je briguais était le silence et la componction. La seule besogne qu'Odilon m'ait jamais demandée est la rédaction d'un fragment du Liber tramitis consacré à la description des bâtiments de l'abbaye.

Le *Liber tramitis*, le *Livre du chemin*, un coutumier clunisien rédigé entre 1020 et 1060, décrivait avec une précision étonnante la liturgie, mais surtout la vie quotidienne des moines et leur environnement ! Ce coutumier avait été conservé, et Johanna l'avait longuement étudié pour sa thèse, spécialement la partie concernant l'architecture, cette partie même écrite par ce moine.

Ce fut, en quarante années, ma seule rencontre avec les pierres.
Ce travail me fut d'ailleurs pénible, car les pierres ne me parlaient plus. Elles me toléraient en leur sein comme un souvenir lointain, comme l'on consent à serrer la main d'un grand ami qui un jour vous a trahi. Si elles m'ont souvent ranimé l'âme, c'était uniquement en mémoire de mon maître défunt, leur maître. Moi, j'étais pour elles un cœur froid et inerte, qui leur avait préféré celui d'une femme.
Cette femme sans sépulture, sans refuge, j'ai prié pour elle chaque jour, chaque nuit pendant quarante ans, à toutes les messes, à tous les offices et entre les offices même. Au Mont, il nous fallait une semaine pour chanter le psautier dans son entier ; à Cluny, comme mes frères, je le psalmodiais entièrement chaque jour. Les nombreuses messes destinées aux défunts ont réjoui mon cœur aride comme un désert... Requiem. J'ai adjuré, supplié pour la paix de l'âme de Moïra. J'ai appelé Marie. J'ai invoqué Pierre. Requiem. J'implore le ciel qu'il l'ait accueillie ! J'ai vieilli dans le silence, mais ce silence n'était pas serein. J'ai vécu au milieu de visages fervents, qui étaient pour moi fantômes. Devenu spectre humain, pénombre parmi la lumière, mirage d'une existence éteinte, je n'aspirais plus qu'à périr pour voir jaillir la vie, embrasser son souffle et étreindre sa voix... elle m'attend, je la reconnaîtrai entre toutes les âmes du firmament. A cet instant où vous me lisez, peut-être l'ai-je enfin rejointe ! Sans doute ai-je achevé mon dernier devoir sur terre, accompli en mémoire d'elle, en fidélité au secret qu'elle m'a confié et à notre amour immortel.
Mon cœur est lourd car je dois partir, je ne puis m'y dérober. Priez pour moi, mon père, vous qui êtes sapience et suprême intercesseur. Priez pour que mon âme retrouve la paix... Adieu.

Frère Jean de Marbourg, naguère frère Roman.

12

LES ARCADES plein cintre serties de vitraux ont la teinte du ciel : un bleu marine piqué de jaune, peu à peu voilé de bandes d'azur rouge qui annoncent le lever du soleil. Le disque de l'astre est invisible encore, mais l'éther s'allège et la bourrasque se fait moins coupante. En bas, les lames acerbes relâchent leur étreinte nocturne. Bientôt, le rocher sera libéré de leurs baisers en coups de cravache.

– *De Angelis... Michael archangele veni in adjutorium...*

D'une colonne de moines couleur de nuit s'élève la clarté, douce comme la lumière bleutée, modeste, céleste, qui caresse l'autel de l'Archange.

– *In excelsis angeli laudant te. In conspectu.*

Sous les ouvertures enluminées par la légende de saint Aubert, une seconde colonne de bénédictins, parallèle à la première, répond en harmonie. Debout dans le chœur rond terminé par une abside à cinq pans, et encadrés des piliers qui cernent le déambulatoire, les serviteurs de l'Ange chantent, psalmodient de chaque côté de l'autel majeur, en communion avec l'univers invisible. Leur maître, le prince de la milice du ciel, a veillé sur eux dans l'obscur qui s'achève, comme eux ont défendu les hommes par leur prière. Les intercesseurs entre les deux mondes se taisent. L'oraison du prêtre hebdomadier marque la fin de l'office de laudes. Deux par deux, les moines s'inclinent devant un grand vieillard sec au regard noir qui bénit chacun de ses fils avant qu'ils ne quittent le saint des saints, dans un mouvement lent et ordonné. A l'extérieur, les colonnes muettes remontent leur capuchon et leur silhouette se découpe dans l'aurore céruléenne. Les moines de tête soufflent sur les lanternes inutiles et prennent le chemin du dortoir, dépassant la branche du transept, soudée au chœur de l'église et percée en son centre d'un haut clocher carré. Achevée il y a trois années, en 1060, la tour abrite une énorme cloche baptisée Rollon en l'honneur du navigateur viking, premier seigneur normand.

On entend son appel grave à des lieues à la ronde et, par temps de brume, elle carillonne sans cesse pour guider les marins égarés dans les vapeurs périlleuses. Ce matin de printemps, l'air est si pur que la cloche est silencieuse. Un novice lève les yeux vers les nues délicates. Une telle paix dans le ciel est exceptionnelle en ce lieu, et le religieux s'en imprègne comme d'une offrande. Soudain, il s'immobilise. Le moine qui le suit tête baissée le heurte en grognant. Nez en l'air, le novice plaque une main sur sa bouche et, de l'autre, saisit la bure de son voisin. Ce dernier finit par regarder dans la même direction et, à son tour, il se fige en hurlant, le bras tendu vers le ciel. Bientôt, les deux colonnes ne sont que vociférations, désordre et exclamations d'épouvante. On appelle l'abbé. Sorti le dernier de l'église, il arrive avec les plus grandes enjambées que lui permettent ses soixante-dix ans. Ses fils sont tous tournés vers le clocher de l'église. Il lève la tête et demeure lui aussi sidéré : sous les arcades du campanile se trouve... un pendu ! Arrimé par le cou à une grosse corde nouée à la poutraison de la cloche, un moine oscille dans les airs, la tête penchée de côté, le corps sans vie en suspension sous le vent, frôlant les pierres du beffroi en se balançant comme un encensoir.

– Qui est-ce ? Qui est-ce ? répètent les moines en se signant. C'est impossible, horrible, par le Seigneur tout-puissant...

Aussi abasourdi que ses fils, l'abbé scrute de loin le cadavre difficilement identifiable à cette distance, puis il prend la situation en main.

– Du calme, allons ! dit Almodius. Qu'on le détache et qu'on le descende immédiatement ! ordonne-t-il. Vous trois, allez ! Vite !

Quelques instants plus tard, les trois moines déposent aux pieds de l'abbé la dépouille de frère Anthelme, l'un des plus vieux moines du Mont. Ses yeux bleus sont révulsés comme s'il avait vu le Démon, la peau est violacée, la bouche ouverte, la corde encore attachée comme un collier. Les religieux se répandent en exclamations de désespoir : tout porte à croire que le vieillard s'est donné la mort, geste rarissime et inconcevable pour un religieux, un élu de Dieu.

– Nous ne pouvons garder un suicidé dans la clôture, constate Almodius, la voix cassée par la surprise et l'émotion. Il faut l'allonger sous l'abri de chantier des manouvriers. Défendez-leur d'entrer, et... frères infirmiers ! Examinez-le sur-le-champ, car s'il s'est donné la mort, nous ne pourrons l'enterrer en bon chrétien... Mes fils, accomplissez votre office, priez pour le pauvre frère Anthelme ! Je vous réunirai tantôt, dès que nos frères infirmiers en auront terminé, pour décider du sort de la dépouille de notre frère.

Almodius jette un dernier regard au pendu et il tourne les talons. Frère Anthelme ! Un vieillard ! Pourtant, il possédait toute sa raison, il était gouverné par la foi et l'amour de son monastère, qu'est-ce qui a bien pu le pousser à accomplir un acte aussi grave, un péché mortel qui le condamne à être renié du Seigneur et de la communauté des fidèles ? Non, décidément, tout cela est invraisemblable... Anthelme faisait déjà partie de l'abbaye lorsque Almodius y est entré, enfant, l'abbé s'en souvient très bien, Anthelme était un jeune novice, c'est lui qui, les premiers jours, l'a instruit du déroulement de la vie temporelle en ce lieu. Pensif, dérouté, Almodius entre dans sa cellule de bois, la cellule des abbés où furent retrouvées les reliques d'Aubert. L'abbé Almodius s'approche du feu et une idée saugrenue s'accroche à ses pensées : dans deux jours et deux nuits se déroulera la grande fête de l'Ascension de cette année 1063, et Almodius, comme chaque année à cette période, célébrera dans le secret de sa chair un anniversaire plus funeste : la mort de Moïra. Quatre décennies. Il y a exactement quarante ans, à cette heure précise elle se balançait dans les airs, au fond d'une cage en fer. Almodius sursaute : elle oscillait dans les airs, comme aujourd'hui frère Anthelme ! La coïncidence est frappante. L'abbé blêmit et s'assoit derrière le bureau pour conjurer le tremblement soudain de ses vieilles jambes. Non, c'est impossible, son esprit surmené lui joue des tours, ces quarante années ont été pour lui si harassantes. Harassantes, chaotiques même, et Almodius conserve un goût amer des événements survenus sur le rocher après le trépas de Moïra : trois décennies d'intrigues et de luttes ont en effet enflammé la montagne et la Normandie comme un brasier insatiable. Oui, durant trente ans, le gouvernement du duché normand et celui de l'abbaye du Mont-Saint-Michel ont été la proie d'un destin trouble et instable. Le duc Richard le Bon et l'abbé Thierry sont tous deux morts la même année, en 1026. L'un des deux fils de Richard II, Richard III, est monté sur le trône mais a péri un an plus tard, empoisonné. C'est son frère Robert, surnommé Robert le Magnifique, qui lui a succédé. Dans la demeure de l'Ange, au décès de Thierry, Almodius, alors prieur, était certain d'être nommé abbé.

Mais c'était négliger la rancune de frère Robert, l'ancien prieur de Hildebert, qu'Almodius avait évincé trois ans plus tôt. Une rumeur circula dans l'abbaye, selon laquelle le décès de Thierry, mystérieux et foudroyant, rappelait celui de Hildebert, et que, dans les deux cas, c'était Almodius qui avait personnellement veillé les malades... Effrayés par le scandale que pourraient provoquer ces racontars, les moines se gardèrent de choisir Almodius comme abbé. Ils nommèrent Aumode, un moine du Mont d'origine mancelle, qui entretenait d'étroites relations avec les Bretons. Foudroyé par cette trahison, Almodius renonça à sa charge de prieur, se réfugia dans son *scriptorium*, mais intrigua auprès de Robert le Magnifique, en guerre contre la Bretagne, pour dénoncer les coupables sympathies de l'abbé Aumode. Le duc Robert repoussa les Bretons hors de l'Avranchin et du Cotentin, les contraignit à la paix, et disgracia Aumode, à cause de ses collusions avec l'ennemi. Parvenu à chasser Aumode, Almodius ne fut point récompensé par la charge qu'il convoitait. En effet, le prince lui préféra un étranger ! Il désigna lui-même un nouvel abbé : Suppo, originaire de Rome, abbé en Lombardie, donc ignorant des batailles de la région. Le duc Robert crut le calme revenu. Il confia la Normandie à Alain, prince de Bretagne, ancien rival et nouvel allié, et partit en pèlerinage en Terre sainte. Il mourut sur le chemin du retour, mais il eut le temps de choisir son successeur, un fils illégitime : Guillaume le Bâtard, alors âgé de sept ans, qu'il avait eu avec sa concubine Arlette, une femme du peuple, fille d'un corroyeur. Le pays s'embrasa et le Breton Alain, respectant le serment fait à Robert de préserver la Normandie du chaos, intervint militairement, non pour s'emparer du duché, mais pour défendre les droits du juvénile Guillaume, mis en péril par la noblesse. Enfin, Guillaume le Bâtard, que l'on appellerait plus tard Guillaume le Conquérant, put régner sur la Normandie. Ce fut ce prince si jeune qui mata la rébellion des nobles et qui, peu à peu, sut restaurer une paix durable. La paix de Dieu protégeait paysans, pèlerins, religieux, femmes, enfants et marchands de la sanglante hostilité des seigneurs. Le nouveau duc proclama la trêve de Dieu sur tout le territoire, interdisant les combats pendant l'Avent, le Carême, Pâques, et le dimanche. Naturellement, cet armistice ne s'appliquait pas à lui-même. Cette trêve de Dieu était de fait la trêve du prince, un prince qui épousa une reine, Mathilde de Flandre, fit de la Normandie la province la plus dynamique d'Europe, un grand souverain qui partira conquérir l'Angleterre, en 1066, le jour de la Saint-Michel.

Si le calme était revenu dans la maison du prince, il n'en était pas de même dans la demeure de l'Ange. En effet l'abbé Suppo enrichissait le patrimoine terrien, le trésor et la bibliothèque de l'abbaye montoise, mais aussi sa famille transalpine. Comme ses frères, Almodius découvrit bientôt la simonie de Suppo, mais ne s'opposa pas à lui : il résolut de patienter en feignant de négliger les affaires temporelles du monastère. Contrairement à Almodius, Robert, l'ancien prieur de Hildebert, entra en conflit ouvert avec son abbé, et dut s'exiler du Mont. Il se fit ermite sur l'île voisine de Tombelaine, où il entreprit le commentaire du *Cantique des Cantiques*. On le surnomma « Robert de Tombelaine ». Ainsi libéré d'un ennemi, Almodius résolut de tirer profit des prodigalités du Romain amateur de richesses : il fit doter la bibliothèque de livres de grande valeur et développa les activités du *scriptorium*, qui acquit une renommée considérable. La paix militaire et sociale restaurée par le duc Guillaume favorisa la circulation des manuscrits et la venue des copistes les plus habiles, d'intellectuels brillants qui fondèrent une école à Avranches. A cette époque, le monde d'Almodius était en parchemin de mouton, ou en délicat vélin de veau mort-né. Son univers était constitué de plumes d'oiseaux, cornes de bœuf, pattes de lièvre, feuilles d'or, pigments de couleur, dont l'alchimie secrète donnait naissance aux enluminures rouges et vertes, typiques du travail montois. Ses songes étaient peuplés d'entrelacs, de palmettes, de lettrines en têtes de chien, masques de dragon, aigles et lions. Le maître d'œuvre avait bâti la légende du Mont avec des pierres, lui l'érigeait sur de fines peaux d'animaux, et sur sa peau même : ridée et jaunie par les ans, séchée par l'attente inassouvie et cravachée par la pénitence, la chair de son corps était striée de stigmates denses comme des coulées d'encre. Ses yeux noirs, fatigués par l'examen minutieux des manuscrits, voyaient parfois danser les créatures fantastiques des initiales zoomorphiques.

Il fit copier Platon, la Bible, Bède le Vénérable, les saints Augustin, Jérôme, Ambroise, Grégoire le Grand, de nombreux traités de sciences profanes, mais l'œuvre dont il était le plus fier était sans conteste *De introductio monachorum*, l'histoire sacrée du Mont, la légende d'Aubert et de la montagne, écrite comme celle de Moïse et du Sinaï, où l'abbaye bénédictine prenait la forme de la Jérusalem céleste. La construction de la grande abbatiale n'était pas encore achevée, mais déjà vivait pour l'éternité la glorieuse épopée des bénédictins du « Mont-Saint-Michel au péril de la mer ». En vue d'édifier l'âme des pèlerins, Almodius fit également écrire les *Miracula*, un recueil d'anecdotes sur les apparitions et les miracles survenus grâce à l'Archange, tels que cette femme enceinte sauvée des eaux montantes par saint Michel qui avait écarté la mer autour d'elle à un endroit que l'on avait ensuite marqué d'une grande croix, qui apparaissait et disparaissait au gré des marées.

Pendant qu'Almodius se vouait entièrement à la cité des livres, le conflit entre l'abbé Suppo et ses fils indignés devenait tel que les moines menaçaient l'abbé de toutes sortes d'hostilités. Le duc Guillaume dut s'en mêler et il renvoya Suppo à sa péninsule. Almodius crut une nouvelle fois son tour venu, et une nouvelle fois ses espoirs furent déçus. Sur la montagne, l'émoi était à son comble et, malgré le soulagement provoqué par la destitution de Suppo, les frères demeuraient irascibles : un abbé avait osé voler leur abbaye ! C'était Dieu lui-même que Suppo avait trahi ! Il fallait arrêter de recruter les abbés à l'extérieur de la montagne, que les ducs normands cessent d'intervenir dans cette élection et que les moines les choisissent librement parmi eux, ainsi que le prescrivait la Règle ! Almodius était certes l'un des leurs, mais les bénédictins se méfiaient de celui qui avait exploité les vices de Suppo. Ils oubliaient qu'Almodius avait enrichi le *scriptorium*, donc l'abbaye, et non lui-même. Ulcéré de tant de bêtise et d'ingratitude, Almodius se laissa emporter par la fièvre ardente qui baignait son caractère, et il commit une bévue qui lui coûta la charge d'abbé... Il accusa ses frères de se repaître du désordre qui régnait sur le rocher, et de jouir personnellement de ces années d'incurie : au réfectoire, on leur servait du vin pur dans des proportions qui n'avaient cessé d'augmenter, ils se gavaient de viande rôtie, de lard gras et de mets que la Règle interdisait. Ils négligeaient le travail manuel cher à Benoît au profit de messes privées, toujours plus nombreuses, pour lesquelles ils recevaient de l'argent que certains ne reversaient pas à la communauté. En un mot, ils avaient profité des largesses d'esprit de Suppo et, comme leur ancien abbé, leur cœur était corrompu ! Irrités par ce réquisitoire, et effrayés à l'idée d'être à nouveau réduits à la pauvreté, au vin coupé d'eau et à la purée de fèves, les moines reléguèrent Almodius dans son saint *scriptorium* et refusèrent de l'élire. Ils le regrettèrent amèrement : le duc Guillaume en profita pour leur imposer un nouvel étranger à l'abbaye montoise, un moine de Fécamp : Raoul de Beaumont. C'était en 1048, Almodius avait cinquante-cinq ans, et cela faisait vingt-cinq ans qu'il espérait accéder à l'abbatiat. Raoul se révéla un piètre abbé, et la situation devint intenable sur le rocher. En 1050, Raoul quitta le Mont pour prendre la route de Jérusalem. Il mourut sur le chemin du retour, éreinté par les fatigues du voyage, comme Robert le Magnifique. Voulant éviter à tout prix que le duc Guillaume leur impose à nouveau l'une de ses créatures, les moines demeurèrent sans abbé durant presque trois ans, dans une anarchie totale. Pendant ce temps, l'opiniâtre Almodius les persuadait un à un que lui seul pouvait restaurer l'ordre et la grandeur dans tout le monastère. Ayant retenu la leçon que ses frères lui avaient assénée lors de la succession de Suppo, il refoula sa virulence et usa de diplomatie. Son argument principal était son appartenance à l'abbaye, à laquelle il était dévoué depuis maintenant cinquante-sept ans. Peu de frères pouvaient se targuer d'avoir été fidèles au monastère montois durant si longtemps ! Il promit que, s'il était élu, il ne changerait rien à l'usage des messes payantes et aux mœurs en vigueur dans le réfectoire : le candidat parvint à convaincre. Restait cependant un obstacle majeur : le duc de Normandie. Exploitant les difficultés militaires de Guillaume face au roi de France et ses besoins d'argent, les moines obtinrent sa permission d'élire librement un abbé parmi eux, moyennant un don financier au duché. C'était un acte de simonie, semblable à ceux qu'ils avaient reprochés à Suppo, mais ce geste revêtait à leurs yeux une justification suprême : que le Mont reste aux Montois. Les frères du Mont, surnommés les « Bocains », insulaires férus d'autonomie et d'indépendance, tenaient donc leur revanche face aux princes normands.

La mainmise de personnes extérieures sur l'abbaye était devenue si farouchement incompatible avec leur particularisme et leur désir d'être souverains d'eux-mêmes que, quelques années plus tard, Almodius et ses moines allèrent jusqu'à rédiger une fausse bulle papale accordant au monastère la liberté des élections : Guillaume en fut dupe. Pour l'heure, en cette année 1053, Almodius pouvait enfin, après trente années d'attente, régner sur les cinquante frères et sur le rocher sacré. A soixante ans, il accédait au rêve de toute son existence : la crosse, la croix ciselée et la bague armoriée. Il possédait l'abbaye, le Mont-Saint-Michel.

Une décennie s'est écoulée, dans la paix que la montagne de l'Ange a enfin retrouvée, sans incident, sans trouble, jusqu'à cette avant-veille de l'Ascension 1063.

— Notre frère Anthelme ne porte aucune trace de blessure, mon père, dit frère Godefroi, l'un des deux moines infirmiers, face à la communauté réunie en chapitre. Aucune plaie, hormis celle occasionnée par la corde, ce qui me laisse penser qu'il s'agit d'un accident : il faisait noir, et nous savons tous que sa vue était très faible... Dans l'obscurité, il a pu s'empêtrer dans les cordages, heurter de la tête un objet dur, la cloche Rollon sans doute, et malencontreusement chuter en perdant conscience, étranglé par l'enchevêtrement de filins qui le maintenaient prisonnier.

— Chuter à l'extérieur du clocher ? Et d'ailleurs, qu'allait-il faire dans ce clocher ? objecte Almodius. Frère Anthelme avait plus de quatre-vingts ans, il était certes presque aveugle, mais en plus il marchait avec peine, économisant chacun de ses pas, se consacrant entièrement à la prière. Il n'avait aucune raison de se détruire, j'en conviens, mais aucune non plus de s'infliger cette pénible ascension dans la tour !

— J'ignore pourquoi il est monté, intervient frère Marc, un jeune moine prêtre, mais ce dont je puis témoigner devant vous, mon père, mes frères, c'est que je l'ai vu gravir les marches du clocher, puis redescendre !

La stupéfaction résonne dans les rangs des religieux.

— Comment, frère Marc ? interroge l'abbé au milieu du tumulte. Expliquez-vous !

— Voici, mon père : Dieu a voulu que je sois le voisin de dortoir de frère Anthelme, et vous avez rappelé qu'il se mouvait difficilement. Aussi, j'avais pris l'habitude de l'aider à se coucher et à se lever, avec le respect dû à son rang et à son âge. Cette nuit, après vigiles, je fus surpris de ne point le voir pénétrer dans la chambrée. J'ai craint un malaise sur le chemin, j'ai pris une lanterne et suis reparti vers l'église pour le chercher. C'est alors que je l'ai aperçu à la base du campanile. Appuyé sur sa canne, il est entré dans la tour et il a gravi l'escalier, avec beaucoup de difficultés. Au mépris de la Règle, je l'ai appelé, mais vous savez aussi qu'il était un peu sourd ; il ne m'a pas entendu, ou n'a pas voulu me répondre... Inquiet, je me suis posté à distance du beffroi et j'ai attendu. Quelques instants plus tard, il est apparu en bas des marches, le capuchon relevé, toujours appuyé sur son bâton mais, au lieu de se diriger vers moi, je l'ai vu trottiner vers l'extérieur de la clôture... J'ai hésité à de nouveau l'interpeller, mais je n'ai pas osé importuner ainsi le patriarche de notre abbaye. Je craignais qu'il ne me rabrouât vertement, ainsi qu'il le faisait parfois, ajoute-t-il en rougissant, et m'accusât d'entretenir à son égard des tourments de bonne femme... Je suis rentré et me suis recouché jusqu'à laudes.

– N'avez-vous point levé la tête, n'avez-vous point aperçu le cadavre pendu dans les airs ? demande Almodius.

– Hélas non, mon père, je fixais la porte du campanile, au prix d'un grand effort tellement il faisait sombre, me questionnant sur l'opportunité de la franchir à mon tour et, d'où j'étais tapi, je ne pouvais distinguer l'autre côté du clocher, celui où l'on a découvert notre frère.

L'abbé réfléchit un moment, passe une main longue et nerveuse, tachée d'encre, sur sa tonsure devenue calvitie, que bordent de rares cheveux gris. Pendant ce temps, les moines terrorisés murmurent que c'est l'âme d'Anthelme que Marc a vue s'échapper de la tour... Son âme, ou bien son fantôme !

– Il suffit ! tranche Almodius dont l'humeur se fait de plus en plus aigre. Cessez avec ces balivernes. L'explication de ce phénomène est simple : soit Anthelme a attendu – hors clôture – que frère Marc disparaisse et il est revenu dans le clocher, plus tard, pour commettre le péché que l'Eglise réprouve et qui lui vaudrait son excommunication, soit il s'agit d'un accident tel que décrit par frère Godefroi – mais j'en doute –, soit, dernière éventualité, quelqu'un a attiré notre frère dans le clocher, quelqu'un qui patientait au sommet de la tour, a pendu Anthelme, est redescendu, et c'est ce quelqu'un, cet assassin, que frère Marc a vu sortir et s'enfuir, en le prenant pour frère Anthelme.

Les derniers mots de l'abbé jettent un vent de glace sur l'assistance. Un meurtre ! Un meurtre dans leur abbaye ! Mais qui pourrait bien vouloir du mal à l'un des plus vieux et des plus dévoués serviteurs de l'Ange, à part... à part le Malin ?

– Mes fils, je vous en conjure, dit l'abbé d'une voix ferme mais douce, ne laissez pas l'affolement prendre possession de vous ! Nous ne sommes encore sûrs de rien, et l'Archange nous aidera à élucider cette pénible affaire. Allons prier saint Michel, mes frères, pour qu'il nous éclaire, ainsi qu'il l'a toujours fait, allons prier pour qu'il prenne soin de l'âme d'Anthelme, allons célébrer la messe. Je charge notre prieur, frère Jean de Balbec, d'interroger les nombreux pèlerins et les villageois, en toute discrétion. Allons, mes fils, vers la lumière !

Ce matin-là, la première messe du jour a lieu dans la crypte Notre-Dame-des-Trente-Cierges, comme les autres matins, mais la cérémonie se pare aujourd'hui de tristesse, d'un sentiment de crainte, puis d'un espoir extatique que renforce l'atmosphère du sanctuaire souterrain : couronnée de deux voûtes d'arêtes et d'un cul-de-four dans l'abside, décorée d'un faux appareillage peint, la crypte ressemble à une grotte obscure, intime et rassurante comme le ventre d'une mère. Le plafond est bas, l'espace étroit, à une seule nef, et elle est dédicacée à la Mère, la Vierge, une Vierge blanche de miséricorde. Dénommée ainsi à cause des trente cierges qui y brûlent, elle est située dans la clôture, donc réservée aux moines du Mont. Elle est le lieu de célébration de la première messe du matin et de complies, le dernier office du soir, les autres cérémonies se déroulant maintenant dans le chœur de la nouvelle église. Notre-Dame-des-Trente-Cierges soutient le bras nord du transept de la grande abbatiale.

Au sud, la crypte Saint-Martin porte l'autre bras du transept : majestueuse, monumentale, voûtée en berceau continu d'une portée colossale, elle dessine un carré parfait surmonté d'un demi-cercle pur. Hors clôture, donc libre d'accès à tous, richement décorée, elle représente la mort et la lyrique accession de l'âme au ciel. Destinée à être le lieu d'inhumation des grands personnages bienfaiteurs du monastère, la crypte Saint-Martin inaugure un nouvel espace mortuaire, un cimetière dont le terre-plein s'étend entre ses murs et l'ancienne chapelle Saint-Martin, qui a été désaffectée et transformée en ossuaire.

La messe matutinale terminée, Almodius laisse les moines prêtres à leurs lucratives messes privées. A deux jours de l'Ascension, la foule des pèlerins est immense. Perdu dans ses pensées, il fait le tour de l'abbatiale et inspecte le domaine dont il est le seigneur incontesté.

Il y a dix ans, lorsqu'il fut enfin nommé abbé, sa première préoccupation fut le chantier. En trois décennies, les maîtres d'œuvre s'étaient succédé au même rythme que les abbés et la confusion ambiante avait affecté les travaux, qui avaient pris du retard.

De 1023 à 1026, frère Bernard s'était démené seul sur les travaux de la crypte du chœur, mais son bâton de maître d'œuvre semblait lui brûler les mains. Peu à peu, il s'était persuadé qu'une malédiction frappait ceux qui touchaient aux esquisses de la nouvelle abbaye : Pierre de Nevers, Hildebert, son maître Roman en étaient morts et il tremblait que son tour vienne. L'abbé Thierry lui avait expliqué que, s'il y avait eu réellement anathème, celui-ci avait été levé par saint Aubert, le soir où il avait fait modifier les croquis en présence même de Bernard : la volonté du fondateur de la montagne, que ses prédécesseurs avaient négligée, était maintenant respectée, et il n'y avait plus aucune raison que le trépas s'abatte sur les détenteurs des ébauches. Bernard l'avait cru quelque temps, mais le décès de Jehan, le maître pierrier, qui consultait souvent les croquis, l'avait plongé dans le scepticisme puis dans la panique. Il s'agissait pourtant d'un banal accident, semblable à ceux qui survenaient quasi quotidiennement sur le chantier : une potence chargée d'un bloc de plusieurs quintaux s'était brisée, et maître Jehan, qui se trouvait à proximité, avait disparu sous l'énorme pierre. Il n'avait pas péri tout de suite, et, transporté dans l'infirmerie de Hosmund, il avait hurlé plusieurs jours, les chairs écrasées, en proie à des apparitions infernales, avant que de trépasser.

Cette vision rappela à frère Bernard le douloureux souvenir de son maître possédé du Démon, et raviva ses craintes. Dès lors, chaque accident qui advenait sur le chantier était interprété par Bernard comme une menace directe envers lui-même. Il délaissait souvent sa charge pour prier et, au vacarme des travaux, il préféra de plus en plus le silence de la chapelle Saint-Martin. Lorsque l'abbé Thierry puis Richard II le Bon moururent, de manière prompte et mystérieuse, à quelques semaines d'intervalle, Bernard perdit l'esprit. Il clama que c'était la malédiction, jeta les esquisses et son bâton de maître d'œuvre sur l'un des deux autels de l'église carolingienne que tous appelaient désormais Notre-Dame-Sous-Terre, bien qu'elle fût baignée de clarté. Puis, il s'enfuit. Nul ne sut jamais ce qu'il était advenu de lui.

Ce fut Aumode qui édifia le chœur, avec un nouveau maître d'œuvre qu'il fit venir de Bretagne, et qui avait travaillé au chœur de l'abbaye de la Couture, au Mans, ville dont était originaire l'abbé. Le saint des saints, strictement réservé à saint Michel et aux moines prêtres, fut construit conformément aux esquisses de Pierre de Nevers : sa tête déborde du rocher et les murs de la crypte du chœur portent ce surplomb. Avant même l'achèvement du chœur, les serviteurs de l'Ange surent que leur maître avait pris possession des lieux : des phénomènes surnaturels se produisirent, que relatèrent aussitôt les scribes d'Almodius. Frère Drogon vit trois anges déguisés en pèlerins, tenant des cierges devant l'autel majeur pendant la nuit. Il ne s'inclina pas, et fut aussitôt calotté par un soufflet invisible ; au matin, il était décédé. Une autre fois, deux moines disant négligemment leur bréviaire furent brûlés par une flamme sortie de l'autel ; l'Archange lui-même, toujours la nuit, traversa le chœur sous forme de colonne de feu. Quant aux orages magnétiques, ils furent propices aux apparitions. Pour ces raisons, l'accès nocturne au sanctuaire fut sévèrement réglementé, comme c'était déjà le cas pour l'église carolingienne. Dans ce lieu consacré, la nuit fut réservée aux créatures spirituelles et aucun mortel ne devait pénétrer dans la nouvelle église entre complies et vigiles.

Suppo avait érigé le transept sur la pointe aplanie du rocher. Raoul de Beaumont, quant à lui, eut à peine le temps d'édifier les piliers de la croisée du transept, et d'ébaucher la tour qui s'élève au-dessus de ces piliers. L'achèvement de ce clocher mortel pour Anthelme fut la première tâche de l'abbé Almodius et du maître d'œuvre qu'il fit venir de Gascogne : Eudes de Fezensac, un laïc, fait rarissime pour l'époque.

Les bâtiments conventuels qui ceinturaient l'église carolingienne ont été détruits et remplacés par des bâtiments provisoires en bois posés sur un versant de la montagne, afin de pouvoir en élever de nouveaux, en pierre, étagés le long de la nef de l'abbatiale, nef dont la construction est en cours. Almodius souhaite graver son nom dans l'histoire comme celui qui aura terminé la grande abbatiale, et il a fait accélérer les travaux. L'église carolingienne mérite enfin son nom de Notre-Dame-Sous-Terre : englobée dans de grosses maçonneries, on a renforcé ses murs, épaissi le pilier central, ajouté un vestibule, pour qu'elle puisse supporter sans s'effondrer les travées de la nef que l'on construit au-dessus d'elle. Enveloppée par une galerie montante, et flanquée des bâtiments conventuels en cours d'édification, on a bouché ses fenêtres et elle est désormais privée de la moindre lumière, ce qui bouleverse son atmosphère. Aux répons exaltés des chants de jadis fait écho un silence sombre et recueilli, l'introspection obscure, à peine guidée par la flamme des cierges qui brûlent sur l'autel de la sainte Trinité et sur son jumeau arborant la Vierge noire, reine des anges. Le crâne d'Aubert, troué du doigt de l'Ange, et son bras très saint ont été déposés dans une urne opaque et close, ornée de brocart et de pierreries. Nul ne doit poser ses yeux impurs sur les reliques, sous peine d'être atteint d'une prompte cécité mais, ainsi que l'a souhaité Aubert, tous doivent pouvoir vénérer, à distance, le trésor de l'abbaye, son cœur glorieux et illustre qui bat dans ce lieu de mystère, avant d'accéder à l'illumination de l'église haute.

Almodius examine le chantier de la nef, escorté de son maître d'œuvre : au-dessus de la crypte Notre-Dame-Sous-Terre, émergent à ciel ouvert un sol de pierre et quelques piliers, envahis d'engins et d'effervescence manouvrière. Pour l'instant, cela ressemble aux ruines d'un temple romain, mais l'abbé imagine ce que sera ce lieu, dans une ou deux décennies : d'une longueur impressionnante, la nef de la croix latine sera constituée de sept travées identiques séparées par des colonnes montant jusqu'au sommet et séparées en trois niveaux. En haut seront percées de vastes fenêtres, couronnées d'arcs de décharge plein cintre, qui refermeront sur elle-même chaque travée. Les vitraux représenteront la Passion, et une belle charpente lambrissée couvrira la nef. Ce sera magnifique, original, puissant et éternel. Ce sera l'œuvre d'Almodius, à laquelle il rêve chaque nuit. Malheureusement, ce matin-là, Eudes de Fezensac interrompt le songe grandiose du maître d'ouvrage.

– Mon père, pardonnez-moi cette question, mais les porteurs ont été étonnés de se voir congédiés de leur cabane. Ils ont aperçu le cadavre, entouré de vos infirmiers, et ne parlent plus que de cela. Ils ont peur d'une épidémie... Pouvez-vous m'expliquer ce qu'il s'est passé, afin que j'apaise leurs craintes ?

L'abbé semble s'éveiller, de mauvaise humeur.

– Pensez-vous que, pour sauver mes moines, je puisse tuer les hommes qui construisent notre immortalité ? Calomnies, toujours des calomnies ! vocifère-t-il en jetant un regard froid à son maître d'œuvre.

Le Gascon est un solide gaillard blond, à barbe et à moustaches

qui le feraient ressembler à un Viking si elles n'étaient aussi soigneusement taillées. Il conçoit un dévouement teinté d'appréhension vis-
à-vis du vieil abbé, dont il est impossible de prévoir les réactions,
souvent cuisantes. Le maigre vieillard paraît chétif, mais il est robuste
comme un cep de vigne, l'esprit aussi vif et coriace qu'une mauvaise
herbe. Surtout, il est secret et ne tolère pas qu'on tente de le percer,
lui ou tout ce qui concerne la communauté, qu'il semble porter seul
sur ses épaules. Eudes de Fezensac baisse la tête et se mord les lèvres.
Diantre, que cet homme est méfiant et ombrageux ! Ce n'est point
un crime que de s'enquérir d'un défunt que l'on dépose sans raison
dans la maison de ses hommes ! Ses hommes, oui, car, à chacun les
siens, l'abbé protège ses moines, mais lui a la charge des gens du
chantier, qui sont bien plus nombreux. Il ne peut les empêcher de
parler, comment fera-t-il s'ils quittent le Mont par peur de la maladie ? Ce ne sont pas les religieux qui porteront les pierres et cuiront
le mortier. Le maître d'œuvre relève le menton pour répondre à
Almodius, mais l'abbé n'est plus là.

Réfugié dans sa cellule, Almodius fulmine : quelle que soit la cause
de la mort d'Anthelme, ce décès risque de semer le trouble sur la
montagne, au moment où il a besoin du soutien de tous pour terminer les travaux, et notamment du duc. Il jette les croquis de l'abbatiale sur la table. A la vue des esquisses de Pierre de Nevers, amendées
par la main de Roman et la bouche d'Aubert, il ne peut réprimer
une vague d'émotion. Le vieil homme est seul dans sa cellule d'abbé,
celle dans laquelle Moïra fut interrogée il y a quarante ans, celle où
Hildebert et Thierry ont trépassé, où les abbés honnis ont vécu, la
cellule tant désirée et qui fut sienne si tardivement... Aujourd'hui,
les cloisons de la cabane font surgir des silhouettes lointaines, des
fantômes douloureux qu'il croyait domptés depuis longtemps. Il
caresse les parchemins que Bernard croyait fatals, en songeant que,
peut-être, l'ancien maître d'œuvre avait raison... tous ces morts, cette
agitation, ces trahisons, ces intrigues, et maintenant le mystère de ce
trépas soudain ! Il prend un peu d'eau fraîche dans une bassine de
terre, et la fait couler sur son crâne en se disant qu'il perd la raison.
Non, saint Michel veille sur lui, sur eux tous. Pour preuve, aucun
des abbés indignes, ni Aumode, ni Suppo, ni Raoul n'ont connu
l'honneur et la grâce de rejoindre le ciel dans ce lieu béni. Il espère
que lui, Almodius, mourra sur le rocher sacré. Tout ce temps à
l'aimer, à soupirer, à travailler pour qu'un jour son souffle atteigne

les nuées de l'Archange, et son corps la terre du Mont ! Oui, tout ce qu'il a commis dans sa longue existence servait ce dessein. Puisse le Seigneur lui accorder la joie de cette heure si convoitée, apaiser sa mémoire et lui permettre encore de le servir, d'achever la Jérusalem céleste... Le puissant Almodius sent une humidité dans son regard. Il cligne ses yeux picotants et se lève avec énergie. Le ciel l'aidera à composer avec le passé et à façonner l'avenir.

Veille de l'Ascension. L'enquête du prieur Jean de Balbec auprès des pèlerins et des gens du village n'a pas permis d'éclaircir la mort d'Anthelme. Frère Marc demeure la dernière personne à l'avoir vu vif. La dépouille suspecte gît toujours, sans sacrement, dans un abri du chantier. Eudes de Fezensac a tenté de contenir les commérages de ses hommes, mais ceux-ci ont été attisés par les interrogatoires du prieur et les bavardages des moines. La rumeur s'amplifie sur la montagne, et elle parle de suicide, ou d'homicide. Les deux sont aussi graves pour des consciences chrétiennes, mais les conséquences pour l'âme d'Anthelme sont fort différentes. Dans le premier cas, elle a toutes chances de croupir en Enfer, alors que, dans l'autre, le ciel lui est grand ouvert. L'abbé sait bien, lui, que, de toute manière, de lourdes accusations pèseront sur son monastère. Ce matin, il doit décider du sort d'Anthelme et il est la proie d'un dilemme intérieur. En l'absence de preuves flagrantes, quelle solution privilégier, qui atteindrait le moins la réputation de l'abbaye ? Le moins préjudiciable pour eux tous, y compris pour Anthelme, serait la thèse de l'accident.

Almodius n'y croit pas un instant, il sait que peu le croiront, mais il doit penser avant tout à la gloire de la maison de l'Ange. Celle-ci ne saurait être entachée d'aucun crime. A la fin de la grand-messe célébrée dans l'église, sous le regard plein de sous-entendus des villageois, des hommes du chantier et des pèlerins massés dans le transept, l'abbé a décidé que le vieil homme, presque infirme, était officiellement tombé dans les cordages et qu'il serait inhumé en bon chrétien. Les fidèles et les moines sortent de l'église. Almodius reste dans le chœur pour se recueillir devant l'autel majeur. A genoux, tête baissée, yeux fermés, il demande pardon pour le mensonge qu'il s'apprête à commettre au nom de l'Archange, lorsqu'une main se pose sur son dos.

– Père, pardon de troubler votre oraison, mais vous devez venir promptement...

Almodius se retourne, le regard aussi rigide et sec que son corps. Son prieur lui fait face, la mine en déconfiture.

– Eh bien, Jean, que se passe-t-il ?

– Je vous en prie, mon père, suivez-moi, c'est important...

Almodius s'exécute, le cœur rempli d'un pressentiment désagréable. A l'extérieur l'attendent deux pêcheurs de la baie, le père et le fils, qui tordent d'angoisse leurs grosses mains rouges et calleuses. L'abbé s'avance en silence.

– Père, commence le plus âgé, pauvres de nous... le Seigneur nous envoie encore un malheur !

– Vous vous lamenterez plus tard. Qu'y a-t-il ? questionne l'abbé impatient.

– C'est ce matin, tantôt..., répond le fils, un rouquin aux dents jaunes. A marée basse, père et moi vérifions le bateau. Des cris sur les grèves, vers Tombelaine... « Encore un Miquelot pris dans les lises ! » dit le père. On va porter secours à l'imprudent, on a l'habitude, parfois ils donnent un denier, et c'est pas de refus.

– Oui, oui, ensuite ?

– On s'approche, ils étaient foule à hurler, à pleurer, à lever leur bâton au ciel... Mais... mais... c'étaient pas les sables mouvants, c'était la mer, un noyé, et c'était pas un des leurs, père, c'était un des vôtres !

Almodius a directement fait porter le cadavre dans l'infirmerie.

Le noyé s'appelle Romuald, et c'est un vieillard de soixante ans, présent au monastère depuis plus de cinquante ans. Un autre doyen... mais plus jeune qu'Almodius. Lui aussi, l'abbé l'a bien connu, puisqu'il a été copiste au *scriptorium*, jusqu'à ce que sa vue ne le lui permette plus. Lui aussi vivait retranché dans la prière et l'attente de la mort. Elle est venue, ce matin, mais un autre homme a hâté le destin. Cette fois, le doute n'est plus permis : Anthelme et Romuald ne se sont pas tués, et il ne s'agit pas d'accidents. Un assassin rôde sur la montagne.

Les deux corps ont été lavés par leurs frères, leur cuculle a été cousue, leur capuchon rabaissé, puis Almodius les a fait solennellement porter dans la crypte Saint-Martin. Ils reposent côte à côte, encensés, aspergés d'eau bénite, entourés des candélabres rituels à leur tête et à leurs pieds. Les moines les ont gardés tout le jour mais, peu avant complies de cette veille de l'Ascension, les deux victimes sont seules dans l'air sombre et puissant de la crypte des défunts : les vivants sont réunis dans la salle capitulaire de fortune, où l'atmosphère est explosive.

– Il s'agit de l'œuvre de l'Archange ! clame de sa voix de basse frère Etienne, l'un des patriarches de la communauté. Ce n'est point un homme, mais la main de l'Ange qui a commis ces crimes, pour nous punir d'avoir rompu le vœu que nous lui avions fait il y a quatre décennies !

– Voyons frère Etienne, intervient Almodius, vous savez bien que j'ai entrepris cette démarche pour honorer précisément le vœu fait à l'Archange, d'achever sa demeure !

– Inepties ! tonitrue le vieil Etienne en tendant un doigt accusateur vers l'abbé. Vous servez saint Michel par l'outrage, et insultez son premier serviteur : saint Aubert ! Saint Aubert, oui, qui il y a quarante ans s'est exprimé, et a demandé de ne jamais toucher à la vieille église qui contient son saint oratoire ! Et vous, que faites-vous, sinon souiller ce lieu sacré ? Les forces du ciel se vengent sur nous de cette profanation, ces meurtres sont un avertissement des anges, je le sais, mes frères, je vous l'affirme !

Un brouhaha terrible s'empare de l'assistance. Les moines s'interpellent, avancent leurs arguments, et se divisent en deux camps : les partisans d'Etienne et ceux d'Almodius.

Le motif de la joute est crucial, car il concerne saint Aubert, les anges, et Notre-Dame-Sous-Terre. Voilà plusieurs jours, en effet, que la crypte souterraine est interdite à quiconque, sur décision de l'abbé Almodius. De nouveaux travaux y ont débuté, plus exactement des recherches visant à fouiller les fondations du sanctuaire pour y exhumer d'éventuelles reliques. L'abbé a ordonné cette campagne insolite car, en cette année 1063, il est acculé : le chantier de l'abbaye coûte cher, plus que ce que rapportent les domaines du monastère. Malheureusement, le premier financier de l'abbaye, le duc de Normandie, est moins généreux depuis que son parent, le roi d'Angleterre Edouard le Confesseur, lui a promis son trône en héritage. Guillaume sait que la noblesse anglaise, en particulier le comte Harold, est opposée à une telle succession et, tout en attendant la mort d'Edouard, il se prépare à une expédition en Angleterre, qui marquera l'histoire, mais qui pour l'heure, requiert tous ses deniers...

Songeant avant tout à son abbaye, Almodius s'est alors souvenu de la découverte des reliques d'Aubert, dissimulées par les chanoines dans le plafond de la cellule de l'abbé : c'est suite à cet événement, rendu fortuit par la légende, que Richard II, la duchesse Gonor et bon nombre de personnages, fameux ou inconnus, ont fait des dons substantiels au monastère, permettant à Hildebert d'engager les travaux de la grande abbatiale. Pour achever ces travaux, Almodius a besoin de nouvelles reliques. Où mieux les dénicher que dans l'ancienne église, bâtie à la place du sanctuaire d'Aubert ? Au besoin, Almodius est prêt à les inventer, ces très saints restes, ainsi que certains fâcheux ont soupçonné Hildebert de l'avoir fait !

Toutefois, ce que l'abbé n'avouera jamais, c'est que cette fouille est également motivée par une raison obscure, une question qu'il se pose depuis quarante ans : pourquoi Roman a-t-il modifié les croquis de son maître avant de mourir, pourquoi avoir sauvegardé la vieille église des chanoines, que tous haïssaient ? Almodius a vite douté que saint Aubert se soit exprimé par la bouche de Roman, et il a interdit à ses scribes de consigner ce fait dans les recueils de miracles. Que le maître d'œuvre ait été possédé par l'âme mauvaise de cette femme impie, soit, mais que le vénérable fondateur de la montagne lui ait demandé de corriger les esquisses ! Tous voulaient le croire, lui-même a feint de l'accepter, pour protéger le monastère et se débarrasser de Roman, mais, au fond, il a toujours été sceptique... L'abbé Thierry et frère Bernard étaient convaincus du prodige, mais ils ne sont plus là pour tenter de persuader Almodius.

Ce dernier espérait qu'en l'absence de trace écrite, l'anecdote se perdrait, mais la mémoire des vieux moines l'a conservée, et d'oreille en bouche, l'histoire s'est transmise aux plus jeunes, embellie, ornementée, enluminée comme un parchemin qui n'existera jamais que dans l'esprit des frères. Quarante années après, coexistent plusieurs versions orales de cette aventure, mais nul au monastère n'ignore ce récit. Aujourd'hui, frère Etienne tente encore de convaincre l'abbé de la véracité du miracle, ainsi que des moines, jeunes ou vieux, qui tremblent d'effroi à l'idée de désobéir à l'injonction d'Aubert de ne jamais creuser sous l'église. Mais Almodius est le maître de la montagne, et il n'est plus contraint d'obéir à des vieillards crédules et sots. Bientôt, il aura la réponse à l'interrogation qui le tourmente depuis quatre décennies. Quant aux meurtres, une idée se fait jour dans son esprit, une explication qui le séduit plus que celle de la main justicière d'un ange courroucé.

– Mes fils ! Oyez ce que j'ai à vous dire ! ordonne-t-il à l'assemblée tonitruante. Les anges nous observent, nous gardent, et le premier d'entre eux gouverne cette maison. Saint Michel a maintes fois manifesté sa volonté et sa colère, nombre d'entre nous en ont été les témoins, et certains les justes victimes. Mais ayez souvenance qu'à chaque fois les puissances célestes n'ont laissé aucune place à l'ambiguïté, au doute sur le sens de leur désir, et qu'elles ont marqué leur détermination de stigmates flagrants ! Rappelez-vous notre frère Drogon, qui avait insulté les anges en pénétrant dans le chœur de la nouvelle église entre complies et vigiles. Quand il est décédé, au matin, la marque du soufflet céleste était visible sur sa joue ! Aubert lui-même porte sur le crâne l'empreinte du doigt de saint Michel... Or, les corps d'Anthelme et de Romuald, que vous avez tous vus, n'arborent aucune trace d'une éminente signature surnaturelle !

Almodius a réussi à capter de nouveau l'attention de ses moines. Il peut poursuivre sa stratégie de défense, par l'attaque :

– Me croyez-vous homme à oser défier les desseins de notre maître suprême, moi qui ai toujours œuvré pour la sauvegarde de l'abbaye, pour vous tous, pour notre salut collectif ? Notre bon frère Etienne s'éveille aujourd'hui de sa torpeur, il désigne un coupable, mais qu'a-t-il fait aux sombres heures de cette maison, lorsqu'elle était mise en péril par des abbés décadents et le séquestre des seigneurs normands ?

Etienne s'insurge. Les frères baissent la tête dans un silence pesant.

– Je vous assure que si tel était le vœu de l'Archange, je cesserais aussitôt ces recherches, qui n'ont d'autre but que de nous permettre de financer la fin des travaux de l'abbatiale ! affirme-t-il. Voyez-vous, je suis certain que le trépas d'Anthelme et de Romuald n'est pas le fait d'une main angélique, mais d'une main bien humaine ! J'ai d'ailleurs une idée sur l'auteur de ces meurtres, mais il est encore trop tôt pour vous en entretenir...

L'agitation reprend dans les rangs.

– Qui accusez-vous ? demande Etienne, interloqué.

– A ce degré de mes réflexions, je n'incrimine personne, mais si un assassin se cache dans cette abbaye, comptez sur moi pour le découvrir ! Pour l'heure, mes fils, allons accomplir notre dernier office de ce funeste jour, et clamer notre indéfectible dévouement à l'Archange... Allons chanter complies !

Les frères s'observent avec des regards remplis d'effroi, avant de prendre le chemin de la crypte Notre-Dame-des-Trente-Cierges. Après l'office, alors que sont tombés le silence et la nuit, les moines marchent vers le dortoir pour tenter de dormir jusqu'aux vigiles, malgré la peur qui les oppresse. Certains frères partent veiller Anthelme et Romuald dans la crypte Saint-Martin. L'abbé, lui, regagne tranquillement sa cellule. Il attise le feu de la cheminée, s'assoit, se verse un verre de vin rouge et médite son plan pour démasquer l'auteur des homicides. Il semble attendre quelqu'un et, en effet, trois coups résonnent bientôt sur la porte de bois.

– Entrez !

Une épaisse silhouette voûtée, petite et trapue, à la bure crasseuse et élimée, pénètre dans la cellule de l'abbé, qu'elle peuple aussitôt d'une odeur de fumier. La tête est blanche d'une touffe de cheveux hirsutes parsemés de brins de paille, d'une barbe drue qui n'est plus peignée depuis longtemps. Le visage ravagé est couvert de plaques rouges. Le regard est obscur et muré en lui-même comme une crypte condamnée.

– Un gobelet de vin, Hosmund ? s'enquiert l'abbé.

L'ancien infirmier jette un œil torve sur le pichet d'étain et fait signe que non.

– Où étiez-vous la dernière nuit, et la nuit précédente ? demande Almodius, sans l'inviter à s'asseoir.

Les yeux bruns du frère lai reflètent un vide abyssal. Il regarde autour de lui comme une bête traquée.

– Où j'étais ? Où j'étais ? répète-t-il comme s'il ne comprenait pas les mots. Fouchtrediantrevaderetro, avec mes chevaux !

Le temps, qui a moins altéré la chair d'Almodius que ses constantes mortifications, a eu raison du frère lai : le vieux moine a peu à peu sombré dans la folie de la sénilité. Son visage jadis replet s'est amaigri, et s'est lardé de croûtes auxquelles Hosmund consacre ses journées, se grattant sans cesse puis dévorant les copeaux de sang coagulé. Il a perdu le latin et s'exprime dans un mélange de dialecte viking, de langue romane et de néologismes. Lui qui concevait une véritable terreur pour les chevaux leur voue maintenant une passion exclusive. Du reste, c'est cet attachement pour les équidés qui l'a sauvé de l'hospice d'Avranches, où certains frères voulaient l'envoyer finir ses jours, sa déraison le plaçant hors de la communauté. Mais de lui-même, il a déserté le dortoir, le réfectoire, l'église, pour se nourrir du fourrage des chevaux et reposer avec eux dans l'écurie. Ayant cultivé les simples une bonne partie de sa vie, il a oublié toute sa science et se sustente de foin. Malgré les quolibets des oblats et des novices qui raillent sa constante senteur de purin, il ne se montre jamais violent et conserve une utilité sociale en assistant le forgeron et les frères lais chargés de l'écurie de l'abbaye.

– Savez-vous ce qui s'est passé la nuit dernière et la nuit précédente ?

Hosmund fait des yeux ronds et secoue la tête négativement.

– Vous avez certainement souvenance de frère Anthelme et de frère Romuald, bien qu'ils ne fréquentent pas l'écurie !

Le moine esquisse un faible « oui » en opinant du chef.

– Eh bien, hier matin, on a retrouvé le corps d'Anthelme pendu dans les airs, et ce matin, celui de Romuald, noyé dans la baie...

Hosmund se signe, mais il reste muet, et n'affiche aucune surprise.

– C'est une tragédie pour nous tous... et un inexplicable mystère... car ces deux morts, par une troublante coïncidence, font écho à des événements qui se sont déroulés ici il y a fort longtemps. Un écho parfait, puisque demain nous fêterons l'Ascension.

Almodius scrute la face impassible du frère.

– Voyez-vous à quoi je fais allusion ? insiste-t-il.

Hosmund persiste à se taire. Il se contente de baisser la tête vers le sol de terre battue.

– Je suis certain que vous comprenez. Et le hasard a voulu qu'Anthelme et Romuald fussent justement les derniers survivants des juges ayant officié, il y a quarante ans, au procès de cette femme. Frères Martin et Drocus ne sont plus de ce monde depuis longtemps, ni l'évêque, Roland d'Aubigny, ni le duc Richard, ni l'abbé Thierry. Les seuls qui demeuraient en vie étaient Anthelme et Romuald. C'est frappant, vous ne trouvez pas ? A part moi, qui fus seulement entendu comme témoin, il ne demeure ce soir aucun rescapé de ce tribunal. Qu'en dites-vous ?

– Mais... de quoi, mon père ?

Almodius fronce ses sourcils poivre et sel. Il sent la colère monter en lui. Il semble vain d'interroger le vieillard sénile, mais l'abbé demeure persuadé que Hosmund cache quelque chose, et qu'il est moins fou qu'il n'y paraît.

– Que tout cela ressemble à une odieuse vengeance, vieil insensé ! lâche-t-il en frappant des deux poings sur la table. Un premier crime par l'air, le jour anniversaire du premier supplice de Moïra, un deuxième homicide par l'eau, les deux victimes étant les anciens juges de l'hérétique ! Ne trouvez-vous pas cela étrange, vous qui étiez l'ami de frère Roman, et mis à part moi-même, qui êtes aujourd'hui l'ultime acteur de cette lointaine histoire ?

– Les chevaux ! J'étais avec les chevaux, hurle le pauvre moine.

– Vous mentez, je suis certain que vous mentez, et que vous n'êtes point aussi gâteux que vous voudriez m'en convaincre. Votre stratagème fonctionne peut-être avec les candides de ce monastère que vous dupez comme vous les avez dupés il y a quarante ans, en faisant parler Aubert par la bouche de Roman, mais avec moi, vous m'entendez, vos perfides finasseries ne prennent pas !

Pour la première fois, les yeux de Hosmund s'animent et, l'espace d'un instant, ils sont traversés par le désarroi.

Ce fait n'échappe pas à Almodius, qui se calme et reprend son monologue d'une voix étonnamment douce, la voix d'un guerrier qui jette ses armes, la victoire lui étant acquise.

– J'ai beaucoup appris sur mes semblables et sur moi-même durant toutes ces années, se confie-t-il. J'ai sondé malgré moi les tréfonds de l'âme humaine, et aucun mortel ne m'abusera plus. Je suis enfin à ma vraie place, cette place que je méritais et qu'on m'a usurpée pendant trois décennies, et je ne laisserai personne la menacer. En trois décennies de batailles, j'ai vaincu la peur, la félonie, l'ingratitude, la négligence, le chaos, j'ai vaincu le duc Guillaume lui-même. Aujourd'hui, ce n'est point la sanglante mémoire d'une morte qui va m'effrayer ! Vous niez, mais je suis sûr que c'est vous qui cherchez à venger Moïra et à jeter l'anathème sur l'abbaye. Je ne doute point, d'ailleurs, de figurer sur votre sinistre liste de représailles, qui doit – en toute logique – comporter deux autres meurtres, par la terre et par le feu... Je pense même que vous m'avez réservé le feu, le brasier final, l'apothéose ! La seule chose que je ne m'explique pas, pour l'instant, mais je le saurai bientôt, c'est pourquoi vous avez attendu quarante ans...

Almodius part d'un petit rire condescendant, puis il se lève avec énergie et va ouvrir la porte. Deux imposants frères lais encadrent le seuil de la cellule. Hosmund leur jette un coup d'œil effaré. D'un signe de l'abbé, ils entrent et ligotent Hosmund à une chaise. L'ancien infirmier ne se débat pas. Les deux gaillards portent le pauvre Hosmund jusqu'au bord de la cheminée, et lui ôtent ses sandales.

– Frère Hosmund, reprend Almodius, ce feu que vous projetiez de m'infliger, je vous l'offre !

Les tortionnaires saisissent chacun une cheville de Hosmund et les approchent des braises rouges. Le vieux moine tente de résister et se tortille comme un malheureux ver.

– Je vous repose la question : frère Hosmund, est-ce vous qui avez pendu frère Anthelme et noyé frère Romuald, pour venger la mort de l'impie Moïra ?

– Je suis innocent ! crie Hosmund. Ce n'est pas moi !

– Menterie !

Les deux pieds crasseux se posent sur le lit de brandons. Autour de la viande se dégage un peu de fumée, et Hosmund pousse un hurlement prodigieux. Les frères lais relâchent leur étreinte.

Hosmund se tord en beuglant, et la chaise se renverse en arrière. Assommé de douleur, le vieillard s'évanouit. Alors on entend sur la porte des coups qu'avaient noyés ses cris. Almodius regarde l'un des bourreaux, qui se précipite pour ouvrir. Le prieur de l'abbaye se détache de la nuit. Frère Jean baisse à peine les yeux sur le corps qui semble reprendre vie, sur la terre de la cellule. Il paraît affolé.

– Mon père, c'est une malédiction ! dit-il à Almodius. Un incendie, un horrible incendie a pris dans la cabane de notre maître d'œuvre ! Eudes de Fezensac est mort !

13

— QUELS AVEUX bouleversants, n'est-ce pas ? demanda Johanna en levant des yeux humides du cahier où elle avait recopié la confession de Roman. Je ne pense plus qu'à cela. Je connais les mots presque par cœur, et tu es le premier à qui je les dis, à qui j'en parle, depuis Paul bien sûr, tu es le seul au Mont en tout cas... ça va se savoir, inévitablement, le manuscrit original est en cours d'expertise... mais j'ai encore un peu de temps avant que d'autres ne s'emparent de cette fabuleuse histoire, dit-elle en serrant les pages contre sa poitrine. Elle est encore à moi, à moi seule. Et il faut que je trouve avant eux, il faut que je perce son secret, leur secret, celui de Roman et Moïra, l'énigme de la montagne, tu comprends. Pourquoi diable a-t-il changé les plans de l'abbaye ? Pourquoi a-t-il quitté Cluny ? Où est-il allé ? Qu'a-t-il fait ? Quand est-il mort ? La clef était à Cluny, mais je suis certaine que la porte est ici... Il est revenu au Mont, j'en suis sûre, je le sens, les pierres le savent, je dois les faire parler !

— Ah, voilà donc ce que tu es allée chercher à Cluny. C'est atroce et merveilleux, en effet, mais de quelles pierres parles-tu, Johanna ? intervint Simon Le Meur en se levant pour jeter une bûche dans la cheminée. Vu ce qu'il reste de l'abbaye romane ! Tu n'espères tout de même pas que ton chantier de l'ancienne chapelle Saint-Martin va te livrer un autre cylindre en cuivre avec un parchemin où le moine te racontera la suite et la fin de son histoire ? Et pourquoi pas avec ton nom sur le manuscrit : « *De la part de frère Roman, XIe siècle ; destinataire : Johanna, XXIe siècle* » ! Allons, sois réaliste, et reconnaissante du cadeau que la vie vient de te faire : c'est déjà incroyable que ce texte te soit parvenu à travers les siècles et les lieux, n'en demande pas trop.

Elle regretta d'avoir partagé le testament de Roman avec Simon. Elle lui avait fait confiance, et c'était lui qui se comportait déjà comme un ingrat.

– Tu ne comprends pas, répondit-elle d'une voix sourde. Je n'attends rien, j'espère tout ! Il faut absolument que je sache ce qui lui est arrivé. Alors j'échafaude toutes les théories possibles. Je suis bien obligée d'inventer, de m'en remettre à la mémoire des pierres, vu que celle des hommes a tout effacé. Il ne reste rien des coutumiers de l'abbaye, qui ont tous brûlé en 1944 à Saint-Lô, et pour ce qui est de la bibliothèque d'Avranches, ce ne sont que des textes religieux. J'y passe tout mon temps libre, mais je n'y ai même pas trouvé l'anecdote d'Aubert parlant par la bouche de Roman... Pourtant, les moines auraient dû la consigner dans les recueils de miracles. J'ai trouvé des renseignements sur le fameux Almodius, mais rien sur frère Roman, rien nulle part, donc je suis réduite à toucher les pierres qu'il a peut-être touchées, qu'il aimait en tout cas, en espérant qu'elles me soufflent son histoire.

– Remarque, ton Roman a un nom qui se prête idéalement à la fiction... et qui colle à sa fonction de bâtisseur.

– Très drôle, dit-elle en se levant à son tour. Je te signale qu'avant le XIXe siècle, toutes les constructions médiévales étaient qualifiées de « gothiques », sans distinction. L'art roman n'a été baptisé ainsi qu'en 1818, par un archéologue normand, Charles Duhérissier de Gerville, en référence à la langue romane usitée au Moyen Age par le peuple, la *rustica romana lingua*, qui était la variante parlée du latin. En Normandie, comme dans toute l'ancienne Gaule du Nord... il s'agissait tout bonnement du français ! D'ailleurs frère Roman était lettré comme tous les moines, et ne s'exprimait pas en langue romane mais en latin, à l'écrit comme à l'oral... Quant au roman comme genre littéraire, il n'existait pas du vivant de cet homme, puisqu'il a été inventé au XIIe siècle, pour susciter le rêve et célébrer l'amour courtois de la chevalerie, l'idéal mystique de l'amour de la femme, différent de l'idéal religieux de l'amour de Dieu..

Il s'approcha d'elle, le regard brûlant.

– Ah non, madame le professeur, dit Simon, moi je dirais que c'est ce moine qui, sans le savoir, a inventé le genre romanesque. Qu'est son récit sinon l'éloge d'une femme, le culte de l'amour perdu vu comme un absolu, empreint de tragique et du rêve d'un monde meilleur ? Tout y est, c'est ce qui fait la beauté de ce texte, ajouta-t-il en saisissant Johanna par la taille. Pardon de t'avoir blessée... C'est parce que je suis un grand romantique : je ne vois pas ce récit comme un témoignage historique, mais comme un conte magique, comparable à ceux que ma mère me racontait lorsque j'étais enfant. La véracité de ce que raconte Roman n'a aucune importance ; je me fiche de savoir si ce moine a réellement existé, ce qui lui est réellement arrivé, je me fiche que cette histoire soit authentique ou non... La seule chose qui m'importe, c'est sa beauté fabuleuse, qui m'emporte sur les chemins de l'imaginaire ! Et le fait de ne pas savoir la suite ne me frustre pas, car ça laisse la place à toutes les possibilités, c'est un ciel ouvert et illimité, tu comprends ?

Elle lui sourit, il était irrésistible.

– Je comprends que tu es un doux rêveur qui s'intéresse aux histoires, quand moi j'essaie de décrypter l'Histoire. On ne fait pas le même métier, c'est tout.

– Oh, tu sais, dit-il en s'animant comme un gosse, dans ma boutique j'invente souvent des aventures fantastiques pour les objets que je vends, je ne mens pas sur leur appartenance au passé, je brode juste un peu autour de ce passé, les gens adorent ça : acheter non seulement un objet mais l'histoire de cet objet. J'invente des tempêtes, des naufrages, des tours du monde, des trésors. Les clients savent bien que ce que je raconte n'est pas vrai, mais ça leur fait plaisir de m'écouter, ils voyagent...

– Simon, tu as raté ta vocation, tu aurais dû être romancier !

– Eh bien, figure-toi que j'ai commencé un roman. Peut-être qu'un jour je t'en lirai quelques pages...

– Un roman d'amour ?

– Evidemment, répondit-il en lui effleurant l'oreille, mais qui n'atteindra jamais la force mythique de la fable de frère Roman, hélas...

– Simon, dit-elle en lui prenant la main, je saisis ta vision des choses, je la trouve séduisante, mais ne la partage pas totalement. Je ressens aussi les émotions dont tu parles mais je n'aime pas que tu dises que c'est une fable. Navrée d'insister, mais pour moi ce n'est pas une fable, c'est vrai, et je n'aurai de cesse que de le prouver !

Il hocha sa belle tête aux boucles brunes d'un air dépité.

– C'est bien ce que je ne comprends pas en toi, Johanna, et qui me fascine : c'est que tu t'obstines à confondre chimère et réalité... tu es une vraie obsessionnelle, c'est très attirant ! Quoi que tu en dises, face à ce manuscrit tu ne réagis pas en historienne mais comme si cette histoire te concernait personnellement et trouvait un écho dans ta propre histoire. Et ce n'est pas parce que tu as un jour étudié le fragment du *Liber tramitis* écrit par Roman à Cluny, c'est bien plus que cela, bien plus profond, je le sens... Ce moine compte parmi tes ancêtres ou quoi ?

Elle se força à rire pour ne pas lui répondre. Elle ne lui avait soufflé mot des trois rêves qui l'avaient conduite jusqu'ici, et voilà qu'il la devinait. Ils ne se connaissaient que depuis peu, ils n'étaient pas amants, et il lisait en elle comme s'ils étaient des amis de toujours. Jamais elle n'avait rencontré cela auparavant, et elle en était troublée. Leurs corps étaient inconnus l'un à l'autre et pourtant ils savaient déjà leur connivence intime. L'union de leur chair allait de soi, mais pour l'instant ils n'y avaient pas cédé ; c'était tellement évident qu'ils prenaient leur temps, et cette attente était délicieuse. C'était à elle d'y mettre un terme lorsqu'elle se sentirait prête, elle le savait sans qu'ils en aient jamais discuté, pour l'heure elle atermoyait. En effet, Johanna était terrifiée par ce sentiment nouveau et impromptu. Comment expliquer que, soudain, François lui apparût comme un étranger, et qu'elle passât ce réveillon du 31 décembre avec Simon ? Elle se sentait coupable de trahison... Isabelle l'avait rassurée, s'était gentiment moquée de celle qui ignorait la fulgurance de l'amour, et le vivait comme un fâcheux accident. Puis elle l'avait félicitée, et avait dit des horreurs sur François, elle qui semblait jusque-là l'apprécier ! Johanna en était restée abasourdie. Rien ne l'avait préparée à un tel chambardement dans sa vie. Elle avait passé Noël à Cluny, avec Paul et sa compagne Corinne, qui les avait rejoints. Comme François l'avait prévu, il festoyait en famille, dans sa maison de Cabourg, à quelques dizaines de kilomètres du Mont-Saint-Michel, mais hors d'atteinte de Cluny.

Ce fut une fête insolite et euphorique : Paul ne parlait que de Pierre de Nevers, Johanna de Jean de Marbourg, alias frère Roman et Corinne les observait de travers, jalouse de ces deux morts qui rendaient les archéologues si vivants, si complices, contrariée que François ne soit pas là pour restaurer un équilibre entre eux. Elle se détendit quand Johanna annonça qu'elle retournait au Mont, le 26 décembre. Elle avait terminé de recopier le manuscrit et piaffait à l'idée de retrouver son moine bâtisseur au milieu des pierres de l'abbaye. A voix haute, elle remercia Hugues de Semur de n'avoir pas détruit le document, de ne l'avoir pas révélé, et de l'avoir confié à la tombe du maître de Roman, Pierre de Nevers. Elle alla dire adieu au cheval Firmament, qui avait été, selon elle, « la muse de Paul », elle caressa longuement le parchemin, et enfin elle embrassa Paul, qui s'assombrit. Il insista pour qu'elle reste mais, heureusement pour Corinne, elle partit.

Elle accosta au Mont-Saint-Michel dans la nuit du 26 décembre, sans même avoir fait un crochet chez ses parents à Fontainebleau, ni à Paris chez Isabelle, encore moins à Cabourg où François l'attendait dans un petit hôtel discret. A tous elle mentit et raconta que Christian Brard l'avait appelée d'urgence, n'ayant cure du fait que François vérifiât et apprît que l'administrateur était lui aussi en vacances. A tous elle narra la fantastique découverte de Paul, à personne elle ne parla du manuscrit trouvé dans le caveau. François l'apprendrait bien assez tôt, à son retour au ministère début janvier. Lorsqu'elle vit l'irréelle silhouette de lumière se découper dans les ténèbres de la mer et du ciel, elle sut que l'offrande qu'elle venait de recevoir émanait de la montagne : l'Archange avait choisi Roman pour bâtir la Jérusalem céleste, et l'âme du rocher l'avait élue, elle, pour une mission dont elle méconnaissait le contenu, mais dont les contours peu à peu se dessinaient comme ceux de l'abbaye... En roulant sur la digue, les yeux dans ceux du château de pierre, le regard sur la flèche d'or couronnée par la sculpture de l'Archange, ses dernières craintes s'envolèrent. Elle acceptait sa destinée. Elle pressentait que d'intenses bouleversements l'attendaient, mais elle avait confiance. L'esprit qui régnait sur le Mont continuerait à lui venir en aide, à l'éclairer dans ses moments de doute, à lui insuffler son ardeur combattante. Oui, elle se battrait pour lui, elle découvrirait la clef de ses songes et percerait l'énigme du rocher sacré.

Elle abandonna son auto sur le parking des résidents et franchit les trois portes fortifiées menant au village. Vingt-deux heures. Il faisait un temps digne des récits médiévaux : les canons et les pavés étaient vernis par une pluie aux gouttes invisibles. Les vagues vives répondaient au vent du nord, l'aquilon, répandant l'humide comme une sueur glacée par la terreur d'une brusque apparition. Le froid était si violent qu'il vous capturait les chairs, paralysant les muscles aussi cruellement que les fers d'un cachot. Elle songea aux bénédictins du Moyen Age, qui survivaient sans aucune source de chauffage. Les lanternes jaunes des tavernes se balançaient dans l'obscurité, et à tout moment l'on s'attendait à croiser un chevalier furieux, ou un chantre saoul de vin et de lyre. Johanna rencontra un jeune couple d'amoureux qui semblaient égarés dans ce temps suspendu, avec leurs vêtements modernes et leurs effusions. Elle leur sourit et escalada à grand-peine les escaliers glissants. Parvenue à hauteur de l'église paroissiale dédiée à saint Pierre, elle tourna à gauche et pénétra avec émotion dans le cimetière des Montois. En clignant des yeux elle pouvait voir une cavité creusée dans la terre, d'où s'envolait Moïra, habillée en déesse celte, laissant là un moine noir qui pleurait en lui effleurant les ailes. Johanna leva la tête et aperçut sa demeure vide, que pour la première fois elle considérait comme sa seule et véritable maison, le balcon forgé de sa chambre close, tournée vers un incongru palmier planté dans la rue. Le luminaire accroché au mur jetait une mousseline blême sur les tombes alignées le long d'une muraille de verdure. Elle découvrit que le tombeau situé juste sous ses fenêtres, bordé lui aussi d'un improbable palmier, était celui d'un poilu tombé au champ d'honneur à trente-trois ans, exactement son âge, juste avant l'armistice de 1918.

Elle eut un pincement au cœur et frissonna de froid. Dans sa poche, elle sentait peser les clefs de l'abbaye et il lui sembla que le trousseau brûlait. Elle ramassa son petit sac de voyage et reprit les escaliers jusqu'au monastère. En déverrouillant la lourde porte de bois du Châtelet, elle se rappela la nuit où elle n'avait pas osé entrer, où elle avait senti une haleine bizarre, qui l'avait tant effrayée, la nuit du coup de fil de Paul, quelques heures après sa découverte. C'était la semaine dernière, il y avait une éternité pourtant : entre la semaine dernière et aujourd'hui, presque mille ans s'étaient écoulés. Elle sourit : elle n'avait pu aller plus loin ce soir-là, car elle n'était pas prête. Aujourd'hui, il savait qu'elle l'était, il avait fait ce qu'il fallait pour qu'elle le soit. Sa torche traçait un sillon pur sur les pierres : Johanna était précédée d'un voile de mariée. Des veilleuses à la lumière laiteuse couronnaient les murs de granite comme une guirlande de fleurs d'oranger. Le bonheur qui avait baigné l'âme de Johanna à Cluny la submergeait ici. Elle traversait les salles inquiétantes avec un calme et une sérénité qu'elle ne se connaissait pas. Ce fut seulement devant la porte close de Notre-Dame-Sous-Terre qu'elle frémit. C'était la première fois qu'elle allait pénétrer seule dans l'ancienne église la nuit, et elle se rappela les paroles de Simon au sujet des anges et des démons qui hantaient ces lieux. Lentement, elle ouvrit. Aussitôt, un fait auquel elle n'avait pas, jusqu'alors, prêté attention, la rassura : il faisait étonnamment bon dans la crypte, quand partout ailleurs on grelottait. Les entrailles ancestrales de l'abbaye étaient chaudes comme un ventre humain. La terre nourricière fécondait cet endroit qui lui parut appartenir au féminin. Oui, les lieux possédaient un sexe. Le rocher et la majeure partie du monastère étaient masculins mais ce sanctuaire était femme, et il abritait un homme qu'elle chercha des yeux sur les marches surplombant les autels jumeaux. Il n'y avait personne mais la crypte n'était pas vide : confusément, elle sentait une vie muette, une force imperceptible... Guillaume Kelenn lui avait raconté que sans rien savoir de cet endroit, sans croire en Dieu ou en Diable, certains touristes entraient en transe à Notre-Dame-Sous-Terre. Les énergies telluriques ! Johanna savait que ces puissances ne lui seraient pas néfastes. Elle n'avait rien à craindre, car l'une d'elles la protégeait. Elle ôta sa doudoune et se plaqua contre un pilier. Se pouvait-il que son moine décapité soit lié à frère Roman ? Certainement, sinon pourquoi lui avoir adressé ce manuscrit du fond des âges ?

Car elle ne doutait plus que le texte lui ait été destiné, aussi intimement que ses trois rêves : l'esprit mystérieux qui s'était adressé à elle par ses songes avait aussi agi de sorte qu'elle trouvât le manuscrit, qu'elle fût instruite du prodigieux amour entre ces deux êtres que tout séparait, et qu'une tragédie avait séparés. Dans la suave tiédeur de la crypte, elle pensa que, pour comprendre enfin, il lui manquait un chaînon crucial : celui qui reliait l'existence de frère Roman à celle du moine sans tête... Elle possédait le début et la fin, mais elle ne pourrait résoudre la totalité de l'histoire sans dénouer le nœud central. Ce fragment disparu, c'était ce qui était arrivé à Roman après son départ de Cluny, en cette année 1063.

– Je sais que c'est ici, au Mont, que je dois le trouver, murmura-t-elle à la présence invisible, pour te retrouver enfin. Je sais que tu m'aideras... Guide-moi, quel chemin dois-je prendre ? Montre-le-moi, je t'en prie.

Lorsqu'elle quitta la crypte souterraine, aux environs de minuit, elle eut l'étrange impression de n'être plus seule. Une âme bienveillante l'accompagnait, peuplant le silence nocturne d'un doux murmure. C'était un vieux chant de prière, en latin, une antienne. C'était peut-être le vent, ou les pierres de l'abbaye qui se souvenaient de l'office de vigiles et des bénédictins. Ce n'était peut-être rien.

Les jours suivants, Johanna profita des congés de son équipe pour explorer tous les recoins du monastère et du village : le rocher ne devait plus avoir aucun secret pour elle. La journée voyait défiler les inévitables cars de touristes mais, dès le crépuscule hivernal, la montagne était rendue aux éléments de la nature qui faisaient sa fracassante singularité. Elle croisa souvent Simon Le Meur, qui la convia à une promenade en bateau, dans son petit voilier. Mais Johanna avait le mal de mer et préféra le suivre à une pêche aux coques, à marée basse et à pied. Chaussé de bottes en plastique et muni d'un râteau, il l'initia à la vie de la baie, lui montra des oiseaux magnifiques, lui rappelant que le Mont était aussi une réserve naturelle, découvrit sous le sable les petits coquillages blancs appelées coques Saint-Michel, qu'arboraient les pèlerins médiévaux sur leur manteau. Ils firent une longue balade et, le soir, il l'invita à déguster chez lui les coquillages qu'ils avaient ramassés. C'était par cette promenade au grand air et cette soirée que tout avait commencé. Johanna découvrit un homme différent de l'insatiable bavard qu'elle avait croisé la première fois, au café : un être subtil, sensible et discret. Elle attribua l'attitude de colporteur de ragots dont il s'était paré ce soir-là à la gauche impudeur dont font souvent preuve les grands timides.

La maison de Simon avait autant de charme que lui : bénéficiant d'une vue splendide sur l'îlot de Tombelaine, elle était gardée par une gargouille de pierre, accolée au sommet du mur de granite. Au-dessus de la porte d'entrée, l'antique porte-lanterne accueillait les visiteurs. A l'intérieur, l'antiquaire avait agencé les pièces avec confort et élégance, mais sans préciosité, en harmonie avec l'ambiance de la montagne : une grande cuisine avec fourneaux en faïence colorée, carreaux décorés et batteries de cuivre, un salon chaleureux rempli de tableaux anciens, d'instruments de marine, orné d'une immense cheminée très bien restaurée, de sofas moelleux et d'un globe céleste du XVIIIᵉ siècle. Le bureau était un authentique coffre médiéval entouré de rangées de livres du sol au plafond recouvert de poutres, et les chambres possédaient toutes d'imposantes armoires normandes finement ouvragées, où les draps devaient sentir la lavande. Cette première soirée fut légère et joyeuse : ils ne parlèrent pas du Mont. Simon évoqua avec beaucoup de drôlerie les gâteaux bretons que sa mère espagnole s'ingéniait à préparer à son père, et dans lesquels elle ne pouvait s'empêcher de mettre de l'huile, Johanna raconta ses mémorables catastrophes culinaires. Il la questionna habilement sur sa vie sentimentale, et elle s'entendit répondre qu'elle avait long-temps fréquenté un homme marié, mais que leur idylle était terminée. Qu'est-ce qu'il lui prenait, soudain, de mentir ainsi ? Elle changea de sujet et ils s'aperçurent qu'ils partageaient les mêmes inclinations en matière de musique et de littérature. A la fin du dîner, Simon réitéra son invitation pour le réveillon du 31 décembre, et Johanna accepta. En rentrant chez elle, elle s'en fit d'amers reproches : perdait-elle la raison ? Elle avait dit oui à cet homme, alors qu'elle avait promis à François de passer le jour de l'an avec lui, à Paris. Toute la soirée, elle avait eu la sensation que quelqu'un d'autre parlait à sa place, et la poussait dans les bras de Simon. C'était un envoû-tement ! Johanna était si troublée qu'elle téléphona à Isabelle malgré l'heure tardive.

Son amie n'était préoccupée que d'une chose : Simon était-il céli-bataire, libre, disponible, seul, sans femme ni enfants cachés quelque part ? Dès que Johanna lui eut répondu par l'affirmative, elle entendit un cri de joie à l'autre bout de fil, suivi d'encouragements si pressants qu'elle resta perplexe. Le troisième jour précédant le fameux réveil-lon, elle fut en proie à une telle panique qu'elle tomba malade. L'opportune gastro-entérite résolut le dilemme en l'empêchant de prendre la route pour Paris. Elle supplia François de ne pas venir, n'ayant aucune envie qu'il la voie dans cet état. Elle dégorgea ses entrailles, entreprit une diète purificatrice, garda le lit et, au soir du 31 décembre, elle était guérie. Elle avait le sentiment d'avoir un corps tout neuf. Ce soir-là, chez Simon, elle remarqua avec stupeur qu'elle était délivrée du macabre désespoir qui l'oppressait chaque fin d'année. Elle était en train de changer, et elle aurait juré que l'esprit bénéfique semblant la posséder n'y était pas étranger. De cela, pour-tant, elle n'en pouvait parler à quiconque...

Simon lui avait préparé une table de princesse. La soirée fut un conte de fées. Ils vivaient dans un livre de légendes, ils étaient hors du temps, hors du présent. A minuit, il plaça Johanna devant la fenêtre ouverte, se colla à son dos, et lui tendit une longue-vue de cuivre, pour qu'elle admire Tombelaine et la lune. Les résistances de la jeune femme avaient fondu et, en voyant le cylindre, elle eut une envie irrépressible de se confier à lui, de lui raconter l'histoire de Roman et de Moïra. Avec un air de conspiratrice, elle prit dans son sac le cahier qui ne la quittait jamais, s'enfonça dans un fauteuil club, face à la cheminée, et tandis que se répandait dans l'air le miel du tabac hollandais dont Simon venait de bourrer une bouffarde de marin, elle lut les mots du moine, qu'elle avait traduits en français.

Elle pardonna d'autant mieux à Simon d'être animé d'une fibre de littéraire et non d'historien rationnel, que c'était justement ce feu romanesque qui la séduisait.

Elle prenait conscience qu'elle-même s'éloignait de plus en plus de la cartésienne qu'elle croyait être : l'histoire n'appartenait certes pas aux sciences dites « dures », mais elle exigeait rigueur et vérification ; un archéologue était avant tout un scientifique. Or, elle avait immédiatement tenu ce manuscrit pour authentique, sans attendre le résultat des expertises. Pire, elle qui se disait athée se croyait maintenant possédée d'une sorte d'ange gardien, en bure et dénué de tête ! Enfin, pour couronner le tout, elle était sous le charme d'un individu qui, à quarante ans, s'amusait à contempler la lune ! Elle se dit qu'il y avait seulement quelques mois elle n'eût même pas remarqué l'antiquaire. Elle avait parfois croisé ce genre de ténébreux ultrasensibles, et les avait soigneusement écartés de sa route : la vie était trop sérieuse pour s'y adonner au romantisme, qui était pour elle le signe rédhibitoire de bambins refusant de grandir. L'amour des pierres, avant celui des hommes, et pas d'hommes qui risqueraient de lui voler une bouchée de sa passion pour son métier. Johanna vénérait les pierres, mais elle ne pouvait nier qu'elle était violemment amoureuse de Simon, et que ce n'était pas antinomique... Elle se battait contre elle-même, mais c'était en vain : elle désirait Simon comme elle n'avait jamais désiré François ou nul autre. Son corps adorait les étreintes charnelles de François mais là c'était tout son être, corps et esprit, en parfaite harmonie, qui s'embrasait. Une folle idée la traversa : et si c'était la force céleste qui la hantait, qui la poussait vers cet amour ? Voulait-elle la mettre à l'épreuve, ou bien la confronter à un amour aussi ardent que celui de Roman et Moïra, pour qu'elle le saisisse mieux ? De manière moins ésotérique, elle conclut qu'elle avait été si impressionnée par le récit du moine que son inconscient avait pu en être affecté, jusqu'au point de chercher à vivre une telle relation, impossible avec François. Quoi qu'il en soit, elle n'avait aucune envie de rentrer chez elle et de se séparer de Simon. Elle ne voulait pas se livrer totalement non plus. Songeant au lien puissant mais chaste qui unissait Roman à Moïra, elle expliqua à Simon qu'elle voulait dormir avec lui, mais sans qu'il la touchât. Elle se sentait puérile, mais il accepta. Simon était bouleversé.

Il lui prêta un pyjama qui sentait le tilleul, et elle passa les premières heures de l'année nouvelle blottie dans ses bras, au creux de sa poitrine, tandis qu'il lui baisait délicatement les cheveux, comme dans un roman chevaleresque de Chrétien de Troyes.

Au matin du 1er janvier, une intuition s'empara de Johanna. Sans qu'elle sût pourquoi, elle prit congé de Simon et se précipita chez elle. La maison était déserte, l'équipe ne devant rentrer que le lendemain. Mais une heure plus tard, comme elle sortait de la salle de bains, quelqu'un sonna en bas, et elle aperçut François qui patientait à la porte. Sa visite était inopinée. Il prétexta s'être inquiété, Johanna ayant coupé son portable, et la ligne fixe sonnant dans le vide. Finalement, il avait passé la soirée avec Marianne et les enfants, à Cabourg, et craignant pour Johanna – qui était souffrante – était accouru au Mont. La jeune femme n'eut pas le courage de lui avouer la vérité, et prétendit s'être couchée tôt après avoir pris des somnifères, se trouvant encore malade et abhorrant – il savait à quel point – le réveillon du 31. Il constata qu'en effet elle avait une mine horrible, et qu'elle aurait besoin de prendre l'air. Il recommanda une promenade immédiate sur les remparts. Johanna se sentait coupable vis-à-vis de François et chercha plutôt un moyen pour l'empêcher de croiser Simon. Cela arriverait forcément, justement parce qu'il ne fallait pas que cela arrive, et les deux rivaux risquaient de tout deviner au premier coup d'œil. Du reste, François n'avait-il pas déjà flairé quelque chose ? Jamais il n'avait débarqué sans prévenir, même lorsqu'elle était injoignable. Elle dit qu'elle avait envie d'un air différent de celui du Mont et, comme il faisait presque beau, elle proposa de passer la journée en Bretagne. Pour ne pas éveiller les soupçons, elle s'empressa d'ajouter que Cancale, au Moyen Age, faisait partie des terres de l'abbaye, et qu'elle irait volontiers y faire une tournée d'inspection... François sourit. Il voulut voir le chantier, et ils se rendirent d'abord sur le terrain de fouilles de l'ancienne chapelle Saint-Martin. Elle lui décrivit distraitement les travaux archéologiques, les ossements en cours d'analyse : elle pensait aux rencontres clandestines entre Roman et Moïra, qui s'étaient déroulées à cet endroit, et se demandait si Simon et elle seraient eux aussi condamnés au secret.

L'amour est toujours secret pour quelqu'un, se disait-elle en songeant à Marianne, l'important est de ne pas le cacher à son propre cœur... Roman lui-même avait ignoré ses sentiments pour Moïra pendant si longtemps ! La situation n'était pas comparable, certes, Johanna n'était pas une moniale, bien qu'elle dirigeât aussi un chantier. Plus elle réfléchissait, plus elle se convainquait que son âme ressemblait à celle du maître d'œuvre... Jean de Marbourg... frère Roman : peut-être son moine sans tête ?

La journée fut agréable : un gigantesque plateau de fruits de mer sur le port de Cancale, la turquoise pointe du Grouin, d'où l'on apercevait au loin le Mont, enfin les remparts de Saint-Malo. Elle allégua l'absence de vieilles pierres – la ville avait été entièrement détruite pendant la dernière guerre – pour refuser de pénétrer dans la cité intra-muros. En fait, elle ne pourrait masquer son émotion, s'ils tombaient sur une certaine boutique d'antiquités marines... Elle craignait le retour au Mont, et pas seulement à cause d'une possible rencontre avec Simon. Non, il y avait autre chose, de plus confus et plus puissant... comme si la montagne sainte, qui accueillait chaque année trois millions de touristes, refusait François. C'était grotesque ! Sauf que François n'était pas un visiteur comme les autres : il pénétrerait la maison de Johanna, son lit et sa chair. Cette idée était-elle pénible à l'esprit du rocher ou à celui de la jeune femme ? Tout était si nébuleux pour Johanna qu'elle confondait les deux. Elle appartenait au Mont, son mystère se fondait en elle, car elle lui avait ouvert son âme : désormais, elle ne pouvait distinguer son souffle propre de celui de la montagne. C'était tout de même François qui lui avait permis de vivre au Mont ! Ce fait indéniable l'attendrit, mais pas au point de le ramener sur le rocher. Elle l'entraîna dans un manoir de la commune de Courtils, transformé en hôtel-restaurant, qui bénéficiait d'une splendide vue sur la demeure de l'Archange. Tout au long du dîner, elle se répéta que son bonheur actuel, elle le devait à cet homme, et elle s'apaisa. Elle prit même plaisir à être près de lui. Elle rit, raconta encore Paul et sa découverte, Noël, Corinne, mais ne dit rien du parchemin. Derrière la vitre, ils semblaient admirer le Mont-Saint-Michel, mais c'était lui qui les observait. Il les surveillait. Le repas terminé, elle refusa de rentrer : sa maison était froide, impersonnelle, elle était sûre que Patrick Fenoy était revenu, il l'exaspérait, s'il les voyait ensemble toute la profession serait au courant, il lui ferait une vie insupportable, Marianne peut-être le saurait... Naturellement il céda, et ils prirent une chambre à l'hôtel. Elle jouit sitôt qu'il entra en elle, pour solde de tout compte.

La reprise des travaux archéologiques fut morne : les collègues de Johanna étaient rentrés fatigués de leurs vacances, particulièrement au niveau hépatique. Seul son assistant n'avait rien perdu de son fiel, qu'il déversait de-ci de-là, honorant en priorité Johanna. Il l'accusait, indirectement, de se désintéresser du chantier de l'abbaye et d'avoir l'esprit tourné vers l'invention de la tombe de Pierre de Nevers, à Cluny. C'était en partie exact : la directrice des fouilles avait la tête ailleurs, mais pas en Bourgogne ; elle était bien au Mont, obsédée par frère Roman et par Simon. Le premier, elle le cherchait à Notre-Dame-Sous-Terre et à la bibliothèque d'Avranches. Dans la crypte, elle sentait sa trace, tandis qu'à la bibliothèque elle se perdait dans des volumes merveilleux, allégories en rouge et vert, gueules d'anges et de démons qui lui épuisaient les yeux et lui donnaient des cauchemars. Elle en arrivait à mieux connaître le labeur d'Almodius que celui de Roman, qui se dérobait à sa quête. Le second, en revanche, elle le retrouvait chaque soir, en cachette du groupe, ne désirant pas alimenter l'esprit venimeux de Patrick et exégète des autres. Son assistant avait fait remarquer que ses absences au repas vespéral de l'équipe était une forme de mépris ; aussi se contraignait-elle à partager avec eux ce rite immuable, et à subir les leçons d'histoire et de bonnes mœurs de Fenoy. Sitôt le dîner terminé, elle s'enfuyait en rasant les façades, pendant que, dans la maison des archéologues, les ragots allaient bon train. Florence et Dimitri, les plus finauds, avaient certainement décodé son regard évaporé, le rosissement de ses joues, sa plus grande attention à sa toilette, et surtout son impatience qui s'exaspérait au cours du souper, mais ils avaient la pudeur de n'en rien montrer. Johanna savait que sa liaison avec Simon finirait par être découverte. Ce ne serait pas un scandale ni une blessure pour quiconque. Cependant, elle prenait un plaisir romanesque à voiler son visage d'une étole de laine ou de soie, à courir sur les remparts la nuit venue, le cœur palpitant de croiser une connaissance qui ne la reconnaîtrait pas, et de frapper leur code, en morse, à la porte de la tour où soupirait son prince. A cette joie de petite fille succédait une allégresse de femme. Elle avait vaincu sa peur et, depuis deux nuits, avait émergé entre eux la sensualité. Là, ils connaissaient une symphonie d'émotions en mode majeur. Ils atteignaient l'essence de l'amour, et à chaque fois, c'était une surprise, une offrande plus grande... Pour Johanna, une révélation inédite, la création de l'amour.

François avait été en rage lorsqu'il avait appris que Johanna lui avait caché l'existence du parchemin de Cluny. Le document était en cours d'analyse chimique à la Bibliothèque nationale. A première vue, l'expert pensait que les peaux et l'encre pouvaient dater du XIᵉ siècle, et qu'elles provenaient bien des ateliers de l'abbaye bourguignonne. A l'autre bout du fil, Johanna sourit. Evidemment que le manuscrit était authentique ! Elle écourta sa conversation avec François, qui par bonheur ne connaissait le contenu du parchemin que dans les grandes lignes – sa connaissance du latin était parcellaire et le texte n'avait pas été officiellement traduit – puis, elle se précipita à Notre-Dame-Sous-Terre, pour remercier la puissance qui avait éclairé son âme. Elle tomba nez à nez avec Guillaume Kelenn qui paradait comme un dindon, entouré d'une troupe de touristes, nombreux en ce samedi matin.

– Ah ! Quelle chance ! s'exclama-t-il en voyant Johanna. Messieurs dames, je vous présente la directrice des fouilles archéologiques qui nous empêchent d'admirer le poulain et sa fabuleuse rampe vers la base du rocher... Vous voulez bien nous parler de vos travaux et de Judith de Bretagne, j'ai ici un groupe qui vient de Brest !

Il tombait mal, comme souvent. Mais là, elle lui en voulait particulièrement de s'interposer entre elle et les pierres de la crypte. Elle le toisa, lèvres serrées. Ses yeux prirent la forme de canons imaginaires et lui envoyèrent une salve de boulets remplis du plus mortel poison. Puis elle fit volte-face et sortit en claquant la porte du sanctuaire. Tonnerre ! Elle avait rarement été d'humeur aussi exécrable. Et Simon qui s'était absenté pour le week-end ! Il avait dit aller présenter ses vœux à ses parents, non loin de Brest, justement... Est-ce qu'elle visitait ses parents, elle ? Elle s'était contentée de téléphoner. Tout de même, à son âge, aller chez papa-maman passer trois jours ! Ses parents, encore... c'est ce qu'il disait, mais rien ne le prouvait. La jalousie lui tordait les boyaux comme un mauvais alcool. Cela aussi, c'était nouveau, ce désir brûlant de posséder l'autre, de partager avec lui chaque geste, chaque seconde, chaque respiration.

Et voilà que ce fat de Kelenn l'empêchait de voir Roman, ou son moine sans tête, ou les deux, puisque vraisemblablement ils étaient liés. Elle pouvait faire des efforts pour se passer de Simon quelques nuits, mais rien ne la contraindrait à s'abstraire de Roman. Elle était près de le trouver. Elle descendit le village d'un pas de va-t'en-guerre, prit sa voiture et fonça à toute allure vers Avranches.

– Puisque je vous dis qu'il n'existe pas, du moins pas à ma connaissance, s'exclama le conservateur en chef de la bibliothèque, à bout de nerfs.

– Ce n'est pas parce que vous n'êtes pas capable de le trouver dans vos nids à poussière qu'il n'existe pas, répondit Johanna. Je suis certaine qu'il en est fait mention dans l'un de ces recueils !

Le quinquagénaire embrassa d'un regard courroucé les documents qui l'entouraient : avec ses livres à tranche de cuir usé, montant du sol au plafond, ses rayonnages de bois clair et sa galerie courant au sommet des murs d'ouvrages, la salle patrimoniale avait des allures de musée, ou de Bibliothèque nationale.

– Mademoiselle, cracha-t-il, les « nids à poussière » que nous avons l'honneur de détenir, qui ont par miracle échappé aux multiples incendies de l'abbaye, à l'effondrement des constructions, à la convoitise des princes et des prélats indélicats, à la Révolution, à l'expropriation des moines, aux pillages, aux guerres, aux bombardements américains de 1944, au temps, à l'humidité, à la lumière artificielle, au salpêtre, aux moisissures, aux insectes, enfin à l'incurie de lecteurs malintentionnés, ces ouvrages donc, ou ce qu'il en reste, ont été sauvés par nos soins, désinfectés, inventoriés, microfilmés, reclassés, rassemblés en ce lieu. Pour la seule abbaye du Mont-Saint-Michel, on compte quatre mille volumes, dont deux cent trois manuscrits médiévaux. Ce sont des rescapés, des trésors, et je ne vous permets pas de les insulter de la sorte ! Au revoir, mademoiselle, il est midi, nous fermons.

Johanna baissa la tête en rougissant, désarçonnée. Il avait raison. C'était comme si quelqu'un qualifiait son Hugues de Semur ou sa Judith de Bretagne de vieilles carcasses, et ses piles romanes de tas de cailloux ! Penaude, elle lui sourit timidement. La passion de cet homme pour les livres anciens le lui rendait très attachant. C'était la première fois qu'elle s'adressait au conservateur en chef ; d'habitude elle se débrouillait seule avec les fiches, ou bien requérait l'aide d'un employé. Mais aujourd'hui, elle était si pressée, elle sentait l'issue de sa quête si proche, qu'elle avait résolu de consulter Dieu au lieu de ses saints, et elle avait offensé le maître.

– Veuillez accepter mes excuses, monsieur, dit-elle d'une voix sincère. Je... Je ne sais pas ce qui m'a pris. Cela fait deux mois que je cherche et que je trouve rien, alors je deviens exécrable.

– Vous avez tout de même exhumé un morceau d'arc brisé et quelques squelettes, ce n'est pas rien, même si ce n'est pas ce que vous convoitez. Et puis, vous ne me ferez pas croire que vous désespérez au bout de deux mois, vous qui avez prospecté deux ans à Cluny.

– Vous savez qui je suis ?

– Cela fait deux mois que je vous vois plusieurs fois par semaine. J'ai eu le temps de me renseigner, répondit-il avec un clin d'œil. On n'est pas à Paris, ici, difficile d'être incognito ! Seulement, entre nous, je ne comprends pas le rapport entre l'ancienne chapelle Saint-Martin, Judith de Bretagne et cet obscur « frère Roman » que vous poursuivez partout ! En 1063, Judith était morte depuis plus de cinquante ans...

Johanna était médusée. Si elle lui montrait sa copie du manuscrit de Roman ? Cet homme était coutumier de ce genre de pièces, en le lisant, il se produirait peut-être un déclic dans sa tête, et il se souviendrait de quelque chose qu'il avait vu dans ses livres ? Elle hésitait. Tiendrait-il sa langue ? S'il se comportait comme ses collègues archéologues, mieux valait se taire... Le bibliothécaire sembla avoir pitié de la jeune femme.

– Ecoutez, finit-il par dire en rajustant ses lunettes, je viens d'avoir une idée. Personnellement, je ne suis pas là depuis longtemps, et je n'ai pu étudier le contenu des quatre mille ouvrages. Mais j'ai connu quelqu'un qui y a consacré trente-cinq années de sa vie...

Les yeux de Johanna s'allumèrent comme un phare de haute mer.

– C'est grâce à lui si nous avons pu les sauver, d'ailleurs, ajouta-t-il, les yeux enlacés à son magot. Ils étaient attaqués par les vrillettes et par des champignons microscopiques... Il a fait un tel ramdam ! Il harcelait la municipalité, le département, la région, il a fini par presque assaillir le ministère de la Culture ! En 1986, il a eu gain de cause, et on les a tous transférés à la Bibliothèque nationale, qui nous les a guéris, pendant qu'ici on faisait des travaux de réfection et de traitement des locaux, pour qu'ils y soient bien. Vous avez senti, la température est toujours constante, dix-huit degrés, et il y a même des filtres anti-ultraviolets sur les fenêtres !

– Qui est cet homme ? L'ancien conservateur ? l'interrompit Johanna.

– Ah non, pas du tout ! Bien que, de facto, il assumât ces fonctions pour les ouvrages hérités de l'abbaye, il n'en possédait ni le titre ni l'habit, répondit-il en pouffant. C'est un moine, mademoiselle, un bénédictin breton, arrivé au Mont en 1966, quand on y a restauré une communauté religieuse... Les premiers bénédictins à fouler à nouveau le sol de l'abbaye depuis 1791, exactement mille ans après la conquête de la montagne par les premiers moines noirs, rendez-vous compte !

L'œil du phare s'agrandit.

– Bref, l'abbé lui avait confié la tâche d'inventorier le patrimoine scriptural de l'abbaye, de constater les dégâts, si vous préférez... De fait, il passait toutes ses journées ici, ne rentrant au monastère que pour vêpres, sur sa mobylette, par tous les temps. Il avait sa mission tellement à cœur qu'en 2001, lorsque les bénédictins sont partis, cédant la place aux fraternités de Jérusalem, il a préféré retourner chez lui et prendre sa retraite. Notez qu'il en avait largement l'âge !

– Comment s'appelle-t-il ?

– Placide, père Placide ! Il vit toujours en Bretagne, dans une résidence pour religieux, à Plénée-Jugon, entre Dinan et Saint-Brieuc. Il paraît que le malheureux a beaucoup souffert d'être séparé de ses chers manuscrits et qu'il s'est enfermé dans le silence pour attendre la mort...

Johanna était déjà partie. Sur le seuil, elle jeta un grand merci à son informateur et courut jusqu'à sa voiture. Elle ne s'attendait pas à rencontrer un bénédictin d'aujourd'hui. Un moine noir, c'était pourtant évident !

Elle se perdit deux fois, demanda son chemin et finit par trouver une bâtisse XIXᵉ à la façade décrépite, au fond d'un parc infesté de ronces, où déambulaient des moines de toutes les couleurs, de peau et de robe. Toute leur vie ils avaient prié, reclus parmi des frères du même ordre, mais ils vieillissaient mélangés : franciscains, dominicains, bénédictins, cisterciens, carmes... Leurs seuls points communs étaient qu'ils avaient tous une curieuse lueur dans les yeux, celle que conférait le retrait du monde, et qu'ils étaient tous vieux. Une sœur faillit lui défendre l'accès au père Placide. Elle ne comprenait pas ce qu'une jeune femme étrangère à la famille pouvait bien tirer d'un vieillard qui ne voulait plus parler ni rien entendre, seulement attendre de s'endormir dans le Seigneur. Mais Johanna était trop déterminée pour se laisser effrayer par le silence volontaire d'un religieux. Elle finit par obtenir le numéro de sa chambre et escalada les marches trois par trois. Elles étaient douces, comparées à celles du Mont. La peinture des murs, teinte de coquille d'œuf, s'écaillait sur un gris morne. La seule note de gaieté s'étalait sur les portes, peintes d'un rose cochon qui laissait croire, une seconde, qu'on se trouvait dans une maternité. Elle frappa plusieurs fois sans obtenir de réponse. Elle se risqua à entrer. Une canicule artificielle et une odeur d'urine lui saisirent la gorge. Sur un mur verdâtre, une gravure du Mont-Saint-Michel faisait face au lit. Sur le lit entouré d'instruments médicaux, gisait un organisme cadavérique dont la robe noire se répandait en plis antiques. La tête était jaune, chauve, avec des fils blancs qui s'électrisaient par endroits. Il semblait dormir, ou mourir. Les rides formaient des vagues qui faisaient pendre les joues et flotter le cou plantés d'une barbe drue : la peau désaccordée s'était séparée des muscles et des os, menant une vie autonome qui se répandait en ourlets tachés de brun. Il devait avoir au moins quatre-vingts ans, peut-être quatre-vingt-dix. Mal à l'aise, Johanna s'assit sur une chaise métallique qui grinça. Il ouvrit les yeux et montra des pupilles détrempées comme un ciel délavé.

– Monsieur ! dit-elle en se levant. Pardon, mon père... Vous ne me connaissez pas, je m'appelle Johanna, c'est le conservateur de la bibliothèque d'Avranches qui m'a donné votre adresse.

Il se contenta de scruter la gravure du Mont-Saint-Michel.

– Je... Je suis archéologue, récita-t-elle comme une enfant, historienne médiéviste, et je fouille à l'abbaye du Mont-Saint-Michel.

A l'évocation du Mont, il daigna la regarder. Ses yeux étaient magnifiques, mais couverts d'un voile translucide. Un instant plus tard, ils étaient éteints, noyés dans un gouffre. Sans autre forme de procès, il tourna le dos à Johanna. Malgré les mises en garde du conservateur d'Avranches et de la bonne sœur, elle ne s'attendait pas à cela. L'esprit des manuscrits du monastère était mort ! Elle en demeura muette. Il ne lui envoya que son éternel silence.

– Père ! Je ne veux pas vous importuner dans votre légitime repos, tenta-t-elle encore, mais vous êtes la seule personne susceptible de m'aider.

Mutisme. En désespoir de cause, elle chercha du secours dans la gravure du Mont : sous verre, dans un élégant cadre doré, l'eau-forte était signée Georges Gobo, et était éditée par le musée du Louvre : certainement un cadeau des Monuments historiques, au départ du moine. Vue plein sud, la montagne à marée basse s'élevait dans un ciel au sommet chargé de brumes ondoyantes. A sa base, la digue à peine construite était une route de terre, bordée de barques et de bateaux de pêche. Le Mont tel qu'il devait être au tout début du XXe siècle, après la fermeture de la prison et les travaux de restauration effectués par la IIIe République, l'époque où l'on avait fortuitement retrouvé Notre-Dame-Sous-Terre, murée, défigurée, et perdue depuis la fin du XVIIIe. Cent trente ans d'oubli pour l'âme ancestrale du Mont. Combien de temps faudrait-il à Johanna pour la percer à jour ? Lentement, elle fit volte-face et observa la forme allongée qui respirait bruyamment. Combien de temps... Brusquement, elle saisit son sac et en sortit le cahier contenant la confession de Roman. Après tout, elle n'avait rien à perdre. Il fallait tenter le tout pour le tout, avant qu'il ne soit trop tard. Et ce n'est pas le père Placide qui irait colporter le contenu du testament du maître d'œuvre.

– Voici ce qu'un collègue vient de découvrir à l'abbaye de Cluny, placé dans la tombe d'un certain Pierre de Nevers..., dit-elle en guise d'introduction, en s'asseyant au pied du lit. « *Abbaye de Cluny, Pâques de l'an de grâce 1063. A l'abbé Hugues de Semur. Mon père dans le Christ...* »

Au cours de la lecture, elle sentit le père Placide bouger, perçut son regard fixé sur elle, mais se contraignit à ne pas lever la tête. Seule sa voix trahissait son émoi.

Lorsqu'elle eut terminé, elle soupira et, telle une accusée à l'annonce du verdict, elle scruta son juge avec crainte : il était assis dans le lit, des oreillers derrière le dos, et cette position le rendait différent, de nouveau dans le monde des vivants. Son regard était rempli d'une lumière vive mais grave. Seules ses mains piquées de taches et sa lèvre inférieure s'obstinaient à trembler. Johanna se mordit la langue pour ne pas tout gâcher d'une parole. Elle attendit.

– Il s'agit en effet d'une très belle découverte, dit-il enfin, d'une voix faible. Et vous, que cherchez-vous ?

– Officiellement, je cherche des ossements médiévaux, en particulier les restes de Judith de Bretagne, mais en fait je cherche frère Roman, mon père. En secret, bien sûr. Je dois absolument connaître la fin de son histoire.

– Pourquoi ?

Il l'avait demandé d'un ton sec, aussi lourd qu'une menace, qui laissait supposer qu'il était instruit de beaucoup de choses. Elle ne lui avait rien dit sur elle mais, comme Simon, il la devinait. Il savait que sa quête conditionnait son existence entière. Cet homme avait été lui aussi pénétré par la quintessence surnaturelle du rocher, Johanna en était persuadée. Elle n'hésita pas.

– Le premier signe me fut envoyé lors de ma première visite au Mont, quand je n'étais qu'une enfant, commença-t-elle. C'était il y a vingt-six ans... Une nuit, j'ai rêvé d'un bénédictin qui se balançait au sommet d'une grande tour, pendu aux cordages du clocher... Puis, dans un lieu que j'ai identifié par la suite comme étant la crypte Notre-Dame-Sous-Terre, est apparu le corps d'un moine décapité qui me disait, en latin : « Il faut fouiller la terre pour accéder au ciel »... La deuxième fois, c'était en septembre de l'année dernière, pour mon retour au Mont, que je n'avais pas revu depuis mon enfance. Toujours en songe, j'ai vu une main pousser un moine noir du haut du rocher, et la victime tomber dans la mer nocturne, avant que de s'y noyer, pendant les vigiles que chantaient ses frères dans l'abbaye romane... Puis revenait le moine sans tête, toujours à Notre-Dame-Sous-Terre, qui répétait sa sentence, sur un ton de supplique. Enfin, la troisième et dernière fois que je l'ai vu, c'était aux alentours de la Toussaint, il y a trois mois, au mont Gargan, en Italie... et toujours la nuit, pendant mon sommeil. Mais cette fois-là, j'ai clairement vu les mains d'un assassin incendier une paillasse où semblait dormir un laïc blond, que je ne connaissais pas plus que les précédents. L'homme inerte brûla, ainsi qu'une tapisserie représentant saint Michel pesant les âmes, avant que le feu n'atteigne les cloisons de la cabane de bois... Je me retrouvai encore à Notre-Dame-Sous-Terre, où le même moine sans tête m'attendait, en haut des marches, au-dessus de l'un des deux autels jumeaux... Il répéta trois fois : « Il faut fouiller la terre pour accéder au ciel » et, la troisième fois, il vola vers moi pour me planter son doigt sur le front... Comme l'Archange avec saint Aubert, dans la légende, lorsque saint Michel lui intima pour la troisième fois l'ordre de lui bâtir un sanctuaire. Voilà mon histoire, mon père. C'est mon histoire, et ce n'est pas la mienne, comme vous l'avez compris, et... je ne sais plus quoi faire ! conclut-elle en fondant en larmes. Depuis deux mois, je vis au Mont, je cherche en vain le moine sans tête à Notre-Dame-Sous-Terre et à la bibliothèque d'Avranches. Je ne le vois nulle part mais je le sens qui me possède, qui attend je ne sais quoi de moi, oui, qui attend comme un ange ou un diable, et je sais que c'est lui qui m'a fait parvenir le testament de Roman. Maintenant, je dois savoir dans quel but, je dois savoir qui il est, s'il est frère Roman, quelqu'un d'autre, si j'ai raison ou si je dois me faire enfermer !

Elle pleurait à chaudes larmes. Le père Placide clôt les paupières. On aurait dit qu'il priait. Lentement, il se courba et prit les mains de Johanna dans les siennes. Les paumes du vieux moine étaient rêches et tièdes.

– L'enfermement n'est pas ce que vous croyez, ma fille, dit-il, la voix plus assurée. Lorsqu'il est prière, il n'est pas une prison mais une porte, une porte entre la terre et le ciel... Dans votre cas, je crois que la communion entre les deux mondes s'est déjà accomplie, au plus profond de votre âme... Ne craignez point pour votre raison, et écoutez celle de votre cœur, car elle est sur un chemin de lumière !

Johanna ne comprit pas tout au sermon du religieux, mais eut la sagesse de se taire et de lui laisser ses mains.

– Votre cœur est pur, reprit-il, les yeux toujours clos, comme s'il sondait l'âme de la jeune femme. Non, votre cœur ne vous trompe pas, car d'autres ont vu ce que vous avez vu, et entendu ce que vous avez entendu...

– Que... Que dites-vous ? demanda-t-elle, bouleversée. Pardon, mon père, mais je suis tellement heureuse ! Pour la première fois depuis vingt-six ans, j'ai la confirmation qu'il existe. Le moine déca-pité existe ! Comment s'appelle-t-il ? Vous l'avez vu ?

– Il provient de la nuit de la montagne sacrée... Je ne l'ai jamais rencontré moi-même, mais d'autres hommes l'ont vu et l'ont décrit, dans un lointain passé.

– Les manuscrits d'Avranches ! Vous l'avez trouvé dans les manus-crits d'Avranches ? Où sont-ils, mon père, je vous en prie ! Quel rayonnage, quel volume, où sont ces archives, mon cher père ?

Tout aussi paisiblement qu'il les avait fermées, le père Placide ouvrit les paupières. Son regard avait la fièvre. Il brûlait d'un immense feu intérieur, qui contrastait avec le calme de ses paroles et de ses gestes. Il lâcha les mains de Johanna, avança ses doigts vers sa tête de vieillard, et, enfonçant son index droit dans son front raviné, il répondit :

– Les archives... Elles sont là !

14

LORSQUE ALMODIUS ARRIVE à la cahute de son maître d'œuvre, elle vient de s'écrouler, sous le regard d'une foule de laïcs et de moines qui conjuguent ensemble tous les verbes de la consternation et du désespoir. L'assistant d'Eudes de Fezensac, un Gascon petit et vigoureux, pénètre dans les décombres fumants pour quérir le corps de son maître. Dans un fracas de tonnerre, il dégage les planches carbonisées et l'abbé aperçoit un pichet d'étain renversé, un gobelet du même matériau et les lambeaux de quelque chose qu'il ramasse avec émoi : une tenture en majeure partie détruite, la tenture de Saint-Michel pesant les âmes, dont ne subsistent que la tête menaçante de l'Archange et le pommeau de l'épée qu'il brandissait dans sa main droite. Il y a dix ans, quand Almodius a accédé à l'abbatiat, il a décroché l'ancestrale tapisserie de la cellule où elle avait toujours trôné, celle des abbés, pour la suspendre dans le logement de son maître d'œuvre. Trop de souvenirs funestes étaient liés à ce morceau d'étoffe, fût-elle sacrée : l'interrogatoire de Moïra par Hildebert, la confrontation entre Hildebert et Almodius, le trépas de Hildebert puis celui de l'abbé Thierry, enfin le passage des abbés pervertis. Almodius a craint que cette vision quotidienne ne réveille en lui des fantômes qu'il a terrassés, alors que la cohabitation avec l'Ange pouvait être bénéfique à Eudes de Fezensac, ouvrant son âme à celle d'une montagne qui lui était inconnue.

Cette nuit, alors que l'assistant du maître d'œuvre et deux porteurs d'eau extirpent des vestiges chauds la dépouille calcinée, Almodius est saisi d'un élan de compassion.

Transportez-le dans la crypte Saint-Martin, leur ordonne-t-il, là où sont veillées les âmes pures et les bienfaiteurs du monastère. Mes fils, dit-il à ses moines, vigiles ne vont pas tarder à sonner. Je vous demande d'intercéder auprès du Seigneur pour celui qui vient d'être rappelé à Lui. Invoquez la clémence de l'Archange, priez-le de lui venir en aide et de défendre son âme sur le chemin du Très-Haut. Allez, mes fils, allez, Eudes n'a jamais failli dans sa mission terrestre, secourons-le pour qu'il gagne le ciel !

Les moines jettent des regards lourds à leur abbé et remontent leur capuchon pour prendre le chemin du chœur de l'église.

– Bertrand ! appelle Almodius en direction de l'assistant du maître d'œuvre, qu'il entraîne à l'écart. Dites-moi, Bertrand, savez-vous quelque chose sur les faits qui ont précédé l'incendie ?

Le jeune homme regarde s'éloigner le cadavre enveloppé dans des couvertures, les yeux rougis par la fumée et le chagrin.

– Nous étions tous deux à Notre-Dame-Sous-Terre, commence-t-il. C'était après vêpres, le soleil n'était pas couché mais là-dessous c'était la nuit, la nuit éternelle... Nous examinions les travaux de la journée, mais le labeur des hommes était bien décevant : les forages se heurtaient, après quelques pouces de terre meuble, au roc de granite, solide et impénétrable. Eudes de Fezensac regardait, dépité, la navrante taupinière qui s'étalait devant lui lorsque, soudain, je vis ses yeux s'éclairer...

Almodius retient son souffle et immobilise Bertrand de son regard de fouine.

– Il scrutait les autels jumeaux, poursuit l'assistant, sur lesquels scintillaient les cierges... Il fixait plus exactement la base des piédestaux... Il me regarda et je compris sa pensée : c'était l'unique endroit que ses hommes n'avaient point songé à fouiller ! Nous avançâmes vers l'autel de la Vierge noire et, avec quelques instruments et beaucoup de peine, parvînmes à le desceller. Eudes priait à haute voix la mère du Seigneur et la Reine des anges de lui pardonner cette offense. Mais sous l'autel, gisait la terre, et sous la terre, le rocher, toujours le rocher... Il se signa et se précipita sur l'autel de la Sainte-Trinité. Nous le dégageâmes encore plus péniblement. Sous l'autel, la terre, mais sous la terre, nous vîmes des pierres taillées !

Almodius ouvre ses pupilles, qui scintillent comme des soleils noirs.

– Mon maître et moi retirâmes les pierres. Nous étions en sueur, nous avions peur, connaissions l'euphorie que confère parfois la peur... Soudain, il poussa un cri : sous les débris de granite, s'ouvrait un orifice circulaire, assez large pour laisser passer un homme de taille modeste, qui descendait dans la roche, vers des profondeurs obscures... Le conduit vertical comme un puits avait été creusé par la main humaine, c'était certain, taillé dans le rocher. Mon maître plaça sa lanterne dans la bouche noire, lança un galet dans le gosier de pierre et, sans pouvoir distinguer où il atterrissait, nous l'entendîmes heurter un sol plan. Il y a quelque chose là-dessous, une grotte certainement, et aussitôt nous en déduisîmes qu'il s'agissait peut-être d'un autre temple, creusé par Aubert sous son sanctuaire, et que cette niche secrète contenait les saintes reliques que vous espériez !

L'abbé en a la respiration coupée. La joie l'étreint : il va enfin avoir l'explication à la question qu'il se pose depuis quarante ans !

– Etant donné le légitime attachement des vôtres à l'œuvre d'Aubert, reprend Bertrand, son caractère sacré, et le temps qui passait – complies allait bientôt se terminer et les démons envahiraient la crypte –, mon maître refusa d'y pénétrer. Il craignait de violer un lieu saint de ses mains profanes, il craignait d'outrager les puissances célestes, il avait surtout la terreur de troubler l'âme d'Aubert et la volonté de l'Archange, qui avaient défendu de toucher à l'ancienne église et venaient de se venger sur les malheureux Anthelme et Romuald...

« Eudes de Fezensac aussi prête foi à ces calembredaines ! songe Almodius. Décidément, cet homme est aussi superstitieux qu'un serf sans esprit ! »

– En conséquence, achève Bertrand, étreint par l'appréhension d'avoir touché aux autels consacrés, et par la crainte de commettre un outrage plus grand encore, mon maître résolut de ne rien tenter et de vous prévenir promptement. Nous replaçâmes l'autel de la Vierge, laissâmes là quelques chandelles allumées et quittâmes la crypte, soulagés de respirer l'air froid du dehors. Nous décidâmes de vous réveiller – complies était achevé – mais fûmes surpris de voir la porte de votre cellule barrée par deux frères lais qui nous interdirent de vous déranger, avec une véhémence impropre à leur rang. Mon maître fut bien obligé de convenir que sa découverte attendrait le lendemain matin ; il m'ordonna d'aller reposer, et il prit le chemin de son cabanon... Il était pâle, son regard était rempli de terreur, je suis sûr qu'il avait pressenti ce qui allait lui arriver : le feu du ciel allait tomber sur celui qui avait offensé la sainte volonté d'Aubert et de saint Michel... et leur foudre est effectivement tombée sur lui !

Bertrand sanglote à gros bouillons.

– Mon père, je vous en conjure, il faut cesser ces travaux à Notre-Dame-Sous-Terre, sous peine de voir grandir l'hécatombe ! Le ciel est contre nous, pauvres mortels, et nous ne sommes pas de taille à lutter contre ses desseins ! Mon père, je... je dois vous avertir que, sitôt mon infortuné maître enterré, je reprendrai la route du sud, en direction de la Gascogne. Je refuse de priver mon âme du salut de Dieu parce que je vous aurai obéi. A vous de trouver un autre maître d'œuvre, qui craindra moins l'Enfer.

Sans saluer l'abbé, il tourne les talons en reniflant et s'enfuit vers la crypte Saint-Martin pour se recueillir devant les restes de son maître. Almodius encaisse le choc. Il lève les yeux vers les nuées obscures : sec et sans fioritures, le firmament semble impassible. Seul le fidèle aquilon mène son perpétuel combat nocturne.

Au matin, ce sera la fête de l'Ascension du Christ au ciel, avec sa foule, ses cortèges, et les trois inhumations que l'abbé devra célébrer sous les récriminations muettes des moines : Anthelme, Romuald, et maintenant Eudes de Fezensac. A la mi-journée, pour la grand-messe solennelle, arriveront l'évêque d'Avranches et le duc Guillaume, qui ne manqueront pas de lui adresser d'acerbes attaques. Oui, ils seront là tous deux, l'évêque et le duc, comme chaque année, comme leurs prédécesseurs il y a quarante ans... Mais cette fois, Almodius sera l'accusé, celui qu'ils condamneront comme le responsable du chaos présent. Le prélat et le prince ne savent pas qui était Moïra, celle qu'Almodius a voulu oublier et qui ressurgit d'entre les morts, plus vive que jamais. Almodius devra avouer que la légende de pierre, celle qui devait couronner sa mission terrestre et le faire accéder à l'immortalité, est pour l'instant suspendue, en l'absence de maître d'œuvre. Au prochain office, il devra mater la révolte de ses fils naïfs, persuadés du courroux de l'Archange. Tout à l'heure, il devra parler à son suzerain des recherches dans la crypte – dont il ne l'a pas averti jusqu'alors –, de la découverte du conduit souterrain et de la grotte, le convaincre que les trois meurtres ne doivent pas empêcher l'exploration de la cavité, qui contient certainement un trésor... et il devra probablement se battre contre la convoitise de Guillaume. L'abbé fend sa trogne parcheminée d'un sourire rigide, serre les poings et regagne sa cellule d'un pas de vieux soldat pressé d'en découdre. Il ouvre la porte : la chaise de Hosmund est toujours renversée devant le feu qui agonise, mais le frère lai a disparu, ce qui ne trouble guère l'abbé, maintenant convaincu de son innocence. Almodius s'enveloppe dans une grosse cape de serge, saisit une lampe, et, pendant que ses fils chantent vigiles, il se faufile jusqu'à la crypte du chœur de la nouvelle église. Puis il gagne Notre-Dame-Sous-Terre.

Les cierges laissés par Eudes de Fezensac et Bertrand brûlent sur le sol garni de trous et de monticules de terre retournée. A côté de la Vierge noire, sur l'autel de gauche, scintille une lanterne. Déplacé contre un mur latéral, l'autel de droite, dédié à la Sainte-Trinité, est perpendiculaire à son jumeau au lieu d'en être parallèle. Près de son emplacement habituel s'élèvent des tas de pierres. En dépit des lumières, la crypte demeure à demi obscure.

Malgré la fraîcheur de la nuit, l'air ambiant est tiède. Emmitouflé dans sa houppelande noire, Almodius s'avance vers la cavité mystérieuse. Il regarde autour de lui mais ne voit personne. La cheminée découverte par Eudes de Fezensac est telle que Bertrand l'a décrite : verticale, creusée de main d'homme dans les entrailles du rocher. L'abbé y penche sa torche, mais la lueur est trop faible pour atteindre le fond. Pourtant, la grotte clandestine est là, elle constitue une promesse d'avenir, et surtout un éclaircissement du passé.

– Voilà certainement la raison pour laquelle on a tué ces trois malheureux..., murmure Almodius en se relevant.

– Justement raisonné !

L'abbé se retourne vers la voix qui paraît d'outre-tombe. Là-bas, près d'un pilier, se découpe une silhouette noire, frêle, voûtée comme les arcades de la crypte. Contournant les monticules de terre, Almodius se dirige vers l'ombre. Celle-ci porte une bure identique à celle de l'abbé, un bâton de pèlerin et une épaisse couronne de cheveux blancs. L'homme est vieux, comme Almodius, mais ses yeux sont vifs : gris comme un crépuscule ou une aube délicate, cernés d'un astre éploré. Le bâton lui en rappelle un autre, et le regard...

– Roman ! s'écrie Almodius, à quelques pas de son interlocuteur. C'est vous Roman ?

– A moins que je ne sois son fantôme, apparu pour venger le trépas d'une innocente que vous avez froidement livrée et regardée périr !

– Gardez vos histoires de revenants et de possédés pour frère Etienne et les autres moines de cette abbaye, répond l'abbé, une fois passé le premier instant de stupeur. Ils en sont aussi friands qu'il y a quarante ans ! Ma raison et mon instinct ne n'avaient donc point trompé, voilà quatre décennies, lorsque je doutais de la vérité de votre trépas ! J'ai maintenant la preuve que cette affaire de fièvre subite, de saisie de votre âme par le Démon, puis par Aubert n'était qu'une odieuse mise en scène orchestrée avec la complicité de Hosmund. Je savais bien que ce coquin cachait de sinistres méfaits !

– Je n'avais d'autre choix que d'agir ainsi, avoue Roman en baissant la tête, et d'entraîner Hosmund dans cette infâme comédie. Je n'avais d'autre choix pour fuir cette abbaye, l'abbé Thierry, vous-même, fuir ma mission de maître d'œuvre en étant certain que vous me laisseriez en paix...

– J'ai toujours pensé que malheureusement pour nous tous, vous aimiez davantage cette femelle que les pierres sacrées de la grande abbatiale, dit Almodius avec une soudaine douceur, en regardant les berceaux du sanctuaire. Vous étiez le meilleur maître d'œuvre que l'Archange ait jamais choisi, et vous l'avez trahi pour une femme, une mortelle, et de surcroît une impie, dont l'âme damnée doit croupir dans un abîme de souffrance.

– Son âme n'est point en Enfer ! rugit Roman. Comment savez-vous qu'elle n'a point gagné le ciel ? Cela fait quatre décennies que je prie pour elle, à l'abbaye de Cluny.

– Ah, voilà où vous vous êtes réfugié ! Cela ne me surprend guère de la part d'Odilon, qu'il ait accueilli une brebis galeuse... Mais je trouve curieux que vous n'ayez point défroqué.

– Défroqué, pourquoi ? J'ai menti certes, en faisant croire à ma mort, mais je suis toujours resté fidèle à Dieu et à la règle de Benoît.

– Frère Roman, à qui voulez-vous faire croire qu'un assassin est digne de l'habit bénédictin ? Cette fois, même les plus sots de ce monastère vous ne duperez pas !

Roman ne daigne pas repartir à l'abbé. Almodius profite de son avantage.

– Moïra vous avait certainement confié l'existence de cette grotte, explique-t-il en montrant du doigt son emplacement, et vous êtes revenu, quarante ans plus tard, pour m'empêcher de la découvrir. Je ne sais quel fabuleux trésor elle contient, mais il doit être d'importance car, pour le protéger, vous avez modifié les esquisses de votre maître Pierre de Nevers, et aujourd'hui vous semez l'effroi dans la communauté par ces crimes odieux ! Votre main ne frappe pas au hasard et sert un double dessein, empreint de démoniaque habileté : par ces meurtres, vous visez à la fois l'arrêt de ma présente campagne de recherches dans la crypte, et vous éliminez, par la même occasion, vos ennemis du passé ! Oui, cette manœuvre est ingénieuse... Anthelme et Romuald étaient les ultimes survivants du tribunal ayant condamné l'hérétique, ce sont donc eux que vous avez choisis pour subir votre vengeance ; quant au pauvre Eudes de Fezensac, disons qu'il a commis la fatale imprudence de découvrir la grotte, que sa position de maître d'œuvre a déchaîné votre amertume, et qu'en le tuant c'est aussi moi que vous atteigniez...

– Vous vous trompez..., répond Roman en secouant la tête. Vous décrivez l'œuvre d'un esprit à la froideur satanique, que je sais appartenir à vos humeurs davantage qu'aux miennes !

L'abbé a chaud, il sent la colère monter dans sa poitrine. Il brandit un doigt accusateur.

– Oseriez-vous prétendre que tout cela n'était point prémédité ? Inepties ! Dans quelques heures sera la fête de l'Ascension. Vous avez tout calculé au jour près, reproduisant la symbolique des quatre éléments, et malheureusement, tout s'est passé selon votre noir projet. Vous aviez si bien préparé vos barbares méfaits que vous n'avez laissé aucune place à l'empressement ou à l'impatience. Ainsi, la sombre silhouette que frère Marc a vue descendre du clocher, avant-hier après vigiles, et qu'il a confondue avec frère Anthelme était la vôtre... Vous quittiez le lieu de votre crime avec une si grande tranquillité que, pas un instant, Marc n'a soupçonné l'atroce vérité.

Roman est saisi d'un souffle glacé. Tremblant, il s'appuie sur son bâton de pèlerin et soupire avant de répondre :

– A Cluny, durant quatre décennies, j'ai mené une existence de componction et de prière, peuplée de silence, de remords et de souvenirs, dit-il en regardant les cierges sur le sol. Je n'ai jamais oublié les événements qui s'étaient déroulés ici, jamais, je ne l'ai point cherché, j'étais condamné à la mémoire... Cette blessure vivace a grandi avec les ans, que même les suppliques pour le salut de l'âme de Moïra n'ont pas apaisée. Cependant, mon cœur a toujours ignoré le désir de vengeance... La vengeance appartient aux êtres révoltés par l'existence, qui se croient maîtres de leur destin quand celui-ci est tracé par Dieu ; je méconnais cette véhémence et cette outrecuidance... A Cluny, j'ai remercié le Seigneur de m'avoir tant donné, de m'avoir offert à la fois l'amour céleste et l'amour terrestre... Ma plus grande faute fut d'avoir trop longtemps refusé ce dernier, d'avoir été aveugle face à la splendeur de cette offrande : mes remords proviennent de cette infirmité volontaire que je me suis infligée, que j'ai infligée à Moïra, et qui l'a perdue... La seule vengeance que je puis donc concevoir s'applique à moi-même !

Almodius croise les bras sous sa pelure et observe Roman, le regard railleur. Roman fait mine de ne pas s'en apercevoir et poursuit :

– J'ai quitté la montagne, vous savez maintenant pourquoi et comment, je me suis réfugié à Cluny sous mon nom de baptême, Jean de Marbourg, et j'aspirais à y finir mes jours... Mais il est vrai que je m'étais juré, il y a quarante ans, en mémoire de Moïra, de modifier les croquis de l'abbatiale : je l'ai fait pour empêcher qu'on creuse sous la vieille église des chanoines, pour défendre qu'on la détruise et que l'on découvre ce conduit et cette grotte... De mon exil clunisien, j'essayais de me tenir informé des travaux de la grande abbatiale et fus rassuré lorsque j'appris la transformation – par vos soins ! – de la vieille église en crypte de soutènement de la nef, baptisée Notre-Dame-Sous-Terre. Je pensais cette grotte hors d'atteinte, mais c'était vous sous-estimer. Pendant le Carême de cette année, mon ami Hosmund m'a clandestinement fait passer une lettre, la seule en quarante ans, qu'un pèlerin avait rédigée pour lui. Hosmund ignore l'existence de cette cavité, mais il savait que j'attachais la plus grande importance à ce qu'on ne fouille jamais le sol de ce lieu. Il m'a donc appris votre dessein de rechercher des reliques à Notre-Dame-Sous-Terre... J'avoue que, sans son aide, je ne l'aurais jamais su, ou trop tard, car vous avez frappé ces travaux du sceau du secret...

– Ce vieil Hosmund n'est donc pas fou, je le savais... Fourbe de frère lai ! Quant à la clandestinité des recherches, ce n'était point pour les dérober à votre curiosité, mais à celle du duc Guillaume, de l'évêque et d'éventuels voleurs de reliques, qui prolifèrent dans cette contrée.

– Certes... Cette discrétion vous permettait d'agir à votre guise, en grand seigneur de cette contrée.

Les deux vieillards se toisent, se demandant lequel des deux connaît l'autre le mieux, lequel des deux hait l'autre le mieux.

– J'ai longuement réfléchi, reprend Roman, car revenir au Mont me terrifiait... Revoir la montagne, les supplices de Moïra, sans pouvoir me recueillir sur le lieu de nos rencontres puisque la chapelle Saint-Martin n'est plus, découvrir la grande abbatiale dont j'avais tant rêvé dans ma jeunesse et que je n'avais pas réalisée, prendre le risque de vous croiser, vous, ainsi que d'autres frères... Tout cela me

paraissait au-dessus de mes maigres forces ! Mais je ne pouvais man-
quer d'honorer le serment que j'avais fait, en mon cœur, à Moïra...
J'ai revêtu un manteau de pèlerin pour cacher ma bure, me suis armé
d'un bâton et je suis parti, la peur dans l'âme.

– Votre peur vous a vite quitté ! persifle l'abbé.

– Ce qui m'a quitté, c'est la peur de moi-même. Ce qui m'est
apparu, c'est la nécessité de susciter la peur chez autrui, en l'occurrence les moines de l'abbaye, une peur si intense que leur plus grand
souci serait que cessent les recherches dans la crypte. Le moyen d'y
parvenir était évident, puisque tous me croyaient mort. Tous, du
moins ceux qui étaient présents au monastère à l'époque, et qui
vivaient toujours. Au terme de ma longue marche, je me présentai à
Hosmund, aux écuries, dans mon costume de pèlerin. Il m'attendait
depuis des semaines. Ce fut comme si j'étais parti hier, bien que nous
ayons beaucoup changé. Il me narra tout ce qui s'était passé à
l'abbaye durant ces quarante ans, il me parla de vous, de ceux qui
furent mes frères... je lui confiai mon plan, et parce qu'il avait jadis
condamné Moïra et qu'il jouissait aujourd'hui d'une réputation de
sagesse, je me fixai sur Anthelme.

Almodius ricana. Enfin, Roman allait avouer ses crimes.

– Avant-hier, Hosmund se chargea d'annoncer à Anthelme qu'il
avait vu mon revenant... Fantôme errant depuis quatre décennies,
j'étais apparu à mon ami Hosmund, car je sentais qu'Anthelme – mon
ennemi – n'allait pas tarder à s'endormir dans le Seigneur ; Hosmund
lui fit croire que j'étais pétri du désir de vengeance, incapable de
m'affranchir des contingences de la terre et de ma rancœur... Mon
plus grand souhait était de barrer le chemin du ciel à ceux qui avaient
jadis condamné Moïra... Si Anthelme voulait gagner immédiatement
le ciel, sans que je le retienne ici-bas en lui infligeant les mêmes
sévices que ceux qu'avaient subis Moïra, il devait faire la paix avec
moi.

– Ah ! Je dois avouer que, cette fois, vous vous êtes surpassé, le
coupe Almodius en riant. Quelle imagination diabolique ! Bien plus
piquante que jadis !

– Anthelme fut convaincu..., poursuit Roman, indifférent aux sar-
casmes de l'abbé. Le pauvre était terrorisé. A la nuit noire, pendant
vigiles, j'ôtai mon manteau de pèlerin et, en bure, montai au sommet
du clocher pour l'attendre. Il fut exact au rendez-vous, blême et
frissonnant, certain d'avoir face à lui un fantôme... Je lui dis que

j'étais furieux de son jugement envers Moïra, dont l'âme damnée me poursuivait depuis quarante ans en réclamant vengeance. Lorsqu'il demanda ce qu'il devait faire pour me libérer d'elle, et que lui soit libéré de moi, je répondis : « Servir l'Archange, obéir à l'injonction sacrée d'Aubert, celle qu'il a donnée par ma bouche, quelques instants avant mon trépas... Tu as jusqu'à la fête de l'Ascension pour faire cesser la profanation de l'ancienne église, donc du sanctuaire d'Aubert. D'ici là, je te laisse en paix. Mais si, au soir de l'Ascension, la souillure de la crypte n'est pas lavée, je reviendrai vers toi, et je volerai ton âme pour lui infliger le châtiment... »

– Mais alors, intervient Almodius, pourquoi l'avoir tué cette nuit-là ?

– Justement, justement ! s'exclame Roman en faisant quelques pas dans la crypte. Je vous raconte tout cela parce que je ne l'ai point assassiné, je ne l'ai point tué, les anges en furent témoins. Je voulais seulement l'effrayer et me servir de lui pour convaincre ses frères d'arrêter les recherches. Il aurait narré cet épisode à tous et cela aurait bien plus servi mon dessein que son trépas.

L'abbé est interloqué. Il plisse ses yeux perçants.

– Vous mentez Roman, finit-il par conclure, vous avez toujours menti... jadis et aujourd'hui. Je crois que vous tentez de m'abuser, parce que vous manquez de courage, comme naguère, pour admettre vos humaines passions... Vous avez attiré Anthelme en haut du clocher de la manière que vous avez décrite. Mais ensuite, loin de lui servir ce discours édifiant, vous vous êtes jeté sur lui et vous l'avez pendu dans les airs. Le symbole était trop évident pour que vous y ayez résisté, et vous avez procédé de manière identique pour estourbir Romuald et Eudes de Fezensac.

– C'est faux ! réplique Roman avec fermeté. Lorsque je suis descendu de la tour Anthelme était vivant, il était vivant ! Non, je ne l'ai pas touché... Mais le lendemain, en apprenant sa mort, j'ai compris ce qui s'était passé. Vous faites parfois preuve de sagacité, Almodius, et pour ce qui concerne Anthelme, votre première impression était juste : il s'est lui-même donné la mort, c'est la seule explication... Son effroi allait au-delà de ce que j'avais pu imaginer, il redoutait de ne pas parvenir à vous convaincre d'arrêter les recherches, et de revoir mon « spectre ». Il a préféré risquer l'Enfer et espérer le Paradis, seul, plutôt que d'être certain d'endurer avec un fantôme les tourments de l'entre-deux-mondes.

– Vous allez sans doute m'annoncer que Romuald désirait prendre un bain, qu'il s'est donc jeté lui-même à la mer, et que mon maître d'œuvre avait si froid qu'il a délibérément mis le feu à sa cabane ?

Roman a le dos tourné. Lentement, il fait volte-face.

– J'ai appris le décès de frère Romuald et celui de votre maître d'œuvre avec la même surprise que vous... Je n'avais pas revu Romuald depuis quarante ans ; quant à cet infortuné Eudes de Fezensac, je l'ai aperçu ici, mais n'ai pas eu l'honneur de l'approcher.

– Qu'espérez-vous me faire croire ! profère sèchement l'abbé. Les victimes, le mobile, le moment des meurtres et la manière de tuer, par l'air, l'eau et le feu sont empreints d'une signification trop éclatante, pour que vous soyez innocent. Votre présence même sur la montagne est un aveu de culpabilité.

– Je comprends votre raisonnement et je le partage, jusqu'à un certain point. Si je persiste à penser que frère Anthelme s'est détruit lui-même, je suis convaincu, comme vous, que Romuald et Eudes de Fezensac ont bien été assassinés, selon une symbolique précise liée aux supplices de Moïra, dans le but d'interrompre les recherches dans cette crypte, afin que la grotte demeure cachée... La preuve de ce dessein nous a malheureusement été apportée par le dernier crime, celui de votre maître d'œuvre : en effet, Eudes de Fezensac était étranger au drame qui s'est naguère joué ici. Il était innocent face à la vindicte dont la source était le martyre de Moïra, mais coupable d'avoir trouvé l'entrée de la grotte souterraine : c'est pour cela qu'on l'a tué, quelques instants après sa découverte, c'est, en définitive, pour protéger cette grotte que quelqu'un tue... Seulement, ne vous en déplaise, ce quelqu'un n'est pas moi.

– Mais alors qui, et pourquoi ?

– Pourquoi, vous l'avez deviné, pour à la fois défendre l'accès à cet endroit et servir une volonté de vengeance, liée à la mort de Moïra... Mais, à mon avis, la façon d'effectuer ces représailles – en se servant des quatre éléments – et le choix des victimes n'ont pas été prémédités ; c'est l'imprévu trépas d'Anthelme, pendu dans les airs comme Moïra il y a quatre décennies, qui a fait germer dans le cerveau de quelqu'un le macabre projet qui s'est par la suite accompli. Quant au nom de l'assassin, j'ai une petite idée sur la question, mais je vous la tairai. En tout cas, je puis vous assurer qu'il ne s'agit pas de Hosmund, que vous avez injustement torturé.

Almodius réfléchit en silence. Debout de chaque côté de la crypte, les deux religieux s'observent, se méfient, assaillis par leurs souvenirs respectifs, qui sont en partie identiques. Les vieillards sont comme ces souvenirs : de temps à autre ils se rejoignent, mais jamais ils ne se ressemblent. Cette nuit, rien n'a changé : comme jadis, le temps les a réunis, leur intelligence des êtres et des choses les rapproche, mais entre eux demeure une dissonance aussi brûlante que l'atmosphère de la crypte. Almodius et Roman sont comme les deux autels de Notre-Dame-Sous-Terre : apparemment jumeaux, taillés dans le même granite, mais en réalité fort différents : l'un est au nord, scellé à la terre et au rocher dont il est l'abbé, ce rocher plein et intact qu'il vénère telle une femme sacrée, une Vierge noire. L'autre, au sud, qui fut dédié au Père, au Christ et au Saint-Esprit, a été dérangé de sa place initiale pour mettre à nu un chemin clandestin, abrupt, profond et creusé à grand-peine, qui descend dans la pierre jusqu'à une grotte en forme de ventre, que Roman sait renfermer un trésor secret, mais qu'il n'a pas pénétré.

– Je veux bien admettre que la main de Hosmund n'a pas commis ces crimes, dit Almodius en s'asseyant sur un banc de granite, mais elle est, comme par le passé, complice de votre main. Et je ne puis souffrir que la vôtre soit innocente. Non, votre démonstration ne m'a point convaincu, vous êtes pour moi le seul assassin, et je vous crois – cette fois – réellement possédé du Malin... Comment sinon, oser commettre de telles infamies dans un lieu saint, vêtu du froc bénédictin ?

A son tour, Roman s'assoit sur un banc de pierre, face à l'abbé, les mains appuyées sur son bâton de pèlerin. Il est inutile qu'il continue à se défendre, puisque son vieil ennemi le veut coupable. Alors, Roman passe à l'attaque, d'une voix qu'il souhaite placide :

– Vous, Almodius, vous pensez que la bure préserve celui qui la porte des crimes les plus sacrilèges, vous qui, vêtu de cet habit, avez fait supplicier une innocente et empoisonné un abbé ?

Almodius esquisse un rictus. Maintenant, c'est à lui de se défendre, dans ce tribunal étrange où les juges sont des fantômes.

– Ainsi donc, vous aussi avez cru que j'avais empoisonné Hildebert... Beaucoup l'ont cru et s'en sont bassement servis pour m'empêcher d'accéder à l'abbatiat. Pourtant, je vous assure que mon seul crime envers Hildebert fut d'avoir provoqué en lui la colère qui l'a finalement emporté ; il était d'une nature froide et n'a pas supporté ce feu soudain. Mes paroles ont – sans le vouloir – allumé ce feu qui l'a consumé, mais les flammes du courroux émanaient de son cœur, et je ne les ai point attisées avec un quelconque poison. Au contraire, j'ai tout tenté pour refroidir son corps, en vain... Il est mort d'avoir lui-même contrarié sa nature. Je n'en suis aucunement responsable, j'ai pourtant payé pour une faute que je n'avais point commise. Contrairement à vous, qui vivez dans le regret, je l'ai assumée, et j'ai fini par devenir abbé. Mieux vaut endosser ce que l'on vous prête volontiers, même à tort, que donner de force une vérité qu'autrui ne souhaite pas recevoir !

– Curieuse métaphysique... et vous me reprochez mes mensonges !

– Je ne vous reproche rien, Roman, sinon de renier vos actes, aussi graves soient-ils, et donc de vous renier vous-même. Moi, j'ignore le repentir, je pense et j'agis.

– Vous semblez sincère, admet Roman, et pourtant je parviens mal à imaginer que vous n'avez pas intoxiqué Hildebert... Sa mort servait trop votre ambition.

– Vous me croirez peut-être, si je vous confesse que le poison, je l'ai administré, mais point à notre ancien abbé.

Roman lui jette un regard satisfait. Almodius lui renvoie son regard.

– L'abbé Thierry, je suppose, pour vous emparer de la crosse ? s'enquiert Roman. Son subit trépas était bien suspect... et il ne vous a point profité !

– Vous me décevez, Roman, répond l'abbé d'un ton condescendant. Quarante années de remords ne vous ont guère appris sur l'homme ! Voyez-vous, pour tuer, il faut haïr viscéralement, ou aimer passionnément, et mes sentiments vis-à-vis de Hildebert ou de Thierry n'atteignaient pas ce degré d'attachement.

Roman fixe l'abbé, agacé de l'avoir mal cerné.

– La seule substance que j'aie jamais empoisonnée, conclut Almodius, c'est la nourriture que vous avez jadis apportée à Moïra, lorsqu'elle était recluse dans sa fosse de terre.

Roman blêmit, muet de stupeur. Almodius savoure sa victoire ainsi qu'un savoureux vin de Bourgogne.

– *Atropa bella donna, solanum dulcamara, hyoscyamus niger...,* dit-il comme s'il énumérait des grands crus. Une dizaine de baies fraîches de belladone, autant de fruits rouges de morelle douce-amère, des racines de jusquiame noire, le tout volé à l'infirmerie de Hosmund, pilé, puis mélangé au vin et au repas destinés à Moïra.

Roman se lève, cramoisi de rage.

– Vous... Vous êtes un monstre ! clame-t-il.

– Comme vous me méconnaissez ! répond l'abbé avec calme, les yeux perdus dans les profondeurs de la crypte. Etes-vous toujours aveugle, ainsi que vous l'étiez en ce temps-là ? Ne discernez-vous pas que si j'ai fait ce geste, c'était pour épargner à Moïra la douleur cruelle qui l'attendait le lendemain, celle du feu ? Je l'ai tuée, oui, je lui ai offert ce qu'elle espérait : la mort, car je savais depuis le départ qu'elle n'abjurerait jamais. A quoi bon la voir souffrir ? Je l'ai libérée de la terre, je l'ai exaucée en la ramenant à la terre... et je l'ai fait par amour.

– Comment avez-vous pu ? s'insurge Roman dont les yeux se remplissent de larmes et les poings se serrent. Comment pouvez-vous parler d'amour, vous ? Oui, je me suis fourvoyé sur votre compte, je vois à présent ô combien... Dieu tout-puissant... Vous l'avez assassinée, et c'est moi qui lui ai servi la nourriture mortelle. Je venais la sauver, et je l'ai tuée... Je l'ai tuée !

– Je dirais plutôt que, sans le savoir, vous lui avez offert, enfin, ce qu'elle désirait ! Ce fut l'unique fois, à mon avis, où vous avez répondu à ses attentes, et vous l'avez fait dans l'ignorance de ce que vous étiez en train d'accomplir. Car vous ne l'avez jamais comprise, enfant naïf que vous étiez, et jamais vous n'auriez eu le courage d'exécuter ce geste de manière délibérée. Moi seul connaissais le secret de son âme, car nos âmes étaient identiques... Quand vous en étiez encore à vos espoirs futiles et insanes, j'ai entendu la voix de son cœur qui appelait la mort, je l'ai écoutée, son âme suppliait, je lui ai répondu... et elle m'a compris ! Elle était trop expérimentée en matière de simples pour ne pas avoir reconnu le goût amer du poison. Si elle avait voulu vous suivre, elle n'aurait pas mangé, mais elle a tout englouti, remerciant – j'en suis certain – la main aimante qui la sauvait, sachant qu'il ne pouvait s'agir de la vôtre. Peut-être a-t-elle deviné que c'était moi qui lui donnais la seule preuve d'amour qu'elle attendait, preuve que vous étiez incapable de lui fournir. J'ai toujours espéré qu'elle l'avait su... Oui, à l'heure de sa mort elle a su qui était assez fort pour l'aimer et qui l'avait lâchement abandonnée.

– Abandonnée ? Mais, mais... Vous l'avez condamnée ! C'est vous qui, non content de l'avoir livrée, fait condamner au supplice, l'avez une nouvelle fois condamnée, à mort, à l'irrémédiable ! s'exclame Roman en levant les bras au ciel, furieux. Comme je me suis trompé, comme vous nous avez tous trompés. Seigneur, regarde, sois le témoin des aveux de ton fils, vois la mystification de cet être qui, loin d'être guidé par la foi qu'il proclame, est gouverné par la passion délétère ! Je vois, oui je vois enfin votre vrai visage, votre vanité et votre insoumission à Dieu. Car un croyant aurait cru jusqu'au dernier instant en la grâce divine qui pouvait descendre sur Moïra, illuminer son cœur et la pousser à s'amender, lui sauvant ainsi la vie. Mais vous, vous avez voulu remplacer le Créateur, en vous arrogeant pouvoir de vie et de mort sur elle. Je pensais que votre foi était si puissante, si impérieuse, si véhémente, qu'elle avait tué en vous la capacité d'aimer ; mais c'est le contraire, c'est l'amour que vous tentiez d'étouffer, la passion humaine qui a trucidé en vous la foi. Si vous avez dénoncé Moïra, ce n'était point pour sauver l'abbaye, mais bien par dépit, par dépit amoureux et désir de vengeance parce qu'elle n'était point éprise de vous. La foi chez vous n'est que l'alibi de vos passions !

Almodius se lève de son banc.

— Sommes-nous si différents, très cher Roman ? demande-t-il, mielleux. Etes-vous vraiment aussi pieux et pur que vous le prétendez ? La conversion de Moïra à la vraie foi n'est-elle pas un argument dont vous avez usé pour convoquer la jeune femme à vos rendez-vous secrets et masquer votre inclination sensuelle ? La foi n'était-elle pas également l'alibi de votre penchant pour elle ? Ce qui nous sépare, voyez-vous, c'est que vous avez toujours été hypocrite et couard face à vos sentiments, alors que moi, j'ai accueilli ce désir puissant et obscur, qui ravageait mon âme et mon corps. Vous parlez de passion, mais vous ignorez ce qu'est la passion, cette épidémie mortelle qui anéantit tout sur son passage. Moi, cet incendie fatal, je ne l'ai pas fui, je l'ai laissé prendre possession de mon être et puis j'y ai fait face, vaillamment, je l'ai combattu dans ma chair aussi longtemps que ce fut nécessaire, et je l'ai vaincu !

— Vous l'avez battu en livrant Moïra, et comme cela ne suffisait pas à éteindre le feu dont vous parlez, vous l'avez tuée, c'était le seul moyen de vous en libérer, mais d'elle, de ses sentiments, de ses pensées, de ses projets, vous n'avez fait aucun cas.

— Ses projets ? Ses sentiments ? Vous espérez peut-être qu'ils vous concernaient, vous à qui il a fallu son supplice pour entendre l'amour

de cette femme, et son décès pour avouer le vôtre ? Lorsqu'elle était
vive, vous avez dédaigné la flamme que Moïra vous offrait, vous avez
attendu qu'elle soit éteinte pour adorer les inexistantes cendres d'une
trépassée. Voilà en quoi consiste la puissance de votre « amour »...
le mépris des vivants et la vénération d'une disparue ! Une icône, le
culte des morts ! Ah, vous avez été fort inspiré de vous enfuir à Cluny.
Remarquez, qu'auriez-vous pu lui promettre lorsque Moïra était en
vie ? Une existence misérable auprès d'un moine défroqué ?

L'abbé part d'un éclat de rire tonitruant. De l'autre côté de la
crypte, Roman sent son sang bouillonner. Ses lèvres sont collées l'une
à l'autre, ses mains noueuses serrent le bâton de toutes leurs pauvres
forces.

– Moïra vivante était pour vous une énigme que vous n'auriez jamais
pu élucider, poursuit Almodius. Car vous, Roman, avez le même sang
que Hildebert, un sang froid, tiède dans le meilleur des cas, que le feu
tue tellement il est étranger à votre âme putride comme un marécage...
Moïra au contraire était le feu incarné, ce feu qui me constitue aussi,
et qui m'a fait comprendre que jamais elle ne renierait ses croyances...
ç'aurait été abjurer ce qui nourrissait son essence et, comme moi, elle
possédait la conscience, la ténacité et l'énergie guerrière des êtres qui
préfèrent la mort à une existence pâle arrachée à la matrice de leur
Créateur. Ce feu, ce brasier final, je le lui ai épargné par hommage, par
connivence d'âme fervente, par démence de mon cœur épris... mais
point par jalousie, ni par dépit. Ce poison, qui a capturé ses entrailles,
je le lui ai offert pour défendre votre âme qu'elle corrompait, pour
prémunir la mienne, il est vrai, mais surtout, surtout... pour que ma
terre nourricière, celle de cette montagne, ne soit point souillée... car
la plus grande de mes passions est au sommet de ce rocher, elle ne
devait point être altérée ! Elle est au-dessus de nos têtes, c'est un château de pierre qui atteint le ciel, et jamais je n'ai laissé quiconque le
mettre en péril, surtout pas Moïra. Elle, je l'aimais, mais elle menaçait
notre communauté de sa contamination monstrueuse, il n'y avait qu'à
regarder ce qu'elle avait fait de vous ! Vous, que j'admirais tant...

Almodius fait quelques pas en direction de Roman.

– Vous, que l'Archange avait élu, et qui vous êtes laissé détourner
de lui, et de ses pierres ardentes. Vous, à qui il parlait, pour que vous
lui érigiez le ciel, l'immortalité, et bâtissiez l'éternité des hommes
du Mont, vous que Moïra a traîné dans sa fange pouilleuse, où vous
continuez à vous vautrer, seul, sans même vous débattre. Ainsi que

moi-même, l'Archange vous avait adoubé de son épée, il vous avait montré le chemin, et vous avez eu la faiblesse de vous laisser dérouter. Certes, elle n'était point un banal être humain, vous n'étiez pas de taille à lutter, moi seul ai pu la vaincre. Si vous aviez compris que je désirais vous aider en la livrant au tribunal terrestre, que je vous délivrais de vos chaînes ! Au lieu de me haïr et de fuir, vous seriez resté sur la montagne, notre montagne sacrée... et à nous deux, nous lui aurions épargné toutes ces années de chaos.

Roman s'avance à son tour vers Almodius. L'abbé a les larmes aux yeux.

– Au lieu de cela, vous êtes resté prisonnier des fers de cette femelle, par-delà son trépas. Vous étiez un alchimiste saint, avec le granite vous enfantiez l'or divin et elle a tari votre art. Vous étiez un maître, elle vous a transformé en esclave... c'est elle qui vous a tué, il y a quarante années, et j'espère qu'au fond de ses Enfers elle l'a payé !

– Taisez-vous, je vous en prie ! hurle Roman, à quelques pas de l'abbé.

Soudain, Roman lâche son bâton de pèlerin, enfonce une main dans sa coule et exhibe un poignard qu'il brandit vers Almodius. Ce dernier, surpris, recule vers le conduit souterrain.

– Il suffit ! clame Roman. Votre esprit s'est égaré, et vos paroles sont celles d'un dément. Vous me reprochez ma faiblesse, sachez cependant que je n'ai jamais conçu celle de vous haïr... jusqu'à cette nuit. Mais vous venez de vous livrer, ainsi que vous ne l'avez jamais fait, et je suis éclairé par la puissance de votre ignominie ! Jamais vous n'avez aimé Moïra... Tout ce que votre être trouble a pu concevoir, c'est concupiscence vile et désir de possession. Elle s'est dérobée à vous comme je me suis dérobé à vos desseins, et jamais vous n'avez pu nous pardonner. Cette grotte pour laquelle Moïra a donné sa vie, vous l'allez souiller de votre souffle abject, vous prétendez violer ses entrailles comme vous brûliez de profaner celles de Moïra, mais je vais vous en empêcher. Car elle est morte oui, mais cette caverne est son cœur qui palpite, auquel j'ai juré fidélité.

Almodius est au bord de l'ouverture béante. Il se fige, ramène vers lui les pans de sa grosse cape et enrobe son adversaire d'un regard arrogant.

– Tuez-moi si tel est votre désir. Assassinez-moi comme vous l'avez déjà fait, par trois fois ! Ce sera le meurtre ultime, par la terre, la terre dans les bras de laquelle est morte Moïra. Trucidez-moi si vous en avez le courage, car moi je ne suis pas un pauvre hère terrorisé sur lequel vous tombez par surprise, en vous faisant passer pour un revenant. Allez-y, mais auparavant sachez que si vous ne le faites pas, mes hommes descendront dans ce ventre souterrain, et découvriront tout ce qu'il renferme... Qu'abrite-t-il de si important pour que coule tant de sang ?

– Vous allez descendre vous-même au fond de cette cheminée, ainsi, vous pourrez satisfaire votre curiosité..., répond Roman. Lorsque vous aurez disparu, je reboucherai le conduit pierre par pierre, je replacerai l'autel de la Trinité, et vous, sans air, en bas, lentement vous allez étouffer, comme Moïra par votre poison, au fond de sa fosse a suffoqué... et moi je m'en irai, certain que jamais plus on ne creusera ici !

– Vous pensez sincèrement que je vais vous faire la grâce de me jeter dans ce trou, parce que vous me menacez d'un malheureux coutelas ? Non, Roman, une fois de plus, vous me sous-estimez. Si vous voulez mon trépas, il va vous falloir m'égorger de vos mains, et rendre compte au Seigneur de cet acte, pour l'éternité.

Almodius reste immobile devant la crevasse. N'y tenant plus, Roman lève plus haut son arme et se précipite en avant pour le poignarder. L'abbé reste figé. Soudain, alors que Roman allait abattre sa lame, il est stoppé dans son élan, le corps courbé en deux. La dague tombe à terre. Roman ouvre la bouche de stupeur, mais aucun mot n'en sort, juste un filet de sang brun : Roman est empalé sur un long glaive, une épée de chevalier, qu'Almodius gardait cachée sous sa cape. D'un geste, l'abbé retire le sabre de l'abdomen de Roman. Ce dernier chute à ses pieds, sur la terre de la crypte, en crachant un faible râle.

– Toi qui as trahi l'Archange, dit l'abbé, toi qui as cru berner Almodius, le premier de ses serviteurs, toi qui as semé la mort dans la communauté, tu meurs de ma main, par le glaive de saint Michel, l'épée avec laquelle le prince de la milice du ciel a décapité le dragon !

Rassemblant toutes les forces qu'il contenait depuis quarante ans, le vigoureux vieillard lève sa lame et l'abat d'un coup sur le col de Roman, lui tranchant la tête. Le crâne tonsuré échoue au bord du gouffre. Almodius halète. Il lâche l'épée, se baisse et ramasse la tête de Roman.

– Ainsi, tu ne reviendras point me hanter ! profère-t-il. Puisque tu lui es resté fidèle, même par-delà trépas, eh bien... va donc en Enfer retrouver le démon qui a rongé ton âme jusqu'au meurtre.

Il jette la tête de Roman au fond du trou qui conduit à la grotte. On entend le crâne tomber en contrebas, dans les profondeurs obscures. Ereinté, le vieillard s'essuie le front d'un revers de manche.

– Ce sang impur sera le dernier à maculer le rocher de l'Archange ! conclut-il. Maintenant, je vais descendre et percer le secret de cette grotte, je vais enfin savoir pourquoi Moïra lui a sacrifié sa vie en lui consacrant sa mort.

Almodius regarde autour de lui en reprenant son souffle. Sa colère s'éteint. Une échelle de corde est roulée dans un coin de la crypte. De ses mains jaunes et noueuses, il attache l'extrémité à l'autel de la Sainte-Trinité

Lentement, il déroule l'échelle sur la terre, contourne le corps décapité de Roman et laisse tomber la corde dans le conduit. Il n'a plus l'âge d'une telle prouesse physique, mais ce soir le temps est aboli : l'abbé a quatre décennies de moins, il est jeune et vigoureux, l'âme forte du sang qu'il vient de répandre, l'esprit apaisé par l'accomplissement d'une vengeance qui pour lui est justice. Une lanterne à la main, penché sur le gosier de pierre, il se délecte de la délicieuse impatience, de la curiosité frustrée qui va bientôt s'assouvir, du mystère d'une femme qui pour lui va s'ouvrir. Délicatement, comme s'il pénétrait une fleur, il descend les barreaux de bois et se perd dans l'abîme.

Un long moment s'écoule avant que le halo de sa lampe n'émerge à nouveau à la surface de la crypte. La physionomie de l'abbé est totalement changée : des sillons de sueur creusent ceux de ses rides, ses yeux sont remplis de stupeur. Almodius pose les pieds sur le sol de Notre-Dame-Sous-Terre. Livide, il regarde le corps sans tête de Roman, qui gît sur le ventre à côté du glaive de saint Michel. Il demeure un long moment prostré devant la scène. Les yeux au ciel, le vieillard lâche un long soupir de douleur. Puis, il ramène à lui les pans de sa cape, se signe et d'un pas chancelant, se dirige vers la porte de la crypte. C'est alors qu'un bruit sourd, derrière lui, le fait sursauter. L'abbé se retourne vers les chœurs jumeaux. Une silhouette sort de l'obscurité et s'avance vers Almodius, lentement, comme une bête sauvage sûre de saisir sa proie. Les yeux exorbités par l'effroi, l'abbé recule vers une paroi de la nef. L'ombre prodigieuse s'approche toujours.

– Non, c'est impossible…, marmonne Almodius, scellé au mur par l'épouvante.

Alors, une main vengeresse s'élève au-dessus de sa tête.

15

Assis dans son lit, le père Placide ne détache pas les yeux du mur portant la gravure représentant le Mont.

– Les trois piliers de mon existence ont toujours été le silence, la liturgie et les livres, explique-t-il. La voix des livres est parfois assourdissante, mais j'ai toujours aimé les notes dont elle me remplissait la tête, car c'est la complainte des hommes affranchis du temps...

Johanna bouillonne d'impatience. Mais elle se tait, laissant le vieillard retrouver, à son rythme, le chemin des mots délaissés.

– Avant d'arriver vers lui, dit-il en désignant le Mont, j'étais à l'abbaye de Solesmes et je travaillais à la nouvelle bibliothèque, construite après la dernière guerre. Là-bas, il ne restait rien des manuscrits médiévaux et presque rien des archives antérieures à la Révolution, car contrairement à lui, qui est un vaillant guerrier, mon abbaye ne savait pas se défendre et fut victime des aléas de l'Histoire. Quand, durant toute la guerre de Cent Ans, le Mont résista et ne tomba jamais entre les mains de l'ennemi, Solesmes fut prise par les Anglais, occupée et détruite... quand les précieux livres du Mont furent transportés à travers les sables de la baie jusqu'à Avranches, pendant la Révolution, la bibliothèque de Solesmes fut saccagée... Notez que l'Angleterre à cette époque, et par la suite, racheta ses outrages de la guerre de Cent Ans en devenant une terre d'asile pour les moines de toutes les abbayes françaises persécutés par la Révolution. Je crois qu'au fond les farouches moines du Mont, les « Bocains » et les Anglais se ressemblaient... tempérament particulier des insulaires, préservant à tout prix leur liberté. A mon avis, ce que les Anglais n'avaient pas pardonné, c'est la victoire de Guillaume le Conquérant, quoique le Normand leur ait beaucoup apporté.

Il garde le silence un instant puis paraît se réveiller d'un songe.

– Oh, Guillaume le Conquérant n'a rien à faire là... mes mots divaguent et se perdent dans ma tête, avoue-t-il. Je les ai enfermés il y a tellement longtemps qu'ils se vengent en voulant s'échapper ensemble.

– Alors laissez-les faire ! s'écrie Johanna avec un sourire rempli de tendresse. Nous les rattraperons au vol et les remettrons à leur place.

– Non, non, mademoiselle, l'ordre et la rigueur sont fils de vertu. Dans le chaos, point de salut. Donnez-moi un peu d'eau, je vous prie.

Johanna s'exécute. Sa présence doit fatiguer l'octogénaire. Parler est une faculté naturelle pour la plupart des hommes, pour lui c'est un luxe dont, en bon moine, il s'est privé. Pourtant, sitôt qu'il a bu, le père Placide paraît vouloir renouer avec l'opulence du verbe. Johanna reprend sa place à ses pieds.

– Donc, j'étais à Solesmes, continue-t-il, où je m'occupais des nombreux livres édités ou achetés par l'abbaye. En 1966, lors de la grande fête du millénaire monastique, André Malraux accepta l'idée d'un retour provisoire des moines au Mont. Ainsi, pendant neuf mois, une centaine de frères de divers monastères bénédictins, cisterciens et trappistes se succédèrent dans l'abbaye. Ce n'est qu'en 1969 qu'une petite communauté s'installa durablement. Mon abbé m'ordonna d'y aller pour prendre soin des manuscrits de l'abbaye. J'avais déjà cinquante ans, mais c'est justement ce qui a incité mon supérieur à m'envoyer là-bas : il voulait des hommes d'expérience, capables de supporter la rudesse du climat et les contraintes de l'endroit, notamment la proximité et l'afflux des fidèles et des touristes, bien que ces derniers fussent moins nombreux qu'aujourd'hui.

Il s'arrête un instant et respire profondément. Une bouteille d'oxygène se trouve près du lit, mais il ne semble pas en avoir besoin. Une énergie nouvelle s'est emparée de lui.

– Dès mon arrivée, je fus saisi par le mystère grandiose de ce lieu, et inquiet de l'état pitoyable dans lequel je trouvai les manuscrits d'Avranches... Ils étaient en grand danger !

– Oui, je sais, le coupe la jeune femme, le conservateur m'a raconté comment vous vous êtes battu pour leur sauver la vie.

– Hélas, ce qu'il restait était déjà fort peu, comparé aux trésors que comptait l'abbaye médiévale. Je ne sais par quel prodige, le Mont, l'Archange, dès que vous les approchez, vous confèrent un désir irrépressible de combattre pour eux. Une force, un courage, une volonté incroyables !

Du Guesclin et les chevaliers français de la guerre de Cent Ans, qui se sont succédé pour défendre le Mont durant les cent quinze ans de cette guerre, particulièrement durant le siège du rocher, seraient sans doute d'accord avec le père Placide. Johanna attend que le vieillard lui parle d'un document reclus dans les rayonnages de la bibliothèque d'Avranches, qu'elle n'a pas su voir. Elle est surprise par la tournure que prend le récit du moine.

– Il y a environ vingt-cinq ans, alors que j'étais au plus fort de ma bataille pour sauver les manuscrits, je reçus la visite d'un confrère, bénédictin, ancien codicologue et... anglais.

Elle fronce ses sourcils bruns.

– Il était prieur de l'abbaye bénédictine d'Ampleforth, au nord de la Grande-Bretagne, près de York, et il se rendait à Solesmes, pour une rencontre des supérieurs des diverses congrégations de notre ordre. Heureusement, il parlait mieux le français que je ne maîtrise l'anglais. Il était porteur d'un cadeau pour l'abbaye du Mont. Il me remit solennellement, sur ordre de son abbé, un petit cahier rigide, à la couverture sombre et abîmée, qui reposait dans la bibliothèque de son abbaye, et qu'il avait retrouvé quelques années auparavant, en inventoriant les ouvrages. Celui-là était daté de l'année 1823. Il m'expliqua que le contenu du cahier concernait le monastère du Mont-Saint-Michel, c'est pourquoi il me l'offrait, maintenant qu'il y avait de nouveau des frères bénédictins sur la montagne. Il ajouta que j'étais désormais le seul dépositaire de ce texte étrange. Il ne parut pas vouloir s'étendre sur le sujet, et il partit à son congrès. Lorsque, intrigué, j'ouvris le cahier, je trouvai une écriture en pleins et déliés, belle, mais... rédigée en anglais ! Les quelques mots que j'avais appris pendant la guerre, dans les réseaux de résistance, ne me permettaient pas de déchiffrer le manuscrit. Et mes frères « importés » de Boquen et du Bec-Hellouin au Mont étaient dans la même situation ; la seule langue « étrangère » que nous pratiquions était le latin ! Mon prieur me recommanda un laïc que nous connaissions pour sa piété et son humilité, un Montois de souche, d'âge mûr, qui avait travaillé et vécu à Londres jusqu'à sa retraite du monde des affaires. C'était un homme discret, très religieux, qui m'accueillit chez lui plusieurs soirs de suite pour me faire la lecture du texte, en me promettant de n'en rien dire à personne. Le contenu de ce manuscrit fut l'un des grands chocs de ma vie.

Le mystère qui entoure le cahier anglais commence à piquer la curiosité de Johanna.

– Il avait donc été écrit en 1823, par un bénédictin britannique de l'abbaye d'Ampleforth, du nom d'Aelred Croward. Il avait été rédigé au XIXe siècle, mais les évènements qu'il relatait étaient plus anciens.

« Ça y est ! Il va parler du Moyen Age, de Notre-Dame-Sous-Terre et du moine décapité ! » songe Johanna.

– En réalité, Aelred Croward avait couché sur papier un récit relaté, sur son lit de mort, par un autre frère d'Ampleforth, originaire de l'abbaye du Mont-Saint-Michel. Il s'appelait Joseph Larose, frère Joseph, ou dom Larose, selon l'usage des mauristes.

– Mais que faisait un moine du Mont en Angleterre ? l'interrompt Johanna.

– Vous savez qu'en Angleterre existaient de grands et vieux monastères bénédictins : Westminster, Canterbury, Gloucester, Saint-Alban..., répond le père Placide, mais qu'ils furent dissous, au XVIe siècle, par Henri VIII puis Elisabeth Ire, et que les catholiques furent persécutés par les anglicans ; notre ordre compte beaucoup de martyrs anglais ! Bref, en 1607, un seul moine de Westminster était encore en vie : il s'appelait frère Sigebert Buckley, et il se réfugia en France. Sur sa terre d'exil, à Dieulouard, près de Nancy, il fonda un prieuré bénédictin qui se développa jusqu'à la Révolution française. En 1791, ce fut la France qui supprima les ordres monastiques, persécuta les religieux, les emprisonna, les exécuta, et la Grande-Bretagne qui devint à son tour une terre d'asile. Frère Anselme Bolton et ses moines de Dieulouard regagnèrent donc leur patrie, et fondèrent un nouveau monastère dans le nord, à Ampleforth. Ils accueillirent nombre de moines français qui avaient fui leur pays, et notamment des frères bretons et normands pour qui le chemin d'Albion était le plus proche. Ils avaient rencontré dom Larose et d'autres moines du Mont sur le bateau qui les ramenait en Angleterre. C'est ainsi que dom Larose les suivit jusqu'à Ampleforth, et participa à la fondation de cette nouvelle abbaye.

– Je comprends mieux, en effet, l'origine du cahier..., le coupe

Johanna, qui apprécie les connaissances historiques du père Placide, mais préfère qu'il lui raconte la seule histoire qui l'intéresse.

– Le lien entre la France et la Grande-Bretagne est beaucoup plus fort qu'on ne le pense, et il m'a toujours intéressé, reprend Placide. Depuis la conquête de l'Angleterre par Guillaume le Conquérant et l'empire Plantagenêt, nos destins se croisent d'une curieuse manière. Collectivement, nous nous sommes âprement combattus mais, individuellement, nous savons que l'autre est un refuge sûr en cas de danger dans son pays.

– Et dom Larose aussi le savait ! répond Johanna, qui s'impatiente.

– Ah, dom Larose, oui... Bref, il n'est jamais retourné en France, et il est mort à Ampleforth, en 1823. Ce cahier contient l'étrange histoire qu'il a racontée à frère Aelred avant de s'endormir dans le Seigneur.

– Pensez-vous avoir la force de me raconter cette histoire, mon père ?

– Je suis vieux mais plus vigoureux que j'en ai l'air, dit malicieusement le père Placide, et si jamais je faiblis, saint Michel me conférera la force, ajoute-t-il en fixant la gravure. Voilà... Une quinzaine d'années avant l'expulsion des moines du Mont par la Révolution, vers 1775, d'étranges événements survinrent sur la montagne, dont le jeune dom Larose – il avait une vingtaine d'années en ce temps-là – fut le témoin. A cette époque, le Mont, ainsi que bon nombre de monastères, était aux mains des frères noirs de la congrégation de Saint-Maur, un mouvement bénédictin réformé. Ils avaient fort à faire sur le rocher : les constructions se délabraient, l'argent manquait pour réparer... la guerre de Cent Ans puis les guerres de religion avaient ruiné le monastère au niveau matériel, et la naissance de l'imprimerie avait scellé depuis longtemps la fin des *scriptoria*. Les mentalités avaient évolué avec l'essor des villes et l'avènement des ordres mendiants puis des jésuites : les vocations se détournaient du monachisme contemplatif, en plein déclin... Oui, « l'âge d'or » médiéval était bien révolu, et c'était une lente agonie. Néanmoins, les frères vivaient tant bien que mal dans la Merveille et s'adonnaient à ce qui faisait la réputation des mauristes : le travail de recherche et de conservation historique. Ils n'ont malheureusement pas eu les moyens de restaurer les bâtiments de l'abbaye, et les ont curieusement réaffectés, mais c'est aux mauristes que nous devons le sauvetage de nombre de manuscrits médiévaux du *scriptorium* montois,

qui sont parvenus jusqu'à nous. Dom Larose, comme la plupart
de ses frères, travaillait à la bibliothèque – transférée dans la cuisine
du XIIIe siècle –, débarrassant les manuscrits de leurs reliures médiévales endommagées par l'humidité, collationnant les ouvrages, et
les regroupant par deux ou trois sous une nouvelle reliure de veau
noir...

– Et un jour, il trouva un curieux manuscrit ! l'interrompt Johanna.

– Pas du tout. Un jour, le prieur de l'abbaye raconta au chapitre
qu'il avait été le témoin d'une apparition surnaturelle, dans la crypte
Notre-Dame-Sous-Terre. Sur les marches surplombant l'autel de la
Sainte-Trinité, il avait vu un bénédictin, décapité, et il avait entendu
le fantôme sans tête lui dire, en latin : « Il faut fouiller la terre pour
accéder au ciel »...

D'émotion, elle se tient coite.

– La nouvelle eut une immense répercussion au sein de la communauté. Je vous l'ai dit, les temps étaient très troublés, et tous
craignaient pour leur salut. Les frères furent persuadés que l'apparition était un signe divin que l'Archange adressait à leur prieur, une
injonction céleste : à l'image du moine sans tête, les frères avaient
l'esprit égaré... s'ils voulaient être sauvés et prendre le chemin du
ciel, ils devaient fouiller les ténèbres de Notre-Dame-Sous-Terre, à
la recherche de la lumière d'un trésor immatériel : la délivrance des
péchés, la pureté, qui constitue la quête éternelle de tout religieux.
Le prieur désigna pour l'aider trois frères parmi les plus sages, et ils
commencèrent à creuser sous Notre-Dame-Sous-Terre, à la recherche d'un idéal mystique : la rédemption des fautes humaines... A
genoux, à la lueur de lanternes, ils creusaient le sol de terre à mains
nues, dans la semi-obscurité, ponctuant leurs gestes d'incantations
et de chants sacrés pour le pardon. Ils fouillaient la terre jusqu'au
rocher qui ne manquait jamais d'apparaître, quelques dizaines de
centimètres en-dessous.

– Qu'ont-ils trouvé ? Ont-ils revu le moine décapité ?

– Jamais. J'espère qu'ils ont accédé au ciel, car tous les quatre ont
rapidement trouvé... la mort.

– La mort ? répète-t-elle. Que s'est-il passé ?

– Dom Larose ne l'explique pas précisément, je crois que les circonstances n'étaient pas claires mais, apparemment, les quatre moines ont été assassinés.

Johanna ouvre la bouche de stupeur. Quatre bénédictins tués ! Se peut-il qu'il s'agisse des meurtres qu'elle a vus en rêve ? Elle n'y croit guère, elle n'a vu que trois cadavres et non quatre. De plus, la dernière victime, celle qui a brûlé dans la cabane, était un laïc, non un moine, et un laïc vêtu à la mode médiévale. Enfin, les détails architecturaux qu'elle se rappelle sont romans, sans aucune trace des constructions gothiques entreprises postérieurement.

– Mon père, pensez-vous que ces victimes sont celles que j'ai vues en songe ? Dom Larose a-t-il décrit une pendaison, une noyade, un incendie ?

– Dom Larose n'a rien décrit, ma fille. Il a juste mentionné les quatre meurtres, sans donner de détails, retraçant plutôt ce qu'ils avaient suscité chez les frères, et en lui : une prodigieuse terreur, et la certitude que le revenant sans tête était un mauvais esprit, un démon ayant jeté sur eux une fatale malédiction... On cessa de creuser dans la crypte, et l'abbé, se repentant d'avoir laissé son prieur suivre les diaboliques injonctions, demanda à ses fils de taire ce drame. Lui-même n'en souffla mot au roi de France Louis XVI. Dom Larose se tut, mais sa mémoire parla : il se souvint d'un vieux coutumier de l'abbaye dont il avait remplacé la reliure et nettoyé les pages plusieurs années auparavant. Il était certain d'y avoir surpris une histoire de décès suspects, survenus à Notre-Dame-Sous-Terre, auxquels il n'avait guère prêté attention.

Johanna frémit.

– Dom Larose exhuma le manuscrit médiéval de la bibliothèque, et y trouva, à sa grande stupéfaction, l'édifiant récit d'un moine du XIIIᵉ siècle, qui débutait par une page ajoutée deux cents ans plus tard, au XVᵉ, par un autre moine.

Le père Placide reprend son souffle. Il doit être atteint par la maladie de Parkinson, car ses membres tremblent.

– L'amendement du XVᵉ siècle avait été rédigé en pleine guerre de Cent Ans, pendant le siège du Mont, que tenaient le capitaine Louis d'Estouteville et ses cent dix-neuf chevaliers français face aux Anglais qui occupaient tout le reste de la Normandie. Le blocus des Anglais sur le Mont, sur terre et sur mer, était total, nonobstant les marins bretons de Saint-Malo qui, la nuit, approvisionnaient clandestinement le rocher. Bref, le Mont était transformé en place forte cerclée de remparts et de canons, peuplée d'irréductibles moines et chevaliers qui résistaient encore et toujours à l'envahisseur.

Johanna sourit intérieurement, songeant à une célèbre bande dessinée racontant les aventures d'irréductibles Gaulois, qui résistent encore et toujours à l'envahisseur romain.

– Depuis Charlemagne, le Mont-Saint-Michel était, et il est encore, l'emblème de la défense de la nation, de la lutte contre l'adversité, sur les plans spirituel, géographique et historique ! s'exclame le vieux moine, comme pour répondre aux pensées de la jeune femme. Et durant toute la guerre de Cent Ans, il n'est jamais tombé ! Car les hommes qui le défendaient avaient courage, foi en Dieu, et en leur héros : l'Archange guerrier !

– Oui, j'ai lu des documents fantastiques sur la vaillance des défenseurs du Mont, qui ont mis en déroute l'artillerie anglaise, bien plus nombreuse, mieux équipée, mais moins fervente.

– Oui, un Valmy avant l'heure, en 1434. Mais là, nous sommes en 1425, ma fille, 1425, l'année où saint Michel est apparu à la pucelle d'Orléans, quatre années après que le chœur roman de l'abbaye s'est effondré sur les moines, en plein office. Cette année-là, donc, le frère bibliothécaire du Mont a rapporté, en introduction du manuscrit du XIIIe siècle, l'aventure d'un chevalier français, qui avait vu, un matin, un revenant à Notre-Dame-Sous-Terre...

Johanna fixe le vieillard avec intensité.

– Ce noble guerrier avait été troublé durant sa prière par un moine noir dénué de tête, qui lui était apparu sur les marches dominant l'autel de la Sainte-Trinité, lui disant : « Il faut fouiller la terre pour accéder au ciel »... J'ai oublié le nom de ce preux personnage. Ce dont je me souviens, c'est que le chevalier décida de revenir, seul, dans la crypte à la nuit tombée et de la fouiller de fond en comble. Il était persuadé de trouver un trésor caché par les moines du passé, un butin d'or, d'argent et de pierres précieuses.

– Qu'advint-il de ce brave paladin ? s'enquiert Johanna, qui appréhende la chute de l'histoire.

– Au petit matin, on le découvrit sur le sol de la crypte, mort... De sa gorge, de sa bouche sortaient des flots de terre qu'il avait avalés, et qui l'avaient sans doute étouffé.

– Pourquoi aurait-il mangé la terre de la crypte ? demande Johanna.

– Nul ne le sait, et nul ne le saura jamais, répond le père Placide. Le texte du moine bibliothécaire s'achève par des mises en garde contre le fantôme sans tête, des exhortations à ne pas toucher la terre de la crypte, et à respecter l'interdiction ancestrale de pénétrer dans le sanctuaire entre complies et vigiles. Il dit que quiconque voit ce revenant et lui obéit en creusant est assuré de trépasser ; il écrit que ce moine noir est le démon de la mort, la faucheuse malfaisante qui cueille les âmes pour les conduire en Enfer.

Johanna tente d'avaler sa salive, mais une boule d'angoisse obstrue sa gorge. Le père Placide voit sa frayeur et change de sujet.

– Il fait aussi référence au coutumier du XIIIᵉ siècle, où il a inséré cette page pour rapporter son récit. Il dit qu'il convient de lire l'anecdote qui suit et qui éclaire les raisons pour lesquelles ce bénédictin hante la crypte. Il dit enfin qu'il ignore ce qu'il est arrivé au moine du XIIIᵉ siècle qui a narré cette curieuse histoire, mais certainement rien de bon, vu que la crypte est maudite !

Johanna est livide.

– Ce moine s'appelait frère Ambroise. Les faits qu'il relate se sont déroulés en 1204 et ce fait est fondamental car, en 1204 a éclaté un immense incendie, qui a détruit les bâtiments romans situés au nord de l'abbaye. D'ailleurs, si je puis vous faire part d'une remarque personnelle, il semble que chaque apparition du moine sans tête se soit déroulée dans un contexte historique et architectural particulier, un contexte de destruction du passé : en 1425, le Mont est serré dans l'étau anglais, et le chœur roman de l'abbaye s'est effondré : le joyau de l'église romane est détruit à jamais. Le chœur sera reconstruit, mais en gothique flamboyant, celui que nous connaissons aujourd'hui. En 1775, l'abbaye est moribonde, les bâtiments et les moines sont ruinés, et cette agonie du monachisme montois sera consommée à la Révolution, avec l'expulsion des frères... les pierres sacrées se meurent, annonçant la fin de ceux qui avaient bâti leur légende : les religieux. Le moine décapité est apparu par trois fois dans le passé lointain et par trois fois il l'a fait dans un contexte de trépas d'un monde ancien... C'est intéressant, vous ne trouvez pas ?

– C'est fascinant, constate Johanna.

Le père Placide a dû souvent y réfléchir durant ses années de silence. Johanna songe que le fantôme est lié à l'histoire politique mais surtout architecturale de l'abbaye : il vit avec ses pierres, les pierres romanes, et il apparaît lorsque ces pierres disparaissent ! Cela signifie que ce revenant peut être frère Roman, ancien maître d'œuvre de l'abbatiale. Pourtant, quelque chose ne colle pas avec cette théorie : la quatrième apparition du moine décapité, sa propre vision, lorsqu'elle était enfant... Là, le contexte était différent : ce n'était point une mort du passé, mais au contraire, une renaissance ! En effet, à l'époque, non seulement les bénédictins étaient revenus sur le rocher, bénédictins dont faisait partie le père Placide, mais les Monuments historiques avaient effectué des travaux de restauration considérables, notamment à Notre-Dame-Sous-Terre ! Non, il y a vingt-six ans, la mort n'était plus sur les pierres de l'abbaye, qui revivaient... Il y a vingt-six ans, comme aujourd'hui, la mort était uniquement dans ses rêves, dans les trois cadavres, que les autres témoins n'ont pas évoqués. Méditant sur les différentes apparitions du fantôme au cours des âges, Johanna réalise qu'elle est la seule à avoir vu le moine sans tête en songe et non dans la réalité, la seule à avoir vu les trois morts suspectes, la seule à l'avoir vu plusieurs fois, à différentes époques de sa vie et ailleurs qu'au Mont-Saint-Michel, la seule à s'inscrire dans un contexte architectural de vie et non de trépas, enfin elle est le seul témoin à être une femme.

– C'est étrange, confie-t-elle à son interlocuteur. On dirait qu'avec moi il a changé de tactique... Notez que l'environnement spirituel et historique est totalement autre : désormais, nos combats sont individuels, plus intérieurs qu'extérieurs, et grâce à Freud nous croyons plus à nos songes qu'aux fantômes !

– Vous avez raison, dit-il en souriant. Nous sommes loin du Moyen Age et de ses cortèges de revenants, aussi réels que la lèpre. Car, en ce temps-là, que les morts se montrent aux vivants était chose courante, redoutée mais acceptée. Probablement y verrons-nous plus clair lorsque je vous aurai raconté ce qu'a vu frère Ambroise, en cette année 1204. Vous savez sans doute qu'au Moyen Age présidait le concept de bonne mort ou de mauvaise mort. L'ironie de l'histoire est que c'est justement un nommé Ambroise, saint Ambroise, qui, au IVᵉ siècle de notre ère, a formulé la conception de la bonne mort : pour s'endormir dans le Seigneur et accéder tout de suite au ciel, il faut suivre le chemin de la rédemption avant de trépasser : contrition, confession, expiation. Les victimes de mort subite n'ont pas le temps de passer par ces trois étapes, et leur trépas risque donc d'être problématique : ils sont victimes de la mauvaise mort. Celle-ci concerne deux catégories de défunts, prédisposés à ne pas gagner immédiatement l'autre monde, quel que soit leur sort dans l'au-delà : les gens morts prématurément, suicidés ou assassinés, qui ont encore besoin de l'aide de leurs proches, et ceux qui ont eu une mauvaise vie : les brigands, assassins, sorciers, guérisseurs. Ces deux sortes de défunts sont prédisposées à errer entre les deux mondes : les revenants sont ces âmes vagabondes, bloquées entre terre et ciel, victimes de la mauvaise mort.

– Je comprends, mon père. Racontez-moi ce qui est arrivé à frère Ambroise.

– En ce mois de mai 1204, aux alentours de l'Ascension, je crois, frère Ambroise, un copiste du *scriptorium*, inspecte le désastre consécutif à l'énorme incendie. Il déambule, seul, au milieu du malheur noir. Sous la nef de l'église, Notre-Dame-Sous-Terre, à l'ouest, est intacte, si ce n'est un pilier ajouté fin XIIᵉ, lors des travaux de l'abbé Robert de Thorigny, qui l'encombre mais ne modifie pas son atmosphère. Au moment où il pénètre dans la pénombre de la crypte, il sent un souffle lui caresser le visage, et il entend un bruit étrange, comme un balai qu'on traîne sur le sol. Puis la lanterne de frère Ambroise accroche une ombre, à l'endroit habituel, au-dessus de l'autel de la Sainte Trinité, sur l'escalier. Et cette ombre est celle d'un bénédictin, sans tête, qui croise ses bras dans une posture d'attente ferme. Passé un moment de grande épouvante, Ambroise comprend qu'il a affaire à un revenant, et que ce revenant a besoin de lui ! Ambroise calme sa peur. Le fantôme reste immobile au bas des marches. Ambroise sait qu'il ne peut s'agir que d'un familier – les revenants s'adressant à leurs proches pour quérir leur secours et hantant les lieux où ils ont vécu – et il tente de se rassurer, en se disant que la chasse infernale des démons auprès des vivants a lieu l'hiver... Nous sommes au printemps, ce revenant ne lui veut donc pas de mal. C'est certainement un bon esprit, bloqué entre terre et ciel. Ambroise tente de lui parler. Il lui demande son nom. L'autre ne répond pas, mais fait un bruit terrifiant ! Ambroise conclut que, sans bouche, le revenant est naturellement privé de la parole. Tremblant, il se signe. Le fantôme lève les bras au ciel, il joint les mains en signe de prière et... se met à parler, en latin !

Johanna joint ses mains dans un mimétisme instinctif. Le père Placide poursuit son récit, d'une voix solennelle :

– Le moine sans tête dit que son nom est proscrit... Ambroise ose lui demander comment il se fait qu'il ait la faculté de parole, puisqu'il ne possède ni bouche ni langue. Le revenant répond que ce n'est pas son corps qui s'exprime, mais son âme, dont le corps humain est l'instrument, son âme dont la voix spirituelle peut en toute liberté s'adresser à des oreilles corporelles, car telle est la volonté de Dieu.

Ambroise l'interroge sur la manière dont les vivants peuvent l'aider. Et le revenant lui raconte son histoire...

Un silence de mort pèse dans la chambre. Johanna se retient de respirer.

– Le moine sans tête dit qu'il est coincé entre les deux mondes et qu'il a besoin de l'aide des vivants pour gagner le ciel. Il a besoin de leurs suffrages sous forme de prières, de messes aux défunts et d'odes au chœur des anges. Les mortels doivent lui porter secours, particulièrement ses frères du Mont, avec lesquels il vivait autrefois... car c'est l'Archange lui-même qui l'a condamné à cette prison, il y a fort longtemps. Il explique qu'il a subi une mauvaise mort, subite et prématurée, qui ne lui a pas laissé le temps de faire acte de contrition, de confession et d'expiation. Il dévoile qu'il a été assassiné, par décapitation, à Notre-Dame-Sous-Terre...

Les yeux bleus de Johanna semblent vouloir s'échapper de leurs orbites.

– A son trépas, lui est apparu saint Michel, à pied, ailé, serré dans son armure de prince de la milice céleste et de héraut divin, le regard clair et dur, avec son épée dans la main droite et sa balance dans la main gauche...

Johanna pense à son troisième rêve, et elle revoit le feu grignoter la tenture représentant l'Archange dans cette même posture.

– Saint Michel a pesé son âme, qui était chargée de péchés, mais aussi d'amour et d'actions pieuses. A côté, les démons attendaient, prêts à emporter son âme vers l'abîme. Mais la balance était en équilibre, ne penchant ni vers le Paradis ni vers l'Enfer. Alors l'Archange a posé sur lui ses yeux en forme de tourbillon, pour lui livrer le jugement de Dieu : il dit que le moine a bien servi le Tout-Puissant, mais qu'il a aussi commis de lourdes fautes, et qu'il n'est pas digne de rejoindre immédiatement le Seigneur. L'Ange ne le conduira donc pas auprès de lui. Il faut d'abord que son âme attende, pour que le temps l'amende... La sentence fut la suivante : le moine décapité est condamné à errer entre le monde des vivants et celui des morts, entre la terre et le ciel, sur le lieu de son trépas – la crypte Notre-Dame-Sous-Terre – jusqu'à ce que sa tête soit réunie à son corps. Ce terrible jugement est assorti d'une promesse : l'Ange promet au moine que la malédiction sera levée à l'instant même où, par l'entremise des vivants, sa tête sera à nouveau posée sur son corps.

Alors il sera délivré de ce monde incertain et l'Archange viendra le chercher pour l'emmener dans l'autre monde, au Paradis éternel.

« Ainsi, quel que soit le nom du moine sans tête, il est un pauvre vagabond, non un esprit malsain... Johanna songe à frère Roman et sent un pincement au cœur. Si le moine décapité est bien lui, l'ange céleste a condamné son âme à la terre, lui barrant le chemin de la paix et des retrouvailles avec Moïra ! Saint Michel lui a promis le ciel mais, depuis des siècles, le ciel attend, et Moïra aussi, car personne n'a su délivrer le fantôme... Roman et Moïra sont toujours séparés ! »

– Touché par le récit du moine errant, Ambroise, à son tour, promit à son malheureux frère de l'intégrer à ses prières et de rechercher sa tête et son corps, pour les réunir et lever la malédiction de l'Archange. Il interrogea le revenant pour savoir comment il devait procéder. L'esprit répondit alors : « Il faut fouiller la terre pour accéder au ciel »... Ambroise demanda où étaient cachés le corps et le crâne tranché. L'âme en peine répéta : « Il faut fouiller la terre pour accéder au ciel »... Ambroise insista une dernière fois, et le spectre refit la même réponse.

« La terre de la crypte..., pense Johanna. C'est là que les autres ont compris qu'il fallait fouiller, dans le passé, et c'est logique puisque c'est là que le moine a eu la tête tranchée... »

– Qu'est-il advenu de frère Ambroise, par la suite ? interroge-t-elle. A-t-il creusé à Notre-Dame-Sous-Terre ? Lui est-il arrivé malheur comme aux autres ?

– Je ne puis vous répondre, exhale le père Placide dans un soupir. Le récit d'Ambroise s'achevait sur les mots *ad accedendum ad caelum, terram fodere opportet*. Je ne sais si Ambroise a vécu ou s'il est mort dans des circonstances étranges. Ce que l'on peut supposer, c'est qu'il n'a pas tenu sa promesse, puisque le revenant est à nouveau apparu pour quémander du secours.

– Mon père, demande Johanna, qu'est devenu le coutumier médiéval déniché par dom Larose, qui contenait le récit d'Ambroise et celui du chevalier ? Il a brûlé en 1944 à Saint-Lô, je présume, sous les bombes américaines, avec les autres coutumiers de l'abbaye ?

Le père Placide semble en proie à un sentiment saugrenu pour un moine : la colère.

– Non, ma fille ! Hélas, en 1944, il était en poussière depuis longtemps ! En 1775, quand dom Larose découvrit ce document dans la bibliothèque, il le montra à son abbé. Craignant que d'autres moines le lisent, creusent à l'endroit maudit et soient tués, l'abbé le détruisit devant dom Larose, qui en fut extrêmement choqué, explique l'ancien codicologue, vert de rage qu'on ait osé faire connaître pareil sort à un vieux manuscrit. Il faut dire que l'abbé mauriste n'en était plus à un sacrilège près, lui qui avait transformé le vieux dortoir roman en salle de récréation, la cuisine en bibliothèque, la crypte Notre-Dame-des-Trente-Cierges en cave à vin, sa pièce attenante en cave à bière, la salle de l'Aquilon en cave à cidre, la chapelle Saint-Etienne en remise à fagots et la crypte Saint-Martin en moulin à cheval ! Ah, misère... Le jeune dom Larose, malgré son amour des manuscrits, ne put rien faire et regarda brûler le coutumier. Seule sa mémoire en a conservé l'histoire, pendant presque cinquante ans, et l'a transmise à frère Aelred Croward, à Ampleforth, au soir de sa mort, en 1823. Le plus étrange est que, quelques mois après que l'abbé eut passé le coutumier par les flammes, un gigantesque incendie se déclara dans l'église, qui subit des dommages considérables : la façade et le bas de la nef romane – juste au-dessus de Notre-Dame-Sous-Terre – menaçaient de s'effondrer, entraînant dans leur chute les soubassements romans... Sans moyens financiers pour reconstruire, l'abbé de dom Larose décida de faire abattre ce qui menaçait ruine : c'est ainsi que la nef de l'abbatiale fut écourtée de moitié, que fut érigée l'actuelle façade de l'église... et qu'en dessous, les deux petits chœurs jumeaux de Notre-Dame-Sous-Terre furent masqués par le mur de fondation de cette façade. Ainsi murée, la crypte maudite était dérobée à tous les regards, empêchant, par la même occasion, de nouvelles apparitions du moine décapité... Notre-Dame-Sous-Terre fut redécouverte au début du XXe siècle, mais il fallut attendre 1960 pour que l'architecte Yves-Marie Froidevaux la dégage des murailles qui l'obstruaient et lui rende son état initial. C'est Froidevaux, qui en redonnant à la crypte son vrai visage, en lui rendant son âme, a peut-être, sans le savoir, désenchaîné la présence de l'âme liée à Notre-Dame-Sous-Terre : le revenant.

– Pensez-vous que Froidevaux l'ait vu ? interroge Johanna.

– Je ne sais. En tout cas, si cet architecte a magnifiquement restauré Notre-Dame-Sous-Terre, je suis certain que ni lui ni personne au XXe siècle n'y a entrepris de campagne de fouilles... et qu'il n'y a eu aucune mort suspecte !

– Etes-vous sûr que le moine décapité ne s'est pas adressé à l'un de ses frères bénédictins, lorsqu'une communauté de moines noirs est revenue sur le rocher ? insiste-t-elle.

– Je puis vous assurer qu'entre 1969 et 2001, année de notre départ, il n'a causé à aucun d'entre nous. La première fois que j'ai entendu parler de lui, c'était dans le cahier de frère Aelred Croward, sur lequel, je l'avoue, j'étais très dubitatif... et depuis, personne ne l'avait plus évoqué... jusqu'à aujourd'hui, jusqu'à ce que vous veniez à moi pour me confier votre récit, qui présente des similitudes troublantes avec le contenu du cahier anglais.

– Qu'est devenu ce cahier ? demande-t-elle, nerveuse et impatiente de glaner une caution tangible à son histoire. J'aimerais beaucoup le voir. N'ayez crainte, je lis l'anglais, et ne le montrerai à personne.

Le père Placide baisse ses yeux délavés et respire plus fort.

– Hélas ! Ainsi que le vieux coutumier de l'abbaye, ce cahier n'est plus.

Johanna est abasourdie par cette nouvelle.

– Comme dom Larose en son temps, à propos du coutumier, reprend le vieillard, je demeure l'unique témoin que ce calepin a existé... et cet après-midi, ma mémoire a transmis le plus fidèlement possible son contenu.

Ses mains et sa bouche tremblent convulsivement.

– Je ne voulais pas que ce texte tombe entre les mains de n'importe qui, explique le vieil homme. Après qu'il m'eut été traduit, et avec l'accord de mon prieur, je choisis de ne pas le déposer aux archives d'Avranches, mais de le conserver dans la clôture de l'abbaye, dans la petite bibliothèque privée des moines. Or, deux ans avant notre départ du Mont, nous avons trouvé un matin la serrure de l'une des portes des bâtiments conventuels fracturée. Tout était en ordre, et apparemment, on n'avait rien pris. Cependant, je m'aperçus que le cahier d'Aelred Croward avait disparu. C'était le seul document qui avait été volé... le seul, mais c'était un désastre... dont j'étais responsable. Si j'avais su, je l'aurais gardé avec moi, sous cet habit.

Johanna est consternée. Dérobé ! Mais par qui ?

– Quelqu'un d'autre que vous savait ! s'exclame-t-elle. Qui, mon père, qui, sinon celui qui vous l'a traduit ?

– Vous faites fausse route. Jamais cet homme n'aurait commis un acte sacrilège. Jamais je n'ai douté de Fernand Bréhal. D'ailleurs, au moment du larcin, il était décédé depuis plusieurs années, paix à son âme !

– Il a pu en parler à quelqu'un avant de mourir, sur son lit de mort même.

– Non, non ! J'ai retourné cette question des milliers de fois dans ma tête. Non, Fernand Bréhal n'en a jamais parlé à personne, il m'en avait fait le serment, et c'était un homme de parole. Tant et si bien que jamais, après me l'avoir traduit, il n'osa même en discuter avec moi.

– Soit, si vous répondez de lui..., concède la jeune femme. Mais quelqu'un d'autre, pourtant, était au courant, vous ne pouvez nier cette évidence. Pardonnez-moi, mais... et parmi vos frères du Mont, ou ceux de l'abbaye d'Ampleforth ?

– C'est impossible, réplique-t-il avec véhémence. Un frère, d'où qu'il vienne, n'aurait pas eu besoin de fracasser la serrure pour pénétrer dans le bâtiment, il n'avait qu'à se servir de l'intérieur.

– Justement, c'était signer son acte, c'était avouer que le vol avait été commis par un moine, seul habilité à pénétrer dans la clôture du monastère. Alors qu'en fracturant la serrure, un frère laissait croire que le coupable était un laïc...

– Vous avez tort ! crache-t-il encore. D'ailleurs, aucun de mes frères ne savait. A Ampleforth, le calepin avait été oublié, et ici, je n'ai révélé son contenu qu'à mon prieur. Vous n'allez tout de même pas accuser un supérieur d'avoir dévalisé son propre monastère ?

Johanna esquisse un sourire triste. Le père Placide semble à bout de forces. Elle se résout à abandonner la partie.

– Malheureusement, je crois que de tels méfaits se sont produits dans cette abbaye, et dans d'autres, au cours du passé, rappelle-t-elle. Mais vous avez raison, c'était il y a longtemps, et je ne me permettrais pas d'incriminer votre ancien prieur. Ce larcin demeurera donc un mystère...

Ereinté d'avoir tant parlé, le père Placide ferme les yeux et sombre brusquement. Johanna se précipite sur lui. Il respire. Le vieillard est simplement assoupi. Avec tendresse, elle arrange ses oreillers, remonte le drap blanc sur sa bure et s'assied près de lui, sur la chaise, tel un gardien veillant sur son sommeil. Pendant des siècles, les moines ont défendu des démons le repos des laïcs, en restant éveillés, chantant et priant pendant que les profanes étaient endormis. Aujourd'hui, c'est elle qui détient les armes protectrices de la torpeur de cet homme, cet homme qui vient de lui offrir un cadeau inestimable : la réalité historique du moine décapité, la preuve de son existence, les raisons de ses apparitions, et l'attestation que Johanna n'est pas aliénée... Elle est possédée, mais par un être sans défense qui compte sur elle pour être sauvé. Oui, maintenant, elle a enfin la réponse à une question qu'elle se pose depuis vingt-six ans : pourquoi elle l'a vu, et ce qu'il attend d'elle ! Certes, elle ignore encore avec certitude qui il est vraiment, mais cette question lui semble revêtir moins d'importance...

Quelle chance a eue Johanna de faire parler le père Placide avant qu'il ne s'endorme définitivement ! Elle regarde le vieillard avec une infinie reconnaissance, teintée d'admiration : quel vif esprit est cet homme, à son âge ! Quelle prodigieuse mémoire, vingt-cinq ans après que Fernand Bréhal lui a traduit le cahier qu'il n'a pas lu lui-même... comme dom Larose, qui a gardé son récit par-devers lui pendant presque cinquante ans, jusqu'à sa mort... Johanna fronce les sourcils et, une seconde, une effroyable idée la traverse : rien n'est plus faillible et partial que la mémoire humaine, de surcroît lorsque ce souvenir est non seulement oral, mais indirect. Seul l'écrit conserve les faits avec un semblant d'objectivité. L'auteur du cahier, Aelred Croward, n'a rien vécu de ce qu'il raconte ; il n'a fait que répéter, du mieux possible, ce que lui rapportait un vieillard moribond, dom Larose, sur des événements qui s'étaient déroulés un demi-siècle plus tôt, partant d'un manuscrit que l'ancien frère montois avait parcouru une seule fois ! Quant au père Placide, un vieillard lui aussi, il relate le souvenir, non pas visuel, mais auditif d'une lecture de ce cahier qui est déjà un recueil de souvenirs de deuxième main ! Comment la réalité n'a-t-elle pas été altérée ? Il est évident que certains faits ont été déformés... Le seul élément incontestable est qu'il ne subsiste aucune preuve matérielle de toute cette histoire !

A défaut du coutumier brûlé par l'abbé de dom Larose, Johanna décide de tout entreprendre pour dénicher le calepin anglais de frère Aelred Croward, et son voleur ! Le cambriolage est récent... Il y a de fortes chances pour que son auteur vive encore et qu'il ait conservé l'objet d'une convoitise qui lui a fait prendre tant de risques. Pour l'heure, elle n'a aucune idée de l'identité du malfaiteur... Soudain, on frappe à la porte, et la religieuse qui l'a si mal accueillie en bas entre, portant un plateau où sont posés un bol de chocolat et des tartines.

– Son goûter, dit-elle à Johanna, en jetant un œil au vieux moine, en pleine sieste. Ah, je vois qu'il est aussi loquace qu'à son habitude, constate-t-elle, la mine réjouie. Je vous l'avais bien dit !

– Eh oui, vous aviez raison, ment Johanna. Mais ce n'est pas grave... Donnez, ajoute-t-elle en saisissant le plateau, je vais m'en occuper.

– Comme vous voudrez, conclut-elle en se retirant.

– Peste ! lâche le père Placide lorsque la porte est refermée. Avec elle, il vaut mieux être sourd et muet.

– Ah, vous êtes réveillé, observe-t-elle en riant. C'est moi qui vous épuise, mon père, je suis désolée... Je m'en vais immédiatement.

– Pas question, répond-il. J'avais peur que vous ne soyez plus là. Ah ça, pour une fois que je peux parler de lui avec quelqu'un qui l'aime autant que moi, dit-il en désignant la gravure du Mont. Cela ne m'était pas arrivé depuis ma retraite. C'est pour cette raison que j'avais résolu de me taire. Les conversations quotidiennes des vieux ne m'intéressent guère... Donnez-moi ça, ordonne-t-il en montrant le goûter qu'elle a dans les bras, aujourd'hui j'en ai envie.

Elle s'exécute de bonne grâce, l'aidant à boire le cacao. Mais il ne touche pas aux tartines. C'est Johanna qui les dévore, se souvenant qu'elle n'a pas déjeuné ce midi. Sustentés, ils se regardent comme de vieux amis, deux êtres à l'âme complice, unis par un lien puissant et invisible.

– Ma fille, murmure-t-il en lui prenant les mains, en me confiant vos rêves vous m'avez éclairé sur le récit d'Aelred Croward, dont j'avoue avoir douté. Vous avez illuminé un pan de l'histoire du rocher... rocher qui fut, bien que je le connusse tardivement, au centre de mon existence. Quant à moi, en vous narrant le contenu de ce cahier, j'ai éclairé vos songes et le sens de votre quête, dont la montagne sacrée est le centre, depuis votre enfance. Toutefois, je dois vous mettre en garde. Je vous vois aujourd'hui pour la première et peut-être la dernière fois, mais je lis en vous... et ce que je lis me remplit de crainte ! Je redoute que, maintenant, votre dessein soit de fouiller à Notre-Dame-Sous-Terre... et cela, ma fille, je vous prie de ne point le faire. Car si l'histoire du moine décapité relatée par frère Croward et par dom Larose est vraie, alors les assassinats de ceux qui ont fouillé le sont aussi. Rendez-vous compte que quelqu'un trucide systématiquement, au cours des siècles, ceux qui sondent le sol de la crypte ! Et ne me répondez pas que cela s'est produit en des temps obscurs, que la modernité a effacés : le vol non résolu du cahier anglais, il y a peu, en pleine clôture, est bien la preuve que, de nos jours, le danger perdure.

C'est exactement ce qu'il faut dire à Johanna pour qu'elle décide de ne pas perdre une minute et de consacrer désormais toutes ses nuits à fouiller la crypte, seule et en secret. L'avertissement du père Placide fait monter en elle une peur naturelle, mais cette appréhension vient justifier son sentiment d'urgence, et sa certitude d'être sur la bonne voie. Elle se munira d'une bombe lacrymogène. Au besoin, le souffle du moine sans tête ou de l'Archange la protégeront ! Néanmoins, elle ne veut pas attiser l'inquiétude du vieux moine et juge préférable de changer de sujet. Elle ne souhaite pas non plus lui mentir.

— Mon père, je me suis toujours demandé ce que pouvait signifier la fameuse sentence : « Il faut fouiller la terre pour accéder au ciel. » Vous avez certainement une idée sur la question ?

Pas dupe, le père Placide ferme à demi les yeux en signe de défiance, mais répond à la jeune femme :

— Il me souvient justement d'un passage du cahier d'Aelred, narrant que frère Ambroise, en 1204, interrogea le revenant à ce propos... et que le fantôme répondit : « Il vous faudra marier les trois sens de cette parole pour que tout puisse s'accomplir »...

— Les trois sens ? Vous n'avez pas évoqué cela tout à l'heure ! s'étonne Johanna, sceptique, se demandant si le père Placide a commis d'autres oublis, ou s'il vient d'inventer à son intention la réplique du moine sans tête. La réponse est encore plus énigmatique que la question, ajoute la jeune femme.

— Pour une athée, certainement, mais pas pour un religieux, dit-il, pincé. Je passe sur le symbolisme chrétien du chiffre trois, que vous devez connaître par votre métier...

Johanna garde le silence.

— Trois comme la Sainte Trinité, reprend doctement le vieillard, les trois personnes divines : le père, le fils, et l'Esprit Saint... Trois comme les trois vertus théologales : la foi, l'espérance et l'amour, qui sont les voies offertes à l'homme pour rejoindre Dieu. Trois comme les trois archanges : Michel, le guerrier, Gabriel, le messager, et Raphaël, le guérisseur...

— J'oublie toujours Raphaël..., confesse-t-elle.

— Donc, je disais, les théologiens médiévaux enseignaient, dans leur exégèse des Saintes Ecritures, les trois sens que les textes sacrés possèdent toujours : un sens littéral, un sens symbolique et un sens spirituel... Ce sont probablement ces trois sens que nous devons à notre tour chercher dans la sentence du moine sans tête, et unir.

– Au niveau spirituel, dit-elle, « il faut fouiller la terre pour accéder au ciel » signifie sans doute qu'en creusant en soi sa boue intime, on accède à la libération de l'esprit... C'est très roman, comme conception, et pas seulement. Car il s'agit d'une autre manière de dire « connais-toi toi-même », maxime philosophique qui était déjà inscrite sur le temple de la Pythie, à Delphes, et trouve des échos jusque dans la psychanalyse moderne.

– Oui, c'est aussi l'essence de la vie spirituelle en général, et monastique en particulier : de tous temps, l'introspection et la prière ont servi à purifier l'âme et la rendre le plus parfaite possible, prête au ciel. Vous avez compris le sens spirituel : le revenant nous incite à ce travail intérieur et réclame qu'on prie pour lui. Symbolique et littéral, à présent ?

– L'âme du moine décapité est prisonnière de l'entre-deux-mondes puisqu'il est fantôme. En fouillant littéralement la terre de la crypte, on pourrait retrouver son crâne et son corps, les réunir concrètement et lever la malédiction de l'Archange, qui libérera son âme et la conduira jusqu'au ciel symbolique : le Paradis. Ainsi, les trois sens sont mariés : spirituel, littéral et symbolique.

– Très juste. Quoi qu'il en soit, Johanna, dit-il en serrant ses mains dans les siennes, je vous répète ce que j'ai dit tout à l'heure : tenez-vous-en au sens spirituel de cette sentence et ne poursuivez pas un chemin jonché de cadavres... Vous risquez votre vie, j'en suis convaincu !

Johanna est encore là, mais elle n'écoute plus. En son for intérieur, elle calcule qu'il lui sera impossible d'entreprendre des fouilles clandestines à Notre-Dame-Sous-Terre, ainsi qu'elle l'a de prime abord envisagé. Elle a besoin de bras, d'équipements, d'informatique, de lumière électrique, un tel chantier ne peut passer inaperçu. Dans ce cas, une solution s'impose : ouvrir un chantier archéologique officiel dans la crypte. Jamais cela n'a été entrepris par l'administration des Monuments historiques, qui a toujours privilégié la restauration de l'existant à la recherche du passé enfoui. Cela n'est pas une mince affaire ; la campagne sur le site de l'ancienne chapelle Saint-Martin a demandé des années de négociation et de préparation ; comment va-t-elle s'y prendre, seule contre tous, pour faire ouvrir un second

chantier ? Elle pense à Patrick Fenoy, à Christian Brard, à François...
Oui, François sera encore son ultime recours ! Comme elle a été
inspirée de lui cacher sa liaison avec Simon et de ne pas rompre avec
lui. Mais quel argument employer ? Elle ne peut rien dévoiler, à
quiconque, de son entretien avec le père Placide... et quand bien
même, en l'absence de preuves matérielles, on ne la croira pas. Cela
prendra des mois, voire des années ! Soudain ses yeux s'allument, en
même temps que ceux du moine recommencent à se fermer de fatigue et de vieillesse. En baissant son regard sur lui, une larme y dépose
un voile. Cet homme l'émeut. Il vient de tant lui donner, en quelques
heures. Elle lui chuchote que, cette fois, elle va le laisser reposer,
mais il ne répond pas.

Doucement, elle dégage ses mains. Celles du père Placide retom-
bent, maigres et inanimées, sur le drap. Elle reviendra le voir, pour
lui apporter du chocolat et lui tenir compagnie, avant qu'il ne rejoigne celle des anges. Lentement, elle se lève, jette un dernier regard
au vieillard, puis à la gravure du Mont, et sort sur la pointe des pieds.
Dans le couloir aux portes roses, elle reprend le fil de son idée subite :
le manuscrit de frère Roman, c'est lui l'argument ! Il y parle de la
crypte, suggérant qu'elle recèle un secret, un secret lié à Moïra, c'est
certain, et en vertu duquel il a changé les plans de l'abbatiale. Le
document a été scientifiquement authentifié, son contenu ne peut
être mis en doute. Et il aurait été bientôt dévoilé, de toute façon...
autant que Johanna en tire profit pour solliciter une autorisation de
fouilles à Notre-Dame-Sous-Terre. Qu'elle fouille, et qu'elle tienne
la promesse qu'elle vient de faire, en son cœur, au moine sans tête :
la promesse de le délivrer !

16

LE CRÂNE RASÉ de Christian Brard luit comme une vieille flaque de pluie sous les rayons du printemps. Derrière ses lunettes d'écaille, il garde les yeux baissés sur un document tandis que, d'un geste de la main, il invite Johanna à s'asseoir.

– « *Motivation impérieuse* », lit-il, « *il fallait absolument que je modifie sur un point les croquis de Pierre de Nevers, que je portais dans mon scapulaire* », « *il fallait que soit conservée cette église* », « *les causes réelles de la modification des croquis doivent toujours demeurer cachées, à tous* »...

– « *A cet instant où vous me lisez, peut-être l'ai-je enfin rejointe ! Sans doute ai-je achevé mon dernier devoir sur terre, accompli en mémoire d'elle, en fidélité au secret qu'elle m'a confié et à notre amour immortel...* » complète Johanna de mémoire, car elle connaît par cœur la confession de Roman.

– Et cette citation-là, vous la connaissez ? renchérit-il. « Les pierres étaient des morceaux de sucre imbibés d'eau. »

– Non, je...

– Prosper Mérimée, l'écrivain, répond l'administrateur. Il était aussi inspecteur général des Monuments historiques, et il écrivit ces mots dans le rapport qu'il envoya au ministre en 1841, après sa visite au Mont. Il avait trouvé l'abbaye dans une telle situation de délabrement qu'il a alerté les pouvoirs publics, en précisant qu'il ne fallait surtout pas entreprendre de travaux, sinon l'administration pénitentiaire en profiterait pour loger encore plus de détenus... Heureusement, en 1863, l'Etat a compris que le seul moyen de sauver ce joyau de l'histoire était de fermer, enfin, cette fichue prison...

L'administrateur des Monuments historiques se lève et ôte ses lunettes.

– Voilà dans quel état il se trouvait lorsqu'on nous l'a confié…, conclut-il. Depuis 1872, l'Etat français a englouti des milliards pour sa restauration, qui n'est jamais terminée, et il continue de dépenser des milliards pour sa conservation… Vous imaginez le talent, l'imagination et l'énergie qu'il a fallu pour le sauver, lui redonner son faste et son âme, et les faire partager, ainsi que le veut la République démocratique, au plus grand nombre. J'ai un million de visiteurs par an dans l'abbaye, neuf mille par jour en été, et j'en suis ravi ! Car si on vous écoutait, vous, les archéologues, l'abbaye serait fermée au public pour vous être exclusivement réservée, elle tomberait en ruines, et surtout, surtout, vous la transformeriez en fromage de gruyère en creusant partout, parce que vous avez une intuition, ou qu'un manuscrit du XIe laisse sous-entendre un hypothétique mystère. Si on vous avait laissé faire, il ne resterait rien de cette abbaye, rien, que des trous disséminés au gré de votre curiosité et de votre inspiration du jour, et plus aucune pierre ne tiendrait debout. Nous, les administrateurs, mettons des années à tenter de sauver un site, à le faire découvrir et aimer à tous, quand vous, vous voulez le fermer pour le détruire à votre guise !

– Et pourtant, le coupe calmement la jeune femme, c'est aussi sur la foi d'un vieux manuscrit qu'ont été autorisées les fouilles de l'ancienne chapelle Saint-Martin… Voyez-vous, nous avons tous deux le même employeur : l'Etat, le ministère de la Culture, et en fait, nous servons le même dessein : exhumer un passé anéanti par l'Histoire, lui redonner vie, et le faire partager pour qu'il éclaire nos contemporains.

– Votre prétendue sauvegarde de l'histoire passe par le saccage officiel d'une autre histoire, tranche-t-il d'un ton acide. La campagne de fouilles de l'ancienne chapelle Saint-Martin n'endommageait aucun vestige, aucun autre site… alors que les fouilles dans la crypte ! Froidevaux a consacré plus de deux ans de sa vie à restaurer Notre-Dame-Sous-Terre, le site le plus ancien du Mont, à la débarrasser de ses scories, à interpréter, à reconstituer les murs disparus, « l'épiderme », comme il disait, il a si bien senti le lieu, l'a réparé avec tant de sensibilité et d'habileté qu'aujourd'hui je défie quiconque de distinguer les maçonneries contemporaines de celles d'origine. Il a même découvert un pan de mur du sanctuaire d'Aubert… il a su restituer la crypte avec un art si parfait que cette restauration est considérée comme un modèle, qui surprend et enchante chaque visiteur. Et vous, sous prétexte de déterrer un passé plus ancien, dont sans doute il ne subsiste rien, vous voudriez tout anéantir !

– Monsieur, je comprends votre point de vue et votre inquiétude, dit-elle en se levant à son tour. Vous aimez votre métier, vous aimez cette abbaye... et moi aussi, figurez-vous. Il est indéniable que les Monuments historiques y ont accompli – et y accomplissent toujours – une œuvre considérable, qu'en aucun cas je ne souhaite endommager. Concernant Notre-Dame-Sous-Terre, je ne toucherai pas à la restauration de Froidevaux.

– Permettez-moi d'en douter. De toute manière, vous n'allez trouver que le rocher !

– Peut-être, l'avenir le dira.

– Vous dites me comprendre, mademoiselle, dit-il en se rasseyant derrière son bureau et en nettoyant ses lunettes, mais sachez que moi je ne vous comprends pas. Vous, spécialiste reconnue et respectée de Cluny, vous faites des pieds et des mains pour vous faire nommer, en remplacement de Roger Calfon, dans une abbaye à laquelle – pardonnez-moi – vous ne connaissez pas grand-chose. Cela, à la limite, peut s'expliquer par une ambition professionnelle légitime, et par l'intérêt du chantier de fouilles de l'ancienne chapelle Saint-Martin, les premiers travaux archéologiques aussi importants qu'on ouvrait ici, entrepris à partir d'un parchemin certes, mais un parchemin qui donnait des indications précises et vérifiables. Là où je ne vous suis plus, c'est que, loin de profiter de cette fantastique opportunité, vous vous mettez tout le monde à dos, moi le premier, et vous usez de votre influence au ministère, prenant le risque de briser votre carrière, pour faire déplacer ce chantier de l'ancienne chapelle Saint-Martin à la crypte Notre-Dame-Sous-Terre, sur la foi d'un vieux manuscrit clunisien dont les arguments obscurs et sibyllins, vous le savez aussi bien que moi, sont insuffisants pour justifier l'ouverture de fouilles. Pour couronner le tout, et cela je ne vous le pardonne pas car c'est une attitude indigne d'un fonctionnaire... au lieu de venir me parler en toute franchise de ce manuscrit et de votre projet, qui concernaient directement le Mont donc moi-même, vous avez passé outre, intriguant par-derrière, en secret, jusqu'à ce qu'on m'impose, d'en haut, cette décision.

Elle se rassied avant de répondre.

– Là-dessus, avoue-t-elle, je reconnais n'avoir pas fait preuve d'une totale loyauté à votre égard. Mais sincèrement, croyez-vous que si j'étais venue à vous après la découverte du testament de frère Roman, vous auriez favorablement accueilli ma requête ? Allons... je n'avais aucune chance, sinon celle d'entrer en conflit ouvert avec vous.

– Au moins ma passion pour les vieux manuscrits aurait-elle été plus tôt satisfaite ! Car celui-là est exceptionnel et j'aurais aimé pouvoir l'examiner auparavant. Mais soit, j'aurais réagi contre vos désirs, c'est certain, car hier comme aujourd'hui je les trouve sans fondement, aberrants et dangereux, puisque à l'encontre de la sauvegarde des pierres de l'abbaye.

– Et si je vous disais que la crypte cache sans doute un trésor ? tente-t-elle, voyant que l'administrateur est dans de meilleures dispositions qu'au début de leur entrevue.

Il l'examine comme un aliéniste scrutant un fou incurable.

– C'est une plaisanterie, j'espère ? demande-t-il d'une voix blanche. Vous avez déduit des mots de frère Roman qu'il avait modifié les plans pour protéger un trésor ? C'est cela que vous espérez trouver, un trésor des Vikings, des Celtes, des croisés ou des moines normands, que sais-je encore, et qui a justifié ce complot, cette mascarade ministérielle ? Mais... ce n'est pas possible, vous avez trop lu Stevenson ou Dumas, et cela vous est monté à la tête !

Elle regrette ses paroles, mais il est trop tard. Autant en rajouter pour lui montrer sa conviction, sans dévoiler sa vraie motivation.

– Monsieur, lorsque je dis « trésor », il ne s'agit pas forcément d'un trésor en or et pierres précieuses. Ecoutez, la crypte cache un secret, vous ne pouvez le nier : frère Roman, le maître d'œuvre, protège un secret qu'il n'a même pas voulu confier à son abbé, et pour lequel il s'est rendu coupable d'un immense blasphème, pour un moine et pour l'époque ! Ce secret, personne ne l'a jamais percé... Cela peut être des reliques de saints très anciens, remontant aux premiers chrétiens ou à Aubert lui-même, des manuscrits, bibles ou poteries datant des Celtes ou des chanoines, ou quelque chose lié à Moïra, oui, Moïra, l'amour de sa vie. Quelque chose qu'elle a dissimulé là... et qui aurait été découvert si on avait détruit l'ancienne église, ce que Roman a évité. En tout cas il y a un mystère, bien concret, que l'archéologie contemporaine a les moyens de percer, sans mettre à sac la crypte. Ce serait un crime que de s'en priver.

L'administrateur entoure sa tête de ses mains, dans une posture désespérée.

– Moïra ? Eh bien ! Moi qui vous prenais pour une scientifique..., dit-il d'un ton désolé. Tout cela, vous le faites pour satisfaire une âme romantique. Ma crypte, Notre-Dame-Sous-Terre, va être retournée dans tous les sens, transformée en tranchée, labourée, souillée parce qu'une jeune archéologue au bras long a décidé qu'il y a presque mille ans une suppliciée dont un moine était tombé amoureux aurait enterré là un « secret » qu'on n'aurait jamais retrouvé ? C'est du délire ! Ecoutez, sortez, je ne souhaite pas en entendre davantage, puisque de toute façon je ne peux rien faire pour empêcher cette profanation... Attendez !

Il lui jette l'arrêté ministériel d'autorisation de fouilles, qu'il vient de recevoir le matin même.

– Je vous laisse le soin d'expliquer tout cela à votre équipe, et à Patrick Fenoy en particulier. Demain, vous nettoierez et protégerez le chantier de l'ancienne chapelle Saint-Martin, je ne tiens pas à ce qu'un touriste se casse une jambe en tombant dans un trou, et dès après-demain, vous commencerez à Notre-Dame-Sous-Terre. Mais je vous préviens, mademoiselle, le ministère vous a accordé deux mois seulement dans la crypte, du 15 avril au 15 juin... je m'y plie malgré mon opposition, car moi je respecte la hiérarchie, mais vous n'aurez pas un jour, pas une heure de plus. La crypte rouvrira le 16 juin aux visites-conférences et cet été aux parcours nocturnes... Comptez sur moi pour faire en sorte que vous me la rendiez dans le même état que vous l'avez trouvée, c'est-à-dire en parfait état, vierge de vos élucubrations.

Elle sort avec son arrêté dans les mains, penaude et furieuse. Mais quoi ? Elle ne pouvait pas lui parler du moine décapité, du père Placide, du coutumier brûlé et du cahier anglais volé. Pour le coup, Brard l'aurait fait enfermer à l'hospice avec le vieux moine ! Car le manuscrit de Cluny, le testament de Roman, lui, existe bel et bien et a été officiellement authentifié. C'est d'ailleurs, en partie, ce qui l'a sauvée... Le parchemin date du XIe siècle et a été fabriqué dans l'atelier de l'abbaye de Cluny. L'encre a été confectionnée selon les techniques et avec les ingrédients propres au *scriptorium* de Cluny, et elle pourrait dater de 1063, année inscrite sur la lettre. L'écriture, la langue, le style correspondent aussi à cette période. La seule incertitude réside dans l'époque à laquelle on a introduit le document dans le tube en cuivre avant de le placer dans la sépulture de Pierre de Nevers, sépulture authentifiée elle aussi, par Paul. Ce dernier défend toujours la thèse que c'est Hugues de Semur, convaincu de la mort de Roman, ou plutôt de Jean de Marbourg, qui a fait desceller le caveau de son maître pour y cacher le testament de son disciple. Ensuite, Hugues ou d'autres abbés ont transféré la tombe dans le chœur de Cluny III. L'examen minutieux que Paul effectue du caveau et de son habitant, depuis presque quatre mois, semble corroborer sa théorie : il a trouvé des traces infimes et très anciennes d'ouverture, puis de fermeture du tombeau. Le manuscrit n'est donc pas une invention de faussaire : il a été écrit à la date indiquée. Quant à son contenu, sur lequel se penchent latinistes et médiévistes spécialisés dans l'histoire du Mont et de Cluny, il suscite, en revanche, une redoutable polémique : certains experts veulent croire à la véracité historique de ce témoignage et recherchent, en vain, des traces de l'existence de frère Roman et de Moïra. Les ducs normands et les abbés évoqués ne posent pas de problème : l'empoisonnement éventuel de Hildebert est même une question que se posent depuis longtemps les historiens, et son éventuel empoisonneur, Almodius, a traversé les âges en vertu de son œuvre de chef du *scriptorium*.

Jean de Marbourg ne figure pas sur les coutumiers clunisiens, et on n'a aucune chance de lire le nom de frère Roman sur les coutumiers montois puisque ce qu'il restait de ces documents a péri par le feu en 1944. Toutefois, tous s'accordent à penser que ce Roman connaît la vie monastique et qu'il peut fort bien avoir été moine au Mont, puis à Cluny. Il peut aussi avoir connu Pierre de Nevers, mais qu'il ait été lui-même maître d'œuvre de la grande abbatiale montoise reste à prouver, et c'est indémontrable, puisque les archives du chantier ont également disparu... Bref, frère Roman est un fantôme de moine invisible, introuvable, invérifiable, mais possédant un esprit qui a franchi le temps grâce à ce document. Quant à Moïra, elle n'est historiquement rien, il ne demeure aucun stigmate de son jugement à Rouen ni de ses supplices au Mont : elle ne vit qu'à travers les mots de l'auteur du manuscrit. C'est ce fait qui a poussé certains experts à cesser de considérer ce document comme un témoignage historique, pour le percevoir comme la saisissante fantaisie d'un moine, une œuvre de fiction originale, révolutionnaire même, une fable inventée par une intelligence tourmentée, vive et imaginative : un conte adressé à Hugues de Semur, un court roman, le premier roman jamais créé en Occident, un siècle avant les ouvrages en vers transposant des écrits latins, plus d'un siècle avant les Français Chrétien de Troyes, Béroul, Thomas, que l'on pensait être jusqu'alors les inventeurs de ce genre littéraire en Europe. Lorsque Johanna a appris la controverse qui opposait les « partisans de la révélation historique » aux « partisans du roman », elle a songé à Simon, qui avait choisi son camp dès qu'elle lui avait lu le testament de Jean de Marbourg, le soir de la Saint-Sylvestre, et l'a immédiatement tenu pour une création, géniale, mais sans lien avec la réalité. Puis elle a résolu d'utiliser cette polémique à ses propres fins.

C'étaient les premiers jours de février, ce mois terne, gris, avorté. Elle était obnubilée par les révélations du père Placide qui l'avaient profondément bouleversée. Elle faisait mine de se concentrer sur le chantier de l'ancienne chapelle Saint-Martin, mais était passée à la phase 2 de son plan : parvenir à fouiller officiellement à Notre-Dame-Sous-Terre, en se servant du seul élément tangible que tous maintenant connaissaient : la confession de Roman. Elle annonça à Simon qu'elle allait visiter ses parents et, le week-end suivant, elle rejoignit François dans un hôtel d'Etretat, luxueux, désert et suranné. Lorsque le haut fonctionnaire évoqua la querelle de clocher qui divisait les historiens à propos du manuscrit de Cluny, elle sauta sur l'occasion que la providence lui tendait : si les recherches historiques en bibliothèque étaient restées infructueuses, l'unique moyen de départager les deux parties résidait dans son art : l'archéologie ! L'auteur disait clairement que la crypte Notre-Dame-Sous-Terre recelait un secret, pour lequel il avait modifié les plans de la grande abbatiale, ce changement ne répondant à aucune considération architecturale. Eh bien, c'était simple, il suffisait de fouiller la crypte : si ce récit était un témoignage historique, les archéologues exhumeraient ce secret ; s'ils ne trouvaient rien, les partisans du roman auraient raison. Dans les deux cas, ce document avait une valeur inestimable et il méritait qu'on secoue un peu l'Administration ! François, qui était loin d'être naïf, avait immédiatement saisi ce qu'impliquait l'affirmation de Johanna, et la raison qui l'avait poussée à venir passer trois jours avec lui. Il en fut affligé.

– Et, comme par hasard, avait-il dit en cachant sa peine, c'est toi qui serais habilitée à diriger ces fouilles dans la crypte ?

– Ecoute, François : il se trouve que, par chance, une équipe complète et opérationnelle d'archéologues se trouve déjà sur place, ce serait bête de ne pas en profiter, c'est plus simple et moins onéreux que de faire venir une seconde équipe. Il suffit de déplacer temporairement le chantier de l'ancienne chapelle Saint-Martin vers la crypte, la campagne de fouilles sera brève car la crypte est petite, ensuite, on reprendra le cours normal de nos travaux. Et puis, pour ne rien te cacher, il est évident que j'aimerais diriger moi-même ces recherches à Notre-Dame-Sous-Terre. Souviens-toi de ce que je t'ai confié, en septembre dernier, lorsque tu m'as emmenée au Mont, et que tu es le seul à savoir, avait-elle menti. Je crois que, symboliquement, fouiller la crypte serait pour moi comme fouiller mon inconscient et me libérerait de mes cauchemars de petite fille. Cependant, il y a un souci : il va falloir faire vite ! Car mon arrêté de nomination au Mont est provisoire, et n'est valable que six mois.

Elle avait eu la sagesse stratégique de ne pas insister davantage et de ne plus évoquer le sujet durant le reste du week-end. François avait toutes les cartes en main, il n'aurait servi à rien de le harceler. Pour l'instant. Johanna savait que l'épouse de Roger Calfon était au plus mal – Patrick Fenoy s'était récemment rendu à son chevet, à l'hôpital – et que l'archéologue chevronné ne reprendrait pas de sitôt ses fonctions. Cela, François ne pouvait l'ignorer, mais il aurait été du plus mauvais goût que Johanna y fasse allusion. Elle s'employa plutôt à faire comprendre à François combien elle s'était éloignée de lui au cours des derniers mois – sans évoquer Simon – et combien elle pourrait définitivement s'éloigner de lui, s'il ne l'aidait pas. C'était du chantage, elle en avait conscience mais elle n'en concevait aucun scrupule : sa priorité absolue et secrète était de lever la malédiction qui pesait sur le moine décapité, elle devait le libérer pour se libérer elle-même, et seul ce but importait. Elle mènerait à terme sa mission, elle tiendrait sa promesse, et pour cela elle était décidée à employer tous les moyens en sa possession. Tous les moyens, dont le secours de François n'était pas le pire : elle se servait de lui, certes, mais ne lui avait-elle pas beaucoup donné au cours de leur liaison ? Et lui, cet homme marié, que lui avait-il offert, à part des rendez-vous clandestins et sans avenir ? Cela, c'était l'argument préféré d'Isabelle, raisonnement que Johanna savait, au fond, être fallacieux lorsqu'il était appliqué à elle-même. Car c'était elle qui avait choisi François, et par là même la discontinuité et la frustration inhérentes à cette relation. Cette forme de non-engagement l'avait rassurée, mais pour l'heure elle feignait de l'oublier. Isabelle avait raison, se disait-elle, ce que François avait de mieux à lui proposer, c'était une aide professionnelle, que Johanna aurait été stupide de ne pas solliciter. Elle connaissait suffisamment le genre masculin pour deviner que si François la sentait à sa merci, faible et implorante, il ne bougerait pas, alors que, s'il craignait de la perdre, il l'épaulerait pour lui prouver combien elle avait besoin de lui.

La manœuvre avait parfaitement fonctionné : François avait tellement eu peur que Johanna le quitte qu'il avait remué tout le ministère pour lui obtenir un arrêté d'autorisation de fouilles dans la crypte et prolonger ses fonctions au Mont. L'opposition de Christian Brard avait été immédiate, véhémente, et légitime sur un point : le contenu objectif du manuscrit du Cluny pas plus que la polémique des spécialistes à son sujet ne pouvaient justifier que, subitement, les Monuments historiques battent en brèche la politique de conservation du patrimoine, qui prévalait sur le rocher depuis presque cent cinquante ans. François l'avait tout de même emporté, soutenu par quelques historiens connus appartenant aux deux camps, mais il savait que l'administrateur avait raison. Ce dernier avait réussi à obtenir que la campagne de recherches n'excède pas deux mois.

En sortant du bureau de Christian Brard, Johanna sait qu'une autre épreuve, aussi redoutable, l'attend : annoncer à son équipe la réorientation du chantier. Des rumeurs ont circulé, mais rien de précis, car, pour réussir son coup de force, François a entouré le projet du secret, afin d'éviter que les associations de défense du Mont ou des archéologues amers tels que Patrick Fenoy ne viennent entraver ses démarches. Respectueux du jeu imposé par sa hiérarchie, l'administrateur s'est démené seul, sans ébruiter l'affaire – alors qu'une médiatisation aurait servi son pouvoir de contestation – et François lui en garde une sincère estime, lui qui, dans cette lutte intestine, a manqué de loyauté professionnelle. Brard est un homme fin et subtil, il a peut-être tout deviné, mais pour l'instant il s'est borné à des allusions. Johanna et lui doivent rester prudents.

– C'est... C'est très surprenant, mais terriblement excitant ! s'exclame Florence, accoudée au poulain bordant le chantier de l'ancienne chapelle Saint-Martin. On ne profitera plus du soleil, mais tant pis.

– Etonnant en effet, renchérit Jacques. J'adore l'idée de fouiller pour retrouver la vraie valeur de mots surgis du passé : facture historique ou romanesque.

– Oui... personnellement, ajoute Dimitri en ôtant délicatement ses gants, sans doute pour l'unique fois de ma vie, je souhaiterais ne rien trouver dans cette crypte, afin que ce manuscrit soit le premier roman jamais écrit...

– Quelle âme romantique, celui-là ! raille Sébastien. Moi je suis partant aussi, Jo, mais j'espère qu'on va trouver un énorme magot planqué par Aubert et ses chanoines, des encensoirs en or et en rubis, des calices de vermeil, un tabernacle en diamant, le glaive de saint Michel lui-même ! Dis donc, madame la directrice, vous avez été bien cachottière, sur ce coup là. On sentait bien que quelque chose se tramait, mais on s'attendait pas à ça. Comment t'as fait pour obtenir l'autorisation de nos chères huiles du ministère, aussi vite et sans qu'on en sache rien ? C'est pas du tout dans leurs habitudes.

Johanna rougit.

-- C'est que... dès qu'on a découvert le parchemin, à Cluny..., commence-t-elle maladroitement. Il ne fallait pas que vous soyez au courant, à cause des groupes de pression.

– Groupes de pression, tu parles ! l'interrompt Patrick. Madame a ses entrées au ministère, voilà la raison. Cluny n'était plus assez bien pour elle, elle s'est arrangée pour se faire nommer ici, et elle s'en est aussi servie pour sa dernière toquade, les fouilles dans la crypte. Et nous, il fallait surtout pas qu'on s'en mêle, vous pensez bien. Vous autres, dit-il en leur jetant un regard méprisant, puisque vous semblez si contents de servir les abracadabrantes lubies de madame, grand bien vous fasse, mais moi j'ai une autre conception de notre métier. Jamais je ne cautionnerai ce chantier improvisé et grotesque, et je refuse d'être traité comme un pion qu'on met devant le fait accompli.

Sur ce, il tourne les talons.

– Eh, Patrick, où vas-tu ? ose lui demander Florence.

– Prévenir Brard de ma démission ! crache-t-il.

Johanna est déconcertée.

– Laisse, ce n'est rien, la console Flo. C'est juste une réaction d'amour-propre, un réflexe de macho atteint dans sa virilité. Il est vexé que tu ne lui aies pas demandé son avis avant d'agir, c'est tout. C'est sa manière de sauver la face. Je suis sûre que dans quelques heures, demain au plus tard, il sera de retour à son poste. Jamais la crypte n'a été fouillée, il ne manquerait ça pour rien au monde.

– Ce n'est pas que je l'apprécie tellement, répond Johanna, mais je dois avouer que c'est un bon archéologue, et puis ce n'est jamais bon pour une équipe que l'un de ses membres abandonne ainsi...

– Te tracasse pas, insiste Jacques. Laisse-le faire son caprice. Je parie une bouteille de calva avec toi qu'il ne démissionnera jamais.

– Pari tenu ! Si tu as raison, Jacques, dit Johanna, je t'offre un vingt ans d'âge.

Ce soir-là, alors que Sébastien prend son tour pour préparer le dîner – des tripes à la mode de Caen, roboratives et qu'il a juste besoin de réchauffer –, l'assistant de Johanna n'est toujours pas rentré au bercail. Simon attend la jeune femme à Saint-Malo, mais elle a retardé son départ au cas où Patrick reviendrait : une explication s'impose et elle brûle de se confronter à Fenoy. Johanna regarde sa montre, soupire, hume avec regret le bloc de tripes qui commence à fondre doucement dans la cocotte, puis se résout à partir. En descendant les marches de la rue principale, prudemment à cause de ses talons, elle lève la tête vers le crépuscule rouge. Après-demain, dans deux jours au plus tard, débuteront les fouilles à Notre-Dame-Sous-Terre... Elle devrait être satisfaite, mais elle se sent oppressée. Oui, comme étouffée par une main invisible, qui n'est pas celle de son revenant. Sur la route de Saint-Malo, elle s'efforce de trouver une cause à cette sensation, sans y parvenir. Elle est ravie de retrouver Simon, qu'elle n'a pas vu depuis plusieurs jours à cause des vacances de Pâques et des premiers touristes : il a regagné Saint-Malo pour ouvrir sa boutique toutes les fins de semaine et ne vit plus au Mont qu'à temps partiel. Loin de la contrarier, cette obligation a soulagé Johanna, qui voit d'un mauvais œil l'ébruitement de leur liaison, qu'elle s'obstine, au grand dam de Simon, à garder le plus discrète possible. Elle l'aime pourtant, plus qu'elle n'a jamais aimé François ou un autre homme, mais c'est plus fort qu'elle, elle ne peut supporter d'exhiber au grand jour ce rarissime amour, ces instants volés à l'insignifiance de sa réalité affective, qui, pour rester beaux, solides et durables, doivent demeurer cachés, dérobés à la face carnassière du monde. Passé l'élan romantique des premières semaines, les rendez-vous nocturnes dans la demeure montoise de Simon ont rendu la jeune femme craintive et farouche : la distance géographique qui sépare le Mont de Saint-Malo, quoique faible, lui redonne son assurance. Certes, cela lui permet de protéger François, Simon et elle-même des persiflages inhérents à un village, mais elle sent que là n'est pas la principale raison de son apaisement. Ce petit éloignement lui permet plutôt de garder la maîtrise de la relation, de ne pas se livrer totalement à Simon, car elle a l'impression que si elle le fait, elle le perdra.

Avant de sonner à la porte du somptueux appartement qu'il occupe au-dessus de sa boutique, elle entre chez un caviste et achète une bouteille de champagne fraîche : elle a envie de fêter avec lui la prochaine ouverture des fouilles à Notre-Dame-Sous-Terre. Il la serre dans ses bras comme si elle était de retour d'une expédition de dix ans au pôle Nord.

– Ah, vivement dimanche soir, lui murmure-t-il à l'oreille en l'embrassant fougueusement, que je ferme le magasin et que je revienne au Mont. Après, plus qu'une semaine et c'est la fin des vacances de Pâques, je rentre à la maison et on pourra à nouveau se voir tous les jours, comme avant.

– Mais moi j'aime bien venir ici, objecte-t-elle. Ça me fait changer d'air, c'est agréable.

– Oui, et puis surtout, ici, tu ne risques pas de croiser quelqu'un que tu connais... Je ne te comprends pas. Tu as honte de moi ou quoi ?

– Simon, comment peux-tu dire une chose pareille ? Non, je te l'ai déjà expliqué mille fois, ma vie privée ne regarde que moi, et je n'ai aucune envie d'alimenter les potins de mon équipe et des gens du Mont.

– Eh bien, qu'ils jasent ! répond-il, irrité. Qu'est-ce que cela peut bien nous faire ? On est majeurs, consentants, et libres. Je trouve ton souci constant du qu'en-dira-t-on complètement ridicule et anachronique. Ou bien ce sont tes deux ans avec ton homme marié qui t'ont donné cette habitude des cachotteries ?

– Je t'en prie, Simon, commence pas. Je n'ai aucune envie qu'on se dispute ce soir, j'ai eu une rude journée. Ecoute-moi plutôt, j'ai une formidable nouvelle à t'annoncer.

Elle exhibe la bouteille de champagne du sac en plastique.

– Des bulles ? s'étonne-t-il en souriant et en lui prenant la taille. J'ai oublié la date de ton anniversaire ? Il me semble pourtant qu'il tombe en plein été.

Elle pose la bouteille, observe ses boucles noires à fils argentés, ses pattes grises, ses splendides yeux, sa peau tannée par ses escapades en mer, qui le font ressembler à un marin de la Méditerranée. Elle respire son parfum qui sent les courses éperdues à cheval, dans une forêt obscure et magique. Elle lui saisit la tête et plonge dans ses prunelles d'anis.

– C'est bien plus important que mon anniversaire, répond-elle, il s'agit en fait d'une seconde naissance. Oui, un retour à la vie, d'entre les morts... vers le monde des vivants... Le mien, et celui de quelqu'un d'autre.

– J'ai aussi cette sensation, ma Johanna, susurre-t-il, j'étais mort, et tu m'as ranimé.

Elle ne comprend pas. Puis, elle se rend compte du périlleux quiproquo.

– C'est vrai, baragouine-t-elle, mais ce n'est pas de nous deux dont je parle. C'est autre chose. En fait, voilà : je vais diriger une campagne de fouilles à Notre-Dame-Sous-Terre, on commence dans deux jours !

De stupeur, Simon vire au livide. Johanna n'aurait pas pensé que son teint olivâtre puisse muter vers une nuance aussi pâle. Il a cru qu'elle allait lui dévoiler son amour pour lui, alors qu'elle déclare sa passion à une crypte et son habitant sans tête. Elle se sent idiote... Il la lâche, et elle croit voir passer dans ses yeux un éclair de dégoût.

– J'en suis abasourdi, avoue-t-il. Abasourdi et choqué, oui, choqué... Comme tous les amoureux du Mont, dit-il en détachant bien les syllabes des deux derniers mots, je voue un attachement particulier à cet endroit, le plus ancien de l'abbaye, qui témoigne des origines de la montagne et d'une ambiance insolite, au charme médiéval tout à fait perceptible. Je trouve irritant et regrettable qu'on retourne cet endroit dans tous les sens. C'est, c'est comme un sacrilège, une profanation !

– Rassure-toi, répond-elle à voix basse, tu n'es pas le seul à être de cet avis.

– Qu'espères-tu y trouver ? Et pourquoi ne m'en as-tu pas parlé avant ? s'insurge-t-il. Décidément, tout à l'heure j'étais en deçà de la réalité, ce n'est pas le culte du secret que tu entretiens, mais bien celui de l'intrigue, du complot et de la dissimulation ! Ah ça, je te plains... Pour manifester si peu de confiance envers ceux qui t'aiment, tu dois sacrément te détester !

– Pas autant que toi en ce moment..., répond-elle faiblement, les yeux embués.

– Tu ne vois rien, ma parole ! Maintenant tu penses que je te hais ?
Aveugle et parano, en prime ! Que t'est-il donc arrivé, pour que tu
rejettes à ce point l'amour humain ? Parce que c'est sûr, au moins,
avec tes pierres, tes vieilles tombes et tes mecs mariés, tu ne risques
rien ! Pas de danger, pas de scène de ménage, pas de promesses à
tenir, pas d'engagement, pas de trahison ni d'abandon possible ! Mais
tu vas me répondre, à la fin, au lieu de me faire ces yeux de victime,
auxquels je ne crois pas une seconde ?

Jamais elle ne l'aurait cru capable de tant de férocité. Prise en
défaut, elle reste plantée là, en manteau, face à Simon qui bouillonne
de passion déçue, tournant dans le vestibule comme un fauve affamé
qui ne peut atteindre sa pitance. Puis, comme ce fameux soir de
septembre avec François, alors que pour la première fois depuis son
enfance elle venait de voir – et de reconnaître – Notre-Dame-Sous-
Terre, un chagrin immense la submerge. Elle court s'enfermer dans
la salle de bains, pour laisser les spasmes et les cris d'enfant hacher
son grand corps de femme. Simon demeure hébété par sa réaction,
puis déploie tous les remords, les excuses et les mots doux qu'il
connaît – et il en connaît beaucoup – pour qu'elle daigne lui ouvrir
la porte. Il l'étreint comme une mère cajole son enfant, lui parle
comme un frère console sa sœur, enfin il s'enferme en elle comme
un homme épanche sa douleur en une femme.

Affalée dans un fauteuil du salon, face à la cheminée, elle se sent
fourbue et brisée par les larmes. Ici aussi on entend la violence de la
marée, et Johanna se compare aux remparts de pierre que les couteaux d'écume tentent de percer. Lorsque Simon ose lui tendre une
flûte de champagne, de ce champagne qui a tout déclenché, elle
regarde le verre d'un air hostile, puis absent.

– Trinquons quand même, murmure-t-il anxieusement. Au moins
m'aura-t-il permis, sans en avoir bu une goutte, de te dire – fort mal
– des choses qui me pesaient depuis longtemps sur le cœur...

Les yeux rouges et gonflés, entourés de coulures noires de mascara,
elle lui envoie un sourire triste.

– Oui, et je crois que moi aussi je dois libérer le mien de choses
qui l'habitent depuis bien plus longtemps encore...

Elle lève sa flûte vers lui, la vide d'un trait, et commence son récit.
Elle lui raconte ses trois rêves, le cahier d'Aelred Croward, le père
Placide, le revenant, la malédiction de l'Archange... Lorsqu'elle a
fini, son verre que Simon a rempli et auquel elle n'a plus touché, se

dresse à côté de la bouteille, que Simon a bue en l'écoutant. Sans mot dire, il se redresse, bourre une pipe en forme de virgule et l'allume, debout à l'autre bout de la pièce.

– Tu me crois folle ? demande Johanna, gênée par ce silence.

– Johanna, dit-il d'un ton grave, tu sais ce que je ressens pour toi. Grâce ou à cause de cela, je refuse de te mentir. Je suis heureux que tu m'aies enfin fait confiance, je comprends maintenant à quel point cela te fut difficile, mais... je dois te dire que cette histoire me flanque un malaise immense.

Elle pince ses lèvres et attend qu'il s'explique davantage.

– D'un point de vue purement rationnel, reprend-il en tirant sur sa pipe comme un Sherlock Holmes, tu n'as aucune preuve matérielle que ce revenant a bien existé et qu'il est vraiment apparu dans le passé. Quant au fait qu'il soit la même « personne » que l'auteur du manuscrit de Cluny, dont on ne sait rien, et qu'on soupçonne d'avoir tout inventé – ce qui n'enlève rien à son talent –, alors là c'est du délire... Le pire, c'est que tu vas massacrer la plus vieille crypte du Mont pour vérifier ces allégations. Officiellement bien sûr, parce que tes raisons officieuses me semblent relever du pur fantasme. Comment peux-tu accorder du crédit à ce qu'a dit ce vieux gâteux, qui t'a vraisemblablement déblatéré ce que tu avais envie t'entendre, trop content d'avoir ta visite ? Bref, tout cela n'est que création d'esprits trop sensibles – et très névrosés – à l'imagination débordante.

Elle est déjà debout et se dirige fermement vers la porte du salon.

– Attends, dit-il doucement en lui attrapant le bras, je n'ai pas terminé. Je n'oublie pas que j'ai affaire à une brillante universitaire, donc je fais un plan en deux parties... ça c'était le grand un, la conception cartésienne !

– Pardon mais j'ai terminé mes études depuis longtemps, répond-elle sèchement, et je ne suis pas ici pour jouer.

– Excuse-moi... C'était pour dédramatiser ! confesse-t-il avec une mine de potache. S'il te plaît, rassieds-toi et écoute-moi jusqu'au bout.

Elle lui jette un regard d'acier, mais regagne son fauteuil et croise les jambes.

– Je disais..., dit-il en s'emparant du verre de Johanna. C'était la vision logique, raisonnable, contemporaine, « normale »... Mais... car il y a un mais... tu sais que je suis espagnol par ma mère, et breton par mon père, j'ai donc une âme passionnée, romantique, littéraire, bref qui parfois envoie joyeusement la sacro-sainte raison scientifique aux orties.

Il est juste derrière Johanna, les doigts sur le dossier du siège, et elle croit sentir une subite vague de chaleur.

– Envisageons donc – c'est une hypothèse d'école, pas une certitude – que ce moine décapité existe bel et bien, qu'il soit bloqué à Notre-Dame-Sous-Terre par une sidérante punition archangélique, et qu'il choisisse de temps à autre des vivants pour le sortir de sa chausse-trape. Imaginons, je dis bien : imaginons, qu'il se soit vraiment montré par le passé à frère Ambroise, au chevalier intrépide et au prieur de dom Larose, et dans le présent, du moins dans le passé récent... à toi, par le biais de tes songes. Ce serait dément, inexplicable, paranormal, irrationnel, mais pourquoi pas ? Pourquoi pas... Sans être un catholique fervent, je ne crois pas que le monde n'ait qu'une dimension matérielle, du moins je ne l'espère pas, ce serait trop déprimant. Je pense que certaines choses dépassent l'entendement humain, c'est pourquoi ton histoire, pour sembler insensée et absurde, est peut-être plausible sur certains points.

Elle se retourne et lui chipe le verre de champagne à moitié vide.

– Envisageable..., poursuit-il, songeur. Mais je doute qu'il faille souhaiter que cela le soit, car ce serait terrible... dantesque même, car ce revenant n'est pas Roman, ce pauvre frère égaré dans les méandres de son imaginaire, ce moine frustré, non, cela n'est pas possible. Si tout cela a un soupçon de véracité, ce revenant que tu veux délivrer, que d'autres ont tenté de libérer... est un esprit maléfique !

Il se poste face à elle, devant la cheminée, sa pipe à la main.

– Ecoute..., reprend-il. Si ce que t'a raconté ton père Placide s'est vraiment passé, tu commets une confusion en identifiant l'auteur du manuscrit, frère Roman, à ce revenant. D'abord, il n'y a aucun lien direct ou indirect entre ces deux histoires. Ensuite, tu oublies les meurtres ! Ceux que tu as vus en songe ne correspondent pas à ceux qui seraient décrits dans le cahier anglais. En fait, les assassinats que tu as rêvés ne riment à rien, ce qui me fait dire que ce moine sans tête se joue de toi, comme il a joué avec les autres « témoins ». De plus, je ne crois pas à cette soi-disant malédiction de saint Michel... S'il y a malédiction, elle ne peut émaner d'un ange mais bien du Diable ! Ce fantôme – s'il existe – ne peut être qu'un esprit mauvais, empreint de forces maléfiques qui séduisent puis tuent ceux qui l'ont vu, certainement pour s'emparer de leur âme. Oui, c'est probablement lui l'assassin, et s'il n'a pas supprimé ces hommes de sa main, il l'aura fait indirectement, en entrant en possession de l'esprit malade de pauvres humains qui, investis de ce pouvoir, se sont eux-mêmes détruits, ou ont trucidé leurs frères. En conclusion, si toute cette fable a un semblant de réalité, en aucun cas tu ne dois fouiller à Notre-Dame-Sous-Terre...

Elle l'observe avec intérêt et saisissement, mais garde le silence.

– Au fond, continue-t-il, je demeure extrêmement sceptique. De deux choses l'une : ou tout cela n'est qu'un tissu d'inepties et de superstitions, ayant plus sa place dans un roman que dans ta charmante tête, auquel cas je déplore que tu y croies, pour toi-même et pour cette crypte que tu t'apprêtes à massacrer... ou bien cette histoire a un quelconque fondement, et ce serait suicidaire d'aller fouiller Notre-Dame-Sous-Terre et je ne le veux pas car je ne souhaite pas qu'il t'arrive quoi que ce soit !

– C'est gentil de ta part de tenir autant à moi mais si je te suis bien, cela signifie que je suis soit une niaise très crédule, soit une kamikaze inconsciente, ce qui dans les deux cas est superbement flatteur.

Il s'agenouille aux pieds de Johanna et lui caresse les chevilles.

– Je suis navré mais c'est ce que je pense..., avoue-t-il doucement. Ne m'en veux pas. Je n'ai pas envie de mettre de gants avec toi ! Laisse-moi t'aider.

– Et tu penches pour qui, alors ? insiste-t-elle plus calmement. La naïve ou la suicidaire ?

– En y réfléchissant, les choses ne sont peut-être pas si tranchées, recule-t-il. J'avoue qu'à ta place, je ne saurais plus trop. Tout cela est très déconcertant. Personnellement j'ai toujours mis un point d'honneur à séparer rêve et réalité, fiction et concret... mais je conçois que ce soit une tâche ardue pour une âme comme la tienne, à la beauté nourrie de livres, happée par de longues études historiques.

– C'est un compliment que tu m'as déjà fait, réplique-t-elle avec aigreur en libérant ses chevilles et en se levant. Le soir du réveillon, lorsque je t'ai lu la confession de Roman, tu m'as déjà accusée de ne pas savoir faire la différence entre imaginaire et réel... Eh bien ne t'en déplaise, je ne crois pas, je sais, tu entends, je sais que tout cela est vrai, que le moine décapité existe ailleurs que dans ma tête, qu'il n'est pas un esprit maléfique, qu'il ne me fera aucun mal mais qu'il a besoin de moi et il s'appelle frère Roman.

Elle a presque hurlé les derniers mots. Il se relève, décontenancé par la rage de Johanna, puis en proie à une colère froide.

– Puisque tu t'obstines à gober toutes les légendes qu'on te raconte, fais-moi l'honneur d'embrasser celle que je vais maintenant te relater, lui assène-t-il d'une voix coupante.

Il s'éloigne de quelques pas et rallume sa pipe. Un brouillard gris à l'odeur de mélasse vanillée emplit la pièce. Figée comme une statue, Johanna observe Simon avec acrimonie.

– D'ailleurs, dit-il en tirant sur le tuyau, je soupçonne ton vieillard de l'hospice – que tu m'as dit être breton – de s'être inspiré de ce conte pour fabriquer, en tout ou partie, l'histoire de fantôme qu'il t'a servie... Car il s'agit d'une légende bretonne que tout le monde connaît en Armorique. Elle s'appelle « La messe du revenant » et elle se passe au presbytère de Plougasnou, dans le Finistère, en des temps reculés, à quelques jours de la Toussaint. Un des derniers soirs d'octobre, l'un des jeunes vicaires priait avec tant de ferveur dans l'église qu'il ne remarqua pas le sacristain verrouillant le sanctuaire. Lorsque le vicaire s'aperçut qu'il était enfermé et que personne n'entendrait son appel, il se résolut à passer la nuit dans le chœur. Il s'installa sur sa stalle et s'endormit. Il fut soudain réveillé par un bruit étrange et aperçut, venant de la sacristie, un prêtre inconnu, portant des ornements noirs, tenant une chandelle à la main, qui marchait vers l'autel pour en allumer les cierges. Une fois qu'il eut fini, il parla d'une voix profonde, sombre et caverneuse. Par trois fois, le prêtre en noir demanda : « Y a-t-il quelqu'un pour répondre à ma messe ? » Terrifié par cette apparition, le vicaire se tut. Alors le prêtre mystérieux éteignit les cierges et disparut. Le vicaire chercha dans l'église, dans la sacristie, mais ne trouva aucune trace de l'officiant. Au matin, libéré par le sacristain, il raconta son aventure que personne ne crut, l'accusant au mieux d'avoir rêvé, au pire d'avoir trop bu. Vexé, le vicaire se promit de revenir dans l'église la nuit suivante, d'attendre et d'en avoir le cœur net. Il fit donc ainsi et, les ténèbres tombées, reprit sa place dans le chœur, seul. A minuit, le même prêtre en noir refit son apparition, avec les mêmes gestes que la veille et la même question posée trois fois. Le vicaire ne bougea pas. Alors le religieux souffla sur les cierges et s'évanouit. Au matin, le vicaire répéta ce qu'il avait vu et persuada le doyen du presbytère, qui restait incrédule, de passer la nuit suivante avec lui dans l'église. La troisième nuit, à minuit, le prêtre en noir apparut et, sous les yeux ébahis du doyen et du vicaire, il prépara l'autel comme à son habitude. Mais lorsqu'il eut posé son éternelle question : « Y a-t-il quelqu'un pour répondre à ma messe ? », le vicaire se leva et se montra à lui. Alors le prêtre énigmatique se mit à servir l'office des défunts, et le vicaire l'assista. Lorsque la célébration fut terminée, le prêtre se tourna vers le vicaire et lui raconta son histoire... Trois cents ans auparavant, lui-même était vicaire de cette paroisse, et il était mort subitement, avant de pouvoir dire une messe demandée par une malheureuse femme, office pour lequel elle l'avait payé. Depuis, il apparaissait chaque année, la semaine de la Toussaint, espérant que quelqu'un réponde à la messe qu'il devait toujours à Dieu et à cette femme. N'ayant trouvé personne jusqu'à cette nuit, il retournait chaque fois au purgatoire. Il remercia le vicaire qui venait de libérer son âme prisonnière. Avant de partir au ciel, il dit son nom – qu'il ne pouvait plus prononcer depuis trois siècles – et prévint le vicaire qu'avant Noël celui-ci trépasserait. Car quiconque répond à un défunt ou vient en aide à un revenant est assuré de mourir peu après... Mais le secours qu'il a apporté à l'âme en peine assure à la sienne le Paradis. Il donna rendez-vous au vicaire... au ciel. Et presque deux mois plus tard, le jeune vicaire mourut...

Simon se tait. Il lève les yeux vers Johanna. Elle est blanche comme un marbre, dont les coulures de maquillage forment les veines noires.

– C'est fabuleux, murmure-t-elle, l'air absent. Celui qui entre en relation avec l'autre monde périra, car il a franchi la frontière entre monde terrestre et monde céleste. Il a aperçu l'envers des choses, il appartient donc, désormais, à l'autre côté du miroir. C'est merveilleux, encore un autre sens à « il faut fouiller la terre pour accéder au ciel », que je n'avais pas saisi... si je le libère en creusant la terre, il gagnera le ciel... mais moi aussi, juste après lui !

Simon s'avance à grands pas, cramoisi d'exaspération, et proche de l'explosion.

– Tu es complètement folle ! crie-t-il en la secouant par les épaules. Tu te rends compte de ce que tu dis ? Décidément, ton imagination l'a définitivement emporté sur ta raison, tu n'as plus de sens commun. Tu veux mourir, c'est ça ? Tu es prête à disparaître pour prouver la vérité d'une légende ? Enferme-toi donc dans cette crypte, puisqu'il n'y a que là que tu es bien, et étouffe-toi en bouffant la terre, comme l'autre empaffé de chevalier ! Quand on retrouvera ton cadavre, j'expliquerai que tu n'avais plus toute ta tête mais que tu as bien retrouvé celle de l'homme de ta vie, donc que tu es partie avec lui au ciel. Et moi, tu penses à moi, dis ? demande-t-il en l'agrippant par le col de son chemisier et en lui soufflant au visage. Tu préfères être amoureuse d'un fantôme qui n'existe pas, ou d'un revenant meurtrier s'il existe, plutôt que de moi ? Mais qu'est-ce que je t'ai fait pour cela, ou plutôt que n'ai-je pas fait ? Tu vas me le dire, hein ? Il faut que je te raconte sans arrêt des histoires macabres pour que tu daignes me prêter attention, il faut que je te fasse faire des cauchemars pour que tu me regardes, il faut que je devienne un assassin pour que tu m'aimes ?

– Tu n'en es pas loin, tu m'étrangles ! expectore-t-elle d'une voix sans tonalité.

Aussitôt il la lâche, tétanisé par son geste. Il contemple ses grandes mains brunes et Johanna qui reprend sa respiration. Elle lui jette un regard affligé et se dirige vers la porte.

Il demeure prostré trop longtemps. Lorsqu'il reprend ses esprits, larmoyant, bafouillant des excuses, puis courant vers l'entrée de l'appartement, elle est déjà sortie. Il dévale les escaliers pour voir démarrer en trombe, dans la rue éclairée, la petite auto de Johanna.

Elle s'arrête à plusieurs kilomètres de là, au bord de la route qui la ramène au Mont. Elle laisse son portable éteint pour ne pas répondre à Simon et arrange sa tournure dans le rétroviseur. Elle ressemble à une échappée de l'asile, avec ses mèches en bataille et ses yeux qui se sont répandus sur ses joues. Elle les ferme, laisse choir sa tête sur le volant, mais ne peut pleurer sur l'attitude de Simon. Elle en est choquée, mais les mots durs, les doutes, le réquisitoire qu'il a prononcés contre elle l'écœurent plus que son acte motivé par la passion. Certes, il a tenté de la rejoindre en admettant – même s'il n'y croit pas – que son histoire peut receler une part de vérité, mais il se trompe de vérité, s'il tient le moine décapité pour un esprit malfaisant... Au fond, c'est bien Johanna qui s'est fourvoyée, en pensant que l'amour de Simon lui permettrait de la suivre. Non, personne ne peut la seconder, même pas cet homme qui la chérit. Elle est irrémédiablement seule sur le chemin qu'elle a choisi, et ni Paul, ni François, ni Isabelle, ni Simon n'ont l'âme de l'accompagner... Elle est la seule à avoir été touchée par le souffle du revenant et ce fait la rend étrangère au monde des vivants. Elle se remémore la légende que Simon vient de lui raconter, et elle comprend ô combien il est vain et chimérique de confier son histoire à quiconque. Ce sentier qu'elle emprunte est aux confins du monde terrestre, à la lisière du ciel, c'est sa voie et elle n'a pas le droit d'y faire marcher quelqu'un d'autre. Oui, tout est clair à présent... elle est loin, trop loin déjà pour les hommes. Si elle veut parvenir au bout du voyage, elle doit renoncer aux conjonctures et aux normes du monde dans lequel elle a vécu. Contrairement à ce que raconte la légende bretonne relatée par Simon, elle ne croit pas, finalement, que la fin du périple soit la mort, sa mort... Non, le fantôme ne l'emportera pas au ciel, au contraire il la rendra à elle-même. Elle réalise que, malgré toute l'étrangeté qui entoure sa vie depuis qu'elle vit au Mont, jamais elle ne s'était sentie aussi proche de ce qu'elle est vraiment, et qu'elle méconnaissait auparavant. Cette quête lui a fait découvrir une femme intuitive, aimable, consciente de ses désirs, sensible, engagée, entière. Entière, oui, c'est le mot juste, non plus tiraillée entre les appétits de son esprit et ceux, divergents et méprisés, de son corps... Un être uni, harmonieux, tourné vers une recherche qui parfois la dépasse, mais confère à son existence une valeur nouvelle : le sens exonéré du doute. Peu importe qu'on la croie ou non, qu'elle passe pour folle, que Roman et Moïra aient réellement vécu, que le moine décapité ne soit qu'un fantasme né dans sa tête ou dans celle de moines de jadis... La réalité éclatante de toute cette histoire, peut-être l'unique réalité, c'est qu'elle place Johanna au cœur de sa propre histoire, elle la centre sur la seule aventure qui vaille : la rencontre de soi. Cela échappe naturellement à autrui... Elle regarde à travers le pare-brise le sable astral qui saupoudre les ténèbres comme du sucre angélique. Elle soupire et décide de rompre avec Simon. Elle prendra prétexte de son acte violent pour cesser de le voir. Plus tard peut-être, lorsqu'elle aura mené sa mission à son terme sera-t-elle prête à avancer vers lui et à marcher à ses côtés, en pleine connaissance d'elle-même. S'ils s'aiment encore... Mais pour l'heure, il est trop tôt. Elle rallume son portable. Elle interroge sa messagerie et écoute la musique des remords de Simon. Puis, ferme et déterminée, elle reprend sa route vers la montagne

En grimpant les marches conduisant à sa maison, elle songe qu'elle est libérée du sentiment d'oppression qui lui a serré la poitrine quelques heures auparavant, lorsqu'elle s'apprêtait à rejoindre Simon. A la place, elle perçoit simplement la faim qui lui tord l'estomac. Elle n'a rien avalé depuis midi, et elle constate qu'il est déjà minuit et demi. Avec un peu de chance, il restera des tripes à la mode de Caen... Avec beaucoup de malchance, Patrick sera rentré et elle le trouvera dans le salon, l'attendant pour une bataille dont elle n'a plus envie. Elle préfère qu'il mette à exécution sa menace de démission : cela fera un gêneur de moins. Elle rêve à cette éventualité, lorsqu'elle entend derrière elle des pas précipités et une respiration haletante. Elle se retourne et aperçoit Guillaume Kelenn.

– Johanna ! l'appelle-t-il. Je vous ai vue passer, j'étais au troquet... Vous avez un instant ?

Ses longs cheveux blonds détachés, son regard brun-vert brillant – certainement d'alcool – et ses fines moustaches le font ressembler à un Viking. Un comble pour lui, si fier de ses origines celtes ! L'archéologue fait un signe affirmatif, méfiante. Elle n'est jamais très loquace avec le jeune homme, dont les emportements l'irritent.

– Vous ne voulez pas venir prendre un pot avec moi ? propose-t-il.

– C'est que... Je n'ai pas encore dîné, confesse-t-elle, et je suis très fatiguée... Je préfère rentrer.

– Bon, pas grave..., lâche-t-il, bien que son visage dise le contraire. Je voulais juste vous féliciter.

– Me féliciter, mais pour quoi donc ?

– Pour la campagne de fouilles à Notre-Dame-Sous-Terre, voyons ! C'est formidable ! explique-t-il sur un ton d'évidence.

Johanna ne cache pas son étonnement.

– Merci, Guillaume. A vrai dire, vous êtes l'un des seuls à vous réjouir de ce chantier... Je suis agréablement surprise ! termine-t-elle en lui faisant son plus beau sourire.

– Ah, oui, je suis au courant, répond Kelenn, en particulier pour Fenoy, dont on n'a aucune nouvelle, d'ailleurs... Brard ne l'a pas vu, en tout cas. Votre assistant a tout bonnement déserté.

Effectivement, c'est une information plaisante pour Johanna, qui se sent de mieux en mieux.

– Cela ne doit pas vous affecter. Vous vous passerez bien de lui, poursuit-il, avec une mimique qui montre son degré d'affinité avec l'assistant de Johanna. C'est tellement merveilleux, ces fouilles dans le sanctuaire le plus secret de l'abbaye... Je vous envie, vous savez. J'aimerais tellement en être ! Je pourrais remplacer Fenoy, si vous voulez ?

Johanna est aussi stupéfaite que rassurée. Il y a au moins quelqu'un qui ne vilipende pas son chantier.

– Je crains que ce soit impossible, lui répond-elle d'une voix de miel, mais je ne verrai aucun inconvénient à vous faire régulièrement visiter les travaux archéologiques, et à m'en entretenir avec vous...

– Merci, dit-il en venant lui serrer la main. Ça c'est très chouette de votre part. Dites, Johanna, vous ne pensez pas qu'il est temps de se tutoyer ?

17

LE MOIS de mai est arrivé en faisant des ponts que Johanna ne franchira pas. Elle préfère rester sur son île, au fond de la crypte où le printemps ne pénètre jamais. Sur les murs extérieurs de l'abbaye, le soleil semble avoir fondu sur les pierres couvertes d'un lichen jaune. Ses rayons ne sont pourtant pas incandescents, et les nuits demeurent sous l'empire glacé de l'aquilon. Avec les bourgeons ont éclos les cars de touristes qui, aussi réguliers que la marée, se déversent sur les échoppes de tee-shirts et de saint Michel fluorescents : les vieilles pierres attirent le plastique. Seul un tiers des visiteurs a la curiosité de monter jusqu'à l'abbaye. Ce n'est pas le flot humain de l'été mais, déjà, le village et l'abbatiale ont changé de visage, au moins la journée, et cette face qui se couvre de monde déplaît à Johanna. Heureusement, la nuit, la montagne semble lavée par les éléments, recluse dans une cuirasse noire battue par le vent, qui parvient à la protéger de la foule et à lui cacher les mystères de son cœur. Fermée aux visiteurs, vêtue de ténèbres depuis plus de neuf siècles, Notre-Dame-Sous-Terre se dérobe aux archéologues et les fouilles dont elle est l'objet depuis trois semaines, sous de gros projecteurs électriques, n'ont rien dévoilé du secret gardé par frère Roman. Malgré les prières profanes quoique passionnées de Johanna, le moine décapité ne s'est pas montré. En revanche, Patrick Fenoy est revenu depuis une semaine, et ce soir, dans la maison des archéologues, à quelques jours du pont du 8 mai, Johanna offre à la communauté une caisse de bourgueil, et à Jacques une ancestrale bouteille de calvados, car elle a perdu son pari avec lui. Ils sont tous réunis dans le salon-salle à manger pour dîner.

– Ah ! Merci beaucoup ! s'exclame Jacques en contemplant l'étiquette, puis en lui faisant un clin d'œil. Allez, je le goûte en guise d'apéro... ça tente quelqu'un ?

Ils arborent une moue dégoûtée. Patrick ne prend pas cette peine. Il reste comme il est depuis son retour : ombrageux et taciturne. Sébastien, Jacques, Florence et Dimitri pensent que c'est le combat mené durant son absence qui l'a épuisé ; Johanna craint qu'il ne fomente un mauvais coup. En effet, pendant sa désertion, Patrick n'a pas ménagé ses efforts pour faire annuler l'arrêté d'autorisation de fouilles dans la crypte. Il s'est rendu à Paris, chez Roger Calfon et au ministère, criant au scandale dans le service dirigé par François puis dans le bureau de François lui-même. En vain. François appela Johanna : elle devrait fouiller avec un ennemi, mais le plus important restait qu'elle puisse fouiller. Le retour de son assistant fut néanmoins retardé de quelques jours, car l'épouse de Roger Calfon succomba à son cancer. François représenta le ministre à l'enterrement. Brard hésita, puis finit par se rendre aux obsèques de cette femme qu'il n'avait jamais vue, moins pour la défunte ou son époux anéanti, que pour exécuter une manœuvre diplomatique : marquer, par sa présence, son soutien à Calfon et Fenoy, glisser quelques mots de dévouement à François afin d'apaiser l'atmosphère, et ramener l'assistant de Johanna au Mont.

Dans la maison des archéologues, Patrick a été accueilli par une ambiance lourde, voire hostile : l'équipe lui tenait rigueur d'avoir essayé de saborder le nouveau chantier. Johanna s'était préparée à un affrontement et l'attendait fermement. Mais l'attitude de Fenoy a désarçonné tout le monde : d'ordinaire vantard, donneur de leçons et agressif, il se montre réservé, enfermé en lui-même, maussade et silencieux. Il évite désormais toute confrontation, en particulier avec Johanna, et n'a fait aucun commentaire en découvrant le chantier de la crypte. Johanna ne baisse pas la garde et se méfie de lui, mais les autres se laissent aller à une bonne humeur printanière et au guilleret bourgueil dont ils ont débouché quelques bouteilles en guise d'apéritif.

– Je crois que nos sondages dans les murs sont trop grossiers, affirme Sébastien en servant le vin. S'il y a une cavité secrète creusée derrière, sûr qu'on est passé à côté !

– J'en doute, réplique Johanna, mais c'est vrai que j'ai connu des sondages plus radicaux. Cependant, c'était pour ne pas abîmer les maçonneries. On ne peut pas se permettre de percer tous les joints façon emmental... n'oubliez pas que chaque pierre touchée ou déplacée doit l'être avec une minutie telle qu'elle doit pouvoir retrouver son apparence antérieure aux fouilles. Et puis affiner les sondages prendrait trop de temps, un temps dont nous ne disposons pas.

– La crypte ne recèle quand même pas des milliers d'endroits où cacher un coffre, un reliquaire ou une cassette..., constate Florence.

– Ou un cadavre niché dans une ou plusieurs sépultures clandestines, complète Johanna en pensant à la tête et au corps séparés du revenant.

– Un cadavre ? s'étonne Jacques en reposant son verre de calva. Mais qu'est-ce que tu veux qu'on fasse d'un cadavre ? On n'est plus sur le site de l'ancienne chapelle Saint-Martin, Jo, ni à Cluny ! Le tombeau qu'il fallait découvrir, Paul l'a trouvé, et Roman n'aurait pas fait tout ça pour protéger une malheureuse défroque. A moins que ce squelette ne soit sacré, bien sûr... sacré à ses yeux... ou honteux... Peut-être les ossements d'un fœtus ou d'un nouveau-né, le fruit de ses amours clandestines avec Moïra, ou les restes calcinés de Moïra elle-même, qui sait ?

– Et que pensez-vous des ossements de saint Michel en personne, avec armure, manteau, glaive, bouclier, fossile de dragon et balance intégrés ? plaisante Sébastien.

– Foutaises ! braille Dimitri qui commence à être ivre. Moi je dis qu'on ne trouvera rien, rien, car c'est un roman et on ne demande pas à un roman de coller au réel.

– Non, mais toute fiction prend sa source dans la réalité, pour mieux la réinventer, objecte Johanna.

– Alors, répond Jacques, pour moi, la réalité banale est que Moïra était une paysanne que frère Roman a culbutée, ça devait arriver plus souvent qu'on ne pense, il l'a mise en cloque, elle est morte en accouchant, ou peut-être qu'elle s'est tuée par dépit ou par honte, et le moine indigne, qui vivait au moment de la construction de la grande abbatiale mais n'en était pas le maître d'œuvre, a été chassé du Mont, en guise de punition, et, reclus à Cluny, a inventé cette histoire rocambolesque pour laver sa conscience pleine de péchés.

– Pourquoi faut-il toujours que tu salisses ce qui est pur, s'insurge Dimitri, et que tu rendes les belles choses triviales et dégoûtantes ?

– Et que penses-tu de la suggestion de Guillaume de sonder le sol, où pourrait se cacher une grotte souterraine ? demande Florence à Johanna, pour désamorcer la dispute qui s'annonce.

A l'évocation de Kelenn, le regard morne de Patrick s'allume. Le guide-conférencier est sa nouvelle bête noire : à son retour, il a trouvé le jeune homme dans la crypte, observant et commentant les faits et gestes des archéologues, leur prêtant main-forte à l'occasion. Guillaume a pris l'habitude de passer ses heures de liberté sur ce chantier qui le passionne.

Au départ, Johanna l'a regardé d'un œil indifférent, mais Kelenn possède une telle connaissance de l'abbaye et de Notre-Dame-Sous-Terre, que Johanna l'a toléré, espérant cueillir au passage une information anodine pour Guillaume et fondamentale pour elle. Il n'est pas non plus dénué d'humour, et cette qualité l'a fait accepter par le reste de l'équipe. Peu à peu, Johanna a apprécié ce garçon qui se montre brillant, généreux, et elle a pris goût à sa compagnie. Il ne lui a toutefois pas échappé que jamais Guillaume n'a manifesté un quelconque intérêt pour le précédent chantier. Elle met la fascination de Kelenn pour l'édifice carolingien sur le compte de son obsession pour ses ancêtres celtes, qui, au néolithique, ont érigé ici un dolmen. Patrick est trop conscient de sa propre valeur pour penser que le guide-conférencier prétend à le remplacer. C'est son esprit corporatiste qui se trouve offusqué par la présence d'un étranger, un vulgaire amateur, un profane à l'archéologie, qui s'immisce dans le travail de professionnels sévèrement choisis et hautement spécialisés.

– Je pense effectivement que nous devons explorer la piste d'une cavité souterraine, même si cette hypothèse me semble peu probable, à cause du rocher..., répond Johanna.

– Peu probable ? Ridicule, oui ! rugit soudain Patrick, qui ne peut se contenir malgré ses résolutions. Pourquoi et comment aurait-on creusé une grotte au milieu de la roche, au XIe siècle ou n'importe quand auparavant ? Vous imaginez la tâche que cela représente, avec les outils de l'époque, et sans dynamite ? Ce dilettante vous farcit la tête d'idées puériles qui vous font oublier le sens de votre métier. S'il y a quelque chose à découvrir, ce ne sont que les fantasmes délirants d'une adolescente attardée. Le manuscrit de Cluny, même s'il est authentique, n'a aucun intérêt archéologique, mais bon, admettons, puisque de toute façon on est payé pour ça, et qu'on ne nous laisse pas le choix... Bref, s'il y a quoi que ce soit, il paraîtrait évident à tout professionnel digne de ce nom que c'est derrière l'un des murs extérieurs de la crypte, qui peut receler un espace secret, une pièce dérobée ou un couloir par exemple, construit lorsqu'on a bâti l'église, ou qu'on l'a transformée en crypte de soutènement de la nef, ou même quand on a édifié les bâtiments conventuels autour de Notre-Dame-Sous-Terre. Le but aurait été d'y cacher un trésor quelconque, ou de permettre aux moines de s'échapper de la forteresse en cas de danger. Ce genre de construction parallèle était très courant au Moyen Age, dois-je vous le rappeler, comme je vous rappelle que cette abbaye possède des passages secrets que nous avons vus.

Le silence tombe sur la petite équipe. Tous savent que Patrick a en partie raison, mais chacun attend la réaction de « l'adolescente attardée ». Etrangement, elle semble garder son calme.

– Le procédé était en effet tellement courant, commence Johanna en regardant son verre de rouge, que c'est pour cette raison que nous avons commencé par sonder les murs sud, nord et est. Il est inutile de forer le mur ouest, puisqu'il est accolé au vide et à l'escalier roman. L'hypothèse la plus vraisemblable est celle d'un endroit secret qui se cacherait derrière une muraille, nous sommes tous d'accord sur ce point. Mais nous avons un problème : les sondages ne nous ont rien appris, d'une part – comme je le disais tout à l'heure – parce que nous ne pouvons les pousser comme nous le devrions, afin de ne pas endommager l'édifice, et d'autre part parce que, derrière le premier mur carolingien, il y en a un second, plus ancien, datant du VIIIᵉ siècle et de la fondation de la montagne : celui de l'oratoire d'Aubert, qui vraisemblablement fait le tour de la crypte. Cela, tout le monde le sait, depuis longtemps... et lorsqu'il a restauré Notre-Dame-Sous-Terre, Froidevaux en a découvert un morceau, derrière l'autel de la Sainte-Trinité. Bref, il est évident que s'il y a une pièce ou un boyau secret, c'est soit au-delà de ce deuxième mur, soit entre les pierres carolingiennes et les pierres d'Aubert, et ce passage pourrait dater de bien avant la construction de l'abbaye romane. Le dilemme est : comment y accéder sans démolir le sanctuaire ? Si frère Roman tenait absolument à ce que les bâtisseurs de la grande abbatiale n'abattent pas cette église, c'est bien parce que, pour découvrir le pot-aux-roses, il faut détruire le sanctuaire !

– Maintenant que tu le dis, cela paraît incontestable, l'interrompt Florence, soulagée que Johanna ne réponde pas aux attaques personnelles de son assistant. Mais comment va-t-on s'y prendre, il ne faut pas abîmer cet endroit ! Brard ne nous laissera pas faire et les associations de protection du site non plus, on risque de gros ennuis.

– J'y réfléchis, répond Johanna. J'y réfléchis toute la journée, et toutes les nuits, ajoute-t-elle en soupirant. Et je vous soumets une idée : s'il y a ce que nous cherchons, c'est forcément dans ou près du chœur. Des chœurs, devrais-je dire, puisque la crypte en compte deux... Un trésor doit se trouver près du saint des saints, pas dans la nef avec les pèlerins. En conséquence, c'est là que nous devons orienter nos recherches : dès demain, nous allons retirer, une à une, les pierres du pan de mur d'Aubert que Froidevaux a dégagé derrière l'autel de la Trinité, pour voir ce qu'il y a au-delà. Avec de la chance, on trouvera un passage qui fait le tour de la crypte et on n'aura pas besoin de toucher aux autres murs. Si nous sommes bredouilles, eh bien... désolée, il faudra envisager de disloquer une muraille, celle qui se trouve derrière l'autel de la Vierge, par exemple... ou de songer que l'idée de Guillaume Kelenn n'était pas si stupide.

– Johanna, intervient Dimitri, Froidevaux a entièrement dallé le sol de pierre. Il faudra tout casser, ça va être un carnage !

– Nous n'en sommes pas là, Mitia, réplique-t-elle en vidant son verre. D'abord, le mur cyclopéen d'Aubert, après, on verra.

Patrick se renfrogne. Ils passent à table en changeant de sujet. Jacques déglace le rôti de porc aux pommes qu'il a préparé avec un peu de son calva et en profite pour en boire un troisième verre, dans la cuisine. Le dîner est joyeux et plus arrosé que de coutume. Au fromage, Dimitri avoue en rougissant que c'est aujourd'hui son anniversaire, trente et un ans, et ils le congratulent, lui reprochant de ne pas l'avoir dit avant. Florence improvise un gratin de bananes, sur lequel Johanna plante une grosse chandelle blanche, aux allures de phare échoué au milieu de roches carbonisées. Dimitri retient une larme face à son gratin d'anniversaire, remercie avec chaleur, trop ivre pour réaliser qu'il mêle des mots de russe à la conversation, laissant échapper la langue de l'émotion. Puis il s'enfuit dans sa chambre, pour sangloter à son aise. Tandis que tous font un sort à la bouteille de calva de Jacques, qui ne s'oublie pas au passage, Florence explique que le petit ami de Dimitri vient de le quitter. Sébastien roule de grands yeux en découvrant l'homosexualité de son camarade.

– Quelle importance ? maugrée Jacques d'une voix traînante.

Homme ou femme, homo ou hétéro, l'amour n'est que la banale façade de la solitude.

– Certes, alors que toi, lui répond Flo, tu as fait tomber la devanture. L'étalage est à l'air libre.

– Exact, dit-il. Moi j'ai brisé la vitrine déformante. Cent kilos de barbaque solitaire, avec l'étiquette « vieux garçon », et... j'assume !

– Tu parles, intervient Sébastien, on connaît la chanson, t'assumes parce que bien obligé, personne ne veut de la marchandise.

– Qu'est-ce que vous croyez, éructe-t-il en se levant. Que je suis pas capable d'emballer ? Si je vous racontais ma vie, vous seriez surpris.

– A d'autres, les aventures de Casanova, réplique Séb en pouffant. On te croit sur parole, va.

– Petit morveux, l'invective Jacques en se levant et en tentant de l'attraper par la chemise, je vais t'apprendre.

– Du calme là-dedans, s'écrie Johanna. Bravo, niveau jardin d'enfants !

Jacques jette un regard noir à Sébastien, termine son verre et bougonne qu'il va prendre l'air. La porte claque bruyamment. Patrick, qui a assisté à la scène en silence, esquisse un sourire altier et monte se coucher. Sébastien aide les deux femmes à débarrasser la table en marmonnant.

– On n'a pas été sympas avec Jacques, constate Florence en regardant Sébastien, alors que c'est un type bien. Le pauvre, je suis presque certaine qu'il n'a jamais touché une femme, il voit des histoires de fesses partout, bonjour sa manière d'interpréter le récit de frère Roman, tout à l'heure. Il est en manque, ça se remarque à la manière qu'il a d'observer les femmes, par en dessous, hein, Jo ?

– Comme tu l'as dit toi-même, c'est un type bien, tranche Johanna. Les pierres, elles, il les regarde bien en face, et c'est pour moi tout ce qui compte. Le reste ne m'intéresse pas.

– Oh là là ! Pour une fois, arrête de nous jouer madame la patronne, il n'y a pas que le boulot dans la vie, raille Sébastien.

– Tu ne comprends pas, Séb, objecte Florence, Johanna ne veut pas déblatérer sur les autres, car elle n'aimerait pas qu'on cancane sur ses propres affaires de cœur, c'est tout. Tu sais, Jo, malgré toutes tes ruses, ça n'est plus un secret pour personne. Même que je t'envie drôlement : il est beau comme un prince, ton Simon Le Meur, quelle prestance, et quels bouquets de fleurs ! Jamais je n'en ai reçu de pareils.

Johanna manque de lâcher la pile d'assiettes qu'elle tient dans les mains pour gifler Florence. Cette dernière voit qu'elle a fait une gaffe. Johanna pose calmement son chargement sur le lave-vaisselle.

– Il n'y a plus de Simon Le Meur, répond-elle d'une voix de deuil, comme s'il était décédé. Tu vois, tes informations n'étaient pas à jour, Florence. Maintenant, elles le sont. Bonsoir.

Elle plante là Florence et Sébastien et se retire dans sa chambre.

Sa colère n'a pas explosé tout à l'heure : elle éclate maintenant, en dedans. Roman et Moïra couchant ensemble... quelle ineptie ! Pour se calmer, elle songe à son vieux rêve, son désir impossible de fouiller seule. Elle y songe de plus en plus souvent. En fait, depuis qu'ont débuté les travaux dans la crypte, elle supporte très mal la présence de ses collègues. S'ils pouvaient tous disparaître ! Seul Guillaume Kelenn trouve grâce à ses yeux. Ils bénéficient tous deux d'une connivence insolite et mystérieuse, qui n'est pas de l'attirance amoureuse, encore moins physique, ni même amicale... c'est autre chose, un lien extérieur à eux-mêmes : certainement leur passion commune pour la crypte, leur réceptivité à ses ondes telluriques – que les autres ressentent avec des airs blasés –, leur brûlant intérêt pour les fouilles, qui sert pourtant un dessein différent. Johanna n'a rien dévoilé à Guillaume de son but secret, que le jeune homme, comme tout le monde, ignore. Il a été impressionné par la lecture du manuscrit de Roman, particulièrement par l'histoire de Moïra, une Celte, peut-être l'une de ses ancêtres. Johanna se dit que ce sont les vestiges de l'ancien dolmen, ou bien l'âme de Moïra, que Guillaume espère trouver dans la crypte, l'âme de son propre passé, un passé – réel ou fantasmé – qui le hante au point de l'empêcher de vivre au présent. Comme Johanna, c'est une part de lui-même qu'il poursuit avec tant d'ardeur. Comme Johanna, le vrai sens de ses recherches est immatériel, personnel, mystique. Comme elle, c'est son énigme intime qu'il désire résoudre, sa terre intérieure qu'il fouille. Oui, c'est la similitude symbolique de leur quête qui a créé cette complicité instinctive entre Guillaume et elle, une entente profonde mais tacite, que leurs inconscients connectés ont dû comprendre. Dans un élan d'affection fraternelle – amplifié par l'alcool –, Johanna a envie de téléphoner à Guillaume pour lui faire part de ses réflexions. Mais elle se ravise. Elle se souvient de ses résolutions : elle doit demeurer seule sur le chemin. Elle se remémore la fatale soirée avec Simon, il y a trois semaines, où elle a dévoilé toute son histoire, ce qui a provoqué la fin de la leur. Elle se défend d'en concevoir des regrets. Pendant une semaine, Simon a tout tenté pour se faire pardonner, mais les bouquets que lui jalouse Florence exhalent pour Johanna l'odeur douceâtre de son erreur. Elle ne déplore pas d'avoir rencontré Simon, elle garde des souvenirs émus des moments passés avec lui : en revanche, elle se reproche de lui avoir fait confiance, de s'être offerte en pâture... Elle savait, pourtant, que la conséquence serait de se faire dévorer ! « L'abandon de soi à autrui provoque infailliblement l'abandon de soi par autrui », pense-t-elle.

Certes, c'est elle qui l'a quitté, mais elle n'a fait qu'entériner la réaction de rejet de Simon. Elle lui a exhibé son âme et il a craché dessus : non seulement il ne l'a pas crue, mais il l'a insultée pour finir par l'étrangler ! Reniée... il l'a tout simplement reniée.

Armée de cette relecture de la scène, Johanna a théâtralement jeté les roses rouges envoyées par Simon à la mer, à la nuit tombée. Jusqu'à ce qu'il se lasse, elle a gardé son portable coupé et a fait filtrer les appels sur le téléphone du domicile par son allié Dimitri, le plus discret de l'équipe. Au Mont, elle n'a guidé ses pas nulle part ailleurs que chez elle ou sur le chantier afin de ne pas le rencontrer dans les ruelles, comptant sur la présence de ses collègues – et le faible goût de Simon pour le scandale public – au cas où il s'aviserait de se montrer. Le week-end, elle s'est échappée à Paris, où elle a vu Isabelle et François. Elle a jeté la lettre qu'il lui a adressée, sans l'ouvrir. Le silence et la fuite sont son armure, et l'orgueil viril de Simon l'organe à toucher de la pointe de son épée : elle a visé juste, et au bout de huit jours de tentatives aussi incessantes qu'infructueuses pour communiquer avec Johanna, Simon s'est vexé et s'est drapé dans sa fierté. Les coups de fil se sont arrêtés et elle n'a plus reçu ni fleurs ni courrier. Il faut juste qu'en semaine elle évite encore le secteur périlleux de la maison de Simon. Cependant, l'avancée du mois de mai, ses ponts et le début de la haute saison la couperont définitivement de celui qui désertera la montagne, condamné à sa boutique recluse derrière les remparts malouins.

Le lendemain matin, apaisés par la gueule de bois qui leur barre le front, les membres de l'équipe se retrouvent à la table du petit déjeuner. Dimitri a la figure congestionnée comme s'il s'était battu : les larmes russes ont la vigueur d'un coup de poing. Muets face à Johanna, Sébastien et Florence scrutent leur bol en espérant y trouver le trésor de la crypte. Egal à son nouveau lui-même, Patrick reste impassible et silencieux devant ses tartines. A huit heures trente, Johanna commence à s'inquiéter de l'absence de Jacques, que personne n'a entendu rentrer.

— Il a dû faire la tournée des zincs, déduit mollement Sébastien, et trop saoul, il n'a pas osé revenir, vu le potin qu'il a fait la dernière fois, à trois heures du matin, et la volée de bois vert que tu lui as assénée ! Il doit cuver dans un caniveau médiéval.

Soudain, on frappe à la porte.

— Le voilà ! s'exclame Sébastien.

Saisie d'un pressentiment désagréable, Johanna se lève pour ouvrir.

Pas de Jacques, mais Christian Brard qui apparaît sur le seuil, entouré d'un beau ciel et de deux gendarmes. Tous se dressent. Brard est très pâle.

— Bonjour... Je... suis navré mais j'ai une mauvaise nouvelle à vous annoncer, dit-il. Tôt ce matin, un employé de la voirie a retrouvé notre ami Jacques... euh... au bas de la rampe du poulain. Il est malheureusement... mort.

Sébastien vire au bleu-vert, Patrick lâche sa cuiller, Dimitri plaque ses deux mains sur sa bouche et Florence pousse un cri.

— C'est incroyable, effroyable, résume Johanna. Que lui est-il arrivé ?

— Ça, vous allez nous aider à le savoir, répond l'officier de gendarmerie, qui, conformément à beaucoup de membres éminents de la maréchaussée, possède un accent bizarre et des moustaches impressionnantes. Tout ce qu'on peut dire pour l'instant, c'est qu'il est tombé par l'ouverture à côté du poulain... une chute de trente-cinq mètres dans les airs, puis le malheureux s'est écrasé en contrebas. Il est pas beau à regarder...

— Quand l'avez-vous vu pour la dernière fois ? questionne Brard sur un ton de policier.

Johanna relate brièvement les événements de la veille.

— Hum..., en conclut le gendarme en lissant sa moustache. A première vue, son ébriété pourrait accréditer la thèse de l'accident. On en saura plus quand l'inspecteur et le légiste l'auront vu... et encore plus après l'autopsie. Vous, dit-il à la cantonade, vous ne bougez pas d'ici. La judiciaire voudra vous interroger.

– L'autopsie ? La... la judiciaire... la police ? murmure Florence, épouvantée.

– Eh oui, ma petite dame, confirme le gendarme, il est tombé, peut-être par accident, peut-être volontairement, mais peut-être aussi que quelqu'un l'a poussé !

– Johanna, lui dit Brard en aparté, je compte sur vous pour prévenir la famille.

Une femme, des enfants, le pauvre Jacques n'en avait pas, cela, Johanna ne le sait que trop bien. Elle fouille dans les affaires de l'archéologue et découvre un petit carnet d'adresses rouge où quelques rares personnes ont le privilège de figurer. Elle identifie les parents de Jacques, qui vivent à Paris, mais n'a pas le courage de les appeler. Elle se rabat sur sa sœur, qui habite Strasbourg.

La sœur promet d'être là le soir même et d'avertir ses parents. Johanna raccroche et rejoint les autres. Ils sont effondrés, mais n'oublient pas de se perdre en conjectures : le poulain borde leur ancien chantier, Jacques y est allé pour une raison quelconque, peut-être pour y dormir, s'est penché par-dessus la barrière qui protège mal l'accès à la grande ouverture béante, il s'est renversé pour regarder les étoiles – oui, il y en avait beaucoup la nuit dernière – et, vu son ivresse, il est tombé, faisant une chute mortelle... oh, pauvre, pauvre Jacques, c'était un homme si doux, si cordial, si compétent, si admirable, ils l'aimaient tous tellement ! Johanna ne peut supporter ces épanchements morbides et elle se rue dehors. Elle se rappelle la pensée qu'elle a émise hier soir, d'être débarrassée de ses collègues et de fouiller seule la crypte. Elle se sent très mal à l'aise. Il faut qu'elle respire, qu'elle réfléchisse, qu'elle prenne l'air, comme Jacques hier soir... L'air ! Le mot la fouette comme un coup de cravache et, au-delà du mot, l'idée, l'idée terrifiante ! Jacques est mort en tombant dans les airs, comme le moine de son rêve d'enfant, qu'elle a vu pendu... et Moïra, il y a presque mille ans, qui se balançait dans le ciel du Mont, lors de son premier supplice...

« Est-il possible que ce ne soit pas une coïncidence ? se demande-t-elle. Ce serait affreux, car cela impliquerait que Jacques a été victime... d'un assassinat, et que quelqu'un, un fou, un dément, l'a tué, sur le même modèle que naguère ! Jacques n'a pourtant pas vu le moine décapité... non, mais l'archéologue sondait la crypte. C'est cela, quelqu'un reproduit la trame criminelle qui a jadis frappé, ainsi que le raconte le cahier de dom Larose, ceux qui fouillent Notre-Dame-Sous-Terre. Alors, toute l'équipe est en danger ! »

Johanna tremble au milieu des escaliers montant vers l'abbatiale, le regard perdu dans un lointain plus éloigné que celui de la mer dont les lames reculent.

« La mer... l'eau, deuxième supplice..., songe-t-elle. Et si les mises en garde écrites dans le coutumier qu'a lu dom Larose étaient fondées ? Si la crypte était maudite... le revenant un esprit maléfique, ainsi que le croyaient certains moines, et Simon... Non, non ! Ils ont tort ! Réfléchis, Johanna, réfléchis : l'assassin est forcément celui qui a volé le fameux cahier. Ou qui le détient. C'est lui l'esprit malsain et dangereux, qui s'est servi de ce qu'il a lu dans le calepin pour tuer Jacques, mais cela n'a rien à voir avec les quatre éléments ayant inspiré les supplices de Moïra, ni avec le manuscrit de frère Roman, et encore moins avec un caractère "diabolique" du moine sans tête... c'est l'œuvre d'un psychopathe certes, mais cet homme – ou cette femme – est un contemporain, un être de chair et de sang... »

Tout en méditant, elle a repris sa marche vers l'abbaye. Elle ne prend pas garde au chemin que ses pas empruntent et, bientôt, elle se trouve à quelques mètres de la rampe d'accès au poulain. Le spectacle qu'elle a devant les yeux est surréaliste : une fourgonnette de gendarmes, un camion de pompiers et une ambulance encombrent la chaussée étroite. Les uniformes correspondants s'agitent en tous sens, lui masquant à demi une forme grise, recouverte d'une couverture, qui gît au bas de l'impressionnante côte. Bordée de rochers et de buissons anarchiques, la déclivité bâtie de main d'homme, en pierre, ressemble à la rampe de lancement d'un missile : tout en haut, elle aboutit à la façade sud de l'abbaye, et s'interrompt au sommet d'une ouverture creusée entre deux grandes arcades au XIXᵉ siècle, au temps de la prison d'Etat, pour abriter le poulain. Johanna baisse les yeux sur l'aire de lancement et se sent soudain dans un autre monde, celui d'une réalité qu'elle ne connaît pas. Elle s'approche. Nul ne prête attention à elle. Des brancardiers déposent la grosse silhouette grise sur une civière. Ils la soulèvent mais, ayant mal estimé le poids de leur chargement, la chose glisse et se retrouve à terre, sur le dos, couverture rabattue. Jamais Johanna n'aurait pu imaginer ce qu'elle aperçoit alors durant deux secondes, le temps que les infirmiers réparent leur bévue. C'est le cadavre d'un homme qu'elle n'aurait pas reconnu. Les vêtements, peut-être, sur les épais membres disloqués. Mais le visage... il n'a plus de visage : une bouillie sombre l'a entièrement recouvert, un magma de sang, d'os, de viande hachée, un maquillage atroce qui a écrasé son nez, ses yeux, sa bouche : le grimage de l'insoutenable réel, que nulle chimère ne peut conjurer. Johanna se détourne et, soudain, vomit sur la chaussée.

Dans un brouillard, il lui semble percevoir les traits lisses de Christian Brard, puis elle chavire dans un trou noir qui s'est ouvert sous ses pieds.

Elle se réveille une heure plus tard, sur son lit, avec Florence à ses côtés. Un goût âcre lui empâte la bouche.

– Salut, lui dit Flo. Contente de te revoir, Jo... Tu es tombée dans les pommes. Les infirmiers t'ont ramenée.

– Je me souviens, c'était... monstrueux, indescriptible !

– Je sais, oui... Je préfère que tu ne me racontes pas, d'ailleurs.

– Florence, s'il te plaît, monte-moi une citerne de café.

– Tu devrais manger quelque chose.

– Non, rien !

– D'accord. J'y vais. Au fait : un inspecteur est en train d'interroger Patrick.

Johanna s'assied dans son lit et l'atroce scène s'empare de son esprit. Non, justement, ce n'était pas une pièce de théâtre, pas un film, c'était la réalité... C'est la réalité. Jacques, pauvre Jacques ! Enfin, elle peut pleurer. A travers ses sanglots, elle réalise que sa théorie suivant laquelle son subordonné aurait été assassiné par le voleur du cahier de dom Larose est absurde, irrationnelle... élucubration d'un esprit romanesque, qui ne fait pas le poids face au cadavre de Jacques. Cette vision l'a ramenée sur la terre ferme, dans une chute soudaine mais qui, pour elle, n'est pas mortelle. Il faut qu'elle cesse de tout regarder par le prisme légendaire de Roman et de son histoire de moine décapité ; la réalité des autres humains est différente ! C'est certainement cette réalité-là qui a tué Jacques, c'est-à-dire son désespoir d'être seul, l'amertume, la pesanteur de vivre, qu'il tentait de soulager en buvant... oui, c'est son ivresse qui a provoqué suicide ou accident, ce qui pour Jacques était peut-être la même chose.

Toute la journée, la police interroge les membres de l'équipe et la direction montoise des Monuments historiques. Le corps de Jacques a été transporté à Saint-Lô, où il doit être autopsié par le médecin légiste. La soirée dans la maison des archéologues est une veillée funèbre sans cadavre : quelques villageois viennent, par curiosité ou compassion, présenter leurs condoléances à la famille professionnelle de Jacques. La présence de Guillaume Kelenn réconforte Johanna et fait disparaître Patrick dans sa chambre : l'assistant ne s'est pas départi de son air morose habituel.

Le lendemain matin, les fouilles reprennent à Notre-Dame-Sous-Terre, mais personne ne fouille. Dimitri sanglote dans un coin, Patrick est éteint, Sébastien et Florence tiennent un conciliabule en buvant du café de leur bouteille Thermos. Johanna fixe l'autel de la Sainte-Trinité et le pan de mur d'Aubert découvert par Froidevaux, derrière le piédestal. Elle se demande s'il cache une pièce secrète, où gisent le crâne et le squelette séparés de son moine. Elle brûle de retirer une à une les pierres grossièrement jointoyées de la muraille mais n'ose pas, vu l'ambiance qui règne au sein de son équipe. C'est une sœur des fraternités de Jérusalem qui met fin à leur prostration. A midi, la silhouette qu'on dirait drapée dans un linceul blanc vient leur proposer de prier avec eux pour l'âme de leur ami et d'assister à la grand-messe dans l'église. A l'exception de Dimitri, tous sont athées, agnostiques dans le meilleur des cas, mais ils acceptent avec soulagement. Ils prennent place au bord du chœur gothique flamboyant, sur des bancs, parmi une foule de touristes et de pèlerins arborant coquille et bâton, comme au Moyen Age. Johanna lève les yeux vers le bleu évanescent qui nimbe les vitraux d'une lumière céleste, créant une atmosphère quasi surnaturelle. Elle songe au chœur roman effondré sur les bénédictins en 1421, pendant la guerre de Cent Ans, au chevalier ayant vu peu après le moine décapité dans la crypte, à son cadavre, à sa bouche et sa gorge remplies de terre... Elle se force à chasser ces pensées et se concentre sur l'office des frères et sœurs blancs. Elle se surprend à adresser une prière silencieuse à saint Michel pour lui demander d'accompagner l'âme de Jacques vers le ciel. Le ciel est là, devant elle, il s'élance en volées de pierres graciles, en lignes fines et majestueuses, qui donnent une irrésistible sensation d'élévation, de verticalité pieuse. Un bourdonnement arrache Johanna à son architecturale oraison : des touristes en bermuda, appareil photo en pendentif et écouteurs vissés sur les oreilles, tournent autour des fidèles comme de grosses abeilles curieuses. Le bruit de leur baladeur commentant la visite de l'église parvient à couvrir la voix de l'officiant. Habitués à ce quotidien outrage, les moines et les moniales continuent à chanter comme si de rien n'était.

Johanna fait un effort pour se concentrer sur le sermon du prêtre. Elle observe la croix qui pend comme un pendule sur la robe immaculée. Peu à peu, elle voit une bure, un scapulaire remplacer la toge claire et l'habit se teinter de ténèbres. Soudain, l'officiant n'a plus de tête. Puis apparaît celle du père Placide, ridée et décharnée, qui répète, trois fois : « Y a-t-il quelqu'un pour répondre à ma messe ? » et Johanna répond tout bas : *Ad accedendum ad caelum, terram fodere opportet.* Un coup de coude de Florence lui fait ouvrir les paupières. Lorsqu'elle relève les yeux, le prêtre en blanc, bras au ciel, chante le *Notre-Père*. Elle regarde autour d'elle : debout, les archéologues scandent la prière avec une foi inédite. Johanna se lève et se maintient à grand-peine en position verticale. Heureusement, à part Florence, personne ne semble avoir remarqué son assoupissement. La messe prend fin. Johanna se rue dehors, sur la terrasse. Le ciel ne parvient pas à se décider entre le bleu et le gris-noir : déchirée de bandes sombres, la voûte étouffante descend sur la tête de la jeune femme comme le couvercle d'un tombeau de granite. Johanna donne quartier libre à son équipe pour l'après-midi. Elle doit être seule pour recouvrer ses esprits. Elle ferme sur elle la porte de Notre-Dame-Sous-Terre. Elle débarrasse l'autel de la Sainte-Trinité des instruments de forage qui y sont négligemment posés. Elle allume des cierges et éteint toutes les lumières électriques. Il flotte dans l'air une étrange émotion : les pierres blanches de la crypte sont traversées d'ombres qui paraissent bien plus anciennes que la flamme des bougies qui les font naître aujourd'hui. Johanna effleure de la main les mouvants contours. Elle veut y voir les traces d'une autre main, sous la sienne... des doigts effilés et noirs comme les pattes d'une araignée errant sur sa peau. Elle colle son front aux pierres envoûtées, puis sa bouche. Elle sent palpiter le cœur des murs. Elle recueille leur mémoire et leurs souvenirs affligés coulent sur ses joues.

– Roman..., murmure-t-elle. Si je te délivre, tu t'envoleras d'ici... Tu rejoindras Moïra et tu m'abandonneras toi aussi... Tu m'accompagnes depuis si longtemps ! A mesure que je m'approche de toi, j'ai peur que tu t'éloignes. Tu vois, j'ai besoin de toi... Nous sommes comme cette crypte, tous les deux... doubles, et jumeaux. Tu m'as donné tant de toi : l'amour de ton art, le dialogue incessant avec le passé, plus vivant que le présent, la solitude et le réconfort des âmes mortes... Mais tu m'as condamnée au silence ! Je ne peux parler de toi à quiconque, si j'excepte ton vieux complice, le père Placide... Simon, lui, existait vraiment, et tu me l'as enlevé... mais je sais que tu n'es pour rien dans la mort de Jacques. Il est mort parce qu'il était seul avec lui-même, tandis que nous, nous sommes seuls l'un à l'autre, nous nous tenons en vie... Deux vies parallèles. Nous sommes morts au monde, Roman. Toi, tu n'as pas de ciel et moi, mon ciel c'est toi. Je sais, Roman... Je dois te tenir plus encore, je dois étreindre ton corps, pour que tu rejoignes l'étoile qui t'attend depuis presque mille ans... mais alors, qui sera mon astre ?

Elle reste collée au mur bordant l'autel un long moment. Puis elle regarde les blocs bruts et irréguliers de l'oratoire d'Aubert, Aubert dont le crâne perforé trône dans l'église Saint-Gervais d'Avranches. Elle est persuadée que la tête et le corps qu'elle doit exhumer se trouvent derrière ces pierres. Mais il est impossible de les desceller sans l'aide des autres. Les blocs sont énormes, superposés et très lourds. A mi-hauteur de la muraille, un moellon impressionnant nécessite même un engin de levage. Elle exhale un soupir... Johanna aimerait tellement être la seule à le découvrir, à le voir, à le toucher ! Paul a déterré le manuscrit qui lui était destiné, à elle, le père Placide s'est vu offrir un précieux cahier qu'il n'a pas su garder... mais elle a réussi à rassembler tous les indices... et la délivrance, l'issue finale lui appartiennent ! Fenoy, Dimitri, Florence, Sébastien et même Guillaume n'ont que faire d'un squelette et d'une tête perdus dans le temps et les pierres ; les affres de cette âme infortunée ne les concernent en rien... Malheureusement, leurs bras doivent s'immiscer dans cette histoire intime, pour que la main de Johanna puisse en écrire la fin. Elle soupire à nouveau, en palpant le mur d'Aubert. Le fondateur de la montagne a cherché à imiter le rocher naturel, la grotte, comme celle du mont Gargan... aucun bloc n'est taillé, les joints sont sommaires. Dans le sanctuaire circulaire, saint Aubert et ses chanoines devaient avoir l'impression d'être au centre d'une caverne, la demeure de Dieu, une chambre secrète et close comme un ventre. Johanna souffle sur les cierges, ferme la crypte et rentre chez elle. Elle trouve la maison vide, excepté Dimitri qui se morfond dans le salon en tentant de lire.

– Simon Le Meur a appelé, dit-il d'un ton détaché. Il a appris pour... pour Jacques et il voulait avoir de tes nouvelles. Au fait, rien de nouveau, pour Jacques ?

– Je ne sais pas... C'est vrai. J'appelle Brard tout de suite.

L'administrateur lui dit qu'il attend les premiers résultats du légiste dans la soirée et qu'il la tiendra informée. L'enterrement aura lieu après-demain, à Paris. Il pense qu'il serait opportun de fermer le chantier pour une semaine et de donner congé à tous. Johanna déjoue la tentative de Brard d'écourter la durée des fouilles : elle vient d'accorder l'après-midi à l'équipe et les funérailles de Jacques ont lieu la veille du 8 mai ; ils feront donc le pont, mais pas plus. Elle ne rappelle pas Simon, mais sait persuader François de lui consacrer le week-end du 8 mai. Vu les circonstances, il ne se fait pas prier... Elle dîne en tête à tête avec Dimitri, dont le drame ne fait qu'amplifier la dépression.

A vingt et une heures, Brard vient lui annoncer qu'il s'agit bien d'un accident, survenu aux alentours de deux heures du matin : aucune trace de lutte sur le corps de Jacques ni au bord du poulain, pas de substance bizarre dans son organisme, si ce n'est l'effarant taux d'alcool. Il est tombé tout seul, par ivresse et par malchance. Elle le pressentait, mais se trouve soulagée par cette nouvelle. Elle ouvre le placard pour proposer un verre à son patron et tombe sur la bouteille de calvados qu'elle a offerte à Jacques, vide aux trois quarts. Elle blêmit comme s'il s'agissait d'un revolver, et qu'elle avait tiré elle-même sur l'archéologue.

Le lendemain, l'équipe à laquelle s'est joint Guillaume s'attaque au mur d'Aubert. Lentement, avec des gestes précis, ils descellent les moellons du haut de la place qu'ils occupent depuis l'année 708. Ce granite-là ne provient pas des îles Chausey mais a été extrait du Mont lui-même. La légende transcrite par les chanoines puis par les bénédictins veut qu'après la troisième apparition de l'Archange, Aubert se rendit enfin sur le mont Tombe et découvrit que l'emplacement du futur sanctuaire avait été marqué par saint Michel, ainsi que l'Ange le lui avait annoncé en rêve : un taureau volé par un larron et caché là pour le revendre attendait l'évêque au centre d'un grand cercle dessiné par la rosée du matin, où se dressaient deux grosses pierres : là devait être érigé l'oratoire dédié au premier des anges. Là, saint Aubert l'érigea.

Les historiens et les archéologues pensent que ces deux pierres, qui furent abattues pour aplanir le sol, pouvaient être deux dalles verticales d'un ancien dolmen en ruines, et l'empreinte circulaire celle du tertre du monument mégalithique. Les Celtes construisaient leurs temples sur des lieux particuliers, où l'on sentait la puissance de la terre : il fut donc admis que la caverne – artificielle – d'Aubert avait pris la place d'un dolmen désaffecté, comme la religion chrétienne a supplanté la foi celte. Les anciennes croyances ont été christianisées, mais les temples païens ont été détruits : du dolmen montois ne subsiste aucune trace, mais les murailles d'Aubert, en épousant la forme exacte de ce sanctuaire préchrétien, en gardent une réminiscence. Dès que Patrick, Séb et la petite grue ont dégagé les premières pierres du mur d'Aubert, Guillaume Kelenn se précipite avec une lampe. D'un bond, Johanna lui barre le passage.

– Tu permets ? dit-elle d'un ton agressif. Tu regarderas après !

Il recule, confus. Avec un sourire jubilatoire, Patrick place une échelle devant le mur. Le cœur prêt à exploser, elle grimpe et passe la torche par l'ouverture qu'ils viennent de pratiquer : face à elle, elle voit le rocher, muraille naturelle et infranchissable, qui fait écho au rocher fabriqué par Aubert. Aucun passage secret ou pièce dérobée. Mais elle se dit que, plus bas, le roc a pu être creusé sur quelques centimètres carrés, afin d'y aménager une niche suffisamment grande pour y placer une tête d'homme et un corps allongé... Elle se plie en deux pour essayer d'apercevoir quelque chose entre les pierres d'Aubert et le rocher : elle ne distingue rien qu'un faible espace, apparemment vierge de toute cachette. Elle s'agrippe aux blocs de granite pour ne pas pleurer. Où est donc Roman s'il n'est pas là ? Ainsi courbée, elle sent un début de nausée monter dans sa gorge.

– Alors, Johanna, alors ? Est-ce que tu vois quelque chose ? demandent fébrilement les autres.

Lentement, elle descend de l'échelle. Elle ôte ses lunettes et se frotte les yeux. Ils croient que c'est la poussière qui provoque les larmes de leur chef.

– Rien, dit-elle d'une voix blanche. Apparemment il n'y a rien. Le rocher vertical, c'est tout... Mais on va démantibuler tout le pan de mur : il faut en être sûrs. Allez.

– Tu crois que c'est nécessaire ? intervient Dimitri. Cette muraille est le vestige le plus ancien de toute l'abbaye, elle a presque mille trois cents ans... Si tu n'as rien vu, pourquoi la détruire ?

Elle lui envoie un regard de banquise.

– Parce que nous sommes des scientifiques, répond-elle sèchement, et qu'un scientifique ne se contente pas d'un coup d'œil rapide
pour abandonner sa thèse : il l'infirme avec des preuves. Donc, on
abat ce mur pour être bien certains qu'il ne nous cache rien. Et s'il
le faut, on abattra tous les autres, un par un.

Dimitri baisse les yeux avec tristesse : Johanna est donc prête à
anéantir Notre-Dame-Sous-Terre... Cette découverte le saisit.
Johanna, qu'il admire, a changé : elle qui parlait des maçonneries de
la crypte avec tant de passion désire maintenant les abattre ! C'est
peut-être la mort de Jacques, qui l'a plus affectée qu'elle n'en a laissé
paraître... ou ses amours défuntes avec l'antiquaire de Saint-Malo.
Elle aussi doit se sentir très mal... comme lui, Dimitri, qui a souvent
la sensation de respirer une puanteur de mort autour de lui.

Les funérailles de Jacques sont discrètes et brèves. Le seul office
religieux dont l'archéologue a bénéficié est la messe des fraternités
de Jérusalem, à laquelle a assisté l'équipe. Il est incinéré au créma-
torium du Père-Lachaise et son père emporte les cendres dans une
urne noire. Cette fois, Brard raccompagne Dimitri au Mont.

– Je n'ai plus rien à faire à Paris, dit Mitia, je veux rentrer au village
qui est devenu le mien.

Il allait encore passer le week-end seul, à ressasser sa mélancolie
cafardeuse.

– Viens avec moi à Marseille, lui propose Florence. Je vais y rejoindre quelques amis. On pourra se baigner...

Mitia refuse et se détourne pour rejoindre la grosse voiture de
Brard, garée le long du boulevard de Ménilmontant. Sébastien fait
une moue qui en dit long en regardant les deux hommes, mais sa
bouche ne dit rien. Johanna craint que Dimitri dévoile à l'administrateur son intention de démonter chaque pierre de la crypte, puis
elle se force à balayer cette angoisse. Patrick la salue avec une cor-
dialité inhabituelle avant de rentrer chez lui, à Montmartre, où
l'attendent sa femme et ses deux enfants. Sébastien prend le RER
jusqu'à Cergy, où vivent ses parents. Johanna gagne la rive gauche
en taxi.

Dans un café ensoleillé de la place Saint-Sulpice, elle raconte les
obsèques de Jacques à Isabelle. Son amie compatit et lui demande si

elle a revu Simon. Johanna répond qu'elle l'a totalement oublié et qu'elle s'apprête à passer trois jours avec François. Une heure plus tard, les deux femmes se séparent sur une sensation bizarre : pour la première fois depuis le collège, et malgré la dissemblance de leurs existences, quelque chose les divise vraiment, quelque chose qu'elles ne peuvent identifier clairement. Johanna trouve Isa terre à terre, matérialiste et superficielle. Elle s'est ennuyée en sa compagnie. Sans rien savoir des récentes découvertes de son amie, Isabelle trouve Johanna à la fois exaltée et froide, distante face à ce qui anime d'habitude les êtres humains, c'est-à-dire les relations amoureuses. Johanna rallie son appartement de la rue Henri-Barbusse pour y attendre François. Le deux pièces lui semble étranger. Brusquement, elle réalise que, depuis des années, elle habite un logement sis dans une rue au nom d'un célèbre poilu de la guerre de 14, un homme des tranchées, qui a survécu dans la terre, bloqué dans une fosse, attendant de mourir pour accéder au ciel libérateur de ses souffrances... Deux heures plus tard, cette pensée l'obsède encore lorsque François sonne à la porte.

Il lui change les idées en l'emmenant dans un somptueux château de la région de la Puisaye, au nord de la Bourgogne, à Prunoy, loin de Cluny. La bâtisse n'est pas médiévale, la chambre est décorée Arts déco, l'orchestre vespéral joue de la musique baroque, la propriétaire est une femme aussi charmante qu'originale et aucune église romane ne se niche dans un rayon proche : en bref, un dépaysement calculé et réussi, dont Johanna sait gré à François. Elle se détend et ferme provisoirement la porte de sa crypte. Ils font de longues promenades dans le parc, au bord du lac, dévorent, boivent d'excellents vins, évitent de parler du Mont et font l'amour. Johanna retrouve l'odeur de la peau de François, l'envoûtement de sa sueur, mais bientôt un subtil phénomène se produit en elle : elle se surprend à imaginer Simon à la place de François et le souvenir de ses étreintes avec l'antiquaire se juxtapose aux enlacements présents avec le haut fonctionnaire. La première nuit, elle s'en offusque et tente de contraindre sa tête à voir la réalité de celle qui l'embrasse. Mais son corps se rebelle, se raidit et devient rétif aux caresses de François. Elle accepte donc le subterfuge de son esprit et s'abandonne à sa mémoire. Alors sa tête et son corps s'unissent avec plaisir aux baisers de son amant.

Le dimanche, à midi, il faut quitter le château des rêves calmes pour rejoindre celui des guerres souterraines. Dans l'auto qui fonce vers Paris, elle soupire en pensant au pan de mur d'Aubert qu'ils ont entièrement démonté et derrière lequel ils n'ont rien trouvé. Elle devra décider entre percer d'abord les autres murs, ou le sol de pierre.

François tient à la raccompagner jusqu'au Mont. Johanna commence par s'en agacer.

– C'est pour profiter encore un peu de ta compagnie, lui dit-il d'une voix douce, et te faciliter la vie... N'aie crainte, je te laisserai sur le parking de la digue, je ne tiens pas à croiser Brard dans les ruelles.

Elle se calme et lui sourit. Cet homme sait être attentionné et sécurisant. Le temps ayant été splendide, François est couleur de miel et le nez de Johanna se pique de nouvelles taches de rousseur. La circulation est vive jusqu'à Paris, mais plus tranquille vers la Normandie. Au bas de la montagne, elle serre longuement François dans ses bras. Il lui dit qu'il a été heureux de refaire sa découverte. Elle est émue, mais se résout à le laisser partir. Elle se sent triste, comme si elle venait de dire pour toujours adieu à François. Chaque séparation, quelle qu'elle soit, la rend morose pour quelques minutes ou pour toute la vie. Elle regarde sa montre : à peine dix-sept heures... ouf, les autres ne seront pas rentrés, elle pourra profiter seule de ces derniers instants de paix, avant la bataille du lendemain contre les pierres de la crypte. Dimitri sera certainement dans la maison, promenant son chagrin entre les murs, mais ce n'est pas lui qui la dérange. Au contraire, l'âme de Mitia, troublée de mélancolie, la touche. Elle décide d'avoir une conversation avec lui, de provoquer doucement ses confidences et de l'écouter. Oui, elle doit tenter de l'aider, ce garçon en vaut la peine, et cette peine, jusqu'à présent, elle ne la lui a point donnée.

Il fait beau sur la montagne. Les vagues humaines coulent à contre-sens de Johanna, vers les cafés et les parkings. Des gosses braillent, un gros type la bouscule de sa bedaine ronde comme un ventre de femme enceinte. Elle accroche une vieille dame avec son sac de voyage. Enfin, le cimetière et, au-dessus, la belle maison de granite gris aux volets blancs.

Elle fait tourner la clef dans la serrure et appelle joyeusement Mitia. Pas de réponse. Si le jeune homme est sorti, c'est signe qu'il va mieux. Elle pénètre dans sa chambre, jette son sac sur le lit, ouvre en grand la fenêtre, s'étire, décide de se faire couler un bain et de boire un thé en attendant le retour de Dimitri. Elle place un

CD de tango argentin dans le lecteur qui trône sur son bureau et descend dans la cuisine faire chauffer la bouilloire. Elle remonte avec un petit plateau chargé d'une théière, d'une tasse et de quelques galettes pur beurre, qu'elle dépose sur sa table. Elle ouvre la porte de sa salle de bains privée, qui jouxte sa chambre... puis se fige sur le seuil.

La baignoire est déjà pleine. Des restes de mousse flottent autour d'une forme nue et horriblement maigre. Immobile malgré la musique d'Astor Piazzola, Dimitri la regarde de ses beaux yeux fixes et atterrés. Sa peau est d'une blancheur tirant sur le bleu et, de chaque côté, ses bras faméliques pendent comme deux branches mortes. Au bout de ses bras, sur les carreaux de faïence s'étalent deux cercles noirs, deux petites flaques glacées : le sang qui s'est écoulé de ses veines tranchées.

18

L'ENTERREMENT de Dimitri est plus pathétique que celui de Jacques, privilège des suicidés en pleine jeunesse. Il était croyant et l'église orthodoxe de Lille est remplie de gens et des pleurs de sa mère dont il était l'unique enfant. Malgré l'autopsie, le légiste a rendu le corps en parfait état, si ce n'est quelques nouvelles cicatrices et les fatales marques sur les poignets. Johanna et son équipe sont profondément meurtries par le geste de Mitia. La jeune femme est assaillie par le remords de l'avoir laissé seul ce week-end-là. Christian Brard, qui a raccompagné l'archéologue au Mont après les funérailles de Jacques, est également embarrassé, comme peut l'être le dernier humain à en avoir vu un autre vivant, à lui avoir parlé de choses banales, puis à s'être tu, sans se douter qu'un mot supplémentaire aurait peut-être tout changé : mais le jeune homme était taciturne et l'administrateur a respecté ce silence de deuil. François tente de rassurer Johanna en lui expliquant que l'on ne peut rien contre certaines pulsions suicidaires, que Dimitri avait décidé d'en finir et qu'il l'aurait fait de toute manière. Johanna sait que si le destin veut qu'elle sauve quelqu'un, ce n'est point Jacques ni Dimitri, mais elle est accablée par le sort brutal que la camarde a infligé à ces deux êtres. Oui, la mort s'abat autour d'elle et elle espère qu'elle a frappé au hasard. Mis à part la police et Christian Brard, Johanna est la seule à avoir vu les deux cadavres. Dans ses cauchemars, ils n'en font qu'un, avec la figure sans traits de Jacques et le corps osseux de Mitia. Couchée dès la fin du dîner, elle prend un somnifère sur sa table de chevet et l'avale en fermant les yeux, ces yeux qui se tournent toujours vers la porte de la salle de bains. Avant que la police n'y appose les scellés, elle avait déjà, en elle-même, condamné la pièce. Jamais plus elle ne pourra y pénétrer, encore moins prendre un bain, sous peine d'être aux prises avec des visions infernales.

Ce funeste dimanche, elle est restée longtemps sur le seuil, tétanisée par cette réalité qui la dépassait et qu'elle était obligée d'appréhender. Pas d'échappatoire possible dans sa forteresse intime, l'inéluctable était là, blanc, froid, figé comme Mitia au regard stupéfait. Elle n'a pas crié, elle n'a pas pleuré. Elle a eu la sensation d'être un château de sable éphémère et fragile, face à une bastille de roc redoutable et invincible ; une maison délicate et sophistiquée bâtie par un enfant dans la dune, qui allait s'effondrer sous les jets de pierres des gardiens du réel. Pourtant, elle ne s'est pas évanouie et, calmement, le pas régulier comme le balancier d'une horloge, elle est descendue téléphoner à la gendarmerie. Le SAMU était inutile. Elle a même pensé à avertir Christian Brard. Ce fut lorsque Patrick arriva, deux heures et demie plus tard, dans la masure investie par les uniformes et les policiers en civil, qu'elle se mit à trembler de tous ses membres sans pouvoir articuler aucun son. Elle resta deux jours en état de choc dans son lit, surveillée par un médecin et ce qui restait désormais de l'équipe : Patrick, Sébastien, Florence, plus Guillaume. Dans son sommeil artificiel, Simon lui parlait sans cesse, la suppliant de se réveiller ; elle le faisait et se trouvait au milieu du cimetière dont les tombes s'ouvraient, et les morts effeuillaient leur peau putréfiée en un strip-tease obscène, pour l'aguicher de leurs os pleins de vers.

– Tu ne crois pas qu'on devrait lui suggérer de voir un psy ? demande Florence à Patrick, qui sirote une tasse de café dans le salon. L'inspecteur Marchand l'a conseillé tout à l'heure.

– Je connais bien le bois dont elle est faite, répond Patrick, et ce bois est en pierres médiévales. Demain matin, nous reprenons le chantier et je suis certain que, dès qu'elle sera dans la crypte, elle ira mieux. Non, personnellement, ce n'est pas pour elle que je m'inquiète.

– Pour qui, alors ? interroge Sébastien.

– Mais... pour nous ! s'exclame l'assistant de Johanna.

– Oui, c'est une pensée triviale vu les circonstances, répond Séb, mais c'est sûr qu'avec deux paires de bras en moins, ça va être plus dur... et on ne nous enverra aucun remplaçant. Je sais que tu ne l'aimes pas, mais heureusement qu'on a Kelenn pour nous aider un peu. Il vient d'assurer à Johanna qu'il serait là tous les après-midi.

– Je me fiche de votre Guillaume Kelenn, rétorque sèchement Patrick. Qu'il vienne toute la journée si ça lui chante, et même la nuit dans son lit, là-haut, dit-il en levant ses yeux gris vers la chambre de Johanna. Ce n'est pas de lui dont je me soucie, ni du chantier lorsque tout à l'heure je disais « nous »...

– Que veux-tu dire, à la fin ? le coupe Florence, irritée.

– Ça ne vous semble pas bizarre, à vous, un accident mortel et un suicide en à peine dix jours ? demande Fenoy en se levant.

– Que... que sous-entends-tu ? interroge Sébastien, blafard.

– Qu'on devrait se poser certaines questions, dit Patrick en se roulant une cigarette. Un : qu'allait faire Jacques, en pleine nuit, au bord du poulain ? Deux : pourquoi Dimitri tenait-il absolument à rester ici, seul ?

– Tu... tu plaisantes ? balbutie Florence. Tu veux dire que... que Jacques ne serait pas tombé par maladresse et que Dimitri ne se serait pas suicidé ?

– Je ne sais pas, conclut-il en allumant sa cigarette. Je ne sais plus. Parfois, je trouve que cela fait beaucoup de coïncidences. Ces fouilles à Notre-Dame-Sous-Terre me perturbent. Trop de gens y sont opposés ; je me demande si quelqu'un ne chercherait pas à les interrompre...

– En nous trucidant tous un à un, comme dans *Les Dix Petits Nègres* ? répond violemment Florence. Que cherches-tu, Patrick, à nous flanquer la trouille pour nous faire fuir ? C'est ta nouvelle arme contre ce chantier ? Parce que je te signale que, toi aussi, tu t'y es fortement opposé à ces fouilles dans la crypte !

– Je sais, reconnaît-il en rougissant. L'angoisse me fait imaginer toutes sortes de choses... De toute façon, on sera fixé demain, avec les résultats de l'autopsie.

Au matin du 19 mai, Patrick et Johanna montent en silence dans les logis abbatiaux où Brard a son bureau. La jeune femme a les traits tirés et les yeux gonflés. Elle pense à Simon, elle a failli l'appeler à Saint-Malo pour qu'il la réconforte. Seul son orgueil lui a fait composer le numéro de François.

– Je vous présente le commissaire Henri Bontemps, dit l'administrateur. L'inspecteur Marchand, que vous connaissez déjà. Le commissaire est chargé des affaires criminelles du département.

– Criminelles ? s'étonne Johanna.

– Hélas, mademoiselle, dit le policier de cinquante ans, au physique amène et à la voix agréable, l'autopsie de Dimitri Portnoï a révélé que l'incision des veines avait été effectuée *post mortem*. Il était mort depuis une quinzaine de minutes lorsqu'on l'a mutilé ainsi. Il est mort noyé dans l'eau du bain, ses poumons en étaient remplis ; quelqu'un l'a noyé de force puis lui a tranché les poignets, pour faire croire à un suicide...

– C'est impossible ! s'exclame Johanna, livide. Un meurtre !

– Je le déplore, mais il n'y a aucun doute, renchérit le commissaire. Je vais reprendre le dossier de Jacques Lucas car, comme on dit chez nous, « un assassinat peut en cacher un autre » ! Mais ne vous tourmentez pas... L'enquête ne fait que commencer, et si vous nous aidez, il n'y a aucune raison pour que nous ne trouvions pas rapidement le coupable. D'ailleurs, je vais interroger toute l'équipe d'archéologues, un à un, à la brigade. Je vous attends demain matin, à Saint-Lô.

– Pardon, mais ne pouvez-vous nous recevoir plutôt en fin de journée ? demande Johanna. Il faut une heure pour aller à Saint-Lô, et le chantier accuse un retard considérable.

Eberlué, le commissaire Bontemps regarde Johanna de travers, sans se douter que la reprise des fouilles signifie pour elle sa survie psychologique après une telle nouvelle.

– Dix-huit heures, demain, vous, dit-il en pointant Johanna, vous, ajoute-t-il en fixant Patrick, et les deux autres.

Les deux autres défaillent en entendant les mots terribles. Ils scrutent l'assistant, qui ne se départit pas d'un silence gêné. Il avait donc raison ! Mais le mobile est-il l'interruption des fouilles ? Pourquoi et surtout... qui ?

Le lendemain matin, 20 mai, les quatre survivants : Johanna, Patrick, Sébastien et Florence se retrouvent dans la crypte. La directrice des fouilles se comporte comme si rien ne s'était passé : plantée derrière l'autel de la Trinité, elle caresse du plat de la main le rocher naturel qui a pris la place de la muraille d'Aubert, entièrement démontée, et dont les blocs gisent à ses pieds. En soupirant, elle revient au centre de Notre-Dame-Sous-Terre, sous les arcades du mur séparant les nefs et les chœurs jumeaux.

Elle hésite entre abattre le mur de gauche, celui situé derrière l'autel de la Vierge, démonter ceux qui bordent les chœurs au sud et au nord, ou enlever les carreaux de pierre du sol de la crypte, pour y effectuer des sondages. Elle semble rechercher la solution dans l'air noir et chaud du sanctuaire. Lorsqu'elle scrute les deux tribunes surplombant les chœurs voûtés en berceau, on pourrait croire qu'elle prie.

– Là ! dit Johanna comme un sourcier devant une eau invisible, en désignant le mur derrière l'autel de la Vierge. Le passage s'interrompt peut-être entre les deux autels, pour se prolonger vers le nord... Il faut faire vite, il nous reste seulement trois semaines !

– Tu perds ton temps, et le nôtre ! répond Patrick qui, depuis la veille, a abandonné l'attitude réservée qu'il affectait. Tu te rends compte de la situation, Johanna ? On vient de t'apprendre qu'un, voire deux de tes archéologues ont été assassinés, ici, au Mont, et toi, tout ce qui te préoccupe, c'est de savoir quel mur il faut abattre ? Tu ne trouves pas cela indécent ?

Calmement, Johanna retire ses lunettes et se plante devant son assistant, en ayant soin d'avoir aussi Sébastien et Florence en ligne de mire. Elle a prévu cette mutinerie. L'instant est décisif : maintenant se joue le sort de frère Roman, le moine décapité. Ne pas penser à son désir secret de le rechercher seule et d'être débarrassée de ses confrères... ne pas songer à Moïra, un supplice par l'air, un supplice par l'eau, Jacques tombant dans les airs, Dimitri noyé... oublier dom Larose, le cahier, les cadavres du passé... S'en tenir à une réalité que les archéologues peuvent admettre. Elle seule se doute de la vérité. Mais est-ce la vérité ? En tout cas, ses soupçons sont inavouables. Il faut qu'elle soit forte et qu'elle combatte pour la poursuite des fouilles.

– Ecoutez, dit-elle en s'adressant aux trois scientifiques. Comme vous je suis triste et comme vous j'ai très peur. N'oubliez pas que c'est moi qui ai découvert Mitia et que j'ai vu Jacques... ça m'obsède et me terrorise. Mais j'essaie de maîtriser mes émotions. Lorsque je réfléchis, je suis convaincue que Jacques a eu un accident – une enquête sérieuse a conclu en ce sens, ne le perdez pas de vue – et que le pauvre Dimitri... a été tué je ne sais pourquoi, je ne sais par qui, mais nous savons tous qu'il avait de gros problèmes personnels... Nous nous sommes recueillis auprès d'eux, nous les avons accompagnés, nous avons même prié, nous pensons sans cesse à eux, nous allons tout faire pour aider la police à coincer le coupable... Je ne crois pas qu'il faille maintenant abandonner le chantier. Cela n'a aucun sens. Au contraire, je me dis qu'ils sont là, dans cette crypte, tout proches. Ils étaient archéologues, un métier difficile, pour lequel ils avaient gagné de dures batailles. Vous savez comme moi que l'on ne devient pas archéologue par hasard ! Ils adoraient les pierres, ces pierres, ils aimaient fouiller... ils auraient tellement voulu savoir quel trésor se cache ici. Ils avaient chacun leur théorie... Moi, je continue pour eux, en songeant à eux. Vous, faites ce que bon vous semble.

Sébastien et Florence baissent la tête après le sermon : Patrick a provisoirement échoué à faire cesser le chantier. Il se précipite sur une pioche et s'avance rageusement vers le mur derrière l'autel de la Vierge. Bientôt, les coups résonnent dans la crypte close.

– Et vous n'avez pas la moindre idée de qui pouvait en vouloir à Dimitri Portnoï ? répète le commissaire Bontemps, assis derrière son bureau de la PJ.

– Je vous l'ai dit, pas la moindre..., répond Johanna avec assurance. Il ne parlait jamais de sa vie privée ; je vous ai raconté comment nous avons appris que son petit ami l'avait quitté.

– S'était-il opposé à l'ouverture du chantier à Notre-Dame-Sous-Terre ?

– Non... Je... Non. Il n'y était pas opposé, seulement réticent à endommager la crypte, mais c'était une réaction normale, que beaucoup partageaient, y compris moi-même. Il s'agit de la plus ancienne construction de l'abbaye, et du Mont.

– Qui était contre l'autorisation de ces travaux archéologiques dans la crypte ?

– Contre ? Christian Brard, l'administrateur..., répond-elle, troublée par la question.

– Vous oubliez Patrick Fenoy, votre propre assistant, lui assène le commissaire. Il a tout fait pour empêcher les fouilles !

– Vous ne le soupçonnez tout de même pas d'avoir été jusqu'à tuer Dimitri ? s'insurge Johanna.

– Je ne le soupçonne pas plus que M. Brard, qui m'a spontanément avoué son hostilité à ce chantier, ainsi que celle de votre assistant, et les conditions particulières dans lesquelles ces fouilles ont été autorisées, dit-il, faisant rougir la jeune femme. Je vous demande simplement de ne rien omettre dans votre témoignage.

– L'assassinat de Mitia n'a rien à voir avec le chantier, s'exclame-t-elle, irritée, et je suis sûre que Jacques est mort accidentellement.

– Peut-être, peut-être pas. C'est à moi d'en juger et pour l'heure, en l'absence de preuves dans un sens ou dans un autre, je ne dois négliger aucune piste, même si je penche également pour un crime passionnel dans l'affaire Portnoï... En l'occurrence, la crim de Paris vient de mettre en garde à vue son ex-compagnon, qui n'est pas clair dans cette histoire. Apparemment, Portnoï n'acceptait pas la séparation et le harcelait. L'autre l'a violemment menacé, on a des témoins, et cet homme n'a aucun alibi pour la nuit où votre collaborateur a été tué. Je me rends demain au Quai pour interroger moi-même le suspect.

Johanna ne peut réprimer un profond soupir de soulagement. Ainsi, il n'y a aucun lien entre ce meurtre et Notre-Dame-Sous-Terre. Une fois de plus, ses doutes étaient fondés sur son imagination. Simon avait raison... Simon... Comme il lui manque ! La presse, si tant est que ce Montois d'adoption en ait besoin pour être informé des affaires du rocher, a largement fait écho à la mort de Dimitri et à l'enquête en cours, mais cette fois il ne s'est pas manifesté. S'il l'avait fait, elle lui aurait répondu, elle a tellement envie de lui parler, de sentir sa peau, de se lover sous ses épaules ! Il n'a donné aucun signe de vie et l'amour-propre de Johanna, ainsi que la crainte d'être rejetée, lui a interdit de reprendre contact avec lui. Hier, pourtant, elle a composé le numéro de sa boutique d'objets de marine, mais au premier « allô » de Simon, elle a raccroché. François, en revanche, l'appelle plusieurs fois par jour : la criminelle de Paris l'a même interrogé, au ministère. Brard fait une pression considérable pour suspendre le chantier et François craint pour Johanna. Il a failli céder aux arguments de l'administrateur, mais la jeune femme les a contrés : ce crime odieux n'a aucun rapport avec les fouilles – bon sang, heureusement que François ignore tout du cahier de dom Larose ! –, après tout ce qu'il a fait pour que s'ouvre ce chantier, tous ces risques, va-t-il maintenant abandonner et l'abandonner, elle ?

24 mai. Derrière l'autel de la Vierge, le mur carolingien. Derrière le mur carolingien, le mur d'Aubert. Et derrière le mur d'Aubert : le rocher, droit et dur comme une menace. Pas de cachette, pas de passage, pas de tête ni d'ossements corporels.

L'avant-veille, les policiers ont méthodiquement fouillé toute la maison. Que cherchaient-ils ? Nul ne le sait, sauf le meurtrier présumé de Mitia, son amant, toujours retenu quai des Orfèvres. Le granite du roc naturel est froid, sombre et humide comme des oubliettes. Ce matin, Florence a été convoquée à Saint-Lô, à la brigade, et elle n'est pas revenue. Seulement Florence. Pourquoi ? Cet après-midi, Guillaume n'est pas là pour les aider. Les murs sont muets. Sourds à la complainte ! Attaquer le sol ? Roman, où es-tu ?

– Vous ne savez pas la dernière ? hurle Florence en surgissant dans la crypte, surexcitée. On vient d'arrêter l'assassin de Mitia, ça y est !

– Ah, enfin te voilà ! répond Johanna. Merci pour la nouvelle, mais elle n'est plus très fraîche.

– Ce n'est pas ce que tu crois. L'amant de Dimitri a été relâché hier, complètement blanchi !

Johanna, Patrick et Sébastien se tournent vers Florence.

– Ce n'est pas lui, répète Florence d'un air important. Vous n'allez pas en croire vos oreilles, c'est totalement dingue ! On l'a échappé belle, croyez-moi...

Johanna a une sensation de vertige.

– Vous savez ce que les flics cherchaient, avant-hier, dans la bicoque ? demande Florence.

Ils ne peuvent que faire « non » de la tête. Florence secoue la sienne avant de répondre. Une mèche blonde lui barre le front.

– Des cheveux, messieurs mesdames ! Nos cheveux... Enfin, les miens surtout.

– Tu vas nous expliquer, à la fin ? s'impatiente Patrick.

– Comme toujours dans ce genre d'enquêtes, commence Flo, les policiers cachent des éléments importants à la presse et aux suspects, en vue de confondre le criminel... Concernant le meurtre de Dimitri, ils nous ont dissimulé deux choses : un, la fenêtre de la salle de bains semblait fermée de l'intérieur mais, en fait, elle était juste poussée, sans être verrouillée, ce qui indique que quelqu'un a pu entrer et s'enfuir par là. Deux : en passant la salle de bains au peigne fin, ils ont trouvé des cheveux qui n'appartenaient ni à Dimitri, ni à Johanna... et en fait, après vérification, à aucun d'entre nous... même s'ils ressemblaient aux miens.

– Blonds ? en conclut Sébastien.

– Blond naturel, tirant sur le roux, légèrement bouclés et... longs. Ne provenant pas d'une perruque. Malheureusement ou plutôt heureusement, chez moi, le blond est artificiel. Je ne suis pas une vraie Viking !

Johanna sent ses oreilles bourdonner.

– Avec un tel indice, la police scientifique peut reconstituer l'ADN de quelqu'un..., ajoute Patrick.

– Exact ! confirme Florence. C'est ensuite une preuve irréfutable de la présence de cette personne sur les lieux du crime... sans signifier que c'est elle qui a tué. Bref, focalisés sur l'ancien compagnon de Dimitri – qui est brun –, les policiers n'ont pas recherché cette mystérieuse femme blonde... jusqu'à ce qu'ils soient convaincus de l'innocence du petit copain de Dimitri. A ce moment-là, ils ont fait une razzia sur nos brosses à cheveux.

– Et ils ont trouvé cette femme ? demande naïvement Séb. Qui est-ce ? Des blondes, ce n'est pas ce qui manque, par ici !

Johanna s'appuie contre l'autel de la Vierge noire. La tête lui tourne. Florence met ses mains sur ses hanches comme une marchande de poissons haranguant la foule.

– Ils ont trouvé... La personne dont les cheveux correspondent, et la structure ADN aussi. Quelqu'un que nous connaissons tous, qui possède de splendides cheveux blond-roux, longs et bouclés, de beaux yeux verts piqués de brun, et... des moustaches : Guillaume, Guillaume Kelenn !

Une bombe silencieuse explose dans les profondeurs de la crypte.

– A-t-il avoué le meurtre de Dimitri ? demande Johanna, hébétée.

– Je ne sais pas, les flics ne me l'ont pas dit..., confie Florence. En tout cas, Micheline a nettoyé la salle de bains le samedi matin, le crime a été commis dans la nuit du samedi au dimanche, et tu as découvert le corps le dimanche à dix-sept heures : Guillaume a donc forcément pénétré dans cette pièce pendant ce laps de temps. Pour quoi faire, sinon pour tuer Mitia ? Pas pour prendre un bain !

– Mais pourquoi ? interroge Sébastien, qui s'entend très bien avec Guillaume. Je n'arrive pas y croire, ce type est amusant, il ne ressemble pas à un assassin, et il n'a aucune raison d'avoir tué Dimitri !

– Encore un qui pense que le mot « assassin » est gravé en lettres de sang sur le front des meurtriers, commente Patrick. Eh bien moi, cela ne m'étonne pas, que ce cave soit coupable, il en crevait, de ne pouvoir prendre notre place.

– Attendez, ce n'est pas tout, ajoute Florence. Son nom : Kelenn, n'est pas son vrai nom ! C'est le nom de jeune fille de sa mère, qui fait très celte, mais le nom de son père, typiquement normand, c'est Bréhal ! Il devrait s'appeler Guillaume Bréhal !

Johanna s'échappe de la crypte en courant. Elle suffoque. Elle dévale l'escalier du Grand Degré et prend le chemin de ronde qui l'amène devant la maison de Simon. Les volets sont clos. Tout est fermé, sans vie. Au loin, se dresse l'île de Tombelaine, sous le soleil venteux.

« Bréhal... Bréhal..., se répète-t-elle. Fernand Bréhal, l'homme qui a traduit le cahier de dom Larose au père Placide ! Certainement le père de Guillaume... Par saint Michel... Guillaume est sans doute celui qui a dérobé le document dans la petite bibliothèque des bénédictins, il y a quelques années. Il a lu le cahier, il sait... il connaît l'histoire du moine décapité ! Peut-être a-t-il, lui aussi, fait le rapprochement avec le manuscrit de frère Roman. Guillaume connaît le passé, les meurtres dans la crypte, qu'il reproduit aujourd'hui ! Non, ce n'est pas possible... Je dois le voir, oui, je dois absolument le voir. »

27 mai. Pendant les quarante-huit heures de la garde à vue de Guillaume, Johanna n'a pu parvenir jusqu'à lui. Jusqu'à Simon non plus : deux appels où elle a raccroché après le premier mot. Les journalistes se sont emparés de l'affaire : elle les fuit, laissant la complexe stratégie des médias à Brard. Ce matin, Guillaume a été mis en examen pour le meurtre de Dimitri. Rien sur Jacques. L'instruction ne fait que commencer. Les pierres de Notre-Dame-Sous-Terre se sont refermées sur celui qui les aimait autant qu'elle. Il surveillait les fouilles en plein jour et tuait les archéologues la nuit. Pourquoi ? Pour ressusciter le passé du cahier ? Perpétrer la malédiction qui touche les profanateurs de Notre-Dame-Sous-Terre ? Dans quel but ? La crypte se défend bien toute seule ! Elle se dérobe, d'autres murs démontés, et rien, rien sinon la pierre brutale qui ignore la main de l'homme, le roc barbare que la magie de l'histoire n'a pas touché : du granite naturel, donc stérile. Le commissaire Bontemps a dit qu'elle pourrait voir Guillaume aujourd'hui. Mais le policier veut d'abord s'entretenir avec elle.

Saint-Lô, locaux de la police judiciaire, bureau du commissaire, quatorze heures. Bontemps est de taille moyenne, mince, avec des yeux brun clair, une peau déjà hâlée, il doit faire de la voile comme Simon, il ne porte pas d'imperméable, pas de chapeau et il ne fume pas la pipe. Pas de sandwich au jambon, pas de chopine de bière ni de fine à l'eau sur sa table. Juste un café de la machine automatique. Long. Avec des sucrettes. Johanna regarde dehors : il fait beau. Trop beau pour un polar.

– Il nie avoir tué votre collaborateur, explique Henri Bontemps, et avance une version des faits qui me semble tout à fait rocambolesque, du roman pur ! Pas de café, vous êtes sûre ?

– Non, merci. Que dit-il exactement ?

– Le soir du crime – l'heure de la mort se situant entre minuit trente et une heure du matin –, il se promenait au bas de l'abbaye. En passant sur le chemin de ronde situé derrière votre maison, il affirme avoir vu une silhouette noire – mais il est incapable de la décrire – sortir d'une fenêtre, sauter sur le parapet et s'enfuir à toutes jambes. Il se serait approché, la fenêtre était grande ouverte et il aurait reconnu votre salle de bains, illuminée. De l'endroit où il se trouvait, il ne pouvait voir la baignoire, qui est sur le côté... Inquiet, se demandant si vous étiez rentrée et s'il ne vous était pas arrivé quelque chose, il aurait sonné à la porte, en vain. N'ayant pas les clefs, il dit être remonté jusqu'à la fenêtre de la salle d'eau, et avoir escaladé le muret pour pénétrer chez vous. Selon lui, c'est à ce moment qu'il aurait découvert le corps de Dimitri Portnoï, gisant noyé dans votre baignoire, entouré de nombreuses traces de lutte : eau répandue par terre, flacons renversés... Un crime, et il venait d'apercevoir la silhouette de l'assassin. Il serait resté sous le choc quelques minutes. Mais, au lieu de nous alerter, il aurait ensuite décidé de maquiller ce meurtre en suicide : il a épongé l'eau, remis tout en ordre et tranché les veines du malheureux avec la lame du rasoir qui était sur la tablette. Enfin, après avoir supprimé les traces laissées par ses propres empreintes, il aurait enjambé la fenêtre, rabattu les battants en tirant sur le bas des rideaux et se serait échappé comme le meurtrier, un quart d'heure avant...

– Cette version des faits pourrait être plausible, sauf que... pourquoi déguiser un assassinat en suicide, si ce n'est pour protéger l'assassin, que Guillaume doit connaître ?

– C'est exactement mon point de vue : soit Guillaume Kelenn – ou Bréhal, c'est un autre problème – est lui-même l'assassin, soit il sait qui est l'assassin, et dans les deux cas il nous ment.

– Comment justifie-t-il son acte ?

Le commissaire se gratte la tête, l'air embarrassé.

– Eh bien, c'est ici que tout se corse, et si vous avez des lumières à m'apporter, je suis preneur.

Johanna fixe Bontemps qui se racle la gorge.

– Ce jeune homme me fait perdre mon latin, bien que je ne parle pas latin ! commence-t-il. Il a eu, dès le départ, un comportement anormal : d'habitude, quand les suspects nient, ils nient en bloc, faits et mobile... Or, dès qu'on l'a amené ici et qu'on a commencé à l'interroger, ce Kelenn-Bréhal a immédiatement avoué les événements que je viens de vous relater... s'obstinant à ne rien dire des raisons qui l'avaient poussé à agir ainsi.

– Certes, mais il était coincé, vous aviez une preuve : ses cheveux, son ADN !

– Nous ne lui avions pas dit. Il l'ignorait totalement. Il nous a tout de suite raconté sa version des faits, donc nous n'avons même pas eu besoin de sortir ce va-tout ! Il parlait comme s'il s'agissait d'une jolie histoire, d'un conte, et pendant vingt-quatre heures d'interrogatoire serré, il a refusé de s'expliquer sur sa logique... Et puis son comportement a changé : l'étau se resserrait autour de lui, il a pris conscience de la réalité qui se profilait : il allait être inculpé de meurtre ! Il est devenu nerveux, agité, soucieux, son regard était presque halluciné... On a craint un incident. Le toubib l'a mis sous calmants. Et là, il a enfin craqué.

Comme dans la crypte, Johanna est saisie d'un vertige. Elle n'en montre rien.

– Des propos totalement incohérents, poursuit Bontemps, mais il n'a pas voulu en démordre pendant toute la fin de sa garde à vue. Ce sont les paroles d'un fou, mais je vous les rapporte quand même : un fantôme décapité, qui en plus serait moine bénédictin, aurait été puni par l'Archange Michel et hanterait Notre-Dame-Sous-Terre depuis des lustres parce qu'il n'a plus sa tête ! Alors notre bon Guillaume se serait mis dans le crâne de libérer le revenant en rassemblant ses ossements planqués dans la crypte... Mais, et voilà le plus intéressant, quelqu'un de mystérieux, et qui déteste certainement les fantômes, serait opposé à ce qu'on redonne sa tête au moine et c'est ce bonhomme inconnu qui aurait estourbi vos deux archéologues, pour faire suspendre les travaux dans la crypte. Notre Guillaume aurait déguisé l'assassinat de Dimitri Portnoï en suicide pour empê cher qu'on arrête les fouilles à Notre-Dame-Sous-Terre car, si le chantier était fermé, on n'aurait plus aucune chance de découvrir les ossements du moine en question. Nous sommes en plein délire, comme vous pouvez le constater !

– A-t-il dit d'où il sortait ses propos ? demande Johanna, la gorge serrée, le souffle court.

– Il a parlé d'un vieux cahier qu'il aurait volé au monastère, d'un frère La Tulipe où je ne sais quoi, mais vous pensez bien qu'on a perquisitionné chez lui et qu'on n'a rien trouvé ! Il a dit cela pour nous embrouiller et gagner du temps. Donc, de deux choses l'une : soit il croit vraiment à ce qu'il raconte et sa place est à l'asile, soit c'est une manœuvre habile pour se faire déclarer irresponsable et éviter la prison. Dans les deux cas, je sais que je tiens l'assassin de Dimitri Portnoï, et peut-être celui de Jacques Lucas, bien qu'il le nie aussi et que je ne réussisse pas à prouver qu'il s'agissait d'un meurtre... Reste le problème de la préméditation.

– Où est Guillaume, maintenant ? l'interrompt Johanna.

– A la place qu'il convoitait, et pour laquelle il nous a fait tout ce cinoche ! Chez les fous ! Malgré tous mes efforts, je n'ai pas réussi à lui faire changer de discours, j'ai donc dû en référer à l'expert psychiatre.. et celui-là, dès qu'il en trouve un qui lui sert une belle chanson, en avant la musique ! Faut dire que le refrain du moine sans tête, fallait y penser... ça doit être très grave, ce truc... Bref, il est en détention provisoire à l'hôpital spécialisé de Saint-Lô, l'asile d'aliénés, à quelques pas d'ici.

Bontemps marque une pause.

– Malgré votre insistance pour le voir seul, je n'y étais au départ pas favorable, ajoute-t-il en lançant son gobelet de café vide dans la corbeille. Ce n'est pas la procédure et c'est dangereux. Mais cette affaire défie les conventions... et je suis sûr que ce type n'est pas fou, du moins pas tout à fait. Il est peut-être tétanisé par les flics, comme beaucoup, et je me suis dit qu'à vous, il ne jouerait pas la comédie... Il me faut ses aveux, vous comprenez ! Donc on tente le coup, je compte sur vous pour essayer d'en tirer quelque chose de cohérent. Mais attention : fou ou pas, c'est un meurtrier, j'en suis certain, il est donc aussi violent qu'imprévisible... Je vous accompagne et je reste à proximité.

Saint-Lô, hôpital spécialisé, quartier des internés dangereux, quinze heures. Une bâtisse moderne se dresse au milieu d'un parc à la nature bien taillée. Dans le jardin ne déambule personne. Des blouses blanches passent, pressées. A l'intérieur, des silhouettes en pyjama bleu roi marchent dans leur silence, sous les cris transperçant les portes jaune citron. Les formes bleues se promènent, recluses parmi leurs frères du même ordre, celui qui confère aux yeux une curieuse lueur, celle du retrait dans son cauchemar intérieur. Escortés par un aide-soignant, le commissaire Bontemps et Johanna montent dans un ascenseur d'acier. Guillaume ne quitte pas son lit, enfermé dans une camisole chimique. « Psychotique délirant », a dit, paraît-il, l'expert psychiatre lorsque le commissaire l'a requis. Cependant, Johanna n'a pas peur : elle sait trop bien qu'elle pourrait être à la place de Guillaume pour se laisser effrayer par ce que la société appelle « folie ». Parvenus devant la chambre du jeune homme, le gardien passe un œil par le judas de la porte, la déverrouille et se plante devant, les bras croisés. Bontemps fait signe à Johanna qu'elle peut y aller, et se poste lui aussi devant la porte, près du judas. Il n'entendra rien mais verra tout : au moindre geste de l'archéologue, il interviendra. Johanna entre.

La pièce est ronde, capitonnée du sol au plafond. Aucune fenêtre. Une forte odeur de médicaments lui saisit la gorge. Ses yeux s'habituent peu à peu à la semi-pénombre. Guillaume est là, sur le lit, bras et chevilles dans des sangles qui le maintiennent en position horizontale, sur le dos. Pas d'oreiller, pour empêcher qu'il s'étouffe. Ses longs cheveux blonds se répandent autour de son visage comme les pétales d'un tournesol. Ces cheveux l'ont trahi, il aurait mieux fait de les raser, même si, avec moustache et crâne tondu, son allure de guerrier celte aurait disparu... Ses paupières sont fermées : il semble dormir, ou renoncer à la réalité. Il n'y a pas de chaise, seulement une table de chevet fixée au sol, comme le mobilier d'un bateau. Tout ici est arrimé en prévision de la tempête. Johanna s'assoit sur la couche et se force à oublier que Bontemps l'épie. Délicatement, elle touche une main prisonnière. Les doigts bougent faiblement.

– Guillaume ! C'est moi, Johanna ! chuchote-t-elle.

Il peine à émerger. Il est égaré dans des brumes artificielles.

– Cher Guillaume, murmure-t-elle en approchant son visage. Que t'ont-ils fait ? Guillaume, je t'en supplie, réveille-toi !

Il lui sourit alors qu'elle pleure, sans savoir si ses larmes viennent du fait que Guillaume soit dans ce lit, ou qu'elle pourrait y être elle-même.

– Jo... Johanna, ça me fait plaisir, articule-t-il laborieusement. Je... Je l'ai pas tué... Personne... J'ai tué personne... Il était déjà mort...

– Je sais, Guillaume, je sais. Je vais essayer de te sortir de là, mais pour cela tu dois me dire, chuchote-t-elle. D'où tiens-tu l'histoire que tu as racontée à la police, celle du moine décapité ?

La bouche du jeune homme se tord. Son front se barre de tranchées de peau. Il paraît très vieux.

– Je... Je savais que je devais me taire, avoue-t-il, je n'en avais jamais parlé à personne, il ne fallait pas, mais c'était trop dur... J'étais à bout... Ils ne me lâchaient pas... Je n'ai pas pu...

– Ne t'en fais pas pour cela, ils n'ont rien compris, ils ne pouvaient pas comprendre. Mais moi je le peux, car mon âme appartient au Mont et à Notre-Dame-Sous-Terre, comme la tienne. N'oublie pas qui je suis : celle qui fouille à Notre-Dame-Sous-Terre. Et je te promets, Guillaume, que je continuerai à fouiller, grâce à toi, pour toi, mais j'ai besoin que tu m'aides...

Il semble se détendre. La chimie des piqûres, ou l'alchimie des esprits.

– Quand j'étais petit, commence-t-il, il y avait encore des bénédictins sur la montagne. L'un d'eux, le seul vêtu à l'ancienne, comme les « moines noirs » d'antan, venait presque chaque soir voir mon père, avec un cahier broché, pour que papa lui raconte l'histoire qu'il y avait dedans, et qui était écrite en anglais... Ma mère me consignait alors dans ma chambre. Je faisais semblant de dormir, mais dès qu'elle avait le dos tourné, je m'échappais pour écouter à la porte du salon. Ma mère allait se coucher mais il lui arrivait de se relever pour boire un bol de lait froid. Dès que j'entendais son pas dans le couloir, je me cachais à l'intérieur d'une vieille horloge dont le mécanisme était cassé... et, dès que maman était remontée dans sa chambre, je reprenais mon poste. Mon père lisait des pages qui parlaient de Notre-Dame-Sous-Terre, d'un bénédictin sans tête, anonyme, un revenant qui s'était perdu dans le temps, condamné à errer entre les deux mondes... C'était extraordinaire. C'était dangereux, fabuleux, mais le cahier disait ce qu'il fallait faire pour libérer le prisonnier de la crypte. Quelques années après, mon père et ma mère ont divorcé. Ma mère et moi sommes partis à Montpellier. Je te passe les détails, mais sache que ce fut difficile, douloureux (d'autant plus que mes parents étaient déjà vieux) et que jamais je n'ai revu papa. J'étais perdu, déraciné. J'ai alors pris le nom de ma mère, Kelenn, et j'ai entrepris des études d'histoire. Loin du rocher, je me suis passionné pour ses origines, qui sont aussi les miennes, par maman : le celtisme. A la mort de mon père, nous sommes enfin revenus au Mont. Je n'avais jamais oublié le moine sans tête, qui m'obsédait... Juste avant que les derniers bénédictins ne quittent définitivement le rocher, j'ai volé le cahier d'Aelred Croward car désormais j'en étais l'unique dépositaire légitime, le seul témoin présent de ce passé... et je suis devenu guide-conférencier pour pouvoir aller le plus souvent possible à Notre-Dame-Sous-Terre... Pendant des années, j'ai espéré que le fantôme m'apparaîtrait, me parlerait, me choisirait pour le sauver, moi qu'il accompagnait depuis si longtemps, et qui le connaissais mieux que moi-même ! Mais jamais je ne l'ai vu... et je ne pouvais, seul, le délivrer. Ma mère est morte à son tour, il y a deux ans. Je n'avais plus de père, plus de mère, mais Notre-Dame-Sous-Terre, avec le moine sans tête, qui hante ma vie et la rend féconde bien que je ne le voie pas ! Puis tu es arrivée. Lorsque je t'ai rencontrée, la première fois, c'était justement à Notre-Dame-Sous-Terre.

– Oui, je m'en souviens très bien...

– Quelque chose m'a tout de suite intrigué. J'ai l'habitude des dingues qui traînent dans l'abbaye avec des airs hallucinés, ou des personnes sensibles qui font des malaises dans la crypte à cause des courants telluriques, mais toi, je sentais qu'il y avait autre chose, quelque chose de différent, lié à cet endroit... quoi ? Quand le chantier de fouilles fut déplacé à Notre-Dame-Sous-Terre, j'ai eu très peur... si tu savais quelque chose au sujet du revenant ? Si jamais tu l'avais vu et que tu veuilles le libérer à ma place ? A cette période, tu n'étais pas très avenante avec moi. Pourtant, je savais qu'il était impossible que tu le connaisses, puisqu'il m'appartenait ! J'ai saisi que ce chantier était pour moi une chance inespérée, l'opportunité que j'attendais pour accomplir mon devoir vis-à-vis du fantôme médiéval... quand tu m'as permis d'assister aux fouilles, j'ai compris que nous étions des alliés, non des concurrents, et qu'en réunissant nos forces, nous parviendrions chacun à nos fins, des fins primordiales, mais différentes.

Johanna se force à sourire et met sa main dans la sienne. Comme elle a mal interprété son intuition au sujet de Guillaume ! Il est comme un frère, un frère symbolique, qui sait tout mais à qui elle ne peut rien dire ! Car Guillaume veut être l'unique ; seul détenteur des mots, de la magie de son enfance, de la pendule au temps suspendu, de l'absence... Aucune place pour Johanna. Elle doit demeurer cachée à ses yeux, ses beaux yeux verts piqués de points noisette, qui l'observent et semblent lire dans ses pensées.

– Il fallait que le chantier continue, tu comprends ? reprend-il en s'agitant. Il faut qu'on le trouve ! A tout prix ! Comme jadis, le sang versé pouvait arrêter les fouilles... Alors j'ai coupé sa peau figée... Il a saigné... et le sang versé, cette fois, va l'aider !

– Guillaume... Tu as vu l'assassin, la personne qui s'enfuyait par la fenêtre... Décris-le-moi !

– Ainsi qu'il est dit dans le cahier, les ténèbres se vengent sur les vivants, murmure-t-il, car elles convoitent l'âme du revenant, une âme riche de presque mille ans d'errance entre les deux mondes ! L'obscur veut cette âme, et il vient prendre celle des mortels qui tentent de la lui dérober en fouillant les viscères de Notre-Dame-Sous-Terre. C'était l'obscur criminel... Mais moi, j'ai reconnu l'antique monstre de l'abîme, celui du passé ! Car la crypte est cette force des ténèbres, c'est elle qui veut le garder ! L'ombre de la crypte condamnée à l'ombre, qui protège le ventre de la terre, pour qu'il retourne à sa sainte noirceur et que les vivants ne le touchent plus...

– Guillaume... Calme-toi... Ce cahier, celui dont tu parles... C'est une preuve, la seule preuve que tout ce que tu dis est vrai... La police ne l'a pas trouvé chez toi. Dis-moi où tu l'as dissimulé, j'irai le chercher et grâce à lui, tu seras innocenté et tu sortiras d'ici...

La figure du jeune homme s'immobilise. Il plisse les yeux. La situation devient périlleuse. Il se méfie d'elle.

– Qu'est ce que tu crois ? marmonne-t-il. Pas si bête pour le laisser chez moi ! Et là où il est, personne ne le dénichera, même pas toi.

Un silence lourd s'installe entre eux. Johanna ne sait comment faire pour le ramener à la raison. Il faut pourtant qu'il comprenne que ce cahier est l'irréfutable point de jonction entre l'imaginaire et le réel, entre naguère et maintenant !

– Au fond, dit-il calmement, je pense que je me suis trompé. Tu es comme les autres et tu n'as pas cru un mot de tout ce que je t'ai dit au sujet du revenant. Tu m'as habilement fait parler, mais tout ce qui t'intéresse, c'est le cahier de dom Larose. C'est vrai que comme pour le manuscrit de frère Roman, si tu lis ce document, tu me croiras. Tu crois au papier Mais c'est faux que tu me feras libérer...

Car alors tu sauras ce qu'il faut faire pour le délivrer et tu voudras libérer le moine décapité ! Tu veux me le prendre ! Et moi je croupirai ici jusqu'à la fin des temps ! Je viens enfin de comprendre pourquoi tu es venue au Mont ! Pour me voler le fantôme ! hurle-t-il en tentant de se dresser dans son lit, malgré ses bras et ses chevilles attachés. Tu veux me dérober mon enfance et tous ses secrets ! Au secours ! Aidez-moi ! A moi ! A l'aide ! A l'assassin !

Aux premiers cris, Bontemps et l'aide-soignant font irruption dans la pièce. Johanna est à quelques pas du lit, désarmée face à la violence de Guillaume. D'un geste vif, le commissaire l'attrape par le bras et la fait sortir. Une infirmière et un médecin entrent pour faire une piqûre de tranquillisants au forcené. Guillaume est cramoisi, les yeux révulsés, il tire de toutes ses forces sur ses sangles et ne cesse de lui envoyer des crachats et des insultes. Johanna est dans le couloir, immobile, tandis que la nuée blanche s'affaire dans la chambre.

« Guillaume, se dit-elle en elle-même, tu es mon complice de rêves, mon frère d'imaginaire, je ne t'abandonnerai pas... Je ne t'abandonnerai pas... »

Bouleversée, elle se laisse entraîner par Bontemps hors du bâtiment. Elle pense au père Placide. Elle doit le voir, lui parler de Guillaume, du meurtre, quérir son avis... Le commissaire l'assoit comme une poupée sur un banc des jardins de l'hôpital. Penché sur elle, il lui ordonne de respirer à fond.

– Ça va mieux ? lui demande-t-il, les yeux bienveillants. Vous voulez que j'aille vous chercher de quoi boire ?

Elle fait signe que non, tandis que son visage reprend des couleurs.

– Je suis désolé, murmure-t-il, j'avais raison de me méfier : ces gaillards-là, on ne sait jamais comment ils vont réagir. Pourtant, ça avait l'air d'avoir plutôt bien commencé, il vous a beaucoup parlé, d'après ce que j'ai vu... des révélations inédites, ou bien il vous a sorti la même fable qu'à nous ?

– La même chose qu'à vous, mais je ne pense pas que ce soit une fable, répond Johanna, fébrile mais lucide. Enfin, ce que je veux dire, c'est que je suis persuadée qu'il ne ment pas : il n'a tué personne et il croit sincèrement à la légende du fantôme décapité qu'il faut libérer de la crypte... Je sais, cela paraît dément à première vue, à notre époque, mais cela ne l'est pas lorsqu'on vit au Mont, qu'on est, comme lui, comme moi, imprégné de l'histoire du rocher, et qu'on passe son temps au Moyen Age. Les hommes médiévaux croyaient vraiment aux revenants, ce sont ceux qui n'y croyaient pas qui étaient des insensés !

— Je ne conteste pas vos compétences à tous deux en matière d'histoire médiévale, dit-il en la regardant plus durement, mais nous ne sommes plus au Moyen Age, l'avez-vous remarqué ?

Johanna rougit.

— Ecoutez, reprend-il d'un ton plus doux, vous avez essayé, et vous avez échoué... Ne vous reprochez rien, c'est signe que ce type est vraiment fou, c'est tout. Grâce à vous, j'en suis maintenant convaincu. Ce n'est pas son fameux fantôme, mais lui qui est coincé dans le temps, bloqué au Moyen Age. Les psys vont nous le ramener au XXIᵉ siècle, ne vous inquiétez pas ! Et il finira par avouer qu'il a tué Dimitri Portnoï... En attendant, on le garde au frais ! Vous pouvez vous en féliciter : vu son état, si on ne l'avait pas arrêté, sûr que ce tordu aurait continué à tuer... certainement des gens de votre équipe, voire vous-même ! Oui, vous avez de la chance qu'on tienne l'assassin, mademoiselle, car sinon, j'aurais fait arrêter ce chantier, ainsi que me l'a demandé monsieur Brard !

Sur la route qui la ramène au Mont, Johanna sent le poids des siècles peser sur ses épaules. Le millénaire qui sépare le XIᵉ du XXIᵉ siècle a la pesanteur du temps qui s'est enfui avant que d'être vécu.

« Guillaume..., songe Johanna. Quel désastre, quel gâchis ! Il a parlé, et ses mots l'ont condamné à cette prison sans angles droits, sans ouverture sur le ciel, le corps vissé à un lit... Maintenant, son cachot est dans sa tête. Comment faire pour le sauver de lui-même ? Sans le cahier d'Aelred Croward, aucun espoir. A moins qu'on arrête le véritable assassin. L'air, puis l'eau. Comme Moïra. Comme mes deux premiers rêves : le pendu du clocher, le noyé dans la baie. Non. Ne plus y penser. C'est impossible. C'est un hasard. Il ne s'agit pas de cela. Cela ne se peut. Faire la part des choses. Scinder. Disjoindre. Sous peine de succomber à mes rêves, comme Guillaume. Mais qui ? Pourquoi ? Mystère... S'en tenir au réel, et au présent : pour l'heure, le sacrifice de Guillaume a atteint son but : il a sauvegardé le chantier. »

30 mai, lendemain de l'Ascension. Plus que dix-sept jours de fouilles, moins les week-ends. La terre est sous nos pieds. Guillaume

a eu la sensation du souterrain, dessous, enfoui... Johanna n'a plus hésité : elle a fait retirer plusieurs pavés des nefs jumelles. Quelques centimètres de terre, puis le rocher. Encore le rocher. Les sondages disent : roc, pierre impénétrable. Tout piétine : les fouilles, l'enquête criminelle qui n'apporte rien de nouveau, si ce ne sont des mots à la folie de Guillaume : schizophrénie paranoïaque à tendance hallucinatoire. Réclusion forcée et neuroleptiques à doses de cheval. A travers Guillaume, Johanna se sait aussi condamnée. Si elle dit, si elle nomme, elle aussi sera diagnostiquée folle à lier. Mais elle lutte en se taisant.

Les quatre archéologues rentrent de leur déjeuner : ils prennent leur casse-croûte à l'air libre, sur la terrasse de l'ouest lorsqu'elle n'est pas envahie de touristes et du souffle du vent, ou, profitant de leur privilège d'accès a des lieux interdits au public, sur les balcons de pierre à l'extérieur du chœur de l'église, avec une vue féerique sur les gargouilles, les arcs-boutants, les pinacles et l'escalier de Dentelle, cent mètres au-dessus des grèves. Après avoir mangé dans le ciel, le retour à la terre de la crypte est toujours un moment étrange, une descente dans les origines de l'humanité. Un objet incongru attire immédiatement l'œil de Johanna. Posée sur l'autel de la Trinité, contre un instrument de forage, une enveloppe blanche, rectangulaire, standard, est marquée d'une seule lettre : un J stylisé comme une enluminure, à l'encre rouge. Instinctivement, elle empoche le courrier en espérant que les autres ne l'ont pas remarqué. Pendant qu'ils sont occupés à enlever d'autres dalles du sol, elle s'isole dans un coin du chœur de la Vierge et décachette l'enveloppe. Une feuille de papier, aussi banale que son contenant. Mais le contenu ne l'est pas : elle reconnaît l'écriture en minuscule caroline, celle-là même qu'avait utilisée frère Roman dans le manuscrit de Cluny. La lettre alterne l'utilisation de l'encre rouge et verte, les couleurs du *scriptorium* montois. L'initiale Q est enluminée à la manière médiévale. Le texte est pourtant en français moderne, sans signature, et son décryptage ne requiert aucun spécialiste :

> *Que cesse votre action sacrilège*
> *dans la crypte Notre-Dame-Sous-Terre*
> *sinon la mort vous emportera... tous !*

Aussitôt, Johanna cache le document dans la poche de son pantalon. Pourvu que personne ne l'ait aperçu, que personne d'autre ne l'ait reçu ! Ils auraient peur, ils stopperaient les fouilles.

« C'est sans doute l'assassin de Dimitri qui a écrit ce courrier, déduit-elle. Cette main qui a tracé avec tant d'habileté des lettres romanes est la même que celle qui a maintenu la tête de Mitia sous l'eau. Quelle horreur ! Mais comment l'assassin est-il entré à Notre-Dame-Sous-Terre pour déposer son œuvre ? Lorsque nous sommes partis déjeuner, il n'y avait rien d'inhabituel sur l'autel, je l'aurais remarqué. Je me souviens parfaitement d'avoir fermé la porte de la crypte à double tour en sortant, et de l'avoir déverrouillée moi-même au retour. A moins de sortir des murs et d'un passage secret que je n'ai pas découvert, cela signifie que le meurtrier a la clef ! Mais tous les guides-conférenciers et les gens des Monuments historiques ont la clef. Plus mon équipe... »

Elle se tourne vers Sébastien, Florence, Patrick...

« Fenoy ! Il s'est absenté un quart d'heure, soi-disant pour acheter un jus d'orange ! Fenoy... ce traître, ce fourbe, est-il aussi un criminel ? Il faut que je demande un cadenas supplémentaire à l'administration, dont je serai la seule à posséder la clef. Oui, c'est le plus urgent. Je réfléchirai après. »

Elle se précipite vers la grosse porte de bois, la franchit et tombe sur Christian Brard, qui s'apprêtait à entrer.

– Ah, justement, je vous cherchais, lui dit-il, venez tout de suite dans mon bureau. C'est grave.

L'administrateur a reçu le même courrier ce matin. Original, non photocopié. Mais lui, il n'avait aucune raison de le cacher ! Il l'a donc confié au commissaire Bontemps. Comme le manuscrit de Roman à l'époque, le document est en cours d'analyse. Par des graphologues et des experts de la police. Non par des codicologues. C'est un faux manuscrit médiéval, mais une vraie lettre de menaces. Le testament de Roman avait tout permis, ce torchon peut tout arrêter ! Johanna est effondrée. Face à l'administrateur, elle tente de minimiser l'événement, mais Brard prend le document au sérieux. Evidemment, il s'est toujours opposé aux fouilles ; au fond, il doit jubiler ! Pourtant, il ne semble pas satisfait : plutôt inquiet.

– Vous comprenez, je ne peux risquer un nouveau drame..., dit-il à l'archéologue. Je me passerais bien de la publicité que la presse nous fait déjà ! Ils veulent tous voir l'ouverture près du poulain, on a dû la condamner. Vous pensez, un assassinat, voire deux, dans cette abbaye, ça excite tous les fantasmes. Et il en faut peu, ici, pour échauffer les esprits... Si les journalistes apprennent l'existence de la lettre anonyme... Kelenn est sous bonne garde, donc il s'agit peut-être d'une plaisanterie, mais peut-être pas ! Je considère que vous êtes sous ma responsabilité, je refuse donc de prendre ce risque... Songez que notre vie à tous est menacée.

– Je crois que la seule chose qui est menacée, pour ce qui vous concerne, c'est votre poste, persifle Johanna, amère. Quant à Guillaume Kelenn, cette lettre anonyme prouve son innocence.

– Premièrement vous n'en savez rien, il a pu l'écrire avant son internement, et avoir un complice qui nous l'a envoyée... Deuxièmement, ne vous en déplaise, j'y tiens, à mon poste, dit-il, piqué au vif. Rien ne m'oblige à vous en avertir, mais je vous préviens que j'ai aussi alerté la caisse des Monuments historiques et le ministère de ce... ce fait troublant. Au nom du principe de précaution, j'ai à nouveau, et officiellement, sollicité l'interruption de la campagne archéologique dans la crypte.

2 juin. Saint-Lô, brigade criminelle, bureau du commissaire Bontemps. Onze heures.

– L'analyse de nos spécialistes a pour l'instant établi une chose, annonce le policier à Johanna : la lettre a été écrite de la main gauche ; or, Guillaume Kelenn-Bréhal est droitier. Mais cela ne veut pas dire qu'il n'ait pas bénéficié d'une complicité... Quelqu'un de proche de lui, physiquement et surtout psychologiquement, qui se passionne pour le Moyen Age et supporte mal de le savoir reclus dans cet hôpital, quelqu'un qui a pensé que cette lettre pouvait contribuer à l'innocenter, qui connaissait le manuscrit de frère Roman, ainsi que l'abbaye, et aurait pu aisément déposer les deux courriers, au bureau de l'administrateur et dans la crypte, dont elle possédait les clefs...

– Vous me soupçonnez, mais vous oubliez que ce quelqu'un doit aussi être farouchement opposé aux fouilles ! répond-elle, en colère.

– Rassurez-vous, mademoiselle, j'avoue que, pendant un moment, j'ai pensé à vous, mais le test graphologique auquel vous vous êtes prêtée a démontré que vous étiez une vraie droitière, même pas un peu ambidextre...

– C'est ridicule ! s'insurge-t-elle. Il aurait fallu que je sois certes ambidextre, mais que je possède aussi le don d'ubiquité. Je n'étais pas au Mont la nuit du meurtre de Dimitri, vous l'avez suffisamment vérifié. Et tout ce qui m'intéresse, ce sont ces travaux dans la crypte. Ce serait de l'autosabordage !

– C'était une piste comme une autre... L'être humain a des logiques complexes, même lorsqu'il n'est pas fou. Vous auriez pu vouloir vous débarrasser de vos collègues, leur faire peur, les éloigner. L'auteur de la lettre n'est pas forcément l'assassin de M. Portnoï puisque l'assassin, nous l'avons... Enfin, je le crois. Mais comme nous n'avons pas encore identifié ce mystérieux gaucher, il est de mon devoir de vous protéger, vous et votre équipe, « le temps que toute la lumière soit faite sur cette affaire », hein, comme on dit dans les polars !

– Vous n'avez pas l'intention de nous flanquer des gardes du corps ? demande-t-elle, apeurée.

– Oh non, rassurez-vous, nous n'en avons pas les moyens. Non, il y a une solution plus efficace, moins onéreuse, et qui semble requérir l'assentiment de votre administrateur. Dès que vous serez sortie d'ici, je vais simplement téléphoner à celui qui vous accompagnait en Bourgogne, ce fameux week-end, et qui vous a permis de fouiller dans cette crypte, pour lui demander de bien vouloir interrompre ce chantier. Si je lui explique qu'il y va peut-être de votre vie, je ne doute pas qu'il mette tout en œuvre pour exaucer mon souhait !

Midi. 2 juin. « Tout est fini, songe-t-elle. Même pas envie de pleurer. Envie de cogner. Ce sale flic. Brard. Fenoy. François. Il faut appeler François. Tout de suite. Là, sur le parking de la police. A quoi bon ? C'est terminé. Inutile de se prostituer encore. La bataille est perdue. La guerre est terminée. Ils vont clore Notre-Dame-Sous-Terre. Et me clore moi-même. Incapable. J'ai échoué, Guillaume a échoué, le père Placide a échoué depuis longtemps. Tout cela à cause d'un papier écrit par un gaucher ! C'est à mourir de rire. C'est à mourir... »

Elle lève les yeux vers les passants de la rue.

« Ceux-là sont innocents. Innocents de leur vie terne et sans but, où ils errent sans jamais se demander pourquoi. »

Une femme de son âge marche avec un bébé dans une poussette. Johanna ne saurait dire si l'enfant est beau ou laid. Une vieille dame courbée en deux avance très lentement, avec une canne et un cabas.

« Ostéoporose, pense Johanna, un squelette mort sous des chairs encore vivantes... la pauvre, elle peut se briser à chaque instant. »

Soudain, un homme chauve d'une cinquantaine d'années déboule en sens inverse, distrait, pressé, le portable sur l'oreille, et manque de renverser la vieille femme en la croisant. Johanna suit des yeux le malotru. Brusquement, la tête de l'archéologue se fige et sa bouche s'entrouvre. Elle reste interdite quelques secondes et se précipite dans son auto, avant de démarrer en trombe. Un chauve, un chauve qui possède toutes les clefs de l'abbaye, y compris celle de l'écriture des vieux manuscrits, un gaucher qui adore les pierres restaurées autant qu'il hait les fouilles, depuis toujours : Brard, Christian Brard !

19

« BRARD n'a pas digéré l'ouverture de fouilles à Notre-Dame-Sous-Terre, songe Johanna. Il s'est battu par la voie légale, en vain. Cinglante défaite. Brard n'aime pas les femmes, excepté Notre-Dame-Sous-Terre, que dans son esprit, nous, les archéologues, avons éventrée, souillée, corrompue. Les pierres gisent sur le sol, l'œuvre de son cher Froidevaux est mise à mal, au nom d'un rêve qui lui est étranger... Tout ce qui importe, c'est qu'il n'a pas su protéger et conserver la crypte. Il a failli. Brard n'a certainement pas tué Jacques, mais la mort accidentelle de ce dernier a dû faire germer en lui l'idée diabolique : combattre les profanateurs, susciter la peur afin de faire cesser la campagne de fouilles... Il a dû se passer quelque chose pendant le trajet en auto avec Dimitri, au retour des funérailles de Jacques : Dimitri a dû raconter que, la veille, nous avions entrepris de démonter le pan de mur d'Aubert, derrière l'autel de la Trinité... Dimitri et moi nous étions chicanés à ce sujet, Mitia n'était pas d'accord avec mon projet de déposer les murs de la crypte. S'il l'a dit à Brard, cela a dû attiser la haine de l'administrateur et le fait que Mitia reste seul tout le week-end lui fournir l'occasion de mettre en œuvre son noir dessein... peut-être s'est-il passé autre chose : par exemple, Brard a été attiré par la beauté délicate de Mitia et ce dernier s'est dérobé à ses avances. L'administrateur est un orgueilleux, il a dû être vexé et a compris qu'il pouvait à la fois se venger du jeune homme et faire cesser les travaux dans la crypte. Quoi qu'il en soit, la suite, hélas, est limpide : Brard a espionné Dimitri. Brard vit seul et non loin de chez nous, c'était facile. Mitia était très déprimé, il ne devait pas parvenir à dormir. Il s'est dit que je ne verrais aucune objection à ce qu'il utilise ma baignoire en mon absence... Rien de tel qu'un bain pour se détendre et trouver le sommeil. Il a ouvert la fenêtre de la salle d'eau pour faire entrer la nuit, qui était douce et belle... Mais c'est un assassin qui a pénétré dans la pièce. Le pauvre Mitia n'était pas de taille à lutter contre cet homme grand et fort, sportif et puissant malgré son âge. Un sexa-génaire qui se rase le crâne, donc qui ne laisse aucun cheveu sur son passage... Le lendemain, Brard a dû être très surpris par le "suicide" de Dimitri... Il n'avait pas prévu l'intervention de Guillaume ! Si l'on croyait à un suicide, son plan avait échoué, les fouilles se poursui-vraient, il avait tué un homme, un jeune homme innocent, pour rien... A ce moment, il a dû éprouver une rage et des remords consi-dérables. L'arrestation puis l'internement de Guillaume ont certai-nement amplifié ces sentiments. Brard a toujours apprécié Guillaume. Brard est un passionné de manuscrits anciens. Il en possède une collection. Et il a lu le manuscrit de Cluny. Rien de plus aisé pour lui que d'imiter les caractères romans et les enluminures médiévales. En rouge et vert, les couleurs du Mont, naturellement. Il a voulu s'attaquer à la vraie responsable de ce carnage : moi. Il est gaucher. Il a la clef de Notre-Dame-Sous-Terre. Il connaît les horaires de nos pauses. Il circule à sa guise dans l'abbaye. Il sait que je ne montrerai pas la lettre de menaces, donc il s'en dépose un exemplaire dans son propre bureau, pour pouvoir le divulguer aux flics. Il sait que la terreur régnera sur le rocher, que la police doutera peut-être de la culpabilité de Guillaume, mais qu'elle ne soupçonnera jamais le plus haut dignitaire du Mont. Il n'aura plus besoin de commettre un nouveau meurtre car le commissaire fera son travail : il fera suspendre les fouilles et, cette fois, il croit que je n'y pourrai rien, et François non plus... Bien joué. Très bien joué, monsieur Brard... Mais je ne suis pas dupe. Je n'ignore pas qu'alerter la police à votre sujet est inutile pour l'instant, Bontemps me rirait au nez. Je n'irai pas vous voir au Mont pour vous faire part de mes soupçons, car ils ne sont que théorie. J'ai enfin retenu la leçon : pour vous faire chuter de votre posture de père abbé, il va me falloir des preuves, du concret, du réel. Le plus urgent est de se protéger de vous, et d'obtenir quelques jours de répit pour me donner, pour donner à Roman une ultime chance ... »

Les deux portes de Notre-Dame-Sous-Terre bordent l'escalier roman, la galerie montante : dans le parcours rituel médiéval, sept portes successives devaient être ouvertes avant que les fidèles ne pénètrent dans la grande église, la demeure de l'Archange, le septième ciel. Ainsi, les pèlerins entraient dans la crypte par l'une des portes monumentales, se recueillaient dans la pénombre et en sortaient par l'autre, avant d'atteindre le sommet de l'édifice : l'église abbatiale. L'une des deux portes de cette ascension initiatique est aujourd'hui condamnée, fermée à jamais par une serrure inutilisable. L'autre, en revanche, donne toujours accès à la crypte : c'est cette porte-là que Johanna doit défendre. Elle s'arrête dans une quincaillerie pour acheter une grosse chaîne et un énorme cadenas, dont elle gardera la clef sur elle. La chaîne et le cadenas seront posés sur la seule porte praticable de la crypte, et personne, à part elle et son équipe, ne pourra plus y pénétrer. Première partie du plan : réglée. Reste l'autre point, majeur : convaincre François de ne pas l'abandonner. A peine sortie de la quincaillerie, elle saisit son téléphone portable. Elle se racle la gorge, expire un grand coup et, dans le répertoire de son mobile, appuie sur « François ».

– Ah, Johanna, justement, j'allais t'appeler..., dit-il avant qu'elle n'ait prononcé une parole. Je viens d'avoir le commissaire Bontemps en ligne, et puis Brard, longuement.

– Oui, je sais, je vais t'expliquer.

– Tu ne vas rien m'expliquer du tout, l'interrompt-il sèchement. Je sais déjà tout ce qu'il importe de savoir et ma décision est prise. Cette fois, la situation est trop grave : navré pour toi, Johanna, mais tout est terminé, je stoppe officiellement les fouilles.

– Attends avant de faire ça ! François, je...

– Je suis sous-directeur de l'archéologie, Johanna, cela signifie que je suis responsable, dit-il en élevant la voix. Si je ne fais rien, c'est-à-dire que je vous laisse continuer alors que Brard et Bontemps m'ont prévenu du danger que vous courez, j'aurai du sang sur les mains s'il vous arrive quelque chose. Tu ne peux pas, personne ne peut me demander de prendre ce risque, en toute connaissance de cause... Donc j'arrête le chantier, par égard pour vous, mes archéologues, mais aussi pour ma carrière.

Il a lâché le mot fatidique : carrière. Ce qui signifie, Johanna le sait : « Plus de sentiments, plus de relation privée : seulement le travail, où tu es ma subordonnée et dois m'obéir. » Nous sommes le 2 juin, il est treize heures. François lui annonce que demain, 3 juin, dans l'après-midi, arrivera au Mont une équipe qu'il est en train de réunir d'urgence : une escouade constituée d'ouvriers spécialisés, qui vont remettre la crypte en état, sous les ordres de l'architecte en chef des Monuments historiques et de l'administrateur. Johanna se dit qu'il est superflu de confier à François sa suspicion concernant Brard. Elle encaisse le choc : après les destructeurs, les rebâtisseurs. Bon temps a même promis à François que les restaurateurs bénéficieraient de la protection de la police pendant toute la durée des travaux, alors qu'il n'avait pas envisagé cette assistance pour les archéologues. François ordonne à Johanna de cesser immédiatement les fouilles. Elle répond qu'il lui faut prévenir les autres, rassembler le matériel, nettoyer le chantier... et le supplie de lui accorder un délai. S'ils pouvaient arriver seulement demain soir, ou après-demain, et lui laisser encore un peu de temps ! Il refuse. Il dit sèchement « ce soir ». Ce soir même les archéologues doivent quitter Notre-Dame-Sous-Terre et attendre l'arrivée de l'équipe de François, qu'il accompagnera lui-même. En personne. Il est catégorique, péremptoire. Incisif. Elle a envie de le poignarder. Elle doit s'incliner. D'accord, elle arrête.

Quatorze heures trente. Johanna roule au hasard. Impossible de rentrer au Mont, mais incapable d'en rester éloignée. Alors elle prend un chemin de traverse qui la conduit dans les polders bordant la montagne. C'est un vaste désert plat dont les panneaux indiquent des noms inconnus, un infini de terres tristes volées à la mer par les hommes du XIXᵉ siècle, une immensité basse et sans couleur, qui a contribué à l'ensablement du Mont. Pour les agriculteurs qui ont domestiqué la tangue fertile de la baie, ces champs féconds sont une victoire de l'homme sur la nature sauvage. Pour Johanna et les siens, c'est une terre de désolation qui prive la montagne sacrée de sa vraie nature : une île isolée dans la mer. La route est rectiligne. Çà et là, quelques fermes sombres et carrées sont plantées au milieu des campagnes grises. Johanna roule droit devant elle, sans rencontrer le moindre humain. On s'égare facilement dans les polders, mais le Mont, son repère, est là-bas, sur la droite, derrière une futaie symétrique et noire qui lui en cache la vue. Elle doit aller jusqu'au bout pour le voir ; elle accélère. La route se termine par un talus d'herbes salées. Au-delà débute le règne de l'eau indomptée : le sable, la baie, les marées. Un chemin herbu longe le remblai. A son extrémité, à environ un kilomètre, se dresse le Mont. Il se dévoile par son flanc ouest, celui où meurt le soleil et s'éveillent les ténèbres, celui de Notre-Dame-Sous-Terre, cachée par les pierres de l'abbatiale. Johanna gare son véhicule devant le talus et s'engage à pied sur le sentier. Pendant deux heures, elle marche vers la montagne, rebrousse chemin, s'assoit, la contemple, l'interroge du regard, se désespère. Tout est fini, elle a perdu, elle est morose comme le paysage qui l'entoure mais son chagrin refuse d'éclater. Elle est amère, accablée, en colère mais ne parvient pas à se résigner. Elle espère qu'il n'est pas encore l'heure de l'adieu. Les fouilles sont stoppées mais son union avec le Mont n'est pas entièrement consommée. Soudain, il lui semble que le rocher l'appelle. A seize heures trente, rassérénée, Johanna reprend son auto, s'échappe des polders et file vers le roc sacré.

Sur la digue, elle ne voit plus les cars de touristes qui s'agglutinent au pied de la montagne en une mécanique procession. Là-haut, au bout du clocher, s'élance la flèche effilée surmontée de la statue de l'Archange. La sculpture culmine à cent soixante mètres au-dessus de la baie et ses cinq cents kilos de cuivre doré forment un soleil connu dans le monde entier, ailé, belliqueux et protecteur, qui domine les hommes et couronne la montagne dans le ciel. Johanna ne regarde que lui, si haut, si fier, qui lui souffle que ce sont leurs derniers instants d'amour et de mystère. Le prince d'or jaune fend les airs comme un céleste métronome.

« Tac tac... le moment de vérité est venu, ma fille, je vais voir ce que contient ton ventre, moi qui t'ai offert le mien... Tac tac... Le ventre des femmes est fertile, leur cœur est-il aguerri ? L'Ange tient toujours ses promesses, auras-tu cette vaillance ? Notre-Dame-Sous-Terre est bénie entre toutes les femmes, et le fruit de ses entrailles est bien caché... Oublie ta tête, écoute la mémoire de tes entrailles, c'est ta force ! La mémoire des entrailles... »

Dix-sept heures. Johanna ne peut pas aller à Notre-Dame-Sous-Terre. Pas maintenant. Les autres doivent encore y être pour rassembler leurs outils et elle veut être seule. Alors elle cherche la mémoire de frère Roman à l'emplacement du chœur originel de l'abbatiale. Elle sonde l'atmosphère en quête d'invisibles traces de Roman et aussi de sa propre empreinte, celle de la petite fille qu'elle était il y a vingt-six ans, lors de leur première rencontre. Dans l'église close et dépeuplée, elle erre dans le déambulatoire. Elle s'assoit sur le banc qu'avait choisi sa mère, le 15 août de ses sept ans. Pour la première fois de sa vie d'adulte, elle prie Marie, comme sa mère l'avait fait, et comme sa mère la contraignait à le faire lorsqu'elle était enfant.

– Je vous salue Marie, pleine de grâce...

Dix-huit heures. Chapelle du Saint-Sacrement. Un son d'étoffes qui traînent sur le sol et le piaillement d'un fantôme éveillent Johanna en sursaut. Aussitôt, elle sent son dos brisé par le banc de bois et par le sommeil. Elle se retourne vers la nef, et ses yeux sans lunettes perçoivent l'essor magique d'un cortège de défunts clairs, glissant au milieu de lointaines volutes rouge sang. Elle chausse ses lorgnons et soupire face à la réalité féerique : une moniale des fraternités de Jérusalem vient vers elle ; dans sa longue robe blanche, sous son voile serré, elle s'avance, escortée d'un vol de pigeons et de mouettes : ces animaux ont une prédilection pour la basilique, quand les humains n'y abondent pas. Le rouge est la couleur des pierres de l'abbatiale près de la porte, indélébiles traces des baisers du feu au granite, lors de l'un des douze incendies qui ont embrassé l'église. Johanna esquisse un sourire sombre comme le gris de la palombe qui se pose à ses pieds.

– Je vous ai reconnue, dit doucement sœur Adèle, sans s'étonner que l'archéologue dorme dans l'église, et je ne voulais pas vous réveiller... J'allais chercher les fidèles pour l'office.

– Oh, il fallait que j'émerge, répond-elle en regardant sa montre, je dois rentrer.

– Dans quelques minutes, nous célébrons vêpres. Voulez-vous joindre votre prière à la nôtre ?

– Volontiers, ma sœur, je crois que j'ai besoin de votre oraison. La mienne est..., s'interrompt Johanna. Enfin, merci de votre prière.

– Elle vous sera toujours offerte.

Sous le bras nord du transept repose la crypte Notre-Dame-des-Trente-Cierges, petite, basse, tiède, entièrement voûtée. Derrière l'autel, la voûte en cul-de-four met en valeur une fenêtre percée dans le mur. Un seul vitrail, en plein cintre, de dimensions réduites, au dessin sommaire, dégage une lumière bleutée et douce, savamment mise en scène par l'architecture : l'œil est immédiatement attiré vers le vitrail, et celui-ci semble le point final de la mise en abîme produite par les voûtes... Johanna s'installe sur un banc. Cette crypte exalte un sentiment roman, une vie repliée dans une piété humble et intime, avec, au bout, la lueur simple et calme, qui n'est pas fulgurante comme une découverte, mais reflète la clarté d'un chemin qui a guidé l'existence terrestre : le salut n'est pas donné par effraction, il advient de l'intérieur, et c'est le but de toute la vie. Une dizaine de moines et de moniales en coule blanche sont agenouillés, hommes d'un côté, femmes de l'autre, et commencent à chanter leur désir de pureté. Quelques visiteurs extérieurs assistent à l'office, près de Johanna. La jeune femme pense aux moines noirs qui célébraient ici la première messe du matin, en faisant brûler trente cierges, et le dernier office du soir : complies, avant que la nuit n'enveloppe le rocher. Elle songe que frère Roman a peut-être prié dans ce lieu et elle tend les narines à la recherche de son odeur : l'encens lui répond et la berce d'une suave langueur. Ses yeux sont attirés par la sculpture de la Vierge qui trône contre un mur, face à elle. Marie a des traces de peinture rose et bleue dans les plis de sa robe, elle est couronnée, a la main droite arrachée, et de sa main gauche, elle protège un enfant... décapité.

Johanna sait que cette statue est postérieure à l'époque romane et que le Jésus sans tête est l'œuvre des Révolutionnaires, qui dans toutes les églises décapitaient le Christ-Roi. Elle sait cela mais elle est troublée par le petit tronc sans tête que sa mère exhibe comme un trophée. Elle adresse une prière au moine décapité en scrutant le Jésus mutilé. Frère Roman possède la force que confèrent des décennies de souffrance terrestre et le revenant l'humilité des siècles de châtiment céleste... Puisse-t-il lui donner un peu de sa vigueur, pour que Johanna aperçoive l'issue, l'ultime fenêtre aux accents bleus, puisse-t-il la guider vers cette dernière lueur. Sérénité. Une sensation de quiétude l'envahit, comme si elle était pénétrée par un nuage. La voix des frères et des sœurs survole le ciel...

Dix-neuf heures. A la fin de l'office, Johanna remercie sœur Adèle et descend d'un pas ferme vers la maison des archéologues. Sa décision est prise et les instants de paix qu'elle vient de vivre l'ont aidée à l'atteindre elle va se battre encore, une dernière fois. Johanna se doit d'être pragmatique. Réaliste et efficace. Comme les guerriers : sus à la conscience, car elle bloque l'action. A présent, seule compte l'action. Il lui reste une nuit pour fouiller, en toute illégalité, avant que François ne débarque. Elle est résolue à s'enfermer seule dans la crypte, protégée par sa chaîne et son gros cadenas, qu'elle placera à l'intérieur afin qu'on ne les détruise pas. Personne ne la délogera : Notre-Dame-Sous-Terre est en état de siège. Le Mont a tenu durant les cent quinze ans de la guerre de Cent Ans, il a résisté pendant les trente années qu'a duré son siège sans jamais tomber aux mains des Anglais ; Johanna peut bien tenir quelques heures. Pour elle, et surtout pour Roman.

– On t'a cherchée partout, s'exclame Sébastien, tu parles, qu'on est au courant, Brard est venu nous annoncer la fermeture des fouilles à deux heures et demie, dans la crypte, avec tambours, pipeaux et fifres ! Et toi, tu n'étais même pas là, on avait l'air fins.

– On s'est juste inquiété pour toi, précise Florence avec gentillesse. Brard jubilait... Il nous a chassés du chantier comme des malpropres, en nous interdisant d'y remettre les pieds. On aurait dit qu'il cherchait à nous humilier, à se venger en tout cas. Tout ce tintouin, c'est à cause de la lettre anonyme ? demande-t-elle, certaine de la réponse.

– Oui, dit Johanna. La tentative d'intimidation a produit l'effet escompté : ils crèvent de peur, non pour nous, mais pour leur pouvoir, et ils le brandissent très haut. C'est humain... Je vais être claire avec vous : je compte profiter des quelques heures qu'il nous reste avant l'arrivée des autres pour retourner dans la crypte. Ce soir. Seule. Je crois savoir qui a tué Mitia et écrit la lettre, mais je ne peux rien prouver. Donc je me tais. Pour l'instant... Mais ce n'est pas Guillaume, j'en suis sûre. Je ne pense pas que le meurtrier tente quoi que ce soit, vu qu'il a atteint son but : les fouilles sont interrompues. Et si vous ne dites rien, personne ne saura... La seule défense que j'aie, c'est ça, dit-elle en exhibant la chaîne et le cadenas, mais cela suffira. Quant à vous, vous restez en dehors, vu que ma démarche est illégale. Je vous demande simplement de ne pas me dénoncer.

– Johanna, tu te rends compte du danger ? s'insurge Florence. Tu nous annonces froidement que, selon toi, l'assassin rôde toujours dans l'abbaye, mais tant pis, tu vas aller en cachette dans la crypte, ce soir, seule, au risque de tomber sur lui ? C'est de la folie !

– J'avoue que je ne te suis plus du tout, Johanna, dit calmement Sébastien.

– Justement ! s'emporte Johanna. Je ne vous demande pas de me suivre, simplement de la boucler pendant quelques heures. Ecoutez, reprend-elle en se calmant, je cherche à être honnête et loyale envers vous, et je vous dis que vous, vous ne remettez plus les pieds dans la crypte. Moi j'y retourne maintenant, pas pour travailler, mais pour dire au revoir à Notre-Dame-Sous-Terre. Je ne pourrai le faire demain, avec le monde qu'il y aura, c'est maintenant ou jamais, et si c'est jamais, je resterai sur un sentiment d'inachevé... Quelque chose de très fort et de très personnel me relie à cet endroit, que je ne peux pas expliquer... Pour moi, cette crypte est une personne humaine, et je dois lui faire mes adieux. C'est comme le deuil de quelqu'un qu'on a passionnément aimé... pendant de longues années. Qu'on a toujours aimé, toujours, et qui soudain disparaît... Un deuil terrible... une seconde mort. Je dois y aller et il ne m'arrivera rien, faites-moi le privilège de le comprendre et de me laisser faire, vous qui êtes aussi amoureux des pierres, même si ma démarche n'est pas tout à fait rationnelle...

Les paroles de Johanna semblent fléchir Séb et Florence mais Patrick, resté muet jusque-là, à observer la scène d'un regard détaché, bondit de son fauteuil.

– Bravo pour la tirade sentimentale, persifle-t-il, narquois, en faisant mine d'applaudir. J'ai failli pleurer ! Je suis surpris, je n'ai pas l'habitude que tu sois honnête et loyale envers nous. C'est la première fois que tu nous fais partager tes états d'âme. D'ordinaire, tu nous tiens soigneusement à l'écart de tes projets. Merci de la confiance que tu nous fais en exigeant qu'on soit tes complices et qu'on couvre par notre silence tes agissements illégaux et absurdes, qui peuvent nous créer les pires ennuis : Brard est influent et très remonté. S'il apprend qu'on a passé outre à ses ordres, il n'hésitera pas à essayer de nous griller dans le métier... Merci, c'est délicat de nous demander, par avance, de la fermer sur ton comportement inepte qui, depuis le début, n'est motivé par aucun motif professionnel.

– C'est moi qui ai initié ces fouilles, et c'est moi qui les fermerai, réplique Johanna avec fiel. Seule. C'est symbolique, c'est tout. Maintenant, fais ce que tu veux, puisque depuis le départ tu ne cherches qu'à me causer des ennuis, continue, je t'offre une occasion superbe de me nuire, de m'abattre définitivement, même... va vite répéter tout ça à Brard, il saura t'en récompenser et moi je serai hors circuit, bien plus que tu ne penses. Vas-y, moi je file clore mon histoire avec la crypte.

Johanna se dirige vers la porte du salon. « Ce Fenoy ne reculera devant rien, pense-t-elle. Dès que j'aurai passé cette porte, il va se précipiter chez Brard... Tant pis. Je cours le risque. »

– Quel dommage que tout s'achève dans ces conditions déplorables, et qu'on n'ait pas trouvé le trésor..., s'exclame Sébastien pour détendre l'atmosphère. Finalement, c'est Dimitri qui avait raison : le manuscrit de frère Roman est une histoire inventée pour nous faire rêver... le trésor n'est pas dans la crypte, mais dans nos têtes.

– Oui, renchérit Patrick, dans nos têtes, et pourtant, c'est Notre-

Dame-Sous-Terre qui, à cause de nous, est défigurée ! Demain, les restaurateurs vont s'arracher les cheveux en voyant son état.

Johanna est sur le seuil. A ces mots, elle fait volte-face vers son assistant.

– Tu penses aux pierres, mais tu oublies le visage écrasé de Jacques, lui assène-t-elle, et celui, figé, de Dimitri !

Patrick se fait menaçant.

– Non seulement je ne les oublie pas, mais je pense que c'est toi qui les as tués ! crie-t-il à Johanna. C'est toi, avec ton acharnement borné et égoïste à fouiller Notre-Dame-Sous-Terre, qui les as détruits !

Furieuse, Johanna s'avance, prête à l'estourbir. Sébastien s'interpose au moment où elle fond sur son assistant.

– Vous devenez complètement fous ! leur hurle-t-il. Qu'est-ce qui vous prend ? Va-t'en, Johanna, va dans la crypte, je te promets qu'on ne dira rien, et lui non plus, ajoute-t-il en regardant Patrick, mais ne reste pas longtemps, c'est dangereux.

– D'accord Séb, merci. Toi, dit-elle en toisant son assistant, tu ne perds rien pour attendre. On réglera nos comptes à mon retour !

– Je t'attendrai, répond-il le plus calmement du monde.

Vingt heures trente-cinq. Johanna se fond dans la fin du jour pour atteindre discrètement la porte de Notre-Dame-Sous-Terre. Elle porte son sac de voyage sur l'épaule. Elle déverrouille la porte de la crypte, allume l'interrupteur et entre. On dirait que le sanctuaire a été victime d'un séisme : certains pavés du sol sont enlevés et posés contre l'arcade centrale. Ceux qui subsistent forment un étrange échiquier à côté de la terre battue qui apparaît sous le sol manquant. Tous les murs encadrant les deux autels sont démontés, les blocs de granite étiquetés s'amoncellent en tas et le rocher qui apparaît à la place des murailles humaines fait ressembler le fond de la crypte à une grotte primitive, noire et étouffante. Johanna sort la chaîne et le cadenas de son sac, passe la chaîne à l'intérieur et y accroche le cadenas : Brard ne pourra pas entrer, Fenoy non plus. Personne. Elle avance dans la crypte et déballe le contenu de son sac sur l'autel de la Vierge : un pull de laine, une bouteille d'eau, un Thermos de thé chaud, un couteau, son téléphone portable hors réseau à cause de l'épaisseur des murs, des sandwiches, des biscuits, sa copie du manuscrit de Roman et une bombe lacrymogène. Elle observe la porte avec appréhension. Est-elle vraiment en sécurité ? Une crainte l'envahit. Alors, à l'aide de la petite grue, elle transporte vers l'entrée des blocs de la muraille d'Aubert, et elle entreprend d'édifier un mur de pierre contre la porte.

Vingt et une heures trente. Le crépuscule enveloppe l'abbatiale. La nuit, on dirait que les pierres chuchotent des légendes épouvantables et que les ténèbres sont le froc noir de tous les bénédictins qui ont tenté de survivre ici. La bure rêche de ceux qui sont morts, dont la sépulture s'est perdue dans le temps. La nuit, l'abbaye se remplit de la mémoire des guerres qui se sont déroulées jadis : les combats mystiques, politiques, fratricides, contre les forces visibles et invisibles, les dragons de l'intérieur et de l'extérieur, ceux de la nature et des hommes. Johanna songe trop à sa lutte personnelle pour avoir peur. Au contraire, elle se sent en osmose avec l'âme de la basilique, avec les forces surnaturelles qui hantent Notre-Dame-Sous-Terre entre complies et vigiles et qui lui ont conféré l'énergie de bâtir son bastion : car la crypte est enfin prête pour le siège. Johanna est enfermée dans sa forteresse. Le visage en sueur, elle scrute son travail avec satisfaction : la porte d'entrée a presque disparu sous une muraille de granite. L'édification est grossière, mais symbolique : ce ne sont plus les pierres d'Aubert, ce sont celles de Johanna. Elle vient de fonder son sanctuaire, qui la protège des ennemis extérieurs et l'isole dans les entrailles de Notre-Dame-Sous-Terre. Ses entrailles. Elle devra passer du temps à démonter le mur avec la grue pour sortir de la crypte, mais cela ne lui importe guère : elle ne songe pas à sortir ; tout ce qu'elle souhaite est entrer. Entrer dans le secret de ses rêves. Johanna grignote un sandwich, debout dans la nef. Le pain a un goût de poussière. De granite. Que faire maintenant ? Appeler Roman pour qu'il lui donne un indice... Invoquer le revenant. Mais, comme toujours, le fantôme reste tapi dans les murailles de Notre-Dame-Sous-Terre.

– Tu refuses d'apparaître dans le réel ! lui reproche Johanna à haute voix. Pourquoi, puisque je te crois réel ? Tu es réel, alors cesse de te dérober à mes yeux ! Je n'aurai pas peur ! Je sais que tu es là, quelque part... Montre-toi à la fin, je n'en peux plus de t'attendre indéfiniment ! J'en ai plus qu'assez de tes énigmes cabalistiques ! On ne joue plus, plus le temps, c'est le moment, le dernier, tu le sais ! Aide-moi maintenant, ou tu ne seras jamais libéré ! Je suis ta seule chance... ta seule chance... tu n'as que moi...

De fatigue et de désespoir, Johanna tombe à genoux et en sanglots.

– Pourquoi ? ânonne-t-elle. Pourquoi ne te montres-tu que dans ma tête ? Dans mon sommeil, toujours dans mon sommeil... Ce sont nos derniers instants, Roman ; demain je devrai partir, ce soir je devrai te quitter, à jamais... Je t'en supplie, aide-moi... Saint Michel, s'il te plaît... Laisse-le me donner un signe, juste un signe ! Endors-moi si tu veux, Roman, fais-moi sombrer dans mes songes et viens !

Elle ferme les yeux, mais son angoisse ne la laisse pas en paix. Le rêve est comme le soleil : l'homme ne peut lui ordonner de poindre, c'est lui qui possède la terre. Le rêve... Johanna a rêvé tout à l'heure, lorsqu'elle était endormie dans la chapelle du chœur de la grande église... Un songe étrange, comme tous les songes, avec sa propre logique, sa part de mémoire inconsciente, transformée en tableau surréel : dans cette scène onirique, Johanna était vêtue d'ornements noirs comme ceux qu'arborait le revenant dans la légende de Simon. Elle servait la messe des défunts célébrée par le père Placide, à Notre-Dame-Sous-Terre, sur l'autel de la Trinité couvert de cierges allumés. Le vieillard élevait une hostie carrée, bleue comme une fenêtre ouverte...

Johanna ouvre les yeux et contemple le piédestal. Comme son jumeau, l'autel de la Vierge, il est l'œuvre de Froidevaux et des années 1960 : une allure moderne se dégage de sa table de marbre, dont la tranche est gravée d'une dédicace latine en lettres dorées. Son socle est d'une laideur incomparable : en pierres maçonnées et apparentes comme la façade d'un pavillon de banlieue, reposant sur une base rectangulaire plus large, en briques de granite gris ressemblant à des moellons de maison. Froidevaux, qui a si bien restauré l'âme médiévale de la crypte, a en revanche édifié des autels typiques de l'architecture du XXᵉ siècle, qui ne s'accordent en rien avec le reste du lieu. Pourquoi ? Parce que les anciens autels ont été détruits au XVIIIᵉ siècle, quand les mauristes ont muré et condamné la crypte, et que l'on n'en avait aucune reproduction. Les autels d'origine étant perdus, Froidevaux a dû en inventer de nouveaux. Oui, mais pourquoi a-t-il édifié des piédestaux qui dénotent tellement avec l'esprit de Notre-Dame-Sous-Terre ? Pour que l'œil soit attiré et révulsé par ces autels contemporains ? Johanna esquisse une moue dubitative. Pour que les piédestaux soient identifiés comme des éléments implantés récemment dans la crypte, donc étrangers à son ancestrale histoire, à son âme, à ses secrets...

De fait, Johanna n'a jamais prêté attention à ces deux horreurs, dont elle se sert de repose-instruments et d'espace de rangement. Pourtant, elle se souvient : le père Placide a dit que dans le passé, le revenant était apparu sur les marches surplombant l'autel de la Trinité. De même, dans ses trois rêves, le moine décapité se tenait toujours au-dessus de l'autel de la Trinité, et l'autel était celui-là même qu'elle regarde avec mépris aujourd'hui... Oui, cet autel était présent tel quel dans tous ses songes, y compris dans celui de tout à l'heure, dont il constituait le principal personnage ! Par le prince de la milice céleste... Serait-ce possible ? Si tel était le signe qu'elle attendait ? Ce serait totalement fou... Presque toute la crypte a été retournée comme un champ, seuls les piédestaux n'ont pas été touchés... Elle n'a plus une seconde à perdre, il faut vérifier, immédiatement ! Elle se relève, saisit une pioche et frappe de toutes ses forces la base de l'autel de la Trinité, pour faire exploser son scellement. C'est très dur, mais sa vigueur décuple à mesure que dans sa tête repassent les images de ses songes et les mots du vieux moine, dont l'autel est au centre. Il cache un secret, oui, elle en est sûre, il cache un important secret, sinon il ne ressemblerait pas à cela, et il n'aurait pas été là à chaque fois ! Froidevaux a certainement vu quelque chose, il était très croyant mais croyait-il aux revenants ? Il a passé presque trois années de sa vie ici, à Notre-Dame-Sous-Terre, il a trouvé quelque chose, c'est évident, ou bien il a refusé de trouver, il a été effrayé et n'a pas cherché à percer l'énigme. Au bout d'une demi-heure d'efforts, la base cède. A quatre pattes, Johanna déblaie les gravats. Dans un geste inconsidéré, elle tente de dégager l'autel à mains nues, mais naturellement n'y parvient pas. Il lui faudrait l'aide de Patrick, Séb et Florence. Non ! Elle doit y arriver seule, elle doit fouiller seule, c'est son désir ! Son désir qu'une main sanglante a réalisé... Les fondations du piédestal sont solides, elles s'enfoncent profondément dans le sol. Johanna change de tactique : les ouvriers des chantiers médiévaux possédaient des louves, ces engins manuels à poulie qui bloquaient les blocs dans leurs mâchoires d'acier... elle, elle a la petite grue. Johanna arrime l'autel aux dents puissantes de l'engin. Elle actionne le bras de la grue. La manœuvre est périlleuse. Allez, petite machine, s'il te plaît, un effort ! Ça y est, le piédestal s'élève de trois centimètres dans les airs. La surcharge de poids est énorme : l'engin est fait pour porter des blocs de granite, non de telles constructions à plateau de marbre... tout risque de basculer. Mais avec des gestes doux et précis, Johanna parvient à déplacer le chargement, lentement, puis à reposer le piédestal plus loin.

Elle stoppe la grue et se précipite à l'emplacement de l'autel. Si cette fois encore elle tombe sur le rocher, elle sait que tout sera terminé... mais au lieu du roc naturel, elle découvre un trou, un couloir vertical qui semble descendre on ne sait où, là-bas, très bas... L'ensemble est obturé par de grosses pierres et des gravats de toutes sortes, mais pas de doute, il y a quelque chose là-dessous. Victoire ! Elle a trouvé l'endroit secret. La pièce dérobée n'était pas dans les murs, elle était dans les profondeurs du ventre, dans les entrailles souterraines. Les entrailles, ainsi que l'Ange le lui avait indiqué ! Guillaume avait donc eu une juste intuition quand il devinait une grotte...

« Guillaume, merci, se dit-elle, Roman, merci, Archange guerrier, merci, Froidevaux, merci ! Vite, vite, au travail, il faut dégager le passage... Petite grue, viens par là... »

Vingt-deux heures quarante-cinq. Johanna achève de libérer la cheminée verticale des pierres qui lui obstruent la gorge, et ces pierres lui racontent des histoires étonnantes : les blocs de granite sont pour la plupart médiévaux, bruts pour certains, taillés pour d'autres, portant une cicatrice : la marque des tâcherons, l'insigne des tailleurs de pierre. Johanna reconnaît certaines signatures, visibles sur la terrasse de l'ouest. Les pierres ont conservé le paraphe de ceux qui avaient bâti la nef romane... et ces paraphes sont identiques à ceux gravés sur les blocs que Johanna sort de terre. La construction de la nef a été débutée par l'abbé Almodius, puis à sa mort, en 1063, Ranulphe de Bayeux est devenu abbé et a terminé la grande abbatiale romane. Ces blocs proviennent du chantier de la nef de la grande abbaye.

« Il s'est donc passé quelque chose ici, conclut-elle, à cette époque, quelque chose a provoqué l'occlusion du passage par des mains humaines. 1063, mort d'Almodius... 1063, année de l'écriture du manuscrit de Roman... et peut-être, décès de Roman, décapité ici même... et condamné par saint Michel à errer entre terre et ciel. 1063, fermeture du passage secret ? Ces trois événements sont liés ! La tête et le corps de Roman sont au bout de ce tunnel vertical, c'est évident. Quelqu'un, ou plutôt plusieurs hommes, vu le poids et la taille des blocs, des moines ou des ouvriers du chantier, ont bouché la cheminée après que Roman a été tué ; ils ont certainement jeté son corps disjoint dans le conduit ! Mais qui, et pourquoi ? Johanna, s'ordonne-t-elle, cesse avec tes questions, regarde et écoute les pierres... elles te parlent... Celle-ci, par exemple, est bien plus ancienne que le XIᵉ siècle... mais je ne peux la dater précisément. Peu importe, bientôt je vais descendre dans la cavité, y découvrir les ossements de Roman. En construisant les fondations de ses autels, Froidevaux a forcément vu la cheminée, mais je suis persuadée qu'il l'a laissée en l'état, encombrée par les pierres. Que s'est-il passé pour qu'il ne soit pas allé plus loin ? Qu'importe, s'il l'avait fait le moine décapité ne serait jamais parvenu jusqu'à mes songes ! C'est ma mission, l'aboutissement de toute ma vie, un rêve d'enfant qui se réalise ! »

Les derniers blocs ont été impossibles à remonter. La cheminée est devenue trop profonde pour les bras de la grue. Cinq mètres environ. La seule solution est de pousser les pierres vers le fond, en espérant qu'elles roulent et ne bloquent pas la sortie du conduit. Allez... Derniers efforts avant la découverte du trésor. A plat ventre au bord du trou béant, Johanna tente de décoincer les blocs de l'utérus de roc et de les précipiter vers le bas à l'aide d'une longue tige en fer utilisée pour les forages de fortune.

« Courage, pousse, Johanna, pousse ! s'encourage-t-elle. C'est l'heure de ta naissance, Johanna, le métronome est arrêté, tu dois sortir des entrailles chaudes du monde que tu connais pour aller vers l'inconnu effrayant ! C'est la loi de la vie, Johanna, pousse encore, même si tu as peur ! »

– Aaah !

Cri de délivrance. Les dernières pierres ont fini par être expulsées. Johanna retire la branche d'acier et contemple le conduit avec anxiété. Noir. Tout est noir. Elle approche une torche. Le chemin vertical qui descend dans l'abîme a été creusé par des hommes. Le puissant faisceau lumineux distingue des traces de marches, volontairement cassées, effacées : au départ, le conduit devait être moins abrupt, bordé d'un escalier et, pour des raisons obscures, on l'a rendu impraticable. Les yeux experts de Johanna remarquent les coups portés à la roche pour détruire l'escalier. Elle se met debout. Le vertige lui fait tourner la tête. Il va falloir descendre dans la galerie... Les larmes reviennent, mêlant la joie et la peine d'avoir presque réussi. C'est le moment ultime, mais souhaite-t-elle vraiment que tout s'achève ? Elle sent la douloureuse étreinte d'un monde dont elle a promis la disparition, le dernier souffle de vie d'une longue attente, l'angoisse de l'avenir, le baiser nostalgique annonciateur d'un inévitable trépas. Roman... A cet instant, par-delà sa fortification en pierres d'Aubert, la porte de la crypte résonne de coups puissants. Johanna s'approche, hésitante.

– Johanna ! Tu es là ? Ouvre ! entend-elle bientôt, reconnaissant la voix de Sébastien.

– Jo ! Répond, s'il te plaît ! Est-ce que tout va bien ? ajoute Florence.

– Je suis là ! dit-elle d'une voix rassurante. Tout va bien.

– Fais-nous entrer, voyons !

– Non. Je n'ai pas terminé..

– Terminé quoi, Jo ? s'exclame Florence. Ça fait presque trois heures que tu es là-dedans sans en avoir le droit, c'est amplement suffisant pour faire tes adieux à la crypte ! Rentre avec nous, maintenant, ou on va avoir de graves ennuis.

– Désolée, mais je ne peux pas. Pas tout de suite. Il me faut encore un peu de temps.

– Tu ne l'as plus, le temps, répond Flo. Crois-moi, même si tu nous as menti sur ce que tu fais dans cette crypte, on s'en fiche, c'est fini, tu dois sortir, et tout de suite, ou jamais plus tu ne pourras fouiller nulle part !

– Que s'est-il passé ? demande Johanna, pressentant des complications.

– C'est ma faute..., commence Sébastien. On a dîné tous les trois, avec Fenoy, en bas, je le surveillais du coin de l'œil pour l'empêcher de téléphoner à Brard, et puis... A un moment, c'est le téléphone qui a sonné. Je lui ai tourné le dos une seconde pour répondre, et il en a profité pour filer... Je suis désolé, Johanna. Mais c'était il y a cinq minutes, on est montés tout de suite te prévenir... Dépêche-toi de sortir, et quand il arrivera à la crypte avec Brard, ils ne trouveront personne...

– Ne vous inquiétez pas, dit Johanna. Ce n'est pas grave. Je reste ici, mais ils ne pourront pas entrer.

– Pas grave ? répète Sébastien. Pas entrer ? Tu comptes empêcher l'administrateur de pénétrer dans la crypte, dans « sa » crypte ? Mais, tu penses aux conséquences, à ta carrière ?

Le mot « carrière » fait éclater de rire Johanna.

– Si vous saviez comme ma carrière n'a plus aucune importance...

Je m'en fous éperdument. Merci d'être venus m'avertir mais laissez-moi maintenant... Partez et ne vous faites aucun souci.

Silence.

– Jo, dit soudain Florence, et si tu avais raison tout à l'heure, sur... sur l'assassin qui serait encore dans ces murs ? Que tu te fiches de ton avenir professionnel est une chose, mais... et ton avenir tout court ?

– Oh, en voilà assez, s'énerve-t-elle. Allez-vous-en ! Je suis protégée à Notre-Dame-Sous-Terre, c'est à l'extérieur qu'est le danger. Ici je ne crains rien, vous comprenez ? Foutez le camp je vous dis, foutez le camp !

– Je ne sais pas ce que tu trafiques là-dedans, répond sèchement Sébastien, mais je refuse de cautionner une telle attitude, qui est celle d'une irresponsable. Donc, poursuit-il en regardant sa montre, il est onze heures, si à une heure du matin tu n'es pas rentrée, on défonce la porte. Salut, Jo, bon courage.

Johanna esquisse un rictus mauvais.

« Défoncer la porte, qu'ils essaient ! se dit-elle. Avec la chaîne et mon mur, je leur souhaite bien du plaisir. »

Elle se détourne et rejoint le trou noir. Une heure du matin... Il lui reste donc deux heures pour explorer la cavité et placer la tête de Roman sur son corps. Amplement suffisant. Elle jette une échelle de corde dans la cheminée de granite et constate avec surprise que celle-ci ne touche le sol qu'à sept mètres. Elle en arrime l'extrémité à la grue, enfile son blouson et empoigne une torche. Enfin, l'instant de vérité. Lentement, essayant de calmer les pulsations de son cœur, elle descend dans le secret de Moïra et de Roman.

20

LE BOYAU est étroit. Le blouson de Johanna racle les parois de pierre. Sensation de descente dans l'abîme et de communion avec le granite. Impression de pénétrer son propre ventre. La peur a disparu au profit de la certitude du temps suspendu à ses jambes qui franchissent les échelons comme on retourne en arrière, à l'arrière de l'histoire, au-delà du miroir déformé par l'imaginaire. Ses pieds touchent un sol caillouteux. Elle lâche l'échelle et saisit la torche dont le cercle lumineux jaillit de sa poche de poitrine. Elle fait face au mystère et lui plante sa lumière dans le cœur. Une grotte apparaît brusquement. Une grotte circulaire, naturelle, qui lui évoque celle du mont Gargan. Une cavité ronde à hauteur variable, entre un et quatre mètres environ, et qui doit bien mesurer vingt mètres de diamètre. Johanna respire faiblement pour ne pas troubler le silence des ténèbres. Au seuil de la caverne, elle examine le sol et les parois : traces d'érosion, le rocher a certainement été creusé par une rivière souterraine qui s'est retirée. Les hommes ont seulement percé l'accès qu'elle vient d'emprunter. La grotte est l'œuvre de la nature. Johanna avance dans l'antre noir et s'immobilise face à la vision stupéfiante révélée par la torche : deux autels primitifs trônent au centre. Deux autels jumeaux, grossièrement taillés dans du granite, qui ressemblent à des dolmens. Sur chacun d'eux, une petite rigole pour recueillir le sang des sacrifices. Dans une niche creusée au mur apparaît une sculpture, une statue de femme à robe et cheveux longs, juchée sur un cheval.

« Epona ! devine Johanna. L'une des nombreuses représentations gauloises de la déesse mère, prêtresse de la fécondité. Epona, protectrice des chevaux, animaux précieux symboles de la chasse, de la guerre, de la mort, Epona patronne des guerriers, des voyageurs, et de ceux qui sont en route vers l'au-delà, l'autre monde, l'univers des défunts... Incroyable ! Un sanctuaire celte, oui, il s'agit d'un authentique sanctuaire celte. Mais aucun document ne fait mention de cet endroit. Personne n'en a jamais parlé. Nul ne le connaît, je viens de faire une découverte archéologique de la plus haute importance ! Par tous les dieux, de quand ce temple païen peut-il bien dater ? »

Avec des gestes empreints d'une grande délicatesse malgré ses mains tremblantes, Johanna prend la petite sculpture d'Epona...

Ses connaissances en art celte sont trop limitées pour évaluer précisément l'époque de l'objet, mais il lui semble bien antérieur au Moyen Age. Sa culture historique lui fournit quelques indications.

« Les Celtes, traditionnellement, ne faisaient pas d'images de leurs dieux..., se dit-elle. Ce sont les Romains qui ont introduit les représentations anthropomorphiques des divinités. Cette statuette a donc été sculptée après l'invasion romaine en Gaule chevelue, Iᵉʳ siècle, et avant la christianisation, VIᵉ siècle... Tu parles d'une précision, cinq siècles d'écart ! La grotte est certainement préhistorique et ce sanctuaire peut bien dater de la grande époque celtique, la civilisation de la Tène, 450 avant Jésus-Christ. Je n'ai aucun moyen d'en être sûre... mais c'est prodigieux au niveau archéologique, et humain. Depuis quand un homme n'a-t-il pas foulé le sol de cet endroit ? »

Johanna est subjuguée par sa découverte. Soudain, elle pense à Guillaume. Elle se rappelle ce que le jeune homme lui avait dit, lors de leur première rencontre, à Notre-Dame-Sous-Terre. Il lui avait parlé des Celtes et du dieu Ogme qu'ils vénéraient sur la montagne.

« Ogme, le dieu de la guerre, de l'éloquence, de l'écriture, de la magie et des morts... Ce dieu psychopompe qui conduit, comme Epona, comme saint Michel, l'âme des trépassés dans l'autre monde. Guillaume ignorait qu'Ogme était aussi vénéré *sous* la montagne... Je me trouve chez l'ancêtre païen de l'Archange chrétien. La demeure d'Ogme ressemble à une version primitive de Notre-Dame-Sous-Terre : forme ronde comme l'oratoire d'Aubert qui entoure la crypte, autels jumeaux, dédicace à la déesse-mère, représentation païenne de la vierge noire qui trône là-haut, consécration par Ogme-saint Michel...

« Là-haut, la crypte a été baptisée Notre-Dame-Sous-Terre, et pourtant, c'est cette grotte qui mérite ce nom, car elle est l'endroit le plus ancien du Mont, l'origine de la montagne, ses racines, la source, la mère qui a tout engendré... ses entrailles. »

Johanna pose la sculpture sur l'un des deux autels. Elle recule de quelques pas. Quelque chose la frôle, la faisant bondir de frayeur. Elle dirige le faisceau de la lampe vers ses jambes et aperçoit un squelette couché à ses pieds. Elle ne peut retenir un cri de terreur, et de joie. Roman ! Elle balaye le sol de la caverne et découvre trois squelettes, disposés autour des autels. Elle les regarde un à un, pour constater que tous ont leur tête sur le corps... Aucun n'est Roman. En revanche, tous trois portent des lambeaux d'étoffe blanche et une croix d'or autour du cou. Johanna foudroie de la torche le pendentif : une croix druidique à quatre branches égales. Les défunts ont dû être allongés sur des fleurs car des pollens sont visibles. Autour d'eux le sol est jonché de poteries, de bijoux et d'armes recourbées... les offrandes aux dieux.

« Ciel ! Cet endroit devait être un lieu de culte, transformé en monument funéraire pour accueillir ces trois dignitaires... Certainement de grands hommes de la caste des guerriers, ce qui expliquerait la présence d'Epona. Quand ont-ils été déposés dans ce vaste tombeau ? »

Johanna se penche sur l'un des corps.

« Il faudrait faire une analyse chimique des restes, une datation par archéométrie, constate-t-elle. Paul serait bouche bée devant ce spectacle ! A l'œil nu, la structure et la couleur des os laissent présager plusieurs siècles d'âge... Combien précisément ? Impossible à dire c'est tellement frustrant ! Tiens, une stèle est posée près du troisième corps, une plaque de granite, gravée d'une inscription... dans une langue inconnue, dans un alphabet inconnu. Que signifie cette épitaphe mystérieuse ? Des idéogrammes... une succession de traits verticaux, horizontaux et obliques... on dirait des runes... non, Johanna, ce sont des ogams ! Oui, c'est cela, c'est l'écriture ogamique, inventée par le dieu Ogme à l'usage exclusif des druides ! La langue sacrée dont ils se servaient pour la divination et les inscriptions sur les tombes... Oui, vu le dessin, c'est bien la langue du dieu des morts. Mais je suis incapable de déchiffrer les hiéroglyphes celtes. Guillaume aurait pu, lui. Ces trois guerriers ont dû être placés là, cachés peut-être, à la suite d'un drame. Est-ce lié à frère Roman ? Ces cadavres sont probablement plus anciens, et personne ne possédait plus le langage des ogams au XIᵉ siècle. Personne, sauf... Moïra. Oui, voilà le secret de Moïra que

Roman désirait à tout prix préserver ! Bien sûr... c'est lumineux. La jeune Celte connaissait l'existence de cette grotte, elle savait ce qu'il y avait à l'intérieur de ce ventre clandestin, miraculeusement sauvé des chrétiens. En 1023, le projet initial de la grande abbatiale prévoyait la destruction de l'église carolingienne. Mais en rasant l'église, ce repaire aurait été découvert ! Moïra, fidèle à son peuple, a imploré le maître d'œuvre de ne pas toucher à l'église des chanoines, afin de protéger ce lieu souterrain ; voilà pourquoi Roman a modifié les plans de Pierre de Nevers avant de quitter le Mont, en cachant à tous les véritables raisons de ce changement architectural. S'il avait dit la vérité, les bénédictins auraient saccagé ce temple païen... Roman était moine, il désapprouvait les croyances impies de sa bien-aimée, mais Moïra venait de trépasser et il était fou de chagrin... Il a monté l'extravagante supercherie qu'il raconte dans son manuscrit pour sauvegarder ce cimetière celte et honorer la mémoire de Moïra... et l'église du dessus est devenue la crypte Notre-Dame-Sous-Terre, obscure comme la grotte qu'elle recouvrait. En 1063, il s'est passé quelque chose qui a fait revenir Roman, cet ossuaire devait être en danger. Quelqu'un devait menacer de le découvrir. Roman a tenu sa promesse envers Moïra, la nécropole celte est restée dérobée aux regards des chrétiens, mais il en est mort... Qui l'a décapité ? Où est son cadavre ? »

Johanna se détourne des trois squelettes pour finir d'inspecter la caverne. « Il faut fouiller la terre pour accéder au ciel. » La terre du Mont, c'est le roc. Roman est fatalement là, au cœur de la montagne. Bloqué au centre de la pyramide de pierre, comme une momie égyptienne. Une momie en deux morceaux.

Loin des autels et de ses sépultures, la lampe distingue soudain une autre dépouille humaine, très différente des trois autres : le squelette est assis, adossé à la paroi. Aucune offrande autour de lui. Pas de rite funéraire. Des oripeaux noirs s'accrochent à ses os comme des parures misérables. Johanna les touche. Ils tombent en poussière mais ce sont les fragments d'une bure. A la ceinture de cuir pendent un rosaire presque intact, un petit couteau et une tablette de cire. Un moine. Un bénédictin. A dix centimètres du corps, gît par terre... une tête. Sa tête.

Johanna reste pétrifiée. C'est lui. Elle voudrait lui parler, lui dire tout ce qu'il a été pour elle, tout ce temps où il est resté bloqué en elle et pendant lequel il a nourri son âme. L'âme... Johanna doit maintenant abreuver la sienne, accepter puis consommer la séparation, leur séparation. D'un geste, il lui faut ouvrir la fenêtre bleue et il s'envolera pour s'unir à Moïra... leurs âmes se joindront à l'infini. Johanna demeurera seule avec le corps de Roman, ce squelette aux ornements noirs qu'elle a cherché toute sa vie. Pourra-t-elle encore fouiller, le cœur animé par la quête d'autres ossements ? Plus de quête, plus de sens, plus de chair ! Devra-t-elle se résoudre à une existence séparée du mystère, détachée de l'énigme de ses rêves ? Johanna s'agenouille, pose la torche et effleure le crâne. Elle lève la main vers la poitrine de Roman. Constate que plusieurs os sont fracturés au niveau des côtes, du coude gauche, du poignet et des membres inférieurs. Examine la nuque : aucune trace de décapitation. C'est évident : le cou n'a pas été sectionné. Pendant la décomposition du cadavre, le crâne s'est naturellement détaché des vertèbres en tombant du tronc adossé au rocher. Ce n'est pas Roman. Une immense déception envahit Johanna, puis, une question : si ce n'est pas « lui », qui est-ce ?

Elle distingue un stylet près de sa main droite. La tablette de cire, l'inconnu a écrit. Ses derniers mots... Du latin. Cette langue morte, Johanna la connaît de tout son cœur. Elle repose la tête, braque sa lampe sur les caractères romans : l'écriture est malhabile comme celle d'un enfant, les mots ne sont pas droits : bien sûr, il les a tracés dans l'obscurité la plus totale, difficilement, les os brisés. C'est le témoignage d'un moribond. Au comble de l'émotion, Johanna lit. Traduit.

Brewen, le frère de Moïra, a pendu frère Anthelme au clocher, noyé frère Romuald dans la baie, brûlé Eudes de Fezensac, mon maître d'œuvre. L'air, l'eau, le feu, les supplices de Moïra il y a quarante ans. La terre, lieu du trépas de sa sœur, il me l'a réservée : il m'a brisé les membres et jeté dans ce sanctuaire impie dont il a condamné l'unique issue, sous l'autel de la Sainte-Trinité, avec plusieurs comparses. Je vais mourir comme elle, sous la terre. Je ne crains pas cette mort, je crains le châtiment de Dieu. Que l'Archange intercède auprès de Lui car je suis un assassin. Par amour, j'ai tué les deux seuls êtres humains que j'aimais. J'ai tué Moïra, et j'ai tué frère Roman. Ange du firmament, que leur âme trône avec toi dans la paix du ciel. Prince de la guerre, aie pitié de mon âme égarée au milieu des démons.

Père abbé Almodius – soir de l'Ascension de l'an 1063.

Johanna oublie Epona, Ogme, et les trois squelettes celtes. La grotte s'évanouit à ses yeux envahis d'images d'un autre temps, celui de ses trois rêves anonymes qui enfin s'incarnent et se personnifient à travers Almodius, dont elle contemple la défroque.

« Almodius ! Quel homme était-il ? se demande-t-elle. Un maître du *scriptorium* reconnu et respecté, un père abbé à la mort mystérieuse, qui n'est détaillée dans aucune archive, et qui s'éclaire aujourd'hui... Sa passion pour Moïra devait être immense, pour avoir conduit la jeune Celte à trépas. Mais Roman qu'il dit aimer ? Pourquoi avoir tué Roman ? Par jalousie envers Moïra, certainement... mais Moïra était morte depuis quatre décennies ! Une jalousie refoulée pendant quarante ans, à laquelle s'ajoutaient peut-être d'autres sentiments... »

Johanna ne saura jamais la vérité, mais elle ne parvient pas à détester cet être, mort asphyxié dans la grotte, ou terrassé par ses blessures, il y a plus de neuf siècles. Bien qu'Almodius ait livré Moïra, provoqué la séparation entre Roman et la jeune Celte et qu'il ait trucidé de sa main son cher Roman... elle ne le hait pas. Au contraire, une profonde compassion s'empare d'elle face aux ossements du père abbé. Comme elle voudrait apprendre ce qui s'est passé entre lui et Roman. Mais après s'être ainsi dévoilé, le triste cadavre se tait. Non, il a encore une chose à lui dire : le squelette d'Almodius ne porte ni la croix orfévrée ni la bague caractéristiques des pères abbés... Où sont ces signes distinctifs ? Et surtout, où est Roman ?

« Roman, pense-t-elle, tu es innocent des meurtres que j'ai vus en rêve, qui se sont réellement produits en 1063, le testament gravé sur la cire le prouve... Tu m'as adressé la vision de ces crimes, qui furent donc perpétrés par le frère de Moïra, pour m'instruire des circonstances de ta propre disparition. Ce n'était pas un aveu de culpabilité, ainsi que je l'ai toujours pressenti. Le moine décapité n'est pas un esprit mauvais. Mais où est-il ? Pourquoi m'avoir demandé de fouiller ici ? »

Elle explore le reste de la grotte mais ne trouve aucun autre ossement.

« Si jamais je m'étais trompée ? s'interroge Johanna. Non, c'est impossible. Son corps est forcément là, avec l'homme qui l'a assassiné. Almodius... qu'as-tu fait de ta victime ? »

En guise de réponse, elle remarque un monticule de cailloux, à un mètre du cadavre du père abbé. Retenant son souffle, elle l'arase et découvre... un crâne, et une croix chrétienne en or, qui pend à une chaîne.

Sous Notre-Dame-Sous-Terre, 3 juin, minuit et quatre minutes. L'eau coule en silence des yeux de Johanna. Elle a la certitude de l'avoir enfin trouvé et d'être au bout du chemin. Elle pleure sur le deuil qu'elle va devoir faire. Elle n'ose tendre la main vers la tête de son bien-aimé Roman. Almodius a offert une sépulture au crâne de sa victime, en l'enterrant comme il pouvait, sous une montagne de petites pierres et en plaçant près de lui sa propre croix de baptême.

« Almodius a décapité Roman mais il l'aimait, conclut-elle. Après lui avoir confectionné cette étrange sépulture, il a prié pour lui. Almodius n'a pas cherché à s'échapper, c'était inutile. Vu les fractures de ses jambes, il ne devait même pas pouvoir se tenir debout. Il a rampé à plat ventre dans la grotte pour s'adosser à cette paroi. Il a rédigé son testament et attendu la mort en implorant les anges. »

Johanna caresse la tête de Roman. Son corps, où est-il, elle ne le voit nulle part... Elle cherche à nouveau, examine chaque recoin de la grotte quand soudain, elle entend un bruit bizarre, une sorte de cliquetis de bois qui tape contre la roche, derrière elle, vers le conduit. Elle saisit la torche et se dirige vers le gosier de granite. A cet instant, elle constate que l'échelle de corde a disparu. La panique s'empare d'elle.

– Il y a quelqu'un là-haut ? hurle-t-elle.

La peur lui trempe instantanément le visage et la poitrine d'une sueur âcre. Silence. Personne ne répond et pourtant il faut bien qu'il y ait quelqu'un, qui a enlevé son échelle ! Du fond de son puits, elle sent une présence à Notre-Dame-Sous-Terre. Le revenant ? Non, certainement pas. Une présence humaine ? Impossible, la porte, la chaîne, le mur ! Impossible, et pourtant... Elle s'agrippe au roc : trop raide, pas de prise, impossible de l'escalader à mains nues. Elle tend le faisceau de sa torche vers le cercle de lumière. Elle aperçoit un morceau de voûte du plafond de la crypte.

– Eh oh ! Je suis ici, en bas ! crie-t-elle à nouveau, affolée. Je sais que vous êtes là, qui que vous soyez, remettez l'échelle, je dois remonter !

Silence horrible et éternel. Johanna rugit de plus belle. Elle sait que sa vie en dépend. Il faut qu'elle sorte d'ici ! Une crise de claustrophobie éclate en elle. Elle halète, étouffe dans les profondeurs de la pierre. Elle n'est que hurlement, mains accrochées au rocher, yeux tendus vers le sommet du couloir vertical. Brusquement, une voix, qui ne parvient pas à couvrir ses cris. Elle ne saisit pas les mots mais le son, ce timbre, cette intonation, elle les connaît ! Elle cesse de hurler. Silence à nouveau. Puis, une tête apparaît dans le rond lumineux, sept mètres au-dessus d'elle. Une tête auréolée de cheveux noirs et bouclés, au regard vert, à la peau couleur d'olive.

– Je suis navré, Johanna, dit doucement Simon, mais tu ne remonteras pas. Jamais.

– Toi ! C'est toi ! Mais... que fais-tu là ? Comment es-tu entré dans la crypte ?

– Par la nef de l'église abbatiale. Cachées par les bancs de l'église, deux trappes permettent de parvenir à la crypte, par le haut, jusqu'à chacune des portes qui surmontent les tribunes à escalier au-dessus des autels jumeaux. Ces deux passages ont toujours existé. Tout le monde croit qu'ils sont condamnés, mais j'ai la clef de la grosse grille qui, sous l'une des trappes, barre l'accès de l'église descendant vers l'autel de la Trinité. Je l'ai toujours eue et personne ne l'a jamais su... Tu pouvais bien construire dix murs pour bloquer la porte de la crypte, tu ne m'aurais jamais empêché de pénétrer à Notre-Dame-Sous-Terre, par le ciel...

– Simon, mais que signifie tout cela ? Je, je ne comprends rien. A quoi te sert cette clef, que fais-tu là-haut ?

– Johanna, ma Johanna... Je possède toutes les clefs de l'abbaye, même celles que les hommes et le temps ont oubliées, car je suis une sentinelle ! Je suis le gardien secret de la grotte que malheureusement tu as découverte... Je suis celte par mon père, issu d'une longue et prestigieuse lignée, je suis le descendant d'un cousin de Moïra et de Brewen... Bien avant eux, lors de la conquête de la montagne par les chrétiens, mes ancêtres ont condamné ce sanctuaire et désigné des clans pour le protéger et en défendre l'accès aux chrétiens... La famille de Moïra faisait partie de ces élus de l'esprit qui gouverne le rocher, nés pour garder ce lieu. Moïra a accompli sa mission et l'a payé de sa vie... Son frère l'a vengée et lui aussi a empêché que les infidèles ne découvrent et ne détruisent notre passé Beaucoup d'autres, depuis, ont repris ce flambeau sacré, et beaucoup d'autres le prendront...

La voix de Simon résonne sur les parois du conduit et parvient sans peine à Johanna, avec un timbre solennel, grave, et un léger écho. Une voix d'église. Une tonalité de sermon biblique. Simon, son Simon, dévoué aux anciennes croyances d'un peuple disparu, lui, l'agnostique obsédé par la réalité des choses, lui, le pourfendeur du romantisme, de l'imagination fertile de Johanna, du néo-celtisme de Guillaume ! Johanna reste muette de stupeur et d'effroi. Jamais elle n'aurait pu le soupçonner.

– Je sais ce que tu penses, dit-il. Mais justement, j'ai accepté cette charge sacrée que m'a transmise mon père, en pleine cohérence avec moi-même : je préserve un temple réel, une histoire réelle, des sépultures réelles... Le sanctuaire existe, et j'existe : il n'y a aucune nostalgie morbide là-dedans : je suis la preuve de la survivance des Celtes, l'incarnation d'un passé vivant, donc d'un présent et d'un avenir !

Johanna est à la fois consternée et captivée par les paroles de Simon.

« Roman savait que Moïra était la gardienne du sanctuaire, songe-t-elle. Il y a presque mille ans, elle a confié à Roman la même chose que Simon m'assène aujourd'hui. Puis, elle est morte dans sa fosse de terre, prisonnière, quand Roman était à la place de Simon, libre, à l'air libre... et impuissant à la libérer. Ce soir, c'est moi la captive du souterrain et je suis à la merci de Simon ! Simon était le lien avec Moïra et je n'ai rien deviné ! Le faire parler, oui, il faut le faire parler.. Je dois tout comprendre, il doit éclaircir les mystères. »

– Simon, qui sont ces trois cadavres pour lesquels tant de sang a coulé ? demande-t-elle. Des guerriers ?

– Non, Johanna, ces trois corps sont la chair de l'histoire. Des druides, les trois olams, l'attestation que la légende celtique n'est pas une fable... Je suis le dépositaire de cette histoire, mais je veux bien la partager avec toi.

Silence, qu'elle n'ose pas briser. Silence, qu'il savoure comme sa victoire.

– Au VIe siècle, commence-t-il, quand les chrétiens ont évangélisé de force la région, avec à leur tête le moine gallois Samson, le Mont, qu'on appelait alors le Mont Tombe, était un lieu de culte à nos dieux et un point de passage vers le Sid, le monde des immortels... Un grand dolmen était érigé au sommet mais, au-dessous, existait depuis des millénaires cette grotte souterraine, qui servait aux druides de sanctuaire secret pour la préparation des rites de passage dans l'autre monde, sous l'égide d'Ogme et d'Epona. En l'an 550, le temple du haut fut saccagé, détruit, et trois olams qui y officiaient, trois druides du grade le plus élevé, furent faits prisonniers. Les chrétiens les interrogèrent, voulurent les convertir... Ils refusèrent d'abjurer, comme Moïra. Tous trois furent pendus en public, leurs corps laissés là, pour l'exemple. Or, la troisième nuit, leurs dépouilles disparurent du gibet comme par magie... Au matin, on découvrit les trois cordes, intactes, sans aucune trace de coupure, qui pendaient seules à la potence. Les chrétiens les cherchèrent partout et jamais ne les retrouvèrent. Les gens racontèrent alors que les cadavres des trois olams avaient été dérobés par nos dieux, et que ces dieux les avaient emmenés sur le mont Tombe pour qu'ils gagnent le Sid et deviennent des héros immortels... On appelle ce récit « la légende des olams dérobés ».

– C'est ce que dit la légende, constate Johanna, les yeux rivés sur Simon.

– La légende des olams dérobés est effacée aujourd'hui car elle n'a pas été transcrite, mais c'est ce qu'elle racontait. Et c'est vrai... à un détail près. Ce ne sont pas des dieux qui ont volé les dépouilles des trois olams... mais leur famille, dont celle de Moïra et de Brewen, la mienne : les cadavres furent dérobés par les fils des olams, eux-mêmes druides comme l'étaient leurs pères, et les pères de leurs pères depuis le début du monde, et comme ne le seraient plus leurs fils à cause de l'évangélisation : le dernier maillon dans la lumière avant que notre histoire ne devienne souterraine ! Pour sauver l'âme de leurs pères, les derniers pères, et pour que naisse la légende éternelle qui les porterait à jamais, ils ont décroché les corps sans couper la corde... puis ils les ont transportés sur le mont Tombe, très discrè-tement. Ils les ont déposés dans la grotte secrète et ont servi la cérémonie funéraire, pour la paix de l'âme des morts et surtout pour qu'ils atteignent le Sid. Puis ils ont condamné l'ouverture du conduit qui permettait d'atteindre la caverne, cette cheminée où tu te trouves, dissimulé l'entrée, se promettant de ne jamais révéler l'existence des sépultures souterraines. Plus de pères, plus de tronc aux arbres, mais des racines clandestines... Peu de temps après, ces druides furent eux-mêmes éliminés par les chrétiens, comme tous les membres de la classe sacerdotale celte. Seules les trois familles des olams dérobés conservaient le secret du sanctuaire et des mystérieuses funérailles... qu'elles se transmettaient, comme tous les secrets des druides, de

génération en génération. Sur le mont Tombe furent élevés un oratoire dédié à saint Etienne, un autre à saint Symphorien, où vivaient
d'inoffensifs ermites. Quand Aubert est arrivé, en 708 et qu'il a
construit son sanctuaire à saint Michel à l'emplacement exact du
mégalithe rasé, mes aïeux furent très inquiets... puis rassurés face aux
chanoines issus du peuple celte. Ils étaient de bons chrétiens mais
n'oubliaient pas l'origine de leur sang... Ils respectaient les anciennes
coutumes et vivaient parmi nous. Ils connaissaient la légende des
trois olams, ils savaient que le mont Tombe était le lieu de transit
des âmes celtes et en avaient déduit que la terre du Mont était sacrée
pour les chrétiens mais aussi pour les Celtes, qu'elle recelait des
puissances obscures et qu'il fallait y prendre garde... Avec eux appa-
rurent la légende des apparitions nocturnes dans les lieux saints, et
l'interdiction d'y pénétrer entre complies et vigiles, interdiction qui
s'est perpétuée jusqu'à nos jours... Au Xe siècle, ils édifièrent l'église
carolingienne à la place de l'oratoire de saint Aubert, avec ce double
chœur à autels jumeaux ainsi qu'en possédaient les temples celtes.
Autre clin d'œil de l'histoire : ils placèrent sur l'entrée invisible du
conduit menant à la grotte l'autel dédié à la Sainte Trinité : le Père,
le Fils, et l'Esprit-Saint ! L'autel portait bien son nom et avait pour
avantage de protéger la bouche de la cheminée secrète. Avec l'arrivée
des bénédictins, en 966, tout fut différent. Ces moines-là vivaient
dans le ciel, entre eux, sans corps, animés uniquement par l'esprit...
l'Esprit-Saint. Ils se méfiaient du peuple, ils ressemblaient à des
« druides noirs », et étaient aussi instruits que des olams... mais eux,
ils n'entendaient pas les légendes celtes. Au contraire, ils aspiraient
à la destruction de notre histoire car ils bâtissaient leur propre
légende. Quand le chantier de la grande abbatiale fut annoncé et que
Moïra apprit que l'église des chanoines serait démolie, elle convain-
quit le maître d'œuvre, ton fameux frère Roman, de ne pas fouiller
la terre, de ne pas raser l'édifice. Sans violence, avec la conviction de
l'amour, elle accomplit la mission que son père, avant de mourir, lui
avait assignée : garder le sanctuaire sacré des trois olams, empêcher
qu'il soit découvert par les chrétiens, et détruit... Par la suite, les
autres gardiens menèrent à bien ce même devoir, mais ils durent
utiliser une autre arme : la terreur.

– Tout s'explique... Ce sont tes ancêtres qui ont tué, au cours du
temps, tous ceux qui ont fouillé à Notre-Dame-Sous-Terre : les trois
frères et le prieur de dom Larose au XVIIIe siècle, le chevalier de la

guerre de Cent Ans au XVe, frère Ambroise au XIIe, et bien d'autres ! Cela signifie aussi que toi, Simon, qui appartiens à cette famille d'assassins, tu es le meurtrier de Jacques et de Dimitri !

Simon reste muet quelques instants. Il examine Johanna avec un regard dur. A cette distance, elle ne peut discerner les changements de ses yeux, mais entend ceux de sa voix.

– Je pensais que tu comprendrais, mais tu n'entends rien, si tu traites ma famille d'assassins..., prononce-t-il sèchement. Depuis quinze siècles, mille cinq cents ans, nous sommes les garants de nos racines, refusant de laisser notre passé aux mains des historiens, des politiques ou des archéologues... Nous sommes les acteurs de notre liberté et de notre mémoire, sans idéologie dogmatique, sans utopie irréalisable, sans révolution sanglante. Nous sommes parfois obligés de tuer, mais c'est pour empêcher que l'on nous tue. Si jamais les bénédictins avaient découvert la grotte, ils l'auraient anéantie, par foi, mais si les modernes l'avaient trouvée, ils l'auraient transformée en musée, par manque de foi ! Le sanctuaire aurait vu se déverser des flots de touristes, comme dans le reste de l'abbaye, le privant de son âme et le rendant stérile au peuple auquel il appartient ! Donc oui, j'ai préservé notre âme de la corruption en faisant tout ce que je pouvais pour faire arrêter ces fouilles, et après moi quelqu'un de ma famille, que j'ai instruit, poursuivra notre œuvre millénaire qui se transmettra de génération en génération !

C'est un dément. Pourtant Johanna sait qu'il n'a pas totalement tort : la grotte des trois olams serait souillée par les religieux et les athées, pour des raisons différentes, si elle cessait d'être secrète. Cependant, cet être qu'elle a aimé, qu'au fond elle pensait aimer encore, cet homme qui l'a si voluptueusement touchée, est le meurtrier de Jacques et de Dimitri. Une soudaine envie de vomir étreint son estomac. Ses mains si douces, sa bouche, son odeur, sa peau... La figure déchiquetée de Jacques, le corps gonflé de Dimitri, les hurlements de Guillaume, enfermé à l'asile à la place de Simon... Johanna a juste le temps de se pencher, la nausée est la plus forte. Puis elle se reprend. Ne pas cesser de penser. Simon est dangereux, Simon est un assassin, Simon est fou. Garder son sang-froid. Le faire parler, continuer à le faire parler. Pour comprendre sa logique – « les fous ont leur propre logique », disait Bontemps – puis le séduire par le verbe et qu'il lui jette l'échelle de corde.

– Comment as-tu fait, je veux dire... pour Jacques et Dimitri ? demande-t-elle, déjà écœurée par la réponse.

– Je ne souhaitais pas en arriver là, mais tu ne m'as pas laissé le choix : j'ai tout tenté pour te dissuader de fouiller la crypte, mais mes paroles n'avaient aucune prise sur toi ! Tout ce que j'ai réussi à faire, tu te souviens, le soir où tu... tu m'as quitté, c'est à perdre les pédales et à tenter de t'étrangler. Tu étais tellement obnubilée par le manuscrit de Roman, le cahier anglais et tes histoires de revenants... Il fallait que je te remette dans la réalité, de force puisque le gré ne fonctionnait pas. Tu ne voulais plus me voir, plus m'écouter, j'étais désespéré, acculé à une issue qui me répugnait, mais dont tu comprendrais le message, si je m'y prenais bien... Tout le monde croyait que j'étais à Saint-Malo, mais je vous surveillais, depuis le départ, j'ai même fait fabriquer un double de tes clefs de maison...

– Je vois. Celle-là aussi, tu l'avais... un vrai geôlier. Tu avais tout calculé depuis le début, même notre... liaison, c'était habile, dit-elle, amère et dégoûtée.

– Non ! Une fois de plus, tu ne comprends rien..., répond-il d'un ton triste. C'est faux. Au commencement, je voulais qu'on soit amis, c'est tout, mais quand je t'ai vue la première fois, je... Bref, ce n'est pas la question. De toute façon je t'avais perdue et j'en étais fou de douleur. Je rêvais de toi chaque nuit et chaque jour, endormi, éveillé, tu étais là, partout, comme un fantôme perpétuel, sur tous les objets, dans chaque pièce, c'était intolérable, je n'en pouvais plus ! Toi, tu te fichais de ma souffrance, tu ne pensais qu'à ton moine sans tête, et à fouiller la crypte avec ce crétin, ce demi-sel, cet usurpateur de Guillaume Kelenn... si je vous laissais faire, vous risquiez de découvrir le secret de mon peuple. Ce soir-là, j'errais dans les ruelles avec l'espoir de tomber sur toi, pour te supplier de revenir. J'étais résolu à me jeter à tes pieds, à tout t'avouer, tout, même la grotte... Mais c'est Jacques Lucas qui est venu à moi, en sortant d'un bistrot. Il était ivre-mort. J'ai su que l'esprit du Mont m'adressait là un signe important : contrairement à Moïra avec Roman, je devais cesser de vouloir te rallier à moi par l'amour. Ce fut facile, rapide, et propre. Je me suis présenté à Jacques, j'ai sorti ma flasque de whisky, je lui en ai proposé une rasade là-haut, disant que j'aimerais qu'il me fasse les honneurs de votre ancien chantier, la fascination des vieilles pierres, les squelettes, mon métier, etc. On est montés. Je l'ai fait boire encore j'ai récupéré mon flacon, on a discuté, de toi, d'ailleurs, il m'a montré le chantier de l'ancienne chapelle Saint-Martin, et moi, je lui ai montré les étoiles près du poulain. Il s'est penché, je l'ai à peine poussé... Je suis persuadé qu'il serait tombé même sans mon intervention ! Les autres croiraient à un accident, mais je savais que toi, tu ne serais pas dupe... L'air, tu penserais inévitablement à ton premier rêve, le pendu dans les airs, et au premier supplice de Moïra. Je croyais que tu saisirais l'avertissement, mais tu as continué les fouilles.

La nausée à nouveau. Non, ne pas craquer, être forte. Facile, rapide et propre, quelle horreur ! Pauvre Jacques...

– Et Dimitri ? Cela a dû être plus compliqué, pour lui, et moins expéditif ! dit-elle méchamment.

– J'avais retenu l'échec du meurtre de Jacques. Cela ressemblait trop à un accident. Il fallait un assassinat bien ostentatoire pour effrayer tes sbires et qu'ils désertent le chantier, puisque tu restais sourde à tout. J'avais commis une erreur en m'adressant exclusivement à toi, alors que c'est ton équipe que je devais terroriser, comme Brewen avait réussi à apeurer les moines ! Et je devais utiliser l'eau, tu l'as deviné, pour que tu saisisses le sens caché de mon acte... Brard est l'un de mes fidèles clients, tu sais. Il est venu dans ma boutique, le 8 mai, pour se changer les idées... Il était rentré la veille des funérailles de Jacques, avec Dimitri. C'est lui qui incidemment m'apprit que le garçon était seul dans la maison. J'imaginais bien que toi, tu étais loin, et que tu avais renoué avec ton cloporte marié et père de famille. J'étais rongé par la jalousie, mais jamais je ne m'en serais pris à toi... d'autant plus que je tenais l'occasion de frapper un grand coup. J'ai laissé le magasin à mon employé et suis rentré au Mont pour surveiller Dimitri. J'attendais le moment propice et, le samedi soir, il me l'a offert. Je pensais le noyer dans la baie, pour que cela te rappelle le supplice par l'eau de Moïra et ton deuxième rêve, mais il ne sortait pas de la maison. Quand je l'ai vu ouvrir la fenêtre de ta salle de bains, je n'ai pas hésité. En plus, c'est toi qui le découvrirais, cette fois tu comprendrais ! Je suis tranquillement entré par la porte. J'avais tout prévu : bonnet, gants, veste sans boutons, semelles de gomme... le tout de couleur noire, bien entendu. Il clapotait dans la baignoire. Il a été très surpris, il ne m'avait jamais vu auparavant, étant donné que tu me cachais. Je ne pensais pas qu'un gringalet pareil se débattrait avec autant d'énergie... Après, je suis sorti par la fenêtre, pour qu'on croie que j'étais aussi entré par là, et je l'ai laissée ouverte... Je n'avais pas prévu que l'autre benêt irait fourrer son nez dans nos affaires. J'étais furieux ! Heureusement, grâce à sa maladresse et à la technique scientifique de notre bonne police nationale, on cessa vite de croire à un suicide, et bientôt, l'effet que j'avais escompté se produisit... La peur s'empara des survivants, le chantier était menacé de fermeture...

– Pour être certain d'atteindre ton but, complète Johanna, tu as écrit la lettre de menaces, imitant l'écriture de Roman. Et tu as réussi à faire interrompre les fouilles...

– Ah non, la lettre, ce n'est pas moi ! objecte-t-il. Mais je crois connaître son auteur...

– Christian Brard, je présume ?

– Oui, avoue Simon. Le malheureux était encore plus terrorisé que tes archéologues. Quand je suis venu lui montrer le livre de bord d'un bâtiment allemand de la guerre de 14, pour sa collection, il n'avait plus figure humaine. Avec moi, il s'est un peu détendu. Il m'a avoué être totalement désorienté face à l'inculpation de ton Kelenn... et face à ton entêtement suspect à poursuivre les fouilles, coûte que coûte. Il craignait pour lui, et pour la crypte que tu démantibulais sans vergogne. Il n'arrêtait pas de se lamenter, cherchant le moyen – inoffensif mais efficace – de protéger Notre-Dame-Sous-Terre de ta « folie dévastatrice », *dixit*. Il se méfiait des huiles du ministère, qu'il ne convaincrait pas facilement, vu tes... tes « relations »... En plaisantant, je lui ai suggéré de faire comme dans certains polars : commettre un meurtre au sein de ton équipe pour innocenter Kelenn et faire suspendre les fouilles. Ça ne l'a pas fait rire, naturellement, mais mon but était autre et il fut atteint : en lui germait l'idée de la menace potentielle d'un nouveau meurtre chez les archéologues, intimidation sans conséquence, mais suffisante, vu le contexte, pour provoquer l'arrêt du chantier... Et cela a marché. Pour tout le monde sauf pour toi. Car pour toi, malheureusement, l'interdiction officielle des fouilles ne suffit pas. Toi, tu as continué, seule... Tu es terrible, tu sais, tu abandonnes les hommes, mais jamais les pierres.

Johanna frissonne au creux du rocher. Elle tremble de froid et d'horreur. Comment ramener Simon à la raison ? Le passé, oui, le faire discourir sur le passé, le temps jadis lui donnera peut-être des arguments qu'elle pourra utiliser contre Simon.

– Simon, dit-elle doucement, raconte-moi pourquoi Brewen a

commis ses quatre meurtres par les quatre éléments, en 1063 ? Je pense que ce n'était pas seulement pour venger la mort de sa sœur ?

– Non, évidemment ! Tu as raison, je dois te raconter cela aussi... Il faut que tu saches tout, absolument tout. Mais vois-tu, la vérité est que Brewen a tué trois fois, et non quatre. Quarante ans plus tôt, en 1023, il avait assisté aux supplices et au trépas de Moïra, qu'avait livrée frère Almodius à l'évêque et au prince. En 1063, c'est Brewen qui a agi, Brewen qui était alors le gardien du sanctuaire, la main guerrière de l'esprit sacré, la sentinelle de nos morts, la gloire de notre peuple... La première mort, cependant, n'était pas un meurtre. Ton premier rêve, le moine pendu au clocher, était la vision d'un suicide. Cependant, ce suicide de frère Anthelme était un signe divin adressé à Brewen, la voie à suivre : en voyant le bénédictin se balancer dans les airs, il songea au premier supplice de Moïra et sut comment le dieu Ogme voulait qu'il procède : en tuant par les éléments de la nature, en mémoire de sa sœur, ses anciens juges, dans le but de la venger, de susciter la panique dans l'abbaye et de faire cesser les travaux dans la crypte... C'est ainsi que, par l'eau, il mit fin à la vie d'un scélérat : frère Romuald... Ton deuxième rêve... Ensuite, il n'eut plus le choix : le maître d'œuvre de la grande abbatiale, Eudes de Fezensac, venait de découvrir l'entrée du sanctuaire... Brewen mit des plantes soporifiques dans son vin et incendia sa cahute de bois... Le feu... Ton dernier rêve... Brewen, assisté de membres du clan, dont l'un de ses cousins, mon ancêtre direct, s'apprêtait à reboucher l'entrée du conduit et y replacer l'autel de la Trinité lorsque l'homme de guet les avertit que quelqu'un approchait... Ils s'enfuirent, mais Brewen et mes cousins revinrent discrètement par le passage du haut, celui que j'emprunte aussi, et espionnèrent ce qui se passait dans la crypte... Ils assistèrent à une altercation entre l'abbé Almodius et ton Roman... C'est là qu'Almodius avoua avoir empoisonné Moïra... Roman était fou de rage, il voulait défendre notre sanctuaire, mais il ne fit que montrer sa faiblesse... C'est Almodius qui l'embrocha sur le glaive de saint Michel et le décapita, avant de jeter sa tête dans le conduit... Puis, l'abbé descendit explorer la grotte... Il avait signé son arrêt de mort... Lorsqu'il remonta, Brewen et sa famille l'attendaient...

Johanna est abasourdie Simon connaissait toute l'histoire de Roman, il savait qui l'avait assassine, il savait qu'il gisait là !

Pendant les siècles qui ont suivi, poursuit Simon, en memoire de Moïra et de Brewen, les gardiens ont érigé en tradition le fait d'éliminer les profanateurs au moyen des quatre éléments... Une fois, il n'y a pas si longtemps, ils n'eurent cependant pas besoin de tuer. Le guerrier sentinelle était alors mon père. Il était tout jeune, il m'a souvent raconté cette histoire... Froidevaux restaurait la crypte, c'était en 1960, et il trouva l'entrée de la grotte en nettoyant l'emplacement de l'ancien autel de la Trinité... Mais Froidevaux croyait en Dieu et en Diable, il aimait passionnément Notre-Dame-Sous-Terre, il connaissait toutes les légendes de la montagne et il les respectait. Il a tout de suite compris que là se cachait un périlleux secret. Il a eu très peur, une sainte peur envoyée par l'esprit du rocher et il a écouté l'esprit du rocher... Il n'a pas touché aux pierres qui obstruaient le passage, n'a pas cherché à savoir, il a bâti ces deux solides autels et n'a jamais confié à quiconque ce qu'il avait vu. Paix à son âme, cet homme était un saint homme, sa foi était ardente et les dieux se sont adressés à lui... Par malheur, tu ne lui ressembles pas, tu es trop curieuse et tu m'as condamné à répandre le sang !

– Simon, cher Simon, dit Johanna en éclatant en sanglots, les nerfs tendus comme une corde, pourquoi ne m'as-tu pas raconté tout cela... avant ? Pourquoi ne m'as-tu pas fait confiance, je... j'aurais arrêté si tu me l'avais demandé, je t'aurais écouté.

– Tu me prends pour un fou ? éructe-t-il. Toi, m'écouter ? Mais jamais tu n'as écouté mes mises en garde, jamais ! Tu t'es obstinée à chercher la seule chose qui comptait pour toi : la vieille carcasse de ton Roman et, si je t'avais dit la vérité, cela n'aurait fait que renforcer ton acharnement ! Je te disais sans cesse que je t'aimais, c'était la vérité, mais toi tu n'entendais que les mots du manuscrit et de ton vieillard de l'hospice qui te parlait d'un cahier disparu, tu as préféré les mots morts à la vie que je te proposais, tu es comme Roman qui a bafoué Moïra pour des chimères, tu n'as rien voulu comprendre !

Johanna se bouche les oreilles. « Je suis en danger, pense-t-elle, sauver sa peau, ma peau, Roman, aide-moi je t'en supplie aide-moi ! »

– Tu... Tu as raison Simon, bafouille-t-elle. J'ai été aveugle... Je n'ai pas saisi la puissance de ton amour car j'étais obsédée par ma mission... Je devais, avant que de m'abandonner à toi, libérer l'âme de Roman, prisonnière des murs de la crypte... L'Archange m'a confié cette tâche étant enfant, et comme toi qui obéis à Ogme et aux esprits de la montagne, j'ai obéi au prince de la milice céleste, au grand ordonnateur du passage dans l'autre monde... Tu comprends ? Tu es l'unique à pouvoir l'appréhender, c'est en vertu de cela que je t'ai inconsciemment reconnu, que je t'ai aimé, et que je t'ai quitté... pour accomplir cette mission ! Nous sommes de la même race, engendrés par un passé fabuleux et promis à garder ce passé... J'ai presque achevé ma tâche, Simon, j'ai trouvé son crâne, laisse-moi découvrir son corps et le réunir à sa tête pour que l'Archange le délivre, laisse-le retrouver l'âme de Moïra, ils sont promis l'un à l'autre depuis si longtemps et n'ont jamais pu vivre leur amour...

– Ma pauvre Johanna..., répond-il en soupirant. Depuis le départ, ta quête est vaine. Tu penses bien que s'il en avait été autrement, je t'aurais aidée, de toutes mes forces ! Mais ce revenant est un esprit mauvais, un menteur, un envoyé du royaume des ombres, souviens-toi, je te l'ai dit : jamais tu ne réuniras sa tête à son corps, tu poursuis un mirage. Après que Brewen eut broyé les os d'Almodius, il eut une idée de génie pour empêcher les moines de chercher leur abbé et de mettre au jour l'entrée du sanctuaire que les Celtes s'apprêtaient à refermer. Il arracha la cape, la croix et l'anneau de l'abbé, avant de jeter Almodius dans la grotte. Pendant que ses hommes s'activaient à reboucher le conduit, Brewen mit la croix de l'abbé autour du cou de Roman – dont le corps sans tête gisait dans la crypte –, la bague à son doigt, et la pèlerine sur son dos... A côté du cadavre mutilé il laissa, bien en vue, la longue épée de l'Archange, dont s'était servi Almodius pour trancher la tête de son ennemi et qui portait encore les traces de son sang... Almodius et Roman étaient tous deux des vieillards, ils arboraient la même bure bénédictine, étaient de semblable constitution physique...

Le regard de Johanna s'illumine.

– Cela signifie qu'en entrant à Notre-Dame-Sous-Terre, les moines ont cru que le corps sans tête était celui de leur abbé, et qu'il avait été tué par... par saint Michel ?

– Par l'Archange lui-même, je ne sais pas, mais par une puissance surnaturelle, certainement, car Almodius avait bafoué deux choses : d'abord, le vœu d'Aubert que l'ancienne église des chanoines, une fois transformée en crypte, ne soit pas souillée par de nouveaux travaux, ensuite l'interdiction de pénétrer dans le lieu saint quand il était la proie des anges et des démons, entre complies et vigiles. Certains moines influents imputaient déjà les trois morts précédentes à la colère de saint Michel, mécontent que l'on creuse à Notre-Dame-Sous-Terre... tout le monastère était terrorisé... Dans ce contexte, l'affaire fut splendidement étouffée : les moines enterrèrent les quatre cadavres – dont celui qu'ils pensaient être leur abbé –, stoppèrent immédiatement la campagne de fouilles dans la crypte et s'empressèrent d'élire un nouvel abbé, Ranulphe de Bayeux, qui fut un grand abbé, et termina la construction de l'abbatiale romane.

– Mais alors... la tête de Roman est bien là, mais son corps est. dans le tombeau d'Almodius !

– Son corps n'est nulle part, Johanna, poursuit Simon. Son corps est comme ton fameux cahier de dom Larose, perdu, en poussière, détruit, anéanti !

– Le cahier de dom Larose n'est pas détruit, il est simplement caché on ne sait où, répond-elle en se mordant la langue.

« Tais-toi, Johanna, il est capable de torturer Guillaume pour avoir le calepin ! » pense-t-elle.

– Crois encore à tes illusions si tu le souhaites, mais ne méprise pas ton métier, pas toi ! la gronde-t-il. Tu sais bien qu'au Mont, tous les tombeaux d'abbés, le cimetière et l'ossuaire des moines ont été, comme ailleurs, vidés à la Révolution, pillés et saccagés ! Allons, sois pour une fois raisonnable... Il ne reste plus aucune sépulture intacte sur le mont Tombe, à part celle des trois olams. Tu le sais, toi qui as fouillé le site du cimetière et de l'ancienne chapelle Saint-Martin, tu n'as trouvé que des bouts de pierre et des os anonymes ! Pour faire fantasmer les touristes, les Monuments historiques ont reconstitué la stèle du caveau de l'abbé Robert de Thorigny et de Martin de Furmendi à leur emplacement d'origine mais tu n'ignores pas que ces niches sont vides, absolument vides, comme ta quête, une coquille vide ! J'ai raison, reconnais-le : la tombe d'Almodius n'est plus, la carcasse de Roman est poussière depuis plus de deux siècles, voilà pourquoi, si le fantôme de Roman a jamais existé, il n'est plus apparu depuis la Révolution... Sa sépulture a été détruite à cette époque, Johanna, comme toutes les sépultures chrétiennes. Celu que tu as vu en songe est un esprit malfaisant, un mystificateur qui t'a trompée, qui s'est insinué dans tes rêves pour corrompre ton âme ! Et il a réussi... Tu as commis la même erreur que Roman, qui a trop longtemps refusé l'amour de Moïra au nom de ses croyances chrétiennes... Roman avait au moins un idéal, une foi sincère, même si je ne les partage pas. Toi, tu es pire que lui : tu m'as écarté de ton chemin pour suivre une obsession macabre et pathologique, un délire psychotique qui a conduit à la mort deux personnes et qui provoque maintenant ta propre destruction...

Au fond du boyau, Johanna s'effondre. Elle sent le poids de la fatigue de ces derniers jours l'assommer et l'enfoncer dans le sol de pierre.

– Simon, je t'en conjure..., dit-elle faiblement. Fais-moi sortir d'ici. Tu ne peux pas me laisser là, puisque tu m'aimes. S'il te plaît, pitié, aide-moi, je n'en peux plus...

– Hélas, ma Johanna, hélas..., murmure-t-il, des sanglots dans la voix. Je t'aime c'est vrai, mais il est trop tard ! Tu as tout gâché. Tu n'as pas voulu de moi quand tout était possible et ce soir... C'est fini ! Tu es l'artisan de ta propre disparition, ma bien-aimée. Il fallait me croire. Mais tu as voulu pénétrer le tombeau du passé... et l'on ne remonte pas le temps en toute impunité. Souviens-toi de « la messe du revenant » et du vicaire contraint de rejoindre le monde des morts, pour l'avoir trop approché. Tu es de l'autre côté du miroir, Johanna, je ne peux plus rien pour toi...

– Simon, arrête avec tes légendes et tes foutaises du Moyen Age ! crie-t-elle avec l'énergie de la dernière chance. Nous ne sommes pas dans une fable médiévale mais au XXIe siècle, c'est réel, et tu vas me tuer non pas symboliquement, mais réellement ! Je t'aime Simon, sauve-moi ! Je ne dirai rien à personne, je me tairai, je te le jure, et nous partirons loin d'ici pour nous aimer au grand jour !

En haut, Simon pleure avec violence, le visage révulsé, la bouche tordue de cris sauvages.

– Non, non ! hurle-t-il. Le sanctuaire d'Ogme est sacré, il est réservé aux druides, aux olams et ne doit pas être souillé par des humains ! Depuis mille cinq cents ans seul Almodius y a pénétré, et c'est pourquoi Brewen l'a jeté dedans pour qu'il y meure ! Le tombeau des grands prêtres doit demeurer inviolé et quiconque le profane doit y mourir, Johanna ! Même moi je n'y suis jamais descendu, même Moïra, personne, tu entends, personne ! Johanna, si je pouvais... mais ce serait abjurer la foi en mes ancêtres, remettre en cause quinze siècles d'histoire, réduire à néant mes racines, oublier les supplices de Moïra, les sacrifices des gardiens guerriers, renier mon père, ma famille, me renier moi-même !

– Tu es un lâche, Simon, et un fanatique ! Il est tellement plus facile de se réfugier dans un passé mort et familier que de prendre le risque d'enfanter un futur inconnu et vivant. Ta mémoire t'étouffe, te stérilise, tu es enfermé entre les branches d'un arbre diabolique qui a poussé sur un monceau de cadavres. Réagis, révolte-toi ! Tu es un petit garçon à la merci d'un père anthropophage. Cesse de te retourner, regarde devant, devant ! Je serai à tes côtés ! Je te pardonne tout, Simon, tout, recommençons de zéro, bâtissons notre propre légende, notre château qui ne ressemblera à rien, nous serons coupés de l'histoire mais nous ferons la nôtre... et nous serons ensemble.

A son tour, Simon se bouche les oreilles pour ne pas entendre les mots de Johanna.

– Tais-toi, tais-toi ! crie-t-il. Tu dois mourir dans la terre, comme Moïra !

– Et toi, que feras-tu ? rugit-elle. T'enfermer dans un monastère et prier quarante ans pour le salut de mon âme ? Assez, arrête tout ça, sois courageux, résiste, arrête !

Simon a l'air de se calmer soudain. Johanna ose à peine respirer. Comme s'il accomplissait un rituel, il sort un objet de sa poche et le jette dans le trou. Johanna ramasse une croix d'or et d'os, à quatre branches égales : une croix druidique.

– C'est ce que j'avais de plus précieux, à part toi, dit Simon d'une voix sépulcrale. C'est la croix de Moïra, qui lui venait de son père, et du père de son père depuis la naissance de notre monde. Brewen l'a volée sur son cadavre, avant qu'il soit brûlé... C'est l'insigne de notre charge, que nous nous transmettons de gardien en gardien... Les symboles qui y sont gravés représentent les quatre éléments, que les juges de Moïra ont choisis pour être ses bourreaux : l'eau en bas, le feu en haut, l'air à droite, la terre à gauche, naissant de quatre cercles figurant la mort et la renaissance de l'âme... L'os enclavé provient de la trépanation rituelle d'un crâne de guerrier décédé au combat... Maintenant, Johanna, je ne te dis pas adieu, car j'espère te revoir bientôt... ailleurs, s'il y a un ailleurs. Je regrette, mais tel était notre destin : nous ne nous aimerons pas sur terre, mais dans le ciel... Je te laisse avec la déesse mère et le conducteur des âmes. Puissent-ils te protéger jusqu'à l'autre monde. Puisse l'autre monde exister...

Johanna proteste, hurle de toutes ses forces, sanglote, s'arrache les ongles en tentant désespérément de s'accrocher à la paroi, mais Simon s'éloigne. Où est-il ? Elle ne le voit plus ! Un bruit de moteur parvient soudain jusqu'à elle. La grue ! Les pierres ! Non ! Elle a juste le temps de s'éloigner pour ne pas recevoir un bloc de granite en pleine face. Pleurant en silence, sourd à tout ce qu'elle peut tenter, Simon rebouche religieusement le passage.

21

ABBAYE DU MONT-SAINT-MICHEL, terrasse de l'ouest, nuit du 2 au 3 juin, deux heures seize du matin. Sept silhouettes plus noires que le noir de la nuit attendent sur le parvis devant l'église, dans ce qui était autrefois une partie de la nef, près des stèles de Robert de Thorigny et de Martin de Furmendi : Sébastien, Florence, Christian Brard, le commissaire Bontemps, l'inspecteur Marchand et deux autres policiers en uniforme. Ils se parlent à peine et font semblant de contempler les étoiles. Florence se ronge les ongles. Sébastien tente de comprendre pourquoi Johanna a édifié un mur contre la porte de Notre-Dame-Sous-Terre. A une heure du matin, Florence et lui sont venus la chercher, ainsi qu'ils se l'étaient promis. Ils ont cogné contre la porte, appelé, supplié, mais Johanna est restée muette. Aucun signe de vie, si ce n'est que Flo a cru, un bref instant, percevoir le ronflement du moteur de la petite grue. Mais Séb n'a rien entendu. Que pouvait-elle faire, seule là-dedans, pourquoi s'obstinait-elle à ne pas répondre ? Si jamais elle avait eu un accident ? Ou pire encore ? Ils s'en sont retournés, au comble de l'inquiétude, résolus à alerter la police. Dans la cuisine, ils ont trouvé Patrick qui se passait la tête sous le robinet. Patrick a dit que, finalement, il n'était pas l'être goujat et malfaisant que tous pensaient qu'il était, y compris lui-même, à certains moments. Il n'a pas eu le cœur de dénoncer sa directrice de chantier à l'administrateur, car il était perturbé par certaines allusions qu'elle avait faites, au sujet de l'assassin... Il avait deviné les soupçons de Johanna à son égard, soupçons totalement infondés, il tenait à le préciser. Il sentait surtout qu'il y avait autre chose qu'elle avait tu, quelque chose de dangereux et de grave. Obsédé par cette pensée, il avait tenté de chercher le sens des paroles de Johanna sur le zinc des bistrots du Mont, mais n'avait trouvé qu'une ivresse confuse qui lui empâtait le cerveau. Malade, il s'était résolu à rentrer. Il regrettait l'altercation avec Johanna, ses accusations contre elle, et surtout, il avait peur pour elle. Il était convaincu qu'elle était menacée et qu'elle pressentait par qui. Séb et Florence n'ont pas hésité : Patrick était un prétentieux, souvent antipathique, mais il était intelligent et il ne manquait jamais d'intuition. Ils lui ont raconté Johanna enfermée dans la crypte, son refus de sortir et ses mots odieux lorsqu'ils étaient venus une première fois, à vingt-trois heures, son silence ensuite. Patrick a empoigné le téléphone et réveillé Brard, pour que ce dernier use de toute son autorité afin de faire venir la police sans délai. En attendant le commissaire Bontemps, Brard et les trois archéologues ont tenté de pénétrer dans Notre-Dame-Sous-Terre. Mais la chaîne et le mur de granite les ont arrêtés. C'est à cet instant que l'administrateur a prononcé le mot « suicide », qui obsède maintenant Florence. Certes, Johanna était bizarre tout à l'heure, mais elle ne semblait pas déprimée... Oui, elle voulait à tout prix être seule à Notre-Dame-Sous-Terre pour dire adieu aux pierres, elle leur a parlé d'un deuil qu'elle ne parvenait pas à faire, d'une « seconde mort »... Oh, pourvu que ce ne soit pas cela ! Bontemps et ses acolytes sont arrivés à deux heures, mécontents d'avoir été dérangés en pleine nuit par une affaire qu'ils pensaient réglée. Brard a expliqué la situation et le commissaire a posé une simple question :

– N'y a-t-il pas une autre entrée, qui nous permettrait de pénétrer dans la crypte sans perdre plusieurs heures à essayer de transpercer le bois de la deuxième porte, qui est monumentale, ou à démolir le mur qui obstrue celle dont vous parlez ?

L'administrateur a paru soudain se réveiller, et s'est tapé le front de la main.

– Par la nef de l'église, a-t-il répondu. Deux trappes jumelles permettaient jadis d'accéder à Notre-Dame-Sous-Terre, par le haut, mais au temps de la prison, les passages ont été condamnés : l'un est obstrué par des pierres et des gravats, infranchissable, l'autre barré par une grosse herse d'acier dont plus personne ne possède la clef !

– Je vais appeler les pompiers, a rétorqué Bontemps, ils n'auront pas la clef, mais de puissants chalumeaux dont ils se servent pour découper les voitures accidentées et dégager les corps... ça devrait aussi marcher sur votre grille !

Patrick est allé attendre les soldats du feu à l'entrée de l'abbaye pour les guider, pendant que les autres partaient examiner l'état de la herse. Ils ont déplacé les bancs de l'église, qui ont dévoilé les deux trappes carrées. Ainsi que l'avait annoncé l'administrateur, l'un des deux passages était totalement bouché.

– Par celui-là, a expliqué Christian Brard, côté nord, on arrivait au-dessus de la tribune de l'autel de la Vierge. Bon, inutile d'insister, refermons la trappe. Venez, la herse est de l'autre côté, celui qui donne au-dessus de l'autel de la Trinité, côté sud. Ces couloirs permettaient d'accéder facilement aux tribunes de Notre-Dame-Sous-Terre, pour y exhiber les reliquaires aux fidèles prosternés en bas, et en particulier le reliquaire d'Aubert...

Sous la deuxième trappe, s'enfonce un sombre et étroit escalier. Au bout des marches, une porte de bois donne directement dans la crypte, à quelques centimètres de son plafond voûté, au-dessus de la tribune qui surplombe le chœur de la Trinité. Entre la trappe et la porte de bois d'accès à Notre-Dame-Sous-Terre : une énorme grille à barreaux épais. Les barreaux de la herse sont corrodés par le temps et l'air salé, mais la serrure et les gonds ont été soigneusement huilés : aucune trace de rouille. La grille semble régulièrement entretenue, prête à livrer le passage à une clef... et à un humain. Brard est interloqué. Il fait les cent pas sur la terrasse de l'ouest, les mains croisées dans le dos, stupéfait comme un directeur de prison qui constate qu'un détenu s'est échappé en creusant un tunnel à la petite cuillère.

Deux heures trente du matin. Patrick arrive sur la terrasse, haletant, avec son escorte à casque argenté et au bruit de chevaliers en armure. Le capitaine commence par examiner la herse. Puis deux flammes bleues, rectilignes et coupantes comme des lames s'y attaquent. A deux heures trente-sept, la serrure cède : le bloc d'acier brûlant tombe sur l'escalier. La grille s'ouvre sans le moindre grincement. En propriétaire des lieux, Brard passe le premier et ouvre sans difficulté la porte du chœur de la Trinité, qui n'émet aucun bruit.

C'est la première fois qu'il emprunte ce passage. La lumière jaune de la crypte lui fait cligner les yeux, habitués aux ténèbres du petit corridor. Il descend les degrés surplombant la tribune. Les pompiers lui font passer une échelle, qu'il plaque contre l'estrade de pierre. Bientôt, ses pieds touchent le sol dévasté de Notre-Dame-Sous-Terre, aussitôt suivi de Bontemps, Patrick, Marchand, Florence, les pompiers et deux policiers. Comme la veille lorsqu'il est venu annoncer aux archéologues la fermeture des fouilles, l'administrateur réprime son ressentiment face à l'état de sa chère crypte : les deux autels jumeaux sont entourés de tas de pierres ; celui de la Trinité est particulièrement encombré : sa base et la partie inférieure de son pied sont invisibles, noyés dans une masse de blocs de granite provenant des murs soigneusement démolis et clairement étiquetés. Seule la partie supérieure du piédestal émerge des pierres. Le sommet de la porte de la crypte dépasse à peine d'un mur de pierres sèches savamment ordonné : les pierres du mur d'Aubert, qui paraissent avoir été déplacées par un maçon fou... les pierres de Johanna, qui rendent plus cruciales son absence. Florence est d'abord soulagée que le cadavre de l'archéologue ne soit pas étendu quelque part. Elle ne s'est pas suicidée ! Mais comment se fait-il qu'elle ne soit plus dans la crypte ? Elle a néanmoins laissé des preuves de son passage : le contenu de son sac vidé sur l'autel de la Vierge, notamment son téléphone portable. Sébastien touche le moteur de la petite grue.

– Il est encore tiède ! clame-t-il. Elle s'en est servie il n'y a pas longtemps ! Elle était là récemment. Elle était là lorsque nous sommes venus la chercher tout à l'heure, même si elle n'a pas répondu.

– Cela ne fait aucun doute, répond Brard en regardant le mur qui bloque l'entrée de la crypte. Elle devait échafauder ce... cette chose, ce qui explique le bruit de la grue. Mais où est-elle maintenant ? Comment a-t-elle pu sortir ?

– C'est *Le Mystère de la chambre jaune* ! ajoute Sébastien.

– Très intéressant..., dit Bontemps. Bon, ajoute-t-il en faisant volte-face et en toisant Séb, utilisons notre cerveau, récapitulons les faits objectifs, plutôt que de s'encombrer de références douteuses. 1 : Johanna n'est plus dans cette crypte ; 2 : elle y était bien, pourtant, à vingt-trois heures, puisqu'elle vous a parlé ; 3 : à une heure du matin, on ne sait pas... La grue que vous avez entendue et qui a effectivement servi, était peut-être actionnée par elle, peut-être par quelqu'un d'autre... mais j'ai mon idée sur la question ; 4 : Johanna n'a pu sortir par cette porte, puisque la chaîne et le cadenas sont fermés de l'intérieur et qu'elle a érigé ce mur de granite. Elle n'a pu s'échapper; non plus par l'autre porte que voici, la serrure est hors d'usage, constate-t-il. La seule autre issue possible, en conséquence, et qu'elle a obligatoirement empruntée, comme nous venons de le faire, est celle qui se trouve au-dessus de l'autel de la Trinité...

– Elle ne possédait pas la clef de la herse, commissaire, répond Florence. Et elle ignorait, comme nous tous, que ce passage était praticable, j'en suis absolument sûre ! Dans notre esprit, y compris, vous l'avez vu, dans celui de l'administrateur de cette abbaye, cette voie d'accès était condamnée.

– Ce qu'il y a dans l'esprit des gens n'est pas aussi visible que vous le croyez, mademoiselle, dit Bontemps, ce qui fait rougir Christian Brard. Si vous voulez avoir mon point de vue, le voici : ce n'est qu'une hypothèse, mais elle me semble plausible : votre patronne a très mal pris l'arrêt officiel des fouilles, l'attitude qu'elle a eue dans mon bureau lorsque je le lui ai annoncé, et ensuite, avec vous, le montre. Elle est revenue dans la crypte, seule, certainement pour mettre fin à ses jours. Mais elle n'en a pas eu le courage. Elle a donc choisi de disparaître, de changer de vie... Elle a peut-être bâti ce mur pour nous faire perdre du temps et protéger sa fuite... Elle n'a pas pensé que l'on songerait si tôt à la voie du haut. Je crois qu'elle s'est échappée par le passage de la Trinité et qu'à cette heure, elle est loin !

– Commissaire, intervient Patrick, si vous permettez, j'ai une autre théorie : la fuite ne correspond pas au caractère de Johanna. Elle est au contraire passionnée, fonceuse, entière et un peu « explosive », ce qui explique nos frictions. Elle a été très affectée par la nouvelle de l'arrêt des fouilles, certes, mais elle n'a pas renoncé. Elle est revenue ici pour fouiller encore, j'en suis certain, elle a eu une intuition qu'elle voulait vérifier, seule et sans attendre... Nous sommes des scientifiques mais, souvent, les découvertes se font sur un simple pressentiment. C'est pourquoi je suis sûr que Johanna est quelque part sur le rocher... Elle ne serait pas partie en laissant ici toutes ses affaires, et surtout sa copie du manuscrit de frère Roman. Faites vérifier, je suis sûr que sa voiture est toujours sur le parking. Je crois, sans en avoir la moindre preuve et sans savoir qui c'est, sinon qu'il ne s'agit pas de Guillaume Kelenn, que quelqu'un voulait l'arrêt de ce chantier, que cette personne est allée jusqu'à tuer pour arriver à ses fins, que cet homme ou cette femme possédait la clef de la herse, que

Johanna avait peut-être deviné de qui il s'agissait et que malheureusement, à cette heure, si elle est encore en vie, elle doit connaître l'identité de cet assassin.

Florence lâche un petit cri. Sébastien roule de grands yeux. Brard se gratte le crâne. Bontemps fronce les sourcils.

– C'est une autre piste qu'il va falloir explorer..., dit-il d'une grosse voix. Mais ne nous laissons pas impressionner par l'ambiance angoissante de cette abbaye la nuit ! Ecoutez, quelles qu'aient été les intentions de votre patronne, ou de votre Monsieur X, ne succombons pas à son piège et cessons de perdre du temps... Tout ce dont nous sommes certains, c'est que cette dame n'est plus là, dit-il en saisissant un petit appareil qui pend à sa ceinture. Vous avez la marque, la couleur et la plaque d'immatriculation de son véhicule ?

Le policier resté dans l'une des voitures, sur le parking, confirme que l'auto de Johanna est toujours là, à sa place habituelle. Bontemps se racle la gorge, un peu mal à l'aise.

– Bon, cela ne prouve rien, affirme-t-il, c'est probablement un stratagème pour brouiller les pistes, elle a pu appeler quelqu'un qui est venu la prendre, ou avoir loué un véhicule pour passer incognito ! Néanmoins, dans le cas où elle serait encore sur le rocher, et puisque nous sommes assez nombreux, autant la chercher, nous en aurons le cœur net, bien que je doute que nous la trouvions. Capitaine, dit-il au chef des pompiers en lui serrant la main, merci infiniment pour votre aide, vous pouvez disposer. Ah, je vous envie d'aller vous coucher... Bon, quant à nous, nous allons fouiller cet endroit charmant ! Lopez, vous et vous, dit-il en désignant un policier en uniforme, Sébastien et Florence, vous prenez l'étage inférieur de l'abbaye. Inspecteur Marchand, monsieur Fenoy, brigadier, vous vous occuperez de l'étage intermédiaire. Monsieur l'administrateur et moi-même nous chargeons de la partie supérieure de l'édifice... Lopez, j'espère que cette fois vous n'avez pas oublié votre arme de service sur votre table de chevet ?

Lopez fait non de la tête en exhibant l'objet. Le revolver effraie et en même temps rassure Florence. Satisfait de sa répartition des rôles, dont la géographie correspond à la hiérarchie, Bontemps donne le signal de la marche. Il est deux heures cinquante-cinq du matin

Même heure Sept mètres sous les pieds du commissaire Bontemps. Johanna est immobile, assise contre une paroi de pierre à côté de l'abbé Almodius, la tête penchée vers son compagnon famélique. Sa torche carrée entoure d'un soleil blanc la statuette d'Epona, ainsi transformée en lunaire chef-d'œuvre. Abattue et épuisée par la tragique réalité, Johanna a fui dans le sommeil, sans pouvoir se résoudre à éteindre sa lampe pour économiser la batterie. L'obscurité totale lui aurait rappelé la cécité dont elle a fait preuve avec Simon jusqu'à ce soir et, de toute façon, la torche tiendra plus longtemps qu'elle. L'atmosphère est toujours tiède à Notre-Dame-Sous-Terre. Ici, elle est chaude : trompeur réconfort d'un air qui va devenir de plus en plus rare. Le sommeil est une fugue pleine d'espoir : son évasion vers un monde ami, habité par une ombre qui peut-être lui offrira la clef de sa geôle. Pourtant, lorsqu'elle s'éveille, elle sait qu'elle a échoué : son rêve était vide et stérile ; pas de fenêtre bleue, mais un écran noir. Elle remet ses lunettes et empoigne la torche. Elle transpire : la douceur des entrailles du roc, ou la peur de la mort. Car elle va mourir ici, de soif, de faim, d'étouffement, de lassitude. Elle n'a pas les membres brisés comme le père abbé, elle ne ressent aucune douleur physique, mais l'ignominie de l'effroi qui a succédé à la panique : ce n'est plus l'angoisse véhémente qui l'avait submergée comme une vague, la jetant dans un hurlement contre la paroi du conduit que Simon comblait ; il s'agit maintenant d'une terreur lente, sourde et insidieuse, une pluie de peur désarmante qui trempe ses cheveux et son épiderme, annihilant tout sentiment rebelle, tout effort de volonté, tout souffle de vie. Et puis, il y a le silence qui préfigure le trépas, la voix du néant qui l'a attrapée déjà. Pour la première fois, Johanna lâche prise et abandonne sans se battre.

« Ma vie ne fut qu'un gâchis d'énergie, une débauche d'illusions et de mensonges », se dit-elle.

Confusion. Elle pense à Pierrot, ce frère jumeau dont elle ne se souvient pas et qu'elle va bientôt rejoindre.

« Trois mois..., songe Johanna. C'est peu pour avoir existé, suffisant pour disparaître. 15 août, jour de notre naissance... Cette année, nous aurions eu chacun trente-quatre ans. J'aurais eu trente-quatre ans, lui a cessé de vieillir dans la nuit du 14 au 15 novembre de notre première année. De toute manière, les parents m'auraient encore dit un triste "bon anniversaire". Ils ne peuvent supporter que le temps ne s'accumule que d'un côté. De mon côté. "Mort subite du nour risson"... Curieuse maladie, qui se déclare par le décès immédiat de sa victime... quand tout est achevé. »

Johanna ne pense jamais à ce frère inconnu, resté à l'état de photographie d'éternel bébé, qui vit dans sa petite tombe de marbre rose, faisant des pâtés de sable avec ses amis souterrains venus le visiter en creusant de belles galeries. C'est ce qu'elle se disait quand elle était enfant. Jamais elle ne pense à son frère, puisqu'elle n'en a pas la mémoire. Jamais, sauf cette nuit. Elle était près de lui lorsque cela s'est produit, elle dormait, paraît-il. Elle n'a probablement pas senti qu'il partait. Maintenant que c'est son tour de partir, elle espère qu'il la verra arriver. Qu'il ne dormira pas. Qu'il l'accueillera.

« C'est ridicule... Puisqu'il n'y a rien après. Rien du tout ! s'insurge-t-elle. Pourtant, je vais crever d'avoir voulu réunir deux défunts. Morts respectivement en 1023 et en 1063 ! Quelle ironie ! Quelle absurdité ! »

L'envie soudaine de tout casser dans la grotte, de rouer de coups ces squelettes grotesques, de jeter à terre la sculpture de la déesse mère, puis de s'assommer contre le mur, pour en finir plus vite ! Mais elle voit le crâne de Roman qui trône près d'elle. A priori, rien ne le différencie de celui d'Almodius, qu'elle a replacé sur son corps, avec sa croix de baptême autour du cou. Son crâne à elle sera-t-il identique lorsque toutes ses chairs seront consumées ? Elle prend la tête de Roman entre ses mains et se rapproche à genoux des deux autels primitifs, à travers le sillage de la torche. Frottant ses paumes contre l'os comme sur une lampe d'Aladin, elle implore une dernière fois les esprits magiques.

– Roman..., murmure-t-elle en regardant la déesse au cheval. Peut-être m'as-tu trompée. A l'heure où je vais périr, j'ai toujours peine à le croire. Simon m'a abusée... Je suis enfermée ici, avec ses ancêtres qu'il n'a jamais vus, mais il est prisonnier de leur fantôme. Je... je le plains. Je blâme ses actes odieux, mais je ne peux le condamner tout à fait. Il m'envoie à la mort, mais il est déjà le cadavre de lui-même... sans liberté, et je ne suis pas parvenue à le libérer. J'ai peut-être fait tout cela pour rien, je veux dire, ton corps est perdu, toi non plus je ne pourrai te délivrer et je me suis perdue aussi... enfermée. Je n'ai pas vu ce que j'aurais dû voir, j'ai avancé sans réfléchir, sans prendre garde aux êtres qui m'entouraient... Comme toi, j'ai compris trop tard, j'étais déjà dans cette prison sans issue ! Mais toi, la prière t'a éclairé, la contrition et les souffrances de ton âme, l'attente dans ton purgatoire t'ont rendu clairvoyant... Je ne sais pas prier, mais je sais que tu m'entends... Tu es dans mes doigts, aujourd'hui, je touche une part de toi, celle qui produit les rêves, les châteaux de pierre et les plans d'évasion ! Fais-moi don de ta lumière, ne me laisse pas mourir comme Almodius, cet être qui, tel Simon, tue parce qu'il croit aimer, et n'aime vraiment qu'après avoir tué... Epargne-moi... Car tout ce que j'ai fait, je l'ai fait par amour pour toi...

Roman est mort depuis presque mille ans. Il est mort, réduit à néant. Les pierres sont sourdes. Johanna se lève pourtant et les palpe centimètre par centimètre, la torche à la main. Elle suffoque, bien qu'elle ait ôté son blouson et son pull. Son petit débardeur blanc est trempé de sueur. Ses longs cheveux sont des cordes usées. Elle donnerait toute la vie qu'elle n'a plus pour avoir un peu d'eau. L'eau... l'ennemi que les moines redoutaient, leur île, leur isolement, l'eau qui à cette heure doit entourer le rocher. Même de l'eau salée, elle la boirait. La roche, examiner la roche, à la recherche d'une sortie...

« C'est impossible mais je dois le tenter. La fin est absurde pour ceux qui n'ont pas la foi... Insensée et incohérente. Acédie... fille de tristesse... funeste relâchement de l'âme... Tais-toi, regarde les murs, Johanna ! Que cesse la voix de ma pensée ! Tu as passé ton existence à regarder les murs autour de toi, quand les autres s'ingéniaient à les franchir, comme ils pouvaient. Cette nuit, les rôles sont inversés. Essaie de sortir... Essaie ! Tu ne peux te contempler mourir... L'heure précieuse, comme disaient les bénédictins, tu parles ! L'heure sale et hideuse ! »

Elle balaye le roc avec la lampe comme pour le laver des monstres tapis en lui. Ses doigts lissent le granite. Ses yeux lui font mal. Ses épaules aussi. Elle se frotte à la pierre dans une danse corps à corps où les forces sont inéquitables.

Sous Notre-Dame-Sous-Terre, Johanna est seule avec les os du passé et la roche éternelle. Le roc nu, sans issue. Rien nulle part, sauf des petits signes gravés par les Celtes sur les parois, des marques à peine perceptibles, qu'elle n'avait pas remarquées avant son union physique avec la grotte : quatre ogams aux quatre points cardinaux de la caverne, figurant certainement le nord, le sud, l'ouest et l'est, et permettant aux druides de se repérer par rapport au soleil invisible dans ces profondeurs. Johanna a retrouvé sa place près d'Almodius. Il lui faut se résoudre. C'est désormais sa place. La dernière.

– *Ad accedendum ad caelum, terram fodere opportet*, dit-elle avant d'éclater de rire. Ah Roman, c'était bien trouvé, après tout, en tout cas cela s'appliquait bien à moi ! J'ai trifouillé la terre, et je vais bientôt la voir, la gueule du ciel ! *Ad accedendum ad caelum, terram fodere opportet* ! Ah ah ah ! « Il faut fouiller la terre pour accéder au ciel »... Jolie formule, non ? Il paraît qu'elle a trois sens... qu'il faut marier, en plus ! Je l'ai fait pour toi, Roman. J'ai littéralement creusé la terre, pour que tu accèdes à ton ciel symbolique, résultat : c'est moi qui vais m'y retrouver, au Paradis ! Le Paradis, tu parles... Je m'en fiche, j'y crois pas, je préférerais un ciel littéral, un beau ciel bleu... remarque, un ciel plombé, ça m'irait aussi ! Eh, Roman, tu voudrais pas qu'on inverse le mariage des sens ? T'aurais pas une terre symbolique à me faire fouiller, pour que j'accède au ciel littéral ?

Elle éclate d'un grand rire en tapant sur l'épaule de son compagnon d'infortune, dont les os tremblent sous le coup.

– Pardon, Almodius, marmonne-t-elle en replaçant le squelette contre la paroi.

Elle ajuste la croix **de** baptême sur les côtes de l'abbé. Elle observe le crucifix et soudain, se frappe le front.

– Bien sûr ! J'en ai un, symbole de la terre, et pas des moindres !

Avec des gestes saccadés de femme aux prises avec l'ébriété que confèrent les situations extrêmes, elle se précipite sur son blouson roulé en boule dans un coin. A quatre pattes, elle fouille les poches et en sort le bijou de Moïra jeté par Simon.

– Regarde Almodius ! dit-elle en plaçant le rayon lumineux sur le pendentif, il me l'a offert ! Les symboles des quatre éléments... ça doit te rappeler des souvenirs, hein ?

Brusquement, elle s'interrompt. Livide, elle examine de près le collier celte, se lève et dirige le faisceau de lumière sur les quatre signes gravés dans la roche de la grotte.

– Nom d'un chibouk... ça alors ! Les ogams ! Ce ne sont pas du tout les points cardinaux, mais les quatre éléments ! Les mêmes que ceux marqués sur la croix druidique de Moïra ! Pourquoi les avoir sculptés sur le mur ?

Johanna vérifie auprès des trois olams qui portent chacun une croix celtique autour du cou, mais leur croix est dénuée d'inscription.

– L'air, l'eau, la terre, le feu..., murmure-t-elle en passant le collier de Moïra comme un rosaire entre ses doigts. Par l'Archange, serait-ce possible ? hurle-t-elle. Il faut essayer, oui, essayer tout de suite... mais

lequel de ces quatre symboles représente la terre ? Simon l'a dit...
Qu'a-t-il dit ?

Telle une bête sauvage, elle bondit vers les quatre ogams du rocher.
Tour à tour, elle les scrute en détail. Lequel d'entre eux est la terre ?

– *Ad accedendum ad caelum, terram fodere opportet,* scande-t-elle
comme une prière cabalistique en tournant sur elle-même. S'il y a
une solution, elle est forcément là.. Mais où ? Roman, tu dois
m'aider ! Qu'a dit Simon ? Il l'a dit ! Souviens-toi, implore-t-elle en
tendant le pendentif au ciel.

Elle ferme les yeux pour entrer en communion avec lui.

– Je dois me rappeler... J'étais là-bas, dans le conduit... « C'est ce
que j'avais de plus précieux, à part toi, la croix de Moïra, qui vient
du début du monde.. Brewen l'a volée sur son cadavre... Les symboles, les quatre éléments, les bourreaux de Moïra »... Roman,
encore un effort... « L'eau en bas », oui ! L'eau en bas... C'est l'autre
monde, le Sid, qui pour eux est toujours sous l'eau, au fond des lacs
et des mers... donc en bas.

Elle regarde la branche inférieure de la croix : l'eau est représentée
par trois lignes verticales coupées de quatre lignes horizontales. Elle
lève la tête vers le granite brut : là, le même ogam sur la paroi. C'est
l'eau, c'est bien ça. Logiquement, le feu doit donc être sur la branche
supérieure de la croix. Voyons : un losange. Le feu est un losange,
et il est gravé en haut, sur le bijou. La grotte : voilà le losange, c'est
la foudre, le tonnerre, le feu. L'air à présent... A droite ou à gauche
de la croix ? Il lui semble qu'il a dit à droite... Elle n'est pas sûre.
Quatre traits horizontaux... Est-ce cela ? Dans ce cas, à gauche serait
la terre... Sur la branche gauche figurent trois traits horizontaux...
Trois traits horizontaux... Johanna cherche... et voit, face à elle, le
petit signe correspondant sculpté sur le roc. Au-dessous, sur le sol
de la grotte... les cadavres des trois olams, disposés comme s'ils
étaient les trois lignes du symbole !

« Bien sûr... Ce peuple est un peuple de la terre, la terre ! com-
prend-elle, en fourrant le pendentif de Moïra dans la poche de son
jean et en se précipitant sur l'emblème de pierre. Il faut fouiller la
terre pour accéder au ciel... La terre symbolique... Je dois fouiller le
symbole celtique de la terre pour accéder au firmament... sortir
d'ici ! »

Elle gratte désespérément le granite.

– Encore ! Cherche encore, Johanna ! dit-elle tout haut. Fouille la représentation de la terre ! Car en ce temps-là, tout est symbole, et cette montagne est un mythe, celui de la rencontre de la terre et du ciel ! Oui, la rencontre de la terre et du ciel, sous le regard de la mer et de la foudre... le rocher est le point de jonction des quatre éléments !

Les doigts en sang, elle tente de pénétrer les trois traits, appuie au hasard, à la recherche d'un mécanisme secret, mais rien ne se passe. Ses doigts ne sont pas assez fins, le creux des lignes est profond et étroit, elle ne parvient pas à enfoncer ses phalanges dans les infimes cavités ! Elle se retourne. Un outil ! Il lui faut un outil ! Quelque chose de très effilé, et de dur ! Quoi ? Un os ? Trop gros ! Elle n'a rien, juste sa lampe, dont elle balaie l'antre noir à la recherche de l'impossible. Brusquement, elle stoppe le rayon sur un petit instrument dont la vue lui arrache un cri de joie. Le stylet d'Almodius ! Celui avec lequel il a tracé son testament sur la tablette de cire. Elle le saisit et enfonce sa fine pointe métallique entre les interstices du dessin de pierre. Première ligne du haut. Corps intermédiaire. Trait du bas. Clac ! Un bruit mécanique, un son a rompu le silence ! Soudain, un pan de rocher pivote, s'entrouvre sur quelques centimètres, puis se bloque, coincé. Cela fait trop longtemps qu'il n'a pas fonctionné.

– Aaaaaaaaaaah !

De toutes ses forces décuplées, elle appuie sur la petite porte de roc, qui refuse de s'écarter. Elle s'égratigne les épaules, concentre tout son corps dans le surhumain effort. Elle ne respire plus, elle pousse son être vers la vie. Le flanc de granite tremble et se dégage un peu. Elle se redresse, à bout de souffle, et se penche sur les vingt centimètres ouverts devant elle. Un passage, un passage secret creusé de main d'homme dans la pierre, identique à celui qu'elle a emprunté pour descendre dans la cavité, sauf que celui-ci est horizontal... et noir. Johanna rit et pleure en même temps. Une sortie, il faut que ce soit une sortie !

– Roman ! hurle-t-elle. Merci, Roman ! Et merci, Almodius... Simon... Je te salue, Moïra, reine des défunts, dit-elle en baisant le pendentif qu'elle sort de sa poche, je suis le fruit de tes entrailles que l'Archange a bénies !

Elle accroche la croix d'or et d'os autour de son cou ruisselant. S'enfuir. Franchir enfin les murs. Réunir le passé et le présent. Mais ne rien oublier. Le stylet d'Almodius, elle le met dans la poche de son blouson, avec la permission du père abbé. Puis elle jette sa veste et son pull-over dans le couloir noir, et y pose délicatement le crâne de Roman. Elle se prosterne devant Almodius pour lui dire adieu, touche la croix de baptême qui pend contre sa poitrine osseuse, se signe, ébauche un regard en direction des trois olams, d'Epona et de sa prison circulaire, prend enfin sa torche et la place dans le boyau. Elle coupe sa respiration, comprime sa poitrine, et, positionnée de biais par rapport à l'ouverture, s'y insinue en se félicitant de n'être pas plus épaisse. Sitôt dans l'antichambre du couloir horizontal, elle doit se mettre à quatre pattes. Elle enfile son blouson, emmitoufle le crâne de Roman dans son pull qu'elle accroche sur son dos comme un nouveau-né, saisit la torche entre les dents avant de s'engouffrer dans le boyau mystérieux.

Dans les viscères de la montagne, à quatre heures cinquante et un du matin, le 3 juin. Johanna rampe dans le tunnel étriqué. Le roc, toujours. La chaleur éreintante. La sueur visqueuse comme le sang de ses mains et de ses épaules. Son dos frotte la paroi, mais la tête de Roman est protégée. Johanna ne peut plus se tenir à quatre pattes. Allongée, elle progresse sur les coudes, millimètre par millimètre. Elle souffle comme une bête de somme. La lumière qu'elle tient dans sa bouche la gêne pour respirer. Après l'allégresse de la découverte, l'angoisse à nouveau. La claustrophobie. La peur de déboucher sur une autre cavité naturelle, sans issue, ou sur le rocher, épais, insurmontable comme une muraille : si tel est le cas, elle ne pourra pas se retourner pour revenir au sanctuaire celte. Elle mourra coincée dans ce corridor, mariée à la roche comme à un corps étranger. Ne pas penser. Avancer. Se traîner petit à petit. Jamais elle ne s'était sentie peser si lourd. Ni être si grande. Elle a encore envie de vomir. Pas le temps. Non. Continuer. Roman l'a guidée. Tous ses compagnons de jadis l'escortent en pensée. Elle n'est pas seule, non, elle ne le sera jamais plus. Allez. L'histoire. Cette nuit, c'est elle qui fait l'histoire. Elle n'a plus la notion du temps, sauf du présent, et le désir de l'avenir. Une haleine jeune et pure lui caresse le front. De l'air ! Est-ce réel ? Elle se presse un peu, tend le nez et les joues. Quelque chose frémit devant elle. Un animal ? Non.. La lampe... vite... Ce n'est pas la teinte du granite... C'est verdâtre... foncé... du végétal ! Elle pousse un cri de fauve. Un rideau d'herbes et de plantes se balance. La lumière naturelle, il y a donc le soleil là-bas ! Elle exhale une plainte rauque, la buée de sa transpiration voile ses lunettes. Elle s'arrête, reprend son calme, essuie ses verres à son débardeur trempé puis continue sa progression. Des cailloux lui meurtrissent le ventre, des gravats s'amoncellent bientôt. Elle déblaie telle une taupe. Il lui semble que les couleurs sont différentes, plus claires. Voilà la tenture naturelle. Elle l'écarte, se blesse avec joie à des épines et contemple la fenêtre qu'elle vient d'ouvrir.

Une fenêtre du plus beau bleu du monde, doux et violent à la fois, sans tache, sans astre, rempli de piaillements mélodieux, et elle se dit que ces chants sont ceux de tous les morts de la terre l'accueillant dans la vie. Elle éteint sa lampe. Le ciel. Elle a fouillé la terre et elle a accédé au ciel, où l'aube est une hostie.

22

À CINQ HEURES TREIZE DU MATIN, Johanna s'extirpe du trou et se remet debout en vacillant, pour que le ciel lèche ses stigmates. Ses yeux ont du mal à s'habituer aux nuées transparentes. Elle regarde sa montre. Le temps lui revient au cerveau, ainsi que le chant des oiseaux. L'aubade criarde des goélands et des mouettes tranche le silence qui fut son compagnon des ténèbres. Le point du jour est l'heure de l'office de laudes. *Laudare*. Louange. *De Angelis... Michael archangele veni in adjutorium... In excelsis angeli laudant te. In conspectu.* Le timbre grave des moines médiévaux vibre à l'intérieur de Johanna. Pas dans sa tête, mais dans son corps. L'air la fait frémir. Elle regarde autour d'elle : l'église est plus haut. Juste au-dessous d'elle : la fontaine Saint-Aubert, l'unique source d'eau douce dont disposaient les moines, l'eau qui guérissait les fièvres démoniaques. Johanna est orientée plein nord, dans les friches du monastère, parmi les ronces, les roches et les vents dominants, à mi-pente de la montagne Au loin, l'îlot de Tombelaine est encerclé par les vives eaux. Le chemin... elle est face au chemin qu'empruntaient les premiers pèlerins, à marée basse, par Genêts et Tombelaine, accédant à l'abbaye par l'ouest, en prenant garde aux lises, ces plaques de sable en suspension sur la boue, qui aspiraient les marcheurs imprudents... Le passage des eaux, le chemin des porteurs de pierre... Le nord et l'ouest, qui ne faisaient qu'un pour les Celtes, le côté sombre, celui des calamités et des apocalypses, où les chrétiens accostaient pour monter vers le sud-est, le chœur de l'abbatiale, la lumière de la résurrection... Johanna se trouve sur l'emplacement du premier village édifié ici, disparu depuis longtemps. Les mouettes la saluent bruyamment, l'aquilon lui chatouille les cheveux : elle les dénoue d'un geste. Puis, détachant le pull qui lui enveloppe le dos, elle prend la tête de Roman et la dépose à l'entrée du tunnel secret, cachée derrière le rideau d'épines. Prudemment, elle descend vers la mer haute, et s'agenouille devant elle pour se laver de la terre et du sang. L'air sèche ses plaies piquantes. Elle a froid, elle a soif, elle a faim. Elle regarde le cercle de feu apparaître à l'est, du côté du chœur, comme la promesse d'une vie nouvelle. La première heure. Elle se relève, les yeux pleins de flammes et se dirige vers le village en sommeil.

Elle passe devant la rampe du poulain, longe l'arrière de sa maison sans un coup d'œil pour la fenêtre de salle de bains. Personne dans les ruelles, sinon quelques chats qui fouillent les poubelles. Elle ignore que les recherches ont été suspendues une demi-heure plus tôt. Le chemin de ronde qui borde les remparts la conduit à la demeure de Simon. Sur le mur, près du toit, la gargouille de pierre la menace mais tout sentiment de peur l'a quittée. Elle sourit à la bête monstrueuse. Au-dessus de la porte, le porte-lanterne rouillé semble attendre la corde d'un pendu, et le seuil l'éveil de la mandragore. La grille menant à l'entrée est ouverte. Elle grimpe les marches bordées d'une glycine moribonde et fourre son nez dans les fleurs mauves à moitié fanées. L'odeur du ciel, poudrée et enivrante. Elle sonne, puis frappe à la porte rouge. Pas de réponse. Elle appuie sur la poignée... et la porte s'ouvre.

– Simon ! appelle-t-elle. Simon, tu es là ?

La clef est sur la serrure, à l'intérieur. Rien ne semble vivre dans la maison, à part la vieille horloge du salon qui répand le temps sans parcimonie. Johanna inspecte toutes les pièces du bas, livide, le cœur pressé par le désir et l'émoi de le voir. Elle ne craint plus pour elle mais pour lui : ses derniers mots avaient la couleur de la mort Elle se décide à monter au premier étage : personne. Les meubles anciens attendent. Elle s'appuie sur la rampe et, lentement, se hisse au second, où se trouvent la chambre et le bureau de Simon, ce bureau au plafond recouvert de poutres, cette chambre aux draps de lin qui sentent le tilleul. Le lit n'est pas défait, Simon n'a pas dormi. La main de Johanna tremble sur la porte du bureau. L'image d'un pendu s'accroche à sa mémoire. Enfin, elle entre. Elle pousse un soupir de soulagement en constatant que la pièce est vide. Sur le coffre médiéval qui fait office de table d'étude est posée une enveloppe adressée à Christian Brard. Johanna décachette la lettre.

Mon ami,

Cesse de rechercher Johanna. Celle qui fut mon aimée est morte, de ma main, ainsi que Dimitri Portnoï et Jacques Lucas. Ne cherche pas les raisons de mes actes, elles disparaissent avec moi et avec le corps de Johanna, que j'emmène, ce matin du 4 juin, au bout de la mer.

Ne nous poursuis pas, tente de vivre !
Adieu,

Simon Le Meur.

« Son bateau amarré à Saint-Malo ! songe-t-elle. Simon a pris son petit voilier cette nuit et s'est enfui en mer, pour échapper à cette terre maudite... L'eau, le Sid, l'autre monde des Celtes, que l'on atteint par des souterrains au cœur des montagnes, au fond des lacs et des étangs, ou au bout de la mer, par l'ouest, au-delà de la Bretagne, sur l'immensité de l'Atlantique ! Simon est allé au terme de la légende : il s'est sans doute jeté en plein océan pour me rejoindre au royaume des immortels, que je devais rallier par les profondeurs de la terre... Simon, Simon est mort ! On retrouvera sans doute son bateau, mais jamais son corps. »
Johanna pleure des larmes qui lui dardent la peau.
– Simon, pauvre Simon, murmure-t-elle, Ange du ciel, fais que son âme échoue sur une île où elle reposera dans la quiétude et la sérénité !
Elle craque une allumette et brûle la lettre de Simon dans un cendrier. Puis elle dévale l'escalier, verrouille la porte d'entrée, se précipite dans la cave, ferme la porte à clef et fourre le trousseau dans sa poche. Une belle cave voûtée, avec des étages de bouteilles au bouchon moisi par l'humidité, un sol de terre battue, et un petit soupirail au grillage rouillé. Johanna entend les vagues lui dire qu'elles ont emporté Simon. Elles vont maintenant s'éloigner, leur tâche accomplie. Johanna bondit sur la treille du soupirail et tire dessus de toutes ses forces. Le sang de ses mains, tari par l'eau de mer, se répand à nouveau. Tant mieux, ce sera une preuve pour la police. Tire, Johanna, tire ! Les croisillons de métal sont vieux, usés,

corrodés par l'air salé. L'air d'ici grignote tout, avec une avidité patiente et inéluctable, même le cœur des hommes. Johanna espère qu'il a suffisamment rongé cette grille de métal. Elle reprend son souffle et tente à nouveau d'arracher le grillage. Au bout d'une demi-heure, il cède par la gauche : elle le détache du mur, laisse son pull sur le sol de la cave et se hisse par l'ouverture qui donne sur le jardinet. La claire-voie s'est transformée en fils barbelés qui, au passage, gardent quelques centimètres carrés du tissu de son blouson. Bien... Une trace matérielle de plus pour confirmer l'histoire qu'elle va servir au commissaire Bontemps. Une fois dehors, elle s'assure qu'elle est seule dans la ruelle, efface ses empreintes des clefs de Simon et balance le trousseau à l'eau, par-dessus les remparts. Il est six heures trente. Elle lance un ultime regard à la maison, au soleil, et court vers sa demeure.

3 juin, quinze heures seize. Au volant de sa voiture, Johanna fonce à toute allure vers la Bretagne, vers l'hospice de Plénée-Jugon et le père Placide. Ses mains propres et désinfectées sont couvertes de pansements, sa peau sent le savon dont elle s'est longuement frottée. Sa tête résonne du conte qu'elle a servi à tous : Simon était un détraqué, il n'a jamais accepté leur rupture et était jaloux de tous ceux qui s'approchaient d'elle, y compris Notre-Dame-Sous-Terre. Pour se venger, il a commis des crimes passionnels, tuant Jacques et Dimitri. Finalement, il a kidnappé Johanna lorsqu'elle était seule dans la crypte, hier soir, la forçant à sortir de l'abbaye par le passage au-dessus de l'autel de la Trinité. Puis il l'a enfermée chez lui, dans sa cave, résolu à la tuer elle aussi. Mais il n'a pas pu faire de mal à la jeune femme et s'est enfui pour mettre fin à ses jours en mer, sur son bateau. Johanna s'est échappée en arrachant le grillage fermant le soupirail de la cave. Jusqu'ici, la police n'a pas mis en doute la version de l'archéologue : Bontemps et ses sbires ont forcé la porte de Simon et inspecté la cave ; les services portuaires de Saint-Malo ont confirmé la sortie, tôt ce matin, du voilier de l'antiquaire. En mémoire de Simon et de Moïra, Johanna a décidé que nul ne devait connaître l'existence de la grotte celte. Elle s'assurera elle-même que les restaurateurs de François rescelleront solidement l'autel de la Trinité.

« A cette heure, le nouveau gardien doit être informé que, désor mais, le flambeau est entre ses mains..., suppute-t-elle. Simon l'a certainement averti, d'une manière ou d'une autre, avant de disparaître. Peut-être qu'un jour je le chercherai, un jour... »

Pour l'instant, elle parle à Roman, dont le crâne est enfermé dans un sac, à côté d'elle, sur le siège du passager. Elle n'a pu accepter de renoncer à ce qui l'avait maintenue en vie toutes ces années. Pendant qu'elle mentait à ses collègues, à Brard et aux policiers sur sa singulière épopée, Florence pansait ses plaies et la nourrissait comme une mère. Johanna voyait passer devant ses yeux épuisés la silhouette d'Epona sur son cheval, les squelettes des olams, la tablette de cire d'Almodius. Le glaive de l'Archange se levait sur la tête de Roman dans sa tombe improvisée par l'abbé. Puis le moine décapité s'approchait d'une fenêtre bleue... Cela lui rappelait son dernier rêve, celui qu'elle avait fait lorsqu'elle s'était endormie dans la chapelle du chœur de l'église, la chapelle de sa mère... depuis lors elle n'avait plus rêvé, mais ce songe lui avait indiqué le chemin de l'autel de la Trinité... la grotte clandestine, la tête de Roman et, au bout, l'ouverture sur le ciel. Ce rêve pouvait-il l'aider encore ? Ce matin, elle s'était remémoré le père Placide, qui élevait son hostie carrée et bleue, et frère Roman apparaissait, jeune et libre... Le père Placide, elle devait s'entretenir avec lui ! Se dégager des interrogatoires de la police, des bons soins de Florence et Sébastien, de la méfiance de Patrick, des craintes muettes de Brard – car elle n'avait pas impliqué Simon dans l'écriture de la lettre anonyme – et de l'arrivée prochaine, dans l'après-midi, de François ! François, il lui semblait inconcevable de le revoir. Un gouffre insondable les séparait. Un miroir, et Johanna se tenait de l'autre côté. Seule. Il fallait éluder le commissaire et gagner du temps pour se rendre à l'hospice du vieux moine... Elle a refusé de voir un médecin, d'accompagner Bontemps chez Simon, mais ne s'est pas forcée pour que ses nerfs lâchent. La tension des dernières heures a été si forte, la pression des prochaines si palpable que, brusquement, elle s'est trouvée incapable de parler. Elle est restée prostrée, éteinte, avec l'image du moine sans tête qui se superposait à celle de ses interlocuteurs. Etrangement, ce fut Patrick qui insista pour qu'on la laisse tranquille et Bontemps accepta d'attendre jusqu'au lendemain pour recueillir sa déposition. Ils avaient suffisamment à faire avec l'avis de recherche concernant Simon et la perquisition de ses deux maisons, au Mont et à Saint-Malo. Patrick plaqua sa main sur son épaule meurtrie et l'aida à gagner sa chambre, en silence. Ce geste lui fit du bien. Elle tenta vainement de dormir. Pourtant, elle était épuisée. Trop longtemps qu'elle ne s'était pas reposée. Aucun songe ne pourrait plus venir en elle, tant qu'elle n'aurait pas résolu celui qui la possédait – qui la bernait peut-être – depuis son enfance. L'eau réparerait encore son corps endolori. Après une douche longue et irradiante, elle avait mangé, avec Séb et Florence qui l'observaient comme une victime, et Patrick comme une trouvaille archéologique qui n'avait pas livré tous ses secrets. Le vin ordinaire qu'ils burent fut pour elle un élixir magique, un concentré de vie, le fruit précieux d'une intemporelle harmonie entre la terre et les hommes, sous le regard de Dieu. Après le déjeuner, elle dit qu'elle avait besoin d'air, de lumière et de solitude. Personne n'osa s'y opposer. Elle eut beaucoup de peine à récupérer la tête de Roman : à cette heure de la journée, les touristes étaient les maîtres du rocher et ils pullulaient sur chaque coin de la montagne. Enfin, à quinze heures, elle parvint à escalader discrètement le flanc nord et à s'emparer de son trésor.

Seize heures dix-huit, Plénée-Jugon. Johanna entre dans l'hospice des moines de toutes les couleurs. L'infirmière cerbère est à son poste.

– Le père Placide ne va pas bien du tout, dit la bonne sœur, on attend l'ambulance pour le transporter à l'hôpital de Saint-Brieuc, vous ne pouvez le voir.

– C'est urgent, ma sœur, objecte Johanna, et je n'en ai pas pour longtemps. S'il s'en va, je... je dois lui dire au revoir, cinq minutes, s'il vous plaît, cinq minutes !

– Inutile d'insister, mademoiselle, la règle est la règle.

Johanna s'éloigne dans le parc. Elle doit trouver un moyen d'entrer dans le bâtiment et de parler au père Placide avant qu'il s'en aille. Elle se cache derrière un arbre et revient subrepticement sur ses pas. Un gros franciscain, tout de brun vêtu, l'observe d'un banc, impassible. Elle marche à grandes enjambées vers l'arrière de la bâtisse et s'engouffre dans la sortie de secours. Elle gravit l'escalier en courant. Quatrième étage, les portes rose cochon, sa chambre, voilà enfin sa chambre... Elle frappe un coup et entre. Le vieillard est allongé sur le dos, les yeux rivés sur la gravure du Mont, un tuyau dans le nez, la barbe mangée par un masque à oxygène.

– Mon père ! s'écrie-t-elle, ah mon père, comme je suis heureuse de vous revoir !

Pour toute réponse, il ferme les yeux. Elle s'assoit sur le lit et serre sa main osseuse dans les siennes.

– Mon très cher père, reprend-elle plus calmement, je sais que… que vous êtes très fatigué mais je… Je voulais vous dire au revoir avant votre départ pour Saint-Brieuc, et vous montrer quelque chose.

Il ouvre les paupières. Son regard a la teinte d'une tempête. Chaque respiration est un effort énorme, dont le bruit est décuplé par la machine. Cette fois, c'est elle qui doit lui faire un cadeau. Elle ouvre son sac et exhibe le crâne de Roman, qu'elle place sous les doigts jaunes du vieillard. Il se tourne faiblement vers elle et lui envoie un regard interrogateur, qui encourage Johanna à parler.

– Grâce à vous, j'ai percé le secret de Notre-Dame-Sous-Terre, dit-elle en s'approchant de son oreille. Tout ce que racontait dom Larose dans son cahier était vrai, mon père. On les a tués pour les empêcher de découvrir un sanctuaire celte, qui est caché sous la crypte. Mais moi je l'ai trouvé, et je suis en vie. A l'intérieur, il y a une sculpture d'Epona, des sépultures de druides, et… ce crâne seul, qui est celui du moine sans tête qui hantait la crypte, frère Roman. En 1063, il a été tué et décapité par l'abbé Almodius, dont le cadavre gît aussi dans la grotte secrète… La tête de Roman a été jetée dans la caverne clandestine mais son corps sans crâne est resté à Notre-Dame-Sous-Terre, où les moines l'ont pris pour la dépouille de leur abbé… le corps de Roman se trouve donc dans la tombe d'Almodius ! Mon père, dites-moi, dois-je abandonner et quitter le Mont, ou reste-t-il une infime chance que la tombe de cet abbé n'ait pas été détruite ? Peut-être même ce corps a-t-il déjà été exhumé. Où dois-je le chercher ? Dois-je reprendre les fouilles sur mon premier chantier, celui de l'ancienne chapelle Saint-Martin ?

Le vieillard serre la main de Johanna et secoue la tête en signe de dénégation.

– Non ? demande-t-elle. Non… pas le premier chantier. Mais que dois-je faire ? S'il vous plaît, mon père.

Elle soulève délicatement son masque et se rapproche de sa bouche.

– M… Montfort…, murmure-t-il d'une voix de gravier.

– Montfort ? demande Johanna. Qu'est-ce que c'est ? Le nom de quelqu'un, ou du lieu où se trouve la sépulture d'Almodius ?

– Montfort..., répète-t-il dans une expiration, Montfort, celle du milieu.

Puis sa tête bascule sur le côté, tandis qu'il lâche les doigts de la jeune femme. Elle lui remet son masque, mais il semble ne plus respirer, être tombé dans le sommeil, le coma, ou pire encore. Johanna panique. Mon Dieu, elle l'a tué ! Il faut appeler quelqu'un. Elle n'a pas à se donner cette peine. La porte s'ouvre soudain devant la bonne sœur de l'entrée et deux grands infirmiers laïcs, qui portent un brancard.

– Que faites-vous ici ? demande furieusement la nonne en la voyant. Juste ciel ! s'écrie-t-elle en apercevant l'état du père Placide et en vérifiant que le cœur du vieillard bat toujours. Aidez-moi, ordonne-t-elle aux infirmiers, vite, il s'est évanoui !

Johanna remet le crâne de Roman dans son sac et s'échappe.

« Pauvre père Placide ! se lamente-t-elle en elle-même. C'est de ma faute, s'il a eu un malaise ! Pourvu qu'il ne meure pas... Montfort... celle du milieu, qu'a-t-il voulu dire ? »

De retour dans sa voiture, elle déplie une carte routière et scrute le nom des villages alentour. Rien dans les environs. Rien à l'est, en Normandie. Plus à l'ouest, non plus. Elle descend vers le sud de la Bretagne... Là ! Une bourgade qui s'appelle Montfort, sur la route de Rennes !

« Ce n'est peut-être pas ça..., réfléchit-elle. Mais si, je cherche une tombe, donc un cimetière ! Le cimetière du village de Montfort en Bretagne, il faut aller voir, tout de suite. Mais pourquoi s'y trouverait la sépulture d'Almodius ? Celle du milieu ? Qu'importe... »

Elle allume le moteur, regarde sa montre : elle y sera dans trois quarts d'heure au maximum.

Cimetière municipal de Montfort, dix-sept heures onze. Johanna déambule dans les allées, se concentrant sur l'artère centrale, celle du milieu... Mais les tombes ne lui disent rien. Des noms inconnus, des sépultures modernes et froides, ainsi qu'il en existe partout.

« Qu'est-ce que tu fais ici ? s'interroge-t-elle. Que ferait le cercueil d'Almodius ici ? Un père abbé du Mont-Saint-Michel, décédé en l'an 1063, c'est ridicule ! Je me suis trompée, j'aurais dû chercher une personne du nom de Montfort, c'est évident ! C'est un vieux patronyme, médiéval... Bien sûr, je ne trouverai rien parmi ces fraîches sépultures, il me faut un annuaire de la région, Bretagne et

Normandie... Et zut, j'ai laissé mon téléphone portable au Mont !
A la poste, oui, j'y trouverai un bottin, si le bureau n'est pas déjà
fermé... »

Au moment où elle s'apprête à quitter le cimetière, elle aperçoit
un vieil homme avec une canne en bois, chargé de marguerites, qui
s'approche avec déférence d'une tombe blanche. Elle fait quelques
pas vers lui.

– Pardon, monsieur, je cherche... une très vieille tombe... appartenant à un lointain ancêtre. Sur son lit de mort, ma grand-mère m'a
cité le nom de Montfort, mais je ne le trouve pas ici. Je me demandais
s'il n'y avait pas un autre cimetière, ailleurs dans le village, un cimetière beaucoup plus ancien, où il aurait pu être enterré ?

Le retraité l'observe droit dans les yeux, puis examine la tournure
de la jeune femme, à la recherche d'on ne sait quoi qui ne semble
pas visible à l'œil nu. Elle se sent mal à l'aise.

– Ben, y a qu'un cimetière public ici, et vous y êtes ! répond-il
d'un ton bourru. Mais... Comment s'appelait-il, votre aïeul, c'était
un noble ?

– Oui, oui, un noble de la région ! répond-elle, inspirée, tout en
sachant qu'Almodius était un seigneur normand et non breton. Un
aristocrate, oui, absolument !

– Alors, non, c'est pas ici, conclut-il en pensant que décidément,
de nos jours, les gens à particule n'en ont plus l'air, et que c'est bien
dommage. Ici, c'est pour les ordinaires... Les autres, ils se mélangent
pas... Les nobles, ils quittent pas leur terre... ils ont leur tombe chez
eux...

– Où ça, monsieur, où ça ? demande-t-elle, au comble de l'excitation.

– Je vous l'ai dit, chez eux, chez les de Montfort, parbleu ! Au
château.

« De Montfort, ce nom me dit maintenant quelque chose, pense-
t-elle. Ce n'est pourtant pas le patronyme d'Almodius... Bon, je
réfléchirai plus tard, le château, vite, la nécropole privée de la famille
de Montfort ! »

Montfort-en-Bretagne. Château familial des de Montfort, dix-huit
heures. La bâtisse n'est pas médiévale mais Renaissance. Assez déla-
brée. C'est le lot des vieilles demeures et des vieilles familles. Le parc

semble immense, à demi sauvage. Ils doivent se battre pour conserver leur patrimoine, dont la splendeur n'est qu'un souvenir en train de tomber en ruines. Ils doivent se nourrir de pommes de terre bouillies et du passé. Ils doivent être là depuis des siècles. Derrière la haute grille, Johanna cherche des yeux la chapelle. Rien en vue. Elle sonne. Tiens, ils ont investi dans un interphone.

– Oui ? répond une voix féminine.

– Je... Bonjour, j'aimerais parler à... au propriétaire du château, demande Johanna.

– Le château n'est pas à vendre, rétorque aussitôt la voix.

– Non, je sais, ce n'est pas du tout le but de ma visite, il s'agit d'une affaire... privée, familiale, ayant trait au passé, à l'histoire, je suis archéologue et je...

– Madame la comtesse ne reçoit pas après seize heures, répond la voix. Laissez votre carte et appelez demain matin pour solliciter une entrevue avec Madame et expliquer les raisons de votre visite. Ensuite, Madame verra si elle peut vous recevoir.

Johanna est abasourdie par les manières surannées de la domestique. Cette dernière paraît avoir raccroché l'appareil.

– Attendez ! hurle Johanna. Je vous en prie, je dois voir Madame immédiatement, c'est très important, je viens de la part du père Placide ! Vous entendez, le père Placide !

Silence. Johanna s'agrippe aux barreaux de la grille comme à sa dernière chance. Soudain, elle entend crisser le gravier de l'allée et aboyer un chien. Des pas s'approchent. Elle voit une petite femme, rondelette, d'une soixantaine d'années, peut-être plus, grise des pieds à la tête, suivie d'un affreux caniche orange qui ne cesse de japper. La femme détaille son jean, son blouson négligé, son teint terreux, son gros sac mou, ses cheveux en désordre, et ouvre la porte de la grille avec une grosse clef.

– Madame vous attend, annonce la gouvernante d'un ton qui exprime le regret. Ne la fatiguez pas, elle est souffrante.

Johanna obtempère d'un signe de tête. Le roquet permanenté tourne autour d'elle en aboyant. Le gardien du château ! Elle réfrène son désir de lui envoyer un coup de pied. Johanna est introduite dans un salon à haut plafond, qui garde de nombreuses traces de son prestige d'antan : des boiseries XVIIe sur les murs, une monumentale cheminée de pierre à écusson, et partout, des bibelots de porcelaine. La femme grise disparaît avec le caniche. Johanna n'ose s'asseoir sur les fauteuils voltaire. Elle examine une vitrine contenant une collection de petits chats de cristal. Très kitch. Elle aperçoit l'inspirateur de l'exposition, qui trône avec une grâce toute féline sur une commode de marqueterie en se léchant une patte : un chartreux aux yeux jaunes, à la robe grise comme la bure de la gouvernante. Johanna sourit au chat.

– Bonjour, mademoiselle... Mademoiselle ?

Elle fait volte-face et se présente, s'attendant à voir une dame en perruque et crinoline Grand Siècle, une mouche sur la joue et le teint poudré, à qui elle devrait faire une révérence. Mais la femme en face d'elle ne ressemble en rien à son fantasme de roturière. Elle paraît presque aussi vieille que le père Placide. Son corps est courbé sur une canne noire à pommeau d'argent, engoncé dans un ensemble en jersey de laine très simple et trop chaud pour la saison, vert jade. Sa tête est droite, le port altier, les pupilles sombres et vives, les paupières tombantes, les cheveux blancs coupés très court. Aucune coquetterie dans sa mise, pas de regard supérieur ni arrogant, mais une élégance discrète : elle n'a pas la particule dédaigneuse ni exhibitionniste. Juste la certitude de ses racines, la conscience d'un lignage millénaire, qui lui confère une assurance mâtinée de pose statique.

– Hortense de Montfort, annonce-t-elle en gardant ses mains sur sa canne. Veuillez vous asseoir... Alors, comment se porte mon cher père Placide ?

– Fort mal, madame, répond faiblement Johanna en posant une fesse timide sur un voltaire. C'est la raison de ma venue... inopinée. Il... Il vient d'être transféré d'urgence à l'hôpital de Saint-Brieuc.

La vieille dame s'installe confortablement en face de Johanna. Elle semble affectée par cette nouvelle.

– Vous m'en voyez très peinée, mademoiselle, car le père Placide est un ami cher à mon cœur. Cependant, son souhait le plus grand est de rejoindre Notre Seigneur ; c'est le but de toute sa vie... puisse-t-il toutefois partir le plus tard possible. Il n'est plus l'heure du thé, désirez-vous un verre de porto ?

– Non merci, madame. En fait, je..., balbutie Johanna que la vieille dame impressionne. C'est à sa demande que je me suis permis de venir vers vous. Avant de... de quitter l'hospice, il désirait que je dise une prière pour lui, sur... sur la tombe de l'abbé Almodius, huitième abbé bénédictin du Mont-Saint-Michel, mort en 1063, lâche-t-elle dans un souffle.

– Qui êtes-vous, mademoiselle ?

Le ton est sec, rempli de méfiance.

– Je suis archéologue au Mont, madame, spécialiste de l'art roman, c'est à ce titre que j'ai rencontré, récemment, le père Placide, à Plénée-Jugon. J'avais besoin de renseignements sur certains manuscrits médiévaux, qu'il connaît mieux que personne... Je me suis attachée à lui, je suis retournée le visiter, à titre privé, et j'étais là tout à l'heure, lorsqu'il a eu un malaise...

– Il vous a mise au courant ?

– Oui, juste avant d'être conduit à l'hôpital, bluffe-t-elle. Oh, il ne m'a pas tout raconté, juste des bribes éparses, le pauvre, il pouvait à peine parler, mais j'ai promis de ne jamais rien répéter à quiconque ! Il m'a demandé d'aller prier pour lui sur cette tombe, c'était sa volonté, qu'il ne pouvait accomplir lui-même, ment-elle. Je... Je saurai me taire, je le lui dois, et je ne suis pas là en tant qu'archéologue, ajoute-t-elle, mais en tant que proche du père Placide...

– Et comme son exécuteur testamentaire, en quelque sorte !

Johanna sourit. Elle joue son va-tout. Depuis ce matin, depuis qu'elle s'est extirpée des ténèbres de la grotte et de son propre trépas, elle ne fait que mentir, duper, leurrer les gens. Mais la recherche de la vérité l'y oblige, le respect pour ceux qui sont morts ou qui vont mourir l'y contraint, la vie même le réclame ! La vieille comtesse hésite, cherchant une réponse dans les yeux de son chat. Johanna serre contre sa cuisse le sac contenant le crâne de Roman. « Roman, lui dit-elle en silence, toi aussi tu as mystifié le réel, afin de sauver ton amour pour Moïra ! »

– Bon, finit par se résigner la vieille dame, sans laisser entrevoir si elle est dupe ou non. Puisqu'il vous a informée, et surtout, puisque c'est sa volonté... Mais dites-moi... Pourquoi cet Almodius et pas les autres ? Ils sont tous là, vous savez !

Aïe. Il faut qu'elle se dépêtre de cette situation délicate, il faut que la comtesse cesse de la questionner et qu'elle lui dise où est la tombe !

– C'est que..., commence Johanna. Almodius, avant d'être abbé, était un fameux copiste, puis le maître du *scriptorium* montois, le plus grand que l'abbaye ait jamais eu, et le père Placide aime beaucoup ses manuscrits, plusieurs sont à Avranches, et nous en parlons souvent...

– Ah bon. J'ignorais cela. Vous savez, à mon âge, on perd la mémoire et je ne sais si je parviendrai à me souvenir de chacun de leurs noms... Voyons, Maynard le premier, dit-elle en comptant sur ses doigts, Maynard le deuxième – son neveu je crois –, Hildebert, Thierry de Jumièges, Almodius donc, et Ranulphe de Bayeux... C'est cela, six, les six premiers abbés bénédictins décédés au Mont, les pères fondateurs de l'abbaye !

Johanna est interloquée. Son esprit devient confus...

« Se peut-il que, d'un ton aussi détaché, songe-t-elle, cette femme soit en train de m'avouer que la terre de ce château renferme le tombeau de ceux qu'elle vient de nommer ? Non... Ce serait, ce serait prodigieux ! »

– Ils sont là tous les six ? se risque à demander Johanna d'un ton faussement badin.

– Evidemment ! répond Hortense de Montfort. Si je me rappelle bien, ne manquent que trois abbés, Aumode, Suppo et Raoul de Beaumont, qui ont bien vécu au XIe mais ne reposaient pas au Mont, je ne sais plus pourquoi. Eloi de Montfort, l'aïeul de mon époux, en aurait bien emporté plus, de grands abbés ont vécu ensuite, mais il fallait faire vite, et discrètement... Certains étaient dans le chœur, dans des caveaux de pierre trop durs à desceller. Quant à la tête d'Aubert, les révolutionnaires l'avaient déjà emportée pour la détruire. Mais Eloi persuada l'un de ses amis médecins de la réclamer et de la conserver comme curiosité médicale : c'est ainsi qu'elle fut sauvée et gardée jusqu'à la reprise du culte... Cette nuit-là, dans la grande église et dans le cimetière, Eloi était face aux apôtres et à tous les saints, il a choisi les apôtres, les premiers, les fondateurs ! Quand j'y songe, quel tableau épique : 1791, les moines chassés de l'abbaye par les sans-culottes, le Mont qui devient une commune baptisée « le Mont libre », les manuscrits médiévaux qu'on transporte à la hâte par les grèves jusqu'à Avranches... Et Eloi de Montfort, seigneur officiellement acquis aux idées des Lumières et de la Révolution, qui, une nuit, tel un brigand ou un profanateur, dérobe dans leur sépulture les restes des six premiers abbés, les cache avec leur linceul dans des tonneaux de vin vides et les transporte sur une charrette en son château, ici même, dans le caveau familial, pour les sauver de la fureur dévastatrice des révolutionnaires qui pillaient tous les édifices religieux, y compris les cimetières !

Johanna est bouche bée.

– La légende des abbés dérobés, murmure-t-elle en pensant aux olams.

– Que dites-vous ?

– L'histoire est bien étrange... Je sais pourquoi votre nom me disait quelque chose, s'exclame soudain Johanna. La guerre de Cent Ans, les chevaliers défendant le Mont contre les Anglais, un Montfort y était !

– Exact ! Raoul de Montfort a vaillamment combattu aux côtés de Louis d'Estouteville et fut décoré de l'ordre des chevaliers de Saint-Michel, en 1470, à titre posthume. Notre famille a toujours été très liée au Mont, à toutes les époques. Plusieurs de ses membres y furent moines. Pour nous, le Mont fut, est et restera toujours breton, il était de notre devoir d'assurer notre protection à ses apôtres !

Johanna a envie de rire à gorge déployée.

« Quelle nouvelle extraordinaire ! se dit-elle. Quelle passion folle suscite cette montagne, à tous les âges... Celtes martyrs des chrétiens, bénédictins martyrs des révolutionnaires... et quels secrets ! Placide savait que la famille de Montfort veillait depuis 1791 sur les tombeaux des abbés. Les bénédictins savent. Pourquoi ne l'ont-ils jamais révélé ? Pourquoi aucun historien, aucun livre, aucun fonctionnaire des Monuments historiques n'en a-t-il jamais fait mention ? »

– Madame, pourquoi n'avoir pas restitué les reliques, une fois que... les temps ont été moins troublés ?

– Eloi, après avoir caché ces six abbés, constata avec horreur que les révolutionnaires mettaient leurs sales desseins à exécution : il ne resta rien des tombeaux des autres abbés, qu'il n'avait pu sauver. Ils s'en sont même pris aux ossuaires des simples moines, sans parler des vivants : en 1792, à Paris, ils massacrèrent le supérieur général de la congrégation bénédictine de Saint-Maur et, en 1794, ils guillotinèrent le supérieur de Cluny... entre autres. Eloi avait adhéré aux idées nouvelles... mais en douce il aidait des prêtres réfractaires et des moines menacés – dont certains bénédictins du Mont – à gagner l'Angleterre. Sous la Terreur, il fut dénoncé pour ces activités, et guillotiné en place publique. Avant de monter sur l'échafaud, il avait demandé à ses fils de ne rien révéler et de ne rendre les reliques des abbés que lorsque la seule vraie foi reviendrait, quand une communauté de bénédictins serait de retour sur la montagne... On ne pouvait se fier qu'à eux, car il s'agissait de leurs pères, ces reliques saintes leur appartenaient, nous, nous n'en étions que les clandestins gardiens ! Eloi fut donc décapité et le secret de la tombe des abbés se transmit, en mémoire de lui, de génération en génération au sein de notre famille, pendant que l'abbaye, dépouillée de foi, était transformée en odieuse prison d'Etat... et qu'on installait le poulain à la place du cimetière religieux saccagé.

– Et les bénédictins ne revinrent au Mont qu'en 1966 ! s'exclame Johanna.

– Oui, dit-elle, pensive, pour la fête du millénaire monastique, mais ce n'est qu'en 1969 qu'ils restaurèrent une communauté permanente dans l'abbaye. Je croyais que le père Placide vous avait raconté cela, car c'est à cette époque que nous fîmes sa connaissance, mon défunt mari et moi... Nous étions si heureux que les moines noirs soient revenus... Nous pensions que c'était définitif, que les vrais propriétaires du Mont, ceux qui avaient bâti sa légende, ne le quitteraient plus, hélas... Bref, en 1969, fidèle à la dernière volonté de son ancêtre Eloi, feu mon mari sollicita une entrevue auprès du prieur de l'époque, qui faisait office de père abbé, et lui raconta toute l'histoire. Vous imaginez la surprise de cet homme ! C'est ainsi qu'un matin, nous reçûmes la visite du supérieur du Mont et du père Placide, venus constater par eux-mêmes et voir les reliques dans le caveau... Le prieur se recueillit, consulta la communauté, et à notre grand étonnement, refusa de récupérer les ossements sacrés, préférant que nous continuions à en assumer la garde, et le secret.

– Mais pourquoi ? s'insurge Johanna.

– Parce que, chère mademoiselle, contrairement à ce que nous avions cru, mon époux et moi, les choses avaient beaucoup changé sur le rocher et dans le cœur des moines ! Les bénédictins n'étaient plus les mêmes : excepté ce cher Placide, aucun ne portait l'habit, ils allaient en civil, comme des laïcs, et célébraient l'office en français. Ils n'étaient plus maîtres de leur domaine, ni de leur glorieux passé, juste de simples locataires. L'Etat, les Monuments historiques, l'administrateur du Mont étaient désormais les seuls propriétaires de l'abbaye qu'ils destinaient au tourisme de masse, et dans ce décor de musée, figé et athée, les moines n'étaient que des marionnettes... Lorsque j'y songe, je me dis que, dans le meilleur des cas, le prieur a craint que les précieux ossements, au lieu d'être à nouveau ensevelis et vénérés en paix, soient étudiés, analysés par des historiens, des scientifiques, des gens comme vous, puis exposés aux regards impies dans une salle du monastère, comme de vulgaires babioles... dans la pire des hypothèses, je crains que les bénédictins contemporains n'aient délaissé leur histoire éternelle, pour être « dans le temps »... Oui, les moines noirs ont abandonné l'Archange... Voilà peut-être la triste vérité.

Johanna baisse les yeux. Simon avait les mêmes réserves concernant ses reliques à lui. « Si les bénédictins avaient découvert la grotte, ils l'auraient détruite, par foi, mais si les modernes l'avaient trouvée, ils l'auraient transformée en musée, par manque de foi », avait-il dit.

— Je ne suis pas qualifiée pour juger l'attitude des bénédictins contemporains, répond doucement Johanna. Mais sur le rôle de l'Etat au Mont, je ne partage pas votre point de vue, car c'est tout de même lui qui l'a sauvé et restauré...

— Après l'avoir dévasté pendant un siècle ! objecte la vieille dame.

— Si je fais abstraction de mon métier et si j'écoute seulement mon cœur, je peux comprendre la réaction du prieur..., poursuit-elle.

— Moi, j'espère l'avoir comprise..., réplique Hortense de Montfort. Néanmoins, ajoute-elle, mon mari et moi n'avons jamais regretté notre geste... car cette démarche nous a permis de rencontrer le père Placide, un moine fier du passé, apte à le recevoir et à le protéger. De fait, chaque année depuis 1969, il vint, seul, dire ici une messe à ses pères fondateurs et se recueillir dans la chapelle... Et puis, en 2001, les bénédictins sont partis de la sainte montagne, et cette même année, mon mari est mort. Ensuite, le père Placide vint encore, assez souvent, jusqu'à ce qu'il soit lui aussi rattrapé par l'âge et la maladie.

— Aujourd'hui, je suis là en son nom, dit Johanna, émue, et je ne trahirai pas le silence qu'il a toujours respecté.

— Je le crois, avoue la vieille dame en scrutant Johanna. Eglantine va vous montrer le chemin, c'est au fond du parc, et mes jambes ne peuvent plus me conduire jusque-là. Mademoiselle, restez tout le temps que vous voudrez, priez pour lui, et joignez-nous à vos prières, il le faisait toujours.

— Je le ferai donc aussi, madame.

Sous le soleil, Johanna suit la gouvernante à travers le parc rendu à une vie autonome et anarchique. Une chapelle gothique se dresse derrière des bosquets de genêts. Sans un mot, Eglantine déverrouille la porte, laisse la clef dans la serrure et reprend l'invisible sentier de la demeure. Johanna serre son sac contre son cœur. Ça y est,

Roman, cette fois ! Elle entre timidement dans le mausolée. Un autel de marbre blanc porte deux gros cierges. Accroché au mur, un crucifix. Trois vitraux bleu roi filtrent la lumière · sur celui du centre, au-dessus du piédestal, est représenté un Christ en gloire ressuscité d'entre les morts. Sur le vitrail de gauche, trône la Vierge. Sur celui de droite : saint Michel en armure terrassant le dragon avec sa longue épée. La fenêtre bleue de l'Archange. Johanna sourit à son ange. Les parois de la chapelle sont couvertes de plaques avec le nom de ceux qui reposent là, leur titre, leurs exploits, la date de leur naissance et celle de leur trépas, plus parfois un mot d'amour. Les morts les plus anciens datent du XIVe siècle. Le plus récent est le mari d'Hortense. Johanna constate que la comtesse a déjà fait graver sa plaque, près de celle de son époux, où ne manque que la date de sa mort. Elle aussi est prête et attend de rejoindre son bien-aimé. Naturellement, les pères abbés ne sont nulle part mentionnés. Johanna examine le sol : trois grosses dalles de pierre, avec un anneau en bronze, permettent d'accéder aux sépultures souterraines, réparties dans trois caveaux. Dans lequel des caveaux reposent les abbés ? Hortense de Montfort ne l'a pas précisé... Johanna s'agenouille, scrute la pierre : pas la moindre inscription susceptible de l'aider. Seulement trois dalles, une à gauche, une au milieu, une à droite.

« Celle du milieu ! » Les dernières paroles de Placide ! « Montfort, celle du milieu ! Johanna éclate de rire. Merci, père Placide ! »

Elle caresse la dalle du centre : le corps de Roman est en dessous.. Elle le sent, elle le sait !

« Almodius, lui dit-elle en pensée, tu as séparé Roman et Moïra, tu les as tués tous les deux, mais dans la mort, tu as secouru ton ancien rival... Sois-en remercié ! »

Johanna réfléchit. Après avoir déposé les restes des six abbés dans le caveau du centre, et pour protéger son secret, Eloi de Montfort a certainement interdit qu'on y enfouisse d'autres défunts, d'où l'ouverture de la troisième crypte, à côté. Ainsi, personne n'aurait pénétré dans le caveau du milieu depuis 1791, mis à part le prieur du Mont et le père Placide, en 1969. Peut-être, mais justement, comment y descendre ? Malgré l'anneau sur la plaque, Johanna n'est pas assez forte pour soulever la stèle à mains nues, il lui faudrait des outils. Elle imagine mal la gardienne du sanctuaire l'autoriser à pénétrer dans la crypte souterraine et lui prêter un pied-de-biche, elle doit donc agir seule et en cachette... Tous ses instruments d'archéologie sont restés à Notre-Dame-Sous-Terre ! Comment faire ? Elle regarde autour d'elle et une idée lui traverse l'esprit. Elle pose le crâne de Roman sur un coin de l'autel, prend son sac vide, retourne au château, prétexte l'oubli d'un missel offert par le père Placide pour rallier son auto et fouiller dans le coffre. Quelques instants plus tard, triomphante, elle revient vers la chapelle. Elle s'enferme à double tour à l'intérieur, avant de sortir de son gros sac une lampe de poche, un caillou... et le cric de sa voiture.

Le ciel est encore clair, inutile d'allumer les cierges. Johanna grimpe néanmoins sur l'autel. A genoux sur le piédestal de marbre, les cuisses entre les bougies, elle regarde le vitrail bleu et le crucifix du mur. La croix de bronze est belle et étrange : Jésus exalte la souffrance, ses plaies béantes saignent et son visage est révulsé de douleur, dans un pur style saint-sulpicien. La barre verticale de la croix doit bien mesurer un mètre vingt, la barre horizontale dans les quatre-vingts centimètres. Johanna effleure l'objet sacré, puis ose le toucher. Soudain elle l'empoigne à deux mains et le décroche du mur, manquant de le laisser tomber tellement il est lourd. Elle le serre dans ses bras et dépose un baiser sur le front aux épines.

– Pardon Jésus, murmure-t-elle, mais j'ai besoin de ton aide...

Elle dépose la croix sur l'autel, à côté de la tête de Roman, saute du plateau de marbre et la porte péniblement jusqu'aux trois dalles. Puis, elle passe le crucifix dans l'anneau de la dalle du milieu, le bloque dans l'interstice du pavé et s'en sert de barre à mine pour faire levier. La stèle se soulève légèrement. Vite, elle place le caillou sous la plaque de pierre. Puis elle y enfonce soigneusement le cric, arrime la manivelle à l'appareil et tourne. Le cric se déplie, monte en levant la dalle. Encore quelques centimètres... Voilà ! Le passage est suffisant pour qu'elle puisse s'y glisser. Elle allume sa petite lampe de poche et descend les marches du caveau.

Il fait noir, froid et l'air est rare. Les entrailles de la terre sont plus fraîches que celles du roc. Elles ont une odeur forte de gibier faisandé, celle des dizaines de cadavres qui y ont pourri. La pièce est petite, rectangulaire, et toutes ses parois sont creusées de niches où reposent des cercueils de bois. Le mausolée n'est pas un ventre, mais une tranchée surpeuplée aux défunts entassés, aux relents écœurants, à l'atmosphère lourde. D'instinct, Johanna se retourne vers la dalle et y braque sa lampe. Tout va bien, elle est ouverte et le cric ne peut pas lâcher... Elle se dit qu'à choisir, elle aimerait mieux mourir dans la ronde caverne celte, avec Epona, les olams et Almodius, que dans ce temple aux corps cachés et bien ordonnés.

« Roman, infortuné Roman, où es-tu ? lui demande-t-elle en silence. As-tu toi aussi ressenti ce malaise, loin de ton rocher, des pierres de ton abbaye et malgré la présence des pères à tes côtés ? Heureusement, ton âme éternelle est restée à Notre-Dame-Sous-Terre... Et cette prison a protégé ton corps. Pendant plus de deux siècles. Maintenant, le temps est venu que tu quittes la terre. »

Troublée et frigorifiée, Johanna cherche la sépulture des abbés. Les cercueils portent les noms de leur insigne occupant, exclusivement des seigneurs, et ainsi qu'elle le pressentait, aucun n'est venu habiter ici après 1791. XVIIe et XVIIIe seulement. Les morts antérieurs au Grand Siècle doivent reposer dans un autre caveau. L'histoire défile sous les yeux de Johanna, la petite et la grande. Mais aucune trace des pères abbés du Mont.

« Eloi de Montfort ne les aurait tout de même pas mêlés à d'autres ossements, dans une même boîte ! réfléchit-elle. Non, sa foi ne l'aurait pas permis... Les os des abbés sont sacrés. Les pères fondateurs. Les six apôtres du Mont-Saint-Michel. Mais où a-t-il bien pu les cacher ? »

Johanna balaie fébrilement l'endroit de sa lampe, et arrête brusquement le faisceau. Elle a un haut-le-cœur. Une partie d'une paroi est entièrement recouverte de cercueils... de bébés. Elle songe à Pierrot, son frère jumeau, et approche lentement des petites bières. L'empilement rend la chose plus impressionnante. Ils sont deux par rangée, vu leur taille. Elle en compte... vingt et un. Vingt et un petits Pierre sont enfermés là, regroupés au même endroit. Eux, ils ne peuvent faire des pâtés de sable et des galeries souterraines. Mais ils sont ensemble, et peut-être conversent-ils parfois. Ou bien ils pleurent de concert le sein d'une mère qui ne les nourrira plus. Tremblante, nauséeuse, Johanna se penche sur un petit cercueil pour lire le nom de son occupant... et lâche sa lampe en poussant un cri. Derrière la minuscule boîte en bois, un crâne adulte la regarde en souriant.

« Ingénieux, très ingénieux ! se dit-elle. Eloi de Montfort a dissimulé les ossements des abbés derrière les sépultures des nourrissons !

Bien sûr, ces cercueils sont plus courts, mais aussi plus étroits, et les pères du Mont, transportés dans leur simple linceul, étaient des squelettes nécessitant peu de place ! La raison de cet emplacement semble donc pratique, mais aussi spirituelle : les ancêtres vénérables à l'existence riche et longue sont protégés par des êtres dont la vie a été interrompue avant qu'ils ne grandissent. L'âme des nouveau-nés est sans péché, et ce sont ces humains purs de naissance qui veillent sur le repos des sages purs par expérience... tandis que les saints garantissent la paix des petits innocents. Maynard I, Maynard II, Hildebert, Thierry de Jumièges, Ranulphe de Bayeux, et avant Ranulphe, Roman, à la place d'Almodius... »

Johanna est la proie d'une excitation proche de la transe. Elle respire avec peine, fort, et doit s'éloigner de la paroi pour pouvoir se calmer. C'est l'instant fatidique... Elle contrôle son souffle, ne sentant plus le froid, et reprend la lampe. Elle colle son buste aux petits cercueils de bois et examine leur fabuleux trésor. Les linceuls sont rongés par le temps. Elle peut voir la croix d'abbé qui repose sur leur poitrine. Elle ne sait pas qui est qui, aucune inscription ne le dit, elle aurait bien aimé identifier Hildebert, mais celui qu'elle cherche est facilement reconnaissable... Au bout de quelques minutes, elle le trouve, sur la troisième rangée en partant du bas : il est sombre encore des traces de son suaire, il a la croix, la bague au doigt... mais il n'a pas de tête.

Johanna est remontée dans la chapelle pour chercher le crâne de Roman. Elle a longuement observé le vitrail représentant l'Archange. Elle a allumé les deux torches qui bordent l'escalier de la crypte, et un gros cierge qu'elle a pris sur l'autel. La cérémonie ne saurait se dérouler à la lumière électrique. De retour dans la nécropole, face à la muraille de petits cercueils, elle dégage doucement, tendrement, les deux minuscules sarcophages qui masquent la dépouille de Roman. Elle les porte dans ses bras pour les déposer un peu plus loin, sur le sol de terre. Puis elle éteint la lampe et rapproche le lumignon : la rareté de l'air rend sa flamme droite, verticale et vigoureuse comme une route ascendante. La lumière dessine un disque plein et doré, et l'hélianthe ensoleillé enveloppe le corps de Roman comme sa première aube. Johanna s'agenouille devant le squelette mutilé. Elle prend la tête osseuse dans ses mains tièdes et la cale entre ses jambes. L'émotion retient les mots dans sa chair et clôt ses lèvres blanches. Les yeux sur la croix d'abbé qui pend sur la poitrine désincarnée, elle caresse le front de Roman. L'amour coule de son regard céleste, inonde ses joues livides, se substitue à son sang immobile, en veines transparentes et salines. Le silence est sa prière, son espoir et sa mélancolie. Le geste qu'elle va faire, le deuil de sa passion, la clôture de ses rêves. Mais la fenêtre bleue va enfin s'ouvrir pour lui. Elle ferme les yeux. Presque mille ans. Mille ans de sursis. De souffrance, de désespérance. *Acedia*... Elle décroche de son cou la croix de Moïra, et l'étale sur les côtes de Roman. Le bijou celte tombe entre les interstices des os et pénètre à l'intérieur du torse. Il sera son cœur, pour que Moïra puisse cueillir son âme dans le champ du ciel. Johanna frissonne sur l'imminence de leur union, qui sera pour elle la séparation. Elle baisse la tête : ses longs cheveux noirs enrobent le crâne de Roman du voile de l'adieu. Adieu, à jamais... Elle prend le crâne, le lève comme une hostie, l'embrasse et lentement, l'approche du corps, de son corps retrouvé.

3 juin, vingt-deux heures quarante-sept. Sur la route du Mont-Saint-Michel. Bourg de Pontorson. Pontorson et ses néons roses dans la nuit. Johanna franchit le carrefour en trombe. Le voir... comme si c'était la première et la dernière fois. Voilà, le voilà, le « château de fées planté dans la mer ». Il est au bout des songes, au bout des ténèbres, il s'élance, seul, dans une auréole permanente, Jérusalem, Jérusalem céleste. La cité de Dieu, le roc de la fin des temps, où Johanna souhaite que frère Roman l'attende. La forteresse de son corps réuni est demeurée muette, là-bas, dans la chapelle des mortels, sous la terre étrangère.

« Tu ne t'es pas montré à Montfort car ton cœur est là où est ton âme, pense Johanna. Et ton âme est sur la montagne éternelle, dans le ventre en granite de Notre-Dame-Sous-Terre. Je vais t'y rejoindre, je veux te dire adieu avant que tu ne quittes le Mont, que je quitterai aussi bientôt. J'aimerais tellement te voir, contempler ton visage, enfin. Tu dois patienter au-dessus de l'autel de la Trinité, sur les marches du ciel. L'Archange est d'or, il va abandonner son glaive et sa balance pour te tendre la main. Il va tenir sa promesse de mille ans. Le temps n'est rien, il rejoint les anges comme il rejoint les hommes. »

Elle accélère.

Arrive au village de Beauvoir, qu'on appelait Astériac, jusqu'à ce qu'en l'an 709 une aveugle y recouvre la vue en tournant ses yeux vers le Mont. Johanna traverse Beauvoir. La nuit est épaisse pour un mois de juin. La mer est à son comble. Les pierres de l'abbatiale chuchotent, chantent, hurlent. Johanna est allégresse, tristesse, épuisement. Sa tête et son corps pèsent comme une enclume. Ses paupières peu à peu se relâchent et se baissent, se ferment et tout devient noir. La voiture glisse lentement hors du bitume.

Soudain le ciel nocturne s'éclaircit en nappe incertaine. Une forme longue et mince s'y insinue, une silhouette sombre et ascendante. Lentement, le spectre se précise et s'humanise. Une bure de jais, un scapulaire à capuche, une couronne de cheveux bruns sous la tonsure, et un visage... quel visage ! Celui d'un jeune homme de trente ans, beau, si beau... Des lèvres délicates, un nez aquilin, le front haut, la peau pâle et fine, et les yeux... grands, deux virgules d'un gris de brume, la vapeur anthracite du mystère... Il entrouvre la bouche...

– *Deo gratias*..., murmure-t-il d'une voix qui résonne comme une caresse. Merci !

Il s'approche, il vole sur le ciel comme sur une eau limpide. Il soulève un bras et tend une main aux doigts blancs, longs, doux et effilés de ceux qui n'utilisent pas leurs mains. Le corps de Johanna acquiert la légèreté d'un nuage, sa tête la paix du chœur d'une église.

– Johanna..., susurre-t-il. Tu m'as désenchaîné de la terre. Je fus condamné par l'Archange à errer comme mon cœur, entre terre et ciel... Car ici-bas, mon cœur ne fut qu'un vagabond, déchiré entre le Tout-Puissant et Moïra, n'ayant sa demeure nulle part. Lorsque je comparus devant le peseur d'âmes, le premier des anges me dit que lorsqu'ils sont véritables, l'amour divin et l'amour humain ne s'opposent pas, mais se nourrissent mutuellement. J'aurais pu aimer Moïra en me consacrant à Dieu, et aimer Dieu en me donnant à Moïra. Mais en refusant de choisir, en séparant ma tête de mon corps, en ne m'engageant pleinement ni avec l'un ni avec l'autre, ni contre l'un ni contre l'autre, je les ai mal aimés tous les deux... « *Tu n'es ni froid ni chaud. Que n'es-tu l'un ou l'autre ! Puisque te voilà tiède, je vais te vomir de ma bouche* », dit le Messie à l'Ange de Laodicée dans l'Apocalypse de Jean, notre Livre. Je fus ainsi, ni froid ni chaud, et saint Michel m'a vomi

L'Archange me désigna pourtant des hommes à qui je pouvais m'adresser pour quémander leur secours. Durant des siècles, hélas, nul ne parvint à rompre la malédiction. Lorsque je vis mon malheureux corps quitter le rocher, et ma tête demeurer sous la crypte Notre-Dame-Sous-Terre qui était condamnée, je désespérai d'être délivré. Longtemps après, le maître de la montagne sacrée me guida vers une petite fille... Alors, je tremblai. Là où des moines et des guerriers avaient échoué, comment une enfant, une femme, pouvait-elle réussir ? Là où des moines et des guerriers avaient péri, comment survivrais-tu ? Je t'ai regardée des profondeurs du temps, Johanna... et j'ai compris pourquoi Il t'avait appelée : ton âme, aussi forte que celle d'un moine et d'un guerrier, elle, m'a aimé. Cet amour-là m'a sauvé, pourrai-je un jour te le rendre ? Cette nuit, où grâce à toi je quitte mon exil, je puis seulement t'éclairer sur toi-même. Une part de ton âme est sœur de la mienne, Johanna, encline à aimer les œuvres des hommes plus que les hommes eux-mêmes. Depuis le trépas de Pierre, tu hésites, tu oscilles entre la vie et la mort, sans choisir. Tu survis, mais ton cœur est abandonné, prisonnier du fantôme de ton frère, enfoui dans la crypte de ta mémoire. Tu restes entre terre et ciel, et tu n'appartiens à aucun. Ce soir, Johanna, il te faudra choisir : si tu souhaites quitter la terre, l'Archange te conduira dans les nuées... Si tu préfères la vie, il te faudra devenir chair et vaincre ta terreur d'aimer, d'attacher ton cœur à celui d'un être qui pourrait t'abandonner... comme tu as su te lier à moi. N'oublie pas : il faut fouiller la terre pour accéder au ciel... être le terreau de soi-même, habiter les ténèbres de ses blessures pour trouver la lumière... Mais toi seule dois décider Johanna. La fin de ton histoire n'est pas écrite. Elle ne l'est jamais. Tu es libre, à toi de l'écrire... Adieu mon amie...

Roman retire sa main blême, fond, se désagrège en un sourire et disparaît. Le firmament a perdu sa couleur, l'obscurité est là-bas, autour du Mont. La nuit de Beauvoir est plus claire, sa pâleur lunaire brille de feux rouges et bleus, de gyrophares d'urgence et de sirènes stridentes, qui foncent vers la voiture dont les roues arrière tournent dans le vide. La tête de l'auto est encastrée dans un ravin d'herbe salée, une tranchée de vase et de terre collante, face à la mer vive.

À la porte du ciel, aux pieds de l'Archange, Roman pénètre une nuée blanche et la face cachée du temps se révèle. Enfin, il peut lire la trame invisible de son destin et de celui des êtres qui lui sont chers. Le cœur brûlant, il se retourne et jette un ultime regard à Johanna qui gît, inconsciente, entre les deux mondes.

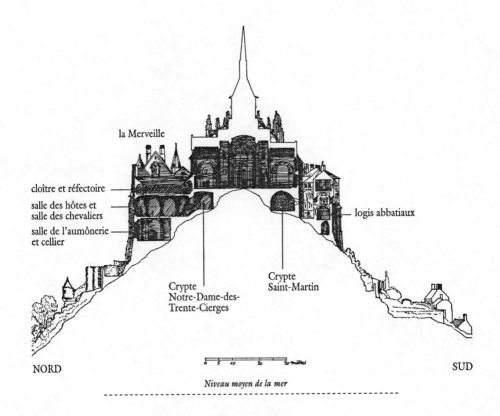

la Merveille

cloître et réfectoire

salle des hôtes et
salle des chevaliers

salle de l'aumônerie
et cellier

logis abbatiaux

Crypte
Notre-Dame-des-
Trente-Cierges

Crypte
Saint-Martin

NORD

SUD

Niveau moyen de la mer

*Coupe transversale du Mont-Saint-Michel
(du nord au sud), d'après E. Corroyer.*

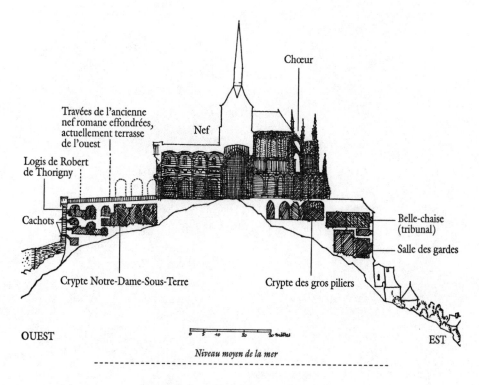

Chœur

Travées de l'ancienne
nef romane effondrées,
actuellement terrasse
de l'ouest

Nef

Logis de Robert
de Thorigny

Cachots

Belle-chaise
(tribunal)

Salle des gardes

Crypte Notre-Dame-Sous-Terre

Crypte des gros piliers

OUEST

EST

0 5 10   20   30 mètres

Niveau moyen de la mer

*Coupe longitudinale du Mont-Saint-Michel
(de l'ouest à l'est), d'après E. Corroyer*

Remerciements

Les auteurs tiennent à remercier ceux qui ont rempli avec rigueur, enthousiasme et esprit critique, le délicat rôle de premiers lecteurs :
Anne Cabesos, Claude Cabesos, Laurence Delain-David, Bénédicte Gimenez, Elisabeth et René Lenoir, Christel Macon, Marie-Pierre Paré, Rémi Savournin, Camille Scoffier-Reeves, Bérenger Vergues.

Merci à Michèle Le Barzic, qui nous a chaleureusement accueillis au Mont-Saint-Michel, nous ouvrant les portes de l'abbaye, de la vie montoise et de son amitié (une caresse à Elsa, et un bonjour à tous ceux que nous avons rencontrés).

Merci à l'historien Henry Decaëns, qui non seulement a éclairé nos recherches par ses passionnants ouvrages sur le Mont et la Normandie romane, mais s'est personnellement investi dans la validation des sources historiques de ce roman, nous offrant son temps, son regard de spécialiste et sa générosité bienveillante.

Merci à l'historien Marc Déceneux, dont les publications, notamment sur l'ancienne chapelle Saint-Martin, la construction de l'abbaye et la mythologie du Mont, nous ont apporté une aide précieuse.

Merci à ceux (ils se reconnaîtront) qui, au cours de ces trois années de travail, ont supporté (dans les deux sens du terme) notre passion absolue et dévorante pour le Mont. Un clin d'œil à celui qui nous a conféré sa force et nous a toujours accompagnés, du haut de sa flèche...

DES MÊMES AUTEURS

VIOLETTE CABESOS
SANG COMME NEIGE, roman, Plon, 2003.

FRÉDÉRIC LENOIR (Principaux ouvrages)
LE SECRET, roman, Albin Michel, 2001, Le Livre de Poche, 2003.
LA PROPHÉTIE DES DEUX MONDES, Saga BD dessinée par Alexis Chabert, Albin Michel, 2003.

Essais et documents

LES MÉTAMORPHOSES DE DIEU, Plon, 2003.
MAL DE TERRE, avec Hubert Reeves, Seuil, 2003.
L'ÉPOPÉE DES TIBÉTAINS, avec Laurent Deshayes, Fayard, 2002.
LE MOINE ET LE LAMA. Entretiens avec Dom Robert le Gall et Lama Jigmé Rinpoché, Fayard, 2001. Le Livre de Poche, 2003.
SOMMES-NOUS SEULS DANS L'UNIVERS ? Entretiens avec Jean Heidmann, Alfred Vidal-Madjar, Nicolas Prantzos et Hubert Reeves, Fayard, 2000. Le Livre de Poche, 2002.
LA RENCONTRE DU BOUDDHISME ET DE L'OCCIDENT, Fayard, 1999. coll. « Spiritualités vivantes », Albin Michel, 2001
LE BOUDDHISME EN FRANCE, Fayard, 1999.
ENTRETIENS SUR LA FIN DES TEMPS, avec Jean-Claude Carrière, Jean Delumeau, Umberto Eco et Stephen Jay Gould, Fayard, 1998. Pocket, 1999.
LE TEMPS DE LA RESPONSABILITÉ. Postface de Paul Ricœur, Fayard, 1991.

Direction d'ouvrages encyclopédiques

LE LIVRE DES SAGESSES, avec Ysé Tardan-Masquelier, Bayard, 2002.
ENCYCLOPÉDIE DES RELIGIONS, avec Ysé Tardan-Masquelier, 2 volumes, Bayard, 1997.

Composition par I.G.S
Impression Société Nouvelle Firmin-Didot
en novembre 2004
Éditions Albin Michel
22, rue Huyghens, 75014 Paris
www.albin-michel.fr

N° d'impression : 71090
N° d'édition : 23143
ISBN : 2-226-15081-1
Dépôt légal · mars 2004

Imprimé en France